Bisher erschienene
MECHWARRIOR DARK AGE-Romane:

Bd. 1: *Michael A. Stackpole:* Geisterkrieg
Bd. 2: *Loren Coleman:* Der Kampf beginnt
Bd. 3: *Robert E. Vardeman:* Ruinen der Macht
Bd. 4: *Martin Delrio:* Der Himmel schweigt
Bd. 5: *Martin Delrio:* Schatten der Wahrheit
Bd. 6: *Martin Delrio:* Den Toten dienen
Bd. 7: *Loren Coleman:* Gezeiten des Krieges
Bd. 8: *J. Steven York:* Festung der Lügen
Bd. 9: *Mike Moscoe:* Soldatenehre
Bd. 10: *Viktor Milan:* Der Flug des Falken
Bd. 11: *Loren Coleman:* Bis zum letzten Mann
Bd. 12: *Randall Bills:* Zeit der Jäger
Bd. 13: *Jason Hardy:* Der Stachel des Skorpions
Bd. 14: *Blaine Lee Pardoe:* Gefährliche Ziele
Bd. 15: *Loren Coleman:* Schwert des Aufruhrs
Bd. 16: *Ilsa J. Bick:* Tochter des Drachens

Ein Verzeichnis aller weiteren im HEYNE VERLAG erschienenen BATTLETECH-Romane finden Sie am Schluss des Bandes.

LOREN COLEMAN

SCHWERT DES AUFRUHRS

Fünfzehnter Band im
MECHWARRIOR DARK AGE-Zyklus

Deutsche Erstausgabe

WILHELM HEYNE VERLAG
MÜNCHEN

Titel der amerikanischen Originalausgabe
SWORD OF SEDITION
Deutsche Übersetzung von
REINHOLD H. MAI

Umwelthinweis:
Dieses Buch wurde auf chlor- und
säurefreiem Papier gedruckt.

Deutsche Erstausgabe 7/07
Redaktion: Joern Rauser

www.heyne.de
Printed in Germany 2007
Umschlagbild: Franz Vohwinkel/Wizkids LLC
Umschlaggestaltung: Nele Schütz Design, München
Satz: C. Schaber Datentechnik, Wels
Druck und Bindung: GGP Media GmbH, Pößneck

ISBN 978-3-453-52287-9

Für Sharon Turner Mulvihill und
Mike Mulvihill

Großartige Freunde

REPUBLIK DER SPHÄRE

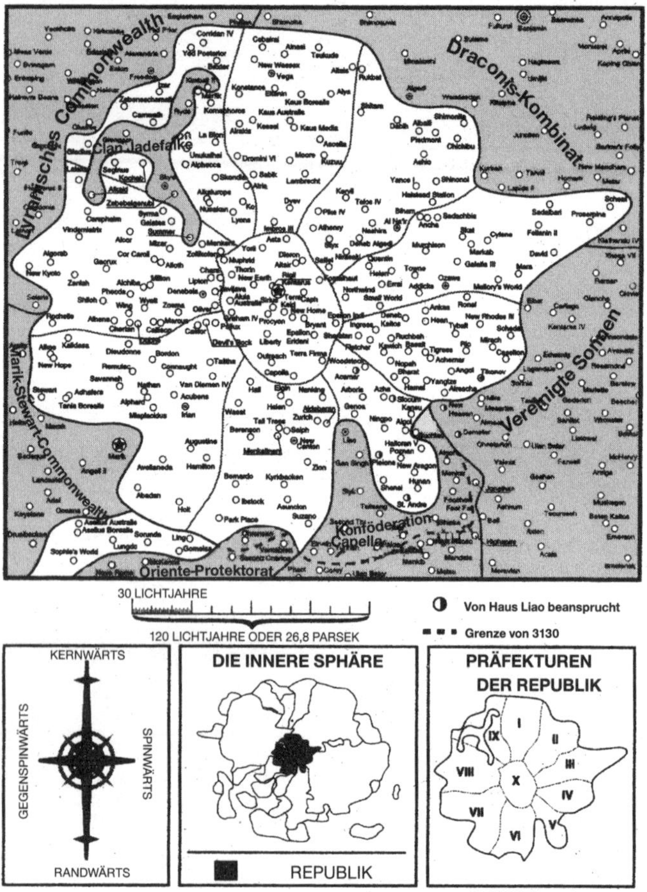

Die Prüfungen des Damokles

»Politik ist Krieg ohne Blutvergießen, während Krieg Politik mit Blutvergießen ist.«

– Mao Tse-Tung, »Über den andauernden Krieg«, Mai 1938

»Politik ist das wahre zweischneidige Schwert. Sie vergießt in jedem Falle Blut.«

– Exarch Jonah Levin, »Belauschte Gespräche, Band IV«, Terra, 4. Dezember 3134

1

Die Geschichte liefert den Beweis. Wenn man genau hinschaut – durch den Schleier aus heißer Luft hindurchblickt, mit dem alle Regierungen uns tagtäglich über sämtliche Medien zuschwallen –, erkennt man die ganz eigene Stolperdrahtmentalität der Marken: Sobald die Stärke der örtlichen Militärkräfte eine bestimmte Schwelle im Vergleich zu der überschreitet, auf die sich die Davions stützen ... kommt es zum Krieg. Ihnen ist hoffentlich klar, dass ich durch diesen Ausspruch mein Leben riskiere. Aber die Menschen müssen es erfahren!

– Freies Radio, »Verschwörungs-TALK«, New Avalon, 19. August 3134

Kathil
Mark Capella, Vereinigte Sonnen

17. Dezember 3134

Julian Davion beugte sich über die Kontrollen des BauMechs und dirigierte die Schaufeln, die sich in das fahlgrüne Gras gruben und den üppigen schwarzen Boden freilegten.

Sie gruben sich hinab in Lehm und Stein.

Und bauten das Fundament für eine neue Abwehrgeschützstellung außerhalb der Yare-Industries-Anlage aus.

Die Fahrerkabine der Maschine stank und schmeckte nach Diesel. Und nach ehrlichem Schweiß, wenn auch nicht nach Julians. Die nach unten offenen Schaufeln verlangten eine starke Hand an den Kontrollen, ganz im Gegensatz zu der leichtgängigen Waffensteuerung eines BattleMechs. Und wenn sich der Verbrennungsmotor unter der Belastung laut donnernd abmühte und öligen Qualm in die Luft spie, hielt dieses Gefährt keinem Vergleich mit dem Avatar des Krieges stand, den der Champion des Prinzen sonst oft lenkte.

Er spielte nicht einmal in derselben Klasse.

Noch nicht.

Julians ›Aufseher‹ am Rand der Grube hielt ihm die erhobenen Daumen entgegen und stieß sie noch weiter in die Höhe. Beide Männer trugen dicke Ohrenschützer, die bei längerem Aufenthalt auf der Baustelle unumgänglich waren, und versuchten gar nicht erst, sich durch Brüllen zu verständigen. Julian nickte nur und hob die gefüllten Schaufeln auf Brusthöhe der Maschine.

Durch Betätigung der Pedale bewegte er die zweibeinige Baumaschine langsam rückwärts von der Baugrube fort. Ein Schritt, zwei. Ein lautes, schrilles Pfeifsignal warnte alle in der Umgebung, sich von dem schwerfälligen Mech fernzuhalten. Julian hielt an, dann drehte er die Maschine mit einem schlurfenden Seitschritt, um die Schaufeln über die Ladefläche eines Kipplasters zu bewegen. Sobald sie in Position waren, drückte er die Auslöser auf den beiden Steuerknüppeln. Die Schaufeln kippten ihren Inhalt aus schweren Erdklumpen in den wartenden Transporter. Als Nächstes machte Julian einen Trick, den er gerade erst von Buddy Harris gelernt hatte: er drehte die Knüppel einwärts, sodass die Schaufeln aneinanderschlugen. Durch die Erschütterung lösten sich weitere Klumpen. Dann erst ließ er die Auslöser los, und die Schaufeln klappten wieder hinauf an die Unterseite der langen, beweglichen Greifarme. Er schwang die Maschine erneut herum, bereit für den nächsten Durchgang.

Und sah den Vorarbeiter und Duchess Amanda Hasek neben seinem Aufseher stehen.

Buddy wedelte ungestüm mit einem Arm, um seine Aufmerksamkeit zu erregen, und zog die andere Hand quer über die Kehle – eine Geste, die auf dem Schlachtfeld ebenso zu Hause war wie auf der Baustelle.

Julian schlug auf den Motorschalter und fühlte, wie der

Motor mit einem heftigen Schütteln den Geist aufgab. Er ließ sich nach hinten sacken und atmete ein paarmal kräftig durch. Die harte, vorgeformte Plastikschale war durch die dünne Polsterung, die dort jemand mit beidseitigen Klebestreifen befestigt hatte, deutlich zu spüren. Er schüttelte den Kopf. Es war auch zu schön gewesen, um lange gut zu gehen.

Er rollte die zerknitterten Ärmel des bunt karierten Baumwollhemdes nach unten, knöpfte die Manschetten zu und mühte sich redlich, den Stoff glattzustreichen. Die Ohrenschützer hängte er über seinem Kopf an einen Haken, den gelben Schutzhelm jedoch behielt er auf. Das war auf einer Baustelle grundsätzlich zu empfehlen. Zum Schluss klopfte er noch mit einer gewissen Zuneigung auf das Armaturenbrett der Fahrerkabine. Möglicherweise auch als eine Art Entschuldigung. Noch vor Weihnachten würde die gelb lackierte Schlechtwetterfolie, die dem ArbeitsMech als Sichtfenster diente, Panzerglas weichen müssen. Einer der Schaufelarme der Maschine würde von einer leichten Autokanone oder einer Raketenlafette ersetzt werden. Anschließend konnte man rote Gefahrenschilder über die klassische schwarz-gelb gestreifte Baumaschinenlackierung des BauMechs nieten, die vor Feuer oder großer Hitze warnten und die korrekte Handhabung beim Nachladen von Munition erklärten. Und danach würde man der Maschine einen Munitionsspezialisten zuteilen.

Dieser BauMech und andere seines Typs waren als Verstärkung für Kathils planetare Garnison vorgesehen und für den Militäreinsatz requiriert worden. Julian selbst hatte den Befehl am Tag zuvor unterschrieben.

Es war nur eine von vielen Veränderungen auf Kathil, mit denen sich die Vereinigten Sonnen auf den Krieg vorbereiteten.

Das Knacken des abkühlenden Motors erinnerte an das Ticken einer Uhr. Julian öffnete die schmale Kabinentür, packte die Stange, die dafür über der Öffnung angebracht war und hob sich aus der Kanzel. Von der sicheren Standfläche auf dem breiten Hüftgelenk des Mechs aus schaute er sich um. Die

Thermalenergieanlage von Yare Industries duckte sich einen Kilometer entfernt zwischen zwei runden Bergkuppen. Sie wurde ganz und gar von der gewaltigen, zwanzig Stockwerke hohen Antennenschüssel dominiert, über die sie die erzeugte Energie in Form von Mikrowellen hoch zu den Raumwerften im Orbit um den Planeten schickte. Zwischen der Anlage und Julians Baustelle befanden sich noch vier andere, nicht minder großflächige. Auf allen arbeiteten IndustrieMechs zwischen Bulldozern und Kränen. Männer und Frauen huschten zwischen den großen Maschinen umher, die an verstärkten Bunkeranlagen zur Unterbringung von Soldaten und Ausrüstung arbeiteten.

Und eine kurze Strecke entfernt, halb versteckt hinter hohen, blühenden Hartriegeln, stand der Hubschrauber, mit dem Herzogin Hasek gekommen war. Ein kleines Kontingent Wachen sicherte die Umgebung, unter anderem zwei *Pegasus*-Scoutpanzer und ein Trupp *Grenzgänger-II*-Kröten. Geheimagenten in ihren unverwechselbaren dunklen Anzügen und mit Sonnenbrillen auf den Nasen hatten sich in einem weiten Halbkreis verteilt und sorgten dafür, dass niemand der Duchess oder David Styles – dem Vorarbeiter – zu nahe kam. Letzterer sorgte bereits dafür, dass sich Warteschlangen bildeten.

Noch mehr Verzögerungen.

Julian beugte sich über die Seite des BauMechs und legte eine Hand trichterförmig an den Mund. »Wollen Sie sich das Projekt ansehen, Duchess?« Natürlich wusste er, was die Lady wirklich hier heraus nach Yare geführt hatte.

»Ich habe nach Ihnen gesucht«, rief sie zurück. Ihre Stimme war dünn, aber durchdringend schrill.

Julian nickte und wandte sich um. Er hatte schon den halben Morgen mit ihrem Eintreffen gerechnet und seine Arbeit in einer Mischung aus Erwartung und Angst absolviert. Eine kurze, am linken Mechbein angeschweißte Leiter erleichterte den Abstieg. Den letzten Meter ließ er sich fallen und landete leicht federnd, bevor er sich zu voller Größe ausstreckte und das Kreuz durchdrückte, um die verspannte Muskulatur zu lockern. Julian war einen Meter achtzig groß, auch wenn seine Mutter immer behauptete, er bewege sich so, als wäre er noch mindestens zehn Zentimeter größer. Sein Vater hatte dies ›Haltung‹ genannt.

Manchmal konnte Julian die Stimme des Vorsitzenden noch immer hören.

»Ein echter Mann steht gerade, wenn ihn nicht Lügen oder Ehrlosigkeit beugen.«

Julian genoss diese Augenblicke. Er schmeichelte sich, nicht allein vom Aussehen her seinem Vater zu ähneln. Dasselbe rotblonde Haar, die gesunde Hautfarbe, das kräftige Kinn, die haselnussbraunen Augen, die breiten Schultern. Christoffer Davion war in seinem ganzen Leben nicht einen Tag lang Soldat gewesen und hatte den Titel des gewählten Weltvorsitzenden Argyles jedem Adelsprädikat vorgezogen, das ihm sein Name gewährte. Doch er hatte seinem Sohn nie den Besuch der besten Schulen und Militärakademien verwehrt, die ihm diese Abstammung ermöglichte, oder die Protektion durch ihren Vetter, den Ersten Prinzen Harrison.

»Jeder Mensch wählt sein Leben selbst.«

Eine problematische Wahrheit. Letztlich hatte sich Julian für ein Leben unter der glitzernden Schneide eines Schwerts entschieden.

Er war sicher, sein Vater wäre stolz darauf gewesen, dass er es geschafft hatte, seinen Abschluss an der Militärakademie New Avalon zu machen *und* zum jüngsten Champion des Prinzen in der Geschichte der Vereinigten Sonnen ernannt zu werden. Dessen war er sich gewiss, seit sein Vater vierzehn Jahre zuvor aus dem Leben geschieden war. Jetzt, mit siebenundzwanzig, sah er keinen Anlass, daran zu zweifeln.

Nicht einmal unter Amanda Haseks missbilligendem Blick.

»Es war schwierig genug, Sie zu finden«, tadelte sie ihn.

Die Blicke der Herzogin von New Syrtis und Ministerin für die Mark Capella, also der Frau, die über ein volles Viertel der Vereinigten Sonnen herrschte, hatten schon Generälen die Knie weich werden lassen und niedere Adlige zum Zittern gebracht. Amanda Hasek war eine mächtige und gefährliche Frau. Doch ihr herzförmiges Gesicht war von einer kräftigen, offenen Schönheit, die Julian sehr an Prinz Harrisons erste Frau erinnerte, die jüngere Schwester der Duchess. Nur, dass die in ihren Sechzigern nun etwas gesetzter gewordene Amanda dem Alter einen leichten Graustich an den Schläfen ihrer tiefschwarzen Haarpracht zugestand, die sie nach der neusten Mode nach hinten hochgesteckt trug.

Sie legte die Hände auf die Ohren, um den Lärm der Baumaschinen zu dämpfen. Es war tatsächlich eine gewaltige Baustelle. Julian bezweifelte, dass es rund um Yare Industries seit dem Vierten Nachfolgekrieg jemals so viel Aktivität gegeben hatte.

Die Grube war zu groß, um hinüberzuspringen, also ging Julian um sie herum. Der warme Geruch frisch aufgewühlter Erde stieg zu ihm hoch. Er war nur noch sechs Schritte von ihr entfernt, als er antwortete. »Na, jetzt haben Sie mich gefunden.« Die Andeutung eines Lächelns folgte. »Und ich vermute, das bedeutet: Für mich ist hier Feierabend.«

Buddy Harris zwinkerte dem Champion des Prinzen freundschaftlich zu, als er auf dem Weg zum BauMech und seinem regulären Arbeitsplatz an ihm vorbeikam. Dem zweiten Mann, der steif neben Amanda stand, reichte Julian die Hand. David Styles erinnerte an einen verschreckten Wolf in einem Fangeisen, verzweifelt genug, sich selbst das Bein durchzubeißen, um zu entkommen. Der Besuch hoher Adliger, erst recht auf einer aktiven Baustelle, war sichtlich ungewohnt für ihn. Julian hatte Tage gebraucht, die natürliche Abwehrhaltung des Mannes zu durchbrechen und herauszufinden, was er wirklich dachte.

Jetzt spürte er in Styles' schwachem Händedruck die Zurückhaltung wiederkehren.

»Danke für Ihre Zeit, Lord Davion. Sie verstehen mit einem BauM umzugehen.«

»Kanzel ist Kanzel«, antwortete Julian. »Und ich stehe nicht gerne untätig herum.« Buddy saß bereits in der Fahrerkabine und wartete auf den Befehl weiterzuarbeiten. »Ich hoffe, ich habe Sie nicht zu viel Zeit gekostet.«

»Überhaupt keine«, log der Vorarbeiter höflich.

Julian lachte. »Danke, David.«

Der Vorarbeiter verstand das als Signal, dass seine Anwesenheit nicht länger erforderlich sei. Er verbeugte sich kurz vor Julian und dann deutlich tiefer vor Amanda Hasek. »Mylord, Duchess.« Er zog sich schnell einige Schritte rückwärts zurück, dann hastete er steifbeinig zur nächsten aktiven Baustelle. Die Warteschlange folgte ihm.

»Gibt es Neues von ComStar?«, fragte Julian, sobald der Mann außer Hörweite war, um die Duchess zum Geschäft zu bringen, bevor sie sich auf weitere seiner Schwächen stürzen konnte.

Amanda schüttelte den Kopf. Ihr Mund war zu einer angespannten Grimasse verklemmt. »Nichts Neues. Eine Prioritätsnachricht aus der Republik, die von einem diplomatischen Kurier überbracht wird. Sobald sie dechiffriert und die Echtheit aller Codes verifiziert ist, wird sie dem diplomatischen Rang entsprechend übermittelt.«

Julians Miene wirkte düster. »Von einem Kurier.« Es klang wie ein Fluch.

Das war es auf gewisse Weise auch. Zumindest war es weit entfernt von der Effizienz, mit der ComStars gewaltiges interstellares Kommunikationsnetz nur zwei Jahre zuvor noch gearbeitet hatte. Vor dem Kollaps. Praktisch über Nacht waren über achtzig Prozent aller Hyperpulsgeneratoren ausgefallen, die eine überlichtschnelle Kommunikation zwischen Welten und interstellaren Reichen erst möglich gemacht hatten. Und selbst die Generatoren, die noch funktionierten, taten dies nur sporadisch, weil sie bloß einige wenige Stationen des noch verfügbaren Netzes ansprechen konnten.

Kathils HPG gehörte zu denen, die verstummt waren.

»Drei Wochen Übermittlungszeit.« Julian schüttelte den Kopf. »Vor vier Jahren hätte ein sicheres Verifax die Strecke in drei Tagen zurücklegen können.«

Oder sogar in drei Stunden, wenn es höchste Priorität besaß. Nicht einmal das ließ sich heute noch feststellen. Diese persönlich überbrachte Nachricht konnte ein neues Handelsangebot aus der Republik der Sphäre enthalten oder die Mitteilung über einen neuen Grenzkrieg. Auf vielen Welten entlang der Grenzen dieses jungen Staats schlugen die Gemüter hohe Wellen. Es könnte um die Ankunft eines hohen Würdenträgers gehen, eine Naturkatastrophe oder Geheimdienstberichte.

»Es könnte auch die Nachricht von einer Invasion sein«, stellte er fest. »Und wir würden nichts davon ahnen, bis alle Kenncodes und bürokratischen Prozeduren korrekt abgehandelt sind.«

»Der Himmel bewahre uns davor!«, stieß Amanda hastig aus. Doch die Falten auf ihrer Stirn wirkten wie gemeißelt.

Nicht, dass Julian irgendwelche deutlichen Signale benötigt hätte. Er wusste sehr genau, dass Haseks Mark Capella nur auf einen Anlass wartete, den Frieden zu brechen und in die nahe Konföderation Capella einzufallen. Oder in das allzeit lästige Tauruskonkordat. Die Menschen hatten Angst. Die planetaren Regierungen waren nervös. Und selbst nach fünfzig Jahren der Demilitarisierung waren alle Beteiligten immer noch viel zu gut bewaffnet.

Schon die bloße Anwesenheit der Duchess hier auf Kathil war ein Zeichen des wachsenden Misstrauens zwischen Harrison Davion und den mächtigeren Adelshäusern der Vereinigten Sonnen. Auch über Prinz Harrisons Kopf hing das Schwert des Damokles und zwang ihn, die Zukunft seines Reiches für angespannte Beziehungen zu verpfänden.

Wenigstens ging keine akute Gefahr von New Syrtis aus, solange sich die Herzogin hier auf Kathil befand. Und welche Nachricht auch immer sie aus der Republik erwartete, sie würden sie zuerst erhalten.

Julian bemerkte, dass Buddy noch immer wartete, und zeigte ihm den erhobenen Daumen. Als der Motor des BauMechs donnernd ansprang und ölig schwarze Rauchwolken aus den senkrechten Auspuffrohren schlugen, führte er Amanda am Ellbogen beiseite. Er bemerkte grauen Staub auf der unteren Hälfte seiner schwarzen Hosenbeine und hielt an, um sie ohne große Hoffnung auf Erfolg abzuklopfen.

Amanda Hasek schüttelte den Kopf. »Julian, Sie sehen furchtbar aus.«

Nach ihren Maßstäben konnte daran gar kein Zweifel bestehen, sicher nicht nach einem Vormittag auf der Baustelle. Aber was sollte er tun? »Auf dem Kartentisch können Pläne ganz wunderbar aussehen, Amanda, und dann im Feld trotzdem scheitern. Man überlässt die militärische Planung nicht zivilen Dienstleistern.«

»Richtig. Aber man tauscht auch keine Facharbeiter gegen MechKrieger mit Akademieausbildung aus. Obwohl Sandra mit mir gewettet hat, dass ich Sie hier draußen an den Kontrollen irgendeiner Maschine finde.«

Lady Sandra Fenlon war Amandas Mündel, und der Versuch der Duchess, die beiden miteinander zu verkuppeln, war für die beiden jungen Adligen schmerzhaft deutlich. Privat waren sie übereingekommen, Amanda glauben zu lassen, sie hätte Erfolg. Besser dies, als sich Sorgen machen zu müssen, wen sie in Reserve hielt. Für sie beide.

»Hier gibt es so viel zu tun«, wechselte er das Thema. »Heute Morgen musste ich eine halbfertige Baustelle stilllegen.«

Er deutete zu einer verlassenen Grube hinüber, an der sich drei hohe Betonmauern über einem frisch gegossenen Fundament erhoben. Fünfhundert Meter dahinter ragte die riesige Zwanzig-Etagen-Antenne der Thermalstation auf.

»Was war daran auszusetzen?«, fragte Amanda und musterte die Baustelle, ohne das Problem daran zu sehen.

»Zu nahe am Mikrowellenturm. Und zu weit entfernt vom nächsten Bunker. Als Angreifer würde ich eine Verbundwaffenkompanie darauf ansetzen, mit flankierenden Einheiten, um Verstärkungen aus Osten oder Westen aufzuhalten.«

Er legte die Fingerspitzen der flachen Hände aneinander, um das Manöver darzustellen. Dann knallte er sie zusammen.

»Dann bräuchte ich sie nur noch zusammenzuziehen, durch die Verteidigungslinien zu brechen und die Anlage zu stürmen.«

Die bodengestützte Energieversorgung war die große Schwachstelle der Orbitalwerften. Haus Liao hatte das schon vor mehr als hundert Jahren im Vierten Nachfolgekrieg deutlich gemacht und hätte die Davion-Offensive ernsthaft ins Stocken bringen können, wenn die Kathil-Ulanen den Planeten nicht erfolgreich verteidigt hätten.

Während des Steiner-Davion-Bürgerkriegs waren die Werften selbst unter Beschuss gekommen, und diese Bodenanlage war in den Kämpfen zwischen den Anhängern Prinz Victors und der Garnison der Usurpatorin nahezu vollständig zerstört worden. Katherine Steiner-Davion hatte die Vereinigten Sonnen nicht freiwillig aufgegeben, und Kathil war während des größten Teils der fünf Jahre dauernden Auseinandersetzung heiß umkämpft gewesen.

Und praktisch unmittelbar im Anschluss war der Heilige Krieg der Blakisten ausgebrochen und hatte die gesamte Innere Sphäre an den Rand des Untergangs gebracht.

Julian hatte alle drei Kriege sehr genau studiert und sich erst kürzlich noch einmal genauer über Kathils gescheiterte Verteidigung im Heiligen Krieg informiert. Victor Steiner-Davion selbst hatte mehrere politische und militärische Abhandlungen über Kathil verfasst. Julian fand das Studium dieses Mannes ebenso faszinierend wie das, was er über die Bedeutung und die Schwächen so herausragender Systeme zu sagen hatte – nämlich, dass es nahezu unmöglich war, sie zu erobern oder zu verteidigen, ohne die Infrastruktur zu zerstören, der sie ihre Bedeutung verdankten. Zumindest nicht ohne Jahre der Vorbereitung und ein durchdachtes Gesamtkonzept.

Harrison Davion hatte keinerlei Interesse an derartigen Zerstörungsorgien, und genau deshalb hatte der Erste Prinz seinen Champion auch ausgeschickt: um diese letzte Phase der Vorbereitung zu überwachen. Eine Entscheidung, die Amanda

Hasek ebenso wie einigen anderen Adligen der Mark Capella sauer aufstieß. Sie wünschten sich weniger Einmischung von New Avalon. Mehr nicht.

»Und wir sind wirklich sicher, dass Haus Liao Kathil eines Tages plötzlich angreifen wird?«, fragte die Duchess.

»Das wird es«, versprach Julian. »Kathil plötzlich angreifen. Eines Tages.«

Es sei denn, die Konföderation wurde vorher selbst besiegt. Das sagte er allerdings nicht.

Er klang so sicher, weil dies sein Beruf war. Julian verstand sich darauf, die Zeichen der Zeit zu deuten. Und die Geheimdienstberichte. Die Schatten des Krieges dräuten, und das nicht nur in den Vereinigten Sonnen. Die Friedensära stand kurz vor dem Ende, falls sich nicht sehr, sehr schnell besonnenere Köpfe durchsetzten.

»Die Gefechte in den Draconis-Weiten sind heftiger geworden.« Das war der leise, von den Sandovals, Erbherzögen der – und Ministern für die – Mark Draconis der Vereinigten Sonnen, finanzierte Krieg gegen Haus Kurita. »Die Republik der Sphäre wird aus mehreren Richtungen angegriffen und zusätzlich von innen zerrissen. Und wäre Daoshen Liao nicht so damit beschäftigt, die Welten zurückzuerobern, die sein Reich an die Republik verloren hat, hätten wir ihn vermutlich schon am Hals. Sobald die Konföderation ihr Augenmerk in diese Richtung lenkt – nicht *falls!* – wird Kathil mit seinen Raumwerften ein Primärziel sein.«

Amanda Hasek mochte zwar im sicheren Schoß des hohen Adels der Vereinigten Sonnen geboren und aufgewachsen sein, doch sie verstand genug vom Einsatz gezielter Gewalt, um zumindest die Gefahr zu erkennen, und nickte.

»Besonders, nachdem sich die Konföderation Capella kaum vom Verlust ihrer eigenen Hauptraumwerften über Necromo im Blakistenkrieg erholt hat.« Als sie Julians hochgezogene Augenbrauen bemerkte, fügte sie hinzu: »Ich lese die Berichte meiner Generäle sehr wohl. Und den über die ›Sterilisierung‹ einer ganzen Welt vergisst man nicht so schnell.« Ihr Blick verlor sich in der Ferne. »Für den Liao-Kanzler muss Kathil wie ein verbotener Edelstein funkeln.«

Die Aussicht auf einen Krieg, der ihre Mark Capella in ein Schlachtfeld verwandelte, ließ die Stimmung der Herzogin schnell umschlagen. Sie schlenderten ein paar Sekunden schweigend weiter, und Julian fragte sich verzweifelt, was sie wohl gerade dachte. Überlegte sie Vorbereitungsmöglichkeiten? Oder, wie sie dem Angriff der Capellaner zuvorkommen konnte?

Und so traurig es auch war, er wusste doch, dass beide Möglichkeiten der wahren Sorge seines Prinzen vorzuziehen waren: dass die Haseks nach fast einem halben Jahrhundert der Quasi-Autonomie ein begehrliches Auge auf New Avalon warfen, den Thron der gesamten Vereinigten Sonnen.

»Der Prinz hat nur Ihr Bestes im Sinn«, lockte er.

Eine lange Pause folgte.

»Ich kann mich nicht erinnern, dass Harrison so ängstlich war, als Isabella noch lebte«, erklärte sie schließlich.

Julian riss sich zusammen, um sich keine Reaktion anmerken zu lassen, und fragte sich unwillkürlich, wer da jetzt gerade wen aus der Reserve lockte. »Ihre Schwester besaß die Gabe, in den Menschen den Glauben an eine bessere Zukunft zu wecken«, bemerkte er zögernd. Die Gräben zwischen den beiden Familien waren noch immer tief. »Aber ich glaube, selbst sie hätte den aufziehenden Sturm gesehen.«

»Oder vielleicht hat *diese Frau* ihre Krallen auch schon tiefer in ihn geschlagen, als ich für möglich gehalten hätte, und streichelt Harrisons Ego mit Träumen von martialischem Ruhm.«

»Das ist nicht nett, Amanda. Und auch nicht gerechtfertigt.«

Doch nachdem sie es einmal ausgesprochen hatte, ließ sich Amanda Hasek nicht so leicht den Mund verbieten. »Mancher könnte es als nicht gerade nett bezeichnen, wie Harrison mit dem Andenken meiner Schwester umspringt.«

»Mag sein. Diejenigen, die vier Jahre Trauerzeit für zu kurz halten. Oder denen es nicht genügt, wie Isabellas Tod dem Leben unseres Prinzen alle Freude geraubt hat.«

Julian wandelte auf einem schmalen Grat, indem er die Ministerin für die Mark Capella derart zurechtwies. Andererseits war sie auch seine angeheiratete Cousine, und das gestattete ihm gewisse Freiheiten. Davon abgesehen fungierte Julian als Champion des Prinzen häufig als Harrison Davions Sprachrohr. Das war eine der größten Ehren seines jungen Lebens, aber auch eine ungeheure Verantwortung.

»Amanda, bitte.« Julian blieb unter den rosa blühenden Hartriegeln stehen. Ein süßer, an Rosen erinnernder Duft hüllte die beiden ein. Sie standen in Sichtweite von Amanda Haseks Hubschrauber, dabei aber doch noch vor dem Punkt, an dem sich ihre locker verteilten Beschützer wieder sammeln würden. Die Herzogin starrte stur geradeaus. »Ist dir bewusst, wie selten es vorkommt, dass jemand in Harrisons Position eine *ebenbürtige* Gefährtin findet? Ich kann nur hoffen, ein solches Glück zu haben.«

Wie erhofft brachte die Erinnerung an seinen Junggesellenstatus den Hauch eines Lächelns zurück auf Amandas verkniffenen Mund. Aber sie weigerte sich trotzdem, ihn anzublicken. Stattdessen folgte sie mit den Augen dem Weg der patrouillierenden *Pegasus*-Schweber, die auf ihren Luftkissen näher glitten.

»Nun, wir werden sehen müssen, was wir da tun können. Lieber Junge.« Das letzte setzte sie verspätet hinzu, griff aber trotzdem nach seiner Hand und klemmte sie unter den Arm, um ihn mitzuziehen.

Der Hubschrauber vom Typ *Chariot* schien sich auf den Boden zu ducken, und die Rotorblätter hingen so tief herab, als hätte Kathils heiße Sonne sie verwelken lassen. Je zwei Infanteristen in *Grenzgänger-II*-Rüstungen standen an Bug und Heck der Maschine. Die golden glänzende Lackierung mit den purpurnen Akzenten des *Chariot* brüllte geradezu, dass er ein hohes Tier transportierte. Man hätte schon den IFF-Transponder programmieren müssen, es ununterbrochen zu verkünden, um ihn noch auffälliger zu machen.

Allerdings verfügte die Maschine über eine hochmoderne

Elektronik, die es der Herzogin gestattete, in ständiger Verbindung mit der planetaren Regierung Kathils zu bleiben. Ein Colonel in der Armee der Vereinigten Sonnen, der die Einheitsinsignien der Syrtis-Füsiliere an seiner Uniform trug, vermutlich Amanda Haseks Pilot, wartete mit einem Verifax-Lesegerät neben dem Helikopter. Das Gerät konnte abhörsichere Mitteilungen herunterladen und war auf Amandas DNS justiert. Niemand außer ihr war in der Lage, es zu bedienen.

Der Colonel überreichte das Lesegerät mit einer militärischen Präzision, die an einen Staatsakt grenzte. Es war so auffällig, dass sich Julian fragte, ob sich der Inhalt der Mitteilung schon über inoffizielle Kanäle verbreitete und gleichzeitig mit der offiziellen Nachricht eingetroffen war, wenn nicht sogar vor ihr.

Während der Offizier Haltung annahm, als Amanda den Daumen auf die Sensorfläche legte, war er sicher, dass es sich so verhielt.

Amanda stockte der Atem, als sie die Nachricht las. Sorgfältig studierte sie die erste Seite, als wolle sie sich noch einmal vergewissern, dass die Botschaft real war, dann blätterte sie hastig weiter. Für einen Augenblick verlor sie ihre gesetzte Aura, und ein Ausdruck besorgter Resignation trat an deren Stelle, bevor er schnell einem berechnenden Stirnrunzeln weichen musste, das auf Julian sehr vertraut wirkte. Jeder, der mit der Politik der Inneren Sphäre zu tun hatte, kannte diesen Gesichtsausdruck. Julian hatte ihn schon früher bei Harrison gesehen, und sehr ausgeprägt auch bei dessen Sohn und Thronfolger, Caleb.

Er hatte ihn sogar schon ein- zweimal im Spiegel wahrgenommen.

Und er war nie die Folge guter Nachrichten.

»Was ist, Amanda? Wie schlimm ist es?« Seine Kopfhaut juckte.

»Schlimm genug«, antwortete die Duchess. »Besonders für etwaige Hoffnungen auf eine Stabilisierung in der Republik. Und es betrifft auch uns hier, Julian. Tatsächlich gibt es kein einziges Großes Haus oder interstellares Reich, das nicht irgendwie davon betroffen ist.«

Da lag wieder dieser traurige Ausdruck auf ihrem Gesicht. Die Erinnerung an allzu viele Nachrichten dieser Art. Normalerweise war Julian recht geschickt darin zu raten, was ihn erwartete. Aber das traf ihn unvorbereitet.

»Victor Steiner-Davion ist tot.«

2

> Auf dem Planeten New Aragon erklärte Paladin Anders Kessel heute den ›Extremen Ausnahmezustand‹ – als Reaktion auf den brutalsten Angriff der Konföderation Capella seit dem Fall Liaos. Damit kam er allen etwaigen Bekanntmachungen aus dem Büro des Exarchen zuvor, der sich auf Terra in Schweigen hüllt.
>
> – DAMON DARMAN, Stellar Associated, 16. Dezember 3134

Terra
Präfektur X, Republik der Sphäre

13. Januar 3135

»Wenn das ein Vorgeschmack auf die nächsten drei Jahre meines Lebens ist, danke ich gleich ab und erspare mir die Magengeschwüre!«

Durch Deckenfenster strömte das Sonnenlicht und heizte das offizielle Büro des Exarchen im Regierungspalast auf. Die rote Kirschholztäfelung saugte das Licht auf, und die Bronzeakzente glänzten. Poliertes Holz und Leder beherrschten den Raum, den die Paladine wegen seiner ungewöhnlichen Form unter sich ›die Kugel‹ nannten: Die Stirnwand des langen, rechteckigen Raumes war nach außen gebogen und bestand vollständig aus bodenlangen Fenstern.

An guten Tagen konnte der Herrscher der Republik in diesem halbrunden Erker stehen und hinaus auf Genfs Grand Parc blicken. Zwanzig Hektar Parkanlage, einschließlich der Bäume aller Welten und einiger der schönsten Monumente der Republik.

Heute war keiner dieser Tage.

Jonah Levin schritt in seinem Büro auf und ab, hin und her über das große Siegel der Republik, das auf der anderen Seite des Schreibtischs vor den großen Fenstern den Boden zierte, und zermalmte seine Verärgerung unter den Absätzen der Uniformstiefel. Der Weg, den er nahm, zerschnitt das Büro in zwei Hälften und trennte seinen barocken Mahagoni-und-Bronze-Schreibtisch von der bequemeren Sitzecke. Der dicke Teppichboden hinderte ihn jedoch an der Genugtuung, laut aufzustampfen, und das lateinische Motto des Siegels – Ad Securitas per Unitas – verspottete ihn bei jeder Begegnung. Durch Einheit zur Freiheit?

Oder, andersherum: Durch Sicherheit zur Freiheit.

Er fragte sich nicht zum ersten Mal, ob Devlin Stone sich da einen Witz mit seinen Nachfolgern erlaubt hatte.

So wie er sich jetzt gerade einen schwarzen Scherz auf Kosten seiner Gäste erlaubte.

Paladinin Heather GioAvanti stand respektvoll vor dem Lederdiwan, die Hände vor dem Körper übereinandergelegt. Sie trug die formelle weiß-goldene Uniform der Paladine, milderte deren martialische Erscheinung heute jedoch, indem sie das blonde Haar weich und offen von den Spangen fallen ließ, die es hinter ihren Ohren hielten. Auf der anderen Seite des kleinen Couchtisches stand ihr Paladin Gareth Sinclair gegenüber, neben zwei Plüschsesseln, und verlagerte unbehaglich das Gewicht von einem Fuß auf den anderen. Gareth war groß und drahtig, mit grünen, forschenden Augen, die keine Sekunde still standen.

Heathers Miene wirkte unergründlich, ebenso wie ihre grauen Augen. Sie hatte ebenso viel Erfahrung in der Politik der Republik wie in Militärfeldzügen. Sinclair, der in dieser Ebene der Macht noch ein Neuling war, schaffte es nicht, seine Empörung zu verbergen. Dafür war Jonah dankbar.

Diesem Mann konnte er noch vertrauen.

»Das meinen Sie nicht ernst?!«, fragte Gareth, als sich nach der Rücktrittsdrohung des Exarchen das Schweigen dehnte.

Und ob es ihm ernst war – wollte Jonah antworten und starrte den jungen Paladin durchdringend an, während er die Kälte des Pfefferminzplättchens, mit dem er sein Mittagessen beendet hatte, in der Kehle spürte. War er auch einmal so naiv wie Gareth gewesen? Als Idealismus noch wichtiger gewesen war als harte Tatsachen?

War das nicht erst wenige Wochen her?

»Nein«, gab Jonah widerwillig zu. »Wirklich nicht.«

So hatte er sein Leben noch nie geführt. Fünfzig Jahre war er jetzt alt, und war immer zur Stelle gewesen, wenn man ihn gerufen hatte, und hatte sein Bestes versucht, seine Aufgaben zu erfüllen. Als MechKrieger und als Ritter der Sphäre. Später dann als einer der siebzehn – genau genommen achtzehn – Paladine. Einmal geleistet, war sein Eid unlösbar.

»Aber der Teufel soll mich holen, wenn ich mir nicht gestatte, mich ab und zu zu beschweren«, setzte er für die beiden hinzu. Seine ehemaligen Kameraden: jetzt waren es zwei seiner vertrauenswürdigsten Paladine – allein schon durch Elimination.

Beide hatten eine entscheidende Rolle dabei gespielt, die jüngsten Unruhen auf Terra in den Griff zu bekommen, und Jonah blieb gar keine andere Wahl, als sich auf sie zu verlassen. Seine Wahl ins Amt des Exarchen hatte Opfer gekostet, und eines der größten war das Vertrauen. Nicht einmal seine Paladine hatten sich als immun gegen die Politik der Zerstörung erwiesen. Jeder von Verfolgungswahn gezeichnete Bericht, der über seinen Schreibtisch wanderte, jedes schmutzige Geheimnis aus der Geschichte der Republik, über das Jonah jetzt im Bilde war, lastete auf ihm. Und wie sie auf ihm lasteten.

Es war die Schande der Menschheit, dass dies so sein musste.

»Na schön«, entschied er schließlich. Doch er kehrte nicht zu seinem Schreibtisch zurück, dieser Monstrosität aus Mahagoni und Bronze, die sich besser zum Esszimmertisch eignete als zum Büromöbel. Er setzte sich neben Heather GioAvanti auf den Diwan und winkte die beiden auf ihre Plätze zurück. Das weiche Leder knirschte leise, war aber ungemein bequem. Gewisse Vorzüge hatte das Amt schon.

»Wo *genau* stehen wir, was Präfektur IX betrifft?«

Präfektur IX war die letzte in einer Serie von Katastrophen, die über die Republik hereingebrochen war. Clan Jadefalke hatte unter dem Vorwand, Jagd auf die Stahlwölfe zu machen, durch den Steiner-Raum hindurch angegriffen. Sein Eroberungsfeldzug in der Republik war gnadenlos und äußerst effektiv gewesen. Zumindest bisher.

Paladin David McKinnon war für diese Region des Raums zuständig, aber Heather hatte sich erst kürzlich mit dem Champion der Gründerbewegung unterhalten, bevor er zu einer Folgemission nach Lyons aufgebrochen war.

»Die Jadefalken sind weiter damit beschäftigt, sich einzugraben und ihre Stellungen auszubauen«, berichtete sie. »Sie kontrollieren alle wichtigen Systeme mit Ausnahme von Nusakan und Lyons, die gesamte Rüstungsindustrie der Region und darüber hinaus die wirtschaftlich starken Welten Rydes. Sie haben ihre Ziele sorgfältig ausgewählt.«

»Was trotzdem nicht weiter wild war, bis Landgraf Jasek ihnen Skye zum Geschenk gemacht hat.« Gareth klang bereit, den Landgrafen zu erwürgen.

Die Nachricht war soeben eingetroffen und hatte Jonahs Wutausbruch ausgelöst. Die interstellaren Medien würden sich augenblicklich darauf stürzen, sobald sie an die Öffentlichkeit gelangte, und Jonah durfte damit rechnen, für mindestens zwei Wochen mit Fragen bombardiert zu werden. Die Eroberung Skyes durch die Jadefalken würde die jüngsten Unruhen und Militäraktionen mit Sicherheit in den Hintergrund drängen. Aber für einen Silberstreif war das wirklich hauchdünn.

»Wie Skye, so die Isle«, erklärte Gareth düster. Offensichtlich bewegten sich seine Gedanken an ähnlichen Linien entlang.

Heather nickte, wenn auch nicht eindeutig zustimmend. »Jasek Kelswa-Steiner hat Skyes Fall zwar zu verantworten, aber sein Wahnsinn ist nicht gänzlich ohne Methode. Selbst David McKinnon hat es einen ›inspirierten Irrsinn‹ genannt, und ich muss ihm zustimmen. Skye hängt den Jadefalken jetzt wie ein Mühlstein um den Hals. Mit etwas Glück wird es ihnen das Genick brechen.«

»Mit Glück«, entgegnete Gareth, »hätte Herzog Gregory seinen Sohn bei der Geburt erstickt. Ich verlasse mich nicht gerne auf Glück.« Er sah zu Jonah hinüber. »Sir.«

Gareth stammte aus Präfektur IX und seine Familie hatte enge Bindungen an die alte ›Isle of Skye‹. Jonah fragte sich, ob all das Gift und die Galle nur Schau war, oder ob sich Gareth einfach – vernünftigerweise – von den Kelswa-Steiners distanzieren wollte. Dann erinnerte er sich, dass die GioAvantis ebenfalls eine einflussreiche Händlerfamilie aus diesem Teil des Raums waren. Auch wenn sie sich von ihrer Familie losgesagt hatte, war es denn denkbar, dass auch Heather diese Entscheidung überdachte?

Er verfluchte die Notwendigkeit, so etwas zu denken.

Jonah lehnte sich in die Polster zurück und verbarg seine Verärgerung hinter einer nachdenklichen Miene. »Nusakan und Lyons.« Er nickte. »Nusakan ist in der Hand von Jasek und dessen Sturmhammer. Duke Gregory hat Lyons zu seiner Exil-Zentralwelt erklärt. Und weiß irgendwer, wohin die Wölfe diesmal verschwunden sind?«

Wieder antwortete Gareth. »Wenn es jemand weiß, dann Landgraf Jasek. Aber ich würde nicht darauf zählen, dass er dieses Wissen mit uns teilt.«

»Das wäre schon möglich.« Heather tat Gareths skeptischen Blick mit einem Schulterzucken ab. »Solange sich seine und unsere Interessen decken.«

»Jasek will die alte Isle of Skye zurück zu Haus Steiner und ins Lyranische Commonwealth führen. Er hat Skye selbst Clan-Invasoren überlassen. Wie könnte sich das mit unseren Interessen decken?«

Aber Jonah verstand, worauf Heather hinauswollte. Eine weitere Last, die sich auf seine Schultern senkte. »Weil es die Jadefalken von Terra fernhält.«

Heather nickte, und Jonah sprach weiter. »Die Clans sind

nie abgezogen, Gareth. Devlin Stone hat nach dem Heiligen Krieg eine Menge auf seine Seite gezogen, und ein paar Clanner haben sich sogar in der Republik niedergelassen. Paladine Drummond und Meraj Jorgensson sind revolutionäre Denker, allein dadurch, wie weit sie unseren Weg mitgegangen sind. Aber für die Clans, die noch in den Besatzungszonen lauern, mit der möglichen Ausnahme der Geisterbären, hat der Frieden offensichtlich nicht gehalten, was bedeutet: sie haben es immer noch auf Terra abgesehen.«

Ein weiteres Problem in einer ständig wachsenden Liste. Jonah hievte sich zurück auf die Beine und atmete laut aus, als auch Heather und Gareth aufstanden. Diesmal drehte er eine langsame Runde durch das Zimmer, die Hände auf dem Rücken verschränkt. Es gab keine einfache Lösung.

»Als Devlin Stone die Republik der Sphäre gründete«, stellte er hauptsächlich sich selbst gegenüber fest, »brachte er die Möglichkeit eines neuen Traums in die Innere Sphäre.« Er schaute zurück zu seinen Paladinen. »Was ist aus diesem Traum geworden?«

Gareth, der sich an seine einflussreiche neue Rolle noch nicht gewöhnt hatte, hielt sich bedeckt. Heather GioAvanti hingegen war eine Paladinin par excellence. Sie schreckte nicht vor schwierigen Entscheidungen oder unangenehmen Antworten zurück. »Wir haben einen Fehler begangen, der historisch immer wieder vorkommt. Wir haben ihn als selbstverständlich betrachtet.«

Jonah sah es ebenso. Die Menschen hatten die Siege und Geburtswehen ihrer jungen Republik zu schnell vergessen. Diese Neuauflage der Terranischen Hegemonie, deren Grenzen sich in einem groben Umkreis von einhundertzwanzig Lichtjahren um das Solsystem erstreckten, hatte die Entwaffnung der großen Armeen und die Durchmischung der verschiedenen Kulturen gefördert. Die meisten wichtigen Fürsten hatten Stones Vision geteilt. Manche, wie Victor Steiner-Davion, hatten sich um sein neues Banner geschart und mitgeholfen, sie umzusetzen.

Doch nicht alle waren so fortschrittlich. Selbst nach dem Heiligen Krieg der Blakisten, angesichts einer vom Völkermord gezeichneten Menschheit, hatten sich manche Anführer der Veränderung widersetzt. Und ob es nun zum Guten oder zum Schlechten gewesen war, Stone hatte jedenfalls nicht gezögert, seine Vorstellung vom Frieden zu erzwingen. Irgendwann war es gelungen, die Widerspenstigen mit militärischer und politischer Gewalt niederzuzwingen, aber im Nachhinein ließ sich nicht bestreiten, dass er damit auch Unzufriedenheit gesät hatte, eine Saat, die spektakulär aufgegangen war, sobald der HPG-Kollaps den interstellaren Dialog unterbrochen hatte. Aufgegangen und prächtig gediehen war.

Plötzlich verfolgten außergewöhnliche Führungspersönlichkeiten wie Katana Tormark oder Aaron Sandoval eigene Ziele.

Neu aufgetauchte politische Faktionen hoben eigene Streitkräfte aus oder sammelten sie aus den kleinen Garnisonen der Republik.

Nach einer Generation der Geduld schlugen äußere Feinde zurück. Haus Liaos Konföderation Capella. Und Clan Jadefalke. Jetzt wurden auch innerhalb des Draconis-Kombinats und der Vereinigten Sonnen drohende Stimmen hörbar. Stellte man die Innere Sphäre auf einer zweidimensionalen Karte dar, war die Republik ein großer Kuchen – mitten im Zentrum. Und jeder wollte sich ein Stück davon sichern.

Mehr als ein Damoklesschwert hing da über Jonahs Kopf, und alle wurden sie von nichts weiter als einem dünnen Haar gehalten.

»Mag sein«, gab Gareth zu, »dass wir ihn wirklich für selbstverständlich gehalten haben.« Der Mann schien die Stille einfach nicht aushalten zu können. »Aber wir haben einen neuen Exarchen und ein neues Mandat. Irgendetwas muss es doch geben, das wir tun können!«

»Es gibt immer etwas, das man tun kann«, stimmte Jonah zu. Allerdings wusste er auch, dass es ihnen nicht unbedingt behagen würde.

Langsam ging er ein paar Schritte weiter, bis zu dem Teeservice, das einer seiner Assistenten auf einem Servierwagen neben der Tür zu einem seiner vielen Privatbüros aufgestellt hatte. Die Tür war in die Wand versenkt, und nur eine einfache Druckplatte und der kaum sichtbare Saum verrieten ihre Existenz.

Jonah warf einen Blick auf die Tür, dann einen weiteren hinter sich, zu seinen Paladinen. Dann trat er neben den Servierwagen. Aus der kleinen Rosenholzdose hob er ein Teesieb, in dem sich bereits eine Gewürzmischung von Algedi befand, einer Welt knapp oberhalb der Grenze zum Draconis-Kombinat. Er hob die Silberkanne vom Samowar, schenkte eine Tasse ein und tauchte das Teesieb in das dampfende Wasser. Das Aroma der goldenen Flüssigkeit war reich und kräftig, einzigartig für Algedi, und zunehmend selten, weil sich die Probleme der Republik auf Handelsbeziehungen und Transportrouten auswirkten.

»So viele Schwierigkeiten.«

Obwohl er mit der Debatte über Präfektur IX der größten unter ihnen auswich. Oder bahnte er sich nur den Weg?

Senator Geoffrey Mallowes war ebenfalls ein Repräsentant Skyes, rief sich Jonah in Erinnerung. Tatsächlich war es die Freundschaft des mächtigen Senators mit Gareths Familie gewesen, die ihn schließlich hatte auffliegen lassen. Die Marionette des Senators hatte sich gegen ihn und den Langzeitplan seiner Mitverschwörer zur Machtergreifung gekehrt.

Von allen Krebsgeschwüren, die an der Substanz der Republik nagten, war dies das weitaus schlimmste. Und die Entscheidung, wie er es bekämpfen wollte, musste er allein treffen. So gut wie allein.

»Dane«, sagte er schließlich und entließ die beiden Krieger.

Beide nickten, und Gareth deutete zusätzlich eine leichte Verbeugung an. »Ich danke Ihnen, Sir.«

»Bleibt in der Hauptstadt«, wies Jonah sie an, während sie schon auf dem Weg zur Tür waren. »Möglicherweise habe ich heute Abend noch etwas für euch.« Er drehte sich nicht um, um ihnen zu folgen oder ihnen auch nur hinterherzublicken. Er war sich nicht sicher, ob es ihm gelungen wäre, die gebotene Distanz zu seinen ehemaligen Kameraden zu wahren.

Eine weitere Notwendigkeit. Schmerzhaft, aber unumgänglich.

Als die Tür schwer ins Schloss fiel und der Exarch allein war, goss er langsam eine zweite Tasse des würzigen goldenen Tees ein, während er seine Gedanken ordnete. Er legte die Handfläche auf das versteckte Türschloss, wartete, bis die Tür aufgeschwungen war, und nahm dann beide Tassen mit in das Privatbüro, das nicht weniger prunkvoll wirkte, sich aber eher als private Kommandozentrale eignete.

Dieselbe Kirschholztäfelung, Bronzeakzente und Ledermöbel. Aber kein Fenster. Stattdessen war eine Wand vollständig von dunklen Plasmamonitoren bedeckt, die sowohl separat als auch mosaikartig zu einem gewaltigen Bild zusammengesetzt arbeiten konnten. Und der Schreibtisch war eine moderne Skulptur aus Metall und Glas, die in der exakten Mitte des Zimmers stand. Die Platte verwandelte sich auf einen Tastendruck in eine Holoanzeige, die Gefechts-ROM-Bilder, eine extrem detaillierte Karte des Weltkartografischen Instituts oder Einspielungen von beliebigen Militärsatelliten im Orbit über Terra darstellen konnte.

Dies war das Zimmer, in das Jonah sich zurückzog, um Welten fallen zu sehen und Menschen in den Tod zu schicken.

Auch kein fröhliches Zimmer.

Die Beleuchtung war gedämpft und schuf eine eher für geflüsterte Geheimnisse als politische Debatten geeignete Atmosphäre. Eine Hand streckte sich aus den Schatten entlang einer der Wände und nahm eine der beiden Tassen in Empfang. Jonah reichte sie mit einem dünnen, bitteren Lächeln weiter.

Er wanderte durch den Raum, wärmte die Hände an der kleinen Tasse, die ihm geblieben war, und sog den Duft auf, der in zarten Dampffäden aufstieg. Sein Gast folgte ihm bis zum Schreibtisch, wo er neben einem einfachen Stuhl mit hoher Lehne stehen blieb. Der Mann war nicht groß, nicht klein, und seine Statur hätte man weder als muskulös noch als hager beschrieben. Das dunkle Haar schien gut frisiert, mit einer Spur Gel, um es zu halten. Die Art Mann, die man nicht wirklich zur Kenntnis nahm. Perfekt.

»Mallowes«, sagte der Exarch schließlich und hauchte den Namen mehr, als dass er ihn aussprach. Er ließ sich auf den ledernen Bürosessel sinken. Die Polster schmiegten sich wie ein bequemer Handschuh um ihn.

Der Phantompaladin trank und nickte höflich. Er war das geheime achtzehnte Mitglied der ehrwürdigen Versammlung, die dem Exarchen half, das Militär zu führen und für Ordnung zu sorgen. Für die nach Genf kommenden Ritter und Paladine war er ›Emil‹. Sie kamen und gingen vor seiner Nase, ohne seine Identität auch nur zu ahnen. Er war der Chef der Phantomritter. Der Meister der Spione und verdeckten Operationen.

Und der Mann, der Jonah Levin die meisten schlaflosen Nächte bereitete.

»Ich habe mich der Erkenntnisse angenommen, die Sie vor der Wahl gesammelt haben«, stellte der Phantompaladin fest. »Unsere Beweise sind noch immer größtenteils Indizien, aber wir haben eine unter den gegebenen Umständen optimale Zeitlinie erstellt. Zum Beispiel wissen wir, dass gewisse Mitglieder des Senats seit bis zu zwölf Jahren junge, ausgezeichnete MechKriegerkandidaten ›protegieren‹. Hunderte.«

»Alles Adelssprösslinge?«, fragte Jonah überrascht. Er ließ sich ablenken und trank zu schnell, sodass er sich mit dem ersten Schluck die Zungenspitze verbrannte. Mit einer Grimasse presste er die schmerzende Stelle gegen das Gaumendach.

»Nein. Nur ein Teil von ihnen – unter anderem Senator Mallowes – hat sich auf Topqualität konzentriert.«

Wie Gareth Sinclair, doch das brauchte der Phantompaladin nicht hinzuzusetzen. Als aufstrebender Ritter – und dann sogar als neuester Paladin – hatte Gareth in Geoffrey Mallowes' Plänen eine tragende Rolle gespielt.

»Andere Mitglieder der Verschwörung haben das Netz viel

weiter gespannt und ihr Vorgehen weit gröber angelegt. Bestechung, Erpressung und Einschüchterung, sie haben vor nichts zurückgeschreckt. Sie haben Adlige und Bürger als Ziele ausgewählt ... sogar Einwohner.« Der Phantompaladin machte eine Pause. »Tatsächlich schätze ich, dass man sich einiges an Loyalität sichern kann, wenn man einem nicht wahlberechtigten Einwohner Bürgerrechte und einen Posten beim Militär verschafft. Weit eher als durch die Protektion eines jungen Adligen, der von klein auf an Privilegien gewöhnt ist und der Republik auf Grund seines Könnens oder Pflichtgefühls dient.«

Jonah nickte und trank einen zweiten Schluck, diesmal vorsichtiger. Der abgerundete, aromatische Geschmack des Tees überdeckte das bittere Koffein gut. Er behielt ihn einen Augenblick lang im Mund, entschlossen, an diesem Nachmittag wenigstens etwas zu genießen. Doch wie bei allem anderem auch war es nur eine Frage der Zeit, bis eine bittere Note durchdrang.

Wie die Senatoren, auf die lange Jahre niemand geachtet hatte. Jeder Einzelne von ihnen war von Adel. Und stammte aus Familien mit einer langen Geschichte der Vorherrschaft. Einer Geschichte, die sich über Jahrhunderte erstreckte, im Vergleich zu den gerade sechs Jahrzehnten der Republik. Warum hatte sich niemand Gedanken darüber gemacht, wie sie auf Devlin Stones Rücktritt reagieren würden? Seinen Rücktritt und sein ... Verschwinden.

Das Versprechen Stones wiederzukehren, falls die Republik ihn brauchte, war allgemein bekannt. Aber das war es auch schon. Nicht einmal Jonah mit seinem Zugriff auf Staatsgeheimnisse konnte die Schleier der Geheimhaltung, die um dieses Ereignis herum bestand, durchdringen. Gab es eine weitere Geheimorganisation? Hatte Stone dafür gesorgt, dass jemand zur Stelle war, um über die Wächter zu wachen?

Es war deutlich, dass einige Senatoren das Versprechen für mythisch hielten und an Stones Fähigkeit und Interesse zweifelten, tatsächlich zurückzukehren. Die Verschwörer waren auf die Macht des Exarchen neidisch und erinnerten sich wehmütig an die Zeiten, als die Adligen noch die Geschicke der Inneren Sphäre bestimmt hatten. Ihr Plan war zugleich einfach und ehrgeizig ausgefallen. Sie versuchten, sich die kommenden Größen des Republikmilitärs zu verpflichten und dafür zu sorgen, dass sie Ritter und schließlich Paladine wurden. Auf dieser Ebene konnten schon ein oder zwei willfährige Diener einen unbotmäßigen Einfluss auf die höchsten Stufen der Militärpolitik ausüben. Und wenn es erst gelang, einen ins Amt des Exarchen zu hieven ...

Das war eine Verschwörung, die auf langfristige Ziele ausgerichtet war. Wäre sie nicht entdeckt worden, sie hätte gute Erfolgschancen gehabt. Aber ein Paladin hatte sie durchschaut. Ein außergewöhnlicher Mann mit den allerbesten Verbindungen.

Und es hatte Victor Steiner-Davion das Leben gekostet.

Jonah schluckte den Tee und ließ ihn seine Kehle wärmen. »Was für eine Verschwendung«, meinte er und bezog sich damit gleichzeitig auf die Anstrengungen der Verschwörer und Victors Tod.

Der Phantompaladin nickte verstehend. »Natürlich stammt ein Teil unserer Informationen von der Ermittlung jener Hinweise, die Victor hinterlassen hat. Auch wenn wir die nach dem Attentat gelöschten Daten nicht vollständig wiederherstellen konnten. Wir kennen so bestenfalls die Hälfte seiner Quellen. Die Erinnerung seiner Krankenschwester – das, was sie im Verlauf ihrer Pflichten gesehen hat – bleibt unser bester Anhaltspunkt.«

»Und wir haben nichts, was Mallowes direkt mit dem Mord an Victor in Verbindung bringt? Keine Geldspur? Keine belastende Aussage?«

»Nichts. Wegen Verschwörung haben wir den Senator am Kragen, aber der Rest ist schwierig. Henrik Morten ist unsere direkte Verbindung zur Erpressung und Einflussnahme. Wir wissen, dass ihm Mallowes befohlen hat, Victor zu beschatten, sobald deutlich wurde, dass er schnüffelte. Morten hat die

Krankenschwester ausgehorcht und dann später den Mordversuch an ihr in Auftrag gegeben, um seine Spuren zu verwischen. So viel hat er gestanden.« Er zog einen kleinen Datenspeicher aus der Tasche und legte ihn auf den Schreibtisch.

Jonah ließ ihn liegen. Er hatte mehr und mehr den Eindruck, dass er sich nicht umdrehen konnte, ohne mit noch mehr Staatsgeheimnissen in Berührung zu kommen, von denen er eigentlich überhaupt nichts wissen wollte. Das Verhör und Geständnis Henrik Mortens waren Bilder, auf die er verzichten konnte.

»Es ist eine logische Schlussfolgerung«, erklärte der Phantompaladin weiter, »dass Mallowes zwischen beiden Ereignissen auch Paladin Steiner-Davion den tödlichen Schlag versetzt hat.«

»Aber wir können es nicht *beweisen*«, beschwerte sich Jonah. Er stellte den Tee beiseite, hatte das Interesse daran verloren. »Der Rest würde genügen, ihn vor dem Adelsgericht zu verurteilen, wenn wir uns darauf verlassen könnten, dass die übrigen Senatoren unvoreingenommen urteilen. Aber ich will die ganze Verschwörung für den Mord an Victor zur Verantwortung ziehen! Der Mann war eine lebende Legende, ein Held reinsten Wassers. Er hatte etwas Besseres verdient!«

Sein Gegenüber schwieg, widersprach weder, noch stimmte er zu. Jonah wusste, dass der Phantompaladin keinerlei Einfluss auf die Politik der Republik nehmen durfte. Er war die wichtigste geheime Informationsquelle des Exarchen, mehr aber nicht.

»Es gibt keine Möglichkeit, die Ausmaße dieser Verschwörung aufzudecken?«, fragte Jonah, und der plötzliche Stimmungsumschwung verriet seine Resignation.

Der andere Mann schüttelte den Kopf. »Nicht ohne eine Verurteilung vor dem Adelsgericht, die Mallowes zwingt, zu reden, um eine Strafmilderung zu erreichen.«

»Damit die Verschwörer über sich selbst richten?« Jonah verzog das Gesicht. Der Nachgeschmack des Tees wurde von Sekunde zu Sekunde bitterer. Das würde er nicht zulassen. Die

Senatoren hatten den Staat, dessen Schutz das Volk in ihre Hände gelegt hatte, verraten und angegriffen. »Keine Chance. Sie können von mir aus von Gewaltenteilung kreischen, so viel sie wollen. Bis sie eine militärische Untersuchung im Senat akzeptieren, machen wir weiter.«

Der Phantompaladin stellte seine Tasse ebenfalls ab. Er lehnte sich zurück, stützte das Kinn auf die gefalteten Hände und dachte nach. »Sie wissen, dass der Senat debattiert, Ihnen das Misstrauen auszusprechen«, erinnerte er den Exarchen in sorgsam neutralem Ton.

Das wusste Jonah allerdings. Es war nicht gerade eine heimliche Debatte. Der Senat drohte öffentlich, durch die Planetaren Gouverneure, die nicht dem Exarchen, sondern dem Senat verantwortlich waren, die Staatsfunktionen an sich zu ziehen. Zu jedem anderen Zeitpunkt hätte eine derartige Demonstration der Solidarität unter den Adligen im Angesicht eines gemeinsamen Feindes erhebend wirken können. Jetzt allerdings widerte sie ihn an. Sie wollten dem Exarchen das Misstrauen aussprechen! Devlin Stone hätte gespien, hätte er mit ansehen müssen, wie sie das Antlitz seines leider durchaus fehlerhaften Utopias zu einer Fratze verzerrten.

»Vielleicht wird es Zeit«, entschied er. »Zeit, sie an das zu erinnern, was vor uns war, und zu welchem Zweck die Republik gegründet wurde.« Er legte die Faust auf den Tisch. Die Glasplatte lag kühl unter seiner Hand. »Eines ist sicher: Wir müssen unser Haus in Ordnung bringen, bevor die Fürsten der Inneren Sphäre eintreffen.«

Der Phantompaladin hob eine Augenbraue. »Dann haben sie die Einladung angenommen?«

»Teilweise.« Der Exarch entspannte sich. Ein wenig. »Bis jetzt das Rasalhaag-Dominium und das Marik-Stewart-Commonwealth. Und Haus Liao.«

»Liao?«

Daoshen war der eine Fürst gewesen, bei dem sie sich beide sicher gewesen waren, dass er die Einladung ignorieren würde. »Unterschätze nie die Macht des Verfolgungswahns. Daoshens

Antwort war knapp, aber vielsagend. Er möchte sich vergewissern, dass Victor ›unwiderruflich tot‹ ist. Ich habe den Eindruck, er plant, die Leiche mit einer Nadel zu durchbohren.« Er zuckte die Achseln. »Was die anderen angeht ... Ich erwarte, dass die meisten kommen werden.«

Jonahs Vorgänger, Damien Redburn, hatte alles geschickt in die Wege geleitet. Eine Einladung zum Staatsbegräbnis von Victor Steiner-Davion. Kaum ein Nachfolgerfürst oder sonstiger Regierungschef der Inneren Sphäre konnte das ablehnen. Ob Freund oder Feind, sie alle schuldeten Victor etwas.

»Es wird das größte Gipfeltreffen der Inneren Sphäre seit der Gründung der Republik.«

»Victors Familie protestiert jetzt schon dagegen, dass sein Leichnam aufgebahrt daliegt«, warnte der Phantompaladin. »Es wird keinen guten Eindruck hinterlassen, falls Gavin und Simone nicht erscheinen, oder schlimmer noch, sich öffentlich gegen die Zeremonie aussprechen, weil sie den Wünschen ihres Großvaters zuwiderläuft.«

»Daran lässt sich nichts ändern. Die Gelegenheit ist zu günstig, und möglicherweise ist das unsere letzte Chance, etwas gegen die Angst und das Misstrauen zu unternehmen, die hinter der zunehmenden Gewalt der letzten beiden Jahre stecken. Ich weiß auch, dass Victor den Pomp und die Zeremonie gehasst hätte. Aber Victor ist nun tot. Und der Mann war ein Paladin und ein Patriot. Er hätte uns diesen letzten Dienst nicht abgeschlagen. Die Republik *muss* überleben. Victor kann uns die nötige Zeit verschaffen, nach neuen Optionen zu suchen.«

»Und die Senatoren?«

»Müssen wir an der Kandare halten.«

Es war ein Auftrag für den Phantompaladin. Das wussten sie beide. Jonah war klar, dass er soeben einen weiteren Eintrag in der Akte begonnen hatte, die ihm Damien Redburn vererbt hatte: mit dem streng geheimen Bericht zur Lage der Nation, ausschließlich ZUR ANSICHT des Exarchen.

»Gib GioAvanti und Sinclair jede mögliche Unterstützung«,

befahl Exarch Jonah Levin. »Was auch immer sie benötigen. Die Republik darf nicht schwach und zerstritten erscheinen. Angesichts all der übrigen Probleme, denen wir gegenüberstehen, mein Freund, können wir uns das einfach nicht leisten. Ich bin sicher, das wird auch der Senat einsehen ... jedenfalls seine ehrbaren Mitglieder.«

Der Phantompaladin beugte sich vor. Ein hartes Glitzern lag in seinen Augen. »Was haben Sie vor?«, fragte er.

Jonah Levin griff nach der Tasse.

»Wenn es nötig wird«, antwortete er, »werde ich sie das Fürchten lehren.«

3

... Im Büro. Ich habe kurz eine Pause gemacht und ein Gebet gesprochen.
... Im Mo's, und die meisten von uns haben darauf angestoßen. Wurde auch verdammt Zeit, dass er für seine Sünden bezahlt.
... Wer?

– Kathil Broadcast Trivid KBT, Ausschnitte aus »WO WAREN SIE: Der Tod Victor Steiner-Davions«, Kathil, 19. Dezember 3134

Firgrove
Mark Peripherie, Vereinigte Sonnen

18. Januar 3135

In der letzten Stunde seit Calebs überhasteter Landung auf Firgrove war der Wind stärker geworden. Dieser warme, trockene Südwind, der sich in der Wüste ringsum leicht statisch aufgeladen hatte, bog die Wipfel der hohen Goldkiefern rings um die Militärakademie und pfiff durch die Tribünen am Exerzierplatz. Er rang mit den Standartenträgern der Kadettenkompanien um deren rot-goldene Banner. Hie und da griff er sich eine Abdeckung oder ein von einem der Ehemaligen fallen gelassenes Textblatt und fegte es über den Platz.

Mit dem Wind zog auch der Geruch von Wüstensandstein und Salbei über das Gelände. In der Ferne grollte Donner, was Caleb ziemlich seltsam erschien, da keine Wolke am Himmel stand und die gelborange Sommersonne gnadenlos herabstach. Neugierig hielt er nach einer Spur der legendären Kugelblitze Firgroves Ausschau, auch wenn ihm die Offiziere versprochen hatten, so etwas komme über der Akademie nicht vor. Es gab zu viele Blitzableiter. Ganze Gruppen der hohen Metallstangen ragten stumm an jeder Ecke der Allee auf und umringten den Exerzierplatz wie ein lockerer Zaun.

Trotzdem wartete Caleb und achtete gar nicht darauf, was sonst noch geschah. Deshalb reagierte er auf das falsche Stichwort.

»Mit großem Stolz gedenken wir des Dahingeschiedenen. Ein großer Mann, Soldat und Adliger des Reiches«, intonierte Kommandeur Laurent Gadbois.

Natürlich sprach er von Victor Steiner-Davion. Caleb aber hörte nur ›Adliger des Reiches‹ und stand in Erwartung seiner Vorstellung auf, bevor Gadbois fertig war. Der weißhaarige Offizier nickte.

»Außerdem freuen wir uns über die Ehre, die uns Prinz Harrison Davion erwiesen hat«, erklärte der Milizoffizier, »mit dem Besuch seines Sohnes und Erben. Die Militärakademie Firgrove wird sich an diese Ehre lange erinnern, trotz des traurigen Anlasses. Dass uns die Nachricht vom Hinscheiden Victor Steiner-Davions zeitgleich mit seinem Eintreffen erreichte, werten wir als glückliche Fügung. Denn niemand ist besser geeignet, uns bei dieser kurzen Abschiedszeremonie zu führen, als der Duke of Taygeta, Ehrenkommandeur der Davion Guards und unser zukünftiger Erster Prinz. Caleb ... Hasek ... Sandoval ... Davion.«

Caleb setzte ein starres Lächeln auf und ließ sich unter dem wachsamen Blick der Holovidkameras seine Verärgerung nicht anmerken. Es gefiel ihm ganz und gar nicht, herumstehen zu müssen, während Gadbois seine schwachsinnige Vorstellung abspulte. Ja sicher, er hatte auf voller Aufzählung seiner Titel und Namen bestanden. Wer sonst in den gesamten Vereinigten Sonnen konnte sich auf eine Abstammung von allen drei führenden Adelshäusern berufen? Von den Herzögen der Marken Capella und Draconis ebenso wie von der Herrscherlinie?

Aber es behagte ihm nicht, wie der ranghöchste Offizier der Akademie seinen Namen dehnte. Das ließ ihn hochtrabend klingen, und nicht angemessen ergeben.

»Karrieren sind schon für weniger ruiniert worden«, raunte Mason von der Seite.

Mason Lambert, ein langjähriger Freund und einer von Calebs klügsten Ratgebern, saß eine Reihe hinter ihm und zwei Plätze weiter seitlich. Seine Stimme reichte nur bis zu Caleb und vielleicht noch zu ein paar Leibwächtern. Deshalb sagte Caleb nichts.

Er nickte nur.

Sich seines Bildes in der Öffentlichkeit wie immer sehr bewusst, zupfte Caleb am Saum seiner grünen Uniformjacke und zog sie gerade, als er von der Tribüne für Ehrengäste auf die kurze Treppe an der linken Seite der Bühne trat. Er machte einen prachtvollen martialischen Eindruck. Der vergoldete Säbel klimperte an seiner Seite, als er die Stufen hinaufstieg. Mitsamt den weißen Handschuhen und den Leggings über den – nur an den Aufschlägen sichtbaren – dunklen Hosenbeinen trug er die volle Ausgehuniform eines Offiziers der Vereinigten Sonnen. Wie es sein Vater von ihm erwarten durfte.

Er würde noch ein einziges Mal für die Holos posieren, seine Rede halten und die Vereinigten Sonnen bejubeln.

Zum letzten Mal auf dieser Rundreise.

Victor Steiner-Davions Tod hatte ihn begnadigt. Jetzt konnte er diese Tour durch die Achselhöhle der Vereinigten Sonnen endlich beenden. Endlich war Schluss mit der Öffentlichkeitsarbeit, zu der ihn sein Vater in die hintersten Winkel des Reiches abkommandiert hatte, während sein Vetter Julian die Freude New Avalons und die sehr viel angenehmeren kernwärtigen Welten genoss. Schluss mit dem Händeschütteln und Kleine-Kinder-Küssen. Schluss mit Presseterminen vor Akademieklassen und Einkaufszentren.

Caleb hielt kurz an, schüttelte die Hand des Kommandeurs, und wartete, dass die Journalisten ihre Standbilder schossen. Ein staubiger Salbeigeschmack legte sich auf seine Zunge. Der Wind zupfte an seinen schwarzen Locken, nur dort nicht, wo Schweiß das dickere Haar hinter den Ohren an den Schädel klebte. Er lächelte, nickte Gadbois zu und trat an das Rednerpult, das auf dem vorderen Teil der Bühne stand.

»Danke, Kommandeur Gadbois. Auch für mich ist es eine Ehre, mich für diese traurige Zeremonie hier an der Firgrove-Akademie befinden zu können.«

Die Ehemaligen der Akademie waren der Bühne am nächsten, auf den Tribünen zu beiden Seiten des Exerzierplatzes. Während der Trauerrede und der Ansprache des Akademiekommandeurs hatten sie gestanden. Jetzt warteten sie aus Respekt vor Caleb Hasek-Sandoval-Davion, der das Senken der Fahnen auf Halbmast leiten würde. Es waren ältere Männer und Frauen. Pensionierte Offiziere. Ein paar niedrige Adlige, aber niemand, der Calebs Zeit wert war.

Die Zukunft gehörte anderen. Zwischen und hinter den Ehemaligen starrten fünfhundert AVS-Kadetten in makelloser Ausgehuniform zu ihm hoch, perfekt in Reih und Glied angetreten. Obwohl sie gerade einmal halb so alt waren wie er, identifizierte sich Caleb mehr mit diesen Kindern als mit den abgehalfterten Veteranen. Junge, begeisterte Gesichter. Die meisten von ihnen freuten sich gewiss auf ihre zwei Jahre Dienstzeit auf Firgrove.

Aber nicht alle. Caleb bemerkte auch die gelegentlichen Blicke zur Seite.

Denn neben den Kadetten war in ebenso perfekter Disziplin eine Verbundwaffenkompanie von New Syrtis aufmarschiert, für diese Zeremonie von seiner Tante Amanda abkommandiert. Für *ihn* abkommandiert. Ein Glied *Grenzgänger-II*-Kröten formte die Front der Formation. Im grellen Sonnenlicht glänzten die verspiegelten Visierplatten der Rüstungen leuchtend blau. Dahinter stellten zwei wuchtige *Hasek*-Truppentransporter die zweite Reihe.

Und hinter ihnen, als Krönung der Formation, stand ein *Vollstrecker*. Fünfzig Tonnen Metall und Myomer in breitbeiniger Positur. Die Multi-Autokanone war zwar auf den Boden gerichtet, aber sie war bereit. Immer bereit. Caleb hatte andere Vorstellungen, aber wäre Julian hier gewesen, hätte er die

Zeremonie vermutlich lieber im Innern des schweißtreibenden Cockpits absolviert als auf der Bühne.

Und nach dem Ausdruck auf den Gesichtern der Kadetten zu schließen, wäre er da nicht der Einzige gewesen.

Eifer und Begeisterung. O ja, diesen Ausdruck kannte Caleb. Ein Teil der Kadetten hoffte darauf, für einen Posten in einer der benachbarten Garnisonen ausgelost zu werden, wo sie mehrere Jahre fortgeschrittene Kampfausbildung erwarteten und ein Posten in einem echten Regiment der Armee der Vereinigten Sonnen.

In Haus Davions Militär.

In *seinem* Militär.

»Vor fünfundachtzig Jahren«, begann er seine kurze Ansprache, »als er kaum älter war als viele von euch hier, machte Victor Steiner-Davion seinen Abschluss am Nagelring, einer guten Akademie im damals gemeinsamen Reich der Vereinigten Sonnen und des Lyranischen Commonwealths. Er schloss mit cum laude ab. Und so führte er auch sein Leben. Mit Ehren. Er war vor allem ein Student der Kriegskunst – und erst in zweiter Linie einer der Politik. Ein Menschenführer für seine Zeit, in der Generäle über die Nachfolgerstaaten herrschten und die Innere Sphäre sich im permanenten Kriegszustand befand. Jene Zeiten brauchten eine Persönlichkeit wie ihn. Sie hatten Glück. Und dasselbe gilt für uns, die wir ihn kennen durften.«

Und weil die Republik wegen des Ablebens ihres greisen Helden jetzt ein riesiges Theater machte, durfte Caleb nach Hause zurückkehren und seinen Vater nach Terra begleiten. *Das* war das wirklich Entscheidende, drängte es ihn zu sagen. Doch ein Fürst, selbst ein zukünftiger Fürst, musste über so offensichtlichen Belangen stehen.

Stattdessen nickte Caleb nur dem Kapellmeister zu, und zu den traurigen Klängen des Letzten Geleits senkte der Ehrentrupp der Kadetten die Fahnen der Akademie auf Halbmast. Caleb drehte sich um und kehrte der Versammlung den Rücken zu, um die Zeremonie zu verfolgen. Als Erstes senkte sich die Fahne der Vereinigten Sonnen, gefolgt von denen Firgroves und der Militärakademie.

Als das Senken der Fahnen vorüber war, wandte Caleb sich wieder zu seinen Zuhörern um.

»Wir wünschten, wir könnten Victors durch eine gemeinsame Trauerperiode im gesamten Reich gedenken, doch der ComStar-Kollaps macht das nahezu unmöglich und schlichtweg undurchführbar. Stattdessen haben alle Welten die Anweisung erhalten, im Andenken an unseren toten Vetter eine eigene Trauerzeit von dreißig Tagen abzuhalten. Nutzen Sie diese Zeit, um an die harte Arbeit zu denken, die der Weg hierher erfordert hat, und an die Opfer, die Ihnen vielleicht noch bevorstehen.« Er gestattete sich eine längere Pause. »Nutzen Sie diese Zeit, um über das Leben eines beispielhaft selbstlosen Helden nachzudenken. Victor hat gegen die Clan-Invasoren gekämpft und sie besiegt. Er hat im Heiligen Krieg gegen Blakes Wort gekämpft. Er hat ComStar als Präzentor Martialum angeführt und sich Devlin Stone bei der Gründung einer neuen Terranischen Hegemonie angeschlossen ... der Republik der Sphäre. Victor Ian Steiner-Davion war vieles für viele. Sein Tod jedoch ist ein Verlust für uns alle.«

Nun wich Caleb vom Text seiner sorgfältig vorbereiteten Rede ab. Er beugte sich vor und ergriff die Seiten des polierten Rednerpults. Ganz sicher vermittelte dies den Eindruck ehrlicher Offenheit.

»Und nun werde ich, zu Ehren seines Andenkens, nach Hause reisen. Zurück nach New Avalon. In dieser Trauerzeit und im Vorfeld von Staatsfeiern, die auf der Geburtswelt der Menschheit anstehen, ist es erforderlich, dass ich meinen rechtmäßigen Platz an der Seite meines Vaters einnehme, unseres Ersten Prinzen.«

Dann richtete sich Caleb zu einer militärisch geraden Haltung auf. Von jetzt an war der Rest eine Routine, die er gedankenlos abspulen konnte. Was er häufig auch tat.

Die Stimme des Kommandeurs hallte über den Platz. »Grüßt!«

Calebs Arm zuckte in einem zackigen Gruß nach oben. Er

war stolz auf diese jungen Männer und Frauen, die dem Wohl der Vereinigten Sonnen Jahre ihres Lebens opferten.

»Und ... ab.«

Fünfhundert Arme sausten abwärts. Starke Arme. Stark genug, Caleb zurück nach New Avalon zu tragen.

Auch wenn Kommandeur Gadbois den Thronfolger nur ungern ziehen ließ. Während die Kadetten zur getragenen Musik der Kapelle im Paradeschritt vorbeimarschierten, löcherte er Caleb.

»Müsst Ihr so schnell wieder abreisen, Sire Davion? Hatte Euer Reiseplan nicht einen einwöchigen Aufenthalt auf Firgrove vorgesehen?«

Das stimmte. Doch dieser Plan war aufgestellt worden, bevor die Ereignisse weit entfernt von den Hinterwäldlerregionen der Mark Peripherie eine dramatische Wendung genommen hatten. Nachdem er im Juni bereits einen kurzen Abschiedsbesuch bei Duke Marsin absolviert hatte, hatte Caleb den Zeitplan drastisch beschleunigt, um rechtzeitig für diese Zeremonie auf Firgrove zu sein. Er war nicht bereit, auch nur eine Sekunde länger als nötig zu bleiben. »Mein Landungsschiff startet in einer Stunde. New Avalon ruft.«

Zumindest hatte seine Tante gerufen. Und sicher würde sein Vater froh sein, ihn zu sehen. Würde er Caleb als Regenten auf New Avalon lassen? Oder ihn mit nach Terra nehmen, damit er sah und gesehen wurde? Das war die einzige Frage, die noch zu klären war.

»Duke Marsin wird es bedauern, Eure Unterstützung zu verlieren«, versuchte sich Gadbois recht unbeholfen als Politiker. »Eure lange Rundreise durch unsere Systeme war für die Menschen in der Mark Peripherie ein großartiges Erlebnis.«

»Das war es sicher«, stimmte ihm Caleb freundlich zu, obwohl es ihn drängte, Masons Ausbruch beim Ladeanflug zu wiederholen: Wir verschwenden unsere Zeit damit, eine Einödmark mit Illusionen der Gleichwertigkeit zu babysitten. Die Marsins waren noch Bauern, als unsere Familien schon über Welten und interstellare Reiche regierten.

Und während die Davions die Marsins in den Herzogsstand erhoben, hatte Masons Familie alles verloren, da die Draconis-Weiten auch Harrow's Sun verschlangen. Gerecht konnte man das nicht nennen.

»Es war mir ein Vergnügen, die Welten der Mark Peripherie zu besuchen«, log Caleb. Die letzte Kadettenformation zog vorbei und ließ einen leeren Exerzierplatz zurück. Er verabschiedete sich mit Händedruck und militärischem Gruß vom Kommandeur der Akademie, und mit einem kurzen Nicken von den letzten zukünftigen Soldaten.

Endlich fertig. Noch bevor seine Leibwächter in Position gegangen waren, verließ er schon die Bühne und machte sich mit schnellem Schritt auf den Weg zu seinem Wagen. Mason holte ihn unterwegs ein, ohne ein Wort zu sagen. Sein angedeutetes Lächeln sprach Bände. Auch Mason war froh, von Firgrove, das nie mehr als ein unvermeidlicher Aufenthalt vor dem Flug zurück nach New Avalon gewesen war, abreisen zu können. Und nach Hause.

Was Victors Tod betraf, der berührte Caleb kaum. Ein entfernter Verwandter, den er in fünfunddreißig Jahren nur ein einziges Mal getroffen hatte. Für den jungen Adligen bedeutete Victor nicht viel mehr als ein Name. Victor Steiner-Davion war alt gewesen, älter noch als Calebs Vater, und hatte seine Zeit hinter sich gehabt.

Und er war noch etwas gewesen, eine Position, die Caleb bewusst nicht angesprochen hatte. Die Ehre, auf die Victor verzichtet hatte, etwas, das Caleb nie begriffen hatte. Es war die Position, die Caleb wichtiger war als alles andere, und die er eines Tages einnehmen würde.

Dann würde er möglicherweise sagen können, was er dachte, ohne Angst haben zu müssen, er könnte zu eifrig klingen. Zu jung.

Wenn er Erster Prinz der Vereinigten Sonnen war.

4

> Ich habe Victor Steiner-Davion nicht gekannt.
> Aber ich habe ihn und seine zahlreichen Leistungen immer respektiert.
> Seine Politik kannte ich. Und der wird die Mark Draconis keine Träne nachweinen.
>
> – Duke Corwin Sandoval, offizielle Erklärung, Robinson, 13. Januar 3135

New Avalon
Mark Crucis, Vereinigte Sonnen

24. Januar 3135

Julian kam gerade noch rechtzeitig. Er ging hastig die breiten Fußwege des Friedensparks von Avalon City entlang. Nur an Stellen, an denen er sicher war, dass ihn Bäume oder eine Erhebung verdeckten, gestattete er sich zu laufen. Seine Stiefelabsätze knallten auf die polierten Steine. Der schwere Duft von Frühlingsblumen in voller Pracht hing in der feuchten Morgenluft: Narzissen, Rosen und Taglilien. Libellen zuckten über den Weg und um seinen Kopf, Blauhäher beschwerten sich lautstark über die morgendliche Hektik, und das Murmeln der Gespräche wies ihm den Weg in das natürliche Amphitheater, in dem der Erste Prinz – Harrison Davion – das Ende der dreißigtägigen Trauerperiode auf New Avalon verkünden wollte.

An der Absperrung kam Julian schnell vorbei, da Harrisons Leibwache ihn bestens kannte. Von da ab zwang er sich, ruhig weiterzugehen. Ganz gleich, wie verspätet er war. Ganz gleich, was ihn im Palast aufgehalten hatte. Niemand in Harrisons engstem Vertrautenkreis durfte in der Öffentlichkeit hastend oder außer Atem erscheinen. Die Gerüchte, die ein solcher Anblick ausgelöst hätte, hätten eine Wirtschaftskrise verursachen können.

Der Friedenspark lag eingezwängt im Schatten des prächtigen Prinzenpalais'. Nach dem Heiligen Krieg war er wie ganz Avalon City wiederaufgebaut worden, ein beliebtes Ausflugsziel für Wochenenden, an denen die Bürger auf den Rasenflächen Picknicks abhielten und das Labyrinth der Fußwege erforschten, das sich zwischen Wiesen und Standbildern, murmelnden Bächen und sonnendurchfluteten Sportfeldern hindurchwand.

Heute allerdings war der Zutritt eingeschränkt und zweitausend Bürger New Avalons – Adlige, Militärs und durch Losentscheid ausgewählte Zivilisten – warteten auf die Abschlusszeremonie. Es war nur eine kurze Ansprache vorgesehen, aber das störte niemanden. Man war hier, um zu sehen und gesehen zu werden, oder seine fünfzehn Minuten in der Gesellschaft des Prinzen zu genießen. Adlige Pracht und gestärkte Ausgehuniformen vermischten sich mit zivilen Sonntagsanzügen und Frühlingskleidern.

Julian bahnte sich einen Weg, drängte sich durch Menschenknoten und schlug einen Bogen um größere Gruppen, allzeit Kurs auf die Mitte der Senke haltend. Erst als er sich einem Kader von Offizieren näherte, öffnete sich wie durch Zauberei ein Weg. Die Militärs legten dem Champion des Prinzen gegenüber eine beinahe unangenehme Zurückhaltung an den Tag. Für die Zivilisten und viele Adlige war er glücklicherweise nur ein weiterer Uniformierter. Sie neigten dazu, ihn zu übersehen, und das war Julian ganz recht. Unterwegs bemerkte er mehr als einen besorgten Blick hinab in die Mitte des flachen Amphitheaters.

Als er näher kam, verstand er bald, weshalb. Harrison, der Erste Prinz, stand auf dem natürlichen Granitvorsprung, der zu einer niedrigen Bühne behauen und poliert war.

Und an seiner Seite stand Khanin Sterling McKenna.

Zumindest hatte sich das Oberhaupt der Raben-Allianz statt einer ledernen Clan-Tracht für Kleidung im Stil der Inneren Sphäre entschieden. Ein leichtes Zugeständnis. Ihr maßgeschneiderter Hosenanzug schien der Gelegenheit angemessen, wenn auch durch die Farbgebung in Silber und Blau, den Farben der Allianz, etwas auffällig. Das lange, glänzend schwarze Haar war zu einem strengen Pferdeschwanz gebündelt, der bis an ihre Taille reichte. Ihre Haltung wirkte kämpferisch. Die Ohrringe hingen ihr fast bis zu den Schultern, und Julian wusste augenblicklich, dass sie das Wappen der Raben-Allianz zeigten. Subtil konnte man das nicht nennen.

Andererseits musste er zugeben, dass sie ein gutes Gegengewicht zu diesem Bär von einem Mann neben ihr abgab. Der breite Rücken und die dunkle Lockenmähne waren unverwechselbar.

McKenna sah Julian zuerst. Ihren scharfen Augen entging nichts. Sie beugte sich zu Harrison hinüber und flüsterte ihm etwas zu. Der Erste Prinz drehte sich in dem Augenblick um, da Julian die Bühne erreichte und mit einem Satz auf die grau gesprenkelte Felsplatte sprang. Harrison sah demonstrativ auf die Uhr, bevor er seinen Champion mit einem schraubstockfesten Händedruck begrüßte.

Sein Bart zeigte am Kinn Spuren von Grau, ebenso wie die Koteletten, und um seine Augen hatten sich Lachfältchen eingegraben. Ansonsten hatte sich der fünfundsechzigjährige Nachfolgerfürst gut gehalten. An der Kraft seines Händedrucks, einer der Faktoren hinter seinem Spitznamen ›der Bär‹, war kein Zweifel möglich, ebenso wenig wie an der guten Linie in den dunkelbraunen Augen, einer Freude, die vor Sterlings Eintreffen am Hofe lange Jahre verschwunden gewesen war.

»Wird auch Zeit, Neffe«, erklärte der größere Mann mit grob freundlichem Ton. Obwohl sie eigentlich Vettern waren, hatte Julian Harrison immer nur als Onkel gekannt. »Fast hätten wir ohne dich angefangen.«

In so großer Nähe der Palastreporter zwang sich Julian zu

einem Lächeln. Allzu schwer fiel es ihm nicht. »Ich sehe, du trägst wieder deinen eigenen Stil.«

Es war ein verbreiteter Witz, für den Harrison selbst die Verantwortung trug. Der Prinz zog im Allgemeinen paramilitärische Uniformen mit dem Rangumhang eines Adligen vor. Zumindest war das die Kleidung, die ihm sein Butler jeden Morgen zurechtlegte. Bei Paraden oder öffentlichen Veranstaltungen hatte er jedoch die Neigung, Uniformjacke und gestärktes Uniformhemd gegen ein buntes T-Shirt zu tauschen, das er als Geschenk erhalten hatte oder das ihm einfach nur zusagte.

Es war eine seiner populäreren Eigenheiten. Die Linie der ›Harrybären‹, von Excalibur Collectibles jeden Monat um ein weiteres Sammlerstück erweitert, war grundsätzlich in der neuesten Modeentgleisung des Ersten Prinzen gekleidet.

Harrison öffnete den Mund, presste ihn dann aber fest zu, um nicht zu lachen. Der Erste Prinz konnte nämlich nicht leise lachen. Sein dröhnendes Gelächter kam tief aus dem Bauch und wäre für den heutigen Tag nicht angemessen gewesen.

Wieder schüttelte er die Hand seines Champions. Am vorderen Bühnenrand wedelte ein Adjutant hektisch mit den Armen, weil dies den präzisen Zeitplan der Zeremonie durcheinanderbrachte. Aber davon ließ sich der Prinz nicht beeindrucken. »Schön, dich zu sehen, Julian.«

Julian wünschte sich, er hätte auf gleiche Weise antworten können, doch sein Schweigen war die schnellste Art, dem Prinzen deutlich zu machen, dass es Probleme gab. Und es war besser, er erfuhr es jetzt, als dass Julian gezwungen war, ihn nach der Zeremonie zu einem Gespräch beiseite zu ziehen, wenn Reporter und Zuschauer sich um die Bühne drängten und die Leibwache in höchste Alarmbereitschaft versetzten, weil alle Welt einen Augenblick mit dem Prinzen suchte. Also blieb Julian stumm und ließ sich einen Hauch von Besorgnis anmerken.

Bei allem polternd lauten Auftreten war Harrison keineswegs ein Dummkopf. Er schlug Julian gut gelaunt auf den

Rücken und zerrte ihn mit zum Rednerpult, wo er in Kürze seine Ansprache halten würde.

Ein einziger, kurzer Blick aus dem Augenwinkel. Das war alles.

Julian nickte.

»Liebling«, rief Harrison Sterling McKenna zu. Er reichte Julian an die Allianz-Fürstin weiter. »Wärst du so nett, auf meinen Neffen aufzupassen? Ich möchte nicht, dass er wieder abhanden kommt.«

McKenna hakte sich bei Julian ein und zog ihn beiseite. Der Erste Prinz der Vereinigten Sonnen blieb allein am Rednerpult stehen.

Das war einer der gefährlichsten Augenblicke im Leben eines jeden Herrschers. Selbst im Friedenspark, mit kontrolliertem Zutritt und vom besten Sicherheitsteam der Inneren Sphäre überprüften Gästen. Nach Victors Tod – der geheimsten Version des Berichtes nach, den er gelesen hatte, durch Gewalteinwirkung verursacht – war Julian noch angespannter als sonst.

Victor Steiner-Davion hätte es verdient gehabt, im Bett zu sterben. Es machte Julian zu schaffen, dass dies dem Paladin nicht vergönnt gewesen war. Er hatte sich dieses Privileg verdient gehabt, das unter den Fürsten der Inneren Sphäre so selten war. In einer Gesellschaft, in der die durchschnittliche Lebenserwartung deutlich über einhundert Jahren lag, sprach es Bände, dass interstellare Fürsten im Mittel nicht einmal siebzig erreichten.

Das hatte Julians Vater ihm damals erklärt, als Julian aus der Schule gekommen war und gefragt hatte, warum seine Familie ihr Geburtsrecht nicht ausnutzte.

»Siebzig!«, hatte er ausgerufen. »Da freue ich mich lieber auf noch vier Jahrzehnte oder länger mit meiner Familie.«

Natürlich hatte Julian es nachgeprüft, und tatsächlich hatte sein Vater recht gehabt. Es machte ganz den Eindruck, dass Fürsten der Inneren Sphäre gut daran taten, interstellare Reisen, öffentliche Auftritte und Geschenke ihrer Kollegen zu meiden. Auch empfahl es sich für sie, niemals Kampfsportlehrern, Gefangenen oder lebenslangen Freunden den Rücken zu kehren, und sich ganz besonders vor tot geglaubten Feinden in Acht zu nehmen. Auch Treppen und Straßenecken waren bedrohlich. Und unter gar keinen Umständen sollte sich ein Hausfürst aufs Schlachtfeld wagen, um seine Armee zum Sieg zu führen.

Und so beäugte der Champion des Prinzen misstrauisch die Menge vor der Bühne und hinter den Seilen, und auch hinter den Sicherheitsleuten, die eine lebende Mauer zwischen ihrem Schützling und der bewundernden Menschenmasse formten.

Während Harrison an den Rand der Bühne trat und die Hände hinter dem Rücken verschränkte.

»Dreißig Tage«, stellte er ohne Einleitung fest, sicher, um die Verspätung aufzuholen. Das leise Murmeln der Gespräche verstummte. »Dreißig Tage der Trauer um einen der Unseren. Und Victor Steiner-Davion war einer von uns.«

Tatsächlich erinnerten sich noch Milliarden Menschen an Victor als ihren einstigen Prinzen – und den Mann, der gezwungen gewesen war, mit einer Armee in den Steiner-Davion-Bürgerkrieg zu ziehen, um seine Schwester Katherine vom Thron zu stürzen, den sie an sich gerissen hatte. Julians Großvater, Jackson Davion, hatte in diesem Krieg auf der falschen Seite gefochten, durch seine Ehre an den Dienst der sogenannten Archon-Prinzessin gebunden, bis er Katherines Verbrechen nicht länger hatte ignorieren können.

Die Verbannung war eine zu milde Strafe gewesen.

Die simplen Worte der Ansprache wurden dem Mann nicht gerecht, der nicht nur einmal, sondern gleich zweimal geholfen hatte, die Innere Sphäre zu retten.

»Victor hat den Vereinigten Sonnen im Laufe seines Lebens so viel gegeben«, fuhr Harrison fort. »Untadeligen militärischen Einsatz. Frieden, wenn es möglich war. Recht, wenn es nötig wurde. Wir wollen weder seine Entscheidungen noch sein Leben debattieren. Wir wollen uns einfach an ihn erinnern, so wie es jeder von uns für sich als angemessen empfindet.«

Eine interessante Wortwahl. Mit diesem Text verdienten sich Harrisons Redenschreiber wirklich ihr Gehalt und steuerten den Prinzen durch ein politisches Minenfeld. Ob man sich an Victor als Ersten Prinzen erinnerte, als Befehlshabenden General eines gescheiterten Sternenbunds oder als Veteran des Heiligen Krieges – er hatte die bevorstehende Schweigeminute verdient.

»Victor Steiner-Davion wurde auf dem Planeten Terra aufgebahrt und die Republik der Sphäre wird diese Ehrung bis zu seiner Beisetzung später im Jahr aufrechterhalten. Und auch wenn wir unsere Fahnen heute nach einer einmonatigen Gedenkzeit wieder heben, tun wir dies in dem Wissen, dass es dort draußen Welten gibt, auf denen diese traurige Nachricht noch nicht eingetroffen ist. Wir laden sie ein, sich unserer Trauer anzuschließen, wie ihre Bewohner es für angemessen halten. Hier auf New Avalon bitte ich jetzt um eine Schweigeminute, in der wir alle uns, jeder für sich, von ihm verabschieden.«

Julian sah auf die Uhr. Perfekt. Exakt Mittag. Harrison hatte seine Rede gekürzt und meisterhaft gerade in dem Moment beendet, da die seit dreißig Tagen vorbereitete planetenweite Schweigeminute begann. Für sechzig Sekunden schalteten alle Ampeln auf rot. Auch die Medien hielten die Schweigeminute ein. So vollkommen, wie der Davion-Regierungsapparat es veranlassen konnte, war das Leben auf New Avalon soeben zum Stillstand gekommen.

Ein ganzer Planet hielt den Atem an.

Fast jeder im Rund schaute auf den Boden oder schloss die Augen, die Hände gefaltet oder über der Brust gekreuzt, zumindest dem Anschein nach betend. Aus dem Augenwinkel warf Julian einen Blick auf Sterling McKenna, die mit Händen, die vor der Taille verschränkt waren, und einem toleranten Lächeln auf den Lippen neben ihm stand und mit weit offenen Augen hinauf zum Himmel schaute.

Die Clan-Traditionen unterschieden sich erheblich von denen der Inneren Sphäre, und Julian fragte sich, woran sie wohl dachte. An Victors militärische Laufbahn? Das wäre sehr clangemäß gewesen, einer Gesellschaft entsprechend, in der nur der Kodex eines Kriegers, die Aufzeichnung seiner Leistungen, zählte, und der Tod willkommen war, solange der Krieger sich als einer Aufnahme ins Zuchtprogramm würdig erwiesen hatte.

Zumindest respektierte Sterling McKenna die respektvolle Stille, wenn auch wohl nicht im wahren Geist dieser Gelegenheit.

»Danke«, sagte Harrison, als die Minute um war, und New Avalon erwachte wieder zum Leben.

Er blieb streng glaubensneutral, obwohl Julian einige ›Amens‹ und ›Gelobt-Seis‹ hörte, und sogar ein paar leise ›Endlichs‹, von denen er nur hoffen konnte, dass die Mikrofone der Medien sie nicht auffingen.

Harrison Davion weigerte sich, diese Gelegenheit politisch zu nutzen. Er nickte den Menschen auf dem Abhang, den Kameras und seinem Reich nur zu. Am oberen Rand des Amphitheaters trat eine Ehrengarde der Davion Guards an eine weiß lackierte Fahnenstange und zog die Fahne der Vereinigten Sonnen wieder hinauf – bis zur Spitze.

»Ein Leben im Dienst an anderen. Lang und erfüllt. Sei uns allen das gegeben. Alles Gute für New Avalon und die gesamten Vereinigten Sonnen.«

Das war mit Sicherheit das Ende der Übertragung und der offiziellen Zeremonie. An einem gewöhnlichen Tag hätte sich Harrison nun die Zeit genommen, sich unters Volk zu mischen und an der Absperrung entlangzugehen, um Hände zu schütteln. Sich als Mann des Volkes zu zeigen.

Heute drehte er sich um und kam zu Sterling und Julian herüber. Sie trat neben ihn, als gleichrangige Fürstin, nicht nur als Gefährtin. Julian erinnerte sich an Amanda Haseks verletzte Gefühle und fragte sich erneut, wie sie ihrem Schwager etwas so Einfaches wie eine zweite Beziehung verwehren konnte.

»Wenn ich nicht wenigstens ein paar Hände schüttle«, stellte Harrison leise fest, »bläst das die Gerüchteküche auf höchste Glut.«

»Lass dir Zeit«, erklärte Sterling, um auf die fühlbare Anspannung zwischen den beiden Männern zu reagieren. »Dein Volk braucht dich.« Sie umarmte ihn züchtig und er erwiderte die Umarmung kräftig.

Julian umarmte er ebenfalls. Es war eine Geste, wie zwei Männer sie sich bei einer traurigen Gelegenheit wie dieser erlauben konnten.

Sie gestattete Julian, ihm drei Worte zuzuflüstern. Nichts allzu Deutliches, nur zur Sicherheit, aber doch Warnung genug, sich nicht zu viel Zeit zu lassen, bevor er mit seinem Champion redete.

»Es hat begonnen.«

5

Seginus wurde von einer Expeditionsstreitmacht des Jadefalkenclans angegriffen. Die Aktion lässt sich nur als Trotzreaktion beschreiben, die den Planeten dafür bestrafen soll, dass er Anastasia Kerensky und ihren Stahlwölfen Zuflucht geboten hat. Wir erhalten soeben die Verlustzahlen ...

– Aktuelles vom Tage, ComStar Interstellar, Terra, 27. Dezember 3134

New Avalon
Mark Crucis, Vereinigte Sonnen

24. Januar 3135

Julian erstattete Harrison auf der Fahrt im Privataufzug in die Kellergewölbe des Prinzenpalais' Bericht. Die prächtige Kabine verfügte über eine dick gepolsterte Sitzbank, die keiner der beiden Männer benutzte, einen bodenlangen Spiegel an der Rückseite und eine Komm-Armatur, die sich mit den Anlagen in den meisten militärischen Befehlsfahrzeugen messen konnte.

Außerdem war sie auf Harrisons DNS geeicht und gehörte, um ganz sicher zu gehen, zu den Bereichen des Palastes, die regelmäßig nach Abhörgeräten abgesucht wurden.

»Wie viele Systeme, sagst du?«, fragte Harrison und legte die Stirn in Falten.

»Nur diese drei. Aber der entscheidende Punkt ist, *welche* drei. Neuhessen, Demeter und Chesterton. Alle drei Welten haben ...«

»Nein«, unterbrach Harrison. »Sag es mir nicht. Was haben

sie gemeinsam ...?« Der Hüne schnippte mit fleischigen Fingern, als wollte er damit eine Erinnerung abrufen. »Verdammt.« Er hasste es, wenn ihm jemand anders einen Schritt voraus war, selbst wenn es sich um seinen selbst ausgewählten Hauptmilitärberater handelte.

Julian federte mit den Knien leicht die Erschütterung ab, als die Aufzugkabine ihr Ziel erreichte. Ein Sicherheitsschloss tief im Innern der schweren Türen öffnete sich hörbar, und die Naht zwischen den Türhälften wurde langsam breiter, als sie sich widerwillig zurückzogen. Fünfzehn Zentimeter dicke Türen aus – abwechselnd – Titan- und Ferrostahlplatten. Nach dem Heiligen Krieg war nichts zu teuer gewesen, um die privaten Räume und Korridore des Ersten Prinzen zu schützen. Die Bunker unter dem Palais konnten einen Atomschlag überstehen.

Möglicherweise war das etwas übertrieben, aber gebranntes Kind ...

Zwei Bewaffnete bewachten den Aufzug, zwei weitere die einzige Tür des Vorraums genau gegenüber. Alle vier nahmen Haltung an, als der Prinz ihn betrat.

Julian nickte ihnen zu, bequem zu stehen.

Er wusste, dass die private Gefechtszentrale des Prinzen im Vergleich zu dem Gewölbe unter dem Wachturm der AVS winzig war, aber die Nähe zur Macht glich einiges aus. Auch so war die Kammer rund um die Uhr besetzt und besaß die Mittel, um Kämpfe auf jedem Planeten der Vereinigten Sonnen zu verfolgen und zu lenken.

Natürlich machte der Wegfall der Hyperpulsgeneratoren diese Überwachung etwas schwieriger und zwang das in drei Schichten zu jeweils acht planetaren 63-Minuten-Stunden arbeitende Personal, sich auf Berichte zu verlassen, die von den Computersystemen des AVS-Wachturms übertragen worden waren. Aber die Anlage bot dem Ersten Prinzen das Maximum der verfügbaren Möglichkeiten.

Vom Ansatz der Kuppeldecke blickte eine Monitorzeile schräg herab. Der Raum lag im Halbdunkel, um Monitore und

Anzeigen besser lesbar zu machen. Es roch nach warmer Elektronik. Und nach starkem Kaffee, wie in allen militärischen Einrichtungen.

Ein Dutzend Techs und ein als Offizier vom Dienst fungierender Captain saßen an den Konsolen. Monitore, die über ihnen hingen, zeigten Regimentsaufstellungen und Truppenbewegungen, Karten und Befehle, die an andere Einrichtungen gegangen waren. Zwei Schirme übertrugen den Verlauf einer auf den Computerkonsolen laufenden Gefechtssimulation. Julian erkannte, dass es sich um die Schlacht um Diana handelte.

Harrison hielt geradewegs auf die Mitte des Raumes zu, wo hinter einem hüfthohen Geländer ein dunkler, glasiger Kasten lag. In die Balustrade aus poliertem Metall waren Computersteuerungen eingebaut. Julian holte seinen Prinzen ein, als der gerade eine Karte der Vereinigten Sonnen anforderte.

Ein blauer Nebel füllte den Kasten mit schwachem Lichtschein. Wie Glühwürmchen trieben fahlgoldene Lichtpunkte durch die Wolke. Hundert Sonnen. Zweihundert. Mehr. Endlich zog sich ein leuchtender goldener Schleier rund um den Holotank, der die Grenzen des Davion-Raums nachzeichnete und ihn von den benachbarten Reichen des Draconis-Kombinats, der Raben-Allianz, des Tauruskonkordats und der Konföderation Capella Haus Liaos abtrennte.

Nahe dem Raumsektor, der an die Republik der Sphäre grenzte, blinkten drei goldene Systeme regelmäßig rot auf.

Systeme, in denen die seit fünfzehn Monaten tobenden Kämpfe zwischen Haus Liao und der Republik auf die Vereinigten Sonnen übergegriffen hatten.

»Die Kommunalität Chesterton«, stellte Harrison fest. Die Karte hatte ihm gezeigt, was die Planetennamen allein nicht aus seiner Erinnerung hatten zerren können. »Macht dir das Sorgen, Julian?«

»Allerdings«, gab der Champion zu.

Die Kommunalität Chesterton bestand aus ehemals capellanischen Systemen, die Haus Davion fünfhundert Jahre und drei Nachfolgekriege zuvor mit der Zustimmung des Ersten Sternenbunds annektiert hatte, auch wenn das Arrangement recht einseitig gewesen war. Und Capellaner hatten ein langes Gedächtnis.

»Ich habe mich mit deinem Marshal of the Armies unterhalten, und er stimmt mir zu, dass es sich um einen Eröffnungszug Liaos handeln könnte.«

Julian trat an die Kontrollen und rief einen Kriegsplan auf, der zeigte, wo Truppen entlang des schmalen Korridors in die Vereinigten Sonnen vordringen konnten. Die Dominosteine waren aufgestellt. Chesterton, danach Sanilac und Bristol. Sekundäre Vorstöße über die Grenze bei Kathil. Ihr Ziel: New Syrtis.

Ein System nach dem anderen veränderte die Farbe von Davion-Gold zu kaltem, capellanischem Grün.

»So schnell?«, fragte Harrison. Er starrte auf die bernsteingelbe Datumsanzeige am Rand des Holotanks.

Julian zuckte die Achseln. »Unsere Verteidigungsarbeiten auf Welten wie Kathil sind noch nicht eingegeben. Und Daoshen ist eindeutig besser auf einen Feldzug vorbereitet als wir.«

»Momentan«, merkte Harrison an, aber das war lediglich eine leere Drohung. Das wussten sie beide.

Die Konföderation Capella war allen zuvorgekommen. Offensichtlich hatten die capellanischen Vorbereitungen schon vor dem HPG-Kollaps begonnen. Vermutlich bauten sie auf einem Fundament auf, das bis zur Abrüstung der Tikonov-Vereinbarung zurückreichte. Zum Teil lag das in ihrem nationalen Interesse. Julian glaubte nicht daran, dass auch nur *ein* Nachfolgerstaat oder Clan tatsächlich so viel Material außer Dienst gestellt hatte wie angegeben. Alle hatten ein wenig zurückgehalten, fünf Prozent, vielleicht zehn. Genug, um sich sicherzufühlen.

Aber Haus Liao hatte mehr einsatzbereit gehalten, möglicherweise bis zu dreißig Prozent. Prinz Harrison hatte einige seiner besten Geheimdienstanalytiker und Buchprüfer des Finanzministeriums angesetzt, die in Teamarbeit alte Dateien auswerteten, um herauszufinden, wie so etwas möglich war. Um den Schaden abzuschätzen und vom Feind zu lernen, für den Fall, dass die Vereinigten Sonnen einmal gezwungen waren, eine ähnliche Technik einzusetzen.

Es war ein Aufholrennen, in jeder Hinsicht. Haus Liao hatte einen Vorsprung, aber entlang der Grenze liefen die Arbeiten. Noch ein Jahr ...

»Für wie wahrscheinlich hältst du das?«, fragte Harrison, während er die holographische Anzeige studierte. Er hob die Hand, bevor Julian antworten konnte. »Deine ehrliche Meinung, Julian.«

»Ich denke, Haus Liao ist für habgierige Blicke in unsere Richtung noch nicht weit genug, ganz gleich, was wir Amanda Hasek erzählen.« Er zuckte erneut die Achseln.

»Aber?«

»Aber die Konföderation hat diese Systeme nie formal aufgegeben, auch wenn sie während Sun-Tzus Xin-Sheng-Reformen deutliche Hinweise gab, den Status Quo endlich zu akzeptieren. Daoshen Liao allerdings ist ... nicht so berechenbar.«

»Du willst sagen: rettungslos durchgeknallt.« Harrison gab sich keine Mühe, seine Besorgnis oder seinen Widerwillen zu verbergen. »Selbst ernannte Gottheit oder nicht, ist er wirklich bereit, einen generationenlangen Frieden zu zerstören und tausende Menschenleben zu opfern, nur um der Republik ein Dutzend Systeme wieder abzujagen?«

»Es gibt crucische Loyalisten auf beiden Seiten unserer Grenze zur Republik, die dazu ebenfalls bereit wären«, erinnerte ihn Julian.

»Markfürsten.« Es klang wie ein Fluch. »Hauptsächlich Sandovals. Die Haseks haben *in der Regel* Verstand genug, einen verwundeten Löwen nicht zu reizen.«

In der Regel. Aber nicht immer. Das wussten sie beide.

Julian packte die Metallstange des Holotankgeländers. Sie war glatt und kalt. Er starrte auf die Holokarte hinab und ließ sein Schweigen antworten.

Harrisons Vater war ein Sandoval gewesen. Der Prinz verzichtete darauf, sich Sandoval-Davion zu nennen, um Duke Corwin nicht zu unerwünschten Freiheiten zu ermutigen. Und Harrison hatte eine Hasek geheiratet. Dadurch war sein einziger Sohn nur zwei Generationen von beiden mächtigen Dynastien entfernt.

Caleb trug deren Namen wie einen Krönungsmantel.

Doch ungeachtet aller Familienbindungen war Haus Davions Position höchst prekär. Julian hätte darauf hinweisen können, dass die Haseks noch immer das Erbe ihres Sieges über Liao dreißig Jahre zuvor bewachten, als sie der Konföderation Victoria und einen großen Teil der gleichnamigen Kommunalität abgenommen hatten. Sie waren ebenso unwillig, deren Reichtum zu teilen, wie begierig, sich noch mehr zu holen. Die Sandovals andererseits lebten in den Draconis-Weiten, einem Niemandsland zwischen den Häusern Davion und Kurita, in dem ein konstanter begrenzter Kriegszustand herrschte und in das die einst mächtige Dynastie stetig mehr an Geld und Truppen schickte. Selbstverständlich unter dem Deckmantel wirtschaftlicher und strategischer Hilfsmaßnahmen.

Beide hatten in den letzten beiden Jahren ihre ›Verteidigungs‹-Vorbereitungen kräftig ausgebaut.

Und beide hatten einen beträchtlichen Teil ihrer Unterstützung für die Systeme der Mark Crucis eingestellt. Für New Avalon.

Was zu Julians Vorbereitungen auf Industriewelten wie Kathil geführt hatte. Um den Thron zu verteidigen, falls es nötig wurde, aber vor allem, um die Vereinigten Sonnen auf einen Präventivschlag gegen Haus Liao vorzubereiten. Wenn ein Krieg schon unvermeidlich wurde, war es besser, als Erster zuzuschlagen. Und dass die Adligen sich in einem derartigen Fall um den Thron scharen würden, war ein nicht zu unterschätzender Vorteil. Ein Krieg konnte die Adligen begeistern und die streitsüchtigen Minister Hasek und Sandoval von New Avalon ablenken.

Falls es dazu kam. Falls ihnen die nötige Zeit blieb.

Das Schweigen dehnte sich. Schließlich hielt Julian die Simulation bei einer zur Hälfte besetzten Mark Capella an. Verstrichene Zeit: ein Jahr. »Trotzdem, falls Daoshen die Vereinigten Sonnen bedroht ...«

»Sind wir nicht darauf vorbereitet.« Harrison nickte. »Also lassen wir die Republik an unserer Statt bluten. Perfekt.« Sein Tonfall sagte jedoch etwas anderes.

Bei Julian hinterließ die Vorstellung ebenfalls einen säuerlichen Geschmack im Mund. Er war ausgebildet, für Prinz und Reich sein Leben einzusetzen, nicht, sich hinter dem Unglück anderer zu verstecken.

»Und wir müssen diese Scharmützel sofort beenden. Oder wenigstens eines davon. Um Daoshen Liao zu zeigen, dass es keine gute Idee wäre, uns anzugreifen. Nicht, solange er in einem brutalen Krieg gegen die Republik steckt.«

Harrison wurde sehr still. »Was, wenn Daoshen mit der Republik ins Geschäft kommt und einen Frieden aushandelt, jetzt, wo er über Liao und ein Dutzend anderer Systeme verfügt?« Er blickte seinen Champion an. »Was, wenn er die Beisetzungsfeierlichkeiten auf Terra dazu benutzt, die Sache beizulegen, und dann gegen uns losschlägt?«

Daran hatte Julian nicht gedacht. Eisige Finger krallten sich in seine Eingeweide. »Diese Art von politischer Findigkeit hatte ich dem Kanzler nicht zugetraut.« Das warf alle strategischen Berechnungen über den Haufen. In Gedanken ging er bereits Truppenstärken durch und suchte nach Möglichkeiten, zusätzliche Truppen zu finden. Seine Finger juckten. Zu gerne hätte er sie über die Tastatur einer der Computerkonsolen fliegen lassen. »Hältst du das für eine reelle Gefahr?«

»Ich halte Liao immer für eine reelle Gefahr. Nur ein Narr dreht einem Kampfhund den Rücken zu. Selbst, wenn er nicht knurrt.«

»Falls das stimmt, solltest du deinen Staatsbesuch auf Terra absagen. Schick einen Botschafter zu Victors Begräbnis, mit dem neuen Exarch zu verhandeln.« Er starrte besorgt auf die rot blinkenden Systeme. »Begieb dich nicht in ihre Hände.«

Harrison konnte das Lachen nicht länger zurückhalten. Es war laut und dröhnend wie die Stimme eines Drillinstrukteurs auf dem Exerzierplatz. »Schön zu sehen, dass ich dir noch was beibringen kann, Julian. Genau deswegen muss ich hinfliegen. Deswegen müssen wir beide die Beisetzung meines Onkels und deines Vetters besuchen. Für Exarch Levin als Erinnerung daran, dass wir schon immer seine bereitwilligen Verbündeten waren.«

»Und für Kanzler Daoshen?«, fragte Julian, der an Harrisons Tonfall erkannt hatte, dass ein zweiter Grund unausgesprochen blieb.

»Als Erinnerung daran, dass sich die Vereinigten Sonnen nicht einschüchtern lassen.« Die Miene des Ersten Prinzen wurde ernst. »Niemals.«

Einen Augenblick verspürte Julian angesichts der Macht seines Fürsten geradezu Erregung. Daoshen oder wer auch immer sollte nur versuchen, es auf den Thron der Vereinigten Sonnen abzusehen. Harrison persönlich würde den Gegenangriff anführen und ihn niederwalzen.

Mit Julian an seiner Seite!

»Das ist endgültig?«, fragte er, im vollen Bewusstsein, dass es so war. Doch seine militärische Ausbildung zwang ihn zu fragen. Es durfte niemals einen Zweifel daran geben, was ein Kommandeur befahl.

Harrison war dadurch nicht zu beleidigen. Schließlich hatte er persönlich Julian einen Platz an der besten Militärakademie der Inneren Sphäre verschafft und Dozenten des New-Avalon-Instituts der Wissenschaften beauftragt, seinem Neffen Unterricht in Geschichte und Politikwissenschaft zu geben, als ihm die Offiziere der Akademie nichts mehr beibringen konnten. Im Gegenteil, es freute Harrison, zu sehen, wie Julian seine Ausbildung nutzte.

Und natürlich hatte er Julian schon weit mehr verziehen als ein simples Nachfragen betreffs eines Befehls.

»Das ist meine endgültige Entscheidung, Julian. Victor war Familie. Wir vergessen keinen, der zu uns gehört. Du und ich, wir werden anwesend sein, um ihm das letzte Geleit zu geben, und Amanda ebenfalls.«

»Und Caleb«, erinnerte Julian den Prinzen.

»Ja. Und Caleb.«

Warum der Fürst der Vereinigten Sonnen so trübsinnig klang, als er das sagte, wusste Julian nicht mit Sicherheit. Tatsächlich war er sich nicht einmal sicher, ob er den Tonfall richtig interpretierte. Bedeutete es Bedauern? Harrisons Entscheidungen waren bei den Adligen nicht immer beliebt, aber Julian konnte sich nicht erinnern, dass er je Zeit damit verschwendet hätte, eine zu bedauern. Es widersprach seinem Wesen, sich über einmal gefällte Entscheidungen noch Gedanken zu machen.

»Ob sie wohl auch da ist?«, fragte er und starrte in den Holotank hinab, ohne den Reigen der Systeme im schwarzblauen Nebel wirklich wahrzunehmen.

Harrison grunzte. »Falls Melissa Steiner so gnädig ist zu erscheinen, kann es durchaus sein, dass du Callandre in ihrem Gefolge siehst. Aber du bist ja wohl schlau genug, diese alte Wunde nicht aufzureißen.«

»Eine alte Wunde würde ich es nicht nennen, Onkel. Nur eine alte Freundschaft.« Es klang selbst in seinen eigenen Ohren wie eine müde Ausflucht, und Harrison dachte gar nicht daran, ihm das zu glauben.

»Ich rede vom Archon, Julian. Sie hat dich aus dem lyranischen Raum verbannt, *nachdem* ihr beide eine halbe Million Kronen Schaden angerichtet habt und das studentische Ehrengericht Nagelrings zu keinem Urteil fand. Es hat drei Jahre diplomatischer Bemühungen gekostet, das Austauschprogramm für Studenten wieder aufzubauen. Halt dich von ihr fern.«

»Wahrscheinlich wird sie ohnehin nicht kommen«, antwortete Julian angemessen beschämt.

Der Prinz schüttelte den Kopf. So leicht ließ er ihn nicht davonkommen. »Ich gehe lieber auf Nummer Sicher, besonders, da Amanda vermutlich Sandra Fenlon mitbringen wird. Und *du* solltest dich besser auf die Schwierigkeiten an unserer

Grenze konzentrieren. Ich will, dass Daoshen einen Stüber bekommt, bevor er auch nur einen Blick in unsere Richtung wirft.«

Julian nickte und konzentrierte sich wieder auf das aktuelle Problem. »Dann müssen wir ihn von Neuhessen vertreiben. Das ist die Welt, die Daoshen am ehesten zu einem Eroberungsversuch verlocken wird.«

»Warum?«

Julian suchte in seinem Gedächtnis, was er über den Planeten wusste. »Sie liegt auf der Grenze. Sie ist stärker industrialisiert als die beiden anderen Welten.« Gab es nicht auch eine Panzerungsfabrik dort? Er glaubte schon. Aber der entscheidende Punkt war ein anderer. »Vor gerade siebzig ... achtzig Jahren war Neuhessen noch capellanisch. Daoshens Vater hat das System einmal persönlich regiert. Das hat er auf keinen Fall vergessen.«

Harrison lächelte und nickte sichtlich zufrieden. »Eine ausgezeichnete Analyse, Julian. Ja, das dürfte ihm genau die Art Botschaft senden, die wir beabsichtigen. Neuhessen ...« Er überlegte und nickte. »Du wirst vor mir abfliegen und alle Unruhen niederschlagen. Danach geht es dann weiter ins Solsystem.«

»Danach nimmst du den langen Weg«, korrigierte Julian seinen Prinz und Onkel. »Ich will nicht, dass du auch nur in die Nähe dieser Systeme kommst.«

Der Erste Prinz dachte nach. »Wenn wir über Marlette und Tikonov fliegen«, stellte er mit einem Blick auf die Sternkarte fest, »können wir uns über Yang Tse treffen. Ist das weit genug entfernt von der Gefahr?«

Das war gutmütiger Spott. Julian allerdings meinte es ernst. »Tigress wäre mir lieber, aber ich bin nicht so dumm, mich deswegen auf eine Debatte einzulassen. Yang Tse also.«

»Mach dir keine Sorgen, Neffe. Victors Beisetzung wird erst im Juni sein. Ich will vor Mai auf Terra eintreffen, also bleibt dir ... warte ... mindestens eine Woche, auf Neuhessen für Ordnung zu sorgen, bevor ich auch nur in die Nähe komme. Vorausgesetzt, du fliegst morgen ab.«

»Du machst es mir nicht gerade leicht, weißt du das?«

»Das stärkt den Charakter, mein Junge. Du solltest dich besser ans Packen machen. Und denk daran, ich bleibe dir die ganze Zeit auf den Fersen. Also konzentrier dich auf deine Arbeit.«

Julian wusste sehr genau, was er Harrison alles verdankte. Alles. Er würde ihn nicht enttäuschen. Er würde sich nach Kräften bemühen, sich ganz auf Neuhessen zu konzentrieren und keinen Gedanken an den bevorstehenden Gipfel und die Beerdigung auf Terra zu verschwenden. Aber leicht würde es ihm nicht werden. Falls sich Harrisons Erwartungen erfüllten, stand ihnen eine Versammlung politischer Schwergewichte bevor, wie sie ein- oder vielleicht zweimal im Leben vorkam. So etwas war schwer zu ignorieren.

Selbst ohne die Überlegung, wer noch dort sein würde.

6

Haus Liao greift durch die Präfekturen V und VI an. In IX haben sich die Jadefalken festgesetzt. Präfektur IV könnte ebenso gut ein Davion-Protektorat sein, danach zu urteilen, wie weit sich Lordgouverneur Sandoval und sein Schwertschwur noch um Anweisungen von Terra scheren. Und jetzt fällt uns der Exarch selbst in einem Anfall sinnloser Favoritenpolitik in den Rücken?
Wie viele Feinde kann die Republik ertragen?

– SENATORIN LINA DERIUS (Nationalpartei, Liberty), »Aufruf zu wahrer republikanischer Einheit«, Terra, 20. Januar 3135

Tamar
Wolfsclan-Besatzungszone

8. Februar 3135

Alaric betrat den Mechhangar an der Seite Lehrmeister Liam Wards. Die Halle roch nach heißem Metall und Schmierfett, ein Gestank, der sich im Stahlbeton festsetzte, in allen Trägern und Streben. Er war nicht mehr zu vertreiben, ganz gleich, wie oft die Kadetten den Boden schrubbten oder die Metallgerüste abwuschen.

Alaric erinnerte sich an die Nächte nach dieser Arbeit, in einem Etagenbett oder auf einer Feldpritsche in der Kaserne. Wie der Gestank selbst nach einer brühend heißen Dusche noch in seinen Haaren gehangen hatte. Das vermisste er nicht.

Es waren nur ein paar Techs an der Arbeit – und noch war nicht viel geschehen. Das kam erst. Entlang der Zweihundertfünfzig-Meter-Strecke reihten sich leere Wartungskokons. Bis auf die letzten beiden, in denen siebzig Tonnen schwere *Blutschnitter* auf die glücklichen Kadetten warteten, die sich heute einen Platz als Wolf-Krieger erkämpften. Nach hinten geknickte Vogelbeine und Ultralaser in den wuchtigen Mechunterarmen. Einer dieser beiden würde bald ihm gehören.

Der Lehrmeister des Clans trug einen fleckenlosen Overall mit so messerscharfen Bügelfalten, dass man glaubte, sie könnten Metall schneiden. Sein Haar war hellbraun, der spitze Haaransatz millimeterkurz geschoren. Zwischen den dunklen Augen hatte sich eine tiefe Falte dauerhaft eingegraben.

Alaric trug bereits die Kampfmontur aus Kühlweste und Shorts. Den Neurohelm hielt er mit der linken Hand am Kinngurt. Seine zerkratzten Kampfstiefel hielten keinem Vergleich mit Liam Wards glänzend schwarzen Uniformstiefeln stand, aber ihre Schritte hallten im Takt durch die gewaltige Halle, wurden von der Rückwand reflektiert und tanzten im offenen Balkenwerk drei Etagen über ihnen hin und her, bis man einen Schritt kaum noch vom anderen unterscheiden konnte. Der Applaus der Schritte eilte ihnen voraus und hinterher, und warnte die zwei Kadetten, die sich vor ihrem Ausbilder aufgebaut hatten.

Zwei wahrgeborene Kadetten aus einer Geschko von anfangs zweiunddreißig.

Schwach.

»Lehrmeister Ward.« Der Ausbilder neigte respektvoll das Haupt, ohne den Blickkontakt mit dem älteren Mann abzubrechen.

Alaric wusste schon, dass er Kyle hieß. Er hatte nie einen Blutnamen erworben. Obwohl er fünf Jahre jünger war als der dreiundvierzigjährige Liam Ward, würde Kyle seine Laufbahn hier auf Tamar beschließen, nämlich als Kindermädchen und Lehrer für zukünftige Kadetten, zukünftige Anführer.

Die Schlechtesten bildeten die Besten aus? Verkehrte Welt.

»Sterncaptain Kyle«, begrüßte Ward ihn kühl. »Hast du die Kadetten für den heutigen Positionstest ausgewählt?«

Der Geschko-Ausbilder nickte. »Rahm und Gregor haben sich das Recht verdient.«

»Dann wird Kadett Rahm stattdessen zusammen mit Alaric antreten, der sich heute als Krieger qualifiziert. Kadett Gregor, du kannst wegtreten.«

So einfach ging das. Alaric sah Kyles Wut und Gregors Überraschung über diese unerwartete Wendung. Doch gegen den Mann, der alle Zeremonien und Rituale des Wolfsclans leitete, war jeder Widerstand vergeblich. Ihre Wut war verschwendet. Natürlich hätten sie einen Widerspruchstest verlangen können. Aber dazu fehlte Kyle der Mumm, und Gregor war noch kein Krieger.

Alaric hatte die Möglichkeit eines Widerspruchtests schon verworfen, noch bevor Kyle ihn in Erwägung zog.

Stattdessen richtete er seine Aufmerksamkeit auf die Kadetten. Wahrgeborene aus dem Zuchtprogramm des Clans. Jung und arrogant. Vermutlich genau so, wie er es in diesem Alter gewesen war. Achtzehn oder neunzehn – vier Jahre jünger als er. Sie beäugten ihn misstrauisch, wie eine fremdartige Kreatur, die man unter einem Stein findet. Studierten seine lockere Haltung. Die dunkelblauen Augen, die zu selten blinzelten. Das goldblonde Haar, sehr glatt und exakt auf Kinnhöhe geschnitten.

Vernarbte Fingerknöchel. Man erzählte sich, dass er sich die Narben beim Einschlagen der Visierscheibe eines Elementars geholt hatte.

Ein verknoteter Narbenstrang am rechten Arm. Schrapnell im Innern einer Panzerkabine, das ihm mehrmals Brust und Arm durchschlagen hatte. Er hatte eine heiße Granatenhülse benutzt, um die Wunden auszubrennen.

Und eine kleine, halbmondförmige Narbe außen am linken Auge. Ein Wettbewerb in der Kaserne, wer am schnellsten ziehen konnte. Sein Gegner hatte danach schlimmer ausgesehen.

Sie wussten, wer er war. Alaric von der Eisenbrut-Geschko. Aber es war etwas völlig anderes, von ihm erzählen zu hören, und die Legende der Kasernen zum Kampf gekleidet auf sich zukommen zu sehen.

»Gregor«, befahl Kyle und gab sich geschlagen, wie Alaric es vorhergesehen hatte, »du kannst gehen. Rahm, du absolvierst deinen Test mit Alaric.«

Lehrmeister Ward nickte knapp. »Alaric, das Landungsschiff hebt um 15 Uhr ab.«

Er würde zur Stelle sein.

Der Lehrmeister wandte sich um und ging. Seine Schritte echoten durch die Halle und betonten noch die Stille, die über der kleinen Gruppe lag. Alaric hatte kein Interesse an Kyles saurem Blick oder Gregorys wütender Miene, also schwang er einfach den Neurohelm in Richtung des nächsten der beiden *Blutschnitter.* »Ich nehme diesen.« Er ging an Gregor vorbei, zu dicht, um zu sehen, ob der Jüngere ihn anrempelte. Eine einfache Berührung nur ...

Gregor zuckte zurück.

Gut.

»Alaric!«, rief Rahm.

Zwischen Kadetten war er nicht gezwungen, zu antworten oder auch nur zu reagieren. Er tat es trotzdem. Hielt an und sah sich fragend um.

Rahm schluckte. Blickte seine Begleiter an und zog aus deren Gegenwart Kraft. »Man erzählt, du hättest den Positionstest jedes Jahr verweigert. Und sogar Konflikttests ausgetragen, um *keinen* Test zu machen.«

Das. »Erzählt man das?« Er wartete, die anderen nickten. Selbst Kyle. Alaric lächelte mit strahlend weißen Zähnen. »Interessant.«

Dann wandte er sich wieder zu seinem Mech um.

Tamars Goldgebirge erstreckte sich hunderte Kilometer vor ihnen, nachdem die beiden Kadetten das Trainingslager und ein sumpfiges Flussdelta hinter sich gelassen hatten. Eine riesige Weite aus hohem gelben Gras und zerfurchter, verbrannter Erde, die sich noch nicht vom letzten Trainingsgefecht erholt hatte. Flache Berge, eigentlich nicht mehr als Hügel. Hier draußen war kein Platz für Versteckspielchen. Das Gelände bot nicht den geringsten Vorteil. Hier zählte nur Können.

Können und Jagdinstinkt.

Alaric vertraute seinem Instinkt. Er fühlte sich komplett, als er den *Blutschnitter* auf das Testgelände steuerte und die ganze Masse unter dem sich wiegenden Cockpit spürte, das über wuchtigen Schultern acht Meter über dem Boden vorragte. Der Kreiselstabilisator der Maschine reagierte nicht absolut exakt auf die Nervensignale seines Gleichgewichtssinnes, die durch den Neurohelm in die nicht präzise kalibrierten Steuerschaltkreise des Bordcomputers gelangten. Aber das glich er mit sicherer Hand am Steuerknüppel aus. Jeder Schritt war fest und sicher. Alle Waffensysteme waren voll aufgeladen.

Er hatte sogar Zeit für einen schnellen Eingriff in die Bordelektronik gehabt, um die Sicherheitsverriegelung der Partikelprojektorkanone zu umgehen, die ein gefährlich schnelles Nachladen der PPK verhinderte. Dieser Mech gehörte ihm.

Schräg links hinter ihm wuchtete Rahm in seinem *Blutschnitter* durchs Gelände. Er bog von Alarics Marschrichtung ab, als die Zielerfassung die Symbole sechs feindlicher Maschinen abrupt auf die Sichtprojektion zeichnete.

»Ich ziehe nach deinem Eröffnungsschuss nach Osten«, erklärte der andere Kadett über Privatverbindung. Als mache er ihm ein Geschenk, indem er Alaric den ersten Schuss überließ.

Der zuckte die Achseln. »Mach, was du willst.« Das stimmaktivierte Mikro fing seinen gleichgültigen Tonfall sicher auf. »Bleib aus meiner Schusslinie.«

Das Cockpit roch nach warmer Elektronik, aber durch die Kühlflüssigkeit, die durch die Kühlweste zirkulierte, bekam er eine Gänsehaut auf den bloßen Armen. Er reduzierte den Fluss, zog es vor, zusammen mit dem Mech warm zu werden.

Sein geübter Blick hatte die Kennungen der sechs feindlichen BattleMechs bereits analysiert. Zwei dreißig Tonnen schwere *Eisteufel*, zwei schwere *Geier* und zwei überschwere *Jupiter*. Den Clantraditionen entsprechend würden er und Rahm der Reihe nach mit scharfen Waffen gegen jedes Mechpaar antreten. Einer nach dem anderen, es sei denn, einer von ihnen begann eine offene Feldschlacht jeder gegen jeden, indem er auf den Gegner des anderen schoss, oder auf seinen Mitprüfling. Das war eine Taktik, die vor allem blindwütige Karrieristen anwandten.

Alaric erwartete es.

Natürlich genügte ein Abschuss. Ein leichter Mech, und man hatte sich zum Krieger qualifiziert. Andererseits träumte natürlich jeder Kadett davon abzuräumen: drei Abschüsse, um sich über den Sterncommander hinweg sofort zum Sterncaptain zu qualifizieren. Das war das Zeichen eines Kometen, eines aufgehenden Sterns am Himmel des Clan-Militärs. Der heilige Gral waren vier Abschüsse. Sterncolonel. Das hatte bis heute niemand außer der legendären Natascha Kerensky geschafft.

In den siebzig Jahren seither hatten sich viele umgebracht oder zum Narren gemacht, indem sie versuchten, es ihr gleichzutun.

»Da kommen sie«, warnte Rahm.

Alaric hatte schon gesehen, dass sich die *Eisteufel* in Bewegung gesetzt hatten. Auf dem Sichtschirm waren sie noch nicht allzu deutlich zu erkennen, aber auf der Sichtprojektion sah er, dass ihre Bewegungen perfekt koordiniert waren. Zwei Veteranen. Liam Ward hatte ihm eine Herausforderung versprochen, und der Lehrmeister der Wölfe hielt Wort.

Alaric stieß den Fahrthebel bis zum Anschlag nach vorne und beschleunigte den *Blutschnitter* auf zweiundsechzig Stundenkilometer. Rahm fiel kurz zurück, bevor er ebenfalls schneller wurde. Wie zwei wilde Wölfe hetzten sie über Tamars Felder.

Die *Eisteufel* waren nur mit Ultralasern bewaffnet, mussten also warten, bis sie auf kurze Distanz herangekommen waren, bevor sie das Feuer eröffnen konnten. Alaric half seinen Gegnern, die Entfernung zwischen ihnen schnell zu verkleinern, und hielt das eigene Feuer zehn Pulsschläge zurück. Zwanzig. Er spürte, dass Rahm längst feuern wollte, doch seine Ehre zwang den Kadetten, sich an sein Versprechen zu halten und zu warten. Es war dumm von ihm, sich keine eigene Strategie zurechtgelegt zu haben, sondern sich ganz auf Alaric zu verlassen.

Dreißig ...

Alaric zog das Fadenkreuz auf den flinken *Eisteufel* und hielt es auf diesem Ziel, als es im kräftigen Goldton einer sicheren Zielerfassung aufleuchtete. Jetzt waren sie auch in Reichweite des zweiten Gegnerpaars, der *Geier*. Aber noch feuerte niemand, während die BattleMechs mit weiten Schritten aufeinander zustürmten.

Vierzig. Fünfzig.

Im letztmöglichen Augenblick, bevor er spürte, dass sein Gegner den Ultralaser abfeuern würde, schaltete Alaric auf Breitseite und zog ab.

Die PPKs leuchteten in beiden Mecharmen elektrischblau auf, und wie zwei Blitzschläge zuckten die Ströme aus geladenen Atomteilchen über das hohe Gras in die Flanken des *Eisteufel*. An den Rändern weiß glühende Panzerfetzen regneten herab und setzten das Gras in Brand. Der leichte Mech wankte wie unter einem unerwarteten Schwinger in die Magengrube und wurde langsamer. Fast fiel er in die beiden TakRak-Raketen, die auf grauen Rauchbahnen heranjagten und in gelb-orangen Feuerbällen auf seinem Rumpf detonierten.

Alaric lud die Waffen heiß nach, ohne sich um die Bruthitze zu scheren, die durch die Pilotenkanzel schlug, und feuerte eine zweite Breitseite ab.

Eine grell orange Lichtlanze des *Eisteufel* brannte Panzerung vom rechten Bein des *Blutschnitter*. Der Treffer ließ Alarics Kampfkoloss kurz ruckeln, stellte aber kein echtes Problem dar.

Seine zweite Salve war mehr, als der leichte Mech aushielt. Sie riss dem *Eisteufel* ein Mechbein ab. Mit schweren internen Schäden krachte die Kampfmaschine hart zu Boden und pflügte den Wiesengrund auf. Glühende Metallsplitter schossen aus den klaffenden Rissen im Rumpf, als sich der Kreiselstabilisator auflöste.

Der MechKrieger im Innern wäre ein Narr gewesen, wollte er noch versuchen, die Maschine wieder aufzurichten. Und hätte er es getan, hätte Alaric ihn getötet.

Wie angekündigt, war Rahm nach Osten abgebogen, um etwas Distanz zwischen seinen und Alarics Kampf zu bringen. Außerdem hatte er abgebremst, entschlossen, den kleineren, schnelleren *Eisteufel* etwas auf Abstand zu halten. Was Alarics *Blutschnitter* zwischen Rahm und dessen Ziel positionierte. Alaric zögerte keinen Sekundenbruchteil. Er schwenkte hart nach links und rannte durch die Schusslinie des Wahrgeborenen, verdarb ihm das Ziel und wartete – darauf, dass auch nur ein leichter Laserschuss seine Maschine traf.

Rahm tat ihm den Gefallen nicht. Er brach seinen Angriff ab, statt einen freien Kampf zu riskieren, noch bevor er den ersten Abschuss erzielt hatte. Überließ die Initiative dem *Eisteufel*-Piloten. Das bescherte ihm zwei tiefe, glühende Einschüsse am linken Arm und im Torso seines Mechs.

Schweiß brannte in Alarics Augen, als der Hitzestau die Cockpittemperatur weiter in die Höhe trieb. Sein Atem ging schnell und flach, brannte wie Feuer in der Lunge. Aber er hatte das Fadenkreuz schon auf dem *Geier*, dessen MechKrieger die Kapitulation des *Eisteufel* nicht vorhergesehen hatte.

Der *Geier* stand reglos auf dem Gelände und wartete auf das Signal, den Kadetten auf die Probe zu stellen. Als der Pilot des *Eisteufel* die Feuerleitsysteme abschaltete und sein Symbol von den taktischen Anzeigen verschwand, bewegte Alaric das Fadenkreuz bereits sorgfältig den schlaksigen Rumpf des schweren BattleMechs hinauf bis zum schmalen Profil der zwischen den Schulterlafetten platzierten Kanzel.

Der *Eisteufel* verblasste, und Alaric feuerte eine seiner PPKs durch das Kanzeldach des *Geier*. Die andere Kanone schoss ein paar Meter zu hoch und ihr Blitzschlag brannte sich sinnlos durch die Luft. Doch dieser Fehlschuss spielte keine Rolle. Das Cockpit brach unter dem brutalen Energiestoß des ersten Partikelwerfers auf und die infernalischen Energien äscherten den Wolf-Veteranen im Innern augenblicklich ein.

Für einen Krieger konnte Trägheit tödlich sein.

»Großer Vater!«, brüllte Rahm. Natürlich zum Teil vor Bewunderung. Aber auch äußerst schockiert.

Alaric wollte seine Wut über den Kanal hinausbrüllen, den er mit dem anderen Kadetten teilte. Vier Jahre hatte er darauf gewartet. Vier Jahre, in denen er Unterricht darin bekommen hatte, wie man einen Positionstest verweigerte. In denen er auf den Moment gewartet hatte, da es angemessen erschien, dass er sich stellte und vom übrigen Rudel absetzte. Von seinen Kogeschwistern.

Und sie machten es ihm leicht!

Aber der *Jupiter* war ein hundert Tonnen schwerer Avatar des Krieges, ein riesiger überschwerer BattleMech mit enormer Reichweite, schweren Lasern und Lafetten, die in einer Salve vierzig Langstreckenraketen abfeuern konnten. *Dieser* Wolf war vorbereitet oder hatte doch zumindest aus dem Fehler seines Vorgängers gelernt. Das Cockpit des *Geier* war nur noch ein qualmender Trümmerhaufen, der Mech stand leblos an seinem Platz, und der Pilot des *Jupiter* wartete auf kein Angriffssignal. Edelsteinhelles Laserfeuer loderte über die Distanz zwischen ihnen, peitschte über Arme und Beine des *Blutschnitter.* Mit einer ruckenden Bewegung zurück schleuderte der überschwere Koloss eine Wand aus Raketen.

Alaric blieb keine Wahl, als den brutalen Angriff durchzustehen. Er hatte die Betriebstemperatur tief in die rote Gefahrenzone der Anzeige getrieben. Der *Blutschnitter* reagierte schwerfällig, weil die hohen Temperaturen die Schaltkreise beeinträchtigten und das Fadenkreuz auf der Anzeige flackerte.

Die Laser schälten Panzerung weg und schmolzen tiefe Löcher in die Mechgliedmaßen. Flüssige Metallkeramik lief ein Mechbein hinab und spritzte ins Gras. Hinter ihm breitete sich schwarzer Qualm aus, während er sich unbeholfen von den ausbrechenden Feuern zurückzog. Jetzt näherte sich Rahm, der seinen leichten Gegner endlich auch erledigt hatte.

Rings um Alaric stürzten Raketen vom Himmel, rissen den

Boden auf und hämmerten wie riesige Fäuste auf Kopf und Schultern seines Mechs ein. Die Erschütterungen schleuderten ihn in die Sicherheitsgurte und drohten, den *Blutschnitter* umzuwerfen. Er kämpfte mit den Steuerknüppeln, nutzte die Hebelwirkung seiner Arme und duckte sich weit genug nach vorn, um das Gyroskop des Mechs mit seinem Gleichgewichtssinn so zu steuern, dass es den metallenen Riesen gerade noch vor einem Sturz bewahrte.

Langsam holte er den Fahrthebel zurück, dann rammte er ihn voll in den Rückwärtsgang, kaum dass er die Gewalt über den *Blutschnitter* zurückgewonnen hatte. Der Mech drehte sich fast um die eigene Achse, und Alaric fühlte etwas wie einen Fausthieb, als sich das Schloss der Sicherheitsgurte tief in seinen Magen grub.

Ein schneller Blick auf die Vektorgrafik der Schadensanzeige. Die linke PPK meldete einen Ausfall der Steuerschaltkreise. Er hatte sie überlastet. Und die dünne Cockpitpanzerung bot ebenfalls Grund zu äußerster Besorgnis, als eine weitere Raketensalve um ihn herum einschlug. Ein Gefechtskopf traf die Seite des Mechkopfes, und das Donnern der Detonation krachte durch die Kanzel, während ihn die Druckwelle hart zur Seite schleuderte.

Zwei Abschüsse innerhalb von zwei Minuten. Damit war Alaric ein Sterncommander des Wolfsclans. Gut genug, aber nicht das, was er versprochen hatte. Nicht, was man *ihm* versprochen hatte.

Hätte er beide Partikelkanonen zur Verfügung gehabt, hätte er noch eine Chance gehabt, die schwere Panzerung des überschweren Mechs zu besiegen. So aber war er geschlagen. Bevor er dem Titanen auch nur einen Kratzer beigebracht hatte, weil er seine Ausrüstung waghalsig verschwendet hatte. Das ließ ihm nur noch eine Möglichkeit.

Alaric schwankte und ließ den *Blutschnitter* nach hinten sacken.

Er hatte nicht angenommen, dass Rahm es darauf ankommen ließ. Dass Rahm das Zeug dazu hatte. Alaric wich vor dem Angriff des *Jupiter* zurück. Sein Mech war ein Textbuchbeispiel für Schwäche. Rahm stand in seinem Rücken. Ein Komet, der keine Angst davor hatte, sich einen Feind zu machen, hätte die Gelegenheit genutzt, anzugreifen und den wankenden Mech auszuschalten. Ein Krieger, der zu viel Wert auf seine Ehre legte, hätte zuerst auf den *Jupiter* gefeuert, um den Kampf frei zu machen, und dann erst auf den Mitbewerber gezielt.

Was Alaric ausreichend Vorwarnung gegeben hätte, um zuerst zu feuern.

Und so kam der rüde Stoß, der seinen *Blutschnitter* in den Rücken traf und sich tief in Hüften und Beine fraß, für den frisch gebackenen Sterncommander tatsächlich überraschend. Rahm hatte aus Alarics Blitzangriffen die falsche Lektion gezogen und schlug mit allem gegen ihn los, was sein eigener Mech aufzubieten hatte.

Warnlämpchen blinkten auf, als Wärmetauscher explodierten. Zerstörerische Energien schnitten durch Panzerung und Abschirmung, beschädigten den Reaktor. Doch der sackende Rumpf und die gespreizten Mechbeine bedeuteten mehr als nur den Anschein von Schwäche. Die Haltung des *Blutschnitter* half Alaric, den brutalen Angriff zu absorbieren.

Er hielt den Mech aufrecht und drehte den Rumpf, um den Arm mit der noch einsatzbereiten PPK geradewegs auf den anrückenden Gegner zu richten. Zwischen dem wütenden Bombardement des *Jupiter* und Rahms Angriff in der Falle, schleuderte Sterncommander Alaric einen künstlichen Blitzschlag auf den rechten Mecharm des letzteren. Bohrte durch Lasertreffer, zertrümmerte das Schultergelenk und schnitt den ganzen Arm weg.

Soweit es die Feuerkraft betraf, waren die beiden *Blutschnitter* einander nun gleichwertig.

Alaric aber hatte seine Geschütze nicht mehr eingesetzt und der Betriebstemperatur gestattet zu sinken, während Rahm seine Maschine gefährlich aufgeheizt hatte. Also lud Alaric beschleunigt nach und feuerte erneut. Und noch einmal.

Er sprengte sich durch Torsopanzerung.

Die PPK geißelte Panzerung vom linken Mechbein.

Während sich die Laser des *Jupiter* in Alarics linke Mechflanke bohrten und Rahms verbliebener Partikelwerfer den Panzerschutz auf der rechten zertrümmerte, peitschte Alaric den Energiestrahl abwärts und durchtrennte den Unterschenkel. Der *Blutschnitter* schlug verkrüppelt ins brennende Gras.

Dann kapitulierte Rahm, indem er die Zielerfassung deaktivierte.

Drei Abschüsse. Sterncaptain!

Von dem *Jupiter* besiegt und zerschunden trieb Alaric seinen zerbeulten Mech trotzdem gerade weit genug, um den rot glühenden Lauf der PPK an den Kopf des gestürzten *Blutschnitter* zu legen. Dieser Schuss erforderte kein Geschick. Es war eine Hinrichtung, und Alaric hatte zweifelsfrei das Recht dazu. Die Schwachen starben. Die Starken kamen weiter.

Natürlich würde das Folgen haben. Es würde Herausforderungen auslösen. Möglicherweise sogar eine offizielle Rüge wegen Verschwendung guten Genmaterials.

Liam Ward würde Alaric daran erinnern, dass auch Gnade eine Kriegertugend war.

Alaric drückte ab. Eine gleißende, kreischende Energiefontäne kostete den Wolfsclan einen Krieger.

Dann schaltete er seine Zielerfassung ab und nahm dem *Jupiter* damit die Grundlage für weitere Angriffe. Zwischen ihnen bestand keine persönliche Animosität. Und er hatte kein Interesse daran, als Narr zu sterben, der sein Können überschätzt hatte.

Denn für Sterncaptain Alaric war heute noch ein Flug nach Terra gebucht.

Und den Khan der Wölfe ließ man nicht warten.

7

> Wenn ich sehe, was aus Stones ›großer‹ Republik geworden ist, kann ich nur feststellen, dass Styks Entscheidung für die Unabhängigkeit – und um das Leben der Bevölkerung und die Ehre unseres Planeten zu bewahren – richtig war.
>
> – (Ehemalige Senatorin) Comtessa Jiu Soon Lah, Styk
> 27. Januar 3135

Woodstock
Präfektur V, Republik der Sphäre

9. Februar 3135

Das klapprige gelbe Taxi setzte Erik Sandoval-Gröll auf dem Fußweg ab. Erik bezahlte, und der Fahrer brauste mit bedenklich hustendem Motor und in einer Wolke stinkender Auspuffgase davon. Der junge Adlige verzog angewidert das Gesicht und rieb die Hände aneinander, als wolle er etwas besonders Dreckiges und Unangenehmes entfernen. Dann nahm er sich einen Moment Zeit und musterte sein Fahrtziel mit einer Mischung aus Neugier und Misstrauen.

Ixtapas mexikanisches Restaurant lag auf der Grenze zwischen Woodstocks Raumhafen und der planetaren Hauptstadt Charleston. Ein Schild über der Tür versprach Weltberühmte Salsa. Die Lehmziegelfassade und die grellen Farben des neben einem kleinen Einkaufszentrum gelegenen Lokals machten es weithin sichtbar. In einer Umgebung aus Beige- und Grautönen fielen warmes Rot und leuchtendes Gelb sofort auf. Freundliche Musikakkorde drangen aus Außenlautsprechern, und eine erotische Stimme mit spanischem Akzent begleitete die Gitarrenmusik. Das Aroma von Gewürzfleisch und warmen Tortillas zog aus der offenen Tür auf die Straße.

Eine willkommene Umarmung, die Erik beruhigte, obwohl er sich dagegen sträubte. Er mochte keine geheimen Treffen.

Zumindest keine, die er nicht selbst arrangiert hatte.

Der Adelsspross ließ zwei Passanten den Vortritt und zählte in Gedanken langsam bis zehn, bevor er das Lokal betrat. Im Innern wetteiferte die Musik mit dem Lärm der Mittagsgäste. Die Leute unterhielten sich lebhaft und verschlangen dabei große Teller mit Enchiladas, von Käse und Guacamole überdeckt, oder fabrizierten aus Hühnchen, auf gusseisernen Tellern noch brutzelnd serviert, Fajitas.

Ein stetiger Strom eiskalter Margaritas bewegte sich auf den Tabletts der Kellner von der Theke zu den Tischen, und Erik bekam Durst. Dann erschien die Empfangsdame, trat auf ihn zu und legte eine schlanke Hand auf seinen Arm. Sie war schlank und klein, mit dunkler Haut und langem, glänzend schwarzem Haar, das sie mit einem roten Stoffband im Nacken locker gebunden hatte.

»Señor Gröll?«

Augenblicklich gellten in seinem Geist Alarmglocken, die sich aber gleich wieder beruhigten. Natürlich erwartete man ihn.

Er nickte, und die Frau ging voraus.

Erik fragte sich nicht, woher sie wusste, dass sie nach dem jungen Adligen Ausschau halten musste, oder wie sie ihn erkannt hatte. Heute hatte er sich der Umgebung angepasst und trug weder adlige Roben noch seine übliche Uniform aus khakifarbener Hose und einem blaurot karierten Baumwollhemd, die auf den unbeteiligten Beobachter ›entspannt‹ wirkte. Aber Eriks Frisur aus rasierten Schläfen und dem klassischen Dutt der Sandovals schien ungewöhnlich genug. Sicher war die Empfangsdame aufgefordert worden, danach Ausschau zu halten. In ihren warmen Rehaugen hatte er keine Spur von Hinterhältigkeit bemerkt.

Von dem Mann, der auf ihn wartete, konnte er das nicht behaupten. Sein Haar war weiß gefärbt und so kurz geschoren, dass man ein halbes Dutzend Narben erkannte, die sich über seine Kopfhaut zogen. Ein stoppeliger Zwei-Tage-Bart verdunkelte das hagere Gesicht, und das gesunde rechte Auge brannte ein Loch in Eriks Kopf. Eine Klappe bedeckte das linke Auge, und eine dünne Narbe teilte die Augenbraue und verschwand unter dem schwarzen Stoff.

Jack Farrell.

Freibeuter. Mancher nannte ihn Pirat. Erik war dem Mann zwar noch nie begegnet, aber er hatte schon von ihm gehört. Wenn man für Duke Aaron Sandoval arbeitete, Lordgouverneur der Präfektur IV und Anführer des Schwertschwurs, lohnte es sich, informiert zu sein.

Wenn man mit Aaron verwandt war, war es Pflicht.

Erik schob sich auf den Platz gegenüber ›Einauge‹ Jack und nickte, als ein Kellner fragte, ob er zuerst einen Drink wollte.

»Margarita. Gemixt und gesalzen.«

Vor Farrell stand nur ein großes, feuchtes Glas Eiswasser mit einer halben Limonenscheibe. Etwas in seinem Blick verriet, dass er Erik geringer schätzte, weil der das Geschäftliche mit dem Angenehmen verband. »Ich habe schon für uns beide bestellt.«

»Sie werden es mir verzeihen, wenn ich nichts esse.«

Der Pirat – falls er denn einer war – zuckte die Achseln. »Sieht ziemlich seltsam aus, in einem Restaurant zu sitzen, ohne zu essen. Aber von mir aus.«

Möglicherweise hatte er recht. Also bediente sich Erik aus dem Korb mit warmen Maischips. Er tunkte einen in eine Steingutschale und probierte die Salsa des Lokals. Eine dicke Paste aus Tomaten, süßen Zwiebeln und verschiedenen Pfeffern, abgeschmeckt mit Oregano und ... war es Knoblauch? Sie hatte einen angenehmen Geschmack und einen anhaltenden Biss. Er war sich nicht sicher, ob ›weltberühmt‹ angemessen war. Aber sie schmeckte.

»Was wollen Sie, Mister Farrell?«

Sein Gegenüber gluckste. »Gut. Wüsste ich es nicht besser, ich würde schwören, Sie wären aus reiner Neugier hier.« Seine

Stimme klang rau, beinahe knarrend. »Interessiert es Sie gar nicht, wie wir Ihre Reisearrangements ausgeschnüffelt und die Nachricht an Bord Ihres Landungsschiffes gebracht haben?«

»Na schön.« Erik nickte. »Wie?«

»Tut mir leid. Geschäftsgeheimnis.«

Aber er wollte es erzählen. Erik spürte das. Was bedeutete, dass Jack Farrell es entweder selbst nicht wusste und nur Erik glauben sollte, er wüsste es, oder dass er im Auftrag handelte. So oder so ...

»Sie haben zwei Minuten.«

»Warum so eilig? Können Sie es nicht erwarten, nach Terra zu kommen? Die Beisetzung findet erst in zwei Monaten statt.«

So viel wusste Farrell also von Eriks Mission. Nun ja, Paladin Victor Steiner-Davions Tod war ja auch kaum mehr ein Geheimnis. Und natürlich nahm der Lordgouverneur an der Beisetzung teil.

Allerdings war nicht sicher, welche Unterstützung Aaron in der Republik noch genoss. Mehrere Regierungsbeamte waren in letzter Zeit, seit Aaron sich als Anführer des Schwertschwurs zu erkennen gegeben hatte, nicht gerade freundlich. Sie hatten daraus durchaus korrekt auf die Davion-Sympathien des Lordgouverneurs geschlossen. Andererseits hatte der Schwertschwur Präfektur V vor einer Liao-Offensive gerettet. Und angesichts der zunehmenden Konfrontation zwischen dem Exarchen und dem Senat – und nach dem Ruf des Senats nach dessen Entmachtung – erschien der Zeitpunkt für eine Konfrontation eher ungeeignet, wenn nicht sogar gefährlich.

Aber da Aaron das nicht sicher wissen konnte, hatte er Erik vorausgeschickt.

Nach zwei Jahren gewöhnte sich Erik allmählich an seine Rolle als Blitzableiter des Lordgouverneurs. Wie oft hatte der ihn nicht schon selbst im Angesicht des beinahe sicheren Todes sich selbst überlassen? Auf Achernar und Huan. Auf Shensi! Das war wirklich knapp und die ganze Situation von Aaron Sandoval eingefädelt gewesen.

»Man lernt nie aus«, hatte ihn Aaron einmal ermahnt. Und Erik hatte es sich zu Herzen genommen.

»Sie haben um dieses Treffen gebeten«, stellte er jetzt fest und griff nach einem zweiten Chip. Dann unterbrach er sich, als sein Drink eintraf, und zwar in einem weiten Kelch mit dick salzverkrustetem Rand. Erik probierte noch einmal von der Rachen wärmenden Salsa und nahm dann einen vorsichtigen Schluck Tequila. Kalt und durstlöschend. Wunderbar.

»Ich höre.«

»Hört der Herzog auch?«

Die Entscheidung darüber lag ja wohl bei Erik, nicht wahr? Wissen war Macht. Falls nicht, wozu zögerte Farrell es dann so hinaus?

Aber Erik wusste, wann er seinen Trumpf ausspielen musste. »Das tut er. Noch sechzig Sekunden.«

Farrell sah sich um. Vorsichtig. Aus dem Augenwinkel. Erik hatte nicht den Eindruck, dass der einäugige Bandit nach irgendwelchen Partnern ausschaute. Farrell wirkte wie jemand, der vorzugsweise allein arbeitete. Möglicherweise hielt er Ausschau nach möglichen Verstärkungen Eriks, aber der junge Adlige vertraute darauf, dass seine Leute unauffällig blieben. *Er* wusste, wer sie waren, und Farrell beachtete sie gar nicht.

»Na schön. Er hat mir gesagt, dass Sie für Spielchen nicht zu haben sind. Und Sie sollen wissen, dass es ein seriöses Angebot ist.«

»Wer ist ›er‹?«

Farrell warf ihm einen vielsagenden Blick zu. »Der erste Bissen ist kostenlos. Danach heißt es bezahlen. Also: Schaffen Sie Aaron Sandoval von St. Andre fort. *Sofort.*«

Interessant. Eine Warnung vor einer bevorstehenden capellanischen Offensive? Von Elsa Hattod, seiner privaten Doppelagentin bei Haus Liao, hatte er nichts dergleichen gehört. Also bezweifelte er es.

Eine direkte Bedrohung für Aaron? Das wäre wirklich zu schade, nicht wahr? Er erinnerte sich an Shensi und die Söldner, die unter dem Deckmantel der Liao-Fahne angegriffen hatten ... Er würde sich gut überlegen müssen, ob er auch nur einen Ton sagte.

Aber auf jeden Fall war es noch ein paar Minuten Aufmerksamkeit wert. Besonders, nachdem das Essen eintraf. Beide Männer nahmen demonstrativ ein paar Bissen zu sich, weil keiner bereit war, sich vor dem anderen eine Blöße zu geben. Farrell hatte für Erik ein Burritosteak bestellt, mit Fleisch, das zusammen mit Reis und Bohnen in eine Tortilla eingeschlagen war. Warm, aber nicht heiß. Es schmeckte. Erik kaute nachdenklich und ließ sich die rätselhafte Nachricht durch den Kopf gehen. Aaron von St. Andre wegschaffen. Sofort?

»Sofort wird er nicht abreisen.« Nicht, bevor Erik ihm den Weg nach Terra freigemacht hatte. Außerdem: »St. Andre ist eine der sichersten Welten der Präfektur V. Dank unserer Intervention.«

Genau genommen waren New Aragon und St. Andre das Rückgrat der republikanischen Stellungen in der Präfektur. Während die Konföderation Capella an beiden Fronten vorrückte und ihre Herrschaft auf Liao, Gan Singh, Styk, Menkar und Algot festigte, wirkten die sicheren Garnisonen auf New Aragon und St. Andre wie ein auf Daoshen Liaos Unterbauch gerichteter Dolch. Auf beiden Planeten befanden sich einige Ritter, und nachdem die Wahl des Exarchen vorüber war, auch Paladine. Was die Republik zur Verteidigung von Präfektur V aufbieten konnte, konzentrierte sich in diesen zwei Systemen.

»Lordgouverneur Sandoval ist wirklich gerade rechtzeitig aus Präfektur IV gekommen«, bestätigte Farrell und nickte. Schluckte. »Nach allem, was ich gehört habe, hatten die Liao-Truppen keinen nennenswerten Widerstand des Schwertschwurs erwartet.«

»Dazu hatten sie auch keinen Anlass«, gab Erik zu. »Das stehende Heer der Republik und der Schwertschwur sind nicht gerade befreundet.« Ein großer Teil des Schwertschwurs hatte ursprünglich in den regulären Streitkräften der Republik gedient. Und Aarons private Pläne, das wusste er, sahen vor, Haus Davion in einem schnellen, unblutigen Handstreich Dutzende Systeme zu übergeben. Eine mutige Aktion, die unter Umständen zum völligen Zusammenbruch der Republik führen konnte. Falls die Dominosteine richtig fielen.

Und Aaron wäre Minister für eine neue Davion-Mark.

Aber die Hilfsaktion für Präfektur V hatte Sandovals Pläne effektiv verschleiert und Aaron an die Spitze einer langen Liste von Anführern gesetzt, die um eine Legitimierung wetteiferten. Die erfolgreiche Militäraktion kam sogar auf Tikonov und in der gesamten Präfektur IV bestens an. Dadurch gewann er die Loyalität ganzer Welten, ohne einen Schuss abzufeuern oder einen Mech einzusetzen.

Jetzt die Flucht anzutreten ...

»Geht es dabei um Bannson?«, fragte Erik.

Das traf ins Schwarze. Jack Farrell zuckte zusammen und seine Gabel fiel klirrend auf den Teller.

»Was ist mit Jacob Bannson?« Er versuchte nicht, den Unschuldigen zu spielen. »Was wissen Sie?«

»Nur, was ich so gehört habe. Dass der Konzernmagnat den Planeten Liao und noch eine Reihe weiterer an die Konföderation verkauft hat. Es gibt Gerüchte, dass er auf Terra und Northwind einigen Leuten auf die Zehen getreten hat, und auch, dass er mit dem Schwarzen Paladin zu tun hatte und gleich nach diesem Debakel untergetaucht ist. Und dass sein Konzernhauptquartier lange Jahre auf St. Andre war.« Erik entschied sich ebenfalls ein wenig zu bluffen und beugte sich verschwörerisch vor. »Und natürlich, dass Sie für ihn arbeiten.«

In Farrells gesundem Auge glitzerte kaltes Eis. Aber er stritt es nicht ab.

»Sie sind gut informiert.«

»Außerhalb von Präfektur V liegen Bannson Universals größte Investments in IV. Das ist Lordgouverneur Sandovals Reich. Es lohnt sich, informiert zu sein.«

Farrell trank einen Schluck Wasser, dann stellte er das Glas mit einem Klimpern der Eiswürfel ab. »Nein«, widersprach er. »Es *kostet*, informiert zu sein. Ich habe meinen Teil erledigt.«

Er zog eine zerknitterte schwarze Visitenkarte aus der Brusttasche und warf sie in die Pfütze aus Kondenswasser, die sein Glas auf dem Tisch hinterlassen hatte. »Rufen Sie diese Nummer an und verhandeln Sie direkt mit ihm.«

Erik fischte die Karte aus dem Wasser. Sie enthielt nichts außer einer einfachen Komm-Nummer, die in silberner Farbe auf einer Seite der Karte stand. »Da steht noch nicht einmal der Planet.« Er warf die Karte zurück.

Farrell zuckte die Achseln und stand auf.

»Warten Sie.« Erik überlegte schnell. ›Einauge‹ Jack arbeitete also für Bannson, doch der war es nicht, der jetzt über ihn Kontakt mit Erik aufnahm. Verriet Farrell seinen Boss auf Anweisung eines Dritten? »Warum gerade Sie, Jack?«

»Warum ich?« Farrell wiederholte die Frage, als verstünde er sie nicht. Er hob seine Serviette auf und wischte sich den Mund ab.

Erik breitete die Hände aus. »Wenn ich das Angebot ernst nehmen soll, muss ich der Quelle vertrauen, oder?«

Noch ein misstrauischer Blick in die Runde. Farrell war sichtlich im Aufbruch, aber noch hielt ihn etwas. Vielleicht die Sorge, seinen Auftrag noch nicht zufrieden stellend erfüllt zu haben.

»Weil das hier Teil *unseres* Preises war«, stellte er sehr leise fest. »Und wir wollen es uns nicht mit ihm verderben.«

»Das sagt mir immer noch nicht, wer ›er‹ ist.«

Farrell nickte. »Und aus meinem Mund werden Sie es auch nicht erfahren.«

Aber er streckte die Hand aus, tauchte den Finger in die Wasserpfütze und zeichnete mit schnellen Zügen etwas auf das rot gemaserte Holz der Tischplatte. Ein Dreieck oder eine Pyramide. Mit ein paar schnellen Strichen teilte er die drei Ecken ab.

Dann warf er die Serviette in die Pfütze und ging.

Erik sah ihm hinterher und glaubte plötzlich nichts mehr, was dieser Mann ihm erzählt hatte. So funktionierte es einfach nicht. Natürlich hatte er in Wahrheit keine Ahnung, wie derartige Treffen abzulaufen hatten, doch *das* hier erschien ihm einfach falsch. Er blickte Farrell hinterher. Der Bandit drehte sich nicht um.

Nicht einmal, als er an dem leeren Tisch vorbeiging, an dem Eriks Verstärkung gesessen hatte.

Drei Pulsschläge lang war Erik wie gelähmt. Auf dem Tisch standen kaum angerührte Teller und die beiden Gläser mit Limonade waren halb voll. Kein Kellner schien abräumen zu wollen oder irgendwie besorgt über die Abwesenheit der Gäste zu sein. Also etwas ganz Normales. Toiletten.

Erik warf seine Serviette mit einer Nonchalance, die er ganz und gar nicht fühlte, auf den Tisch und schlenderte auffällig langsam zum Waschraum. Dieser war ebenso hell und farbenfroh wie der Rest des Restaurants. Orange Fliesen bedeckten die Wände und ein Muster aus roten Lehmziegeln die Kabinen. Aus Deckenlautsprechern drang leise Gitarrenmusik. In der Luft hing ein Geruch nach verbrannten Haaren, der nicht zum Rest des Ambientes passte.

Er warf einen Blick unter eine der Kabinentüren, sah zu viele Füße und trat die Tür ein. Er beugte sich hinein und sah seine Männer an der Rückwand lehnen, die beiden Männer, die er beim Betreten des Lokals vorgelassen hatte. Sie lebten noch, aber die kurzen Haare hinter den Ohren waren von Elektroschockertreffern verbrannt.

Irgendjemand hatte sie von ihrem Tisch fortgelockt oder gezwungen und ausgeschaltet, ohne dass jemand etwas bemerkt hatte. Nicht einmal Erik.

Kaltes Wasser brachte sie so weit zu sich, dass Erik sie sich selbst überlassen konnte, ohne dass der nächste Gast, der in den Waschraum kam, Alarm schlug. Dann ging der junge Adlige zurück in den Schankraum und bezahlte als Erstes an der Kasse seine Mahlzeit. Und die Farrells, wie sich herausstellte. Erik zahlte bar und bemühte sich, ruhig zu bleiben.

Besonders, als er an den Tisch zurückkehrte und die schwarze Visitenkarte einsteckte.

Nur zur Sicherheit.

8

> Dem Senat geht es nicht um Aufklärung. Es geht ihm darum, seine Verbrechen hinter den verschlossenen Türen eines Komitees zu begraben! Ja, Geoffrey Mallowes wurde auf eine Weise behandelt, die seinem Status als Senator und Adliger des Reiches nicht gerecht wird. Er wurde auch auf eine Weise behandelt, die weit über das hinausgeht, was seinem Status als Hintermann für Verrat und Meuchelmord gerecht würde.
>
> – Exarch Jonah Levin, »Frage und Antwort«, Terra, 9. Februar 3135

Terra
Präfektur X, Republik der Sphäre

16. Februar 3135

Genf erwachte früh.

Um drei Uhr morgens rührte sich das Leben im Regierungspalast. Sekretäre und Sachbearbeiter öffneten die Büros, sammelten Dokumente und Datenkristalle, häufig, während sie die Termine des Tages über Kommsets bestätigten. Geschäftigkeit füllte die Korridore und verschwand erst Stunden nach dem Eintreffen der Minister, Beamten und Ritter, die die Geschäfte der Republik erledigten.

Jonah Levin war noch auf.

Er durchquerte die Rotunde und ging durch eine offene Flügeltür. Jonah fand die Kammer der Paladine hell erleuchtet und gespenstisch leer vor. Der hohe Kuppelsaal strahlte eine Mischung aus legislativer Pracht und arturischer Legende aus:

weißer Stein und blaugrauer Marmor, dicke rote Teppiche, die Galerie, groß genug, um allen dreihundert Rittern der Sphäre Platz zu bieten. Darunter waren siebzehn separate Sitzplätze mit eigener Computerkonsole im Halbkreis um den Platz des Exarchen angeordnet: die Plätze, von denen aus die Paladine Jonah knapp zwei Monate zuvor zum Exarchen gewählt hatten.

Und nur Gareth Sinclair hielt sich in dieser eindrucksvollen Kulisse auf. Er wartete, stand vor seinem Platz, tippte halbherzig auf der blau leuchtenden Holotastatur oder zeichnete gelegentlich mit dem Lichtgriffel Befehle auf den Schirm.

»Ist alles bereit?«, fragte Jonah. Die Akustik der Halle verstärkte seine Stimme noch, und so hallte die Frage durch den Saal.

Paladin Sinclair nickte, ohne sich zu Jonah oder zur Tür umzudrehen.

»Darf ich dann fragen, was du, in Stones Namen, noch hier tust?« Er legte etwas mehr Schärfe in seine Stimme, als er auf seinen jüngsten Paladin zuging.

Gareths Haltung wirkte noch militärischer, als ihm plötzlich bewusst wurde, mit wem er sprach. Der junge Mann drehte sich um und nahm respektvoll Haltung an.

»Heather hat praktisch nichts dem Zufall überlassen«, meldete Sinclair. »Ich weiß nicht, ob sie meinen ... Fähigkeiten vertraut. Die Menge ist in drei Stunden an Ort und Stelle. Ich überwache von hier aus die letzten Berichte.«

Jonah runzelte die Stirn. »Dies hier ist ein geschlossenes System. Paladine in der Kammer sollen keinen Kontakt mit der Außenwelt haben.« Zumindest hatte er es bei seiner Einführung als Paladin so gelernt.

»Nicht wirklich. Es existieren Notfallprotokolle im Computersystem des Gebäudes, die es ermöglichen, diesen Raum in eine militärische Kommandozentrale zu verwandeln. Die habe ich benutzt und mein Bürosystem an diese Station gekoppelt.« Er zuckte die Achseln. »Hier stört mich niemand.«

Jonah trat neben den jungen Mann und warf einen Blick

auf dessen Arbeit. Tatsächlich, der Schirm zeigte Polizeiberichte über die Absperrung verschiedener Genfer Kreuzungen in Vorbereitung der heutigen Aktivitäten. Es störte ihn, dass Sinclair die Abschirmung der Kammer durchbrochen hatte.

»Wenn auch nicht als Erster«, murmelte er.

»Verzeihung, Exarch?«

Jonah sah seinen Paladin an. Er bemerkte die beredten Spuren langer Arbeit und schwerer Entscheidungen auf Gareths Gesicht. Schatten unter geröteten Augen. Rotblonde Bartstoppeln. Hängende Schultern.

»Ich sagte, du bist nicht der Erste, der die Abschirmung der Kammer durchbricht. Während der Wahlberatungen im Dezember-Konklave habe ich ... anonyme Nachrichten erhalten.«

Fast hätte er es dabei belassen. Es war eine Information, die Jonah bisher nur seinem Phantompaladin anvertraut hatte. Aber, verdammt noch mal, irgendwann musste er auch noch anderen Menschen vertrauen.

»Drohungen, Gareth. Aus dem Kreis der Paladine.«

»Das kann doch nicht sein?!« Gareth starrte ihn an, als hätte er gerade eine Ohrfeige erhalten. »Ich meine, gut, Anders Kessel hat in den Privatbotschaften an mich wirklich kein Blatt vor den Mund genommen. Aber möglicherweise hat jemand von außen ...«

Jonah beugte sich über die Konsole und benutzte die schwebende Tastatur, um Gareths Befehle mit seinem Sicherheitscode zu überstimmen. So war es einfacher. Der Exarch navigierte durch seine persönlichen Schutzmaßnahmen und rief die Skandalvid-Schlagzeilen auf, die er in seinen Privatdateien abgespeichert hatte. Senator Geoffrey Mallowes. Die Bildunterschrift lautete: »Wird an unbekanntem Ort festgehalten«. Der einst stolze Senator wirkte gehetzt und gebrochen. Er trug einen für Gefangenentransporte üblichen Schockkragen.

»Kenn ich«, gestand Gareth.

»Die ganze Welt kennt es.« Jonah fixierte den jungen Mann mit strengem Blick. »Ende der Woche wird es in einem Dutzend anderer Systeme die Schlagzeile sein. Mein Punkt ist, dieses Bild hat ein Paladin der Presse zugespielt.«

Das zerschmetterte Sinclairs Stoizismus. Der junge Paladin nahm militärische Haltung an. »Versuchen Sie mir etwas zu sagen? Sire.«

»Allerdings. Hör auf, dich selbst zu bemitleiden. Wir tun das, weil jemand es tun muss, und es gibt nicht viele Personen, denen ich es anvertrauen würde. Und falls Heather GioAvanti Zweifel an deinen Fähigkeiten hätte, so verspreche ich dir, sie hätte es mir gesagt, und du würdest jetzt auf Kansu Gerüchten über eine neue Liao-Offensive auf den Grund gehen, und nicht Janella Lakewood.«

Fairerweise musste er Gareth zugestehen, dass er überlegte, bevor er antwortete. Und diesmal lag keine Spur von Trotz in seiner Stimme.

»Ich glaube, ich habe mir tatsächlich selbst leidgetan. Aber das ... es erscheint mir ...«

»Falsch?«, beendete Jonah den Satz für den jungen Paladin. »Bei Stone, Gareth! Glaubst du denn, mir ginge es anders? Aber welche Wahl lassen uns Mallowes und seine Handlanger denn? Für den Moment einmal ganz davon abgesehen, dass Mallowes versucht hat, mich umbringen zu lassen, und dass er mit Sicherheit auch in den Mord an Victor Steiner-Davion verwickelt ist, den großartigen Mann, dessen Platz du eingenommen hast: Er hat eine totalitäre Verschwörung zum Umsturz der Republik geleitet. Nichts weniger als das.«

»Ich weiß, ich weiß. Und ich empfinde nichts als Verachtung für diesen Mann, Jonah. Ich wünschte, die Wege unserer Familien hätten sich nie gekreuzt.«

Jonah unterdrückte ein müdes Lächeln. Dass Gareth ihn versehentlich mit Namen angesprochen hatte, hatte für einen Moment die Last von den Schultern des Exarchen gelüftet. Diese Art Kameraderie fehlte ihm in seinem neuen Amt. Aber er riss sich sofort zusammen und erstickte sie unter dem Mantel der Pflicht.

Er brauchte einen konzentrierten Gareth.

»Wir wünschen uns alle viel. Das heißt aber nicht, dass wir in unseren Entscheidungen frei sind. Heather hat eine solide Operation auf die Beine gestellt. Du musst deinen Teil leisten, und das ohne Bedenken.«

»Du bittest mich, einen Freund auszuschalten. Einen von uns.«

In dieser fortgeschrittenen Situation ein unvermeidbares Übel, aber nicht die Art Mühlstein, die er seinem unerfahrensten Paladin um den Hals hängen durfte. Also löffelte sich Jonah noch einen Schlag mehr Verantwortung auf den eigenen Teller.

»Es ist keine Bitte«, sagte er.

Sir Conner Rhys-Monroe beugte sich über die Trennwand und in die Fahrerkanine des väterlichen verlängerten Excelsior-Schwebers. Er starrte durch die getönte Windschutzscheibe auf den Tumult vor ihnen. Seit den Dezember-Unruhen hatten alle Ritter der Sphäre auf Terra mehr zivile Proteste gesehen, als ihnen lieb war. Der hier schien recht groß. Conner zählte auf den ersten Blick mehrere hundert Demonstranten. Insgesamt vielleicht tausend.

Er tippte dem Fahrer auf die Schulter.

»Langsam zurück, Charles. Verschaffen Sie uns etwas Zeit.«

Conner duckte sich zurück in die Fahrgastkabine der geräumigen Schweberlimousine. Sie war groß genug für sechs Personen, mit tiefen Ledersitzen und reichlich Beinfreiheit. Aber im Augenblick teilte er sie nur mit dem Senator. Gerald Monroe holte sich gerade Eis für seinen Frühstückstrank aus Kräuteressenzen und frischem Obstsaft aus der Minibar. Der Geruch von Zitrus und Bananen war stark, fast stark genug, um das Rasierwasser des Senators zu überdecken. Und Conner wurde nicht müde, seinen Vater damit aufzuziehen, dass er damit die Ares-Konvention verletzte. Artikel Eins und Sechs über die Verwendung chemischer Kampfstoffe.

Heute kam der Witz nicht an.

»Mir wäre es lieber, wir würden den Eingang in die Tiefgarage benutzen«, stellte der Ritter fest. Er saß seinem Vater gegenüber, mit dem Rücken zum Fahrer.

»In siebzehn Jahren Amtszeit, Conner, habe ich mich nie versteckt.«

»Du hättest aber allen Grund dazu.«

Der Satz stand im Raum, bevor er etwas dagegen unternehmen konnte. Dabei war das völlig ungeeignet, um seinen Vater von irgendetwas zu überzeugen. Das wusste er. Senator Gerald Monroe war zugleich Viscount Markab – was Conner das Recht auf die Anrede Mylord verlieh –, und er legte seit jeher großen Wert auf die Familienehre.

Dieser Skandal war für seinen Vater schon schwer genug zu ertragen, auch ohne dass sich Conner gegen ihn kehrte. Aber ...

»Einflussnahme auf ranghöchste militärische Stellen? Erpressung?« Conner schluckte schwer. »Eine Verschwörung, Vater?«

Monroe nickte und verzog das Gesicht. Man sah ihm an, dass er auf sein Verhalten nicht gerade stolz war. »Was ich an Entscheidungen getroffen habe, geschah mit den besten Absichten. Das weißt du, Conner.« Er zog die Schultern zurück. »Ich werde mein Gesicht jetzt nicht verstecken.«

»Ich mache mir mehr Sorgen um deinen Hintern, Vater.« Conner blickte über die Schulter. Obwohl der Excelsior schallisoliert war, konnte er die wütenden Proteste hören. Mindestens tausend waren das. »Sie klingen verärgert.«

»Zu Recht. Sie glauben, ihre Regierung hat sie im Stich gelassen. Was bleibt den Menschen anderes, wenn sie nicht darauf vertrauen können, dass ihre Beschwerden über die normalen Kanäle den Empfänger erreichen?«

Jedenfalls nicht, ihre Wut an seinem Vater auszulassen. Aber Conner widersprach dem Senator nicht. Ob er recht oder unrecht hatte, auf jeden Fall war er stur. Nichts konnte ihn von einem einmal eingeschlagenen Kurs abbringen. Das war auch so ziemlich die einzige Möglichkeit, wie ein rundäugiger Liberaler, selbst ein Viscount, eine Wahl bei der konservativen und stark asiatisch dominierten Bevölkerung Markabs gewinnen konnte.

Die Hochzeit mit einer einheimischen Geschäftsfrau aus einer Samuraifamilie hatte natürlich auch nicht geschadet.

Ganz sicher sorgte es für eine interessante Mixtur. Von Asai Rhys hatte Conner die dunklere Haut und eine kleine Falte in den Augenwinkeln geerbt, kam aber äußerlich sonst eher nach seinem Vater: ansehnlich groß und athletisch, mit stechenden chrysalingrünen Augen und mit hellbraunem Haar. Im Alter von siebzig Jahren färbten sich Gerald Monroes Schläfen allmählich grau und er trug sein Haar konservativ frisiert. Conner, halb so alt wie sein Vater, bevorzugte einen kurzen Irokesenschnitt, der seine dramatische Ader unterstrich. Niemand hatte behauptet, ein Ritter der Sphäre müsse langweilig aussehen.

Andererseits hätte er auf die momentane Aufregung gerne verzichtet.

Die Demonstranten waren ein echter Faktor, ein lebendiges Meer aus wütenden Gesichtern, das sich vor dem Genfer Senatsgebäude ausdehnte, bis an die Marmortreppe, vor der ein Trupp großer Männer in grünen Uniformen angetreten war, um sie herum und bis zu den eleganten grauen Säulen des Vorbaus. Ein Teil der Demonstranten schwenkte Plakate. Die meisten stießen die Faust in die Luft und brüllten Slogans wie »Weg mit dem Senat« oder »Ein Reich, ein Gesetz«. Und andere.

In diesem sturmgepeitschten Meer gab es einzelne senatsfreundliche Inseln, doch nachdem sie den ganzen Morgen niedergebrüllt und zurückgedrängt worden waren, wirkten sie vor der öffentlichen Unterstützung für den Exarchen sehr bedrängt und müde. Natürlich äußerte sich ein derart massiver Zuspruch der Massen nicht spontan, und billig war er auch nicht.

Conner witterte Paladine am Werk.

»Auf den Bürgersteig, Charles. Bringen Sie uns bis genau vor die Treppe.«

Gerald Monroe lächelte dünn über die Besorgnis seines Sohnes. »Das ist illegal«, erinnerte er den Ritter.

Als ob sich der Senator an die Gesetze gehalten hätte. »Lass das meine Sorge sein.«

Natürlich sah die Menge den Excelsior und drängte sich an allen Seiten um die Luftkissenlimousine. Die Leute stierten durch das getönte Panzerglas, um herauszufinden, wer die Unverfrorenheit besaß, hier vorzufahren. Eine der kleinen senatsfreundlichen Gruppen, die Plakate mit Aufschriften wie SIEG DES ADELS! oder EXARCH, NICHT MONARCH! schwenkte, klemmte sich jubelnd an den linken Kotflügel des Excelsior, als dessen Schürze den Bordstein berührte.

Charles erhöhte kurz die Leistung der Hubpropeller und lüpfte den Schweber über den Bordstein auf das Trottoir. Die Senatsanhänger halfen, den Weg zur Treppe freizumachen, wo die Uniformierten sie gegen den Mob abschirmten und einen dichten Schutzwall um die Hecktür formten.

»Freunde von dir?«, fragte Senator Monroe.

Conner nickte. Und schätzte die Reaktion der Menge auf die Infanteristen ab. Das wirkte wie ein gewaltiger Volkszorn – da draußen.

»Ich hätte sie in Krötenrüstung aufmarschieren lassen sollen«, murmelte er. Vielleicht auch noch ein paar *Pegasus*-Scoutpanzer ordern, und dann ins Cockpit seines *Kampfschütze* steigen. »Sie bleiben auf Ihrem Platz, Charles«, befahl er dem Fahrer. »Das erledige ich.«

Die Tür der Limousine klappte hoch und Conner stieg als Erster aus. Sein Erscheinen ließ einige Demonstranten zurückweichen, die offenkundig nicht mit einem Ritter der Sphäre gerechnet hatten. Er trug die formelle, stahlgraue Uniform mit scharlachroten Litzen und dem schildförmigen goldenen Rangabzeichen an beiden Armen. Außerdem fiel ihm der rotgoldene Mantel seines Ranges im Rücken bis zu den Kniekehlen.

Conner nutzte den Moment der Verwirrung und Einschüchterung, um seinem Vater aus dem Fond des Wagens zu helfen und ihn mit schnellem Schritt die Marmortreppe hinauf zu eskortieren, zwischen den wuchtigen Säulen hindurch, die den Eingang flankierten. Fast erwartete er trotz der Soldaten einen wütenden Sturmangriff mit Stimmen, die nach einem Seil riefen und nach der nächsten Laterne suchten. Aber die Menge war nur wütend, nicht mordlüstern. Sie ließ die beiden Männer ohne Probleme passieren.

Conner atmete auf. Bis Paladin Gareth Sinclair sie vor Gerald Monroes Büro anhielt.

»Senator Monroe«, begrüßte der Paladin sie. Er lehnte lässig an der Wand. In seiner Stimme lag kein nennenswerter Respekt. »Hatten Sie eine angenehme Fahrt?«

»Dafür wart ihr verantwortlich«, klagte Conner ihn an. Als Gareth ihn anstarrte, setzte er ein »Sir« hinzu.

Es fiel ihm schwer, Gareth als Paladin und damit als seinen Vorgesetzten zu betrachten. Seine Ernennung war noch nicht lange genug her, am Abend der Wahl des neuen Exarchen. Die beiden hatten zu lange Seite an Seite gedient, erst als Fahrende Ritter und dann als Ritter. Beide stammten aus adligem Hause. Es gab mehr Gemeinsamkeiten zwischen ihnen als Unterschiede. Zumindest hatte Conner das bisher angenommen.

»Natürlich waren wir das«, bestätigte Gareth und stieß sich von der Wand ab. Er klang überrascht, dass Conner Zweifel daran haben konnte. »Falls der Senat glaubt, er könnte den Kopf in den Sand stecken und das aussitzen, mögen ihn ein paar Demonstrationen vielleicht überzeugen, kooperativer zu werden.«

»Überzeugen?«, fragte Gerald Monroe und nutzte die Erfahrung seiner siebzig Jahre, um bodenlose Verachtung in seine Stimme zu legen. »Oder einschüchtern? Dieser Zirkus da draußen ...«, er wedelte abfällig mit der Hand, »... ist keine öffentliche Debatte. Das ist das Vorspiel zu einem Polizeistaat.«

Das war eine waghalsige Anschuldigung. Aber zumindest Conner sah die Angst im Blick seines Vaters.

Gareth musste sie ebenfalls bemerkt haben. Er schlug blitzschnell zu, wie ein Hai, der Blut gerochen hatte.

»Waren Sie auch so besorgt um die Gewaltenteilung, als Sie das Fundament der nationalen Verteidigung unserer Republik angegriffen haben? Oder haben Sie da nur an sich selbst gedacht? *Senator?* Sie haben unsere Sicherheit untergraben. Sie haben die Loyalität jedes Ritters und Offiziers infrage gestellt, der in Kontakt mit einem Ihrer Programme kam, und ich bin überzeugt, dass Sie das aus keinem anderen Grund getan haben, als aus selbstsüchtigem persönlichem Machthunger.«

»Es war ein Fehler«, flüsterte der Senator bedrückt.

»Zu Beginn war es ein Fehler, Senator Monroe. Inzwischen ist es Mord. Victor Steiner-Davion war in der ganzen Republik geliebt und geachtet. Wie glauben Sie, werden die Menschen auf Markab auf die Nachricht reagieren, dass Sie im Zusammenhang seiner Ermordung ein Komplize waren?«

»Ich werde ihnen erklären, dass ich nichts ...«

Der Paladin schnitt ihm mit einer heftigen Handbewegung das Wort ab. »Sie bekommen gar keine Gelegenheit zu Erklärungen. Es wird kein Gesuch an das Volk geben, Ihnen zu verzeihen. Paladinin Heather GioAvanti hat bereits vier Ritter auf Markab angewiesen, die Medien und die planetare Regierung zu bearbeiten, um Ihre Absetzung zu erwirken, Sir. Wenn Sie vor das Adelsgericht treten – nicht *falls* –, werden Sie das nicht als Senator der Republik tun.«

»Gareth!« Conner griff ein, um das aufkommende Unwetter abzuwenden. Der junge Ritter wusste, welche Möglichkeiten der Exarch und seine Paladine zur Verfügung hatten. Doch sein Vater hatte die Gefahr noch nicht erkannt.

»Ich werde kämpfen«, drohte Monroe und übertönte seinen Sohn spielend. »Ich habe Freunde und reichlich Mittel auf Markab. Sobald ich die einsetze, werden Sie feststellen, dass Sie sich übernommen haben.«

»Sie scheinen in der irrigen Annahme zu operieren, Senator, dass Sie Terra verlassen dürfen. Sie befinden sich unter militärischer Beobachtung, Sir. Die Anklage lautet auf Verrat. Da sich die Republik der Sphäre derzeit aufgrund militärischer Angriffe anderer interstellarer Reiche im Kriegszustand befindet, werden *alle* Aktivitäten, die deren militärische Stärke bedrohen, *nach Maßgabe des Militärs* verfolgt und verhandelt.«

»Aber ich hatte nichts mit dem Tod Paladin Steiner-Davions zu tun!«

»Und wie kommen Sie darauf, dass das eine Rolle spielt?«

In Conners Magengrube breitete sich gähnende Leere aus. Paladinin GioAvanti und der Exarch waren bereit, so weit zu gehen, um den Senator niederzuknüppeln? Er sah seinen Vater aschfahl werden, nach Luft schnappen. Möglicherweise zum ersten Mal in seinem Leben fehlten dem gewaltigen Redner die Worte, als ihn die Exekutive der Republik niederwalzte.

»Gareth.« Der Ritter schluckte trocken. Er fühlte Mitleid mit seinem Vater und der Lage, in der er sich sah. Doch es fiel ihm schwer, ihn zu verteidigen. »Paladin Sinclair. Ist diese Reaktion nicht übertrieben?«

Gareth Sinclair beruhigte sich. Die Wut in seiner Stimme ließ nach, als er mit dem Ritter sprach. Doch sie verschwand nicht ganz. »Sag du es mir, Conner. Dein Vater hat sich bewusst verschworen, Militäroffiziere zu beeinflussen und die Macht des Exarchen zu untergraben. Um Verrat *und* Mord zu beweisen, brauchen wir nur zu zeigen, dass eine Schwächung unseres Militärs und die Notwendigkeit, das zu vertuschen, die logischen Folgen dieses Handelns waren.«

Gerald Monroe hatte den Versuch aufgegeben, sich zu verteidigen. Er starrte durch den Paladin hindurch, ohne ihn zu sehen.

Conner legte die Hand auf den Arm seines Vaters und schob ihn zur Seite. »Das ist die Rechtslage. Aber ist es auch richtig so?«

»Richtig wäre in diesem Fall, dass der Senat seinen Fehler zugibt und uns eine Untersuchung gestattet, damit wir feststellen können, wer nur ein Mitläufer war, wer die Verschwörung orchestriert hat, und wer den Mord an Victor plante und ausführte. Wir glauben, dass dein Vater möglicherweise nur in die erste Kategorie fällt, weshalb er einer der insgesamt zwei Senatoren ist, denen wir bereit sind, ein Geschäft vorzuschlagen.«

Senator Monroe fand seine Stimme wieder. »Was für eine Art Geschäft?«

Nachdem er die Drohrolle ausgespielt hatte, spielte Gareth Sinclair nun ebenso überzeugend den Vermittler. Plötzlich war er verständnisvoll und hilfreich, ja, beinahe mitfühlend.

»Sir. Viscount. Als Senator sind Sie erledigt. Es könnte durchaus sein, dass Sie alle Titel und Ländereien verlieren, bevor das hier ein Ende findet, aber das hängt davon ab, was Ihnen an Freunden noch bleibt. Der Exarch ist in einer Position, die ihm gestattet, sich dem ersten Senator gegenüber, der ihm die Treue beweist, als großzügig zu erweisen.«

Conner nickte. »Ihr wollt, dass er die anderen ans Messer liefert.«

»Wollen? Wir *erwarten* es von ihm. Und nur, damit ihr es wisst, Maya Avellar ist momentan dabei, unserem zweiten Kandidaten dasselbe Angebot zu machen. Der Erste, der zugreift, sichert sich im Gegenzug die volle Unterstützung des Exarchen.«

Eine saubere und elegante Lösung. Sauber und elegant für den Exarchen. Für die Monroes bedeutete es den Ruin. Natürlich konnte Conners Vater sein Amt niederlegen, aber der Skandal würde sie für alle Zeiten verfolgen. Siebzehn Jahre direkter Dienst an der Republik, fünf Generationen Familienehre, mit einem Schlag ausgelöscht. Das war ein Schlag, dessen Härte sich ein Außenstehender kaum ausmalen konnte.

»Wenn Sie mich entschuldigen«, flüsterte Gerald Monroe. Mit hängenden Schultern und gesenktem Blick trat er an Gareth Sinclair vorbei und schob sich durch die Tür in seine Büroräume.

»Das Angebot gilt, bis Maya sich bei mir meldet«, stellte Gareth fest, und nun, da Gerald sie verlassen hatte, träufelte er etwas Mitleid in seine Stimme.

Mitleid mit dem Senator? Oder mit Conner?

»Hat dir das Spaß gemacht?«, fragte er und machte sich keine Mühe, seine Wut zu verbergen. »Das war ganz und gar unnötig.«

»Tatsächlich?« Gareths Mitleid verschwand schlagartig, er wurde wieder eiskalt. »Welcher Teil genau?«

»Alles. Du hättest gleich mit dem Angebot für den Senator herauskommen können, statt ihn erst so durch die Mangel zu drehen. Stone, Mann, du hättest es mir sagen können. Ich hätte ihn möglicherweise ohne einen Kampf überredet.«

Gareth Sinclair ließ es sich durch den Kopf gehen. Ein kurzes Aufflackern von Schmerz in seinem Blick verriet, dass er sein Opfer zwar mit gnadenloser Effizienz verfolgt, das aber nicht genossen hatte. Schließlich schüttelte der junge Paladin allerdings den Kopf.

»Zu riskant. Ein freundliches Auftreten hätte bei den Senatoren den Eindruck erwecken können, wir wären geschwächt und würden bluffen. Es muss ihnen klar werden, dass wir es todernst meinen, Conner.« Gareths Miene verhärtete sich, seine Augen wurden kalt wie Malachit. »Und nur, damit du es weißt. Mir ist sehr wohl bewusst, wie schwer es sein kann, zwischen seiner Familie und dem Exarchen zu stehen. Für mich habe ich die Entscheidung getroffen. Es tut mir leid, dich dazu zwingen zu müssen.«

»Es wird uns noch eine Menge leidtun, bevor das hier vorüber ist«, blaffte Conner zurück.

»Mag sein. Aber ich kann ruhig schlafen.« Dann drehte sich Gareth Sinclair mit einem kurzen Nicken um und ging in aufrechter Haltung davon. Ein Mann, der unter einer unangenehmen, in seinen Augen aber notwendigen Pflicht Stärke bewies.

Conner war sich da nicht so sicher. War Gareth wirklich bewusst, welche Verwüstung er heute angerichtet hatte? Es stand zu hoffen. Der Mann war schließlich selbst Adliger, mit einem ausgedehnten Familienbesitz in der Region Skye. War ihm bewusst, dass mächtigere Adlige als der Viscount im Blutrausch nach einem Schauprozess dessen Besitztümer auf Markab unter sich aufteilen würden?

Und Asai Rhys, Conners Mutter. Ihre Geschäfte würden sich in Luft auflösen, und sie würde für den Rest ihres Lebens mit dieser Schande leben müssen – falls sie sich nicht auf ihr Samuraierbe besann und Seppuku beging.

Was Conner betraf: Seine Chance auf eine weitere Beförderung lag bei Null. Doch das kümmerte ihn wenig. Als Ritter der Sphäre diente er dem Exarchen bereits in einer Position, von der die meisten nur träumten. Die Position eines Paladins war nie mehr als eine ferne Fantasie gewesen.

Conner ging vor dem Büro seines Vaters auf und ab, rang mit den Alternativen, versuchte sich darüber klar zu werden, was man jetzt von ihm erwartete. Die Familie oder die Republik. Er hatte einen Eid geschworen. Natürlich hatte er gewusst, dass es zu einem derartigen Konflikt kommen konnte, aber wirklich damit gerechnet hatte er nicht.

Damit zumindest hatte Gareth recht gehabt. Conner stand vor der entscheidenden Frage. Er wandelte auf einem schmalen Grat, so schmal wie ein einzelnes Haar, an dem ein Schwert über seinem Kopf hing.

Ein Haar, das im nächsten Moment riss. Als der dumpfe Knall eines Schusses auf den Gang drang.

9

Schwertschwur-Truppen waren an dem fehlgeschlagenen Versuch beteiligt, St. Andre zurückzuerobern, und erlitten dabei in den Worten Lordgouverneur Aaron Sandovals ›beträchtliche Verluste‹.
Dies war der erste Versuch, den Planeten zurückzuerobern, seit er unter einem massiven Angriff durch capellanische und Söldnereinheiten verloren ging. Lordgouverneur Sandoval hatte bei diesem Angriff selbst fast das Leben verloren. Sein glückliches Entkommen und die Verstärkung der republikanischen Stellungen werden allgemein als das Fundament für die weitere Verteidigung der Präfektur V betrachtet.

– Aktuell!, New Aragon, 26. Februar 3135

Neuhessen
Mark Draconis, Vereinigte Sonnen

9. März 3135

Julian Davion kämpfte gegen den Niesreiz an, erstickte das erste drohende Niesen im Ansatz und atmete danach möglichst flach, bis das Kitzeln vorüber war.

Seine Stirnhöhlen schmerzten, und in Neuhessens dichter Atmosphäre hatte er das Gefühl, nur mit einem Lungenflügel zu atmen. Die Pollen in der Luft hinterließen einen pelzigen Belag auf seiner Zunge. Er schmeckte nach warmem Gras und blühenden Bäumen. Und darunter noch nach etwas anderem. Ein muffiger Verwesungsgeruch, der einfach nicht wegzubekommen war. Er rieb sich ständig die Augen und hatte mehrere Taschentücher dabei. Seine Nase war rot und wund.

Der Champion des Prinzen hielt es für durchaus denkbar, dass ihn seine Allergien umbrachten, wo es den capellanischen Truppen auf Neuhessen nicht gelang.

»Alles ist eine Sache der Gewöhnung«, stellte Colonel Palos Torris fest. Die beiden Männer waren in einem Geländewagen unterwegs, einem von der altmodischen Sorte: mit dicken, wulstigen Reifen, ungefedert und völlig offen. »Nach zwei Jahren merkt man nichts mehr davon.«

Julian gab sich selbst zwei Wochen. Einen Tag länger, und seine Lunge würde es ihm nie verzeihen.

Mit einem heftigen Sprung traf der Wagen ein Schlagloch. Julian rückte sich die Sonnenbrille wieder zurecht. »Ich wünschte, ich hätte so viel Zeit«, log er.

»Ja, bestimmt«, lachte Torris über diese Höflichkeit. Der Colonel hatte ein Pferdegebiss und dazu ein wieherndes Lachen, aber darüber hinaus auch einen scharfen Blick und eine spitze Zunge, wie Julian bereits festgestellt hatte. »MechKrieger haben keine Subtilität nötig.«

Der Champion des Prinzen grinste. Der lockere Stil des Garnisonskommandeurs gefiel ihm. »Na schön. Glauben Sie mir, dass mein Landungsschiff schon startbereit steht?«

Der Colonel lachte noch einmal und nahm offenbar an, Julian habe übertrieben. Dem war aber nicht so.

Das erste Problem Neuhessens, soweit es Julian betraf, war die fahle Sonne des Planeten. Sie gefiel ihm gar nicht. Und da die planetare Stunde nur fünfundvierzig Minuten dauerte, stieg das cremefarbene Gestirn viel zu früh auf, ging zu früh unter und tauchte die ganze Welt in verwaschene Pastellfarben.

Genau genommen war Leben unter einer solchen Sonne reichlich unwahrscheinlich. Ohne die dichte Atmosphäre der kleinen Welt wäre es sogar unmöglich gewesen. Aber Neuhessen unterlag einem Treibhauseffekt, der genug Sonneneinstrahlung festhielt, um die Tagestemperaturen auf tropische Werte zu treiben. Und diese Wärme hielt es mit gierigen Fingern fest. Die Luft war schwül und stickig, trieb den Schweiß aus den Poren, ohne dass er verdunsten konnte. Und sie stank nach feuchter Erde und verrottender Vegetation, wie ein gigantischer Komposthaufen.

»Was ist das für ein Zeug?«, fragte Julian schließlich, als sie an einem Stadtpark vorbeirasten. Große Berge einer schwarzblättrigen Schlingpflanze türmten sich an der Straße auf, der Verwesungsgeruch war kaum zu ertragen.

»Schwarzwürger. Haben Sie auf New Avalon eine Pflanze, die sich einfach nicht ausrotten lässt, ganz gleich, wie viel man rodet, sprüht oder verbrennt?«

»Kudzu«, antwortete Julian. »Das Übliche.«

»Tja, wir haben hier die Extremvariante. Reich an Eisen, daher die schwärzlich grüne Farbe. Und sie wirft ständig ihre äußere Hautschicht ab, so ähnlich wie eine Schlange.«

»Wunderbar. Eine Pflanze, die gleichzeitig wuchert und verrottet.« Er nahm sich vor, für den Rest der Mission einen *Fuchs*-Panzerschweber mit geschlossener Kabine anzufordern.

Zum Glück dauerte die Fahrt durch Jarman City nicht lange. Sie waren zum Privathaus von Lord David Faust unterwegs, um den Repräsentanten der Republik zu treffen. Dort erwarteten sie eine Klimaanlage und die besten Luftfilter, die es für Geld zu kaufen gab. Kaum hatten sich die als eine Art Luftschleuse dienenden Türen des Foyers hinter ihnen geschlossen, atmete Julian zum ersten Mal seit drei Tagen frei. Und die neuhessische Schwerkraft von neun Zehnteln Terranorm half ihm ebenfalls, sich unbeschwert zu bewegen.

Lord Faust empfing sie im Salon, wo er bereits einen dunklen Rotwein in große Kelche aus blauem Kristall schenkte. Der Verwalter von Neuhessen war so hager wie ein Windhund. Er hatte einen langen, geölten Schnurrbart, dessen Enden mit kleinen Silberperlen beschwert waren, braune Mandelaugen und ein rundes Gesicht. Ohne Zweifel asiatische Vorfahren, möglicherweise capellanisch. Julian war augenblicklich auf der Hut.

Der andere Mann im Raum brauchte keine Vorstellung. Seine Uniform sagte bereits alles. Graue Jacke, dunklere Hose, scharlachrote und goldene Litzen. Auf der linken Brust ein eingestickter Name. Raul Ortega.

Ritter der Sphäre.

Genau genommen Fahrender Ritter, denn seiner Uniform fehlte der Rangmantel eines vollen Ritters. Trotzdem ein Militär und Botschafter der Republik. Lord Faust hoffte sichtlich, die Begegnung freundschaftlich zu gestalten. Angesichts marschierender Heere und einer brüchigen Republik war dies kein Zeitpunkt, sich Feinde zu machen.

»Sir Raul.« Julian begrüßte den Krieger mit einem festen Händedruck und der gebührenden Anrede nach Art der Republik. Titel und Vorname.

Raul Ortega erwiderte den Händedruck und die Höflichkeit. »Lord Davion.«

»Sir. Hat die Republik eine Anfrage des Ersten Prinzen oder des Herzogs Sandoval erhalten, die um Ihre Anwesenheit in den Vereinigten Sonnen ersucht?«

Sogleich gefror die freundliche Atmosphäre. Raul Ortega erstarrte beim Händedruck mit dem Champion des Prinzen. Colonel Torris verzog das Gesicht, und Lord Faust verschüttete den Wein über die rote Damastdecke auf dem Sideboard. Nur an Julians freundlichem Lächeln änderte sich nichts.

Und er musste wieder niesen. Er spürte, wie sich die Entladung tief in der Kehle sammelte.

»Im Interesse, den Frieden an unserer gemeinsamen Grenze zu sichern, hielten wir es für angebracht ...« Ortega ließ Julians Hand los und suchte erkennbar auf dem schlüpfrigen diplomatischen Parkett nach einem Weg, das Gesicht zu wahren.

»Ah, Sie haben unser Hoheitsgebiet also auf Befehl Ihres Exarchen verletzt.«

Einen derartigen diplomatischen Schnitzer ließ sich der Fahrende Ritter nicht unterschieben. »Nein«, erklärte er und übernahm selbst die Verantwortung. »Es geschah auf ... meine Interpretation der Befehle hin.«

Faust stellte die staubige Flasche beiseite, gewann das Gleichgewicht zurück und kam dem Ritter zu Hilfe. Er reichte

Ortega ein Glas. »Sicher lässt sich unter den gegebenen Umständen eine Ausnahme machen.«

»Vor zwei Jahren«, reagierte Julian hastig, um dem Niesen zuvorzukommen, »bevor Haus Liao die Republik überfiel, hat der Herzog unserer Mark Draconis angeboten, Friedenstruppen zur Sicherung der Grenze zu entsenden – soweit ich weiß. Ist Ihnen die Antwort des Exarchen geläufig?«

Ortega überraschte ihn, indem er sowohl Fausts Angebot unbeachtet ließ als auch die Antwort wusste. »Allerdings. Exarch Damien Redburn sagte nein.«

»Um genau zu sein, die Antwort fiel noch förmlicher aus. ›Falls Unterstützung erforderlich werden sollte, werden wir darum ersuchen.‹«

Und dann nieste er. *Verdammt.*

Aber Ortega nahm die Unterbrechung des Gesprächs gar nicht zur Kenntnis. »Ja, das klingt reell.« Er nickte. »Ich stamme von Achernar. Wir haben von dem Angebot und der Antwort des Exarchen gehört.«

Dann wagte sich der Ritter einen vorsichtigen Schritt vor. »Tatsächlich waren die meisten von uns selbst angesichts der ausbrechenden Kämpfe zwischen neomilitaristischen Faktionen mit seiner Entscheidung einverstanden.«

Nach diesem Friedensangebot akzeptierte Raul Ortega doch noch das Weinglas, das ihm Lord Faust noch immer entgegenstreckte. Julian nahm ebenfalls eines, trank aber nicht. Der dunkle, nach Pflaumen duftende Wein war süß und kräftig. Er füllte die Stirnhöhlen mit einem angenehm warmen Aroma, das in krassem Gegensatz zum Gestank von Pollen und verrottenden Pflanzen stand. Er wog ihn jedoch nur lässig in der rechten Hand.

»Darf ich fragen, was Ihre Meinung geändert hat?«

»Wie Sie bereits erwähnten. Zwei Jahre Krieg. Haus Liao hat uns angegriffen, und die Jadefalken dann ebenfalls. Wir kontrollieren nicht einmal mehr unser eigenes Militär. Katana Tormark tobt entlang der Kombinatsgrenze und verbreitet eine kuritafreundliche Stimmung. Jasek Kelswa-Steiner hat mit der

Gründung des Sturmhammers Präfektur IX jeden Schutz genommen.« Ortega trank und überlegte. »Vielleicht hätten wir mit etwas mehr Voraussicht das Angebot Ihres Duke Sandoval an unseren Lordgouverneur Sandoval angenommen und einen Teil dieser Katastrophen verhindern können.«

Jetzt war es an der Zeit, einen Olivenzweig auszustrecken. »Oder möglicherweise hätten es die Markfürsten der Vereinigten Sonnen als Entschuldigung für die Annexion Ihrer Grenzsysteme benutzt, und die Republik der Sphäre und die Vereinigten Sonnen stünden heute im Krieg.«

Lord Faust hatte erhebliche Mühe mit seinem nächsten Schluck Wein. Colonel Torris hatte das angebotene Glas abgewunken und lauschte angestrengt.

»Dieser Gedanke ist uns auch gekommen«, gestand der Fahrende Ritter. »Lady Janella Lakewood und ich haben das Problem ausführlich besprochen, bevor sie mich im Auftrag der Republik hierher sandte. Wir sind tatsächlich beide davon überzeugt, dass Aaron Sandovals Pläne langfristig auf genau das hinauslaufen.«

Julian nickte. Für den Moment war er zufrieden. Dieses letzte Eingeständnis musste sein Gegenüber einige Überwindung gekostet haben. »Setzen wir uns doch.«

Faust wirkte mehr als froh, die kleine Gesellschaft zu einer Sitzgruppe aus Wildledersofas an einem niedrigen Couchtisch zu führen. Die großen Sofas waren sehr weich, und alle vier Männer entschieden sich, auf der Vorderkante der Polsterkissen zu sitzen. Torris war der Einzige ohne Weinglas. Die drei anderen nahmen sich Marmoruntersetzer von einem kleinen Stapel an einer Seite des Tisches.

Auf der anderen Seite stand ein Schachbrett mit Figuren, die die Häuser Davion und Liao repräsentierten. Der weiße König hatte einen ebenso langen, herabhängenden Schnurrbart wie ihr Gastgeber und trug eine weite, bodenlange Robe, wie sie bei capellanischen Adligen üblich war. Das konnte nur Maximilian Liao sein, der die Konföderation bis zum Ende des Vierten Nachfolgekrieges regiert hatte. Die Läufer waren seine

Töchter Romano und Candace. In Anbetracht der Tatsache, dass sich die Liaos schon immer gottgleich aufgeführt hatten, wirkte die im Englischen übliche Bezeichnung dieser Figuren als Bischöfe besonders angemessen.

Die Springer erkannte Julian nicht, die Türme waren als BattleMechs dargestellt. *Verteidiger.* Die Bauern trugen capellanische Uniform und Damdao-Schwerter. Sie standen dem schwarzen Satz Figuren gegenüber, dessen Infanterie Säbel hielt und dessen Adlige verdächtig nach Hanse Davion und dessen Brut aussah. Ein seltsames Spiel. Und die Farben bestätigten Julians Verdacht über Fausts Vorfahren.

Trotzdem wirkte der Adlige sehr bemüht um den Ritter. Ein gutes Zeichen.

»Vielleicht«, eröffnete der Verwalter Neuhessens das Gespräch, »vielleicht sollten wir uns über eine gemeinsame Antwort an die Liao-Invasoren unterhalten.« Er spielte mit einer der Silberperlen an den Enden seines Barts. »Immerhin sind sie ein gemeinsamer Feind. Und wir haben eine gemeinsame Grenze mit der Republik.«

Julian zuckte die Achseln. Er stellte sein Glas ab, ohne einen Schluck daraus genommen zu haben. »Wir haben eine sehr viel längere gemeinsame Grenze mit der Konföderation Capella.«

Raul nickte, wenn auch zögernd. »Sie haben allerdings auch eine sehr durchwachsene gegenseitige Geschichte mit Haus Liao gemeinsam. Im Vierten Nachfolgekrieg hat Haus Davion die Konföderation fast zerschlagen. Dann kam die Marik-Liao-Offensive 3057. Und der jüngste Konflikt, in dem Ihre Mark Capella Victoria besetzt hat. Das kann man kaum als eine Tradition der friedlichen Koexistenz bezeichnen.«

»Außerdem«, warf Faust ein und hob das Glas in Richtung des Ritters, »geht es hier um Neuhessen. Wir grenzen an die Republik.«

»Warten Sie noch ein wenig«, bot Julian an. »So wie die Dinge derzeit laufen, wird Neuhessen sehr bald an die Konföderation Capella grenzen.«

Ortega setzte ein dünnes, humorloses Lächeln auf. »Das würden wir gerne verhindern.«

Ehrlich gesagt ging es Julian ebenso. Aber er war nicht bereit, aus einer Position der Schwäche heraus zu verhandeln. Die Vereinigten Sonnen würden noch früh genug im Krieg gegen die Konföderation Capella stehen. Seine Aufgabe war es, diese Konfrontation so weit wie möglich hinauszuzögern.

Die Spannung im Salon hatte sich nicht gerade gelöst, aber Julian war mit der Situation jetzt ganz zufrieden. Der Ritter hatte sich weder entschuldigt, noch vom Auftreten des Champions provozieren lassen. Er hatte sich taktvoll zurückgezogen, ohne sich geschlagen zu geben.

»Den Berichten zufolge, die ich gelesen habe«, erklärte Julian mit einem Nicken hinüber zu Colonel Torris, »hat Liao Partisanen auf Neuhessen abgesetzt. Söldner. Möglicherweise Freibeuter.«

Raul Ortega schüttelte den Kopf. »Falls dem so ist, sind sie besonders gut organisiert und diszipliniert. Vor acht Tagen kam es zu einem Scharmützel zwischen ihnen und meinem Trupp. Die Capellaner haben sich unter Beschuss gut gehalten.«

Torris akzeptierte die Einschätzung des Ritters. »Also Söldnerveteranen oder Konföderationstruppen, die sich als Söldner getarnt haben.« Er zuckte die Achseln. Ihm war das gleich. »Sie haben das Gebirge westlich von Mei-ling besetzt. Zerklüftetes Gebiet. Schwer, sie von dort zu vertreiben.«

»Aber nicht unmöglich.« Julian streckte die Hand zum Schachbrett aus und zog einen Liao-Bauern vor. Er spielte eine Weile mit beiden Seiten des Bretts, dachte nach, stellte die Steine in klassischen Angriffs- und Verteidigungsmustern auf. »Die konventionellen Regeln der Kriegsführung sagen uns, dass wir nicht über die erforderlichen Truppen verfügen, um die Capellaner dort anzugreifen, wo sie am stärksten sind. Nicht ohne schwere eigene Verluste. Und falls wir sie nicht bald angreifen, gestatten wir ihnen, neue Angriffe weit über die Grenze ins Gebiet der Republik vorzubereiten.«

Oder tiefer ins Innere der Vereinigten Sonnen hinein.

Ortega beugte sich über Julians Spiel und studierte das Brett. Seine dunklen Augen verfolgten jede Bewegung: »Mein Trupp ist im Grunde nur für eine bewaffnete Erkundung ausgerüstet. Aber er bringt ein paar zusätzliche Steine aufs Brett. Ich kann Ihnen einen *Legionär* und eine starke SturmLanze anbieten.«

»Ohne das entsprechende Personal nicht viel wert.« Julian stellte den schwarzen König ins Schach. »Was wohl bedeutet, dass Sie auch sich und Ihre Leute mit ins Spiel bringen?«

»So funktioniert es am besten.«

Julian zog den Davion-König aus dem Schach und musterte sein Gegenüber. »Was, wenn ich mich dagegen entscheide? Dann erzwingen Sie es und wir enden in einem Dreierkonflikt?« Erneutes Schach, erneuter Rückzug.

Ortega runzelte die Stirn und sah nach unten. »Sieht nicht so aus, als böte dieses Brett Platz für drei Spieler. Überhaupt scheinen Sie sehr gut allein zurechtzukommen.«

»Trotzdem könnte ein zusätzlicher Ritter nicht schaden«, bemerkte Torris. Natürlich hatte auch der Colonel bei dieser Verhandlung etwas beizutragen. Immerhin waren es seine Leute, die ihr Leben aufs Spiel setzen mussten.

Und Faust wollte keinen Ärger mit der Republik. »Ich denke, wir können zu einem Arrangement kommen.«

Schach, Figurenopfer. Schach. Rückzug.

Schachmatt.

Raul Ortega betrachtete das Brett, als Julian den zweiten schwarzen Turm, einen *Vollstrecker*, beiseite stellte. Er streckte die Hand aus und schnippte den Davion-König um. »Netter Sieg«, stellte der Ritter fest.

Julian sah ihm ihn die Augen. »Spielen Sie?«

»Sieht aus, als müsste ich.«

Region Deutschland, Terra
Präfektur X, Republik der Sphäre

Die Sonne stand hoch am Himmel und strahlte auf das weiße Steingebäude herab. Von einem Balkon im zweiten Stock ließ Conner Rhys-Monroe den Blick über die weiten Ländereien der Senatorin Lina Derius am Rand von Darmstadt schweifen. Exakt geschnittener Rasen. Dichte Waldstücke aus Mahagoni und Eichen. Ein prämierter Rosengarten von fast einem Hektar Größe, dessen Duft über Steinwege und Marmorspringbrunnen zog. Eine Residenz der Reichen und Mächtigen.

Die Art Palast, in der er zu Hause war.

Privilegien und Möglichkeiten. Eine enge Verbindung, hatte sein Vater immer gesagt.

Conner hatte sich noch immer nicht an die Vergangenheitsform gewöhnt.

»Darf ich Ihnen irgendetwas bringen lassen?«, fragte Lina Derius hinter ihm und trat näher. Sie kümmerte sich mit der Effizienz und Freundlichkeit einer wohlhabenden Gastgeberin um ihn.

Seine Anwesenheit war eine Behinderung. Und er wusste es. Conner schüttelte den Kopf.

»Noch einen Drink?«

Auf der steinernen Balustrade stand ein leeres Cocktailglas. Trotz des warmen Frühlingstages war der polierte Stein unter seiner Hand kühl. Aber in den letzten Wochen wirkte ohnehin vieles unterkühlt auf ihn. Die Wohnung seines Vaters in Genf. Die leeren Beileidsbezeugungen der anderen Ritter. Der besorgte Brief des Exarchen mit dessen ›tiefem Bedauern‹.

Bedauerte der Exarch Gerald Monroes Tod? Oder den Ärger, den Conner in den darauf folgenden Wochen verursacht hatte?

Hoffentlich beides.

»Nicht nötig, danke.« Besser, er trank nichts mehr, solange es um Geschäftliches ging.

Er ließ sich von Lina beim Arm nehmen und zurück ins

Haus führen. Sie war zwanzig Jahre älter als er, bewegte sich aber mit einer jugendlichen Energie, die erfahrenere Politiker häufig verleitete, sie zu unterschätzen. Das schimmernde, bronzefarbene Haar und die klaren grünen Augen verstärkten noch den unschuldigen Eindruck, obwohl Conner bei seinen Hinterzimmergeschäften in den letzten zwei Wochen genug gesehen hatte, um von dieser Illusion geheilt zu sein.

Die Senatoren Michael Richthofen und Melanie Wladiwostok warteten in der Bibliothek. Locker saßen sie sich in opulenten Sesseln gegenüber und unterhielten sich über einem antiken, dünnbeinigen Tisch mit Einlegearbeiten in Gold und Elfenbein, die eine Karte der Inneren Sphäre zeigte, etwa in den Grenzen von 3050. Vor dem Heiligen Krieg. Sogar noch vor der Clan-Invasion. Nur die fünf Nachfolgerstaaten und die Freie Republik Rasalhaag, die bald darauf von den Clans Wolf und Geisterbär nahezu völlig überrannt worden war.

Im Davion-Raum stand ein Lesegerät. Über Haus Kuritas Draconis-Kombinat und Teile der Konföderation Capella lagen Datenstreifen verteilt. Die Liga Freier Welten blieb unbehelligt und unbeachtet. Auf Haus Steiners Lyranischem Commonwealth hatten die Senatoren ihre Gläser abgestellt.

»Ah, Lina.« Richthofen drehte sich leicht auf seinem Platz, um sie wieder in das Gespräch einzubeziehen. »Sie haben den verlorenen Sohn zurückgebracht.« Er deutete auf das Lesegerät und die Datenstreifen. »Können wir Ihnen sonst noch etwas zeigen, Lord Monroe?«

»Ich habe mehr als genug gesehen«, entgegnete Conner.

Millionen C-Noten, Kronen und Stones der Republik waren in das ehrgeizige Programm zur Förderung junger Krieger und einiger der respektiertesten Ritter geflossen, die Conner je gekannt hatte. Eine Flut an Geldern, teilweise auch aus den Schatullen seines Vaters, ausgezahlt in vielen kleinen Vermögen, um zum Besten der Republik ein Heer ›rechtschaffener‹ Soldaten auszuheben.

Was bedeutete, dass sie die Adligen unterstützten, die, zumindest teilweise, über Systeme und Regionen der Inneren

Sphäre geherrscht hatten, lange bevor irgendjemand auch nur an Stones Republik gedacht hatte.

Senatorin Wladiwostok lächelte dünn. »›Mehr als genug‹ in dem Sinne, dass Sie nichts mehr sehen wollen? Oder ›mehr als genug‹, weil wir Sie von unseren Zielen überzeugt haben?« Das Lächeln erreichte ihre tiefschwarzen Augen nicht. »Da besteht ein großer Unterschied.«

»Ja. Allerdings.«

Die drei Senatoren der Republik wussten nicht so recht, was sie damit anfangen sollten, also sagten sie gar nichts. Richthofen schenkte sich aus einer Kristallkaraffe nach. Die beiden Frauen hatten ihre Gesichtszüge besser unter Kontrolle und starrten Conner mit regloser Miene an.

»Haben wir Ihnen zumindest«, fragte Lina schließlich mit hörbarer Anspannung, »die Rolle Ihres Vaters dabei zufrieden stellend erläutert?«

Bis zur letzten Dezimalstelle. Conner hatte mehrere Wochen damit zugebracht, die Konten und persönlichen Unterlagen seines Vaters durchzusehen. Er wusste, was Gerald Monroe für diese Anstrengungen aufgeboten hatte, und er musste den dreien zugestehen, dass sie nichts vor ihm zurückgehalten hatten. Nicht einmal dort, wo es sie selbst inkriminierte. Falls er mit dem, was er jetzt wusste, zu Jonah Levin ging ...

Andererseits, wären Levin oder Gareth oder Paladinin GioAvanti zuerst zu ihm gekommen, so hätten sie möglicherweise einen freundlicheren Empfang erwarten dürfen. Und vielleicht hätte Conners Vater noch unter den Lebenden geweilt.

Ich halte dem Sohn nicht die Sünden des Vaters vor, hatte Exarch Levin geschrieben.

Nur hatte Gerald Monroe sein Handeln zu keiner Zeit als irgendwie falsch oder verräterisch betrachtet. Der Senator war ein überzeugter Patriot gewesen. Loyale Opposition zum Exarchen und dessen Militärherrschaft über die Republik. Conner war so lange auf dem Grat zwischen beiden Welten gewandelt, dass er sich nicht leicht für eine der beiden Seiten gewinnen ließ, weder für den Exarchen noch für den Senat, für das Militär oder den Adel. Und er sah die Schwächen beider.

»Falls Geoffrey Mallowes in all das verwickelt ist, was man ihm vorwirft, soll er dafür in der Hölle schmoren. Aber ich weiß, mein Vater hätte ein derartiges Verhalten niemals gebilligt, und ich weiß auch, dass er nicht einmal unbeabsichtigt damit zu tun hatte. Was seinen Tod nicht nur zu einer Tragödie macht, sondern zu einem Verbrechen.«

»Und den mit Waffengewalt erzwungenen Arrest Senatorin Ptolomenys zu Machtmissbrauch«, erwiderte Michael Richthofen. Er ballte wütend die Fäuste.

»Nicht, dass Exarch Levin denselben Nachforschungen und Einschränkungen ausgesetzt wäre, die er uns aufzwingen will«, fügte Lina Derius hinzu. »Aber wer sollte ihn auch zur Verantwortung ziehen?«

Genau das war die Frage, nicht wahr? Und sie alle hier im Raum kannten die Antwort.

Selbst Conner.

»Der Senat«, sagte er leise. »Nur der Senat.«

10

> Was, zum Teufel, treibt Katana Tormark? Legt sie es darauf *an,* den Drachen zu provozieren?
>
> – Kommentar von MELISSA MAKO, Sphärenrundschau, Markab, 5. März 3135

DKA-Landungsschiff *Ryu Hokori*, Fukuroi-System
Militärdistrikt Benjamin, Draconis-Kombinat

13. März 3135

Der Samurai kam mit blankem Katana auf Yori Kurita zu. Er bewegte sich mit kurzen, schlurfenden Schritten, die Beine weit nach außen gebeugt. Die bloßen Füße flach auf das rutschfeste Deck gepresst. Seine Mitte – sein Wa – schien perfekt austariert.

Keine leichte Aufgabe an Bord eines Landungsschiffes, dessen künstliche Schwerkraft, durch den Andruck der Schubtriebwerke erzeugt, sich durch den Einsatz der Korrekturtriebwerke immer wieder minimal veränderte.

Selbst das würde nicht lange anhalten. Die *Ryu Hokori*, Des Drachen Stolz, befand sich nur auf dem Flug von einem Sprungschiff zum nächsten. Ein kurzes Zeitfenster für die Besatzung, um Wartungsarbeiten zu erledigen, für die sich die Schwerelosigkeit nicht eignete. Jemand würde sich für den Mangel an Leistung verantworten müssen. Aber das lag in der Zukunft.

Hier und jetzt konzentrierte sich Yoris ganze Existenz auf die glänzende Schneide von Hatsuwes Schwert, auf der die Riefen der Klinge im gelblichen Licht der Mechhangarlichter wie fahle Flammen tanzten. Sie verbannte den fernen blauen

Lichtbogen eines Schweißbrenners aus ihrem Geist, den beißenden Geruch des heißen Metalls und die ätzenden Dämpfe des Lösungsmittels, das ganz in der Nähe verschüttete Kühlflüssigkeit aufsaugte. Ablenkungen. Aus demselben Grund hatte sie ihr langes, prächtiges schwarzer Haar zu einem Zopf geflochten und den Kimono abgelegt. Jetzt trug sie nur noch die übliche Gefechtsbekleidung einer MechKriegerin: Trägerhemd und Unterhose.

Sie wartete. Die Hand am Heft des eigenen Katanas, das noch in der Scheide blieb, während sie ihren Gegner abschätzte.

Hatsuwe ließ sich kaum etwas anmerken. Seine weiten Hakama hingen bequem, wie es ihre Aufgabe war, und verbargen jeden Schritt, bis er fast vorüber war. Sein entblößter Oberkörper blieb bewegungslos, das Schwert in der Starken Position über der rechten Schulter. Yori würde kaum Zeit bleiben zu reagieren.

Einzig die Wut, die in seinen schwarzen Augen loderte, bot ihr einen Vorteil. Sein Wa blieb noch immer gestört. Und einen Krieger ohne innere Harmonie konnte man dazu verführen, Fehler zu begehen.

Wer hätte das besser gewusst als sie.

Mit einem mächtigen Aufschrei sprang Hatsuwe vor. Das Katana zuckte auf ihren bloßen Bauch zu. Yori aber hatte das kurze Zittern der sich spannenden Muskeln bemerkt. Sie zog im exakt richtigen Moment blank und deckte ihre rechte Körperhälfte mit senkrechtem Schwert.

Stahl schlug hell und klirrend auf Stahl.

Sie drehte sich einwärts und schlug nach seinem Oberschenkel. Hatsume hüpfte davon und schlug ihr Katana klirrend beiseite. Schlag, Riposte ... Parade, Hieb, Drehung, Stoß.

Er überraschte sie, indem er mit der Klinge zustach statt die Schneide zu benutzen. Fast wäre es ihm gelungen, ihre Deckung zu durchbrechen und den ersten Treffer zu landen, sich die Ehre zu sichern, die er so verzweifelt suchte.

Im letzten Augenblick lehnte sie sich zurück – und das tödliche Metall traf nur Luft.

Hatsuwe war sich zu sicher gewesen und hatte sich zu weit vorgewagt. Jetzt zog er sich zu langsam zurück. Das bot Yuri Gelegenheit, zu entkommen und ihre Deckung wieder aufzubauen. Sie wartete, während er die glänzende Schneide vergeblich nach einem Blutstropfen absuchte.

Frische Wut baute sich in Hatsuwes Blick auf. Die beiden Kontrahenten umkreisten einander misstrauisch.

Die wenige Arbeit, die während des Kampfes im übrigen Hangarraum stattgefunden hatte, kam völlig zum Erliegen. Zwei Samurai, Freunde Hatsuwes, beobachteten das Duell mit bemühter Neutralität, die Mienen wie aus Ferrostahl getrieben. Die Besatzung der *Ryu Hokori* war weniger geübt darin, ihre Gefühle zu verbergen. Ein Teil der Raummatrosen schien wegen der Verzögerung der Arbeiten sichtlich besorgt. Sie nahmen ihre Aufgaben sehr ernst. Die weitaus meisten jedoch verfolgten die Darbietung der beiden Samurai mit ängstlicher Faszination.

Und es gab noch einen Zeugen. Ein Novakatzen-Krieger, der rund um den Hangar gelaufen war, als ihn die Samurai betraten. Er stand schweigend an der Seite, an den Fuß eines *Kampftitan* gelehnt, und beobachtete den Zweikampf mit scharfen, grauen Augen.

Einen nach dem anderen registrierte Yoris Geist und blockte sie aus, schob sie erneut jenem trancehaften Zustand entgegen, den nur eine absolute Klarheit der Absicht hervorbrachte. Sie war sich ihres Körpers sehr bewusst. Des kühlen Luftzugs durch die riesige Halle, der eine leichte Gänsehaut auf ihren Armen verursachte. Des dumpfen Pochens im linken Knie, seit sie sich beim ersten Schlagabtausch zu heftig weggedreht hatte.

Sie sah Hatsuwe nach demselben Geisteszustand streben und scheitern, weil sich ihm die *Frau* als ebenbürtig erwies. Für ihn spielte ihr Name keine Rolle. Sie hatte seinen Stolz verletzt und er wollte seine Ehre wiederherstellen.

Bis zum ersten Blut. So lautete die Vereinbarung. Aber der Mangel an Beherrschung ihres Gegenübers machte Yori Sorgen. Das mörderische Funkeln in seinen Augen.

Jetzt hielt er das Katana zurück und von ihr abgewandt, in der Stillen Position. Damit sie seinen Angriff nicht zu früh erkannte. Sie wartete, das Schwert niedrig vor sich haltend. Ruhend.

Hatsuwe tat einen Schritt nach links, sie konterte rechts.

Er wich zurück. Sie folgte.

Und er griff an, wie sie es vorausgesehen hatte, um sie bei einem Fehltritt zu erwischen.

Das Katana schnitt sauber durch die Luft, kam in einem hohen Bogen herum, der ihr den Arm hätte abtrennen können, hätte sie nicht die eigene Klinge rechtzeitig hochgerissen. Die Wucht des Schlages war beeindruckend. Genug, um Yoris Arm bis hinauf zur Schulter zu erschüttern und sie einen Schritt zurückzutreiben.

Ein weiterer Hieb folgte, diesmal niedrig und quer. Danach ein verzweifelter Ausfallschritt, als er dachte, sie hätte sich auf eine starke Abwehrhaltung festgelegt.

Yori parierte jeden Hieb und verließ sich – um sich gegen Hatsuwes größere Muskelkraft zu wehren – auf ihre Schnelligkeit. Jetzt wusste sie, woran sie bei ihm war. Wusste, dass – wenn es ihm gelang – er sie durchbohren würde oder ihr noch lieber den Kopf von den Schultern trennte. Natürlich würde er sich danach über und über beim Koordinator und bei Tai-shu Toranaga entschuldigen. Er würde Buße tun müssen. Aber sie wäre tot. Darauf kam es Hatsuwe an.

Das würde sie nicht zulassen.

Ein paar nasse Haarsträhnen klebten an ihrer Stirn. Der Schweiß tropfte ihr in die braunen Augen und brannte. Yori wich zurück, gab jetzt scheinbar nach, um Hatsuwe zu ermüden. Sollte er ruhig glauben, dass er sie in die Enge trieb. Ein erneuter Wirbel von Schlägen, lautes Klirren von Metall. Sie schlug zu, suchte nach einer Lücke, bremste ihren Hieb minimal, gerade so weit, dass er nur verwundete, nicht verstümmelte.

Er schlug ihr Katana hart beiseite. Und sie stolperte.

Genau wie vorhergesehen stieß er zu. Verließ sich zu sehr

auf seine größere Reichweite und Muskelkraft, wie schon zweimal zuvor, als er eine Möglichkeit für ein schnelles Ende des Kampfes zu erkennen geglaubt hatte. Vergaß die Grundlagen der Kampfkunst, die verlangten, dass ein Krieger zu jeder Zeit die Kontrolle und das innere Gleichgewicht behielt.

Yori stolperte zur Seite, sie aber bewahrte ihr Wa, ihre Mitte.

Mit einer schnellen Bewegung des eigenen Schwertes lenkte sie seinen Hieb ab, stieß aufwärts, legte die Schneide des Schwertes an Hatsuwes Hals, knapp unter dem kräftigen Kinn. Er erstarrte, das Schwert seitlich ausgestreckt, blieb völlig reglos, als sie die Spitze der Klinge aufwärts zog. Nur eine winzige Unachtsamkeit ...

Yori drehte das Handgelenk und brachte ihm einen Schnitt am Kinn bei. Nicht schlimmer als ein Kratzer beim Rasieren. Aber der glänzend rote Blutstropfen an der Spitze ihrer Klinge war unübersehbar, als sie ihm das Katana vors Gesicht hielt.

»IIE! DAS REICHT!« Die Stimme dröhnte durch den Hangar wie ein PPK-Schuss. »Was geht hier vor?«

Tai-shu Matsuhari Toranaga stand in einer nahen Luke. Die gepolsterten Schultern seines Mantels berührten fast den Metallrahmen. Er war einer der drei Kriegsherren, die den Koordinator bei der Herrschaft über das Draconis-Kombinat unterstützten, und der Einzige, der sich selbst auf diese Reise in die Republik eingeladen hatte. Möglicherweise war er der momentan mächtigste Mann im Reich, höchstens noch hinter dem Tai-shu von Benjamin. Den Koordinator natürlich ausgenommen, so hätten die meisten hinzugefügt.

Bis auf die wenigen, die Vincent Kurita im Stillen auf einen abgeschlagenen dritten Platz hinter beiden setzten.

Toranaga hielt ein in der Scheide steckendes Katana in der Rechten, wie es seine Art war. Nur sein Ehrenschwert, das Wakashiri, steckte in der Tuchschärpe, die er als Gürtel benutzte. Er trug Tabisocken und Sandalen und bewegte sich mit einem festen Schritt, der zu keiner Zeit den geringsten Zweifel an seiner Macht ließ. Graue Spuren zogen sich über seinen groben schwarzen Büstenhaarschnitt nach hinten. Seine düstere Miene drohte dem kompletten Hangar.

Es war, als hätte jemand einen Schalter umgeworfen. Die Besatzungsmitglieder kehrten nicht an ihre Arbeit zurück. Stattdessen verbeugten sie sich tief vor dem Kriegsherrn von New Samarkand und behielten die Verbeugung bei, während Toranaga durch den Hangar stampfte. Yori und Hatsuwe steckten mit schneller, eleganter Bewegung die Schwerter zurück in die Scheide. Die Samurai verbeugten sich ebenfalls, weniger tief als die Besatzungsmitglieder, und dem Status ihrer Familie im Kombinat entsprechend.

Yori verneigte sich natürlich von allen vieren am tiefsten.

»Ich habe gefragt, was hier vor sich geht«, wiederholte Toranaga. »Der Koordinator des Draconis-Kombinats ruht an Bord der *Ryu Hokori*, und niemand – niemand! – stirbt auf diesem Schiff ohne die ausdrückliche Genehmigung Vincent Kuritas.«

Hatsuwe vertiefte seine flache Verbeugung um einen Hauch. »Nur eine Frage der Ehre, Matsuhari Toranaga-sama. Eine Meinungsverschiedenheit.«

Endlich nickte Toranaga knapp, und die vier Samurai richteten sich auf. Niemand sonst im gesamten Hangar rührte sich. Bis auf den Novakatzen-Krieger, bemerkte Yori. Er war am Fuß des *Kampftitan* stehen geblieben, und das keineswegs in Hab-Acht-Stellung. Jetzt trat er näher.

»Toranaga-sama«, rief er. Er näherte sich dem Tai-shu mit zögernden Schritten. Es war deutlich, dass er sich nur ungern einmischte. Nun erkannte Yori ihn. Kisho. Der Mystiker, der sie ins Solsystem begleitete. »Mit Eurer Erlaubnis?«

Der Tai-shu nickte dem jungen Mann gnädig zu.

»Ich kann bezeugen, dass der Kampf in Ehren geführt wurde. Es war keine Beleidigung des Koordinators beabsichtigt.«

»Du hast diesen Wettstreit genehmigt?« Ihre Position gewährte den Novakatzen-Mystikern eine gewisse Autorität über Rituale, nicht allein innerhalb ihres Clans, sondern auch im

Rest des Kombinats. Eine Tradition, die sich über fast hundert Jahre der Integration entwickelt hatte.

»Ich war sein Zeuge. Nur deshalb habe ich mich zu Wort gemeldet.«

Der Tai-shu wandte sich wieder zu Hatsuwe um. »Diese Angelegenheit betrifft dich und Yori?« Hatsuwe nickte. »Entschuldige dich«, befahl Toranaga Yori mit strengem Blick.

»Toranaga-sama«, setzte sie an. »Ich ...«

»Entschuldige dich!«

»Sumimasen. Gozemashite.« Die Worte waren heraus, bevor Yori daran denken konnte, weiter zu argumentieren. »Ich bedauere meine Überschreitung zutiefst, Hatsuwe-san. Bitte, verzeih mir.«

Ihre Erniedrigung, obwohl sie in ihrem Zweikampf als Erste Blut gezogen hatte, war das Beste, worauf Hatsuwe hoffen konnte. Er nickte kurz. Tat ihre Entschuldigung ab. »Na schön.«

»Jetzt lasst die Mannschaft ihre Arbeit fortsetzen«, befahl der Kriegsherr. »Wir haben noch zehn Minuten Schub. Es wird keine Entschuldigung für unerledigte Arbeiten geben. Hai?«, rief er.

»Hai!«, antwortete ein Chor aus mehreren Dutzend Stimmen.

Samurai und Raummatrosen gleichermaßen sahen zu, dass sie fort kamen. Nur Yori Kurita blieb im Schatten des Tai-shu stehen. Und Kisho wartete in der Nähe.

»Die Ehre war mein«, erklärte sie leise und respektvoll.

Toranaga ließ sich nicht darauf ein. Sein von tiefen Falten zu einem permanent zornigen Ausdruck geformtes Gesicht verzog sich zu einer Maske tiefster Verachtung. »Du hältst das für so einfach?«, fragte er. Obwohl er nicht größer war als sie, strahlte der Kriegsherr eine riesenhafte Präsenz aus. Seine Gegenwart überwältigte und überschattete. »Deine Ehre wird immer – immer – zweifelhaft bleiben, Sakamato Yori-san.« Dass er sich weigerte, den Namen zu benutzen, den zu tragen ihr erst vor Kurzem zugestanden worden war, bedeutete einen Schlag ins Gesicht. »Deine Leistungen an der Sun-Zhang-Akademie haben die Schande deines Großvaters nicht ausgelöscht.

Die Gnade und unfassbare Geduld, die ich dir gegenüber gezeigt habe, gleichen sie nicht aus. Das werden sie niemals tun. Wakari-mas?«

Obwohl er nur leise sprach, peitschten seine Worte wie eine Geißel auf Yori ein und rissen tiefe Wunden. Sie senkte den Blick auf das rutschfeste Deck. »Hai, tonoë.«

»Weggetreten«, sagte der Tai-shu abrupt.

Ja, das hatte er sie damit wohl, dachte Yori.

11

> Als Devlin Stone die Republik gründete, gab er der Exekutive und der Legislative gleiches Gewicht und stattete beide mit dem Recht aus, über sich zu Gericht zu sitzen. Hat er geglaubt, es würde nie der Fall eintreten, dass zwischen den beiden Regierungszweigen eine gerichtliche Intervention notwendig wird? Blake! Was für ein Schlamassel!
>
> – Kommentar von Jacquie Blitzer, //battlecorps.org/blitzer, 12. März 3135

Terra
Präfektur X, Republik der Sphäre

14. März 3135

Tara Campbell trat unbeholfen in die prächtige Vorhalle der Kathedrale der Republik in Paris. Sie trug eine zerknitterte Uniform und hatte einen kleinen Seesack über die Schulter geschwungen. Falls es möglich war, dass ein Soldat sich noch offensichtlicher fehl am Platze fand als hier, hatte sie jedenfalls kein Bedürfnis, es herauszufinden.

Hohe bemalte Kuppeln ragten über ihr auf, die eine strahlende Sonne im Kampf mit dunklen Gewitterwolken zeigten, alles getragen von Strebebögen, verziert mit reichen Holzschnitzereien und Gold. Die Wandtäfelung war aus reich gemasertem, rötlich schwarz gefärbtem Mahagoni, so glatt poliert und dick lackiert, dass das Spiegelbild des Betrachters tief im Innern des Holzes gefangen wirkte, eine andere Seele, die einen aus den Tiefen anstarrte, in denen die Kathedrale das Jenseits berührte.

Die Böden bestanden aus rosa Marmor mit blauen und

grauen Adern. Ihre Stiefelabsätze knallten herrisch auf dem prachtvollen Stein, ein harter, fordernder Klang, der gar nicht in diese Umgebung passte. Automatisch versuchte sie es mit schlurfenden Schritten, die noch unbeholfener wirkten. Mehrere Augenpaare schauten sich zu ihr um. Ihre zögernden Schritte kennzeichneten sie unüberhörbar als Eindringling an diesem dunklen Morgen, zu einer Zeit, in der sich normalerweise nur die frommen Helfer der Kathedrale hier aufhielten.

Akoluthen schauten aus einer Nische aus poliertem Stein herüber. Sie bewachten mehrere empfindliche Ausstellungsstücke aus Ton und Buntglas.

Eine katholische Priesterin in schwarzer Robe unterbrach das leise Gespräch mit einem kahlrasierten buddhistischen Mönch. Beide starrten herüber.

Schweres Publikum, entschied Tara.

Doch zumindest die Atmosphäre schien warm und gemütlich. Der Geruch von Kerzenwachs und Holzpolitur lag in der Luft, mit einem leichten Weihrauchakzent. Nicht stark genug, als dass sie es hätte benennen können, so ähnlich wie die besten Parfums ihre Gegenwart nur erahnen ließen.

»Countess Northwind?«

Der Mönch kam herüber. Seine Sandalen glitten leise über den glatten Marmor. Die orangefarbene Robe bot einen deutlichen Kontrast zu den dunklen Farben der Kathedrale, doch irgendwie biss sich nichts. Er ging neben einem der Teppichläufer entlang, als sei ihm dessen Luxus nicht gestattet, und näherte sich mit entspannter Leichtigkeit.

Tara nickte. Der Mann lächelte. Wie hatte sie diesen Raum als abweisend betrachten können? Unter dem beseligenden Blick des Mönches verschwanden alle Sorgen.

»Ihr Gefährte wartet in der Totenhalle. Dort liegt unser Paladin aufgebahrt. Darf ich Ihnen den Weg zeigen?«

Wieder nickte Tara. »Das wäre sehr freundlich.«

Ihr Weg führte sie aus der Eingangshalle dann aber vorbei an den hohen Torbögen, die ins Hauptschiff der Kathedrale führten und stattdessen zu einer kleinen Tür neben einem

Wandteppich, der die Trennung von Wasser und Land darstellte. Ein einfaches und doch beeindruckendes Bild, so wie die Deckenmalerei in der Halle.

Der Gedanke veranlasste Tara, noch einmal hinauf in die Kuppel zu schauen. Eine simple Darstellung dräuender Gewitterwolken im Zweikampf mit einer großen, strahlenden Sonne, deren prächtiger Strahlenkranz die Dunkelheit zurückhielt. Das Gemälde bannte ihren Blick, wie es auch ein komplexes Puzzle häufig tat, und es dauerte einen Moment, bis sie verstand, warum.

In das Fresko waren sehr subtil die Umrisse zweier gewaltiger Hände eingearbeitet. Sie umschlossen das ganze Gemälde und ließen eine gestaltende Präsenz hinter den Kulissen des Universums erahnen.

Tatsächlich schien die ganze Kathedrale darauf ausgelegt, zugleich Ehrfurcht und ein Gefühl der Geborgenheit zu wecken. Ein Widerspruch, der unmöglich aufzulösen schien. Und doch hatten es die Künstler, die dieses Bauwerk erschaffen hatten, geschafft – ihr Werk verdiente wahrlich die Bezeichnung Bau*kunst*.

»Das gefällt mir«, sagte sie zu dem Mönch, der ihr die Türe aufhielt.

»Sie sehen, was den meisten entgeht«, antwortete er, ohne den geringsten Zweifel, dass sie die versteckte Botschaft bemerkt hatte. »Das kann ein Segen sein.«

Dass es ebenso zum Fluch werden konnte, brauchte er nicht zu erwähnen. Tara hatte einen zu großen Teil der letzten Jahre damit zugebracht, die Probleme der Republik aus den verschiedensten Blickwinkeln zu betrachten. Als Countess Northwind und Kommandeurin der Northwind Highlanders hatte sie an der diplomatischen und militärischen Front Doppelschichten geschoben. Ihre besondere Einsicht hatte ihr gestattet, Terra selbst, die Wiege der Menschheit, vor den Stahlwölfen zu retten und trotzdem das Angebot Exarch Damien Redburns, sie zur Paladinin zu ernennen, abzuschlagen.

Redburns Auftrag, Skye gegen die Jadefalken zu verteidigen, hatte sie hingegen angenommen, sich dann aber möglicherweise etwas zu viel Freiheit bei der Interpretation dieses Befehls gestattet. Vielleicht hatten auch ihre starken Gefühle für Jasek Kelswa-Steiner ihr Handeln beeinflusst. Wie auch immer, nun hatte sie eine Standpauke zu erwarten.

Aber über dem Leichnam Paladin Victor Steiner-Davions? Das erschien ihr dann doch eine Spur zu melodramatisch. Ganz zu schweigen von respektlos.

Die Totenhalle war nur schummrig beleuchtet und so früh am Morgen recht kalt. Noch war es den Wandlampen und den Tausenden von Menschen – die tagtäglich durch diesen Raum pilgerten, um dem legendären Mann, der hier aufgebahrt lag, die letzte Ehre zu erweisen – nicht gelungen, das Gewölbe aufzuwärmen. Es roch strenger als in der Vorhalle. Weniger einladend. Victors Sarkophag war aus Granit und Panzerglas gefertigt und stand auf einer kleinen Empore an der Stirnwand des Raumes. Dicke Teppiche hingen an den Wänden und schluckten die Geräusche. Samtkordeln sperrten die Holzbänke ab.

Nur ein Mann wartete auf sie, in der ersten Sitzreihe, wo keine Kordel ihn behinderte. Er stand auf, als ihn der Windzug der sich öffnenden Tür erreichte, und wartete am Ende des kurzen, breiten Mittelgangs.

»Leg dein Gepäck ab, Tara.« In dem stillen Saal erklang Paladin David McKinnons Stimme laut und befehlend. »Irgendwo auf eine der Bänke. Hier können wir uns die Formalitäten sparen. Victor kannte das Soldatenleben.«

Beim Klag von McKinnons kräftiger Stimme war Tara zusammengezuckt und warf einen entschuldigenden Blick zur Seite, wo sie den Mönch vermutete. Doch der hatte sie nur in die Totenhalle eingelassen und die Türe hinter ihr wieder geschlossen.

Also legte sie ihren Seesack ab, auf den Boden, nicht auf eine der Bänke, und ging den Gang hinab, um dem Paladin die Hand zu geben. Dann fand sie auch ihre Stimme wieder. »Es tut gut, Sie zu sehen, Sire McKinnon.«

David McKinnon war über hundert Jahre alt, und nun, nach

Victors Tod, der älteste noch lebende Paladin. Doch in ihm steckten noch reichlich Stahl und Feuer. Das verkündete sein fester Griff, die aufrechte Haltung, die katzenartige Eleganz der Bewegungen. Vor allem aber lag es an dem Lebensfunken tief in seinem Innern, der unübersehbar war, sobald man ihn näher kennenlernte. Gerade jetzt loderte dieser Funke hell in seinen dunklen Augen auf.

»Nichts dergleichen«, warnte er sie. »Auf Skye waren wir per du.«

Ja, das waren sie gewesen. Vier Monate zuvor. Der Paladin hatte an ihrer Seite gearbeitet, an ihrer Seite gekämpft, um Skye aus den Krallen der Jadefalken zu halten. Dann war er zurück nach Terra gerufen worden, mit einem Befehl, den er nicht verstanden und ablehnend aufgenommen hatte.

»Du bist für Victor zurückgekehrt«, sagte sie, gleichzeitig verstehend und entschuldigend.

»Ich kam für meinen Exarchen zurück. Der Mord an Victor löste ein Chaos aus, und die Zukunft der Republik stand auf der Kippe. Möglicherweise gilt das immer noch.« Er sah sich um. »Möchtest du ihm die Ehre erweisen?«

»Das möchte ich.«

McKinnon drehte sich um und begleitete sie hinauf zu Victors Sarkophag. Der Steinsarg wurde von einer Panzerglasscheibe verschlossen, die den Paladin im Tod beschützte, wie es der Republik im Leben nicht gelungen war. Natürlich hatte Tara einen Bericht über die tatsächlichen Umstände seines Todes erhalten. Dafür hatte Redburn gesorgt, und McKinnon ebenfalls. Was für eine Verschwendung. *Was für eine verdammte, sinnlose Verschwendung.*

Victor war zwar nie sehr groß gewesen, aber trotzdem hatte er Ausstrahlung besessen. Davon war jetzt nichts mehr geblieben. Was noch vor ihr lag, war der gut erhaltene Leichnam eines Mannes von einhundertacht Jahren, mit schlohweißem Haar, ähnlich dem McKinnons. Doch während dieser robuste Gesundheit verkörperte, hatte Victor schließlich die hagere Zerbrechlichkeit ereilt, die auf die meisten Menschen wartete.

»Er sieht gut aus«, stellte sie fest und trat einen Schritt zurück. »Friedlich.«

»Es ist ein kleines Heer der besten Bestatter auf dem Planeten nötig, um diesen Eindruck aufrechtzuerhalten. Eine vier Monate aufgebahrte Leiche ansehnlich zu halten ist keine leichte Aufgabe. Und jeder Einzelne von ihnen betrachtet es als große Ehre, dabei mithelfen zu dürfen.«

»Sicher ebenso wie eine komplette Ehrengarde. Zumindest während der Öffnungszeiten.«

McKinnon schüttelte den Kopf. Einzelne Haare fielen ihm in die Stirn. »Vierundzwanzig Stunden am Tag, sieben Tage die Woche. Die Paladine lassen ihn nicht allein. Nie. Einer von uns hält hier immer Wache.«

»Haltet ihr wirklich Wache oder leistet ihr ihm nur Gesellschaft?« Sie trat noch ein Stück weiter zurück und wandte sich zu ihrem Freund um. »David, wie konntet ihr so etwas zulassen? Das alles?«

McKinnon fasste sie beim Arm und zog sie zurück zu den Sitzreihen. »Du bist auf dem Laufenden.« Das war keine Frage.

»Zwei Wochen Reisezeit, selbst bei der Expressbeförderung meines Landungsschiffes, lässt einem reichlich Zeit zum Lesen. Eine Menge Zeit, in der ich nicht in Präfektur IX bin.«

»Wir haben dich nicht leichtfertig zurück ins Solsystem gerufen. Falls du glaubst, wir würden einen Feldzug für eine Werbetour unterbrechen, tust du mir und unserem neuen Exarchen Unrecht. Jonah Levin braucht dich. Deshalb bist du hier.«

»Warum rede ich dann nicht mit Exarch Levin?«, fragte sie. Eine so dringende Angelegenheit, dass sie nicht einmal in ein Hotel einchecken durfte, um sich nach einer langen Raumreise frisch zu machen, stand in krassem Widerspruch zu einem frühmorgendlichen Besuch an Victor Steiner-Davions Sarg.

McKinnon erhob sich und ging mit langsamen, aber entschiedenen Schritten auf und ab. »Es könnte politisch besser sein, wenn du in dieser Sache Distanz hältst. Das gibt dir eine Chance, Vernunft zu predigen, ohne als Sprachrohr des Exarchen zu erscheinen.«

Eine Aufgabe, für die sie bestens geeignet war. Tara Campbell war der Medienliebling der Republik, für Militärs und Politiker gleichermaßen. War es schon, seit sie sich den Stahlwölfen entgegengestellt hatte. Ihre Vorliebe für Uniformen statt Adelsroben hatte mehrere Modehäuser zu paramilitärischen Kollektionen inspiriert, und jede neue Frisur konnte einen Trend auslösen. Immer mehr Modelle tendierten in jüngster Zeit sogar zur selben Färbung. Ihr platinblonder Schopf wurde mit jedem Tag normaler.

Und ihre politischen Ansichten waren nicht minder gefragt. Bereits Taras Ankunft auf Terra hatte Einfluss auf Kommentatoren und Politiker gezeigt, beides Personengruppen, die die öffentliche Meinung sorgsam beobachteten.

»Du bist wirklich der Meinung, dass sich Exarch Levin keinen Rückzug leisten kann?«, fragte sie mit leicht resignierter Stimme.

»Unmöglich. Der Senat hat die Konfrontation provoziert, als er statt einer Untersuchung ein Misstrauensvotum ins Gespräch brachte. Niemand – damit meine ich: Niemand im Senat – will ein öffentliches Gerichtsverfahren für Geoffrey Mallowes. Die Senatoren betrachten das als Gefahr, an Macht und Einfluss zu verlieren.«

»Unter Adligen sind diese beiden Begriffe austauschbar«, bestätigte Tara. Aus persönlicher Erfahrung.

»Die Paladine GioAvanti und Sinclair haben zwei Senatoren von den anderen isoliert. Gerald Monroe und Therese Ptolomeny. Wir haben versucht, sie unter Druck zu setzen, damit sie öffentlich gegen die Verschwörung und die Blockadehaltung des Senats Stellung beziehen. Möglicherweise etwas zu heftig.«

Tara spottete. »Möglicherweise? Das ist so, als würde man den Fall Skyes eine ›Meinungsverschiedenheit‹ nennen. Gerald Monroe ist tot! Und die Nachrichten sind voll von Senatorin Ptolomeny, die der Republik und ganz besonders ihren Rittern ›Nazimethoden‹ vorwirft. Und ganz ehrlich, eine Panzerkolonne vor ihrem Haus an der Riviera auffahren zu lassen, um sie unter ›Hausarrest‹ zu stellen, ist nicht gerade hilfreich.«

Sie fühlte sich wie ein Kind, das seinem Großvater eine Gardinenpredigt hält. Und David McKinnon sah es offenbar ähnlich. Sein Rücken versteifte sich und seine Miene wurde steinern, während er ihr zuhörte. Doch ihm blieb nichts anderes übrig, als der Wahrheit ins Gesicht zu sehen. Zögernd nickte er.

»Es ist tatsächlich eine Eskalation«, gab er zu.

»Es ist schlimmer als das. Es ist die garantierte gegenseitige Annihilation. Der Senat hat den Einsatz erhöht. Wir sind so weit, dass die Republik Schaden nimmt, ganz gleich, wie es ausgeht.«

McKinnon verzog das Gesicht, als würde ihm dies erst jetzt bewusst. »Es hat bereits angefangen«, sagte er. »Monroes Sohn. Conner.«

»Ritter von Markab?«, fragte Tara, die sich an den Namen erinnerte.

»Das war einmal. Er hat sein Offizierspatent zurückgegeben und seinen Eid auf den Exarchen widerrufen.« Er setzte sich. Dann griff er hinter sich in die zweite Sitzreihe nach einem Stapel Holographien. Er suchte eines der Bilder heraus und reichte es ihr.

Tara studierte es. Sorgsam auf einem Marmorboden verteilte Uniformstücke. Ein Rangumhang. Hose und Jacke, mit allen Orden. Nur der Körper des Besitzers fehlte. Es erinnerte sie an eine Tatortaufnahme, in der die Lage der Leiche auf dem Boden markiert war.

»Monroes Uniform.« Sie verstand. »Und der Marmor ... ist das die Kammer der Paladine?«

»Nein. Die Rotunde. Vor der Kammer. *Sehr* öffentlich.«

»Er hat keinen Zweifel daran gelassen, dass eine Versöhnung ausgeschlossen ist.« Tara nickte. Sie klopfte mit dem Finger auf das Bild. »Er besitzt dramatisches Talent.«

»Mehr als du ahnst. Der Junge hat den Platz seines Vaters im Senat übernommen.«

»Wann?«

»Vor drei Tagen. Eine Noternennung. Die Wahl findet später in diesem Monat in Präfektur III statt.«

»Das werden die Medien nach Kräften ausschlachten.« Doch hinter McKinnons Worten steckte mehr. Etwas Düsteres, Gefährliches. Das war mehr als nur ein junger Mann, der sich von alten Bindungen lossagte, um seinen Vater zu rächen. »Was?«

»Conner Rhys-Monroe hat seinen *Kampfschütze* mitgenommen. Und natürlich besitzt der Senat seine eigene Ehrengarde.«

Perfekt.

»Du siehst, in welchen Schwierigkeiten wir hier stecken, Tara. Du hast in den letzten Jahren auf beiden Seiten dieses Konflikts gestanden.« McKinnon machte sich daran, ihr den Auftrag zu verkaufen. Und das nachdrücklich. »Du kannst mit den Adligen reden und die militärischen Prinzipien dabei verteidigen. Hier geht es um mehr als nur um die Pflicht der Republik gegenüber. Ich muss wissen, und Exarch Levin muss auch wissen, ob du Druck auf diesen Knaben ausüben wirst. Ihn dazu bringen kannst, sich *nicht* zur Wahl zu stellen.«

Ihre Highlander, Kameraden und Familie, kämpften und starben in Präfektur IX. Ihre Heimatwelt Northwind war noch immer dabei, sich vom Angriff der Stahlwölfe zu erholen, und nun sorgte eine kuritafreundliche Fraktion für neuen Ärger, gegen den sie nichts aufzubieten hatte. *Und* der Mann, dem Tara den Treueeid geschworen hatte, trotz ihrer Entscheidung, die Paladinswürde abzulehnen, war von seinem Amt zurückgetreten und zwang sie damit, ihre Entscheidung auf der Grundlage einer noch sehr jungen Freundschaft mit einem der aufmüpfigeren Paladine zu treffen. Einem Mann, mit dessen Politik sie nicht unbedingt übereinstimmte.

Aber konnte sie helfen? War es wirklich zu viel verlangt, die üblichen Regeln beiseite zu lassen und außerhalb ihrer militärischen Befehlskette und gesellschaftlichen Formalitäten einzugreifen?

Tara seufzte. Im Grunde war die Entscheidung doch schon gefallen, als sie an Bord des Landungsschiffes gegangen war, um dem Ruf des Exarchen zu folgen.

»Ich bin nicht den ganzen Weg gekommen, um hier untätig zuzusehen«, beruhigte sie ihn.

12

> … und ermutigt von der offenkundigen Fähigkeit der Countess, den gesellschaftlichen Kalender ebenso im Sturm zu nehmen wie das Schlachtfeld, hat Nolver den neuesten Farbton ihrer ›Femme-fatale‹-Linie enthüllt: Northwind Steel.
>
> – Presseverlautbarung, erschienen in ›Terras Modetrends‹, 20. März 3135

Terra
Präfektur X, Republik der Sphäre

27. März 3135

Der Chauffeur steuerte Tara Campbells Limousine kaum schneller als mit Schrittgeschwindigkeit durch die Mengen im Grand Parc und den Straßen der Umgebung. Zwischen den Tausenden von Demonstranten, die ihre Decken ausbreiteten und Faltstühle aufstellten oder sogar Hängematten zwischen den unteren Ästen der berühmten Bäume aller Welten aufhängten, war kaum noch ein Flecken Gras zu sehen. Die Bürgersteige waren zu langen, flachen Bänken umfunktioniert, die Mülleimer quollen über. Nicht einmal die Klimaanlage der Luxuslimousine schaffte es, den allgegenwärtigen Geruch von Schweiß und Abfall aus der Luft zu filtern.

»Zwei Teile ziviler Widerstand und ein Teil Straßenfest«, bemerkte die Countess zu Gareth Sinclair.

Sinclair teilte sich die Lederbank im Fond des Wagens mit ihr und wandte sich ständig um, hin und her, um die gesamte Umgebung im Auge zu behalten. Sie wünschte, er hätte sich entspannt.

Und noch mehr wünschte sie sich, Heather GioAvanti wäre verfügbar gewesen, denn die erfahrene Paladinin galt als eine Frau von beträchtlichen Möglichkeiten. Doch nach der Aktion auf Markab war sie durch die zunehmenden Unruhen in Präfektur III abgelenkt worden. All das nur Katana Tormarks und ihrer Aufwiegelei wegen. Die Frau schien entschlossen, sich gegen alles zu kehren, was sie und Tara einmal verbunden hatte, an erster Stelle die Loyalität und Hingabe zur Republik.

»Wir bauen die militärische Präsenz im Regierungspalast langsam auf«, bemerkte Gareth. »Um Ausschreitungen eindämmen zu können.«

Tara nickte. »Hoffentlich können wir verhindern, dass es so weit kommt.«

Es gab keine Anzeichen für einen drohenden Aufruhr. Zumindest nicht von der Art, wie Genf ihn erst wenige Monate zuvor erlebt hatte, als die Kittery-Renaissance mit Waffengewalt zugeschlagen hatte. Entweder hatten die Adligen aus dieser Lektion gelernt, oder sie hielten einfach mehr von subtileren Methoden. Zum Beispiel der Stimme des Volkes.

Die ziemlich laut war.

Außerhalb des Wagens wedelten die üblichen Verdachtigen mit Plakaten oder hatten sich Plakatträger übergehängt. Hundert verschiedene Texte, auch wenn auf denen, die Tara sich die Mühe machte zu lesen, ein einfaches SIEG DES ADELS! in roten Lettern auf weißem Grund vorherrschte.

Mehr und weniger talentierte Straßentheater führten kleine Szenen auf. Ihre Favoriten waren in einem Anflug sauren Humors die Paladindarsteller in weißen Overalls mit Goldlitzen. Sie schienen der Uniform Gareths neben ihr durchaus ähnlich. Andere - und zwar in einer Verkleidung, die Adelsroben ähnelte - zogen diese an Leinen hinter sich her, die mit Klemmen an der Nase befestigt waren. Die Paladindarsteller karikierten häufig die realen Personen. Verkrüppelte Greise mit Scheuklappen als David McKinnon, amazonenhafte Frauen in reichlich Leder und mit Stachelhalsbändern als Heather GioAvanti. Zwerge mit Napoleonhüten und Peitschen, die als wandelnde

Beleidigung des Gedenkens an Victor Steiner-Davion gedacht waren.

Soweit es Tara betraf, waren das die grausamsten. Zur Hölle mit der Redefreiheit.

Besonders im Schatten des Genfer Regierungspalastes, wo der Exarch und die Paladine über Jahrzehnte solche Mühe darauf verwendet hatten, den Frieden in der Republik zu sichern. Wenn der Exarch jetzt aus seinem offiziellen Büro schaute, sah er seine Hauptstadt von einem Zeltlager belagert.

Nur aus der Nähe wurde die Organisation hinter dieser Provokation erkennbar. Gut bestückte Händler, die heiße Würstchen und Döner, Schokoriegel und frisches Obst zu Supermarktpreisen anboten. Mancher hatte einen Grill mitgebracht und wendete geschäftig Fleischstücke über dem offenen Feuer, um die langen Schlangen so schnell wie möglich zu verköstigen. Kostenlos. Und wohin man auch schaute, Leute verteilten Flaschen mit Mineralwasser.

»Ein Chaos«, erklärte Gareth, der nur die Oberfläche sah.

»Ein sehr bewusstes, bestens organisiertes Chaos.« Tara wies ihn auf die Wasserverteiler hin. Und auf die Männer und Frauen mit Megaphonen, die wie durch ein Wunder in der Menge verschwanden, sobald irgendwo eine Uniform in Sicht kam. »Kein Wunder, dass es so schwer war, einen Termin bei Conner Rhys-Monroe zu bekommen. Das alles zu organisieren, muss Wochen in Anspruch genommen haben.«

Mindestens. Gareth hatte Tara von der Großdemonstration erzählt, die er vor dem Senatsgebäude arrangiert hatte. Von der Logistik, die es erfordert hatte, und den Tausenden von Stunden. Aber wenn man diese Anstrengung als das zivile Äquivalent eines taktischen Angriffs betrachtete, hatten Conner und seine Freunde im Senat hier eine planetare Invasion auf die Beine gestellt.

Hunderttausende versammelten sich in Genf. Sie kamen mit Landungsschiffen und Stratosphärenfliegern, per Flugzeug, Zug, Bus und Pkw. In hundert Kilometern Umkreis gab es kein freies Hotelbett, keinen Campingstellplatz und keine Ferienwohnung mehr. Die im Vergleich kümmerlichen Tausenden von Demonstranten, die Gareth zur Unterstützung von Heather GioAvantis Plan, die Senatoren einzuschüchtern, zusammengezogen hatte, wurden ebenso davongespült wie der Sand von der Flut.

Natürlich hatte Tara *versucht*, mit dem abtrünnigen Ritter zu reden. Nach mehreren ergebnislosen Bemühungen hatte sie ihre formellen Anfragen allerdings aufgegeben und ihre Zeit stattdessen damit verbracht, die in der Nähe gelegenen Militärbasen zu besuchen, die momentan eine echte Moralkrise durchmachten. Öffentliche Proteste waren eine Sache, aber wenn Soldaten, Mannschaften wie Offiziere, offen über Politik debattierten, waren Schwierigkeiten garantiert. Derartige Schwelbrände zu löschen und ihre Unterstützung in der Öffentlichkeit zu zementieren, um die Position des Exarchen zu stärken, waren schnell zu ihren Hauptaufgaben geworden.

Besonders, da die Terraner Conners Ruf als ›Rebell‹ kannten und schätzten.

»Da sind die Übertragungswagen.« Gareth deutete auf eine kurze Reihe Schwebetransporter hinter einer Zeile Kantinenwagen. »Es ist nicht mehr weit.«

»Dann um die Fahrzeuge herum und mitten ins Getümmel«, befahl Tara dem Fahrer. »Gareth, du bleibst im Wagen.«

»Warum?«

»Du und Conner, ihr seid kein unbeschriebenes Blatt. Zwischen euch gibt es gutes und böses Blut. Das wäre mir nur im Weg.«

Vermutlich drängte es Gareth zum Widerspruch, doch wenigstens war der Paladin vernünftigen Argumenten zugänglich. Er nickte kurz. Gerade rechtzeitig, denn soeben kam die Limousine mit einem Ruck vor einem Nachrichtenteam zum Stehen. Er beugte sich nach hinten aus dem Blickfeld der Kameras, als Tara ihre Tür öffnete und ausstieg.

Es war undenkbar, dass irgendjemand, der ein Auge für Nachrichten hatte, den Wagen übersah. Über dem linken Kotflügel flatterte der Stander Northwinds, und die drei goldenen

Sonnen am unteren Rand des Tuches zeigten an, dass der Wagen eine Person von Grafenrang beförderte. Über dem rechten Kotflügel flatterte der Stander des Republik – mit einem einzelnen Generalsstern. Das Äquivalent ihres Ranges als Kommandeurin der Highlanders.

Das garantierte Aufmerksamkeit.

Noch bevor sie aus dem Wagen stieg, zuckten die Blitzlichter und schwangen die Kameras herum. Als wäre sie zu einer Gala erschienen, blieb Tara am Schlag des Wagens kurz stehen. Allerdings verzichtete sie diesmal darauf, unsichtbaren Bekannten zuzuwinken oder sich zu drehen, um ihre Garderobe ins rechte Licht zu rücken. Heute trug sie eine einfache Highlander-Uniform, die sich von der standardmäßigen der Republik nur durch eine rote Fangschnur an der rechten Schulter und ein Schärpe im Muster des Clans Campbell – von der linken Schulter zur rechten Hüfte – unterschied.

Doch selbst für diejenigen, die nicht bereits an Hand der Stander ihrer Limousine erkannt hatten, wer hier erschienen war, genügte ein Blick. Taras Gesicht gehörte zu den bekanntesten der Republik, erst recht hier auf Terra. Ihr aufwärts frisiertes, spitz zulaufendes platinblondes Haar entwickelte sich rasant zum neuesten Modetrend nicht nur dieses Systems. Die grünen Augen und die leicht sommersprossige Nase verliehen ihr ein unschuldiges Aussehen, das die breite Masse sehr attraktiv fand, während ihre geradlinigen Reden sie bei denen beliebt machten, die ihr Hirn noch für etwas anderes als Instinktreaktionen benutzten.

Von allen Seiten bemühte man sich um ihre sparsam gewährte Aufmerksamkeit. ›Countess‹- und ›Lady-Campbell‹-Rufe begleiteten sie auf ihrem Weg durch den Pulk der Journalisten, auf der Suche nach ihrem Opfer. Wenn sie Vertreter eines größeren Senders oder bestimmte Reporter erkannte, blieb sie kurz stehen und wechselte ein paar freundliche Worte mit ihnen. Sie hatte die letzten Wochen damit zugebracht, Bekanntschaften zu kultivieren. Jetzt wurde es Zeit, auch die Ernte einzufahren.

Ihre Strategie verschaffte ihr einen Tross aus Berichterstattern. Holokameras und Mikrofone hingen an jedem ihrer Worte. Aber was ihre Mission betraf, hielt sie sich an den vorbereiteten Text: »Ich bin im Namen Northwinds und all der Soldaten im Feld hier, die von beiden Seiten dieser Auseinandersetzung mehr erwarten.«

Das brachte ihre Haltung wahrheitsgemäß zum Ausdruck und verpflichtete sie zu nichts, auch wenn es die generelle Erregung in ihrer Umgebung anheizte – zu dem Gefühl einer bevorstehenden Konfrontation.

Tara lächelte und ließ ihren Charme spielen.

Die Erregung lief ihr voraus auf dem Weg durch den Grand Parc. Dafür sorgte ihre Vorhut aus Medienstars. Es konnte nicht mehr lange dauern, bis sie den ehemaligen Ritter fand und wie eine von einem entfernten Objekt zurückgeworfene Radarwelle zu ihr zurückeilte. Tara war sicher, dass sich Conner Monroe nicht weit von den Nachrichtenteams entfernt aufhielt. Er suchte die Öffentlichkeit, brauchte das wachsame Auge der Medien auf sich: zum Schutz vor Verhaftung oder Behinderung. Für einen politischen Umstürzler war die Aufmerksamkeit der Medien lebensnotwendig.

Einen Moment vergaß sie, dass der Mann ein Ritter gewesen war. Und von zwei der Besten des Exarchen ein paar sehr schmerzhafte Lektionen gelernt hatte.

»Countess«, begrüßte Conner Rhys-Monroe sie, trat neben sie und legte ihr diskret die Hand auf den Arm. Er sprach laut genug, dass die Reporter ihn hörten. »Ich bin so froh, dass Sie sich entschieden haben. Ihren Hut auf der Seite der Vernunft in den Ring zu werfen.«

Suche immer eine Position oberhalb des Gegners. Eine militärische und politische Grundregel. Indem er sie überrumpelt hatte, hatte ihr Conner die Gelegenheit zu ihrer geplanten Ansprache genommen. Und als sein Gefolge hinter ihm heranschwärmte und einen Kordon um die beiden bildete, der sie von den Mikrofonen abschirmte, sicherte er sich einen Moment der Privatsphäre auf einem sonst äußerst öffentlichen Forum.

Conner Rhys-Monroe entsprach nicht mehr ganz dem Bild, das Tara von ihm hatte. Er war schon immer kontrovers aufgetreten, und sie hatte erwartet, diese Wildheit immer noch wiederzufinden. Die gepiercten Ohren. Der Irokesenschnitt, der ihn als Einzelgänger auswies. Aber er hatte diese Neigungen drastisch gezügelt. Jetzt trug er das Haar in gleichmäßiger Länge, immer noch sehr kurz, aber doch besser an seine neue Umgebung angepasst. Die zahlreichen Ringe in den Ohren hingen an zwei geschmackvollen Smaragdsteckern, die zu seinen grünen Augen passten. Er trug einen modischen Anzug von konservativem Schnitt, mit Stehkragen.

Der wilde Ritter war respektabel geworden.

»Sir Conner«, begrüßte ihn Tara trotz der Umstände mit Titel. Er schüttelte den Kopf, doch sie sprach weiter. »Sie können es abstreiten, so viel Sie wollen, Sir Ritter. Wir wissen beide, dass man so leicht nicht hinter sich lässt, wer man ist. Sie sind und bleiben ein Ritter der Sphäre.«

Das war ihr Gegenschlag, der nicht unbedingt auf ihn zielte. Selbst wenn er nicht bis zu den Reportern gedrungen war, erreichte er doch die Ohren einiger Begleiter und Helfer Conners. Die schrägen Blicke und das unbehagliche Schulterzucken ließen daran keinen Zweifel. Eine Anzahl von ihnen hatte damit Probleme.

Ein paar traten sogar etwas zurück, und Tara füllte die entstandene Lücke, indem sie mit einem schnellen Schritt auf den Nächststehenden zutrat.

»Beunruhigt Sie das wirklich, Lord Geist?« Tara erkannte den Mann aufgrund von einer Datei der wahrscheinlichsten Unterstützer Conners wieder, die David McKinnon für sie angelegt hatte. Der Adlige stammte ebenfalls von Markab. »Sind Sie wirklich so erpicht darauf, den Schutz der Republik aufzugeben, obwohl auf der anderen Seite unserer Grenze der Drache dabei ist, zu erwachen – nicht zu vergessen in Ihrer eigenen Präfektur? Ihre Untertanen, Bürger und Bewohner, dem Schrecken zunehmender Gewalt auszuliefern?«

Tara hatte ihn mehrere Schritte zurückgedrängt, bis hinein in einen Pulk Reporter mit Senderlogos in allen Farben und Formen. Mikros und Kameras schoben sich in seine Richtung.

»N-nein. Natürlich nicht«, antwortete Geist. Eine Antwort, die ihm auf seiner Heimatwelt Freunde machen würde, unter Conners Eskorte jedoch nicht ganz so freundlich aufgenommen wurde.

Eine passende Bezeichnung, denn jetzt erkannte Tara zwei andere Senatoren in der Menge, die sie umgab. Beide zogen sich unauffällig zurück, um sich nicht öffentlich äußern zu müssen. Und an den Uniformen zählte Tara ein Dutzend oder mehr Offiziere der Triarii und Principes-Garde. Die Bruchlinien weiteten sich.

Und Conner gab keinen Schritt nach. »Zu einem Ritter habe ich mich erst gemacht«, stellte er fest und nahm wieder ihren Arm, als hätte es keine Unterbrechung des Privatgesprächs zwischen ihnen gegeben. Doch der Schaden war angerichtet. Nachrichtenreporter und Knäuel sensationshungriger Zivilisten drängten sich zwischen den überzeugten Anhängern des Ex-Ritters. Als Conner Tara tiefer in den Park führte, folgte ihnen die Menge. Und die Journalisten hingen wie Spürhunde an ihren Fersen.

»Geboren wurde ich als Adliger. Als Sohn eines Viscounts.«

»Und jetzt sind Sie Viscount Markab. Mir tut sehr leid, was geschehen ist.«

Er konnte einen schmerzlichen Blick zurück zum Regierungspalast nicht unterdrücken. »Es war nicht Ihre Hand, die die Dinge ins Rollen gebracht hat.«

»Nein«, gab Tara zu. Sie stählte sich innerlich, bevor sie ihm zusätzlichen Schmerz zufügte. Es musste sein. »Das war Ihr Vater, unter anderem.«

Conner zuckte zurück, als hätte sie ihm einen Schlag ins Gesicht versetzt. Fast wäre er gestolpert. Mehrere andere, die sie umstanden, reagierten ebenso. Wütende Blicke bohrten sich in Taras Rücken. Die Reporter drängten sich näher, um einen besseren Blickwinkel zu ergattern.

Die Menge gab ihre Worte an die entfernter Stehenden weiter. An mehreren Stellen brachen Wortgefechte aus.

Der Ex-Ritter bewegte sich steif, hölzern. »Das, Countess, war ein schwerer Bruch mit jeder Art von Höflichkeit.«

Seine Stimme war leise und heiser. Seine Haltung wurde so abrupt eisig, als hätte Tara einen Schalter umgeworfen. Was in bildlichem Sinne auch zutraf.

»Ich bin nicht hier, um Sie zu hätscheln, Viscount. Oder, um mich Ihrer Sache anzuschließen.« Sie hob die Stimme, damit sie auch die jüngsten Reporter am Rand der Menge deutlich hören konnten. »Und wenn sich keiner von Ihnen seine Rolle in dieser tragischen Entwicklung einzugestehen bereit ist, dann leben Sie alle in Hectars Fabel.«

»Hectar?«, fragte Conner.

»Eine alte schottische Legende.« Die Reporter – zumindest die Clevereren unter ihnen – würden sie bis zur Ausstrahlung nachschlagen. Sie senkte die Stimme. »Hectar war ein Adliger der alten Terra, der überzeugt war, dass es die anderen Adligen auf ihn abgesehen hatten. Deshalb ließ er riesige Mauern um seine Burg errichten. Zu hoch, um hinüberzuklettern. Zu dick, um sie einzuschlagen. Unangreifbar. Es gab nur ein winziges Problem.«

»Welches?«

»Keine Tore. Schließlich waren die Tore schon immer die Schwachstelle jeder Burg gewesen. Und so konnte Hectar nicht mehr hinaus. Er hatte sein eigenes Gefängnis gebaut und sich von seinen Untertanen abgeschnitten, die ohne ihren Herrn verzweifelten und untergingen. Dann erst kamen die übrigen Lords tatsächlich, eroberten Hectars Ländereien und unterwarfen sein Volk. Ihm blieben nur die Mauern.«

Conner hielt wütend an. Tara bezweifelte, dass er sich seiner Wut und Trauer überhaupt bewusst war, so hielt ihn der Augenblick gefangen.

»Als ich von Ihrer Ankunft hörte«, stellte er fest, »bekam ich Hoffnung. Und ich wartete ab, was Sie taten. Als ich erfuhr, dass Sie heute hierhergekommen waren, schien mir diese

Hoffnung berechtigt. Wer hätte verstehen können, worum es hier geht, wenn nicht Sie, die eine Paladinswürde abgelehnt und im Angesicht höchster Missbilligung ihre Unabhängigkeit gewahrt haben? Die Republik ist mehr als das Heer der Paladine und Ritter, das sie beschützt. Mehr als der Exarch. Mehr sogar als Devlin Stone, wie wir in seiner Abwesenheit bewiesen haben. Aber sie kann nicht mehr sein als die Menschen der Republik. Und seit jeher gilt der Adel als die Stimme dieser Menschen.«

Jubel und Sprechchöre folgten auf Conners improvisierte Ansprache. Fäuste stießen in die Luft. Gerechter Zorn loderte in vielen Augen auf. Jetzt verstand Tara, wie dieser ehemalige Ritter des Reiches es geschafft hatte, so viele Anhänger zu versammeln. Ungeachtet all seiner Jugendtorheiten war Conner Rhys-Monroe eine geborene Führungspersönlichkeit. Charismatisch und energisch, mutig auf eine Weise, die Menschen mitriss, und die nur sehr wenige Adlige je meisterten.

Kurz gesagt, er war ein äußerst gefährlicher junger Mann.

Und er fand seine Stimme zur denkbar ungünstigsten Zeit. Tara hatte keinen Zweifel, dass er einen ausgezeichneten Paladin abgegeben und es eines Tages bis zum Exarchen geschafft hätte. Doch der Freitod seines Vaters hatte dieses erwachende Talent verzerrt. Ein Tod, den Conner ganz und gar Jonah Levin und dessen Paladinen anlastete.

»Schade, dass ich keinen Spiegel dabeihabe«, bemerkte sie so leise, dass nur er sie hörte. »Sie sollten sich sehen. Sie klingen verbittert und sehr allein.«

»Allein? Schauen Sie sich um.« Er trat einen Schritt zurück und badete in der Bewunderung von Offizieren und Baronen.

Andere Senatoren waren nicht mehr zu sehen, doch es genügte auch so, um den Kameras ein beeindruckendes Bild zu bieten.

»Kommen Sie auf unsere Seite, Tara.« Conners chrysalingrüne Augen leuchteten, unterstrichen das Angebot mit lodernder Intensität. »Leihen Sie uns Ihre Stimme. Dann muss der Exarch zuhören. Die Fürsten der Inneren Sphäre sind auf dem Weg. Wir können ihn an den Verhandlungstisch zwingen. Alles kann wieder in Ordnung kommen.«

»Es ist so viel leichter, alles niederzubrennen«, forderte sie ihn erneut heraus. »Sie spielen mit Feuer, und damit riskieren Sie Leben, Welten, vielleicht sogar die ganze Republik.«

Sie wollte ihn zwingen zuzuhören. Zu begreifen, was sie sagte. Ein paar der Menschen in seiner Umgebung erreichte sie, und an diesem Abend würde man ihre Worte über dem Abendbrot und in vielen geschlossenen Sitzungen debattieren, aber Conner war zu erfüllt von der Trauer und seiner neuen Berufung.

»Unter der Führung des Militärs steht die Republik in einem Zwei-Fronten-Krieg. Wir sind von Feinden umzingelt – und im letzten Jahr haben die Umstände selbst Paladine korrumpiert. Erzählen Sie uns nicht, was wir riskieren.«

Jubel brandete auf, wenn auch leiser als zuvor. Aber immer noch laut genug für den abtrünnigen Ritter.

»Schließen Sie sich uns an. Helfen Sie uns, das Volk zu führen, wie es nur der Kriegeradel tun kann. Als ein Mitglied der loyalen Opposition.«

Ohne Zweifel sah sich Conner genau so.

Stattdessen trat Tara zurück. Es fiel ihr nicht schwer. Sie hatte in ihrem Leben schon verlockendere Angebote ausgeschlagen. Und für sie kam zuerst und vor allem anderen die Republik.

»Ich kann Sie nicht hören, Conner.« Sie verschränkte die Arme vor der Brust. »Ihre Stimme ist nur noch ein Flüstern hinter sehr hohen Mauern.«

Hectar. Was für eine großartige Geschichte.

Erik Sandoval-Gröll stand am Rand der Menge um Tara Campbell und Conner Rhys-Monroe herum, trank aus einer Flasche mit lauwarmem Wasser und bemühte sich, kein Wort zu verpassen. Ständig stieß ihm jemand einen Ellbogen in die Rippen und der Gestank ungewaschener Leiber hüllte ihn ein. Aber ein wenig Unbehagen war nur ein geringer Preis für eine so wertvolle Lehrstunde. Bis jetzt gestand er Conner einen Punktevorsprung für die schiere Emotion und den Vortrag zu, allerdings war das subtilere Auftreten der Countess vermutlich besser geeignet, auf lange Sicht zum Sieg zu führen.

Trotzdem gaben beide interessante Studienobjekte ab. Tara durch ihre nuancierte Subtilität und die Art, wie sie die Menge beeinflusste und sich gelegentlich von ihr tragen ließ. Sie wechselte so leichtfüßig zwischen der regierenden Aristokratin und der stahlharten Kriegerin hin und her, wie Erik über eine Türschwelle trat. *Und niemand scheint zu bemerken, dass sie nur eine Rolle spielt, nicht einmal, wenn sie vor ihrer Nase die Rolle wechselt.*

Conner erwies sich – als Ritter und Senator – als weit rätselhafter, aber auch sehr viel interessanter. Ihn zeichneten Jugend, Energie und völlige Gleichgültigkeit Taras subtilen Schachzügen gegenüber aus. Er konnte kaum älter sein als Erik, und der einstige Ritter legte die gleiche rechtschaffene Überzeugung an den Tag, die Erik einst für die Sandovals gefühlt hatte. Möglicherweise musste man selbst Probleme derselben Art mitgemacht haben, um dies zu erkennen. So wie er. Hündische Hingabe. Das war eines seiner eigenen Probleme gewesen.

Dies und die absolute Gewissheit der eigenen Überlegenheit.

Die Ereignisse auf Mara hatten ihm das ausgetrieben, als sich Eriks Vetter auf die Seite der Stone-verblendeten Bevölkerung geschlagen und genug Militär ausgehoben hatte, um zu verhindern, dass seine Ranger den Planeten für die Mark Draconis eroberten und hielten. Er hatte das System in dem Glauben verlassen, sein Leben sei fehlgeschlagen. War dann in die Obhut seines Onkels, Duke Aaron Sandoval gekommen. Aarons Pläne waren weitaus hintersinniger und dabei doch sehr viel weit reichender als alles, was Eriks Vater je erwogen hatte: Die Rückkehr einiger Dutzend Systeme der Republik zu Haus Davion. Ja, sogar der Traum, Terra in die Vereinigten Sonnen zu holen. Aaron hatte Erik durch den Versuch und furchtbaren Irrtum gelehrt, auf Zeit zu spielen.

Zu erkennen, wenn man als Bauer auf einem interstellaren Schachbrett agierte.

»Was uns nicht umbringt, macht uns stärker«, flüsterte der junge Adlige. Dann hörte er weiter zu, wie sich Tara Campbell mehr an die Kameras und Conners Anhänger richtete als an den Ex-Ritter. Faszinierend.

Aber nützte es etwas? Kam es rechtzeitig?

Lordgouverneur Aaron Sandoval war inzwischen auf dem Weg ins Solsystem, nachdem er einem capellanischen Vorstoß nach St. Andre um Haaresbreite entkommen war. Natürlich hatte Aaron dafür gesorgt, dass es so aussah, als hätte Paladin Kessel ihn praktisch vom Planeten treten müssen, was beim Schwertschwur und den verschiedenen planetaren Milizen in Aarons Koalition bestens ankam. *Und*: Aaron verdankte seine rechtzeitige Abreise Erik, eine Tatsache, die er seinem Onkel nicht gestatten würde zu vergessen.

Natürlich würde es Fragen geben. Fragen, die Erik nicht zu beantworten vorhatte. Es wurde Zeit, auf dem Brett vorzurücken.

»Ich kann Sie nicht hören, Conner. Ihre Stimme ist nur noch ein Flüstern hinter sehr hohen Mauern.«

Auf gewisse Weise stimmte es. Allerdings hatte Tara allen Grund, sich über die Worte Sorgen zu machen, die es über die Mauern schafften. Manchmal hatten sie die Macht, Welten zu erschüttern. Eriks Worte hatten es geschafft. Und selbst wenn der Sandovalspross zu beschäftigt gewesen war, um zu erkennen, dass er ein zu schwaches Blatt spielte. Dafür war die nächste Runde da, nicht wahr?

Was uns nicht umbringt ...

Tara stampfte davon, mit der enttäuschten Stimme der Vernunft. Erik folgte ihr in einem Abstand, jetzt, da sich das Schauspiel auflöste. Außerdem wandten sich einige der Nachrichtenteams an die Umstehenden, um für ihre Sendungen des ›Volkes Stimme‹ einzufangen. Erik hatte Besseres zu tun. Solange Exarch und Senat damit beschäftigt waren, sich gegenseitig herauszufordern, boten sich ungeahnte Möglichkeiten.

Für Aaron.

Und für Erik.

Je entschlossener beide Seiten ihr Blatt spielten, desto höher wurde der Einsatz für alle Beteiligten. Theoretisch bis in unbegrenzte Höhen. Und Erik hatte einige Ideen, wie sich das Spiel forcieren ließ.

Da war immer noch eine schwarze Visitenkarte, die ihm ein Loch in die Tasche brannte. Mit einer Komm-Nummer.

Von der er überzeugt war, dass sie hier auf Terra funktionierte.

13

Terra ist gefallen! In einem ebenso wagemutigen wie schockierenden Überraschungsangriff hat Haus Liao zehn Regimenter Elite-Sturmtruppen auf Terra gelandet. Genf steht in Flammen, und das Paladincorps flieht in die Distrikthauptstädte, um dort eine neue Verteidigungslinie aufzubauen.

– LAURENCE COALMIN von FoolsCorp Press, New Aragon, zugeschrieben, 1. April 3135

Sprungschiff *Stargazer*, Zenithsprungpunkt, Kyrkbacken-System
Präfektur VI, Republik der Sphäre

5. April 3135

Am Kopf der Tafel erhob sich Caleb Hasek-Sandoval-Davion aus seinem Stuhl und hob das Glas am höchsten von allen, die auf seine Gesundheit und Großzügigkeit tranken. Lauter Jubel stieg von den drei Tischen seiner Gesellschaft auf, eine fröhliche Kakophonie, die beinahe die zehn Mann starke Kapelle übertönte, die ihr Bestes gab, aus klassisch ausgebildeten Fingern und Lippen Nuevo Jazz zu pressen.

Doch in seinem Glas befand sich nur noch ein kläglicher Rest rauchig bernsteingelben Bourbons, von schmelzendem Eis verdünnt. Caleb saugte die letzten Tropfen heraus, um den würzigen Geschmack der auf capellanische Art mit Pfefferglasur zubereiteten Ente hinunterzuspülen. Dann knallte er das Glas so auf den Tisch, dass ein stark geschrumpfter Eiswürfel über den Rand hüpfte. Das glitzernde Stück Eis prallte von der dicken Tischdecke ab und fiel zu Boden, wo es den konkaven Decksboden des ›Galileo's‹ *hinauf*rollte, als entzöge es sich nicht nur Calebs Zugriff, sondern auch dem der Schwerkraft.

Eine Sinnestäuschung, hervorgerufen durch die Zentrifugalkraft, die eine gleichmäßige künstliche Schwerkraft entlang der Außenwand des Hauptgravdecks der *Stargazer* erzeugte. Das wusste er. Trotzdem verursachte ihm der Anblick ein leichtes Schwindelgefühl.

Der Davion-Thronfolger fiel halb zurück auf seinen Platz und wehrte mehrere Angebote ab, ihm ein frisches Glas, einen frischen Drink, zu holen.

»Das mach ich schon«, erklärte er. Eine Hand auf die Schulter seiner Begleiterin für diesen Abend gestützt, hievte er sich wieder hoch. War es die Tochter des Generaldirektors von Joneson Multiplanet? Oder doch das Mündel der Lady Dolmate von Hassad?

Egal. Sie griff nach oben und drückte spielerisch seine Hand.

»Ein kurzer Spaziergang ist jetzt genau das Richtige, um wieder klar zu werden, meine Liebe«, versprach er ihr.

Ein sehr kurzer Spaziergang. Aber nicht ohne Risiken. Calebs Tisch stand unmittelbar neben der bodenlangen Panzerglaswand, die einen Schwindel erregenden Blick auf die vorbeiziehenden Sterne und den immer wieder in Sicht kreisenden kleinen roten Ball der Zwergsonne Kyrkbackens bot. Das Firmament bewegte sich um eine Achse, definiert durch die Längsachse des wespenförmigen Sprungschiffs, und das schnell genug, um im Innern des Gravdecks eine Erdstandard-Schwerkraft und spürbaren Schwindel zu erzeugen. Besonders, wenn Caleb stand.

Das ›Galileo's‹ war kein Ort für schwache Mägen – oder schwache Geldbeutel.

Tatsächlich stellte das Fünf-Sterne-Restaurant mit seinem Live-Unterhaltungsprogramm und dem unvergleichlich direkten Blick ins All selbst für Calebs Konstitution und Finanzen eine Herausforderung dar. Was nicht heißen sollte, er hätte sich den Besuch nicht leisten können. Sicher nicht. Doch selbst mit dem extravagantesten Trinkgeld für den Zahlmeister der *Stargazer* hatte er nicht mehr als drei mittelgroße Tische reservieren können.

Was dem halben Sitzaufkommen des exklusiven Speiseclubs entsprach.

Caleb hatte die Erfahrung gemacht, dass sich Sprungschiff-Gravdecks selbst auf zivilen Passagierschiffen in der Regel durch enge Korridore und Kombüsen von Kleiderschrankformat auszeichneten. Deshalb hatte er sich, als er auf der Kathilnach-Axton-Etappe der Reise nach Terra die *Stargazer* entdeckt hatte, auf der Stelle entschlossen, sie für den Rest des Fluges zu seinem de-facto-Flaggschiff zu machen, ganz gleich, ob sie an den Linien der noch tobenden Kampfhandlungen zwischen der Republik und Haus Liao entlangflog. Das ehemalige Militärsprungschiff der *Invasor*-Klasse war zum absoluten Luxusraumer umgebaut worden. Die Glaswand des ›Galileo's‹ war dabei nur eine der auffälligsten Besonderheiten. Sie beförderte vier Landungsschiffe: drei luxuriöse Passagierschiffe der *Monarch*-Klasse und Calebs spartanischen *Triumph*. Für den Rest der Reise hatte er allerdings die Präsidentensuite auf einer *Monarch* und eine Gravkabine der *Stargazer* angemietet.

Platz und Schwerkraft. Zwei der größten Luxusgüter auf einer Raumreise.

Er würde standesgemäß auf Terra eintreffen, oder zumindest nahe genug, um sich mit seinem Vater zu treffen. Vielleicht konnte er den alten Herrn ja überreden, wenigstens dieses eine Mal auf seine Militäreskorte zu verzichten und die Privilegien seiner Position zu genießen.

Wer weiß, vielleicht ließ sich sogar Julian breitschlagen, ihnen Gesellschaft zu leisten. Es hatte einmal eine Zeit gegeben, da hatte er mit seinem jüngeren Vetter Spaß gehabt. Aber er war viel zu ernst aus dem Lyranischen Commonwealth zurückgekehrt.

Dabei war es so wichtig, sich entspannen zu können. Das Leben zu genießen.

Caleb schlängelte sich zwischen den drei Tischen hindurch, die jetzt ihm ›gehörten‹ und winkte seine beiden Leibwächter zurück auf ihre Plätze und an ihre Gläser. Mit ihm zu arbeiten war der beste Dienst, den es bei den Davion Guards überhaupt gab. Für ihn zu arbeiten. Er lachte, dann nahm er Kurs – spinwärts das ›Galileo's‹ hinauf – und quittierte die neugierigen Blicke der übrigen Gäste mit einem Nicken. Sicher erkannten ihn einige, auch wenn die meisten der momentanen Passagiere aus der Republik oder dem Liao-Raum stammten, oder aus früheren Mitgliedssystemen der Liga Freier Welten. Ein paar runzelten die Stirn über seine Verschwendung – er ignorierte sie jedoch –, andere hofften offenbar darauf, eingeladen zu werden. Diese ignorierte er auch.

Stattdessen konzentrierte er sich ganz auf die kurze Theke unter dem Balkon, auf dem sich die Kapelle mit der kraftvollen Musik abmühte, die Caleb derzeit bevorzugte. Hin und wieder hakte die Darbietung, aber er war großzügig genug, das zu übersehen. Solange sie einen zügigen Rhythmus mit reichlich Blechbläsern hielten. Und falls ein paar der älteren Herren unter der Anstrengung ins Schwitzen gerieten oder ihre Schultern leicht sackten, na und?

Es war seine Party, und er bekam seine Musik.

Seine nächste Eroberung!

Sie wartete an der Bar, lehnte an der Theke, als wäre sie für ihre Körpergröße und Kurven eigens entworfen worden. Das dunkel gefärbte Eisenholz passte in Farbe und Härte zu ihren Mandelaugen. Den größten Teil des glänzend schwarzen Haars hatte sie in einem eleganten Schwung der Frisur nach hinten gekämmt, nur ein paar einzelne lose Strähnen fielen nach vorn und rahmten ein Elfengesicht ein. Ihr Abendkleid war für den Fall eines Schwerkraftausfalls um den rechten Knöchel befestigt. Auf der anderen Seite aber bot ein langer Schlitz einen Blick auf eine wohlgeformte Wade. Athletisch, ohne militant zu wirken. Verführerisch, jedoch auf beiläufige Weise. Ihr Charme beruhte zu gleichen Teilen auf Schönheit und Auftreten.

Und sie wartete allein.

Jeder der ultraexklusiven Plätze im ›Galileo's‹ war fest reserviert, also diente die Bar nicht dazu, auf einen frei werdenden Tisch zu warten. Stattdessen fungierte sie als eine Art Rendezvous-Gelegenheit. Es gab exakt zwei Hocker, auf denen ein Pärchen einen Moment lang allein sein konnte. Nicht mehr als zwei Personen auf einmal, lautete die ungeschriebene Regel.

Was Caleb sehr zusagte.

»Auf der Suche nach einem neuen Tisch?«, fragte er und machte ihr das Angebot, nach dem fast das halbe Lokal lechzte.

Sie hob ihr Weinglas und nippte an einem dunkelvioletten Nektar, der nach Pflaumen und Honig duftete. »Nicht wirklich.«

Er versuchte sein bestes Lächeln, auf hundert Welten erprobt. Zwar hatte selbst dieses Lächeln es nicht geschafft, den Klatsch zum Verstummen zu bringen, der ihn die letzten zwei Jahre klar auf seiner Rundreise begleitet und sich über die Distanz zwischen Vater und Sohn ausgelassen hatte. Aber zumindest hatte er damit unterwegs ein paar Adlige für sich einnehmen können. Und auch ein paar adlige Töchter.

»Dann genießen Sie nur einen ruhigen Moment an der Bar?«

»Bis jetzt.«

Die Art, wie sie das sagte, mit einem Hauch Belustigung und der Andeutung einer Möglichkeit, machte es unmöglich, beleidigt zu sein. Eine Herausforderung!

Über ihnen wurde die Musik kurz leiser, als die Blechbläser aussetzten, und Caleb summte die dunklen Bass- und Pianopassagen mit. Aus einer schummrig beleuchteten Tür erschien der Barmann und schenkte Caleb schnell einen neuen Bourbon ein. Ein langer, dunkler Strahl über frisches Eis. Und wie ein Geist – ein ausgezeichnet trainierter und teurer Geist – verschwand er einen Moment später wieder.

Caleb nippte vorsichtig an dem kräftigen warmen Bourbon

und sammelte seine Gedanken. Gestattete sich einen Moment, um der lockeren Musik zu lauschen und sie an seine Gegenwart zu gewöhnen. Doch das Abwarten gehörte nicht zu seinen Stärken.

Er stellte das Glas auf eine Leinenserviette ab und reichte ihr die Hand. »Ich heiße Caleb.«

»Danaï.«

Sie bot ihm die Hand nicht auf die zierliche Art, wie sie die meisten Ladies aus besserem Hause gelernt hatten, noch packte sie mit einem kurzen, schnellen, geschäftsmäßigen Händedruck zu. Sie hatte einen kräftigen Händedruck. Warm. Caleb ertappte sich dabei, ihre Hand einen Pulsschlag länger als notwendig zu halten.

Ihm fiel auf, dass sie keinen Nachnamen genannt hatte. Andererseits hatte er das ja auch nicht getan. Er war einfach davon ausgegangen, dass sie ihn erkannte. Und angemessen beeindruckt war. Die Art, wie sie darauf geantwortet hatte, hinterließ beinahe den Eindruck, sie erwarte dasselbe. Dass er sie kannte.

Trotzdem verspürte er einen Moment der Enttäuschung, dass sie mit keiner Miene darauf hinwies, ihn erkannt zu haben. Danaï schien zufrieden, als er nicht weiter nachfragte. War sie denn irgendwie berühmt? Selbstvertrauen und Attraktivität – es fiel ihm nicht schwer, sie sich als Schauspielerin vorzustellen. Oder als gefeierte Musikerin.

Er stellte sie sich in der Kapelle über ihnen vor, wie sie sich ausruhte, ein Taschentuch in der Nähe, um sich den Schweiß abzutupfen. Wie sie ein elektronisches Saxophon auf den Schoß nahm oder, noch besser, eine echte Trompete an diese vollen, feuchten Lippen hob.

Danaï rutschte vom Hocker und ruinierte eine wunderbare Fantasie. Sie bewegte sich mit der Eleganz und Kraft einer Gymnastin. Wie eine brechende Welle. Nach einem letzten Schluck stellte sie das halbvolle Glas auf die Theke und lächelte den Davion-Erben an.

»War nett, Sie kennenzulernen, Caleb.«

»Sie gehen?« Er hatte schon früher gelegentlich einen Korb bekommen, aber noch nie so schnell. Er fühlte sich beinahe *entlassen.* »Wissen Sie denn nicht ...« *Wer ich bin?* Er beendete den Satz nicht. Selbst in seinen eigenen Ohren klang er kleinlich trotzig. Na, falls sie es wirklich nicht wusste, sollte sie nur selbst herausfinden, was ihr entgangen war!

Trotzdem, ein Versuch noch. Für alle Fälle. »Wollen Sie nicht wenigstens noch Ihr Glas austrinken?«

»Heute nicht.« Sie machte eine Pause. Überlegte. Musterte ihn offen und beinahe unhöflich. Dann: »Aber Sie könnten mich möglicherweise an einem ... ruhigeren Abend dazu überreden.« Ihre dunklen Augen bewegten sich und glitten von der lebhaften Party hinauf zur Kapelle, die jetzt wieder Zunder gab. »Ich denke, ich bin in drei Tagen noch einmal im ›Galileo's‹.«

Diese verdammte Liste des Zahlmeisters. »Ich kann dafür sorgen, dass Sie eher eingelassen werden«, bot er an.

Fast hätte sie gelacht. »Oh, damit habe ich nicht gemeint, dass ich nicht eher wiederkommen könnte. Ich habe eine Dauerreservierung. Ich nehme sie nur nicht jeden Abend wahr.«

»Warum nicht?« Das verstand Caleb nicht. Wozu waren solche Privilegien gut, wenn man sie nicht ausnutzte?

»Man sollte niemals zu berechenbar sein.« Sie strich sich ein paar lose Haare aus dem Gesicht. »Das ist eine Grundregel.«

Und Caleb plante seine gesellschaftlichen Verpflichtungen nur selten so weit im Voraus. Außer, wenn es um Staatsempfänge und vorarrangierte Pressetermine ging. Aber für sie ... »Wie lange sind Sie noch hier?«, fragte er. »Wie weit fliegen Sie mit der *Stargazer*?«

»Die ganze Strecke.« Danaï lächelte. »Bis nach Terra.«

»Tatsächlich? Ich auch.«

»Wie günstig.« Sie schraubte ihr Lächeln mehrere Stufen höher.

Verdammt. Caleb konnte einfach nicht sagen, ob diese Frau wusste, wer er war. Das war ausgesprochen irritierend, und gleichzeitig wirkte es anziehend. Aber falls sie es so spielen wollte, konnte er das auch. »Das könnte es werden«, bemerkte er und legte einen Hauch von Andeutung in die Stimme.

Zum ersten Mal in ihrem kurzen Gespräch verdüsterte ein Schatten des Missfallens ihre Züge. Sie lehnte sich zurück. Nur ein paar Zentimeter, aber das genügte. »Vor allzu günstigen Gelegenheiten sollte man sich vorsehen«, bemerkte sie. »Das ist noch eine Grundregel. Gute Nacht, Caleb.«

Er zuckte die Achseln, als sei es ihm gleichgütig, und bevor sie ihn an der Bar stehen lassen konnte, machte er sich mit lockerem Schritt an den Rückweg zu seinem Tisch. Locker-entschlossenen Schrittes. Ein Ich-kann-mich-auch-ohne-sie-wunderbar-amüsieren-Schritt.

Kurz darauf überholte ihn Mason. Sein Freund hielt einen süßen Gin in der Hand und war noch immer ziemlich verkatert vom Abend zuvor. Aber sein Grinsen funktionierte einwandfrei.

»Wie ich sehe, kehrst du mit leeren Händen zurück. Wird das auch eine Grundregel für den Rest dieser Reise?«

Caleb spielte mit einem Stirnrunzeln, aber wenn Mason sarkastisch war, gelang ihm das einfach nicht. Er grinste, dann lachte er und trank auf das Elend seines Freundes.

Danaï.

Diesmal erlaubte er sich einen taktvollen Rückzug. Weil sie beide unterwegs nach Terra waren, und das versprach einen wunderbaren Feldzug. Immerhin waren die hart erkämpften Siege häufig die süßesten.

Er hob das Glas über den Kopf und erwiderte die lautstarke Begrüßung seiner Gesellschaft. In Gedanken versprach er sich diesen Sieg. Im Triumph würde er auf Terra erscheinen, auf eine Art und Weise, von der man sich später in den gesamten Vereinigten Sonnen erzählte. Er war unterwegs zum – ohne Zweifel – größten Medienereignis für einige Jahre, und was konnte besser sein, als an der Seite seines Vaters zu erscheinen?

Am Arm die bildschöne Danaï.

Landungsschiff *First Sun*, über Terra
Präfektur X, Republik der Sphäre

Während des Landeanflugs auf Terra leistete Julian Harrison Davion auf der Flaggbrücke der *First Sun* Gesellschaft. Das Landungsschiff der *Excalibur*-Klasse drehte sich, und die Wiege der Menschheit schob sich vor das Sichtfenster. Ein blaugrüner Globus im hellen Sonnenlicht, immer noch das Lehrbuchbeispiel einer ›perfekten Welt‹. Harrison bedankte sich über den Interkom beim Kapitän.

»Duchess Hasek hat sich entschieden, für den Anflug in ihre Kabine zurückzukehren«, erklärte Julian von der Luke aus und verriegelte sie mit metallisch hartem Scheppern hinter sich.

»Und Sandra?«

»Hat sich aufs Aussichtsdeck verabschiedet. Du machst sie nervös.«

Er brauchte das Gesicht des Ersten Prinzen nicht zu sehen, um zu wissen, dass er lächelte. »Ja, das ist wohl so. Aber es würde eure Scharade nicht gerade erleichtern, wenn ich das Mädchen in die Arme schlösse, nicht wahr?«

Versuch nie, einem Prinzen etwas vorzumachen. Julians Vater. So ruhig und gelassen wie immer. *Sie verstehen sich weit besser auf solche Spielchen als du.* In Julians Erinnerung klang Christoffer immer, als täten ihm ihre entfernten Vettern leid, statt dass er sie darum beneidete.

»Wie lange schon?«, fragte Julian.

Er hangelte sich am Geländer zu seinem Platz hin, dem Prinzen gegenüber auf der anderen Seite einer kleinen Befehlskonsole voller Kommausrüstung. Harrison schüttelte den Kopf, aber Julian sah keinen Anlass, sich dafür zu entschuldigen, dass ihm die ›Raumfahrerbeine‹ abgingen. Er war MechKrieger und brauchte sich an Bord eines Landungsschiffes nur wohl genug zu fühlen, um von einer Welt zur anderen kommen zu können. Mehr nicht.

»Lange genug. Wäre Amanda nicht so versessen auf eure Verbindung, sie hätte es auch schon gemerkt. Ihr beide habt viel zu viel Spaß miteinander, um verliebt zu sein. Leidenschaft, mein Junge, bedeutet, das Bittere ebenso auszukosten wie die Süße.«

Harrison stopfte etwas Tabak in eine speziell an die Schwerelosigkeit angepasste Pfeife. Er rauchte nur noch selten, was Julian Sterling McKennas Einfluss zuschrieb. Die Khanin der Raben-Allianz betrachtete die meisten selbstzerstörerischen Gewohnheiten als eines Kriegers oder eines Anführers unwürdig. Aber jeder Mensch hatte irgendwelche nervösen Gewohnheiten, und der Erste Prinz genoss Raumreisen auch nicht gerade.

Er presste den fleischigen Daumen auf den Zündknopf der Pfeife und paffte zufrieden. Der Geruch von Tabak mit Kirscharoma füllte den Raum.

»Manchmal frage ich mich, ob ihr nicht *zu* vernünftig seid«, bemerkte er nach einer Weile.

Was er auch tat, es war verkehrt. Manchmal wollte Julian nur noch die Hände zum Himmel werfen und aufgeben. Zum Glück inspirierten ihn diese Gelegenheiten nur, sich noch mehr anzustrengen.

»Du wirst dich erinnern, dass ich auch so meine Momente hatte.«

»Ja, die hattest du wohl. Und wenn ich die Wahl habe, ziehe ich sicher ein standfestes Herz und einen wachen Verstand vor. Trotzdem, es könnte dir nicht ... schaden, ein wenig Zeit in ... weiblicher Gesellschaft zu verbringen.«

Dass ein so unverblümter Geselle wie Harrison ein Thema so vorsichtig umschiffte, erschien Julian erstaunlich. Geradezu prüde. »Du willst mich doch nicht etwa fragen, ob ich noch Jungfrau bin, Onkel, oder doch?«

Harrison verschluckte sich an seinem nächsten Zug und krümmte sich in einem Anfall keuchenden Gelächters. Julian beugte sich hinüber und klopfte dem Hünen auf den Rücken, während er sich selbst bemühte, das Lachen zu unterdrücken. Falls ihm der Prinz etwas über ›die Bienchen und die Blümchen‹ erzählen wollte – der Champion hatte schon schlimmere Predigten gehört.

Ein fröhlicher Gedanke, der eine Bruchlandung machte, sobald der Prinz wieder bei Atem war. »Hilf Himmel, Julian. Das war unbezahlbar. Ich regiere den größten Nachfolgerstaat und habe Zugriff auf einen der besten Geheimdienste der gesamten von Menschen besiedelten Galaxis, der Inneren Sphären und der Clans. Glaubst du wirklich, das müsste ich dich fragen?«

Julians Gesicht glühte, als stünde es in Flammen, und das nicht allein seiner eigenen Ehre wegen. Er benötigte etwas Zeit, sich wieder zu sammeln, und richtete den Blick auf Terra. Spürte die Anziehungskraft der Geschichte dieses Planeten so sicher wie das Landungsschiff die seiner Masse.

»Ich will nur sagen ... ach was, dafür ist später noch Zeit. Vergiss es, Sohn. Lassen wir das.«

Trotzdem kicherte Harrison noch weiter vor sich hin, bis die Triebwerke aussetzten und die Schwerkraft die beiden Männer abrupt in die Polster ihrer Sitze drückte. Langsam stieg die Gravitation auf volle Terranorm, als das Schiff fest im Griff der Schwerkraftsenke auf den Planeten zustürzte. Vor dem Sichtfenster zog die Grenze zwischen Tag und Nacht vorbei, oder genauer zwischen Dämmerung und Dunkelheit, als das Landungsschiff sich drehte, um die Triebwerke für den Bremsschub in Position zu bringen. Der dunkle Globus glitt außer Sicht und ließ nur eine Handvoll Sterne zurück, die durch das dünne Dunkelblau der Stratosphäre lugten.

Und eine grellweiße Triebwerksflamme, wie eine winzige Sonne, auf demselben Anflugsvektor.

»Die sind aber bedenklich nahe.« Julian griff nach einem Schalter auf der Kommkonsole. »Ich bin erstaunt, dass Streng das erlaubt.« Riccard Streng, Harrisons Spionageminister, kümmerte sich in der Regel auch um Sicherheitsbelange.

Harrison packte sein Handgelenk in einem festen Griff. »Du brauchst Riccard nicht zu belästigen.« Er deutete mit einer Kopfbewegung auf die schmerzhaft grelle Triebwerksflamme. »Das ist unser Schiff.«

Julian starrte seinen Onkel entgeistert an. »Die *Ribald Song*? Sie ist uns von Neuhessen gefolgt?« Bis auf eine Lanze beschädigter Fahrzeuge hatte das Schiff nur von Hiritsu erbeutetes Bergegut an Bord.

»Nicht wirklich. Nein. Ich habe die *Song* zurück nach New Avalon geschickt. Das dürfte die *Markeson Pride* sein.«

Julian lehnte sich zurück und betrachtete seinen Prinzen mit einer gewissen Zurückhaltung. »Das ist ein Landungsschiff der 1. Davion Guards.« Julians Einheit.

»Soweit ich weiß, ja.«

Und es begleitete den Prinzen durch den Republikraum? Ohne irgendeinen Hinweis auf seine Anwesenheit? Harrisons ruhiger, selbstsicherer Blick zeigte Julian, dass der Erste Prinz weder den Verstand verloren hatte, noch waghalsig geworden war. Der Champion verstand es jedoch immer noch nicht. »Sollte ich wissen, was die *Pride* hier im Landeanflug auf Terra macht?«, fragte er vorsichtig.

Harrison hob nur die Pfeife an den Mund und paffte mehr Kirschblütentabak auf seine private Brücke. »Ich denke schon«, sagte er.

Geheimnisse waren in der Tat ein Spiel für Prinzen.

14

> Die Nachricht vom Untergang der Republik war maßlos übertrieben!
> Die Paladine haben die Panik auf New Aragon im Griff, und ich kann Ihnen versichern, dass der Exarch bei bester Gesundheit ist und auch Genf noch steht. Ebenso wie Terra. Dieser Aprilscherz war nicht nur äußerst geschmacklos, er war auch ein Akt verbrecherischer Rücksichtslosigkeit. Selbst ohne einen Blick auf die Aufstände und Selbstmorde würde ich die Verantwortlichen dieses Betruges minimal der Hilfe und Unterstützung für den Feind anklagen. Anders lässt es sich nicht beschreiben, wenn man in Zeiten wie diesen Zwietracht sät!
>
> – Fahrender Ritter Raul Ortega, Öffentliche Ansprache, Achernar, 4. April 3135

Terra
Präfektur X, Republik der Sphäre

8. April 3135

Jonah Levin stand im Fenstererker hinter seinem riesigen Schreibtisch und wartete auf die Ankunft des Ersten Präzentors ComStars. Er hatte die Hände im Rücken verschränkt und die Schultern zurückgenommen. Schaute mit trockenem Schlucken hinab auf die Zeltstadt, die seit zwei Wochen den Grand Parc bedeckte.

So oder so würde das heute ein Ende finden.

Aus dieser Höhe wirkten die Menschen kaum größer als Ameisen bei einem Picknick. Ein gefährlicher Anblick. Es wäre besser gewesen, er hätte dort unten bei ihnen sein können. Mit denen zu reden, die er regierte, wie er es erst vier Monate zuvor vielleicht noch versucht hätte, als er nur ein Paladin gewesen war und nicht der Exarch. Vielleicht hätte er es sogar trotzdem getan, sogar heute, wären da nicht die jüngsten Sicherheitsbedenken gewesen.

Er streckte die Hand aus und zeichnete einen Kreis um einen Kratzer an der Außenseite der kalten, glatten Glasscheibe. In der Windschutzscheibe eines Wagens hätte er es für Steinschlag gehalten. Aber nun wusste er es besser. Immerhin hatte er selbst hier gestanden, als es zwei Tage zuvor geschehen war. Und Jonah hatte genug Einschläge von Gewehrkugeln auf BattleMech-Kanzeldächern gesehen, um einen zu erkennen.

Jemand hatte versucht, ihn umzubringen. Hatte es wieder versucht.

Der Schuss war aus den fünfhundert Meter entfernt stehenden Bäumen gekommen. Ein Meisterschuss. Ein Attentäter, der sich im Getümmel der Demonstranten verbarg, mit einem sicheren Fluchtweg, weil es Jonahs Leuten nicht gelang, das Gelände abzusperren. Wie sicherte man einen Mob von dreißigtausend?

Sehr, sehr vorsichtig.

»Na los. Hier bin ich.« Er schaute hinaus über den Park. »Lass sehen, was du kannst.«

Nichts. Jonah entspannte sich und beobachtete die Vorbereitungen. Die Genfer Polizei sammelte sich an mehreren Stellen rund um den Park. Einheiten in Zugstärke, im Rücken den Regierungspalast, das Terranische Staatsarchiv gegenüber, einen der zahlreichen Baumhaine, die den berühmten Wanderweg durch die Bäume aller Welten bildeten. Sie trugen schwarze Überfallkommandouniformen und hatten bodenlange Plexiglasschilde. Trugen Wasserwerfer, und am Gürtel Tränengaskanister und Schlagstöcke. Es brauchte nicht viel Fantasie, sich die morgigen Schlagzeilen auszumalen.

STURMTRUPPEN DES EXARCHEN.

DIE SCHLACHT UM DEN GRAND PARC.

Alles war in Auflösung begriffen. Die Republik. Devlin Stones Traum. Sie mussten eine Möglichkeit finden, den Schaden zu beheben. Falls es nicht schon zu spät war.

»Was Sie tun müssen, wird nicht leicht werden«, brach eine kräftige, tiefe Stimme die Stille.

Jonah hatte die Tür zu seinem Büro offen gelassen, aber trotzdem überraschte ihn Brian Mays plötzliche Ankunft. Der Exarch riss sich zusammen, um sein Erschrecken nicht zu zeigen, und blickte sich dann über die Schulter um, als wolle er nur eben auf die Uhr schauen.

Der Erste Präzentor May stand neben Jonahs Amtsleiterin Héloïse Montgolfier. Ein größerer Kontrast war kaum vorstellbar, selbst wenn man das unterschiedliche Geschlecht nicht hinzunahm. Héloïses rote Haare reichten in einem praktischen Haarschnitt, der kaum Pflege benötigte, bis knapp unters Ohr. Ihre fahlgrünen Augen und der milchweiße Teint erzeugten bei Jonah jedes Mal den Eindruck, dass sie Sonne brauchte. Sie kleidete sich konservativ in einen dunkelblauen Hosenanzug mit eng geschlungenem rotem Halstuch und trug wenig Schmuck. Goldknöpfe in den Ohren und den Verlobungsring, den sie gerade erst von ihrem Freund bekommen hatte. Eine Woche war das her. Subtil. Zurückhaltend.

Politisch.

Brian May bot für einen Mann, der sich so leise bewegte, geradezu gespenstisch lautlos, einen absolut gegenteiligen Anblick. Der zweitmächtigste Mann ComStars war fast siebzig, wirkte aber nicht einmal entfernt zerbrechlich. Mit locker zwei Metern Körpergröße überragte er Héloïse deutlich. Er war wie ein BattleMech gebaut, mit breiten Schultern und einem dicken, muskulösen Hals. Seine dunkle Haut glich beinahe makellosem Ebenholz. Das dunkle Haar, das er lang und zu mehreren Zöpfen geflochten trug, die er nach hinten zu einem dicken Pferdeschwanz gebündelt hatte, wurde von stahlgrauen Streifen durchzogen. Er trug die voluminöse weiße Robe, die für ComStar lange Zeit typisch gewesen war und seit Kurzem eine Renaissance feierte. Sie war mit alten mathematischen Symbolen in Goldbrokatstickerei verziert, die sich um den Saum und hinauf bis zum Kragen wanden.

Erster Präzentor May trat näher, und Héloïse schloss die schweren hölzernen Türflügel hinter den beiden.

»Heutzutage ist kaum etwas leicht«, bemerkte Jonah an Stelle einer Begrüßung.

»Gibt es keine andere Möglichkeit?«, fragte der ComStar-Vertreter.

Jonah verließ den Fenstererker und trat um den Schreibtisch herum, um May die Hand zu schütteln. Der Mann hatte einen festen Händedruck und eine Pranke, in der die Hand des Exarchen förmlich versank. »Das hängt davon ab, was Sie Neues bringen. Ich will nicht lange darum herumreden, Präzentor May. Ich suche verzweifelt nach einer magischen Kugel. Etwas, mit dem ich das Monster schnell und endgültig erlegen kann, bevor es die Republik verschlingt.«

Héloïse führte den Besucher zum Lederdiwan. Sie blieb stehen, während der Exarch dem Präzentor gegenüber auf einem der beiden Sessel des Büros Platz nahm. »Der Senat mauert«, erklärte sie. »Ein Teil der Senatoren leistet aus ideologischen Beweggründen Widerstand, andere, weil sie eine Möglichkeit wittern, ihren Einfluss zu vergrößern. Nicht einmal den Paladinen ist es gelungen, ihren Einfluss geltend zu machen.«

»Ich habe vorige Woche einen Bericht gelesen. Park Place hat Senatorin Therese Ptolomeny das Vertrauen entzogen.«

Jonahs Miene verdüsterte sich. »Das Ergebnis war knapp. Und auf direkte Anweisung des Senats hat sich der planetare Gouverneur geweigert, es anzuerkennen. Wenn ich es durchsetzen will, muss ich die 7. Hastati-Sentinels von der Liao-Front abziehen und nach Hause beordern.«

Héloïse verlagerte das Gewicht von einem Fuß auf den anderen. »Natürlich möchte der Exarch das vermeiden.«

»Natürlich«, stimmte May zu. »Und Ptolomeny können Sie nicht verhaften.«

Noch ein Punkt, der Jonah sauer aufstieß. »Nein. Da ist uns Conner Monroe auch zuvorgekommen.«

Tatsächlich hatte Jonah Truppen um Ptolomenys Riviera-Anwesen zusammengezogen, aber er hatte sie wieder abziehen müssen, als ›Sir‹ Conner mit einem Zug der Senatsehrengarde angerückt war, um das Gebäude zu ›sichern‹.

»Der Senat kontrolliert sich selbst«, hatte Monroe in einer kurzen Presseerklärung festgestellt. »So hat Devlin Stone es eingerichtet. Wir werden Senatorin Ptolomeny bewachen, bis ein Ehrengericht über ihre Schuld oder Unschuld entscheidet.«

Und es war nicht bei der Riviera geblieben. Conner hatte mithilfe der Garnisonen und einer beachtlichen Reserve – aus den persönlichen ›Leibgarden‹ der meisten Adligen – Grenzschließungen in den Regionen England und Indien erzwungen. Durch sein neuestes Mitglied hatte der Senat nahezu die komplette Kontrolle über die Region Deutschland, und auch die sibirischen Manövergelände unterlagen einer Kommunikationssperre – vermutlich auf Anweisung des Senats.

Es war eine echte Krisensituation, die Jonah gezwungen hatte, mit seinem Phantompaladin extremere Maßnahmen zu diskutieren. Historische Berichte, über die Jonah dank seiner neuen Position informiert war, besagten, die Republik hätte ähnliche Situationen schon früher gemeistert, und nicht immer mit legalen Mitteln. War es an der Zeit, Conner Rhys-Monroe – den ehemaligen Ritter der Sphäre – ganz aus der Gleichung zu streichen?

Der Phantompaladin hatte weder in die eine noch in die andere Richtung eine Empfehlung ausgesprochen. Er hatte seinen Exarchen nur informiert, dass es sich arrangieren ließ.

In den drei Nächten seit diesem Gespräch hatte Jonah Levin nicht mehr ruhig geschlafen.

»Ich bin mir nicht sicher, wie ComStar Ihnen helfen kann«, stellte May fest, und seine tiefe Stimme verriet ein hohes Maß an Unsicherheit. »Wir befinden uns kaum in der Position, uns zwischen den Exarchen und den Senat zu drängen.«

»Weichen Sie nicht aus, Präzentor.« Jonah beugte sich vor und durchbohrte sein Gegenüber mit hartem Blick. »ComStar hat eine lange und wenig ruhmreiche Geschichte der Einmischung in Probleme exakt dieser Art hinter sich. Ich lade Sie nur im Namen des Exarchats dazu ein.«

Héloïse spielte die Vermittlerin. »Wir sind uns bewusst, dass ComStar nach dem Heiligen Krieg gezwungen war, seine primäre Geheimdienstorganisation aufzulösen. Keine Regierung vertraute einer Organisation, die sich erwiesenermaßen Zugriff auf den Inhalt vertraulichster interstellarer Mitteilungen verschafft hatte. Gleichzeitig gab sich niemand der Illusion hin, derartige Aktivitäten restlos unterbinden zu können. Es war der quintessenzielle Pakt mit dem Teufel.«

»Ein Bild, das wir nach Kräften zu überwinden versuchen.« Mays Miene verhärtete sich zu einer unergründlichen Maske.

»Ich bitte Sie nicht um die Schlüssel zur Büchse der Pandora«, drängte Jonah. »Aber falls Sie mir irgendetwas geben können, das mir hilft, die Situation in den Griff zu bekommen, schuldet ComStar dies der Republik. Devlin Stone hat Sie gerettet, als alle Großen Häuser Ihre Organisation zerschlagen wollten. Er hat Sie zurück nach Terra geholt. Er hat Sie mit seiner persönlichen Glaubwürdigkeit beschützt. Jetzt bröckeln Camelots Mauern, Präzentor, und Sie stehen auf derselben Seite wie wir.«

»Dessen ist ComStar sich bewusst, Sire. Ich bin beauftragt, Ihnen das auch im Namen von Prima Königs-Cober persönlich zu bestätigen. Und Ihnen ihre Unterstützung zuzusichern, soweit dies möglich ist.« Er breitete die Hände aus, wie um deren Leere zu unterstreichen. »Doch Sie scheinen ComStars derzeitige Lage nicht zu verstehen, Exarch. Wir stehen vor dem Ende.«

»Wie meinen Sie das, ›vor dem Ende‹?«, fragte Héloïse.

»Drei Jahre ohne zuverlässigen HPG-Dienst? Ohne unsere Haupteinnahmequelle? Wir haben unsere Reserven ausgeschöpft. ComStar befindet sich offiziell und schnellen Schrittes auf dem Weg in den Bankrott.«

»Lächerlich.« Jonah sprang auf. Er tigerte über das Staatssiegel im Teppichboden des Büros. Die Wände schienen auf ihn einzustürzen und ihn zu erdrücken. »ComStar muss seine Unternehmungen schon vor langer Zeit erweitert haben. Vor Jahrhunderten! Der Kollaps kann eine so große Organisation nicht in die Knie gezwungen haben.«

Niemand saß, solange der Exarch stand. Präzentor May erhob sich ebenfalls, die Hände zu Fäusten geballt. »Das kann er sehr wohl! Und glauben Sie mir, Sire, er hat.«

Dann beruhigte er sich mit sichtbarer Anstrengung, steckte die Hände in die gegenüberliegenden Ärmel der Robe und ließ seine Verärgerung in einem langen Atemzug entweichen.

»Natürlich haben wir unsere Unternehmungen erweitert. ComStar besitzt Boden und Ressourcen auf tausend Welten, Exarch. Wir sind nach Haus Steiners Lyranischem Commonwealth der größte interstellare Investor. Wir besitzen einen Großteil der Speditionsindustrien sämtlicher Nachfolgerstaaten und der meisten Peripheriestaaten.« Wieder seufzte er. »Natürlich haben wir das. Aber der Kollaps ... Er ist wie eine offene Schlagader. ComStar verliert in einer Geschwindigkeit Kapital und Vertrauen, die für die meisten mittelgroßen Staaten das Aus bedeuten würde. Bei dem Versuch, die Ursache des Ausfalls zu ergründen und die Operation wieder aufzunehmen, haben wir ganze Geschäftszweige zu Schleuderpreisen abgestoßen, ohne dass es etwas genutzt hätte. Jeder andere Konzern hätte sich vor spätestens einem Jahr radikal von einem derartigen Verlustgeschäft getrennt! Stattdessen riskieren wir Leben und Lebensunterhalt des ganzen ComStar, um diese Wunde zu heilen.«

Jonah blickte Héloïse Montgolfier an, die ihn aus weit aufgerissenen Augen anstarrte, als ihr die Konsequenzen bewusst wurden.

»Aber falls ComStar Pleite macht«, sagte der Exarch und tastete sich durch das Minenfeld potentieller Katastrophen, »könnten wir selbst die HPG-Stationen verlieren, die wir noch besitzen. Und wer könnte das gesamte Netz je wieder aufrichten?«

Eine zwischen den Sternen verlorene Menschheit. Nicht

einmal die Kuriernetzwerke, die inzwischen in den meisten Großen Häusern operierten, waren in der Lage, das Gefüge eines interstellaren Reiches fest genug zusammenzuhalten. Die Menschheit hatte sich zu sehr an die überlichtschnelle interstellare Kommunikation gewöhnt. Starke regionale Kriegsfürsten wären notwendig gewesen, um für Ordnung zu sorgen. Eine Dezentralisierung der Macht.

Die Republik fand gerade heraus, was das bedeutete.

May nickte langsam, als Jonah seine Sorgen aussprach. »Wir sind nicht mehr weit davon entfernt, Exarch. Zur Zeit sind nur noch die funktionierenden Stationen und unsere A-Knoten voll besetzt.« Er schnaufte vor Verärgerung. »Mancherorts haben die Adepten schon wieder angefangen, zu den Maschinen zu beten!« Er zog eine Hand aus einem der weiten Ärmel und zupfte an der Brokatstickerei. »ComStar entmottet seine Roben, Exarch. Das Gebet könnte unsere letzte Hoffnung sein.«

»Das kann ich nicht akzeptieren.« Doch in seinem Hinterkopf fragte sich Jonah: Kann *ich es nicht akzeptieren oder* will *ich es nicht?*

»Ob Sie es akzeptieren oder nicht, Exarch, es ist der Stand der Dinge. Ich bin im Namen der Prima hier, um Ihnen in diesen dunklen Zeiten an Unterstützung anzubieten, was nur möglich ist, aber zugleich muss ich um Ihre Hilfe bitten. Auch ComStar steht am Abgrund.«

Verbündete in guten wie in schlechten Zeiten. Und dies war die Art Situation, in der Ertrinkende versuchten, sich auf den Rücken des anderen zu retten, um als Letzter noch Luft holen zu können.

»Warten Sie, warten Sie?« Jonah schnippte mit den Fingern und suchte in seiner Erinnerung nach etwas, das der Phantompaladin erwähnt hatte. »Was ist mit dem technischen Genie, das Sie von Wyatt gerettet haben? Der Knabe, der das HPG dort repariert hat? Müsste der nicht längst in Australien sein?«

Héloïse warf dem Exarchen einen schnellen Blick zu, sagte

aber nichts. Als seine wichtigste Adjutantin war sie in viele Geheimnisse eingeweiht, doch längst nicht in alle.

May runzelte die Stirn und wirkte dieser Information wegen besorgt. »Ihr Informantennetz ist immer noch ausgezeichnet, Exarch.« Er steckte die Hände wieder weg und schüttelte den Kopf. »Er befindet sich derzeit nicht in Australien, und ich bin auch nicht befugt, Ihnen mitzuteilen, wohin wir den Adepten gebracht haben. Wir hatten gehofft, dass er sich als *unsere* magische Kugel entpuppt.« Mays Gesichtsausdruck war sorgsam neutral. »Die Untersuchungen laufen noch.«

»Was Sie damit sagen wollen«, bewies Héloïse ihr Talent zur Zusammenfassung, »ist, dass ComStar ein bereitwilliger Verbündeter bei unseren Bemühungen ist, wir uns aber nicht zu sehr auf Ihre Möglichkeiten stützen sollten. Es könnte sogar so weit kommen, dass Sie zu einem Mühlstein um den Hals der Republik werden und uns mit in den Untergang ziehen.«

»Nicht gerade der schmeichelhafteste Vergleich«, antwortete May düster. »Aber er trifft zu.«

Und statt im sturmgepeitschten Wasser der Politik eine Rettungsleine gefunden zu haben, sah sich Jonah Levin jetzt mit zusätzlichen Problemen belastet. Sich und seine Republik. Blieb ihnen denn tatsächlich nichts mehr außer den Notmaßnahmen, die Devlin Stone vor so langer Zeit als letzte Rettung der Republik vorbereitet hatte?

War die Lage wirklich so verzweifelt?

»Dann haben Sie also nichts für uns?«, fragte er, immer noch auf der Suche nach einem Weg, dem Damoklesschwert zu entgehen.

»Nichts wirklich Hilfreiches«, bestätigte der Erste Präzentor. Aber er griff in eine Falte seiner Robe und zog einen Datenstreifen hervor. Das dünne Plättchen aus schwarzem Kunststoff war mit dem griechischen Buchstaben Rho markiert, dem Zeichen des angeblich aufgelösten ComStar-Geheimdienstes ROM.

Jonah zögerte, das ominöse Objekt in Empfang zu nehmen, und schaute nur dabei zu, wie May es auf den Rand des Couchtisches legte. Auch Héloïse beäugte es misstrauisch, als könnte es sich jeden Augenblick in eine winzige Giftnatter verwandeln.

»Was ist das?«, fragte Jonah.

May zuckte die Achseln, wirkte unbehaglich. »Antworten auf ein paar Ihrer jüngsten Fragen über Victor Steiner-Davions Nachforschungen. Das Material, das er zutage gefördert hat. Und die Methoden, die er dabei anwandte.«

»Sie sagen das, als hätte Victor etwas zu verbergen gehabt«, bemerkte Héloïse.

»Das hatte er. Glauben Sie mir, das hatte er. Und in den nächsten Tagen wird auch bekannt werden, was. Deshalb übergeben wir Ihnen diese Informationen jetzt, bevor sie auf eine Weise in die Öffentlichkeit gelangen, die die Position des Senats stärkt.«

Jonah hob den kleinen Datenspeicher auf. Er war kalt und glatt. Kaum größer als eine Fünfundzwanzig-Devlin-Münze und nur halb so schwer, aber in der Lage, Gigabyte an Daten zu speichern. Vermutlich enthielt er auch kaum weniger. Er fühlte die Spitze des Schwertes über seinem Kopf, nur vom feinsten Haar gehalten.

»Und falls ich sie zuerst veröffentliche?«

»Wie ich bereits sagte: ›Was Sie tun müssen, wird nicht leicht werden‹. Möglicherweise können Sie aus diesem Debakel noch etwas retten und uns allen die nötige Zeit verschaffen, weiter nach Lösungen zu suchen. Möglicherweise bringt dieser Gipfel der Hausfürsten neue Impulse, neue Antworten. So oder so sind Sie lange genug Militär, um zu wissen, wenn der Krieg unvermeidbar ist ...«

»... ist es immer besser, zuerst zuzuschlagen«, beendete Jonah den Satz.

Und hörte das Haar reißen.

Start Teleprompter.

Bürger und Bewohner.
Ich trete heute schweren Herzens vor Sie hin,
um Sie über eine drastische Maßnahme zu informieren,
die leider unvermeidlich geworden ist, um die Ordnung in unserer Republik wiederherzustellen
und die Sicherheit des Reiches zu gewährleisten.

In dieser dunklen Stunde,
im Angesicht eines Zwei-Fronten-Krieges
und der bevorstehenden Ankunft vieler Fürsten der Inneren Sphäre,
müssen wir alle zusammenstehen.
Doch stattdessen zeigen wir uns zerstritten.
Das hilft niemandem außer unseren Feinden
und denen innerhalb unserer Grenzen,
die aus dem Unglück der Republik Profit zu schlagen suchen.

Ich kann nicht länger zulassen,
dass diese Männer und Frauen die Regierung zu Geiseln machen.

Deshalb habe ich
mit schweren Bedenken und nachdem alle anderen vernünftigen Möglichkeiten, den Frieden wiederzustellen, erschöpft waren,
den folgenden Erlass unterschrieben:

Vom heutigen Tage an ist
auf Exekutivorder, entsprechend des Kriegsrechtsgesetzes von 3082,
der Senat der Republik der Sphäre aufgelöst.
Die Autorität der Adligen der Republik erstreckt sich ab sofort nicht weiter als bis zu den Grenzen ihres rechtmäßigen Lehens.
Die Lordgouverneure der Präfekturen werden weiter alle Gesetze der Republik umsetzen.
Legaten und Offiziere der Befehlsebene unterstehen weiterhin den planetaren Behörden,
sofern sich eine Welt oder ein Gouverneur nicht weigert, diese Exekutivorder in Wort und Tat umzusetzen.

Jeder Versuch eines ehemaligen Senators, ihm nicht mehr zustehende Befugnisse auszuüben,
wird auf das Härteste bestraft.

Dieser Ausnahmezustand muss und wird gelten,
bis die Gefahr für die Republik gebannt ist
und die gesamte Bevölkerung, Bürger und Bewohner, Gelegenheit hatte, sich eine Meinung über eine neue und bessere Form der Repräsentation zu bilden und zum Ausdruck zu bringen.

Ich bedauere zutiefst die Schmerzen und Unsicherheiten, die diese Aktion auslöst.

Beten wir gemeinsam darum, dass uns jenseits dieser schrecklichen Düsternis
eine strahlendere Zukunft erwartet.

Waffenbrüder

Auf, auf, ihr noblen Engländer,
Vom Blute kriegsgeprüfter Väter!
Von Vätern, die wie ein Heer von Alexandern
In diesen Landen fochten, früh bis spät
Und ihre Klingen nur zur Ruhe betteten – aus Mangel an Widerstreit.

– SHAKESPEARE, Heinrich V., Akt III, Szene I

Der Krieg ist nie so sauber und ordentlich, wie wir ihn gerne hätten. Wie es die Rekrutierungsoffiziere glauben machen. Für jede Heldentat findet sich ein Akt der Feigheit, und für jeden mit Orden geschmückten Helden ein Vater oder Sohn, der ehrlos krepiert ist.
Warum besteht trotzdem kein Mangel an Leuten, die sich geradezu drängen zu rufen: »Zieht blank das Schwert und frisch ans Werk!«?

– TARA CAMPBELL, Countess Northwind; ›Antwort‹, Terra, 11. April 3135

15

> Der Exarch will uns abschaffen? Uns, die wir über Jahrhunderte für die Menschheit durchs Feuer gingen und in das Angesicht der Hölle schauten? Es gibt keine größere Lüge als die, die er uns aufzutischen versucht: dass wir überflüssig seien, er aber unverzichtbar. Ich sage, schaffen wir ihn ab!
>
> – SENATORIN THERESE PTOLOMENY (Unilateralistin, Park Place), Terra, 10. April 3135

Terra
Präfektur X, Republik der Sphäre

11. April 3135

Es sollte nach einer Parade aussehen.

Es begann am Genfer Raumhafen, eskortiert von einem Paladin und einer zweireihigen Panzerkolonne, die den Anfang machte. Luft/Raumjäger kreisten am Himmel und stießen gelegentlich herab, um die zögernde Menge aus Schaulustigen abzulenken. Die ganze Stadt war mit leuchtenden Regenbogenbannern und grünen Laubgirlanden geschmückt. An den größeren Kreuzungen wehten Banner mit dem Wappen Haus Davions im leichten Wind. Die Sonnenschwertwappen markierten die Route und unterstützten die feierliche Illusion.

Eine Parade. Nur Tage, nachdem der Exarch der Republik die Auflösung des Senats verkündet und den Grand Parc gewaltsam hatte räumen lassen.

Sicher doch.

Julian Davions geübtes Auge, und vermutlich auch jeder andere mit ein bisschen Menschenverstand, erkannte in der

›Parade‹ einen massiven Geleitschutz. Es gab reaktionäre Kräfte in der Regierung der Republik, in der Zivilbevölkerung, sogar im Militär. Niemand konnte vorhersagen, was sie planten. Was sie versuchen könnten.

Julian hatte Erlaubnis erhalten, seinen *Templer* zu steuern, der nach den Kämpfen auf Neuhessen inzwischen repariert und in der rot-goldenen Paradebemalung der Davion Guards frisch lackiert war. Er stampfte hinter einer gepanzerten Limousine drein, allem Anschein nach als Leibwache für seinen Onkel. Aber es war Harrisons Doppelgänger, der den Leuten zuwinkte, als sich der Militärkonvoi seinen Weg durch Genf bahnte und schließlich die Landstraße erreichte, die am Genfer See entlang und schließlich hinauf in die Alpen führte. Jetzt konnte sich zumindest der Doppelgänger entspannen und die bestens bestückte Bar sowie den Kühlschrank der Limousine genießen.

Auf Julian warteten noch sechzig angespannte Kilometer, bis zu jenem Chalet in Thonon-les-Bains, das man dem diplomatischen Besuch aus den Vereinigten Sonnen zur Verfügung gestellt hatte. Die Sicherheitsleute des Prinzen behielten Harrison den ganzen Weg über sicher in einem *Fuchs*-Panzerschweber. Julian hatte auf der Vorsichtmaßnahme bestanden. Der *Fuchs* bildete das Schlusslicht der Kolonne, bereit, beim ersten Anzeichen von Ärger das Weite zu suchen.

Es gab aber keinen. Angesichts von David McKinnons *Atlas*, Julians *Templer* und weiteren tausend Tonnen Panzerfahrzeugen hatte sich wohl jeder Gedanke, den Ersten Prinzen als Geisel zu nehmen, verflüchtigt.

Das Chalet saß inmitten eines großen Landguts nur fünfundzwanzig Meter unter der Frühlingsschneegrenze, oberhalb des Städtchens Thonon-les-Bains und der weiten, blauen Wasser des Lac Léman. Das steile Dach und die schmalen Fenster des Hauses waren Kennzeichen des lokalen Baustils, auch wenn Julian Zweifel daran hegte, dass es in dieser Gegend noch viele Häuser aus Ferrostahl und fusionsgehärteten Ziegeln gab, die fester waren als Stahlbeton. Das Gebäude konnte es an Stabilität mit jedem Militärbunker aufnehmen, ungeachtet der Gärten und Steinpfade, der malerischen Holzgiebel und Gartenzäune.

Die versteckten Verteidigungsanlagen waren ebenso beeindruckend, erst recht jetzt, nachdem die Vorhut des Prinzen sie einen vollen Monat aktualisiert hatte. Jetzt verfügte das Chalet über eine neue Videoüberwachungsanlage und eine Sensorenphalanx, die empfindlich genug war, die Panzerkolonne schon in fünf Kilometern Entfernung zu orten. Auf dem Gelände waren unterirdische Ausgänge für Krötentruppen versteckt. Und es existierte ein ›Panikraum‹ unter dem Weinkeller, in den sich Harrison bei einem Angriff flüchten konnte.

Als sich die Kolonne näherte, bogen zwei *Kinnol*-Gefechtspanzer ab und gingen hinter der Außenmauer in Stellung. Drei gepanzerte Truppentransporter passten gerade so eben in die für sieben Pkws ausgelegte Garage.

Außer für genehmigte Militärflüge war der gesamte Luftraum der Umgebung Sperrgebiet.

Die Anlage war so sicher, wie Julian sie nur machen konnte.

Er stellte den *Templer* als stummen Wächter neben dem Chalet ab, in der Nähe des Hubschrauberlandeplatzes. Als er die drei Stockwerke hohe Maschine an der Kettenleiter hinabstieg, atmete er die kühle Bergluft tief ein. Sie schmeckte nach Wildblumen und Nadelwald. Und nach Schnee. Der Atem kondensierte vor seinem Gesicht, und eine Gänsehaut breitete sich auf seinen Armen aus. Er hatte nur einen einfachen Overall übergezogen und bedauerte jetzt, dass er keine wärmere Kleidung mitgenommen hatte. Er sah für die nächste Zukunft reichlich Pelzfutter voraus.

»Ich will hoffen, dass nicht alle Fahrten nach Genf so aussehen?«, rief Harrison herüber.

Seine laute Stimme trug mühelos quer über den Garten zwischen Julians BattleMech und der Einfahrt. Der Prinz stand neben dem *Fuchs*-Panzerschweber, im Gegensatz zu seinem Champion in einen langen Mantel mit braunem Kunstpelz gehüllt. Dadurch wirkte er mehr denn je wie der Bär, als den man ihn bezeichnete.

»In der Regel nicht«, versprach Julian und lief zu ihm hinüber.

Von der Einfahrt aus war von der militärischen Eskorte nur McKinnons *Atlas* zu erkennen, der breitbeinig am Haupttor über der Straße aufragte. Julian winkte dem Paladin zum Abschied kurz zu, in der Erwartung, dass McKinnon nach Genf zurückkehrte. Doch der 100-t-Koloss drehte nur um und blieb in Position, ein metallener Titan als Torwächter.

Mit einem Stirnrunzeln drehte sich Julian zum weiten Säulenvorbau des Chalets und dem schweren Doppelportal zu, entschied jedoch, sich über den zusätzlichen Schutz nicht zu beschweren. Der Riegel war aus schwerem Messing und entsprechend kalt. Die Türen schienen perfekt ausbalanciert: schwer - und trotzdem mit einem Finger zu öffnen.

»Heute Nachmittag erwarte ich einen *Warrior*-Hubschrauber«, erläuterte er dem Prinzen. »Wir schicken deinen Doppelgänger als Ablenkung über die Straße, und du fliegst nach Genf. Das ist schneller. Und sicherer.«

»Und eine ausgezeichnete Idee«, begrüßte sie eine kräftige Stimme aus dem Innern des Hauses.

Julian war Jonah Levin zuvor noch nie begegnet, erkannte den einstigen Paladin und neuen Exarchen jedoch mühelos. Sein Gesicht war vermutlich das zweithäufigste in den Nachrichtensendungen und Skandalblättern der ganzen Republik. Natürlich nach demjenigen Tara Campbells.

Exarch Levin erwartete sie vor einem munter knisternden Feuer, in einem Kamin, der größer war als manche Landungsschiffskabinen, in denen Julian schon übernachtet hatte. Die erzeugte Hitze reichte aus, den gesamten Wohnraum bis zu den hohen Deckenbalken zu wärmen. Levin aber schien die Hitze geradezu zu suchen. Er stand so dicht am Feuer, dass Julian sicher war, dass sie seine Augenbrauen angesengt hatte.

Julian hatte er überrumpelt, aber Harrison Davion reagierte auf den unerwarteten Besuch, als sei er lange im Voraus informiert gewesen. Er schlüpfte aus dem schweren Pelzmantel und warf ihn mit lässiger Geste über einen Sessel.

»Sire Levin, gestatten Sie mir, Ihnen zur Wahl zum Exarchen zu gratulieren.«

»Vielen Dank, Erster Prinz Davion.«

»Harrison.« Der Hüne winkte beiläufig ab. »Das ist eines der Privilegien dieser Position, Jonah. Sie dürfen uns mit Vornamen anreden.« Er grinste. »Außer den Möchtegern-Mariks. Die werden alle drei auf dem Titel Generalhauptmann bestehen. Alles Teil ihres Wettbewerbs um den Längsten.«

»Ist nicht einer der Generalhauptmänner eine Frau?«, fragte Levin.

»Genau das meine ich.«

Auf einem hochoffiziellen Empfang hätte Humor dieser Art sicher eisiges Schweigen ausgelöst, doch obwohl er ihm nie zuvor begegnet war, hatte Harrison Davion sein Gegenüber richtig eingeschätzt. Julian sah, wie sich Exarch Levin mit einem müden Lächeln entspannte, auch wenn seine dunkelbraunen Augen weiterhin hart glänzten.

»Ich werde es mir merken«, stellte der Exarch fest. Er kam mit großen Schritten durch den Raum, streckte die Hand aus und schüttelte dem Prinzen der Vereinigten Sonnen herzlich die Hand. »Willkommen auf Terra.«

»Genau genommen haben wir schon fünf Tage die Gastfreundlichkeit des Raumhafens Annemasse genossen. Aber trotzdem danke.« Harrison stellte Julian vor, der dem mächtigsten Mann der Republik ebenfalls kurz die Hand schüttelte. »Da wir alle hier sind: Ich hoffe, es ist endlich alles geregelt?«

Vermutlich meinte Harrison damit die *Markeson Pride*. Und die zwei crucischen Kompanien, die sie in einem klaren Bruch der Bedingungen, die in der Einladung aufgeführt waren, auf Terra abgesetzt hatte.

»Es war nicht leicht, vor allem angesichts der kurzen Zeit und anderer ... Komplikationen. Aber ja, wir konnten eine ›Besichtigung‹ Terras arrangieren, angefangen mit dem Groom-Lake-Manövergelände in Nordamerika. Es ist ein kleiner

Schritt, Prinz Davion, aber ich weiß die Geste zu schätzen. Ebenso wie Ihre Anwesenheit hier.« Sein Blick wanderte zu Julian und unterstrich die Abwesenheit weiterer Personen. »Aber wollten Sie nicht ursprünglich mit einer größeren Delegation anreisen?«

Das Schweigen dehnte sich aus, bis Julian bemerkte, dass Harrison ihn anstarrte. Er spürte die wortlose Aufforderung und beteiligte sich an der Unterhaltung.

»Duchess Amanda Hasek und ihr Mündel Sandra Fenlon werden später am Abend vom Raumhafen Annemasse hier eintreffen. Ich fand es besser, wenn sie so lange abwarten, bis alle Sicherheitsvorkehrungen getroffen sind. Caleb Davion, der Sohn des Prinzen, trifft in ein paar Tagen ein. Und Sterling McKenna«, schloss Julian mit einem Blick auf Harrison, »bleibt mit ihrem Landungsschiff in der Umlaufbahn.«

Was eine Menge von dem verschwieg, was sich in den Wochen des Raumflugs zwischen Duchess Haseks feindseligem Blick und Khanin McKennas Gleichgültigkeit allen außer Harrison gegenüber aufgestaut hatte. Die beiden Frauen und den Prinzen zu trennen war für Julian einer der Höhepunkte des Tages gewesen.

Levin nickte, als hätte er die Gedanken des Champions gelesen und wollte ihm nun sein Mitgefühl ausdrücken. »Und Duke Corwin Sandoval?«, fragte er.

Harrison übernahm den Gesprächsfaden wieder. »Konnten wir im letzten Moment noch davon überzeugen, dass die Belange der Mark Draconis seine Anwesenheit dringender erfordern als ein Familientreffen.«

Eine höfliche Art, Corwin aus der Delegation zu komplimentieren. Falls es zwischen Haus Davion und der Republik Geschäftliches zu besprechen gab, sollte Prinz Harrison derjenige sein, der die Vereinbarungen traf. Außerdem waren jetzt schon zu viele Sandovals beteiligt.

Eine Meinung, die offenbar auch Exarch Levin teilte, denn er nickte lächelnd.

»Aber bitte.« Er breitete die Arme aus und deutete auf die

Sitzgruppe, die einen Teil des Hauptraums abtrennte. »Meinetwegen brauchen Sie nicht stehen zu bleiben. Zumindest für die nächsten paar Monate ist dies crucisches Territorium. Machen Sie es sich bequem.«

Alle drei setzten sich. Harrison ließ seinen massigen Leib auf dem Eckstück des mehrteiligen Sofas nieder und streckte die Arme zu beiden Seiten über die Rücklehne aus. Julian setzte sich erst in einen der Sessel, nachdem der Exarch im anderen Platz genommen hatte. Das platzierte den Champion des Prinzen dicht zum Kamin hin. Fast sofort begann die Hitze seine linke Gesichtshälfte zu rösten.

»Als Erstes«, richtete sich Jonah Levin direkt an Harrison, »möchte ich mich für jede eventuelle Beleidigung der Raben-Allianz entschuldigen. Wir organisieren dieses Ereignis seit Dezember, aber alle Schwierigkeiten haben wir noch immer nicht ausbügeln können.«

Harrison nickte. »Wobei einer er wichtigsten Punkte die Ankunft der Clans auf Terra ist. Immerhin war das der Grund für ihre Invasion 3050, nicht wahr? Der oberste Clan zu werden.«

»Der ilClan«, bestätigte Julian und lieferte den korrekten Begriff nach. »Allerdings gibt es eine rege Debatte zwischen Militärhistorikern, wie das genau zu verstehen ist. Der erste Clan, der einen Fuß auf Terra setzt? Der erste, der hier einen Sieg erringt? Oder muss er erst den gesamten Planeten unterwerfen, um zum ilClan aufzusteigen?«

»Wir gehen jedenfalls auf Nummer Sicher«, antwortete Levin. »Genf und seine Umgebung werden für die Dauer der Beisetzung Paladin Victor Steiner-Davions offiziell zu neutralem Gebiet erklärt. Und da wir den Clans nicht das Botschafterprivileg räumlich begrenzter ›Souveränität‹ zugestehen können, haben uns die Seefüchse geholfen, einen ›Kontrakt‹ aufzusetzen, der einem Clanvertreter diplomatische Immunität gewährt, solange er deren Grenzen akzeptiert und für die Dauer des Besuches alle Ansprüche auf Souveränität aufgibt. Er müsste spätestens morgen unterschriftsreif sein.«

»Dann sind wir die Ersten?«, fragte Harrison.

»Fast.« Levin lächelte gepresst. »Zumindest die Ersten mit einer ClanKriegerin im Schlepptau. Aber vor zwei Tagen ist bereits eine kleine Steiner-Delegation eingetroffen. Sie hat das Carlton-Swiss in Genf übernommen.« Er wirkte sichtlich unbehaglich. »Die Commonwealth-Botschaft in Mannheim ist momentan ... nicht verfügbar.«

»Melissa ist hier?« Harrison klang überrascht.

»Nein. Eine entfernte Cousine, Trillian Steiner, mit einer kleinen Eskorte aus Militärattachés.«

»Steiner-Davion«, korrigierte Julian.

»Verzeihung?«

Julian beugte sich vom Feuer weg. Er hatte es nur bei sich erwähnt, doch nachdem ihn der Exarch darauf angesprochen hatte, erklärte er es. »Trillian Steiner-Davion. Sie ist Peter Steiner-Davions Enkelin. Victor war ihr Großonkel.«

»Interessant. Von dieser Verwandtschaft wusste ich nichts. Und als ich kurz mit Trillian gesprochen habe, hat sie ausdrücklich um eine Unterbringung in der Stadt statt auf einem nahen Landgut gebeten.«

»Familiengeschichten«, winkte Harrison ab. »Die Beziehungen zum Commonwealth sind in der letzten Zeit abgekühlt. Und die gemeinsame Herkunft macht es nicht leichter.«

Der Exarch runzelte die Stirn. »Nun, ich befürchte, wir werden in der Situation auch nicht helfen können. Jeden Tag können mehrere Meldungen an die Öffentlichkeit gelangen. Zum Teil habe ich sie selbst lanciert, um unsere Pläne zu unterstützen, zum Teil wünschte ich mir aber auch, ich hätte sie nie zu Gesicht bekommen. Ich befürchte, sie werden Victors Andenken und den Namen Steiner-Davion beschmutzen. Was eine Schande ist, gerade am Vorabend seiner Beisetzung.«

Julian rieb sich das Gesicht und fragte sich, ob seine Haare schon angesengt waren. »Ich dachte, Victor hätte geholfen, die Senatsverschwörung aufzudecken. Wurde er nicht deswegen ermordet?«

»Ja, und davon sind wir zumindest überzeugt.« Levin prustete ärgerlich. »Aber die Art, wie er dabei vorging, macht es der Republik schwer, sich dem Senat gegenüber aufs hohe Ross zu setzen. Dokumente in meinem Besitz, und wohl leider auch in dem anderer, machen zum Beispiel deutlich, dass Victor nach dem Heiligen Krieg weiter Kontakt zu einer Reihe ehemaliger Geheimagenten hielt. ROM-Agenten, die er möglicherweise ermutigt hat, zu ComStar zurückzukehren. Schlimmer noch, er hat eine der Plagen der Republik regelrecht unterstützt: eine Organisation von freischaffenden Spionen und Informationsmaklern, die sich hinter der Pyramide der Illuminati verbergen.«

Das Gespräch entfernte sich schnell von Sicherheitsbelangen und ging in Gebiete über, die Julian als Champion des Prinzen eher nicht betrafen. Politisches Territorium. Familientratsch faszinierte ihn nicht weniger als jeden anderen auch, erst recht Tratsch auf dieser Stufe, aber hier ging es um Material, mit dem sich eher Harrisons Geheimdienst beschäftigen sollte. Es war besser, wenn man dort entschied, was von dem allen Julian zu wissen brauchte.

Außerdem hatte er das deutliche Gefühl, bei lebendigem Leib gebraten zu werden. Er stand auf und entfernte sich einen Schritt vom Feuer.

»Ich sollte mich um die Sicherheit des Geländes kümmern, Onkel. Und um Duchess Hasek.«

Aber Harrison ließ ihn nicht fort. »Setz dich, Julian.«

Gegen einen direkten Befehl seines Prinzen kam er nicht an. Erst recht nicht, wenn der in jenem knappen Tonfall kam, den er normalerweise für störrische Generäle oder seinen eigensinnigen Sohn reservierte. Es war eine klare Warnung, dass Harrison keinen Widerspruch duldete.

Es war kein Ton, den er Julian gegenüber häufiger anschlug.

Also setzte sich Julian wieder, auch wenn er sich ein Stück weit vom lodernden Kaminfeuer entfernte. Er nahm auf einer Armlehne der Couch Platz, aufmerksam, aber bereit, augenblicklich aufzuspringen. Falls der Prinz das wünschte.

»Danke für die Warnung«, wandte sich Harrison wieder dem

Exarchen zu. »Wissen Gavin und Simone davon?«, fragte er nach Victors zwei überlebenden Enkeln.

»Simone, ja. Gavin ist untergetaucht. Hoffentlich nur aus Protest dagegen, wie wir das Begräbnis seines Großvaters politisch ausschlachten.« Jonah zuckte die Achseln. »Kitsune hat ebenfalls formell protestiert«, erwähnte er Victors Sohn aus erster Ehe, »aber ohne großes Aufsehen deswegen zu machen.«

»Ich gehe davon aus, dass nichts davon die Pläne für Victors Staatsbegräbnis tangiert?«

»Nein. Alles wird ablaufen wie geplant. Aber ich wollte Sie darauf vorbereiten, für den Fall, dass es deswegen Schwierigkeiten bei Ihnen zu Hause gibt.«

Harrison fuhr sich mit den Fingern durch den schwarzen Bart. »Nicht annähernd so viele wie hier. Ihre Senatoren werden nun jede Möglichkeit benutzen, die übrigen Paladine in ein übles Licht zu tauchen.«

»Genau deswegen halten sich die meisten von ihnen zur Zeit im All auf.« Levin hob vier Finger. »Ich habe nur eine Handvoll meiner Besten auf Terra behalten. Die anderen kümmern sich um die verzweifelte Lage der Jadefalken und Capellaner oder sind auf der Jagd nach Senatoren mit Unabhängigkeitsfantasien.«

Julian hatte seine eigene Meinung zu diesem Thema, doch er behielt sie für sich. Diese Angelegenheit erschien ihm zu gewichtig. Harrison allerdings wirkte entschlossen, ihn vorzuführen.

»Julian und ich haben uns auf dem Anflug darüber unterhalten. Sie haben sich da ein ziemlich großes Problem aufgehalst, Jonah. Wie hast du es genannt, mein Junge? ›Politik der harten Hand‹?« Er lachte, ein tiefes, brummendes Lachen, das tief aus der Brust stieg.

»Was ich damit sagen wollte ...«

Aber Levin winkte ab. »Entschuldigen Sie sich nicht dafür, dass Sie die Wahrheit sagen, Lord Davion. Das ist in den höheren Ebenen des Staates ein seltenes und kostbares Geschenk.«

»Spricht da persönliche Erfahrung, Exarch?« Harrison rutschte nach vorn und legte die breiten Hände auf die Knie. »Haben Sie jetzt schon eine Titte in die Mangel gedreht?«

»Ich habe über Dinge geredet«, erwiderte Levin zögernd und wählte seine Worte sichtlich bedacht, »Befehle erteilt und Ratschläge eingeholt, die ich lieber nicht zu den Akten geben möchte. Und ich habe Leuten ins Gesicht gelächelt, von denen ich wusste, dass ich sie aufs Schlachtfeld in den Tod schicken oder politisch ruinieren muss, sobald sie ihren Wert für die Republik verloren haben. Ganz ehrlich, Harrison, es ist mir ein Rätsel, wie jemand diese Arbeit so lange durchhalten kann wie Sie oder Vincent Kurita.«

»Jemand muss es tun. Und wenn Sie sich diese Fragen stellen, Jonah, dann zeigt das nur, dass Sie möglicherweise doch der richtige Mann für diesen Job sind.« Harrison warf Julian einen vielsagenden Blick zu. Doch falls darin eine Botschaft enthalten war, fing der sie nicht auf. »Sie sind gleich zu Anfang ins tiefe Wasser gestürzt«, sprach der Prinz weiter. »Redburn hat Ihnen einen glorreichen Schlamassel hinterlassen. Und in Ihrer Position, angesichts der kurzen Geschichte der Republik und der Kräfte, die sich gegen Sie formieren ...«

Er ließ die Worte verklingen, und Julian vermutete, dass er das so weitgehende Lob nun bedauerte. Aber Harrison Davion überraschte seinen Champion nicht zum ersten Mal.

»Ich hätte genau dasselbe getan«, erklärte der Prinz und nickte.

Levin lächelte, glaubte ihm aber sichtlich nicht. »Tatsächlich?«

»Das Lyranische Commonwealth hat sein Regierungssystem einmal radikal umgeworfen ... Julian?«

Julian beugte sich vor und rieb sich mit einem Finger das Kinn. »2375«, grub er in seinem Geschichtswissen. »Vor der Steiner-Herrschaft. Damals hat Archon Robert Marsden die acht anderen Archonten abgesetzt und das Commonwealth in ein von einem einzelnen Monarchen regiertes Reich verwandelt. Und es heißt, dass Haus Liao die Konföderation Capella an einem Tag erschaffen habe, als Franco Liao sein eigenes Leben zum Pfand gab und einer kleinen Gruppe verbündeter Regierungen die Gewalt entriss.«

»Genau genommen«, bemerkte Levin, »war es seine Frau, die Francos Leben einsetzte, soweit ich weiß, aber ich verstehe, was Sie sagen wollen.« Er nickte. »Ich kann Dutzende ähnlicher Situationen zitieren, bis zurück in die frühe terranische Geschichte, als die neue amerikanische Nation nach nur einem Jahr ihre Konföderationsakte verwarf und eine neue Verfassung schrieb.«

»Es war eine harte Entscheidung, den Senat aufzulösen«, bestätigte Harrison. »Genau genommen müssen Sie jetzt das gesamte Regierungssystem reformieren. Das verlangt Klöten aus Stahl. Die Art Eier eben, die so einer Aufgabe gewachsen sind. Aber es wurde auch Zeit. Das haben die Senatoren bewiesen.«

Der Exarch zuckte noch immer unbehaglich die Achseln, und plötzlich erkannte Julian zwei Seelen, die im Herrscher der Republik miteinander rangen. Den Krieger, der verbissen an seinen Befehlen und am Status Quo festhielt, und den Visionär, der gezwungen war, mit einem Reich und einer Regierung im Fluss fertig zu werden. Obwohl er nur einen blassen Hauch davon verstand, was in Jonah Levin vorgehen musste, war er stolz auf Harrison, der da die kalten Fakten auf den Tisch legte, so wie er sie sah.

Levin schien es zu schätzen. »Ich vermute mal, Sie wären nicht bereit, das auch öffentlich zu wiederholen?«, fragte er. Aber es war wohl kaum eine ernsthafte Frage. Zumindest klang es nach einem Witz.

Und Harrison antwortete im selben Tonfall. »Wenn sich der Teufel taufen lässt«, versprach er. »In der Öffentlichkeit muss ich Sie leider beschimpfen. Sie verstehen.«

Was wohl heißen sollte: Politik.

So verstand der Exarch es auch. »Was ist heutzutage nicht politisch?«, fragte er.

Eine offensichtlich rhetorische Frage, auch wenn Julian bemerkte, dass Levins Blick einen schnellen Pulsschlag lang zu ihm herüberschwenkte.

»Und, was wird es?«, fragte er den Prinzen. »Diktatorische Unterdrückung der Bürgerrechte?«

Harrison grinste breit und wild. »Ich hatte mehr an so etwas gedacht wie ... Millionen Menschen die Repräsentation verweigern, die einst, unter der Davion-Herrschaft, gewohnt waren, ihre Stimme frei zu erheben.« Er machte eine kurze Pause und ließ sich das auf der Zunge zergehen. »Ja, doch. Das gefällt mir.«

»Es ist auch gut. Und zu Hause wird es bestens ankommen. Ihre Markfürsten werden es lieben.«

»Wir halten Ihnen die Sandovals vom Leib«, versprach Harrison für Julian mit. »Aber viel Zeit haben Sie nicht. Wenn man der Geschichte glauben darf, ist es besser, zügig zu handeln, wenn man einmal einen solchen Wendepunkt erreicht hat.«

»Dann mache ich mich besser wieder an die Arbeit.« Levin stand auf. Harrison und Julian erhoben sich ebenfalls. »Erster Prinz.« Er schüttelte Harrison die Hand, dann Julian. »Lord Davion. Noch einmal, willkommen auf Terra und in der Republik. Und mit etwas Glück, werden beide auch Ihre Abreise noch erleben«, setzte er hinzu.

16

Es gibt deutliche Hinweise, dass Gefechte nun auch jenseits der Republikgrenzen stattfinden, Anzeichen für Scharmützel auf Neuhessen und jetzt auch auf Demeter. Da sich der Erste Prinz auf Terra aufhält, können diese Ereignisse schwerlich unbemerkt oder unkommentiert bleiben.

– Terra heute, Terra, 16. April 3135

Terra
Präfektur X, Republik der Sphäre

17. April 3135

Tara steuerte ihren *Tomahawk* aus den Trümmern des eingestürzten Ladenlokals und benutzte das Titanbeil des Mechs dazu, zerfetztes Blech und zerbrochene Balken aus dem Weg zu räumen. Gräulich grünes Kühlmittel leckte aus dem geborstenen Wärmetauscher hinter einem klaffenden Riss in der linken Seite der Maschine und spritzte auf die breiten Metallfüße des Mechs.

Tara beugte sich vor und wartete einen Schwindelanfall ab. Sie schmeckte Blut, hatte sich auf die Zunge gebissen.

Vor ihren Augen tanzten dunkle Punkte. Unscharfe schwarze Flecken. Doch ihre Sicht klarte schnell wieder auf, als Laser ringsum aufzuckten, Holz in Brand setzten und die dünnen Blechbögen aus der Ladenwand zerschnitten. Ein blutroter Lichtspeer tanzte über ihren rechten Mecharm und brannte eine lange Wunde in das Kompositmetall.

Nichts schärfte die Sinne so effektiv wie eine umkämpfte Gefechtszone.

»Terra-Eins ist zurück auf Raster.«

Das stimmaktivierte Mikro des Neurohelms gestattete ihr die Kommunikation, ohne die Hände einsetzen zu müssen. Zum Glück, denn die waren vollauf an den Steuerknüppeln beschäftigt, den angreifenden *Greif* anzuvisieren. Die schwere Autokanone auf der linken Schulter ihres *Tomahawk* schleuderte eine lange, donnernde Salve, die Granaten hämmerten in die rechte Schulter des *Greif.* Ein zweiter Feuerstoß erwischte den Feindmech mittig. Beide trafen ihn gefährlich am Kopf und Cockpit.

Nahe genug, um Sir Cray Stansill, den neuesten ›Schwarzen Ritter‹ der Republik, zurückzudrängen. Sie nahm sich vor, ihm diesen Titel in ihrem nächsten Interview zu verleihen. Vorausgesetzt, sie überlebte.

Jetzt rannte der *Greif* zurück zur Straße, verfolgt von einem *SM1*-Panzerzerstörer, der angerückt war, um Tara Deckung zu geben, bis sie sich erholt hatte.

»Schön, Sie wieder zu sehen, Präfektin.« Eine Stimme mit schwerem Akzent. Das war ihr neuer Adjutant, Lieutenant Spiritos Demos. »Wir hatten schon angenommen, der *Condor* hätte Ihnen die Knochen blank gepickt.«

Der *Condor*, auf den Demos damit anspielte, war nur noch ein zerbeultes Wrack am Rande des Verkaufsgeländes des Nutzfahrzeughändlers, die Besatzungskabine von den Hieben ihres Mechbeils restlos eingedrückt. Sie hatte den Panzer nach dessen Überraschungsangriff auf den zivilen Konvoi zur Strecke gebracht.

»Das nicht, aber das *Katapult* hat mich fast gefrühstückt. Wo, zum Teufel, kam das plötzlich her?«

»Aus unserem Rücken. Aus dem Eisenbahndepot einen Kilometer hinter uns.«

Sie nickte und trampelte mit dem *Tomahawk* einen Weg durch ein niedriges Werbeschild frei. WATKINS-NUTZFAHRZEUGE stand darauf zu lesen, und darunter gab es Lobeshymnen auf die hohe Qualität und lange Lebensdauer der verkauften Maschinen – auf Französisch, Deutsch und Englisch.

Maschinen, von denen sie die Hälfte schon zerstört hatte, während sie unter Beschuss zuerst des *Katapult* und dann des *Greif* über das Gelände gestampft war.

»Du sitzt nicht mehr in einem *Atlas*, Tara.« Ihre Stimme war kaum mehr als ein Flüstern, um das Mikro nicht zu aktivieren. »Erst bewegen, dann feuern.«

Ein guter Rat. Hoffentlich fand sie die Zeit, ihn auch zu beachten.

Der Angriff hatte ihre Leute völlig überrumpelt. Eben noch waren sie nicht mehr als eine glorifizierte Eskorte für drei gepanzerte Limousinen auf der Autobahn zwischen dem Raumhafen in Annemasse und Genf gewesen. Zwei *SM1*-Zerstörer an der Spitze, gefolgt von einer kurzen Kolonne Schweberäder und *Dämon*-Radpanzern, ihr fabrikneuer *Tomahawk* dann als Abschluss hinter dem Wagen mit dem Stander des Draconis-Kombinats.

Im nächsten Moment hatte Geschützfeuer die Schweizer Landschaft zerschnitten, und in ihrem Cockpit wetteiferten Alarmsignale und wirrer Funkverkehr um Aufmerksamkeit.

Es hatte nur einen Augenblick gedauert herauszufinden, wer sie angriff. Truppen aus dem Militärdepot bei Annecy. Eine knappe Lanze schneller Mechs mit überdurchschnittlicher Boden- und Hubschrauberunterstützung.

Die sich auf die Seite des aufgelösten Senats geschlagen hatte.

Und versuchte, eine Geisel zu nehmen.

»Demos. Nehmen Sie Sarna-Zwo und drehen Sie mit ein paar von den Rädern um. Aber entfernen Sie sich nicht zu weit.«

»Sarna-Zwo liegt auf der anderen Seite der Autobahn und brennt, Präfektin. Wir müssen einen dieser Mechs ausschalten, und zwar schnell!«

Zwei *Cavalry*-Kampfhubschrauber näherten sich im Tiefflug von Osten und nahmen sie mit ihren leichten Kanonen unter Beschuss.

»Wir müssen eine Menge«, antwortete Tara und feuerte die

Autokanone auf einen der Hubschrauber ab. Die Salve ging weit daneben. Sie beschleunigte auf halbe Reisegeschwindigkeit, trat sich einen Weg zwischen umgekippten Traktoren und Mähdreschern frei, nahm Kurs zurück zur Autobahn. »Luftunterstützung. Verstärkungen.«

»Fünfzehn Minuten«, antwortete Demos.

Nett. In fünf war dieses Gefecht vorbei.

Nicht, dass sich ihre kleine Truppe nicht wacker geschlagen hatte. Ihre Bodeneinheiten hatten die Limousinen der Draconier unter eine breite Überführung in Deckung gebracht und sich an beiden Seiten aufgestellt, um angreifende Feinde zu stellen. Aus einem zweiten *Condor* und zwei VV1 *Rangern* stieg dichter, ölig schwarzer Qualm zum Himmel. Alle drei lagen brennend auf der Straße, auf der sich inzwischen kein einziges Zivilfahrzeug mehr aufhielt. In einem wilden Schauspiel defensiver Fahrweise hatte sich der leichte Morgenverkehr über Ausfahrten, Böschungen und Straßengräben aus dem Staub gemacht. Zwei Lastzüge, die versucht hatten, sich einen Weg freizubrechen, lagen umgekippt einen halben Kilometer zurück und blockierten die Straße zumindest in Richtung Annemasse.

Aber Cray Stansill hatte noch immer zwei Mechs zur Verfügung, und diese verdammten Kampfhubschrauber, die Tara einfach nicht erwischte. Als sie gerade nicht hinschaute, hatte er auch noch zwei *Anat*-Truppentransporter aus dem Hut gezaubert. Ihre Sichtprojektion zeigte deren Symbole vor einem dunklen Band, wie sie aus der Richtung Genfs heranbrausten.

Tara hätte wetten können, dass sie Stansill einen Hinterhalt vermasselt hatte, indem sie sich einigelte, statt die Limousinen mit Vollgas vorauszuschicken.

»Letzte Chance, Countess.« Stansill sprach ihren Titel wie einen Fluch aus. Ohne Zweifel standen Adlige für ihn entweder auf der Seite des Senats oder waren Verräter an ihren Familien. »Übergeben Sie uns die Dracs. So oder so bekommen wir sie ohnehin.«

Das war keine leere Drohung. Stansills *Greif* war kaum beschädigt, und das hinter seiner Stellung auf und ab marschierende *Katapult* war eine schlagkräftige Verstärkung. Die beiden Mechs konnten ihre kleine Truppe angreifen und beschäftigt halten, während die *Anat*-Truppentransporter anrollten und Gefangene machten.

Die abtrünnigen Adligen hatten den Angriff gut durchdacht. Mit dem draconischen Koordinator in ihrer Gewalt konnten sie locker zwei, drei Präfekturen kontrollieren. Und das ohne Berücksichtigung Katana Tormarks. Auf welche Seite sich die Ex-Präfektin schlagen würde, ließ sich nicht vorhersagen, sei es unterstützend oder nur, um Vincent Kurita selbst in die Finger zu bekommen.

»Demos?«, fragte Tara noch einmal über Privatverbindung.

»Zwölf Minuten«, erwiderte der drahtige kleine Grieche. Er brachte seinen *SMiley* herum und an ihre Seite, als der *Tomahawk* endlich wieder die vierspurige Straße erreichte.

Na schön. Sie löste sich von den Senatsloyalisten und rannte zu ihren belagerten Leuten zurück. ›So oder so‹ war genau das, was sie Stansill geben würde.

»Spielverderber«, knurrte Tara und beschleunigte auf Höchstgeschwindigkeit, als hinter ihr Langstreckenfeuer aufflammte. »Ich nehme die obere Straße.«

»Verstanden«, bestätigte Demos vor ihr. »Ich übernehme die untere.«

Der fünfundvierzig Tonnen schwere *Tomahawk* stampfte tiefe Fußabdrücke in den weichen Boden der Straßenböschung. Wo Tara der Fahrbahn zu nahe kam, barst der Beton in langen, an Spinnennetze erinnernden Rissen. In der Nähe der Überführung bog sie auf die erhöhte Abfahrt seitlich ab.

Stellte sich auf der Überführung auf.

Bereit für Cray Stansills Angriff.

Demos' *SM1* versammelte drei Schweberäder und einen einzelnen *Dämon*-Radpanzer zu einer Kampflinie, als der *Greif* und das *Katapult* auf der Autobahn geradewegs auf sie zustürmten. Die *Anats* bogen weit nach außen, und die beiden *Cavalry*-Kampfhubschrauber schossen heran, um sich vor die Angreifer zu setzen.

Tara Campbell fasste die schweißnassen Steuerknüppel fester und wartete, während der *Greif* aus weiter Entfernung feuerte und das *Katapult* zwanzig Raketen aus den Abschussrohren jagte, die auf grauen Rauchbahnen durch den Himmel sausten und in einem Feuerwerk aus roten Feuerbällen und einem Hagel aus Betonsplittern rund um ihren Mech explodierten.

Zwei Geschosse schlugen in den Kopf des *Tomahawk* ein und warfen sie in die Gurte. Ein Muskel an ihrem Hals schmerzte. Ein Kurzschluss ließ Funken aus einer Stromkupplung schlagen, die ihren rechten Arm versengten und sie mit dem beißenden Gestank verschmorter Isolation zum Husten brachten.

»So viel zum fabrikneuen Geruch.«

Jetzt hatte Tara lange genug stillgehalten. Sie zog das Fadenkreuz auf die kastenförmige Schulterlafette des *Katapult* und sprengte die Panzerung weg. Ein zweiter, sorgfältig gezielter Schuss hämmerte tief in die Flanke der Maschine. Grauer Qualm stieg aus dem frischen Loch auf. Das sollte reichen, um den Piloten zum Nachdenken zu zwingen.

»Jetzt!«, brüllte Tara, als die Angreifer aufschlossen.

Sie trat die Pedale durch und zündete die Sprungdüsen des *Tomahawk*, die den fünfundvierzig Tonnen schweren Kampfkoloss auf grellweißen Plasmaflammen vom Boden hoben. Sie beugte den Mech mit erhobenem Beil in den Vorwärtsschub und flog Stansills Angriff entgegen, die Bodenunterstützung hinterdrein: aus allen Rohren feuernd.

Doch während sich der *SM1* und die schnelleren Angriffsfahrzeuge auf Stansills *Greif* konzentrierten, ging es Tara um ›Höheres‹. Durch den Absprung von der Überführung hatte sie zehn, vielleicht fünfzehn Meter Höhe gewonnen. Das brachte sie hoch genug, um den Kampfhubschraubern, die den Mechs vorausjagten und sich in der Regel um Bodeneinheiten keine Gedanken zu machen brauchten, gefährlich zu werden.

Taras Mechbeil schwang seitwärts. Die Rotorblätter des vorderen *Cavalry* zerplatzten an der Titanklinge der Waffe und das Heck der Maschine brach komplett ab. Der Kampfhubschrauber stürzte in zwei großen Bruchstücken und einem Orkan wirbelnder Metallsplitter ab.

Sie landete in der Hocke auf den Trümmern, genau zwischen dem *Greif* und dem *Katapult.*

Was danach geschah, ging so blitzartig, dass Tara sich der Abfolge der Ereignisse nicht sicher war, bis sie nach dem Kampf in aller Ruhe die Gefechts-ROM-Aufnahmen begutachtete.

Beide Feindmaschinen nahmen sie gleichzeitig ins Visier, wenn das *Katapult* auch zu nahe war, um seine Langstreckenraketen einsetzen zu können, und sich darauf beschränkte, die Breitseite des *Greif* mit zwei mittelschweren Lasern zu unterstützen. Rubinrote Photonenbündel loderten zwischen Tara und Cray Stansill, verbanden die Maschinen in einem Energiesturm aus Laserlanzen und hämmernden Lichtdolchen.

Etwa zur selben Zeit stürmte Spiritos Demos mit seiner improvisierten Fahrzeuglanze an der linken Flanke des Feuersturms entlang. Alle Fahrzeuge feuerten auf das angeschlagene *Katapult*, das unter der überschweren Autokanone des Panzerzerstörers wankte und zu Boden ging, während der *Dämon* und die Schweberäder mit Lasern und schweren MGs nachsetzten. Der Mech stürzte hart auf die linke Seite, trieb sich die Schulter in die Torsohöhlung und zertrümmerte die Reaktorabschirmung.

Dichter, schwarzer Qualm brach aus dem Stahlgiganten, doch der MechKrieger konnte die Fusionsreaktion gerade noch stoppen, bevor sie sich mit ganzer Gewalt Bahn brach und ihn mitsamt seinem Mech verzehrte.

Und dann hatte Tara das Schlimmste überstanden, wankte auf der anderen Seite aus dem Gefecht. An allen Gliedmaßen des *Tomahawk* strömte zerschmolzene Metallkeramik über die Maschine, mehrere tiefe Risse klafften in der rechten Torsoflanke. Im Vorbeigehen hieb sie einmal auf Stansills *Greif* ein, trieb die Klinge in das Kniegelenk des Mechs und drückte es ein.

Brachte den Fünfundfünfzigtonner zum Wanken, gerade als unter der Überführung die schwarze Limousine genau vor den *Anat*-Truppentransportern explodierte.

Zwei der Luxuslimousinen detonierten eine volle Sekunde vor der dritten in grellen Feuerbällen und schleuderten das zerbeulte Fahrzeug sich überschlagend unter der Überführung hinaus, sodass es neben dem vorderen Truppentransporter in die Luft flog. Die Explosion zerfetzte die Seitenwand des *Anat* und badete die Infanteriekabine in Flammen und Schrapnell, noch während sie das Fahrzeug mit einer brutalen Druckwelle davonschleuderte. Es rollte von der Straße und spie dabei die zerfetzten Leichen der Kröten aus, die es befördert hatte.

Der zweite *Anat* wich wild aus und entkam unbeschädigt, auch wenn er kopfüber in einem tiefen Straßengraben landete.

Tara folgte ihren fliehenden Hilfstruppen und war bereits einige lange Schritte die Autobahn hinauf, bevor Stansill auch nur an eine Verfolgung dachte. Sicher wollte er den überlebenden *Anat* und seinen MechKrieger aus dem zerstörten *Katapult* bergen. Und plante in Gedanken schon den Fluchtweg zurück in senatsfreundliches Gebiet.

Er würde wiederkommen.

In der Zwischenzeit nahmen Tara und Demos mit ihren Verwundeten Kurs auf Annemasse. Sie beobachtete das weitere Geschehen auf dem Hilfsbildschirm. Unter der teilweise eingestürzten Überführung loderten Flammen, und ölige Rauchwolken stiegen von der entfernten Seite auf. Aber weitere Tote hatten sie nicht zu beklagen, Demos' *SMiley* und der verbliebene *Dämon* hatten die Fahrer der Ablenkungslimousinen längst eingeladen.

In der Ferne über dem Raumhafen von Annemasse erhob sich auf majestätischen Triebswerksflammen ein *Overlord* in den Himmel. Der eiförmige Rumpf war zu weit entfernt, um es zu erkennen, aber Tara hatte nicht den geringsten Zweifel daran, dass der rote Fleck auf seiner Seite ein Drachenmon war.

»Terra-Eins an Basis«, sagte sie und schaltete auf den Kanal der Raumhafenkontrolle um. »Übermitteln Sie der *Ryu Hokori* und dem Koordinator meine besten Grüße und meine Entschuldigung für die Verzögerung. Ich hoffe, Nihon gefällt ihm.«

Das wummernde Tosen des Gefechts drang kaum bis zum Annemasse-Raumhafen und klang wie verzerrter Donner, als es das Monolith-Lines-Landungsschiff *Argent Beauty* erreichte.

Tatsächlich tat Caleb es für einen Moment als Gewitter ab, obwohl er unter einem strahlend blauen Himmel stand, an dem nicht eine dunkle Wolke zu finden war. Viel mehr störten ihn die heißen Windstöße, die über den schwarzen Stahlbeton des Landefelds fegten, an seinem goldbesetzten Jackett zerrten und seine Frisur zerzausten.

Noch immer hing der Gestank des Landefelds, das von den Triebwerken des landenden Passagierschiffs versengt wurde, schwer in der Luft. Caleb rümpfte angewidert die Nase.

Er hatte seinen korallenroten Stormfire am Fuß der Hauptfrachtrampe abgestellt. Der Motor des Sportwagens röhrte im Leerlauf laut genug, um es mit einem LaderMech aufzunehmen, der Frachtpaletten auf einen wartenden Tieflader verbrachte. Ein paar der Hafenarbeiter warfen ihm feindselige Blicke zu, weil er sie bei der Arbeit behinderte, aber Calebs goldener Staatsbesucherpass und die vier in der Nähe wartenden Sicherheitsleute in ihren dunklen Anzügen und mit den noch dunkleren Brillen im Gesicht sorgten dafür, dass es bei ärgerlichen Blicken blieb.

Sie machten einen weiten Bogen um den jungen Adligen, als er mitten auf der breiten Rampe zur drei Stockwerke höheren Luke stieg.

Zu seiner Überraschung erschien plötzlich Danaï am Kopf der Rampe. Die dunkelhaarige Schönheit trat aus dem Schatten des Frachtraums in den Weg eines Zollbeamten, der sie mit einsatzbereitem Compblock anhielt. Sie winkte ihn mit einer kurzen Geste zurück in den Laderaum und schickte ihn mit einem Nicken voraus, blieb dann aber stehen, um mit in die Hüften gestützten Händen die nahe Stadt zu begutachten. Ein Stirnrunzeln trat auf ihre exotisch elfengleichen Züge.

Ein halbes Dutzend gemeinsame Abendessen in ebenso vielen Sonnensystemen, und immer noch hatte Caleb keine Ahnung, wer sie eigentlich war. Nur, dass sie eine der selbstbewusstesten Frauen zu sein schien, die ihm je begegnet waren. Obwohl sie sich in der Umgebung von Geld und Macht hervorragend auskannte, schienen ihr Ränge und Titel gleichgültig zu sein. Tatsächlich hatte sie nicht ein Wort über seine Identität verloren, falls sie denn herausgefunden hatte, wer er war. Einmal hatte er sie mit einem capellanischen Offizier essen sehen. Am nächsten Abend war sie mit einem Journalisten über das Gravdeck geschlendert. Er hatte sie sogar einmal zufällig im kleinen Fitnessraum der *Stargazer* bemerkt, wo sie mit drei Besatzungsmitgliedern des Schiffes witzelte, denen sie sich angeschlossen hatte.

Es war eine der schwersten Entscheidungen seines Lebens gewesen, keinen der drei Männer im Schiffskorridor hinterher zu fragen, wer diese verdammte Frau eigentlich gewesen war! Und eine noch schwerere, keinen seiner Sicherheitsleute auf sie anzusetzen. Hätte er es verlangt, sie hätten es gewiss in Erfahrung gebracht.

Aber das hatte er eben nicht getan.

Dazu war er viel zu stolz.

Allerdings nicht zu stolz, aus seinem Landungsschiff der *Triumph*-Klasse auf kürzestem Weg zur *Argent Beauty* zu fahren, in der Hoffnung, noch einen letzten Blick auf sie zu erhaschen, bevor sie nach Genf und danach Gott-weiß-wohin aufbrach.

»Falls Sie sich fragen, wo die besten Restaurants sind«, rief er, immer noch mindestens ein Stockwerk unter ihr, zu ihr hinauf, »ich könnte mich überreden lassen, diese Information mitzuteilen.«

Danaï riss sich von der Stadt los. In ihren roten Reithosen und der dazu passenden Wildlederjacke wirkte sie sehr modisch. Ihre Ohrringe reichten fast bis zu den Schultern. Goldene Sonnen, in deren Mitte ein Yin-Yang-Symbol eingraviert war.

Irgendetwas an diesem Design war ihm seltsam vertraut ...

»Eigentlich«, antwortete sie und legte den Kopf etwas zur Seite, als ein weiteres dumpfes Wummern über den Platz rollte, »bin ich eher an dem interessiert, was hier vorgeht, als daran, wo ich etwas zu essen finde.« Sie wartete, offenbar, ob er verstand, was sie meinte. Schließlich bemerkte sie: »Das ist Geschützfeuer, Caleb.«

»Natürlich ist es das«, versuchte er, die Peinlichkeit zu überspielen.

Es war tatsächlich Geschützfeuer. Wie hatte ihm das entgehen können? Er stieg zu ihr hinauf und schaute ebenfalls nach Annemasse. Viel gab es nicht zu sehen. Und der Kampflärm schien von jenseits der Stadt zu kommen, aus der Richtung, in der Genf lag.

»Das braucht uns nicht zu kümmern«, erklärte er.

»Meinen Sie?«

Er zuckte die Achseln und nahm die Sonnenbrille ab. Nachdem er seine Augen hinter den dunklen Gläsern versteckt hatte, wirkte das Sonnenlicht schmerzhaft grell, aber er wollte einfach, dass sie seine Augen sah. Hellbraun mit goldenen Einsprengseln. Sie gehörten zu seinen attraktivsten Eigenschaften. Das sagten alle. »Nicht, solange Sie kein Militär der Republik sind.«

Ein misstrauischer Ausdruck huschte über ihr Gesicht. Ein dünnes Lächeln, das es nicht ganz bis zu den Mandelaugen schaffte. »Nein. Ich komme nicht aus der Republik. Weder Bürgerin noch Bewohnerin.«

So viel wusste er auch. Und in Anbetracht der Route des Linienschiffs konnte sie aus den Vereinigten Sonnen, der Konföderation Capella oder einem beliebigen Nachfolgerstaat der Liga Freier Welten stammen. Was die Auswahl kaum einschränkte.

»Dann machen wir einfach einen Bogen darum. Was auf

Terra geschieht, spielt für den Rest der Inneren Sphäre keine große Rolle.«

Ihr schräger Blick sagte viel. Er wiederholte ihre Frage von vorhin. Meinen Sie?

»Terra oder die Republik der Sphäre sind nicht das Zentrum des Universums«, verteidigte er sich. Tatsächlich spielte für Caleb so gut wie nichts irgendeine Rolle, was sich außerhalb New Avalons zutrug. Der Zentralwelt des größten Reiches in der Geschichte.

Seines Reiches.

Seiner Zentralwelt.

»Und trotzdem sind wir beide hierher nach Terra gekommen.« Sie hob die Stimme, weil am anderen Ende des Feldes ein *Overlord* die Triebwerke zündete und mit voller Leistung abhob. Möglicherweise angelte sie nach Informationen über ihn. Vielleicht wollte sie auch nur ihren Standpunkt verteidigen.

»Eine Familienverpflichtung«, erwiderte Caleb und tat die ganze Angelegenheit mit Victor Steiner-Davion und der Notwendigkeit für seinen Vater, ihm die letzte Ehre zu erweisen, ab.

Es wurmte ihn noch immer, dass sein Vater nicht auf Caleb gewartet hatte, um gemeinsam einzutreffen. Aber seine Tante Amanda hatte in einem Kurierschreiben erwähnt, dass es Probleme auf Neuhessen und anderen Davion-Welten gab. Vermutlich war es besser gewesen, schnell ans Ziel zu kommen und sich von festem Boden aus darum zu kümmern.

Außerdem war das eher Julians Metier. Sein Vetter war wie geschaffen dafür, sich mit so etwas die Hände schmutzig zu machen.

Das dröhnende Fauchen der Triebwerke des startenden Landungsschiffes machte eine weitere Unterhaltung bestenfalls schwierig, wenn nicht unmöglich, also schauten sie beide schweigend zu, wie das Schiff mit unwahrscheinlicher Eleganz aufstieg, als hätte ein dreißig Stockwerke hoher Wolkenkratzer plötzlich entschieden, die Gesetze der Schwerkraft zu beugen und auf Suche nach einer neuen Heimatstadt zu gehen. Das

Wappen des Draconis-Kombinats an der Seite des Schiffes war vier Stockwerke hoch und vom gesamten Landefeld aus deutlich zu erkennen. Caleb verzog bei diesem Anblick das Gesicht.

Und als der Lärm des Starts verklang, wurde beiden klar, dass keine Kampfgeräusche mehr über die Stadt zogen.

»Hmm«, stellte Danaï schließlich fest. »Es scheint vorbei zu sein. Dann können wir den Raumhafen jetzt verlassen, ohne Angst haben zu müssen, in die Luft gesprengt zu werden.« Sie streckte die Hand aus und schnippte gegen die Plastikausweiskarte an seiner Jacke. »Gold, ja? Nett. Freier Durchgang durch alle Sicherheitssperren.«

»Privileg der Stellung«, antwortete er. Jetzt angelte sie eindeutig. Seine Augen wurden schmal. Sie wusste tatsächlich nicht, wer er war!

Aber die Geheimdienstler konnten ihr doch kaum entgangen sein, die an seinem Wagen, wo auch Mason stand, und am Fuß der Laderampe. Und der einzelne Agent, der ihm die Rampe hoch gefolgt war und in respektvollem Abstand am Eingang des riesigen Laderaums wartete. »Macht all die Unannehmlichkeiten wett.«

»So ist es.« Danaï nickte. »Leider habe ich mir auf dieser Reise einen nicht gerade herzlichen Empfang verdient.«

»Ich kann mir nicht vorstellen, wie irgendjemand über Ihr Erscheinen nicht erfreut sein könnte, Danaï. Aber falls es irgendwelche Probleme gibt, kann ich die Dinge vielleicht ein wenig beschleunigen. Ich habe da einen gewissen Einfluss.«

»Daran habe ich keinen Zweifel. Aber viel können Sie auch nicht tun, um meine Fracht auszulösen. Sie ist auf direktem Weg ins Zolldepot. Ich muss nur den Transport überwachen.«

Eine Händlerin? Oder zumindest die Tochter eines Frachtmagnaten? So oder so fühlte sich Caleb enttäuscht. Er hatte sich etwas weit Exotischeres vorgestellt. Wie so oft kam die Wahrheit nicht an seine Erwartungen heran.

Trotzdem wollte er sie wiedersehen. Betteln würde er natürlich nicht darum, aber ein letztes Angebot war es ihm wert.

»Falls Sie mich wissen lassen, wo ich Sie erreichen kann, können wir später vielleicht unsere ersten Eindrücke von Genf austauschen.«

Danaï musterte ihn genau. Sicher fragte sie sich jetzt, wie viel an diesem Angebot simples Interesse war und wie viel dem Bedürfnis galt, mehr über sie in Erfahrung zu bringen. Er forderte sie auf, in ihrem kleinen Spiel einen Punkt aufzugeben. Oder es hier und jetzt mit einem Remis zu beenden, ohne eine sonderlich große Chance, es später wieder aufzunehmen. Schließlich nickte sie. Einmal.

»Sie können mich über den capellanischen Kulturattaché erreichen«, stellte sie mit gepresster Stimme fest.

Eine Capellanerin! Eine wahrhaft verbotene Frucht. Er hatte schon eine Vermutung in dieser Richtung gehabt, aber Mandelaugen und asiatische Züge fand man überall in der Inneren Sphäre. Da war ihr mandarin-chinesischer Akzent schon ein besserer Hinweis auf eine Herkunft aus der Konföderation gewesen, wenn auch ebenfalls nicht wirklich schlüssig.

Nun, da er das wusste, verschaffte es ihm ein großes Stück des Puzzles namens Danaï. Fracht, die vom Zoll unter Verschluss genommen wurde ... capellanische Artefakte? Oder verderbliche Ware? Guter Sianer Wein oder Naranji-Früchte. Beide unterlagen Exportbeschränkungen. Und die Tatsache, dass sich Haus Liao im Krieg mit der Republik befand, machte ihr die Sache sicher nicht leichter.

Aber möglicherweise konnte Caleb das. Er hatte Einfluss. Vielleicht nicht auf Terra, aber über seinen Vater konnte er viele Welten erreichen. Und vielleicht ließ er sich sogar überreden, einer Freundin einen Gefallen zu tun. Natürlich nicht ohne Gegenleistung.

»Über den Kulturattaché. Gut.« Er deutete mit dem Kopf in Richtung des wartenden Zollbeamten. »Wenn Sie sicher sind, dass ich hier nichts für Sie tun kann?«

Sie schüttelte den Kopf.

Caleb setzte die Sonnenbrille wieder auf. »Dann will ich Sie auch nicht länger aufhalten.« Er hatte, was er wollte. Er drehte sich zum Fuß der Rampe um und folgte drei Hafenarbeitern, die einen großen Hubwagen steuerten.

»Caleb.«

Er blieb stehen und sah sich um.

Danaï war im Schatten des Frachtraums stehen geblieben. Sie schüttelte den Kopf. »Schon gut. Wir sehen uns.«

Das würden sie. Dafür würde er sorgen. Caleb nickte und schlenderte die Rampe hinab zu seinem wartenden Stormfire. Der von der Klimaanlage gekühlte Innenraum bot nach der Hitze des Landefelds eine angenehme Erfrischung. Der Geruch feinen Leders stieg ihm in die Nase. Als er dem Motor seinen Willen gab, donnerte er mit endlich freigelassener Wut los.

Mason lachte und feuerte ihn an. Caleb grinste wild, als er haarscharf an einem hastig beiseite springenden Hafenarbeiter vorbeilenkte. »Pass auf!«, warnte Mason.

»Da war ein guter Meter Platz.« Er folgte der Spur des Hafenpersonals, das ihn ständig mit roten Leuchtstäben auf eine sichere Bahn lotste. Gelegentlich hielt er sich sogar an ihre Anweisungen. Aber nur gelegentlich. Was sollten sie ihm schon anhaben? Ihn zurück ins All jagen, weil er einem Flachbett-Transporter die Vorfahrt genommen hatte?

Klar doch.

17

> Umfragen zeigen zumindest eine gewisse Zustimmung für den Exarchen und seine extremen Maßnahmen, die am stärksten auf den terranischen Kontinenten Europa und Nordamerika ist. Dort unterstützen 51 % der Bevölkerung Exarch Levin, 37 % sind für den Senat. 18 % haben sich noch keine Meinung gebildet.
> Außerhalb Terras unterstützt die Mehrheit auf den meisten Welten die Adligen, allerdings nur mit 39 % zu 34 %, wobei 27 % noch unentschieden sind. Unter den derzeitigen Umständen gilt für diese Angaben eine erhebliche Toleranzbreite.
>
> – Jared Ladd, Stellar Associated, New Earth, 18. April 3135

Terra
Präfektur X, Republik der Sphäre

19. April 3135

Yori Kurita ging am Ufer des Kitakami Gawa entlang und maß, wie weit das Wasser seit dem Höchststand der Flut vor zwei Stunden zurückgegangen war. Der Gestank freigelegten Salzschlamms – von Muscheln und Seegras – stieg aus dem weiten Becken und kämpfte mit dem Duft der Orchideen in den zahlreichen nahen Koi-Teichen des Naturreservats.

Gefangen zwischen Gift und Parfum. Ihre Lebensgeschichte.

»Wir tragen unsere persönliche Ehre und die unserer Ahnen mit uns«, flüsterte sie. Kaum laut genug, um es selbst zu hören. »Was wir leisten, erhöht ihren Ruhm oder löscht einen kleinen Teil ihrer Schande.«

Als Mantra war es wenig geeignet, ihr inneren Frieden zu

bringen, doch ohne jemanden, mit dem sie reden konnte, bot es ihr zumindest eine Möglichkeit, die Gedanken zu beschäftigen. Sich zu konzentrieren. Und es gab für sie kaum etwas zu tun als herumzugehen und nachzudenken. Mit kurzen, unsicheren Schritten. Yori blieb am ›Flussufer‹ des Kitakami, während sie mit den Gefühlen rang, die Terra in ihr weckte. Sie gehörte nicht hierher, ins Gefolge des Koordinators.

Von Tai-shu Toranaga aus der Bedeutungslosigkeit gerettet.

Vor zwei Samuraiwachen neigte sie an der nächsten Weggabelung respektvoll den Kopf. Der Posten war eine Mischung aus alt und neu. Beide Männer trugen unter einem Seidenkimono Schutzkleidung, und sie waren mit Katanas und Nakajima-Laserpistolen bewaffnet. Über ihnen flackerten Fackeln, obwohl noch eine Stunde bis zum Einbruch der Dämmerung blieb, und die Flammen wurden von Erdgas gespeist, durch eine im Innern der Bambusstecken verborgene Leitung. Ein Samurai hielt ein kleines Sichtgerät, das Infrarot-Signaturen registrierte.

Der Koordinator des Draconis-Kombinats ging nicht leichtfertig auf Reisen.

Tatsächlich war die Wahl seiner Residenz nur in zweiter Linie wegen der einfachen Schönheit auf das Naturreservat oberhalb Ishinomaki gefallen, und vor allem auf Grund der Abgelegenheit und leichten Sicherung. Die Blumengärten verbargen Detektoren, und einige der kleinen Teepavillons waren in Wirklichkeit Sicherheitsposten, vollgestopft mit Elektronik und Soldaten. Selbst die beiden BattleMech, die konstant an der nördlichen und südlichen Zufahrt Wache hielten, waren hinter hohen, wuchtigen Zypressenständen kunstvoll versteckt.

Sie kam unter Kirschbäumen heran, von denen vollkommene rosa Blüten wie Schnee zu Boden regneten. »Schön«, sagte sie. Aber es klang nüchtern. Tonlos.

»Blumen gefallen dir nicht?«

Die Stimme rührte von einem Punkt knapp unter ihrem rechten Ellbogen her. Yori zuckte zur Seite, und ihre Hand flog zum Heft des Katanas in ihrem Obi.

Kisho saß im Schneidersitz im tiefen Schatten eines der Kirschbäume und lehnte mit dem Rücken am silbergrauen Stamm. Weißrosa Blüten hingen im dunklen Haar des Novakatzen-Mystikers und bedeckten seine Schultern und seinen Schoß. Die Augen glichen dunklen Höhlen. Unergründlich und schweigend.

»Mischt ihr Mystiker euch immer in die Gedanken anderer Leute ein?«, fragte Yori unter wütendem Starren.

»Auch wenn du möglicherweise etwas anderes gehört hast, wir können keine Gedanken lesen.« Kisho deutete ein höfliches Nicken nicht einmal an. Nur sein Mund bewegte sich. Ansonsten regte er keinen Muskel. »Hauptsächlich beobachten wir. Und jetzt gerade habe ich bemerkt, dass du Selbstgespräche führst, Kurita Yori-san.«

Er hatte recht. Wenn überhaupt, hatte sie sein Wa gestört, nicht umgekehrt. Der Name Kurita und Toranagas Patronat gestattete ihr, ungeachtet der Provokation auf eine Entschuldigung zu verzichten. Aber sie senkte trotzdem höflich den Kopf. »Du hast recht, Kisho-san.« Ihr Tonfall wurde sanfter. Höflicher. »Ich wollte deine Meditation nicht stören.«

»Es war keine Meditation. Nur der Versuch, einen Abend fern der feindseligen Blicke deiner ... Kameraden zu verbringen.«

Womit er Katsuwe und die anderen Samurai im Gefolge des Koordinators meinte. Sie weigerten sich, den Mystiker zu akzeptieren, betrachteten ihn als Betrüger und möglichen Spion für die im Kombinat lebende Fraktion der Novakatzen. Ungeachtet seiner Abstammung war Kisho kein Samurai. Und damit nicht vertrauenswürdig.

Damit ging es ihm nicht viel anders als Yori. Und jetzt wurde ihr bewusst, dass sie den jungen Novakatzen-Krieger selbst kaum anders behandelte. Sondern wie einen Ausgestoßenen.

Einen Aussätzigen.

Ihre Wangen wurden heiß. »Du beschämst mich mit ihnen, Kisho-san. Ich entschuldige mich für uns alle.«

Und weil ihre Ehre ihr nicht gestattete, es dabei zu belassen, verließ Yori den Gartenweg und senkte sich auf das blütenbedeckte Gras. Sie war von duftenden Blüten umgeben, und schließlich wurde auch der Gestank der Ebbe schwächer, bis nur noch die bloße Andeutung von Verwesung unter dem süßen Duft blieb – diese jedoch hartnäckig. Yori kniete sich hin, setzte sich auf die Waden, in einer Haltung, aus der sie jederzeit kampfbereit aufspringen konnte. Es war eine nahezu instinktive Entscheidung.

»Ich bin nicht dein Feind.«

Kisho sprach leise, war aber nicht mit sich im Reinen. Seine Haltung ähnelte der angenehmen Stille am Morgen vor einem schweren Gewitter, wenn die Tiere nervös umherrannten und im Zwitschern der Vögel eine ängstliche Note mitschwang. Sie spürte große Wut in ihm. Und Wut entstand entweder aus Angst oder Ungewissheit. Hatte er Angst vor ihrem Namen? Oder war er aus freien Stücken ein Ausgestoßener und nicht bereit, eine Brücke zu den anderen jungen Kriegern des Gefolges zu schlagen?

»Nein«, antwortete sie, und entschied sich, seine Bemerkung wörtlich zu nehmen. »Du bist nicht mein Feind. Doch ich habe viel zu lange mit meinen Ängsten gelebt, um sie leicht ablegen zu können, Kisho Novakatze.« Sie strich ihr dichtes schwarzes Haar hinter die Ohren. »Drei Mordversuche, bevor ich sechzehn war. Wusstest du das?«

»Ich kann es mir vorstellen.« Er lächelte bitter. »Mystiker haben eine wunderbare Vorstellungskraft.«

»Ich dachte, die Novakatzen-Mystiker vertrauen auf Visionen und Zeichen. Nicht auf Hirngespinste.«

»Mancher würde antworten, dass zwischen beiden kein Unterschied besteht.«

Meinte er mit ›mancher‹ sich selbst? Ein Mystiker, der seine eigenen Fähigkeiten als Betrug entlarvte? Yori hatte eine generelle Vorstellung von der Ausbildung, die ein Mystiker durchlief, und der Rolle, die diese Männer und Frauen bei den Novakatzen spielten. Die Mystiker bestimmten die Zukunft des Clans. Es waren ihre Visionen, die den Clan vor siebzig

Jahren dazu veranlasst hatten, die Clan-Heimatwelten zu verlassen, seine Wurzeln zu kappen und Zuflucht im Draconis-Kombinat zu suchen. Sie hatte noch nie gehört, dass einer von ihnen an sich zweifelte.

Angst und Ungewissheit. Ja. Kisho Novakatze war ein sehr wütender Mann.

»Du hast also noch nie eine Vision gedeutet?«, fragte sie vorsichtig, schob ihre eigenen Probleme beiseite und bot dem anderen Ausgestoßenen des Gefolges eine helfende Hand.

Kisho zuckte die Achseln. Ein paar Blütenblätter fielen von seiner Stirn. Eines blieb kurz an den langen Wimpern hängen, und er zwinkerte es weg. »Hast du je geraten, was geschehen könnte? Dass eine Beziehung zerbricht? Gewusst, dass zwei Männer sich prügeln werden? Möglicherweise erst nach Tagen oder Wochen, aber dass es dazu kommen würde, war sicher?«

»Ich denke schon.«

Kisho öffnete die in seinem Schoß ruhenden Hände, als hätte sie damit ihre eigene Frage beantwortet.

»Wir beobachten«, erinnerte er sie. »Wir gestatten uns, darüber nachzudenken, was wir sehen und erleben. Mehr ist es nicht.«

»Sonst nichts?« Yori war sich nicht sicher, ob er das selbst glaubte.

»Nichts!«

Fast wäre sie aufgestanden und gegangen. Beinahe zog sie die Isolation seiner gezügelten Wut vor. Beinahe. »Du bist also hier, um zu beobachten«, stellte sie fest, als würde sie mit einer so einfachen Feststellung seine Gegenwart weg erklären. Obwohl sie nicht beabsichtigte, dies beleidigend klingen zu lassen.

»Das genügt.« Er war kurz angebunden. Offensichtlich hatte er mehr in ihre Worte hineingelesen, als sie beabsichtigt hatte. »Aber wozu bist du hier?«

Die direkte Frage überrumpelte sie. Erst recht, weil Yori sie sich seit dem Aufbruch von Luthien selbst schon so oft gestellt hatte. »Ich vermute, ich bin aus dem entgegengesetzten Grund hier. Um gesehen zu werden. Oder nicht, wie auch immer.« Sie hob eine vollständige Kirschblüte auf, die in ihren Schoß gefallen war. Drehte sie wie einen winzigen Schirm zwischen den Fingern. »Die meisten anderen schauen weg, wenn ich komme. Der Koordinator starrt durch mich hindurch, als gäbe es mich gar nicht.«

»Und Tai-shu Toranaga?«

»Er sieht etwas in mir, das er für möglicherweise der Mühe wert hält. Welche Schande auch immer mein Großvater auf sich geladen hat, er sieht darüber hinweg. Ich kann nur versuchen, mich seiner Aufmerksamkeit würdig zu erweisen.«

Das Geständnis fiel ihr schwer, besonders einem nahezu Fremden gegenüber. Doch Yori hatte das Gefühl, dem Mystiker etwas zu schulden, der sich nun schon zweimal in ihr Leben eingemischt hatte, ohne dazu gezwungen gewesen zu sein. Solche Menschen waren in ihrer Umgebung selten. Häufig musste sie gegen die Neigung ankämpfen, sie zurückzustoßen. Ihn stieß sie nicht zurück, weil sie wusste, er konnte ihr nicht schaden.

Kisho seinerseits ließ sich ihre Antwort kurz durch den Kopf gehen. Dann entknotete er die Beine und kniete sich ebenfalls hin, um ihr auf gleicher Höhe gegenüberzusitzen. »Alle *sehen* dich, Kurita Yori-san. Die Frage, die du dir stellen solltest, ist: *Was* sehen sie?«

Sie spürte ein zögerndes Zucken um ihre Mundwinkel und hätte fast gelächelt. Wenn seine Worte nicht so traurig geklungen hätten. Auf Mitleid konnte sie verzichten. »Ist das eine Vision?«, fragte sie schnippisch.

Kisho schüttelte den Kopf. »Eine Beobachtung. Und jetzt beobachte ich, dass es dunkel wird. Ich werde essen gehen.«

Er stand in einer einzigen flüssigen Bewegung auf und ragte hoch über ihr auf, bevor er sich ohne ein weiteres Wort unter den Ästen des Kirschbaums wegduckte. Blütenblätter regneten von seinem Kopf und den Schultern herab. Bei den ersten Schritten auf dem Gartenpfad schlurften seine Schuhe über die Steine. Er musste mindestens so lange hier gesessen haben, wie sie spazieren gegangen war. Er bewegte sich steif und unbeholfen, aber schnell lockerte sich sein Gang.

»Kisho-san!«

Er blieb nur drei oder vier Schritte den Weg hinunter stehen. Fast gegen seinen Willen wandte er sich zu ihr um. Fast hätte sie nicht gefragt. Einerseits wollte sie es wissen, andererseits auch nicht. Es war die Art Frage, die ihm eine Möglichkeit bot, sie zu verletzen. Aber wie oft bekam man die Gelegenheit, sie so direkt zu stellen?

»Was siehst du in mir?«

Kisho begegnete ihrem Blick gelassen. »Was immer du sein willst«, antwortete er. Abgehackt, wie zu einer Fremden.

Dann drehte er sich um und ging.

Ein toller Mystiker. Freigiebig mit Freundschaftsangeboten, aber viel zu sehr mit seinen eigenen Problemen beschäftigt, als dass mehr als ein zögerndes Angebot dabei herauskam. Was wusste er denn von ihrem Leben? Nur das, was sie ihm erzählt hatte. Und auch, wenn das mehr war als die meisten anderen interessierte, es blieb doch kaum mehr als gar nichts. Und es erklärte nicht den Zufall der Geburt, der sie als Teil des Gefolges Koordinator Vincents hierher nach Terra verschlagen hatte.

Yori schüttelte den Kopf.

Was immer sie sein wollte ...

»Im Gegensatz wozu?«, rief sie ihm nach. Erwartete aber keine Antwort.

Und erhielt keine.

18

Paladin Victor Steiner-Davion war in seinem langen Leben für vieles berühmt, vor allem aber als Patriot und wahrer Bürger der gesamten Inneren Sphäre. Welche Fehler er auch hatte, welche Methoden er auch anwandte, ich bin überzeugt, dass er nur das Beste für die Republik im Sinn hatte. Egal, was der Senat behauptet!

– Prinz Harrison Davion, Terra, 18. April 3135

Terra
Präfektur X, Republik der Sphäre

19. April 3135

Conner Rhys-Monroe stampfte mit seinem *Kampfschütze* über die Überreste der südlichsten Rheinbrücke Basels, dem einzelnen Schweberad hinterher, das von seiner persönlichen Lanze noch übrig war. Sie waren auf halber Strecke in einen überlappenden Artilleriebeschuss aus zwei Batterien geraten, gefangen in einem höllischen Albtraum aus Feuer, Schrapnell und verbogenem Stahl. Er hatte einen Truppentransporter unter einem direkten Treffer zerplatzen sehen. Ein *Legionär* war in einem plötzlich klaffenden Riss im Boden verschwunden, verschlungen von den Fluten weit, weit unter ihnen.

Jetzt ächzte und bog sich die rußgeschwärzte Brücke unter den sechzig Tonnen seines BattleMechs. Sie verschob sich auf einem gebrochenen Pfeiler und schüttelte ihn in einem leichten Beben durch. Vorsichtig setzte er einen Mechfuß vor den anderen. Um ihn herum brachen die Brückenaufbauten zusammen. Ein Träger krachte auf die Schulter des *Kampf-*

schütze, zertrümmerte Panzerung und stürzte mit lautem, wütend hallendem Lärm an seiner Seite herab.

Conner schluckte trocken. Seine Hände an den Kontrollen waren schweißnass.

»Einsatzteam ... Alpha-Drei.« Sein Kommsystem knisterte, und eine klare, kräftige Stimme meldete sich, unterbrochen von einer krachenden Störung, wie sie nur die Entladung einer Partikelprojektorkanone erzeugte. »Wir haben das Nordufer erreicht. Zwei Verluste, ein Toter. Stehen ... Fluss.«

Vorsichtig steuerte Conner um einen weiteren Riss in der Brücke und kam dem Brückenrand bedrohlich nahe. »Verstanden«, bestätigte er. Aber noch war sein Team nicht aus dem Gröbsten heraus.

Unter ihm tanzten mehrere republikanische Schweber über den Rhein. Zwei *Kampfrichter* hämmerten mit den Gaussgeschützen auf das Nordufer ein. Zwei schwere *Fulcrum*-Schwebepanzer vertrauten mehr auf ihre Panzerung und weniger auf ihre Bordschützen. Sie zogen langsam am Ufer auf und ab und beharkten die Loyalistenstellungen mit blutrotem Laserfeuer und einer Langstrecken-Raketensalve nach der anderen.

Conner sah, wie sich ein paar Loyalisten in die relative Sicherheit des Breisgaus retteten. Sir Cray Stansill humpelte in seinem zerbeulten *Greif* hinter einem *JI-100*-Bergungsfahrzeug her. Ein *Hasek*-Truppentransporter deckte seine Flanke, umringt von sechs *Grenzgänger*-Kröten. Zwei schwere *Po*-Panzer folgten ihm. Einer von ihnen peitschte den Boden mit einem Stück losgerissener Antriebskette.

Die Truppen, die Conner auf *Bitte* von Senatorin Derius gerettet hatte. Sie waren sicher genug.

Zerbeult und zerschlagen kämpfte sich der in den Rhein gestürzte *Legionär* in der Nähe des Nordufers aus den Tiefen. Als Erstes brach die Autokanone durch die Wasseroberfläche. Sie wirkte wie das todbringende Maul eines dunklen Flussungeheuers. Dann tauchten die Kanzel und die Schultern des BattleMechs auf.

Er watete das Ufer hinauf und stieg im Schutz von zwei *Schreck*-PPK-Sturmgeschützen, die eine Salve nach der anderen auf die Republikfahrzeuge abfeuerten, in Sicherheit. Die Panzerfahrzeuge auf beiden Seiten des Schusswechsels trugen als Insignien den römischen Helm der 10. Principes-Garde, und auf Conners Sichtprojektion leuchteten nur goldene Symbole der ›eigenen‹ Seite.

Surrealer konnte es für den ehemaligen Ritter kaum noch werden.

Conner hatte auch Kröten an beiden Felsenufern verteilt, aus den Rängen der 1. und 10. Triarii Protectores. Sie hüpften von einem Felsblock zum nächsten oder kauerten in kleinen Hainen aus Trauerweiden und Erlen, um auf eine Schussgelegenheit zu warten.

Vier Trupps warteten mit ihren Transportern hinter Lagerhallen am Flussufer. Das und die *Schrecks*. Mehr hatte er so weit im Süden nicht.

Sehr, sehr bald würde er weit mehr brauchen.

Er wechselte die Kommfrequenz und brachte die *Schrecks* bis an die Kante der Stützmauer, um den langsamen Aufstieg des *Legionär* über das Geröllufer zu decken.

»Volles Rohr, egal, wie heiß es wird«, befahl er, als ein Sturmgeschütz die beiden äußeren Partikelkanonen und das mittlere Geschütz abwechselte.

Im Innern der Fahrzeuge musste eine infernalische Hitze herrschen. Aber eher würde er seine Leute in den Hitzetod treiben, als noch einen seiner Männer im Feuer der Republikaner fallen zu sehen.

Wieder zitterte und rutschte die Brücke unter ihm, neigte sich deutlich nach Westen. Conner lief die Zeit davon. Er schickte das verbliebene Schweberad im Höchsttempo voraus und beschleunigte den *Kampfschütze* vorsichtig. Noch eine Artilleriesalve hätte das Ende für die Brücke bedeutet. Und für ihn.

Zum Glück hatte er eine Staffel *Stingray*-Luft/Raumjäger angefordert, um Stansills geschwächte Luftunterstützung zu verstärken. Der Kampf um die Luftüberlegenheit war kurz und brutal gewesen. Zwei *Hellcats* der ›Republik‹ waren in den Rhein gestürzt.

Kaum Sekunden später hatten zwei schnelle Luftangriffe die Artillerie ausgeschaltet.

Nicht, dass er damit aus dem Schneider war. Ehrlich gesagt hätte schon ein kräftiger Stoß eines der *Fulcrums* an einen Brückenpfeiler genügt, um Conner kopfüber in die dunklen Fluten zu stürzen. Bestenfalls hätte er sich dann mit überfluteten Aktivatoren oder einem Cockpitbruch befassen müssen. Schlimmstenfalls ...

Schlimmstenfalls würde er sein Zuhause nie wiedersehen. Schlimmstenfalls würde es ihm ergehen wie der Besatzung seines zweiten Sturmgeschützes, in dessen Kabine vor seinen Augen gerade zwei Gausskugeln schlugen.

Die auf Überschallgeschwindigkeit beschleunigten Kanonenkugeln brachen mit vernichtender Gewalt durch den *Schreck*, als beide *Kampfrichter* auf dem Fluss gleichzeitig einen Treffer landeten. Die schiere Wucht der Einschläge stellte den achtzig Tonnen schweren Panzer aufs Heck, als wolle er Männchen machen. Der Geschützturm flog davon und überschlug sich mehrmals. Dann krachte das Fahrzeug zurück auf die beiden Antriebsketten, ruckte noch ein paarmal vor und zurück und kam schließlich zur Ruhe.

Kein Feuer. Keine Explosion. Nur eine endgültige Stille für die Männer, die Conner an diesem Morgen aus der Kaserne geholt hatte.

Er drehte den Torso des *Kampfschütze*, holte die abrückenden *Kampfrichter* ins Visier und löste die Multi-Autokanonen aus. Beide M-AKs fraßen sich durch die Munitionsvorräte und schleuderten einen Orkan aus glühendem Metall aus den Rohren, Granaten mit Spitzen aus abgereichertem Uran für größere Durchschlagskraft.

Wasser spritzte in zwei Linien auf, die sich schnurgerade auf einen der Schwebepanzer zu und über ihn hinweg bewegten. Die Treffer kreuzten den flachen Rumpf, schlugen in die

Panzerung und rissen ein paar Löcher in die Luftkissenschürze. Zu wenig, um ihn abzuschießen.

»Infanterie, Rückzug über das Ufer. Jemand soll den *Schreck* auf Überlebende untersuchen.«

Natürlich war das sinnlos. Die Wucht der beiden Treffer allein hatte mit Sicherheit ausgereicht, jedem an Bord das Genick zu brechen.

»Wir haben einen hohen Preis bezahlt. Sehen wir zu, dass wir wegkommen.«

Doch das Militär der Republik war mit ihnen noch nicht fertig. Unter ihm glitten die *Fulcrums* mit beinahe lässiger Gleichgültigkeit über den Fluss – der Beschuss durch seine Leute kam von gegenüber. Mit derselben Gleichgültigkeit, mit der die Kettenhunde des Exarchen Gerald Monroe in den Tod getrieben hatten. Derselben Gleichgültigkeit, mit der Levin selbst den Senat aufgelöst hatte. Als genüge sein Wort, um den Adligen ihr Geburtsrecht zu nehmen und einen Schlussstrich unter Jahrhunderte aufgeklärter Herrschaft zu ziehen.

Unter die Verantwortung von Generationen.

Ein *Fulcrum* zog sehr dicht an das Nordufer und in den Rücken des mühsam kletternden *Legionär*. Das verbliebene PPK-Sturmgeschütz feuerte aus allen drei Rohren. Panzerung lief in lodernden Sturzbächen die Flanken des schweren Panzers hinunter ins dunkle Wasser des Rheins. Wo geschmolzenes Komposit in den Fluss klatschte, stiegen zischend graue Dampfwolken auf.

Der *Fulcrum* aber griff unbeeindruckt weiter an, trieb langsam mit der Strömung flussabwärts, während er mit einer LSR-Salve nach der anderen auf den abrückenden BattleMech einhämmerte und mit der glutroten Wut seines schweren Lasers auf ihn einhieb.

Trieb auf die Brücke zu.

Conner blieb keine Zeit, die unbeschädigte Panzerung auf der ihm zugekehrten Seite zu beschießen, die minimale Chance zu ergreifen, den Panzer mit seinen Multi-AKs in die Flucht zu schlagen. Er handelte mehr instinktiv denn aus Überlegung.

Mit den langen Geschützläufen, die seinem Mech als Arme dienten, schlug er ein paar bis zum Zerreißen gespannte Trägerkabel beiseite, die mit donnerndem Knall barsten, schätzte die Geschwindigkeit des *Fulcrum* ungefähr ein und trat genau in dem Moment von der Brücke, als der Panzer unter ihm vorbeizog.

Für einen nicht sprungfähigen Mech besaß der *Kampfschütze* außergewöhnlich starke und gut gepanzerte Beine. Als seine riesigen Metallfüße auf das Dach des *Fulcrum* aufschlugen, die Raketenlafette und eine der auslegerähnlichen Schürzen zertrümmerten, mühte sich Conner im Cockpit an den Kontrollen ab, das Gleichgewicht zu halten und den BattleMech auf dem Schwebepanzer zu halten, während er ihn unter Wasser drückte.

Hochgeschwindigkeits-Hubpropeller schlugen auf die Wasseroberfläche, Propellerblätter brachen an Materialfehlern und Haarrissen auseinander. Die angeschlagenen Propeller heulten auf und versuchten, den Rumpf des *Fulcrum* aus dem Fluss zu heben. Doch unter sechzig Tonnen zusätzlichem Gewicht hatten sie keine Chance.

Nach einem kurzen Aufbäumen verschwand der Schwebepanzer völlig im Rhein, vom Aufprall des *Kampfschütze* tief in den Schlick des Flussbodens getrieben.

Conner stolperte mit seinem Mech vorwärts, stieg ans Flussufer, ohne viel mehr als ein Mechbein bis zur Hüfte und eines bis zum Knie nass zu machen.

Mit seinen Multi-Autokanonen und den PPKs des *Schreck* vertrieben sie den zweiten *Fulcrum*. Die *Kampfrichter* glitten wieder näher und deckten den taktischen Rückzug, aber der schnelle Tod ihrer Kameraden ließ sie auf einen erneuten Angriff verzichten.

»Das war's. Alle Mann zurück ins Breisgau. Infanterie, Deckungsfeuer – falls einer der Schweber zu dicht aufrückt.«

Aber dazu würde es nicht kommen. Der Versuch der Republik, die Loyalistentruppen aufzuhalten, war vorbei. Die Schweber blieben auf ihrer Seite des Flusses und patrouillierten auf der Suche nach Nachzüglern oder gegen einen Versuch Conners, zurückzukehren. Doch er war mit der Schweiz fertig. So fertig wie mit der Republik.

Allerdings, als er zurück über die stillen Wasser des Rheins schaute, die über den Schwebepanzer und dessen tote Besatzung flossen, war ihm eines sehr wohl bewusst.

Die Republik war noch lange nicht fertig mit ihm.

»Hat der Bursche den Verstand verloren?«

Jonah Levin stampfte durch die Kammer der Paladine, ignorierte seinen Thron und kreiste stattdessen um die Konsolen, an denen sich die Paladine versammelten, debattierten, planten und abstimmten. Seine Schritte hallten durch den nahezu leeren Saal. Nur vier Stationen waren zur Zeit aktiv. Hinter den Bildschirmen schaute lediglich ein Gesicht auf und beantwortete seine im Grunde rhetorische Frage.

»Er ist wütend, ja«, stellte Heather GioAvanti fest. Ihre Stimme war zwar ruhig, jedoch nicht im Mindesten *beruhigend.* »Aber nicht verrückt. Damit würden wir viel leichter fertig werden.«

David McKinnon schaute nicht hoch, aber seine raue Stimme erreichte auch so mühelos den gesamten Saal. »Damit werden wir fertig. Ich kann die 7. Hastati Sentinels in einem Monat auf Terra haben.«

Den Kampf zügig bis auf eine Stufe eskalieren zu lassen, auf der die Adligen nicht mehr mithalten konnten. Das war ein Ratschlag, wie er für McKinnon typisch war. Sieg um jeden Preis. Die Gründerbewegung, die der alte Paladin offen unterstützte, hielt nicht viel von halben Sachen.

Ad Securitas Per Unitas. Das war das Motto der Republik, konsequent zu Ende gedacht.

Selbst angesichts des versuchten Mordanschlags auf ihn hatte sich Jonah einer derartigen Lösung widersetzt. Die Auflösung des Senats hatte die Republik an den Rand des Abgrunds geführt, an dem der Exarch hoffte, sein zerfallendes Reich wieder unter Kontrolle zu bringen. Die einzige andere

Option wäre gewesen, eine dezentrale Regierung ohne klare Stimme oder Richtung zu akzeptieren, und das zu einem Zeitpunkt, als äußere Feinde der Republik der Sphäre mit Invasion und Eroberung drohten. Zehn Präfekturen, regiert von den herrschsüchtigsten Adligen, denen es nur um ihr eigenes Wohl ging statt um das der Republik. Das wäre der Weg in die Katastrophe gewesen. So viel hatte er erkannt.

Wie Victor Steiner-Davion es mehr oder weniger gesagt hatte: Für die Präfekturen hieß es: gemeinsam schwimmen oder getrennt untergehen.

Also zerrieb Jonah seinen Ärger unter den Absätzen der Uniformstiefel zu Staub. Die unzähligen Sorgen und der Mangel an Schlaf lasteten auf seinen Schultern und türmten sich immer höher auf, bis jeder seiner schweren Schritte dem donnernden, mechanischen Stampfen eines BattleMechs hätte entsprechen können. Eines angeschlagenen BattleMechs. Irgendwann würde er einfach stehen bleiben, die Füße am Boden festgeschweißt, wo er schließlich angehalten hatte.

Dann konnten sie ihn am Kran in den Grand Parc hieven und als Standbild aufstellen. Als Warnung für zukünftige Exarchen.

HÜTET EUCH VOR ÜBERTRIEBENEM OPTIMISMUS. KEINE GUTE TAT BLEIBT UNGESÜHNT.

Nachdem er im Sturmschritt durch Wut und Selbstmitleid gebrochen war, gelang es Jonah endlich, seine düsteren Gedanken beiseite zu schieben und wieder klar zu sehen. Gelegentlich brauchte er diese dunklen Momente. Sie erinnerten ihn an seine Schwächen, aber auch an seine Stärken. Sie erinnerten ihn daran, wie viel Schaden ein anderer, ein der Republik weniger selbstlos dienender Paladin hätte anrichten können.

Nicht, dass das Ergebnis aller Wahrscheinlichkeit nach ein anderes gewesen wäre.

»Na gut«, erklärte er. »Wie viel haben wir verloren oder werden wir vermutlich noch verlieren? Die Hälfte der 10. Triarii und fast ebenso viel der Principes-Garde? Und zehn ... fünfzehn Prozent der 10. Hastati?«

»Zwanzig«, korrigierte McKinnon. Seine Einschätzung hatte Gewicht. Nach Victor Steiner-Davion hatte er die längste Erfahrung mit Militärputschen und den Bruchlinien eines Bürgerkriegs. »Die Garnison auf Terra ist ein Prestigeposten für die Hälfte aller Söhne und Töchter des Adels. Die Senatsloyalisten haben unser Offizierscorps ausgeblutet und die Befehlskette so gut wie vollständig zerschlagen.«

Es erschien ihm immer noch falsch, die Kammer der Paladine als Befehlsstand zu benutzen. Aber wie Gareth Sinclair bewiesen hatte, der Saal war einfach ein zu günstiger Versammlungsort, um ihn ungenutzt zu lassen. Und so war GioAvanti von hier aus dabei, die logistischen Probleme zu lösen, die bei dem Versuch auftraten, die noch auf Terra befindlichen Senatoren und ihre Truppen zu isolieren und zu neutralisieren. Maya Avellar und Otto Mandela führten Simulationen aus, um den wahrscheinlichen Ausgang offener Kämpfe vorherzusagen. Und McKinnon extrapolierte ihre Ergebnisse auf andere Welten und Präfekturen im Chaos der Republik.

Sir Gareth Sinclair hatte Ausschau nach Überraschungsaktionen gehalten, unvorhergesehenen Lösungen, die nicht ins Schema der erwarteten Antworten passten. Aber momentan hielt er bei Victor Steiner-Davions Leiche in der Kathedrale der Republik Wache. Die Paladine nahmen alle ihre Verpflichtungen sehr ernst.

Zum Glück. Nur Jonah wusste, dass Sinclairs Anstrengungen neben den Plänen in Stones Akten verblassten. Radikale Lösungen für einige der schwierigsten Probleme, die dem jungen Staat drohen mochten.

Möglicherweise wurde es bald Zeit, sie anzuwenden.

»Warum gerade die 7. Hastati?«, fragte er McKinnon. Sein Rachen war staubtrocken, aber seine Stimme klang noch immer stark und entschieden.

Der älteste lebende Paladin verließ seine Konsole und trat vor den Exarchen, um seinen Plan mit der Ernsthaftigkeit eines Kadetten vorzutragen, der sich vor dem Dekan rechtfertigen musste. »Die Hastati sind weniger anfällig für politischen Druck. Das haben wir bei den Truppen gesehen, die wir zum Kampf gegen die Capellaner in die Präfektur V schickten.« Er hätte ebenso gut ›die Liao-Horden‹ sagen können, so viel Verachtung legte er in das Wort ›Capellaner‹.

»Ich würde erwidern, dass wir in Präfektur IX massive Desertionen erlebt haben«, warf Maya Avellar ein und übernahm die Rolle des Advocatus Diaboli. Außerdem verstand sie es, McKinnons meist so dickes Fell bemerkenswert schnell zu durchdringen. »Als Jasek Kelswa-Steiner den Sturmhammer gründete, sind über die Hälfte der Hastati ihm gefolgt.«

»Persönlichkeitskult«, winkte McKinnon ab. »Die Region Isle of Skye war schon immer separatistisch. Schon vor Gründung der Republik.« Er schaute sich zu Heather GioAvanti um, und die von Skye stammende Paladinin nickte widerwillig.

Jonah benötigte keine teuren Holotanks oder Kartenräume. Er hatte ein genaues Bild der Republik im Kopf. Der Mitgliedswelten und ihrer vermutlichen Loyalität zur Republik. Er wusste, welche von ihnen umkämpft waren, welche unter der Führung eines entehrten Senators rebellierten, und welche fest zur Republik standen.

Die Zahl der Letzteren wurde zunehmend kleiner.

»Katana Tormarks Feldzug, Haus Kurita zu provozieren, bedroht die Präfekturen II und III«, listete er auf. »VIII, IV und I sind durch die stärkeren Senatoren und unseren unsicheren Lordgouverneur Sandoval gefährdet. In V und IX sind bereits feindliche Truppen eingefallen und VI muss jeden Tag mit einer Invasion rechnen.« Blieb noch Präfektur VII. »Das Marik-Stewart-Commonwealth macht uns keine Sorgen?«

»Mir nicht«, erklärte McKinnon und verschränkte die Arme.

Er machte sich nie Sorgen um ein Morgen, solange er heute einen Feind zu besiegen hatte.

Avellar gab ihm recht. Ein seltenes Ereignis. »Ich würde sagen, die ›Klein-Mariks‹ sind zur Zeit vollauf miteinander beschäftigt. Thaddeus ist unser Experte für diese Region, und er befindet sich auf New Aragon, aber seine Ansicht dazu hat sich im Laufe der Jahre kaum verändert und bisher immer als richtig erwiesen.«

Aber warum das Schicksal herausfordern? Ein Stützpfeiler der Republik nach dem anderen ging verloren. Wie lange noch, bis sie unter dem eigenen Gewicht kollabierte? Haus Liao auf der einen Seite, die Jadefalken auf der anderen. Drohender Donner an den Grenzen zu den Häusern Kurita und Davion.

Davion ...

»Wenn wir die Senatsloyalisten in Amerika ignorieren und ComStar die Blockade Australiens überlassen, um uns ihre regionalen Hochburgen Spanien und Deutschland vorzunehmen ... Was benötigen wir dafür?«

Maya Avellar kehrte an ihre Konsole zurück und tippte schnell auf der holographischen Tastatur. Lieferte sich mit Mandela ein schnelles Scharmützel der Wahrscheinlichkeiten. Der dunkelhäutige Paladin schaute kurz auf, blickte ihr in die Augen und nickte. Sie zuckte die Achseln. Wackelte mit dem Kopf. Ein stummes Zwiegespräch zwischen zwei alten Kameraden, die einander kannten und respektierten.

Es war Mandela, der schließlich den ersten Teil der Frage beantwortete. »Spanien ist leicht zu isolieren«, versprach er. Seine Stimme war voll und tief, so kontrolliert wie die eines Opernsängers. »Wir müssen nur ein Flugverbot erzwingen und alle Bodenaktionen südlich der Pyrenäen unterbinden. Dazu müssten wir Ostasien abschreiben. Aber die Loyalisteneinheiten dort können trotzdem nicht viel mehr als sich eingraben und abwarten.«

Avellar übernahm die schlechten Nachrichten. »Deutschland ist das Problem. Es ist sehr nah. Es ist hervorragend geschützt. Und es enthält nicht nur die Krupp-Rüstungswerke, sondern auch noch die neue Skobel-Mechwerk-Fabrik bei Berlin. Und Conner Rhys-Monroe hat seine Truppen dort konzentriert.« Sie sah zu McKinnon hinüber und gab ihm widerwillig recht. »Wir brauchen die 7. Hastati.«

»Jedenfalls brauchen wir mehr als wir momentan haben«, bestätigte GioAvanti stirnrunzelnd.

Jonah nickte langsam. »Mehr als wir haben, bekommen wir«, versprach er. »Aber fürs Erste will ich die Loyalisten nur einkesseln. Tara Campbell ist dabei, also setzt sie effektiv ein. Setzt sie öffentlich ein. Treibt die Loyalisten bis nach Stuttgart hoch. Wenn es geht, sogar bis hoch nach Mannheim. Besorgt uns solide Garnisonen für Basel und Zürich. Truppen, denen wir fraglos vertrauen können. Dann zieht eine Linie durch Frankreich, mit Feldlagern zwischen dem Jura und den Ardennen.«

Die meisten Paladine erkannten einen Sinn darin und nickten. Jede direkte Bedrohung würde wahrscheinlich durch Frankreich anrollen und dessen Flachland ausnutzen, um die Alpen zu umgehen. Die Zeiten Hannibals waren lange vorbei.

McKinnon schien weniger gelassen. »Das reicht nicht. Wenn wir uns über ein so großes Gebiet verteilen, reizen wir sie zu einem Ausfall.«

Aber Jonah war noch nicht fertig. »Wir werden unsere Linien stillschweigend mit einem Verbundwaffenbataillon verstärken. Mechs und Fahrzeuge. Kaum Infanterie, aber das haben wir.«

McKinnon, der sich die letzten Stunden mit Einheitsaufstellungen beschäftigt hatte, runzelte die Stirn. »Das sind aber nicht die 7. Hastati.«

»Stimmt. Von denen rede ich auch nicht.«

Jetzt besaß er die Aufmerksamkeit aller Paladine im Saal. Heather GioAvanti sprach die Frage aus, die sie sich alle stellten. »Und woher bekommen wir diese Truppen?«

Jonah Levin sagte es ihnen.

19

Tod den Davions! Sie haben hier nichts zu suchen! <S/S>

– Graffiti auf Häuserwänden rund um den Regierungspalast. Der radikalen Bewegung Stones Schnitter zugeschrieben, Terra, 24. April 3135

Terra
Präfektur X, Republik der Sphäre

24. April 3135

Julian Davion trat auf den unteren Balkon des Chalets und freute sich über die kalte Bergluft, die ihm ins Gesicht wehte. Er brauchte einen kurzen Moment der Stille, um seine Gedanken zu ordnen. Nach einer zweistündigen Besprechung mit Harrisons Geheimdienstminister schwamm sein Verstand in einem Meer aus Weltnamen, den Dossiers über ausländische Würdenträger, denen er erwarten konnte, in den nächsten Wochen auf Empfängen und Bällen zu begegnen, und frisch entschlüsselten Militärberichten über neue Schwierigkeiten auf und um Neuhessen. Auf Harrisons Befehl ergoss sich der Ausstoß der gigantischen Maschinerie, die den Ersten Prinz in Kontakt mit seinem Reich hielt, auch auf die Schultern seines Champions.

Das Böse kennt keine Ferien – das war einer der Lieblingssprüche seines Vaters, wenn sich die Arbeit stapelte.

»Guten Morgen, Vetter!«

Allerdings hatte sein Vater kaum Zeit in Calebs Nähe verbracht.

Sein Cousin entspannte sich auf einem Liegestuhl. Er hatte

sich wie zu einem Nickerchen unter einer dicken Wolldecke ausgestreckt und trug eine Sonnenbrille zum Schutz vor der hellen Nachmittagssonne. Sein üblicher Kater dämpfte Calebs begeisterte Begrüßung kaum, allerdings zuckte er wegen der Lautstärke seiner eigenen Stimme zusammen.

»Es ist Nachmittag, Caleb.«

»Bah.« Der junge Thronfolger kuschelte sich tiefer unter die Schottenmusterdecke. Nur sein Kopf schaute heraus, und ein Arm, der gerade bis zum dampfenden Kaffee reichte, der auf einem nahen Tablett stand. Das Gebräu roch stark und bitter. Sein Aroma kämpfte mit dem Duft der örtlichen Blumenpracht um die Vorherrschaft auf dem Balkon. »Ich habe mich noch nicht an terranische Zeit gewöhnt. Ich funktioniere noch nach anderen Uhren.«

»Tatsächlich? Nach welcher?«

»Such dir eine aus. Ich bin sicher, irgendwo in der verdammten Republik ist gerade Morgen.«

Julian lachte. Er konnte nicht anders, obwohl Unbehagen folgte. Caleb war unverbesserlich. Das war er schon immer gewesen. Sie hatten sich bei Julians ersten Besuchen auf der Zentralwelt kennengelernt, als Caleb sich noch die Mühe gemacht hatte, dem Unterricht an der Militärakademie New Avalon beizuwohnen. Der sieben Jahre ältere Caleb – ein gutes Alter für ein hohes Maß altmodische Heldenverehrung – hatte geplant, MechKrieger zu werden. Was für einen Elfjährigen so ziemlich das Coolste war, was es geben konnte.

Er hatte es nicht durchgehalten.

Wahrscheinlich war es einzig und allein die eherne Tradition gewesen, dass Davion-Thronfolger Militärdienst ableisten mussten, die Calebs vorzeitigen Abgang verhindert hatte. Stattdessen hatte er eine Panzerfahrerausbildung hingeschludert und einen sein Privatleben minimal tangierenden Posten als Feldkommandeur der New Syrtis Avengers übernommen. Nicht, dass er New Avalon in dieser Zeit öfter als unbedingt notwendig verlassen hätte. Und als Julian an die MANA kam, hatte sich zwischen ihm und Caleb eine lockere Freundschaft entwickelt.

Es war sicher nicht nur Calebs Einfluss gewesen, der dafür gesorgt hatte, dass Julians Leistungen gegen Ende des Erstlingsjahres nachgelassen hatten. Trotzdem fragte er sich manchmal, ob hinter seiner plötzlichen Aufnahme in das Kadettenaustauschprogramm mit Nagelring nicht Harrison gesteckt hatte, um die beiden zu trennen.

Ganz sicher war dem Prinzen dieser Gedanke gekommen, als Julian vorzeitig zurückkehrte, weil er aus dem Lyranischen Commonwealth ausgewiesen worden war. »Bei Caleb rechne ich ja mit so etwas!«, hatte ihn Harrison angefahren. Darauf war eine dreißigminütige Standpauke gefolgt.

Danach hatte Julian sich geschworen, weder seinen Prinzen noch das Andenken seines Vaters je wieder so zu enttäuschen.

»Bist du gerade erst aufgestanden oder gerade erst heimgekommen?«, fragte er.

»Ach, Julian.« In einem plötzlichen Energieschub setzte sich Julian auf, schwang die Beine von der Liege und wickelte sich die Decke wie einen Umhang über die Schultern. Er griff sich den Kaffee und nahm einen kräftigen Schluck, gerade so, als würde er einen Schuss guten Sour Mash Whiskey kippen. »Eine Ballistikfähre hat uns den Sonnenaufgang über der Antarktis und den Nachmittag im Himalaja gezeigt. Der Abend brachte dann das Nordlicht über einem Gebiet namens Yukon. Du solltest auch ein paar dieser Rundreisen machen. Was für ein Abenteuer!«

»Ich hoffe, auch noch die Zeit dafür zu finden«, erwiderte Julian, aber an den Davion-Erben war sein Sarkasmus verschwendet. Er atmete laut aus. »Und, wer ist sie?«

»Ich habe keine Ahnung.« Immerhin war er klar genug, die Verwirrung auf Julians Miene zu erkennen. »Es ist ein Spiel.« Er erklärte seinem Vetter kurz, wie er seine mysteriöse Begleiterin kennengelernt hatte.

Obwohl die Davion Guards Calebs Zeitplan und Kontaktliste nicht überprüft hatte, wie es bei Harrison der Fall war, erstaunte es Julian doch, dass sie derartige Begegnungen erlaubten, ohne die Frau zu überprüfen. Andererseits konnte es gut sein, dass sie an Calebs Exzesse gewohnt waren, so wie auch Harrison und Julian ihm einiges durchgehen ließen. Aber er nahm sich vor, zumindest ein Wort mit Calebs Sicherheitsleuten zu wechseln.

»Steck deine Nase nicht in Angelegenheiten, die dich nichts angehen, Julian.« Nichts Spielerisches lag jetzt mehr in Calebs Tonfall. »Ich wäre sehr verärgert, wenn du mir mein Spiel verdirbst.«

»Ich tue nur meine Pflicht, Caleb. Aber ich werde diskret sein. Versprochen.«

»Diskret. O ja, das passt zu dir, nicht wahr? Diskret und ach so ernst. Jedenfalls meistens.« Wieder spöttelnd neigte er den Kopf und zwinkerte ihm, halb von der Sonnenbrille verdeckt, übertrieben zu. »Aber lass dich nicht aufhalten.«

Mit dem Fuß zog Julian einen Stuhl nahe genug heran, um sich in bequemer Entfernung von Caleb setzen zu können. Die beiden jungen Davions starrten einander über Calebs dampfende Kaffeetasse hinweg an. Julian schmeckte das bitter erdige Aroma in der Luft und bekam selbst Appetit.

»Danke«, sagte er. »Aber genau genommen bin ich gerade fertig. Eine Besprechung mit Riccard.« Die Erinnerung ließ ihn die Stirn runzeln. »Es gibt neuen Ärger auf Neuhessen, und möglicherweise auch auf Chesterton. Ich hätte nicht gedacht, dass Liao so stur sein könnte, eine zweite Front zu eröffnen, noch während er im Krieg mit der Republik steht.«

»Ja, ja.« Caleb wedelte herablassend mit der Hand. »Ich bin sicher. Dr. Strange hatte jede Menge Furcht erregender Vorhersagen für die Zukunft«, stellte er fest und benutzte damit einen alten Spitznamen für Riccard Streng. »Soll heißen, deine *nächste* Besprechung.« Über den dunklen Gläsern bewegte Caleb vielsagend die Augenbrauen.

Was ganz und gar nicht zum nächsten Termin auf Julians Kalender passte. »Mir bleiben noch ein paar Stunden bis zu meinem Gespräch mit Erik Sandoval-Gröll. Weswegen auch immer der mich sprechen will. Ich vermute, er hat sich auf meinen Terminplan gedrängt, nachdem ihm Harrisons Leute eine Abfuhr erteilt haben. Wieso, ist er schon da?«

Caleb hob die freie Hand und zog die Sonnenbrille auf die Nasenspitze, um ihn über den Rand anzuschauen. Seine haselnussbraunen Augen waren von zu wenig Schlaf gerötet, aber immer noch klar. »Niemand, der ›Erik‹ heißt, ist so hübsch, Jules. Und selbst wenn sie eine ziemliche Portion ist – zumindest laut den Berichten, die ich gesehen habe –, mir wäre doch neu, dass zu ihren Lastern auch das Annehmen von Männernamen gehört.«

Jules? Julian stand auf.

O nein!

Caleb grinste breit. »Ich habe sie ja heute zum ersten Mal getroffen, auch wenn ich nicht unbedingt in der Verfassung für ein längeres Gespräch war. Vater dürfte einen Anfall bekommen, wenn er erfährt, dass sie hier ist.«

Das war durchaus im Bereich des Möglichen. Und nur einer der Gründe für Calebs Schadenfreude. Julian starrte seinen Vetter wütend an, zupfte demonstrativ die Ärmel seines dicken Pullovers gerade und pflückte an der Wolle. »Wo ist sie?«

»Im Hauptraum«, antwortete Caleb. Aber er sagte es zu Julians Rücken, denn der war schon auf dem Weg zur Verandatür. »Grüß sie von mir.«

Julian war sich keineswegs sicher, was er der Dame überbringen würde. Eines allerdings schien klar: Die Kopfschmerzen, die nach zwei Stunden Riccard Streng spürbar gedräut hatten, hämmerten jetzt mit ganzer Wucht gegen seine Schläfen. Und sein Magen schien sich langsam aber sicher in ein bodenloses Loch zu verwandeln. Es erinnerte ihn an das leere, kranke Gefühl, als Harrison damals endlose dreißig Minuten damit zugebracht hatte, Julian wie einen kleinen Jungen abzukanzeln.

Sieben Jahre. Es war immer noch so frisch, als wäre es gestern gewesen.

Sie wartete tatsächlich im Hauptraum. Lief hin und her – wie ein gefangenes Raubtier. Klopfte mit der Stiefelspitze an jedes Möbelstück und beugte sich an jedes Fenster wie auf der Suche nach einem Fluchtweg. Julian blieb auf der Treppe stehen und lehnte sich aufs Geländer. Noch unbemerkt. Oder unbeachtet. Er schaute zu, wie sie mit einer Tischlampe spielte, sie nervös ein- und ausschaltete, bis das Leuchtelement knisternd den Geist aufgab.

Typisch.

»Calamity Kell.«

Sie kehrte ihm noch immer den Rücken zu, und Julian sah, wie sich ihre Schultern in einem leisen Lachen hoben. »Fang nicht wieder damit an, Jules.«

Sie drehte sich um. Ja, das war sie, die ›schärfste Braut‹ des Nagelring-Jahrgangs 3129 – und dank der erzwungenen Wiederholung des letzten Akademiejahres, auch des Jahrgangs 3130. Dieselbe Duellistenpose. Dieselben rehbraunen Augen voller Leben und Lachen, und das lockige braune Haar, momentan mit goldenen Glanzlichtern aufgehellt. Callandre Kell trug eine lange Lederhose über den Stiefeln und unter der offenen Lederjacke ein bauchfreies T-Shirt. Motorradkleidung. Julians Blick glitt zu ihrem Vollhelm, der neben der weiten Eingangstür des Chalets auf einer Kommode lag.

Sie war atemberaubend.

Sie war gefährlich.

»Du hast geheiratet, habe ich gehört«, bemerkte er, während er die Stufen langsam hinabstieg. »Einen Söldnerhauptmann.«

Callandre nickte. »Stimmt.« Sie zuckte die Achseln. »Hat nicht gehalten.« Ein schelmisches Glitzern trat in ihren Blick. »Und du? Hat dich noch keine eingefangen? Man spricht von einer gewissen Sandra Fenlon.«

Julian zuckte die Achseln. Für Callandre sprach das mit Sicherheit Bände. »Dir kann keine das Wasser reichen, Calamity.«

Diesmal lachte sie lauthals. Der alte Spitzname. Die besten Freunde. In den zehn Monaten am Nagelring waren sie unzertrennlich gewesen. Und all die Zeit über hatte der zündende Funke gefehlt, der für mehr als eine platonische Freundschaft nötig gewesen wäre. Einmal hatten sie versucht, es zu erzwingen. Es war nur eine von mehreren gemeinsam erlebten Katastrophen gewesen.

Im Kamin knackte und knisterte ein diesmal nur großes Feuer, als sich die beiden langsam aufeinander zubewegten, wie magnetisch voneinander angezogen, und sich bei jedem Schritt auch wieder dagegen stemmten. »Weißt du«, sagte Julian. »Ich habe mich immer gefragt ...« Er fuhr sich mit den Fingern durch das rotblonde Haar.

»Was hast du dich gefragt?«

»Was ich sagen würde, wenn wir uns noch einmal begegnen.«

Sie zuckte die Achseln. Die gut abgetragene Lederjacke machte die Bewegung mit. »Na, du hattest sieben Jahre Zeit, dir etwas zu überlegen.« Ihr Tonfall klang nicht gerade freundlich.

»Das habe ich auch.« Er blieb vor einem alten Holzstuhl stehen und legte die Hände um die gerade Rückenlehne. »Und weißt du, was ich wirklich mit dir machen möchte?«

»Mir den Stuhl da über den Schädel ziehen?«

»Danach.«

Auf Callandres Gesicht trat ein Raubtierlächeln. »Liebe ist was Wunderbares«, sagte sie.

Dann beugte sie sich vor und rammte Julian die Faust punktgenau aufs Kinn.

20

Der Exarch versteht unsere Probleme nicht. Das hat er mit seiner völligen Untätigkeit angesichts der Exzesse Katana Tormarks hinlänglich bewiesen. Und Senator Monroe – er war ein guter Mann.

– Planetarer Gouverneur Feyd Olson, Cylene, 25. April 3135

Terra
Präfektur X, Republik der Sphäre

2. Mai 3135

»Sie hat dich wirklich geschlagen?«

Sandra Fenlon klang zu zwei Dritteln erstaunt und zu einem Drittel eifersüchtig, entschied Julian. Er stand gemeinsam mit Sandra, Callandre Kell, Duchess Amanda Hasek und Caleb Davion auf der grünen Marmortreppe vor der Kathedrale der Republik in Paris und wartete, zusammen mit einem kleinen Gefolge aus Adjutanten und Offizieren.

Caleb unterhielt sich leise mit seiner Tante und Countess Tara Campbell, die den Befehl über die Militäreskorte geführt hatte, die sie vom Chalet nach Paris begleitet hatte. Die drei vertrieben sich die Zeit bis zu Harrison Davions Ankunft mit der Suche nach historischen Sehenswürdigkeiten. Die Eiffeltürme waren natürlich am einfachsten zu finden. Sie beherrschten die Silhouette der Stadt im Westen, ragten über die Terranische Münze und das Richard-Cameron-Ehrenmal auf, das einen ganzen Häuserblock lang war. Der Nouveaux Louvre, erklärte Caleb mit einem Hauch von Herablassung, besaß ebenfalls sehr schöne Türme, lag aber hinter der riesigen Kathedrale.

Julian hätte es vorgezogen, an diesem Gespräch teilzunehmen.

»Allerdings«, gestand er. Wieder. Er zupfte mit kurzer, kräftiger Bewegung seine Uniformjacke gerade.

Callandre Kell schmunzelte. Sie trug heute ein sehr feminines Frühlingskleid, vermutlich, um Harrisons Reaktion abzumildern, wenn der Prinz sie neben Julian erblickte. Aber die lila Strähnen in ihrem Haar stemmten sich recht wirksam gegen diesen Anpassungsversuch. »Wie geht es dem Kinn?«, fragte sie.

»Tut teuflisch weh.« Wenigstens verblasste der Bluterguss endlich. Er hatte die Farbe von dunklem Violett in ein kränkliches Grün verwandelt, und zum Glück war er inzwischen nur noch blassgelb. Die geschwollene Unterlippe war schon am nächsten Tag verheilt. »Ich kann es nicht fassen, dass du mich wirklich geschlagen hast.«

»Du kannst nur nicht fassen, dass ich dir beinahe einen Zahn ausgeschlagen habe.«

Julian lächelte allerdings ohne die geringste Ehrlichkeit. »Ich denke doch, das war vor allem die Rolle Silberkronen, die du in der Faust hattest.«

Sandra lachte. Es klang wie Kristallglöckchen. Hell, luftig und klar. Sie trug das aschblonde Haar sehr lang, bis zum Po, in offener Revolte gegen die vorherrschende Kurzhaarmode. Häufig legte sie es sich über die linke Schulter und ließ es vor ihrem Körper herabfallen. Heute hing es gerade an ihrem Rücken herunter, um die Bluse und die Halskette besser zur Geltung zu bringen, die Julian ihr bei einem kurzen Abstecher nach Athen gekauft hatte.

Caleb reiste auf der Suche nach romantischen Flecken kreuz und quer über den Planeten. Julian und Harrison hatten den Geburtsort der Demokratie besucht. Sie hatten eine Menge Ziegen und verfallene Gemäuer gesehen.

Schlimmer als jeder endlose Tag voller Logistikberichte während der Rundreise durch die wenigen Reste terranischer Geschichte, die den Heiligen Krieg überlebt hatten, war, dass Sandra und Callandre sich angefreundet hatten.

»Ich kann dir gar nicht sagen, wie oft ich das schon tun wollte«, bemerkte Sandra und erntete einen tadelnden Blick Amandas. Sie erwiderte ihn mit schielend gekreuzten Augen, und die Duchess konnte sich ein schuldbewusstes Lächeln angesichts der offensichtlichen Freude ihres Mündels nicht verkneifen.

»Er hatte es verdient, so abrupt wie er verschwunden ist. Nicht einmal ein Lebewohl. Nur ein Brief zu Händen der Kell Hounds. Und das nach allem, was ich für ihn getan habe ...«

»Nach allem, was du für mich ...?« Das ging wirklich zu weit. Julian schaffte es nicht einmal, ganz auszusprechen. Er sah zusätzliche Sicherheitsleute erscheinen, also konnte der Prinz nicht mehr weit sein. Aber das durfte er nicht so stehen lassen. »Möglicherweise ist mir da etwas entgangen. Hat es dir Spaß gemacht, nach dem Urteil des Ehrengerichts ein ganzes Jahr zu wiederholen?«

Callandre zuckte die Achseln, als wäre das für sie alltäglich gewesen. »Die zusätzlichen Stunden Spieltheorie konntest du gut gebrauchen.«

Sandra hörte sich das Gestichel an und schüttelte den Kopf. »Was habt ihr zwei angestellt?«, fragte sie.

Julian konnte sich den schuldbewussten Ausdruck auf seinem Gesicht nur vorstellen. Er spürte seine Wangen heiß werden, und seinen Nacken gleich mit. Wenigstens besaß Callandre noch so viel Anstand, beiseite zu schauen. »Nichts weiter als die üblichen Akademiestreiche«, antwortete er und glaubte es selbst nicht. »Außerdem hat sie angefangen.« Jedenfalls meistens.

»Ach ja! Als ob ich gewusst hätte, wie man einen *Zeus* klaut.«

Julian zuckte zusammen. Das hatte er vergessen.

Zum Glück sah er mehrere gepanzerte Limousinen vorsichtig durch die Verengung an der Rue d'Égalité navigieren. Ein Teil der Menge drängte sich gegen die Seilabsperrung, um einen Blick auf die eintreffende Prominenz zu erhaschen. Doch die Pariser Gendarmen hielten sie zurück.

»Da kommt jemand«, lenkte Julian das Gespräch unbeholfen von seiner Vergangenheit mit ›Calamity‹ Kell ab. Soweit es ihn betraf, durfte sie unter dem gnädigen Mantel des Vergessens begraben bleiben.

Harrison Davions Ankunft war geeignet, jedes gesellschaftliche Ereignis aufzumischen. Besonders, wenn der Erste Prinz der Vereinigten Sonnen selbst den Schlag seiner Limousine öffnete, bevor die Leibwächter ganz ausgestiegen waren, und sich zurückbeugte, um Sterling McKenna aus dem Wagen zu helfen. Die Khanin der Raben-Allianz stieg wie eine Königin ins Licht, die grauen Raubvogelaugen halb geschlossen. Die beiden Fürsten warteten an der Straße und Harrison winkte der nahen Menge zu, bis zwei Männer aus dem letzten Wagen sie erreichten.

Aaron Sandoval, den republikanischen Lordgouverneur der Präfektur IV, erkannte Julian aus dem Dossier, das er über ihn gelesen hatte, wieder. Erik Sandoval-Gröll hatte er schon getroffen. Er hatte den Champion nicht sonderlich beeindruckt.

Amanda Haseks Blick wurde eisig, als Sterling McKenna aus der schwarzen Limousine stieg. Sie fluchte leise, dann zog sie Sandra und Caleb nach vorne. Julian wartete, bis sein Prinz ihn erreicht hatte, auch wenn das Eis in Harrisons Blick, als er Callandre Kell erkannte, Julian für die Zukunft nichts Gutes verhieß.

»Haben wir uns verspätet?«, fragte Harrison und schaute seiner Schwägerin nach, die bereits auf dem Weg ins Innere war.

Die Halle mit Victor Steiner-Davions Leiche war für die Öffentlichkeit mehrere Stunden täglich geschlossen, um den nach Terra gekommenen Würdenträgern aus der ganzen Inneren Sphäre Ruhe zu verschaffen und ihre Sicherheit zu gewährleisten. Für größere Gruppen galt ein recht strikter Zeitplan, auch wenn klar war, dass niemand von entsprechendem Rang abgewiesen wurde, ganz gleich wie spät er erschien oder wie viele Menschen dadurch warten mussten.

Schließlich war dies der Grund für das Gipfeltreffen so vieler interstellarer Herrscher.

Julian schaute auf seine Armbanduhr, die mit dem Zifferblatt nach unten zeigte. Eine lyranische Gewohnheit, erinnerte er sich. Noch etwas, das er sich am Nagelring angewöhnt und nie aufgegeben hatte. »Nein, wir haben noch Zeit.«

Countess Campbell wechselte ein paar kurze Worte mit dem Ersten Prinzen und der Schneeraben-Khanin, entschied sich aber, auf der Freitreppe zu warten. Julian und Callandre folgten Harrison und McKenna in die Kathedrale. Die vier holten die anderen, denen die Pracht der Vorhalle momentan den Atem geraubt hatte, problemlos ein. Das Deckenfresko und die barocken Strebebögen. Auf Hochglanz poliertes Mahagoni und makellos glänzende Marmorböden. Es waren reichlich Mönche und Priester beiderlei Geschlechts anwesend, um Besuchern den Weg zu weisen, doch der war ziemlich offensichtlich. Ein roter Läufer erstreckte sich vom Haupteingang zu einer Seitentür abseits des Hauptschiffs, und dann in die Kammer, in der Victor aufgebahrt lag.

Der Tür, aus der soeben eine lange Reihe draconischer Adliger und Offiziere trat.

Julian war Vincent Kurita schon einmal begegnet. Der Koordinator des Draconis-Kombinats ging an dritter Stelle der Reihe, hinter einer symbolischen ›Wache‹ aus zwei Samuraikriegern. Sie trugen keine Uniform, sondern identische Kimonos und weiße Mäntel. Und in der Gegenwart ihres Lehnsherren hatten sie auf die Schwerter verzichtet. Trotzdem zweifelte Julian keine Sekunde daran, dass beide bestens geschult waren. Er sah es daran, wie sie sich bewegten.

Vincent Kurita trug natürlich die beiden Schwerter eines Samurai unter der Schärpe seiner prächtig gestickten Seidenrobe. Der einzige andere Bewaffnete folgte direkt hinter ihm. Er war größer als Vincent und von der Geschmeidigkeit eines Mannes, der sein ganzes Leben für den Kampf trainiert hatte. Matsuhari Toranaga, Tai-shu von New Samarkand, trug das in der Scheide steckende Katana in der linken Hand. Bereit, es im Dienste seines Koordinators augenblicklich zu ziehen. So hieß es.

Beide Männer waren in Harrison Davions Alter. Darüber hinaus war Vincent der Sohn Hohiro Kuritas, dem Victor Steiner-Davion während der Clan-Invasion das Leben gerettet hatte. Daher war es nicht überraschend, dass Haus Kurita Victor mit einer ansehnlichen Delegation das letzte Geleit gab.

Die Überraschung bestand eher in Vincent Kuritas Reaktion auf Harrison.

»Prinz Harrison«, begrüßte der Koordinator seinen Herrscherkollegen recht steif. Er sprach Sternenbund-Anglik mit starkem Akzent. Man merkte, dass er das Japanische gewöhnt war. Seine dunklen Augen bohrten sich in die Frau an Harrisons Seite. »Ich habe Sie schon in besserer Gesellschaft gesehen.«

Mit fast zwei Metern Körpergröße hätte Harrison den kleineren Draconier leicht von oben herab behandeln können. Stattdessen schüttelte er beiläufig tadelnd den Kopf und tätschelte die Hand McKennas, die sich bei ihm untergehakt hatte. »Das ist unter Ihrer Würde, Vincent.«

Die beiden Samuraikrieger erstarrten, als Harrison den Koordinator mit Vornamen ansprach. Kriegsherr Toranaga kochte geradezu.

»Hier geht es wohl eher darum, was unter ... Ihnen ist«, erklärte er laut.

Im Gefolge des Koordinators gab es nur wenige Frauen. Zwei Damen in traditioneller Kleidung und eine junge Frau in der Ausgehuniform der VSDK, mit Aufnähern der Militärakademie Sun Zhang und den Rangabzeichen einer Tai-sa. Ein Captain. Die junge Offizierin überraschte Julian in zweierlei Hinsicht. Zum einen, weil sie in keiner der Geheimdienstbesprechungen erwähnt worden war, die er auf Harrisons Befehl hin hatte über sich ergehen lassen müssen. Und dann war sie die Einzige, die ihre Gefühle zu verbergen wusste. Die beiden anderen Frauen erröteten bei der unverschämten sexuellen Anspielung Toranagas, die der Kriegsherr in aller Öffentlichkeit geäußert hatte.

Falls es eine bessere Möglichkeit gab, das Geflüster zu beenden und beide Delegationen in feindseliges Schweigen zu hüllen, hätte Julian sie jedenfalls nicht nennen können. Alles wartete darauf, wie der Prinz auf diese offene Beleidigung reagierte. Selbst Sterling McKenna, die normalerweise sehr deutlich auf eine solche Herabsetzung ihrer selbst und ihres Staates reagiert hätte.

Julian trat wortlos neben Harrison. Er hätte das voraussehen müssen, sobald er Vincent Kurita erkannte. Natürlich reagierte der Drache gereizt auf McKenna. Ihre Raben-Allianz grenzte an die Peripherieregion des Kombinats, häufig als Feind, aber immer als Bedrohung. Auf gewisse Weise herrschte zwischen den beiden eine noch größere Feindschaft, als sie die fünf Jahrzehnte der Scharmützel in den Draconis-Weiten erzeugt hatten.

Das erinnerte ihn an die Sandovals!

Aaron Sandoval war Militär der Republik und nicht notwendigerweise ein crucischer Nationalist. Aber vor allem war der Mann sehr erfahren. Dementsprechend machte er Julian wenig Sorgen. Aber Erik Sandoval-Gröll ... Er stammte aus der Mark Draconis der Sonnen. Es waren Eriks Vater und seine Onkel, seine Brüder und Vettern, die die davionistischen Bewegungen in den Weiten unterstützten und den Konflikt unentwegt schürten. Falls Erik auf diesem Planeten einen noch größeren Feind als Toranaga hatte, den Gegenspieler der Sandovals in diesem Krieg, dann war es der Koordinator.

Julian machte einen Schritt zur Seite und schob sich vor Erik. Sein Absatz senkte sich auf dessen Stiefelspitze. Aus dem Augenwinkel hatte er Erik zu einer Entgegnung ansetzen sehen. Und er bemerkte, dass Aaron Sandoval Erik die Hand auf den Arm legte, um einem Ausbruch zuvorzukommen. Callandre schob sich hinter Erik, vermutlich ohne genau zu wissen, warum. Aber trotzdem unterstützte sie Julian.

Innerhalb eines Pulsschlags war Erik Sandoval-Gröll isoliert, und sein leises Aufstöhnen über die gequetschten Zehen ging in Harrisons gezwungenem Lachen unter.

»Das Leben steckt doch voller Überraschungen, Koordinator Kurita. So ka?«

Julian beherrschte neben Deutsch und Französisch genug Japanisch, um den kurzen Nachsatz zu verstehen, der in diesem Zusammenhang so viel wie ›Stimmt's?‹ bedeutete. Auf eigene Kosten bot Harrison dem Herrscher des Kombinats eine Möglichkeit, im Angesicht dieses Fehltritts seines Tai-shu das Gesicht zu wahren.

Kurita richtete sich steif auf und hüllte sich in die Würde seines Amtes. »Hai, Prinz Harrison. So ka«. Stimmt. Er verbeugte sich knapp, eigentlich war es kaum mehr als ein Nicken. Aber es genügte den strikten Regeln der draconischen Diplomatie.

Und es ermöglichte allen, in Ehren nach Hause zu gehen. Und zwar lebend.

Hinter Harrisons Gruppe hatte sich ein kleiner Stau niedrigerer Würdenträger versammelt, weil niemand bereit gewesen war, sich in das Niemandsland zwischen den beiden Herrschern vorzuwagen. Jetzt, da sich die Spannung legte, kehrte Tai-shu Toranaga seinem Koordinator und dem Ersten Prinzen den Rücken zu, indem er an ihnen vorbeistampfte und mit ausholenden Schritten Kurs auf den Ausgang der Kathedrale nahm. Aller Augen blickten weiter auf Vincent Kurita, der die draconische Delegation hinter seinem Feldherrn hinausführte.

Harrison schickte seinen Sohn und seine Schwägerin mit einer Kopfbewegung voraus und dirigierte die kleine Delegation aus den Vereinigten Sonnen wieder zurück zum ursprünglichen Ziel ihres Besuches: das war der aufgebahrte Leichnam des gefallenen Paladins.

»Steckt das Leben nicht voller Überraschungen?«, fragte Callandre mit leiser Stimme. »Was hat der alte Bär – Verzeihung – der Prinz damit gemeint? Voller Überraschungen hier auf Terra? In der Politik?«

Es konnte alles bedeuten. Oder nichts. Leere Worte, um die Beleidigung zu übertünchen. Das flüsterte er ihr zu, als die Delegation im Gänsemarsch durch die kleine Seitentür trat.

Callandre ließ sich nicht abspeisen. »Das glaubst du doch selbst nicht.«

Sie hatte recht. Er glaubte es nicht. In den letzten Wochen, als Harrisons Anforderungen an Julian stetig größer wurden und er immer mehr Einblick in Staatsgeheimnisse und Planungen erhielt, hatte Julian das Leben des Ersten Prinzen besser kennengelernt, als er es je erwartet hatte. Und er wusste genau, bei all seiner Direktheit und seinen persönlichen Eigenheiten sagte Harrison doch nichts nur so dahin, ohne sich etwas dabei zu denken. Niemals. Jede Sekunde jedes einzelnen Tages war wohlüberlegt.

»Das Leben steckt voller Überraschungen«, flüsterte Julian, während er die Reihe entlang zu seinem Onkel schaute, »für einen Herrscher.«

21

> Senatorin Derius verhaften? Wir beglückwünschen sie für ihren Mut und ihre Führungsqualitäten!
> Die Republik war nie als absolutistische Monarchie gedacht. Und solange es Frauen wie Lina Derius gibt, wird sie es auch nicht werden.
> Außerdem – ist die Senatorin nicht immer noch auf Terra? Falls Exarch Levin einen derartigen Befehl nicht einmal auf seiner eigenen Zentralwelt umsetzen kann, wie kommt er darauf, er könnte Liberty unterwerfen?
>
> – LEGAT NAHIB JAMAL (neu ernannt), Liberty, 28. April 3135

Terra
Präfektur X, Republik der Sphäre

2. Mai 3135

Das Leben *mit unseren Untertanen* steckt voller Überraschungen. Das hatte Erik Sandoval-Gröll aus der Antwort des Prinzen herausgehört.

Ihm kribbelte vor Scham der Nacken. Er spürte, wie sich die Augen des Onkels zwischen seine Schulterblätter bohrten, als er vor dem Lordgouverneur und dem Prinz in die Totenhalle trat, eskortiert – bewacht! – von Julian und der Lyranerschlampe, die am Champion des Prinzen regelrecht klebte.

Hinter der Tür gaben sie ihn frei, und Erik verzog sich mit einem Schritt zur Seite in eine der hinteren Ecken des Raumes, zu aufgeregt, um sich in eine der Bänke zu setzen, zu besorgt um den Eindruck, den er erweckte, um auf und ab zu wandern oder einen Eklat zu riskieren, indem er ging, bevor der Prinz oder sein Onkel dazu bereit waren. Und falls er draußen irgendeinem Mitglied der draconischen Delegation begegnet wäre, hätte er die Situation nur noch schlimmer gemacht. So viel war ihm klar.

Jetzt hieß es den Schaden begrenzen und neu aufbauen. Eine Lektion, die er in den vergangenen Jahren gründlich gelernt hatte. Sein gerade noch verhinderter Ausrutscher heute machte die Wochen harter Arbeit nicht wertlos, die er hier auf Terra schon investiert hatte. Auch damit konnte er fertig werden.

Und so hielt sich Erik im Hintergrund, wurde von der in die Halle kommenden crucischen Delegation beiseite und dann von einem der Sicherheitsmänner des Prinzen nach rechts gedrängt, der sich an der Rückwand aufbaute.

Der Nebenraum war kleiner, als er angesichts der gewaltigen Architektur der republikanischen Kathedrale erwartet hatte. Kaum größer als ein militärisches Besprechungszimmer. Es fiel Erik nicht schwer, sich die zwölf Doppelreihen Kirchenbänke als Sitzreihen in einem Kasernenraum vorzustellen. Hinter den schweren Vorhängen an den Wänden konnten sich Flachbildschirme verbergen, über die im Marschrhythmus Geländekarten und Truppenaufstellungen wanderten. Am Kopfende ruhte Victor Steiner-Davion vor einem allerletzten Feldzug. Paladinin Tyrina Drummond wachte neben dem greisen Heerführer, beschützte Victors Ruhe, war aber natürlich bereit, ihn zu wecken, sobald sich die Truppen vollzählig versammelt hatten. Erik stellte sich vor, wie Victor aufwachte, den Panzerglasdeckel seines Sarkophags zurückschob und auf dem Podest auf und ab wanderte, während er Prinz und Duchess, Gouverneure, Generäle und hohe Offiziere anherrschte und ihnen ihre Rollen in einem großen neuen Zeitalter erklärte.

Einer Ära ohne ihn.

Die respektlose Fantasie half Erik, sich zu beruhigen, indem sie ihn vom aktuellen Geschehen und dem Fiasko entfernte, das sich in der Vorhalle fast zugetragen hätte. Und sie gestattete ihm, die Personen in diesem Raum in anderem, neutralem

Licht zu sehen. Er erkannte diejenigen, die sich Victors Sarg näherten, als läge ein Heiliger darin, ehrlich ergriffen von *seiner* Gegenwart. Und ebenso diejenigen, die das nur vortäuschten, sich nur zum Schein bekreuzigten, bevor sie selbstzufrieden näher traten und sich dem großen Helden auf die einzige ihnen mögliche Art überlegen fühlten: Sie lebten, und er nicht.

Und einen Mann, der wie ein wütender Löwe um den Raum kreiste, verzehrt von rastloser, gefährlicher Energie. Er mied die Reihe der Wartenden ebenso wie die Sitzbänke, während er ein Schauspiel rechtschaffenen Beleidigtseins präsentierte, diejenigen mit Blicken durchbohrte, die durch ihn hindurch schauten oder, schlimmer noch, ihn erkannten, aber nicht beachteten.

Caleb Davion. Caleb Hasek-*Sandoval*-Davion.

Erik löste sich aus der Ecke, langsam genug, um den Sicherheitsagenten neben sich nur zu einem neugierigen Blick zu veranlassen. Leute wie er waren schon in vollständig kontrollierter Umgebung nervös genug. Das war nicht die Art Aufmerksamkeit, auf die Erik momentan Wert legte. Er nickte dem Mann im schwarzen Anzug kurz zu, gab ihm zu verstehen, dass er seine Anwesenheit und deren Bedeutung wohl anerkannte, und achtete darauf, Prinz Harrison nicht zu nahe zu kommen, als er sich entlang der Außenwand vorarbeitete und Caleb knapp hinter der Empore erreichte, auf der Paladinin Drummond schweigend und respektvoll Wache hielt.

»Das Leben steckt voller Überraschungen«, sagte er. Nicht im Flüsterton, aber so leise, dass ihn außer Caleb niemand hörte.

Indem er wiederholte, was der Prinz zu Vincent Kurita gesagt hatte, bot Erik dem Davion-Thronfolger die Gelegenheit, ihn zurechtzuweisen und damit seine Überlegenheit zu beweisen.

Caleb aber hatte seine eigene Interpretation dieser Worte. Eine Interpretation, die offenbar wie eine schwärende Wunde an ihm nagte. Er hielt an, starrte Erik an, dann nickte er einmal. Knapp. Herrisch.

»Das Leben steckt voller Überraschungen«, wiederholte Caleb, »wenn man sich im Krieg befindet.«

Das war eine Auslegung, die Erik unterschreiben konnte. Eine Deutung, die nach den Jahrzehnten, den Jahrhunderten des Kampfes der Dynastie gegen den Drachen jeder Sandoval unterschreiben konnte. Im späten einunddreißigsten Jahrhundert war Haus Davion vor einem mehr als notwendigen Krieg zurückgeschreckt, von einem Jahrzehnt Heiligen Krieges zu erschöpft. Stattdessen hatte es den Sandovals und ihrem Lehen der Mark Draconis den sogenannten begrenzten Konflikt wie einen Mühlstein um den Hals gehängt: ganz der Art von Politikern entsprechend, sich aus der Verantwortung für einen in Wahrheit lang anhaltenden begrenzten Krieg zu stehlen.

»Der Drache schläft niemals wirklich«, zitierte Erik einen Familienwahlspruch. »Er sammelt nur Kraft.«

»Du bist ein Sandoval«, stellte Caleb von oben herab fest, als erweise er Erik eine kaiserliche Gunst, indem er ihn erkannte.

Natürlich war der schwarze Dutt ein ziemlich unübersehbarer Hinweis.

»Das bin ich, Sire. Erik Sandoval-Gröll.« Eine matrilineare Seitenlinie der Familie, aber trotzdem stark. Und über drei Generationen mit Caleb verwandt. »Adjutant Duke Aaron Sandovals und Kommandeur beim Schwertschwur. Ein loyaler Untertan der Vereinigten Sonnen.«

»Wie kann ein loyaler Untertan der Vereinigten Sonnen Titel und Rang in einer Miliz der Republik halten?«, fragte Caleb misstrauisch.

»Das ist eine Frage der Familie, ganz gleich, wo die momentanen Grenzen verlaufen. Stimmen Sie mir nicht zu, Lord Davion?«

Das war das äußerste Zugeständnis in Bezug darauf, dass der Schwertschwur tatsächlich die Vereinigten Sonnen und damit auch Haus Davion unterstützte, das Erik sich ohne Aaron Sandovals Erlaubnis gestatten konnte. Ein Hinweis für Caleb, dass er Freunde in der Republik hatte – und in diesem Raum.

Mit einer Kopfbewegung lud Caleb Erik ein, ihn zu begleiten. Die beiden Männer wanderten Seite an Seite hinter der Empore vorbei und fanden einen geeigneten Ort für eine ungestörte Unterhaltung neben Victors Sarkophag, verdeckt von drei zu Victors Füßen aufgestellten Fahnen. Es waren die Flaggen der Vereinigten Sonnen, der Lyranischen Allianz und der ComGuards. Sie symbolisierten Victors frühe Jahre.

Am Kopf des Sarges waren die terranische Fahne und die der Republik der Sphäre aufgestellt. Die Farben, unter denen er gestorben war.

Caleb fasste eine der Fahnen und zog sie ein Stück auf, um hinauf auf das Sonnenschwert der Vereinigten Sonnen zu blicken. Jetzt, da er Publikum gefunden hatte, hatte er seine Wut gebändigt.

»So«, stellte er fest. »Wie beurteilst du als Verwandter, wie mein Vater die ... Situation gehandhabt hat?«

Vorsichtig. »Sehr diplomatisch.«

»Wenn du mit diplomatisch meinst, dass er den ungnädigen Spott Vincent Kuritas und die offene, inakzeptable Beleidigung seines Adjutanten hingenommen hat, gebe ich dir recht.« Calebs Stimme klang wuterfüllt.

»Der ›Adjutant‹ war Matsuhari Toranaga, Kriegsherr von New Samarkand. Hätte ihr Vater auf die Beleidigung reagiert und Vincent Kurita gezwungen, sie der Höflichkeit halber zu rügen, so hätte er Toranaga Gelegenheit geboten, sich öffentlich dem Willen des Koordinators zu widersetzen. Und Vincent Kuritas Thron wackelt ohnehin schon.«

Hinterher war er natürlich klüger. Erik wünschte sich, er hätte seine politische Einsicht schon früher angewandt, bevor er sich fast zum Narren gemacht hatte. Erst denken, dann handeln! Hatte Aaron nicht die letzten zwei Jahre damit zugebracht, ihm das einzutrichtern?

»Und um Vincent Kurita zu helfen, sodass er stärker aussieht als er ist, erniedrigt sich der Davion-Prinz und lässt zu, dass er schwach wirkt?« Caleb wirkte, als wolle er speien. »Ich hätte dem Drachen keinen so leichten Sieg gegönnt.«

Erik bewegte mit Unbehagen die Schultern. Fragte sich, wie weit er Caleb ohne die lenkende Hand seines Onkels entgegenkommen durfte. Andererseits, was Aaron nicht wusste ... »Ich auch nicht«, antwortete er. »Vielleicht wird es Zeit, dem Draconis-Kombinat zu zeigen, wie schwach es wirklich ist. Und wie stark Haus Davion.«

Caleb lächelte. Nur ein dünnes Grinsen, das bis zu den dunklen Augen reichte. »Vielleicht ist es das«, stimmte ihm der Davion-Thronfolger zu. »Vielleicht werde ich es meinem Vater gegenüber erwähnen. Danke.«

Erik erkannte, wenn er entlassen war. Für heute hatte er genug für seine Belange erreicht. Eine zufriedenstellendere Begegnung als die mit dem Champion des Prinzen. Er verneigte sich leicht und zog sich rückwärts zurück, überließ die Bühne Caleb, der verschwand, um sich in der Schlange neben seinem Vater einzureihen. Harrison bewegte sich zügig vorwärts, unterstützt von den Sicherheitsleuten und einem Priester der Kathedrale, der andere Besucher höflich bat, der fürstlichen Delegation Platz zu machen. Die meisten folgten dieser Bitte. Ein paar der niedrigeren Adligen ließen sich Zeit, um die Bekanntschaft des Prinzen zu machen, was die Delegation bremste und einigen letzten Besuchern gestattete, sich von Victor Steiner-Davion zu verabschieden.

Erik hatte schon an einem der vorherigen Tage in der Besucherschlange gestanden. Er hatte durch das Panzerglas auf das gut erhaltene Gesicht einer Legende der Inneren Sphäre hinabgeschaut. Selbst im Tod hatte Victor ehrlich und großmütig gewirkt. Aber vielleicht hatte das auch nur daran gelegen, mit welcher Einstellung Erik auf die niedrige Empore und an den Marmorsarg getreten war. Nicht alle Sandovals waren Victor gegenüber so positiv eingestellt. Seine Tante Dorann jedoch hatte nie ein unfreundliches Wort über den ehemaligen Prinzen und späteren Paladin verloren. Das allein schon hatte sein Bild von diesem Mann beeinflusst.

Jeder brachte sein persönliches Gepäck zu einem Ereignis wie diesem hier mit. Die alten Veteranen, die ihre Orden präzise aufgereiht am Fuß des Sarkophags ablegten. Männer und Frauen, die stolz vor Victor salutierten. Ein paar, die es spöttisch taten. Die meisten schauten nur schweigend auf ihn herab, flüsterten ein, zwei Worte und gingen.

Erik blieb neben der Empore stehen, im Schatten der Fahnen, und fing ein paar der letzten Grüße auf.

Die meisten waren ziemlich langweilig, erst recht aus dem Kontext gerissen. Ein Greis mit einer ComGuards-Nadel am Revers seines dunklen Anzugs, alt genug, ein Zeitgenosse des Verstorbenen zu sein, beschwerte sich witzelnd über die Größe seiner Kinder. Auch er legte einen Orden zu der wachsenden Zahl. »Gute Männer haben gehandelt, Victor. So wie Sie.«

Ein reich gekleidetes Paar war ›den ganzen Weg von York gekommen. Danke, Sire‹.

Andere. Heute waren nur Würdenträger hier, die sich einen Moment von der Zeit nehmen konnten, die für Diplomaten, Verwandte und langjährige Vertraute reserviert war.

»Für das Andenken meines Großvaters, der unter Ihnen gedient hat.«

»Für Tikonov.«

»... wünschte, du hättest ihn kennengelernt, Victor. Nur eine Begegnung. Das hätte es vollendet.«

So vertraulich dem einstigen Prinz und Paladin gegenüber, und dabei doch so kalt. Erik war drauf und dran gewesen, ans andere Ende der Halle zurückzukehren und am Ausgang auf seinen Onkel und Prinz Harrison zu warten. Aber die alte Frau in ihrem schwarzen Spitzenkleid und mit passendem Schleier erregte seine Aufmerksamkeit.

Ebenso wie der junge Mann, der sie begleitete und ihr gestattete, sich auf seinen Arm zu stützen. Er trug einen einfachen schwarzen Anzug, der Gelegenheit anmessen. Seine Haltung und der ruhige, selbstbewusste Blick jedoch kennzeichneten ihn als Militär. Die Narbe neben dem linken Auge verlieh ihm ein bedrohliches Aussehen, auch wenn er momentan beherrscht wirkte.

Was er flüsterte, als er sich vorbeugte und durch den Glasdeckel starrte, war nicht zu verstehen.

Auch diese beiden traten schließlich beiseite. Und als er die Frau an den Fahnen vorbeiführte, erhaschte Erik einen Blick unter den Schleier und korrigierte sich. Keine alte Frau. Aber auch nicht mehr jung. Bildschön, aber zerbrechlich, in krassem Gegensatz zu dem robust und gut aussehenden Mann an ihrem Arm.

Erik folgte ihnen durch die halbe Halle, doch dann hielt er an und schaute sich zum Sarg des Paladins um. »So viele Leben«, flüsterte er. Victor hatte in den einhundertfünf Jahren seines Lebens so viele Menschen erreicht und ihr Leben beeinflusst – war es da ein Wunder, dass die Schlangen der Trauernden kein Ende nahmen?

Vielleicht nicht.

Tara Campbell wartete auf der Freitreppe der Kathedrale. Geduldig. Selbstsicher. In voller Sicht der Presse, deren Vertreter ihren eigenen abgesperrten Bereich auf der gegenüberliegenden Straßenseite hatten, von wo aus sie das Kommen und Gehen der Prominenz beobachten konnten.

Sie hätte ins Innere treten können, um sich einen Moment Ruhe zu verschaffen. Aber sie hatte ihren Augenblick bei Victor schon gehabt. Und Exarch Levin legte Wert darauf, dass sie jetzt, während die Offensive der Republik gegen die Senatsloyalisten lief, so öffentlich wie möglich agierte. Wenn sie nicht in einem Mech saß, sollte sie sich auf jede denkbare Art und Weise um wichtige Wohltätigkeitsbelange oder das Gipfeltreffen der Fürsten der Inneren Sphäre kümmern.

Heute bestand ihre Rolle darin, den Geleitschutz der Davions zu befehligen.

Morgen möglicherweise darin, eine zweite Beerdigung zu organisieren, wenn sie die düsteren, verbissenen Mienen des abziehenden Kurita-Gefolges richtig gedeutet hatte.

Tai-shu Toranaga war vorausmarschiert, das Katana wie immer fest in der Hand. Der Koordinator war ihm gemächlicher gefolgt, aber seine zornige Miene war ebenso unübersehbar gewesen wie die Gewitterstimmung seiner Samuraieskorte. Gut, sie hatte kaum jemals einen draconischen Adligen gesehen, der nicht aussah, als hätte er gerade einen halben Wurm in seiner Naranji gefunden, doch diese Übellaunigkeit war selten mit weiß hervortretenden Knöcheln an Heft oder Scheide eines Schwerts verbunden. Oder den stechenden Blicken in ihre Richtung.

Die würden es mit Sicherheit in die Abendnachrichten schaffen.

Tara aber hielt durch und spielte ihren Part für die Republik. Sie wartete, als allmählich auch die Mitglieder ihrer Gruppe aus dem Innern der Kathedrale kamen. Duchess Amanda Hasek und Sandra Fenlon waren die Ersten und verbrachten erneut Zeit damit, sich die Gebäude der Umgebung anzuschauen. Tara überlegte, ob sie ihnen Gesellschaft leisten sollte. Die Herzogin war ein wenig abweisend, Sandra aber war umgänglich, und alles in allem hätte sie es schlimmer treffen können.

»Hallo, Tara.« Er sprach sie von hinten an, die Hände freundschaftlich um ihre Taille gelegt.

Natürlich erkannte sie die Stimme, die sich seit der ersten Begegnung auf Skye in ihr Gedächtnis gebrannt hatte. Jasek Kelswa-Steiner war kein Mann, den man leicht vergaß – falls überhaupt. Seine warme Stimme, gefärbt von einem Hauch ›Skye-Italienisch‹, war in privater Umgebung behaglich und auf dem Schlachtfeld stark und selbstbewusst. Er besaß die Eleganz eines Panthers, dunkle, exotische Gesichtszüge und so dunkelblaue Augen, dass es an Indigo grenzte.

Und er hielt sie für die Kameras, in einem Bild, das mit Sicherheit interstellaren Nachrichtenwert hatte.

Tara drehte sich in seinem Griff um, zog sich dann aber abrupt einen Schritt zurück und brach die Umarmung. Er hakte die Daumen in die Taschen seiner Sturmhammer-Uniform, während sie ihre auf dem Rücken verschränkte. Förmlich. Distanziert.

»Jasek. Was tust du hier?«

»Ich bin gekommen, um nach dir zu suchen«, erwiderte er mit schüchternem Lächeln. »Callandre Kell sagte mir, dass du die Davions zur Kathedrale eskortierst.« Er zuckte die Achseln. »Nusakan ist eine Weile her, und ich habe mich gefragt, wie es dir geht. Ob du es dir anders überlegt hast.«

Sie konnte nur hoffen, dass die Reporter auf der anderen Straßenseite keine Richtmikrofone hatten. Vermutlich schon.

»Ich meine, was tust du *hier*? In Paris. Der Kommandeur des Sturmhammers auf Terra?«

»Auf Tara?«, fragte er mit suggestivem Tonfall und einem spitzbübischen Lächeln.

»Auf *Terra!*«

Der Mann war einfach unmöglich. Dass er die Republik Skye gekostet hatte, und beinahe die ganze Präfektur IX, machte es auch nicht gerade besser. Sie war sich immer noch nicht sicher, was sie von seinen endgültigen Plänen gegen die Jadefalken halten sollte. Sie hatten eine kurze, lebhafte gemeinsame Vergangenheit, mit der sich ein Bündel an Emotionen verband, das sie immer noch nicht ganz aufgeschnürt hatte.

»Selbst dein Vater hat auf einen Besuch verzichtet, solange sich seine Präfektur im Belagerungszustand befindet.«

Jasek nickte. Seine dunkle Haut schien makellos, die Zähne strahlend weiß. Jetzt war sie sich sicher, dass sein Lächeln ebenso den nahen Kameras galt wie ihr. *Er liebt das!*

»Ich bin mit der lyranischen Delegation hier, und mit Sondererlaubnis deines Exarchen. Hat dir Paladin McKinnon nicht gesagt, dass er uns hierher eskortiert hat?« Offensichtlich nicht. Was Jaseks Grinsen noch breiter machte. »Ich vermute, Jonah Levin will versuchen, meinen Vater und mich zu versöhnen. Als ob sich das Problem der Republik damit lösen ließe.«

»Die Republik hat im Augenblick einige Probleme«, stellte sie leise fest und vereitelte damit jeden Versuch, sie mit einem Richtmikrofon zu belauschen. Hoffte sie. »Ich persönlich bin mit dreien davon befasst. Ich habe keine Zeit für deine Spielchen.«

Jasek gab sich verletzt. Aber nicht lange. »Nicht einmal auf dem Festball nächste Woche?« Dem formellen Empfang für die zu Besuch gekommenen Würdenträger. Eine Nacht der Politik und der Feiern, die Tara nicht genießen wollte. »Und erzähl mir nicht, du kommst nicht. Der Exarch wird dafür sorgen, dass du da bist. All die Kameras. Und du bist zu hübsch für eine Offizierin. Countess.«

Was Tara leicht als Versuch Jaseks auslegen konnte, das Thema der Solidarität unter Adligen anzuschneiden und Levins Pläne zumindest begrenzt zu konterkarieren.

Andererseits versuchte er sie möglicherweise auch aus rein persönlichen Motiven zu betören.

Sie zog sich weiter zurück und hielt wieder auf ihre Schützlinge zu. Inzwischen standen auch Julian und Callandre neben Duchess Hasek und der Lady Fenlon. Und nun erschien Erik Sandoval-Gröll. »Bilde dir mal keine Schwachheiten ein, Jasek. Vergiss es.«

»Du kommst«, stellte er fest und blickte ihr nach. »Und ich finde dich.« Es war eine einfache Feststellung.

So selbstsicher wie eh und je. Tara musste zugeben, dass genau das eine der Eigenschaften war, die sie an ihm so anziehend fand, ganz gleich, wie sehr sie sich dagegen sträubte. Und es war eines ihrer Lebensprinzipien, sich nicht selbst zu belügen. Es gefiel ihr, dass er sie nicht vergessen hatte. Und dass er hier auf Tara war ...

Terra!

22

> Glauben Sie mir, eine Einladung zu diesem Ball ist ihr Gewicht in Diamanten wert. Hier versammelt sich die Crème de la Crème der politischen, wirtschaftlichen und militärischen Führungskräfte der Republik, ganz zu schweigen von den zu Besuch eingetroffenen Fürsten nahezu aller Staaten der Inneren Sphäre. Ganz Genf befindet sich im Ausnahmezustand, und der Exarch hat für diesen Abend in 200 Kilometern Umkreis jeden Flugverkehr unterbunden. Eine kluge Vorsichtsmaßnahme, wenn Sie mich fragen.
>
> – CHRIS O'REILLY, HardFire, ›Die Nacht der Nächte‹, Terra, 9. Mai 3135

Terra
Präfektur X, Republik der Sphäre

9. Mai 3135

Nachdem die letzten Gäste eingetroffen waren, fand im Genfer Palais der formelle Empfang und Ball des Exarchen für alle hochrangigen Gäste statt. Ein Abend voll Tanz und Gaumenfreuden, ohne politische Hintergedanken.

Das glaubte Julian Davion nicht für einen Sekundenbruchteil.

Der Ballsaal war groß genug, ein Landungsschiff der *Leopard*-Klasse aufzunehmen und konnte in seiner Einschätzung mit den prächtigsten Sälen des Davion-Palais' konkurrieren. Zumindest in der Präsentation. In jeder der vier Ecken des Saales befand sich eine eigene Empore, zu der mehrere teppichbedeckte Stufen hinaufführten. Jede Empore besaß ihre eigene Bar und ein kleines Heer an Dienern, die mit Tabletts voll Champagnerflöten, Cognacschwenkern, Likörgläsern und exotischen Hors d'Oeuvres durch die Menge glitten.

Ein Orchester mit zweiundvierzig Mitgliedern dominierte die Südseite des Saales. Es saß zwischen den beiden Emporen in einer bis knapp unter die Decke reichenden Schale in der Form eines *Atlas*-Kopfes. Leise Akkorde einer Neo-Bach-Kantate zogen durch den Raum. Gut zum Tanzen geeignet, mit gerade genug Rhythmus, um die Begrüßungsreihe des Exarchen in Bewegung zu halten, während seine Herolde auf der Nordost- und Nordwest-Empore Neuankömmlinge ankündigten.

Die Gäste betraten den Saal durch weite Doppeltüren an der linken und rechten Seite der Nordwand, ausländische Gäste durch die eine, republikanische durch die andere. Adlige, Politiker, Militärs – die meisten gehörten zu allen diesen Gruppen – kamen eine Freitreppe herab in den Saal, wo sie Exarch Jonah Levin und seine Gemahlin formell willkommen hießen. Ein kurzer Händedruck und ein paar höfliche Worte, als der Exarch die Gäste aus beiden Schlangen begrüßte, sie kurz miteinander bekannt machte und dann in den Saal entließ, wo sie sich unters Volk mischten, aßen, tanzten oder, wie Jonah Levin es sicher wollte, sich miteinander unterhielten.

Ein effizienter und durchdachter Plan. Harrison Davion nickte zustimmend, als Julian ihn leise darauf hinwies.

»Hier geht es um mehr als Victor«, sagte er.

Dann ließ der Prinz sich und Sterling McKenna vom Planetaren Gouverneur von Yang Tse beiseite ziehen, um jemanden kennenzulernen, bevor er auch Julian mit einer kurzen Vorstellung und einer Hand auf der Schulter des jungen Mannes ins Gespräch mit einbezog.

Auch Harrison ging es an diesem Abend um mehr als nur darum, das Andenken eines toten Paladins zu ehren.

Fast eine Stunde folgte ihm Julian durch den Saal. Gelegentlich hatte er den Eindruck, weniger der Neffe und momentane Champion des Prinzen zu sein als Calebs Vertretung, weil der Thronfolger irgendwo anders seine eigenen Interessen verfolgte. Harrison fragte ihn regelmäßig nach seiner Meinung, und mehr als einmal ließ er ihn in der Gesellschaft eines Republikaners zurück, der zu unwichtig schien, um die Aufmerksamkeit des Ersten Prinzen wert zu sein, aber immer noch zu wichtig, um ihn zu beleidigen.

Doch es gab vielerlei Verpflichtungen für jemanden wie Julian. Viel zu schnell, wie Harrisons tadelnder Blick deutlich machte, erschien Duchess Hasek und holte Julian ab, um Sandra Gesellschaft zu leisten. Unter ihrem besorgt ermutigenden Auge führte Julian Sandra Fenlon auf die Tanzfläche. Sandras mit einer Spange an einer Seite gebündeltes aschblondes Haar fiel wie ein Wasserfall über ihre linke Schulter, und seine goldene Frackjacke passte vollkommen zu ihrem goldbronzenen Kleid. Das geheime Lächeln, das sie austauschten, hätte durchaus Zuneigung, wenn nicht sogar erblühende Liebe ausdrücken können, auch wenn es in Wahrheit nur eine freundschaftliche Scharade war, um Amanda Hasek zufriedenzustellen.

Der Ballsaal war riesig, groß genug für mehrere Tanzflächen, zwischen denen sich breite Gänge und Tische befanden, an denen die Gäste essen, trinken und sich unterhalten konnten. Außerdem, bemerkte Julian jetzt, zeigte der Boden eine in Mosaikarbeit ausgeführte Sternkarte. Die Sonnen aller besiedelten Systeme der Republik brannten in kaltem Glanz unter den Füßen den Gäste. Gelbe Hauptsequenzsterne. Rote Zwerge. Binärsterne. Die bewohnten Planeten umkreisten ihre Sonnen, blau, grün, gelb und rot, eingehüllt in eine blasse Lufthülle. Und um jede dieser Welten schlang sich eine Schriftrolle mit ihrem Namen. Julian und Sandra drehten sich im Walzerschritt zwischen Wega, Moore und Styx. In der Nähe von Northwind trafen sie Countess Tara Campbell, die sich mit Callandre Kell und Jasek Kelswa-Steiner unterhielt, der ebenfalls Teil der lyranischen Delegation war. Gemeinsam schlenderten sie an Liao und Gan Singh vorbei, beide inzwischen von der Konföderation Capella erobert, und verließen die Karte über New Aragon, die Festungswelt der Republik in Präfektur V.

Von den Stufen zur Südostempore aus bot sich den jungen Adligen eine ausgezeichnete Sicht über den gesamten Saal. »Beeindruckend«, flüsterte Julian Sandra zu.

Und das war es auch. Eine ganze Wand aus makellosem Panzerglas, drei Stockwerke hoch, bot einen Blick hinaus über Rasengrund und einen privaten Teil des Grand Parc. Kurz nach der Ankunft der Davion-Delegation hatte ein Feuerwerk begonnen, das den Abendhimmel Terras in ein Kaleidoskop explodierender Farben tauchte, die sich im Innern des dicken Glases brachen und tanzten. Entlang der gegenüberliegenden Wand waren Büffets aufgebaut, die Speisen aus allen Teilen der Inneren Sphäre boten. Wobei die ›Wand‹, wie Julian feststellte, nur eine Holoprojektion war. Kellner kamen geradewegs durch sie hindurch, nur kurz von einem goldenen Halo umgeben, bevor sie mit ihren schwer beladenen Tabletts an die langen, in weiß-goldene Damastdecken gehüllten Tische traten.

Sandra fasste ihn an der Hand und deutete zur Decke, wo jetzt weitere Holoprojektoren die Kuppel des Saales mit einem Schauspiel stellarer Phänomene füllten, das es mit dem Feuerwerk aufnehmen konnte. Rot glühende Gaswolken zerfaserten im Dunkel des Alls. Kometen mit langen, eisigen Schweifen schossen vorbei, gefolgt von der Langsamen Geburt einer Welt, einer Komposition des berühmten Grafikkünstlers Jai Yuen Kanto.

In Gedanken war Julian gezwungen sich einzugestehen, dass dies alles übertraf, was sie auf New Avalon aufbieten konnten.

In der Zwischenzeit hatte Callandre Kell einen jungen, gefährlich aussehenden Mann in der Lederkluft eines Clanners gefunden und führte ihn auf dem Parkett in einem leichten Menuett. Sandra zog Jasek für den Rest des Tanzes beiseite und ließ Julian in der Gesellschaft Taras und des sich nähernden Lars Magnusson zurück, den der Champion auf dem Ausflug nach Athen kennengelernt hatte.

Eine auf Lars' rechter Schläfe zentrierte Tätowierung des

Geisterbärenwappens bedeckte einen Teil seines Gesichts, sodass es eigentlich unmöglich war, die Herkunft des jungen Mannes zu übersehen. Doch heute trug er statt einer Uniform die Robe eines Adligen. Weil er bereit war, solche Unterschiede zu machen, war der Wahrgeborene von fürstlichem Geblüt aus dem Rasalhaag-Dominium einer der wenigen ClanKrieger, die den ›neutralen Boden‹ Genfs verlassen durften. Für diese Reise, so hatte er Julian erklärt, hatte er seinen Rang und Kodex abgelegt. Dadurch galt er nicht als Krieger, was dem Rest der Dominiumsdelegation gar nicht gefiel.

»Wieder mal allein?«, fragte Julian. Mit ein paar kurzen Sätzen erklärte er Tara Lars' freiwillige Demilitarisierung.

Lars strich sich mit gespreizten Fingern durch das struppige, aschgraue Haar. »Meine Begleiter haben die Südwestempore gestürmt.« Er deutete mit einer Kopfbewegung auf die andere Seite des Saales, wo sich Khanin Dalia Bekker, umgeben von einem Gefolge aus Kriegern, oberhalb der Stufen aufgebaut hatte, als präsidiere sie über den Ball des Exarchen. Es war unübersehbar, dass mehr als einer der Krieger ein Elementar war. Riesige, breitschultrige Hünen. »Ich wurde nicht ins Geleit der Khanin geboten.«

»Ihr Verlust ist unser Gewinn«, hieß Tara ihn willkommen. Auch sie hatte auf militärische Kleidung verzichtet und die Highlander-Uniform gegen ein rotes Paillettenkleid getauscht, das ihre schlanke Figur auf äußerst anziehende Weise umschmeichelte.

Aber eitles Geplauder lag keinem der drei. Ihr Gespräch bewegte sich schnell auf das Thema der Schwierigkeiten in der Republik und der ganzen Inneren Sphäre zu.

»Gibt es noch Probleme in Deutschland?«, fragte Julian.

Er hatte die Entwicklung zwischen den Truppen der Republik und denen, die zu den rebellierenden Senatoren übergelaufen waren, verfolgt, und wusste, dass Tara und Paladinin Heather GioAvanti Stuttgart erobert hatten, aber auch, dass Ex-Ritter Conner Rhys-Monroe in Mannheim und Essen eine robuste Verteidigung organisiert hatte.

»Momentan«, stellte Tara fest, »habe ich den Eindruck, dass Ihre hiesigen Geheimdienstquellen selbst Terras freie Presse bei der Sammlung und Analyse von Fakten in den Schatten stellen.«

Keiner der beiden Männer gab irgendetwas zu, aber Julian spürte, wie sich seine Kaumuskulatur leicht anspannte, und wusste, dass er sich damit verraten hatte.

»Nein«, gab Tara zu, und nahm sich einen Appetithappen von einem der vorbeikommenden Tabletts. Die beiden Männer folgten ihrem Beispiel. »Die noch verbliebenen Senatoren scheinen momentan damit zufrieden zu sein, abzuwarten. Was mir Sorgen bereitet, ist das Geschehen im Rest der Republik. Nach der Invasion der Konföderation sind uns schon zwei Senatoren abgesprungen. Ich fürchte, die Auflösung des Senats wird noch weitere Desertionen zur Folge haben.«

Julian probierte den Happen, zwei pfeffergefüllte Oliven auf einem Silberspieß, und genoss den heißen, salzigen Geschmack. Besonders das Brennen in der Stirnhöhle. »Sie finden, der Exarch hätte noch warten sollen?«

»Oder hat er eher schon zu lange gewartet?«, kam Lars Taras Antwort zuvor. »Als sich Clan Geisterbär mit der Freien Republik Rasalhaag verband, standen wir vor ähnlichen Problemen mit einigen der älteren Adelshäuser. Die Strategie der Zurückhaltung hat dabei kein einziges Mal funktioniert.«

»Ich schätze, wir werden abwarten müssen, was daraus wird«, meinte Tara, die sichtlich zögerte, Zweifel an ihrem Exarchen zu äußern. Aber so viel zumindest gestand sie sich zu: »Unter dem Druck, den Haus Liao auf Präfektur V ausübt, und der eisernen Hand, mit der die Jadefalken ihre Eroberungen festhalten, scheint es allerdings schon so, dass Exarch Levin eine dritte Front in der Heimat eröffnet hat, die wir uns kaum leisten können.«

»Es war schon vorher ein Schlachtfeld«, bemerkte Jasek, der mit Sandra im Arm von der Tanzfläche zurückkehrte. Er reichte sie mit einem freundlichen Nicken an Julian weiter. »Wenigstens habt ihr jetzt Truppen an Ort und Stelle.« Die dunkelblauen, fast indigofarbenen Augen und die dunkle Haut verliehen dem Mann ein exotisches Äußeres. Sein Akzent jedoch kündete von reinster Skye-Aristokatie, mit einem Hauch terranischem Mittelmeer.

Tara übernahm die notwendigen Vorstellungen, mit einer seltsamen Mischung aus Vergnügen und Verlegenheit. Lars und Jasek schüttelten sich die Hand. Jetzt hielten sie zu fünft Hof, wobei Tara Campbell nur auf Grund ihres um wenige Jahre höheren Alters und des höheren Adelstitels den Vorsitz führte.

Obwohl dabei natürlich auch Taras Rolle als Liebling der Medien mitschwang, der ihr in Julians Augen offensichtlich in die Wiege gelegt worden war.

Nicht, dass er es bedauerte, gemeinsam mit Sandra in den Hintergrund treten und nur beobachten zu können. Immerhin drängten sich im Saal inzwischen die Gesichter, die er aus den vielen Geheimdienstbesprechungen erkannte, zu deren Teilnahme Harrison ihn gedrängt hatte. Durch irgendein geheimes Signal – oder möglicherweise auch nur einem Gesetz gegenseitiger Faszination entsprechend – hatte sich die Südostempore zu einem Magneten für die jüngeren Besucher entwickelt. Paladin Gareth Sinclair erschien, Dame Christine Sandoval am Arm. Eine Cousine Erik Sandoval-Grölls, soweit Julian sich erinnerte, aber keine Freundin des Schwertschwur-Offiziers. Anson Mariks Sohn Kenyan streifte wie ein Hai auf Suche nach Beute durch das Areal. Allein. Bereit, augenblicklich zuzuschlagen. Selbst Caleb endete irgendwann hier, nachdem er sich im eigenen Interesse – oder dem seines Vaters – mit einigen der Fürsten der Inneren Sphäre unterhalten hatte.

Die meisten der jungen Adligen umkreisten einander mit vorsichtigen Worten und misstrauischen Blicken, von den jeweiligen Geheimdiensten trainiert, nichts preiszugeben. Von Diplomaten darin instruiert, niemanden zu beleidigen. Aber nicht alle hier kümmerten sich um so etwas. Caleb traf ein, als gerade die sonore Stimme eines der Herolde über der Musik und dem konstanten Raunen hunderter Gespräche das Eintreffen des dritten Generalhauptmanns verkündete, diesmal des Regulaners.

Caleb lachte offen und gab sich keine Mühe, seine Verachtung zu verbergen. »Wie viele Generalhauptmänner sind nötig, um ein zerbrochenes Leuchtelement zusammenzusetzen?«

»Nur einer«, antwortete eine Frauenstimme hinter ihm und zog die Blicke auf sich. Sie hatte dunkelrot schimmerndes Haar und leuchtende, jadegrüne Augen, deren Farbe zu ihrem dezent geschnittenen Abendkleid passte. »Aber erst müssen sie sich darüber einig werden, wem die Scherben gehören.«

In Anbetracht der Tatsache, dass der Neuankömmling, der Caleb den Witz geklaut hatte, Nikol Marik war, Tochter der Lady Generalhauptmann Jessica Marik des Oriente-Protektorats, kicherten Julian und die meisten anderen höflich. Caleb schwieg jedoch beleidigt, was die anderen mit unbehaglichen Blicken quittierten.

»Tut mir leid, wenn ich unterbreche. Ich habe nur Countess Campbell erkannt, und ich wollte schon immer mal ihre Bekanntschaft machen.« Sie lächelte den eisig dreinblickenden Caleb an und legte ihm in einem Versuch der Besänftigung die Hand auf den Arm. »Das ist einer meiner Lieblingswitze.«

Auf Calebs Gesicht kämpften Verärgerung und Überlegenheitsgefühl miteinander, dann rang er sich zu einem Lächeln durch, was die fröhliche Stimmung der Gruppe schnell wiederherstellte. Ein vorbeikommender Kellner senkte das Tablett, und viele Hände streckten sich nach Champagner und Cognac aus. Lars Magnusson bestellte ein Timbiqui Dunkel. Julian entschied sich für ein Mineralwasser.

Sandra Fenlon lachte ihn über den Rand ihrer Champagnerflöte an, als es eintraf. »Standfest wie immer, Julian.«

»Wenn ich den Prinzen bei einem Drink entspannen sehe, vielleicht«, antwortete er, gerade als Caleb seinen leeren Cognacschwenker auf einem vorbeikommenden Tablett gegen ein volles tauschte. Sein Vetter starrte ihn ertappt an, dann wurde sein Blick giftig.

Dabei hatte Julian gar nicht vorgehabt, Caleb zu tadeln. Er hatte einfach nur darauf hingewiesen, dass er als der Champion des Prinzen immer im Dienst war. Zumindest solange der Prinz es war. Tara Campbell übernahm die Rolle der Schlichterin und lud Nikol Marik ein, sich der Gruppe anzuschließen, während sie Caleb zu einem Walzer entführte.

Sandra stieß Julian in die Rippen. »Ich bezweifle stark, dass wir heute Nacht von einer Panzereinheit angegriffen werden. Gönn dir mal was.«

Der perfekte Augenblick für Callandres Ankunft. In ihrem schwarzen Abendkleid mit breiten roten Streifen, die auf ihrem Nabel zu einem ›V‹ zusammenliefen, und passenden Strähnen im haselnussbraunen Haar, das für den Ball hochgesteckt war, bot sie einen prachtvollen Anblick. Sie wurde von dem Wolf-Krieger und einem anderen Pärchen begleitet, das sie auf dem Rückweg vom Büffet getroffen hatten. Callandre hatte sich bei der Frau untergehakt und zog sie beinahe gegen deren Willen mit.

Es war die junge draconische Offizierin, die Julian in der Woche zuvor in der Gesellschaft von Vincent Kurita und Taishu Toranaga gesehen hatte.

Ihr Begleiter trug eine Novakatzen-Uniform ohne irgendein Rangabzeichen. Noch ein Rätsel.

»Auf der Akademie hatte Jules Albträume wegen eines Angriffs mit Panzereinheiten«, offenbarte Callandre ihrer neuen Freundin, lautstark.

»Nur, weil du sie mir eingeredet hast.«

Großartige Idee. Warum wedele ich nicht gleich mit einem roten Tuch vor einem Smolensker Stier, wenn ich schon mal dabei bin?

Sie lächelte verschmitzt. »Er nimmt mir immer noch übel, dass ich ihm im dritten Quartal die GMS-Beurteilung verdorben habe.« Nachdem sie mehrere stirnrunzelnde Blicke geerntet hatte, erklärte sie es. »Gemeinsame Manöver-Simulationen am Nagelring. Panzer gegen BattleMechs. Mein Zerstörer hat eine ganze Lanze abgeschossen. Julian landete mit fünf Panzerabschüssen abgeschlagen auf Platz Zwei.«

Julian nippte an seinem Sprudelwasser. Das Kitzeln in der Nase lockerte seine Zunge. »Du hast geschummelt, Callandre«, stellte er fest. Dann nahm er den Vorwurf wieder zurück, um ihr kein Unrecht zu tun. »Okay, vielleicht auch nicht. Aber auf jeden Fall war es verdammt unkonventionell.«

»Moment mal«, bemerkte Jasek. »Davon habe ich auf Hesperus II von ein paar Freunden gehört, die am Nagelring waren.« Er starrte von Callandre zu Julian und zurück. »Du bist Calamity Kell.«

Callandre kochte, und Julian brach in Gelächter aus. Es kam selten genug vor, dass sich die Rollen so verteilten.

Um den momentanen Verlust ihrer Beherrschung zu überspielen, stellte Callandre ihre Begleiter vor. Neben Alaric Wolf, der sich im Hintergrund der Gruppe hielt und den Eindruck erweckte, sie nur unter Androhung von Gewalt begleitet zu haben, hatte sie Tai-sa Yori Sakamoto und MechKrieger Kisho vom Clan Novakatze mitgebracht. Julian fragte sich, ob er wohl der Einzige war, dem die warnenden Blicke auffielen, die die beiden Kombinats-Krieger bei der Vorstellung austauschten.

»Nicht übel«, kommentierte Nikol Marik. »Jetzt fehlen nur noch ein Jadefalke und ein Haus-Liao-Janshi, und die ganze Innere Sphäre ist vertreten.« Sie lachte hell. »Dann könnten wir unseren eigenen Hohen Sternenbundrat gründen.«

Julian, der die Geschichte des Ersten Sternenbunds ebenso studiert hatte wie die des unter dem Druck der Clan-Invasion gegründeten Zweiten, vermisste ihn nicht. »Ich will hoffen, die Innere Sphäre ist über die Notwendigkeit eines Sternenbunds hinausgewachsen. Historisch hat er immer mehr Probleme verursacht als gelöst.« Den Vereinigungskrieg. Den Amaris-Putsch. Selbst den Steiner-Davion-Bürgerkrieg und den Heiligen Krieg der Blakisten. Allesamt das Ergebnis von Machtkämpfen und Intrigen, die sich vom Konzept der allumfassenden Macht nicht trennen ließen.

»Trotzdem«, bemerkte er. Sein Blick schweifte durch den

Saal und über die anderen Emporen. »Von den Falken habe ich nicht viel gehört.«

»Da hast du nichts verpasst«, erwiderte Callandre in frostigem Ton, und Tara ebenso wie Jasek verzogen bei der Erwähnung des Clans das Gesicht.

Julian konnte es ihnen nicht verdenken. Den Berichten zufolge, die er gelesen hatte, kämpften die Truppen der Republik in Präfektur IX, unterstützt von Jaseks Sturmhammer und regulären lyranischen Einheiten, seit fast einem Jahr ohne großen Erfolg gegen eine Falken-Offensive.

»Die Jadefalken schicken niemanden«, stellte Jasek fest. »Und Haus Liao wird aufgrund der jüngsten Angriffe zuletzt angekündigt.«

»Noch hinter den Höllenrössern?«, fragte Lars, der den Herold Khan Gottfried Amirault vorstellen hörte. Er pfiff anerkennend. Und zwinkerte Alaric Wolf zu.

Der zuckte die Achseln – und seine offenbar nagelneue Ledermontur knirschte protestierend. »Sie können froh sein, dass sie überhaupt eingeladen worden sind«, stellte er ohne den geringsten Versuch, diplomatisch zu sein, fest. Unter den Blicken aller anderen in der Gruppe verlagerte er das Gewicht von einem Fuß auf den anderen. »Allerdings habe ich gehört, ihre Ankunft gestern fand mit Jägergeleit und einer selbst organisierten Parade durch die Straßen Genfs statt.« Er schüttelte den Kopf. »Sie bemühen sich immer noch um Anerkennung. Für uns andere Clans ist es beinahe peinlich.«

Bei einer so deutlichen Meinung fragte sich Julian unwillkürlich, ob Alaric seine Widerspenstigkeit nur vorgetäuscht hatte. Er warf dem Wolf einen schrägen Blick zu und schmunzelte. »Ich dachte, alle Clans sind gleich?«

In den eisblauen Augen des Wolf-Kriegers lag kein Hauch von Belustigung. Sie waren kalt wie Gletscher. Alarics Lächeln entwickelte sich langsam und selbstsicher, und die halbmondförmige Narbe neben dem linken Auge verzog sich, was den Anschein erweckte, er zwinkere.

»Manche«, erklärte der junge Wolf, »sind gleicher.«

Das war eindeutig eine Auffassung, die Caleb Hasek-Sandoval-Davion nachvollziehen konnte, als er nach dem Tanz mit der Countess Northwind zurück zur Gruppe stieß.

»Ganz sicher sogar, aber ist der Wolfsclan gleicher als die anderen Clans?«, fragte er, um den jungen Krieger zurechtzustutzen. Er erwartete keine Sekunde, dass der jüngere Krieger den Mut haben würde, das offen zuzugeben.

»Gleicher als die meisten, pos«, prahlte er.

Aber unter Lars Magnussons drohendem Blick verfiel er wieder in Schweigen, und Caleb kehrte an seinen angestammten Platz im Zentrum der Aufmerksamkeit zurück. Es überraschte den Davion-Thronfolger nicht, wie schnell Alaric zurücksteckte. Er hatte ihn längst abgeschätzt. Zehn Jahre jünger als Caleb, auch wenn er durch das kantige Gesicht und die zernarbten Knöchel den Eindruck erweckte, eine harte Schule durchlaufen zu haben. Caleb tat den jungen Burschen als Prahlhans ab.

Stattdessen konzentrierte er seine Aufmerksamkeit auf die beiden neuesten Mitglieder des Zirkels. Zwei Offiziere aus Haus Kuritas Draconis-Kombinat.

Mitglieder der Delegation, die Calebs Vater und mit ihm die gesamten Vereinigten Sonnen offen beleidigt hatten!

Callandre Kell bemerkte, wie er die beiden anstarrte, und stellte sie einander vor.

»Tai-sa Yori Sakamoto und Kisho Novakatze, das ist Caleb Davion, Prinz Harrisons Sohn.«

Hasek-Sandoval-Davion, Duke of Taygeta, Kommandeur ehrenhalber der Syrtis Avengers und Thronfolger der Vereinigten Sonnen! Julians lyranische Schlampe brachte nicht einmal eine angemessene Vorstellung fertig. Statt ihm die beiden vorzustellen, wie es angemessen gewesen wäre, stellte sie ihn dieser Yori Sakamoto und Kisho vom Clan der Novakatzen vor. Caleb hatte an diesem Abend schon seine Pflichtzeit als kleiner Mann zwischen den *wahren* Mächten der Inneren Sphäre abgeleistet: Erst hatte er sich kurz mit seinem Vater gezeigt, und dann mit Exarch Levin, Anson Marik und Trillian

Steiner gesprochen. Es würde sicher interessant werden, seine Beobachtungen später mit Mason zu vergleichen. Er hatte sich recht ausführlich über Trillian Steiner ausgelassen.

Außerdem hatte Caleb politisches Kapital bei den Khanen Dalia Bekker und Seth Ward ausgegeben. Die viel zu sehr von sich eingenommenen Clanner behagten ihm gar nicht, doch aus diplomatischer Höflichkeit hatte er sie ertragen. Er hatte sich *nicht* wieder in die Gesellschaft Vincent Kuritas zwingen lassen, war dem draconischen Koordinator ausgewichen, wo es nur ging, und durch ihn hindurch geschaut, wenn ihn das Gedränge der Diplomaten und Würdenträger in seine Nähe gezwungen hatte.

Nur einmal hatte sich der Koordinator bewusst in seine Richtung bewegt.

Caleb hatte schnell etwas gefunden, das er dringend mit dem Legaten von New Home besprechen musste.

Jetzt diese Dracs hier vorzufinden, die nicht die geringsten Anstalten machten, sich für ihre frühere Frechheit zu entschuldigen, und zu erleben, wie Callandre Kell sie mit einer Freundlichkeit behandelte, die ihnen ganz entschieden nicht zustand, das machte ihn wütend.

Er musste seinen Zorn jedoch beiseite schieben, als der Herold endlich die Ankunft Daoshen Liaos und seiner Schwester, Ilsa Centrella, geborene Liao, Magestrix von Canopus, ankündigte und ihm damit sein Publikum stahl.

Es überraschte Caleb immer wieder, wie es der kräftigen Stimme des Herolds gelang, den Lärm der Kapelle und die Gespräche zu übertönen und selbst diese weit entfernte Ecke des Ballsaals noch klar verständlich zu erreichen. In diesem Fall allerdings wurde die Ankündigung zunehmend lauter und klarer, als der Herold die volle Liste der Titel vorlas und Daoshens Frechheit den Saal verstummen ließ. Der Mann, der für den ersten wirklichen Krieg in zwei Generationen verantwortlich war, der wie ein Rabe die Augen einer geblendeten Inneren Sphäre auspickte? Er betrat tatsächlich terranischen Boden, während sein Heer die Republik angriff?

Kein Wunder, dass ihn die Capellaner praktisch als Gott verehrten.

Der Herzog von Sian und Kanzler der Konföderation stieg von der Nordwestempore herab, gefolgt von einem kleinen Tross stolzer Adliger und Offiziere in makelloser Ausgehuniform. Es fiel nicht schwer, Daoshen auf seinem Weg zu Exarch Levin zu folgen, den er mit einer ebenso erwiderten leichten Verbeugung begrüßte. Mit über zwei Metern Körpergröße bei skelettartig hagerer Statur überragte der Kanzler die meisten Menschen um Kopf und Schultern. Außerdem trug er einen glänzend goldenen Anzug im Mandarinstil, der ihn wie eine Sonne in Menschengestalt leuchten ließ.

Es war sicher kein Zufall, dass das Feuerwerk im Grand Parc bei Liaos Ankunft endete. Oder, dass sich in der Holoschau an der Decke öde Eiswelten ablösten, denen das Erhabene der vorhergegangenen Präsentationen gänzlich fehlte. Es waren keine sonderlich subtilen Gesten, Caleb jedoch erschienen sie zumindest effektiv.

Wenn auch nicht unbedingt im besten Interesse des Kanzlers, denn sie lenkten die Aufmerksamkeit erst recht auf Daoshen Liao, sodass ihm alle Blicke folgten, als er die capellanische Delegation rund um den Saal führte.

Caleb nippte an einem frischen Cognac und genoss den kräftigen Biss und seidig geschmeidigen Nachgeschmack. Er betrachtete die Prozession mit klinischem Interesse.

»Seine Frau?«, fragte Nikol Marik laut, die grünen Augen auf einer eleganten Frau von reifer Schönheit, die an Daoshens Seite fast durch den Saal schwebte. Zu ihrem Kleid gehörte eine lange, über den Boden gleitende Schleppe, die ihre Füße völlig verbarg.

»Schwester«, erklärte er der Oriente-Thronfolgerin. Ein nahe liegender Irrtum. Daoshen strich Ilsa Centrella-Liao über die Hand, während sie durch den Saal schritten, und widmete sich weit häufiger der Betrachtung ihres Profils als der seiner Umgebung. Aber wie konnte man die Fürstin eines interstellaren Reiches nicht erkennen?

»So läuft das also in dieser Familie«, murmelte Jasek.

Manche kicherten, andere gaben sich angewidert, und eine Stimme lachte lauthals. Callandre natürlich. »Benimm dich«, tadelte sie den Sturmhammer-Kommandeur spöttisch. Caleb war überrascht, dass dieses Wort Teil ihres Vokabulars sein sollte. »Was auf Canopus geschieht, bleibt auf Canopus.«

Eine Anspielung auf die neueste Werbekampagne für canopische Freudenzirkusse, Ilsa Centrellas größten ›Exportschlager‹. Womit sich Callandre auch witziger zeigte als Caleb bereit war – nein!

»Sie ist hier«, stieß der Davion-Erbe aus, freudig schockiert und zugleich erschüttert. »Mason ...« Er suchte nach seinem Freund, aber Calebs Reisegefährte war schon wieder in der Menge verschwunden. Also griff er stattdessen nach Julians Arm. »Julian. Sie ist gekommen.«

»Wer?«

»Danaï.« Die Frau, mit der Caleb über ganz Terra getänzelt war, wie zwei Feuermotten, die jeweils den Flammen der anderen auswichen. Ihr Haar war in einer hochmodernen Frisur zu einem breiten Fächer aufgesteckt, und sie hatte ihre Augen mit langem, auswärts gezogenem Lidstrich betont. Aber eine Verwechslung war unmöglich. Er zählte. »Die zweite ... dritte von hinten. Am Arm des capellanischen Sang-shao. Des Colonels!«

Gut, sie wohnte im capellanischen Kulturzentrum ... aber als Begleiterin eines Mitglieds von Daoshen Liaos Gefolge? Calebs Gedanken überschlugen sich. Er wusste, dass er ein paar Punkte in ihrem Spiel vergeben hatte, war sich seiner drohenden Niederlage aber noch nicht bewusst.

»Caleb!« Julian packte seinen Ellbogen. »Das ist Danaï Centrella-*Liao*.«

Nikol Marik regte den Kopf. »Danaï? Hat sie nicht vor zwei Jahren auf Solaris das Ishiyama Open gewonnen?«

»Und letztes Jahr war sie Favoritin auf den Titel des Champions«, bemerkte Callandre. »Aber wegen des Krieges hat sie die Teilnahme abgesagt.«

Ein Solaris-Champion? Eine MechKrieger-Legende? Caleb hatte aus der Leichtigkeit, mit der sie in den höchsten Kreisen verkehrte, auf Medienprominenz geschlossen. Aber das? Niemals.

Julian zerrte seinen Cousin zurück. Seine Finger gruben sich schmerzhaft in die Armbeuge, sein Atem flüsterte ihm heiß ins Ohr. »Soll das heißen, deine geheimnisvolle Schönheit ist Sun-Tzus jüngstes Kind? Die *Schwester* des Kanzlers? Hast du etwa ... waren deine Sicherheitsleute *so* nachlässig?« Julians Angst schien beinahe greifbar. »Sag mir, dass ihr zwei nicht ...«

»Nein, haben wir nicht!« Caleb riss sich los. Sie hatten tatsächlich nicht miteinander geschlafen, obwohl er alles versucht hatte. Er nahm einen kräftigen Schluck Brandy und ließ sich die Stirnhöhle freibrennen. Daoshens kleine Schwester!

Eine Liao!

Nein! Nein ... nein ... nein ...

Julian starrte ihn immer noch an. »Da war nichts«, zischte er. »Frag Mason.«

»Mason? Wer ist ...?«

Caleb schnitt ihm das Wort ab. »Es war ...« Was? Unschuldig? Kaum. »Locker.«

Die meisten in der jungen Gruppe hatten Julians Reaktion übersehen, ein paar blickten allerdings fragend herüber. Countess Campbell. Alaric Wolf. Plötzlich verspürte Caleb ein dringendes Bedürfnis, sich zu waschen, als hätte er sich bei einem Staatsempfang mit tiefschwarzen Fingernägeln erwischen lassen.

Sandra Fenlons Blick folgte weiter dem Rundgang des Kanzlers, der ihn an ihrer Empore vorbeiführte. Sie schauderte. »Ich habe gehört, capellanische Truppen sind bis nach Tikonov vorgedrungen. In die Präfektur IV.«

Caleb hatte die Gerüchte zwar auch gehört, sich aber nicht die Mühe gemacht, sie zu überprüfen. Julian würde es vermutlich wissen. Countess Campbell möglicherweise auch. »Was kümmert das uns?«, fragte er mit abfälligem Ton und versuchte, nach diesem Schock wieder Boden unter die Füße zu bekommen.

Warum sollte es ihn auch interessieren? Die Vereinigten Sonnen hatten Tikonov nach dem Vierten Nachfolgekrieg ein paar Jahrzehnte kontrolliert, doch konnte man den Planeten kaum als traditionelle Davion-Welt bezeichnen. Tatsächlich gehörte er zu den meist-eroberten der letzten hundert Jahre. Calebs Vater war besser beraten, sich auf Systeme wie Mallory's World, Schedar und Caselton zu konzentrieren. Rio und Markab. Alte crucische Welten, die Devlin Stone bei der Gründung seiner Republik geschluckt hatte. Welten, von denen sich momentan viele unter der Kontrolle des Schwertschwurs befanden und möglicherweise einer erneuerten Davion-Herrschaft zuneigten, sagte Erik Sandoval-Gröll.

Wen kümmerte Tikonov? Oder Haus Liao, was das betraf?

Julian unterstützte natürlich Sandra.

»Um Tikonov anzugreifen«, erklärte er, und wich der Tatsache geschickt aus, dass er sicher wusste, ob das geschah oder nicht, »müsste Haus Liao eine enorme Menge Truppen und Nachschub durch Systeme in der Nähe von Neuhessen und Demeter bewegen, Chesterton zum Beispiel.«

Und Chesterton war das Erblehen der Fenlons. Eines Tages würde Sandra über das System herrschen. Caleb war sich nicht sicher, ob er Julian dafür danken sollte, dass er für eine weitere Ablenkung von Danaïs Gegenwart gesorgt hatte – oder seinem Vetter hätte übelnehmen sollen, dass Caleb jetzt durch die mangelnde Sorge um Sandras Zukunft erst recht wie ein Dummkopf dastand.

»Es scheint also eine recht große Bedeutung zu haben«, sagte Kisho Novakatze. Er stellte es als beiläufige Bemerkung in den Raum, nicht so sehr als Teil des Gesprächs. Der Clanner starrte hinauf zur Kuppeldecke des Saales. Seine grauen Augen blickten durch die dort abgebildeten zerklüfteten Eismonde Denebolas hindurch und er neigte langsam den Kopf zur Seite, wie um einem Bild zu folgen, das nur er selbst sehen konnte. »Besonders für dich, Caleb Davion.«

Yori Sakamoto legte Kisho die Hand auf den Arm, als wolle sie ihn warnen. Der Novakatzen-Krieger blinzelte, dann schüttelte er sich abrupt. »Es tut mir leid, Kurita Yori-san.« Er drehte sich um und verneigte sich halb vor Caleb. »Ich hatte nicht die Absicht ...«

Kurita! Hätte Kisho stundenlang nach einer metaphorischen Handgranate gesucht, die er ins Gespräch der jungen Krieger und Adligen werfen konnte, er hätte nichts Effektiveres finden können. Augenblicklich verstummten alle Gespräche. Daoshen Liao und sein Gefolge waren vergessen, als sich alle Augen auf Yori und ihren Begleiter richteten. Teils neugierig, teils feindselig. Die meisten, wie Julian, verwirrt.

Außer Caleb. Der Name traf ihn wie eine schallende Ohrfeige, verschlimmerte seinen Fehler noch, eine Liao nicht erkannt zu haben. Jetzt hatte ihn auch noch die Kurita-Delegation zum Narren gehalten!

»Kurita«, wiederholte Caleb. Ließ sich den Namen auf der Zunge zergehen und empfand ihn als widerwärtig. »Nicht Sakamoto. Hast du gedacht, wir würden es nicht herausfinden?«

Yori stand wie erstarrt da, die Augen weit aufgerissen. »Iie. Das ist es nicht.«

Überraschenderweise war es Sandra Fenlon, die zu der jungen Offizierin trat und ihre Hand sanft in die eigene nahm. »Was ist es dann? Hat man dir befohlen, deinen Namen geheim zu halten?«

»Es war meine Entscheidung«, antwortete Yori und senkte den Blick. »Mein Großvater war Franklin Sakamoto, ein unehelicher Spross der edlen Kurita-Linie. Ich hoffte, dem Koordinator weniger Schande zu machen, indem ich den Namen meines Großvaters benutze statt die Schande Theodore Kuritas vor mir herzutragen. Es war keine Beleidigung beabsichtigt.«

»Typisch Drac«, höhnte Caleb. Er stürzte sich auf sein neuestes Opfer, dessen Enthüllung Kishos beiläufige Zurechtweisung vergessen gemacht hatte. »Mit einer Seite des Mundes lächeln und mit der anderen lügen.«

»Und typisch Davion, zum Angriff überzugehen, um von der eigenen Schwäche abzulenken«, schoss Yori zurück.

So beschämt sie sich auch fühlte, persönlich oder für ihren Koordinator, diese Frau blieb ein Samurai und war nicht bereit, sich ohne Gegenwehr zum Opfer machen zu lassen.

»Die Davions sind niemals schwach«, erwärmte sich Caleb für die Auseinandersetzung. Wich seiner persönlichen Schwäche geschickt aus. »Wenn wir angreifen, gewinnen wir. Ich hätte gedacht, gerade das Kombinat müsste das inzwischen wissen.«

»Wie das?«

»Zu Beginn des Heiligen Krieges, nachdem Eure Schwarzen Drachen die Feindseligkeiten wieder aufgenommen haben, besetzten wir Galedon, Matsuida, sogar Benjamin, bevor wir uns zurückzogen, um unsere Kräfte gegen Blakes Wort zu konzentrieren. Und während der Clan-Invasion musste Davion intervenieren, um Luthien zu retten. Und Theodores Sohn auf Teniente. Im Krieg von 3039 ...«

Während sie unter Calebs erstem Vorstoß sichtlich geschrumpft war, federte Yori zurück, kaum dass er in ihre Falle getappt war. »Im Krieg von 3039 hat Haus Davion mehr Menschen und Material eingesetzt, als für sein Reich gut war. Alles, in dem Versuch, unter wachsender Kritik an der Belastung für die Vereinigten Sonnen durch den Vierten Nachfolgekrieg sein Ansehen als starker Mann zu verteidigen. Hai, er hatte die Konföderation zu Boden gerungen. Aber er hat selbst zugegeben, dass 3039 ein Fehler war.«

»Ha. Nicht, dass ich wüsste.«

»Outreach«, warf Julian ein. »3051. Es heißt, er soll es zu Theodore Kurita persönlich gesagt haben.«

Sein Vetter, der Champion des Prinzen, schlug sich gegen den Davion-Thronfolger auf die Seite einer Drac? Das Ausmaß dieses Verrats verschlug Caleb den Atem.

»Und der Koordinator gab zu, dass die Verteidigung des Kombinats wenig mehr als Fassade gewesen war«, betete Julian weiter seine militärisch-politische Geschichte herunter. »Ein

Bluff, der zufällig funktioniert hat.« Er lächelte entwaffnend. »Wenn man tief genug gräbt, stellt man auf beiden Seiten dieser Auseinandersetzung mehr als genug Schuld und Bedauern fest.«

Als Versuch, Frieden zu stiften, war das in Calebs Augen jämmerlich. Stattdessen hätte er ihm besser mit den passenden Fakten zu Hilfe kommen und Yori Kurita den Mund stopfen sollen. Waren Julian die kaum fassbaren zustimmenden Gesten in Yoris Richtung entgangen? Von Alaric Wolf und Jasek Kelswa-Steiner? Und Lars Magnusson? Selbst Nikol Marik schien bereit zu sein, Yoris Hinterlist zu vergessen. Blaffende Hunde, die sich zusammenrotteten, um die stärkeren, erfolgreicheren Vereinigten Sonnen anzugreifen.

Was auch immer in dieser Gruppe an minimaler Kameraderie existiert haben mochte, für Caleb war es in diesem Augenblick verpufft.

»Damit bin ich nicht unbedingt einverstanden«, stellte er fest.

Yori, die einen Moment lang so ausgesehen hatte, als wäre sie bereit gewesen, Julians offensichtlichen Versuch anzunehmen, ihr eine Chance zu bieten, das Gesicht zu wahren, entdeckte plötzlich ihr Rückgrat. »Dann kann ich das auch nicht.«

»Ein Widerspruchstest?«, fragte Alaric Wolf Lars Magnusson und klang amüsiert über den Streit.

Aber Lars schüttelte den Kopf. »Sie widersprechen beide. Das scheint mir eher eine Frage der Ehre zu sein.« Er lachte. »Er sagt, sie sagt.«

»Redet nicht über uns, als wären wir nicht vorhanden«, bellte Caleb. Er spürte, wie ihm im Nacken der Schweiß ausbrach, als heiße Wut in ihm hochstieg.

Alaric Wolf grinste. Offensichtlich fühlte er sich dafür entschädigt, wie Caleb ihn kurz zuvor beschämt hatte. »Hättest du die Herausforderung selbst ausgesprochen, bräuchten wir es nicht zu tun. Aber ich vermute, die Republik wäre gegen einen Test mit scharfen Waffen, hier auf Terra.«

Tara Campbell warf Jasek Kelswa-Steiner einen kurzen

Blick zu, als erwarte sie Unterstützung. »Nein, das wäre sicher nicht Exarch Levins bevorzugte Methode, um Differenzen zwischen Diplomaten *oder* Kriegern zu lösen.«

Jasek jedoch machte stattdessen einen Alternativvorschlag. »Wie wäre es denn mit einer Simulation?« Er ignorierte Taras wütende Miene. »Kein Blut, keine Verletzungen.«

»Kein Spaß«, setzte Alaric hinzu. Aber er nickte. »Dann eben nur um die Ehre. Sie könnten eine der Schlachten aus dem Krieg von 3039 nachspielen.«

»Das erscheint mir kindisch und sinnlos«, spottete Caleb. »Ich sehe keinen Grund, mich weiter mit euren Kindereien abzugeben.«

Alaric grinste. »Dann nehmen wir einfach einen Kombinatssieg an.«

»Wie kann es ohne Kampf einen Sieger geben?«

»Weil manche gleicher sind als andere, wie du selbst zugegeben hast.«

In seinen eigenen Worten gefangen, spürte Caleb, wie sich die Schlinge zuzog. Eigentlich hatte er nur mögliche Schwierigkeiten durch seine Beziehung zu Danaï verschieben wollen, doch jetzt hob das Kombinat seine Drachenfratze.

Wenn man gegen einen Drachen kämpfen muss, schickt man seinen besten Ritter.

»Einverstanden«, erklärte Caleb. »Wir werden das klären. Aber unter Strategen. Für seine«, – *Einmischung* – »vorbildhafte Analyse gerade bestimme ich Julian zu meinem Champion.«

Alaric verzog verächtlich das Gesicht. »Er ist der Champion des Prinzen, nicht des Prinzchens.«

Für diese Beleidigung allein verdiente der Clanner, dass ihm jemand Manieren beibrachte. »Falls seine Beteiligung dir solche Angst macht, Wolf, solltest du vielleicht auf der Seite Yori Kuritas und des Kombinats antreten.«

War das aufflackernder Zweifel in Alarics Augen? Er blickte zur Seite, als suche er nach jemandem, dann nickte er. Unterlegen, aber nicht bereit, es einzugestehen. »So sei es.«

»Am Krieg von '39 war auch Haus Steiner beteiligt«, stellte Callandre Kell fest. »Ich helfe Julian, wenn er mich lässt.«

»Ich auch.« Jasek trat vor. »Klingt nach Spaß.«

Für Julian klang es unübersehbar nach einer ganzen Menge Dinge, denn seine Miene wurde von einem veritablen Gewitter der Gefühle verdüstert. ›Spaß‹ schien aber ziemlich eindeutig nicht darunter zu sein. Caleb betrachtete ihn gelassen. Die Falle, in der sein Vetter jetzt saß, war die angemessene Bestrafung für seine Verbrechen: Caleb anzufassen, den Feind zu unterstützen. Champion des Prinzen oder nicht, Julian brauchte eine Erinnerung, wem er Loyalität schuldete.

Sandra durchbohrte Caleb mit ihren Blicken und nickte Julian dann zu. Tara Campbell wartete geduldig auf eine Entscheidung, Während die anderen den Wettkampf als neutrale Beobachter betrachteten. Eine Art Schiedsrichtergremium.

»Ich tue es ...«, bestätigte Julian. Sein wütender Blick zu Caleb versprach harsche Worte für später. Eine ganze Menge sogar, dachte der Erbe. Aber natürlich würde er für die Ehre der Vereinigten Sonnen kämpfen.

Welche andere Wahl hatte Julian je gehabt?

23

Für Devlin Stone! Für die Republik! Für Exarch Jonah Levin!
Widersetzt euch doch, wenn ihr wollt!

– Slogan der ›Republikaner für eine Rechtschaffene Regierung‹, Denebola, 4. Mai 3135

Terra
Präfektur X, Republik der Sphäre

12. Mai 3135

Das Erweiterte Ausbildungs-Zentrum Genf war nicht für den einfachen Soldaten geschaffen. So viel war Julian deutlich, sobald der Geleitschutz eintraf, um sie durch das Gelände zu eskortieren. Männer in konservativen dunklen Anzügen, mit militärischem Bürstenhaarschnitt und rastlosem Blick.

Das EAZ befand sich unmittelbar neben der bestens bewachten Anlage des Geheimdienstes der Sphäre GdS, und Julian fand schnell einen Vergleich zu seiner Entsprechung auf New Avalon: dem Fortgeschrittenen Simulationsprojekt unterhab des Wachturms, dem Stolz des crucischen Militärs. Er hatte auch die recht kurze Spindreihe im Umkleideraum bemerkt. Siebzehn Stück, jedes mit einem Fingerabdruck-Abtaster neben dem Schloss. Keine Namen auf den Türen. Jeder wusste, wem diese Spinde gehörten.

Den Paladinen.

Julian beugte sich zu Callandre hinüber, als sie durch die schweren Schwingtüren zurück auf den Flur gingen: »Ich schätze, hier fahren sie Simulationen an Hand der Spionageberichte aus anderen Teilen der Inneren Sphäre.«

»Dann wirst du diese wohl absolvieren müssen, ohne dich vorher in den Kontrollrechner zu hacken.«

Er setzte eine verletzte Miene auf. »Das war deine Spezialität«, erinnerte er sie. »Nicht meine.«

Sandra Fenlon wartete mit ihrem eigenen zivilen Aufpasser auf dem Flur zwischen Umkleide und Simulatorzentrum auf die beiden Krieger. Sie hörte das Ende des Gesprächs und legte den Finger warnend an die Lippen: »So etwas solltet ihr hier nicht einmal im Scherz sagen.« Sie warf einen besorgten Blick auf den Rücken der beiden neutral gekleideten Männer, die ihnen voraus gingen.

Und das nicht ohne Grund. Es hatte einige Tage gedauert, das Simulatorduell zu arrangieren. Nicht nur für die Programmierung des historischen Gefechts, auch, um die Genehmigungen einzuholen. Mehrere Diplomaten der Republik hatten halbherzige Versuche unternommen, es abzusagen, aber nachdem Prinz Harrison und Tai-shu Toranaga das Ehrenduell unterstützten und entschlossen waren, es aus dem GdS-Zentrum nebenan zu verfolgen, ließ sich das Geschehen nicht mehr aufhalten.

Ein Glanzstück internationaler Beziehungen.

Das gesamte Gebäude war hell erleuchtet, aber kalt. Das galt besonders für die Korridore. Der geflieste Boden, die neutral beige getünchten Stahlwände und die Deckenbeleuchtung, deren Licht bis in die hintersten Ecken reichte, unterstrichen diese Kälte noch. Julian zitterte. Er trug nur die Kampfkleidung eines MechKriegers: Kühlweste, Shorts und Stiefel. Die kühle Luft bescherte ihm eine Gänsehaut auf Armen und Beinen. Callandre trug eine gepolsterte Panzerfahreruniform, die etwas mehr Schutz gegen die Kälte bot. Aber Julian erwischte sie dabei, wie sie sich ebenfalls die Arme rieb. Nur Jasek Kelswa-Steiner schien die Kälte gar nicht zu spüren. Er eilte ihnen mit langen, freudigen Schritten voraus.

An der nächsten Biegung verteilten sich ihre Aufpasser. Hier zweigte eine Treppe vom Hauptkorridor ab. Geradeaus den Hauptgang hinab, war die schwere Tür in den Simulatorraum zu sehen. Einer der Männer legte die Hand auf einen Sensor, der neben dem Eingang in die Wand eingelassen war. Ein Summen ertönte.

Der andere wartete an der Treppe. »Ich begleite Miss Fenlon in die Galerie.«

Alle vier hielten an, und Sandra wünschte ihnen Glück.

»Keine Sorge«, flüsterte Callandre, und schaute sich dabei verschwörerisch nach beiden Seiten um. »Ich habe einen Kontakt hier drinnen. Er bringt dir ein Mikroaufzeichnungsgerät hoch.«

»Was nützt das denn?«, fragte Sandra mit großen Augen und tapste in die Falle.

Julian grinste. »Zirka fünfzehn bis zwanzig Jahre. Weniger bei guter Führung. Lass das, Calamity.«

Jasek lachte, und Sandra wies Callandre Kell mit einem empörten Blick zurecht. Aber es gelang ihr nicht, ihn durchzuhalten. Niemand schaffte es, Calamity Kell lange böse zu sein. Sie scheuchte Julian mit einem schnellen Kuss auf die Wange und einem Winken weiter.

Julian drehte sich um, schlug Callandre auf die Schulter und drehte sie und Jasek zur Tür. »Zeit, das Pokerface aufzusetzen«, erklärte er. »Lasst uns Krieg führen.«

Yori Kurita wurde hart durchgeschüttelt, als ihr *Großdracon* nach hinten taumelte und zu Boden schlug. Der riesige BattleMech landete flach ausgestreckt auf dem Rücken, als das Artilleriebombardement den Geländekamm erschütterte, auf dem er gestanden hatte. Feuer und Qualm zogen über ihre Stellung. Kies und Erdklumpen prasselten gegen das Kanzeldach.

Sie hörte Kurzschlüsse knallen und roch Ozon, als einer der Hilfsmonitore in einem Funkenregen ausfiel.

Sie schmeckte Blut, weil sie sich auf die Zunge gebissen hatte.

Die Simulation war erstaunlich perfekt.

Yori hatte den Programmierern der Republik zu wenig zugetraut. Und ebenso ihren Maschinen. Sie hatte Simulatoren erwartet, die bestenfalls die Qualität der Anlagen erreichten, auf denen sie in der Sun-Zhang-Akademie trainiert hatte. Aber die Republik hatte diese Einrichtung auf der besten Com-Star-Technologie aufgebaut, die vor dem Heiligen Krieg verfügbar gewesen war, mit voller sensorischer Beteiligung, allen Gerüchen, Geräuschen und Gefühlen einer tatsächlichen Kampfbegegnung.

Der Geschmack von Blut war echt. Sie hatte sich wirklich auf die Zunge gebissen, als die Simulatorkanzel in ihrem voll beweglichen Haltegerüst den Sturz aus mehreren Stockwerken Höhe nachvollzogen hatte. Ein dumpfer Schmerz füllte ihren Mund.

Yori rang mit den Steuerknüppeln und hievte ihren *Großdracon* zurück auf die wuchtigen Beine. Weite Flächen des Graslands brannten kilometerweit in alle Richtungen, aber acht Meter über dem Geländekamm konnte sie über die schlimmsten Rauchschwaden hinwegschauen. Am Boden rasten Fahrzeuge durch Flammenwände, während Kröten die ascheschweren Schwaden als Deckung nutzten.

Yori rief ihre Luft/Raumjäger zu Hilfe, um die *Long-Tom*-Artillerie zum Schweigen zu bringen, die ihre Linien beharkte, und steuerte den Mech hinunter ins Getümmel. Der sechzig Tonnen schwere *Großdracon* hatte ernsthafte Panzerungsverluste an Schultern und Brustpartie erlitten, aber der Kampfkoloss war noch immer einsatzbereit und verfügte über einiges an Schlagkraft.

Wie ein Davion-*Brandstifter* im nächsten Moment herausfand, als sie den Mech mit der Partikelprojektorkanone aufspießte. Der künstliche Blitzschlag krachte durch Panzerung und Myomermuskulatur, um ein klaffendes Loch in den Torso der Maschine zu reißen, von dessen zerfaserten Rändern verflüssigte Metallkeramik zu Boden tropfte. Eine doppelte Handvoll LSR hämmerte unmittelbar danach in den Riss, zerfetzte den Fusionsreaktor und setzte die golden gleißende Energie im Herzen des Mechs frei.

Er flog in einer gewaltigen Explosion auseinander, die zwei

nahe *Turnier*-Panzer auf den Rücken warf und mehrere Fahrer von den Sitzen ihrer Schweberäder riss.

Und er hinterließ eine klaffende Bresche in Julian Davions Angriffsformation.

»Geisterkompanie vorwärts«, befahl sie. »Feuer frei.«

Ihr stimmaktiviertes Mikro fing die Befehle auf und gab sie an ihre Teamkameraden sowie den Zentralrechner weiter, der alle Hilfseinheiten kontrollierte. Drei schwere Lanzen stürmten vor, warfen sich auf die Davion-Linie, nahmen die crucischen Stellungen unter Beschuss und vergrößerten die Bresche. Zwei *Kriegshämmer* und ein *Katapult* führten ein Rudel *Dämon*-Panzer und mehrere Truppentransporter mit *Raiden*-Kröten ins Gefecht. Die Einheitsaufstellung war zwar historisch nicht perfekt: so hatte es 3039 beispielsweise noch keine *Raiden* gegeben. Aber sie gab die generelle Situation doch gut wieder.

Countess Tara Campbell, die das Duell leitete, hatte das in der Vorbesprechung ausdrücklich betont.

»Die historischen Aufzeichnungen sind nicht hundertprozentig zuverlässig«, hatte sie am Tag zuvor erklärt, »und die besten Simulatoren der Republik sind auf moderne Einheiten und den Einsatz simulierter Hilfstruppen entsprechend der heute üblichen Truppenbalancen eingerichtet.« Für die erfolgreiche Simulation einer Schlacht war das ENTS zuständig. Die Einheiten agierten vollständig entsprechend der Wahrscheinlichkeiten, die nach den allgemeinen strategischen Befehlen der ›lebenden‹ Kommandeure errechnet worden waren.

Die Gelegenheit, einen Blick auf die Technologie zu werfen, mit der die Republik ihre Ritter und Paladine trainierte, war zu wertvoll, um sie ungenutzt zu lassen. Yori war sich bewusst, welchen Wert ihr Bericht über diese Ausrüstung für Tai-shu Toranaga hatte. Aber eine eben erst graduierte Sun-Zhang-Absolventin gegen den Champion des Prinzen?

Natürlich würde sie diese Schlacht verlieren.

Letztlich hatten alle Teilnehmer des Ehrenduells dafür gestimmt, die modernen Technologien zu nutzen. Sie waren zu begierig herauszufinden, was die Republik anzubieten hatte.

Und so hatte Tara, statt eine bestimmte Schlacht des Krieges von 3039 auszuwählen, den ganzen Krieg in eine einzelne Auseinandersetzung destilliert. Julian Davion hatte große Munitionsreserven und taktisch flexiblere Einheiten erhalten. Callandre Kell befehligte ein Panzerbataillon Veteranen und Jasek Kelswa-Steiner die ›lyranische Front‹ aus zwei überschweren Kompanien, die er nach Belieben einsetzen konnte: *Atlas*-Mechs und schwere *Behemoth*-Panzer.

Ihre Mission bestand in der Einnahme von drei Städten, und zwei davon hatten sie bereits besetzt, während Yori sie nur so lange wie möglich aufhalten musste. Zu diesem Zweck hatte sie zwei Bataillone mittlerer Kampfstärke erhalten, von denen Julian in der ersten Stunde eines zermalmt hatte, ihre persönliche schwere BefehlsKompanie, und eine weitere Kompanie aus ›versteckten‹ Einheiten, um Theodore Kuritas Geisterregimenter zu simulieren, mit denen er '39 den Kriegsverlauf umgekehrt hatte. Kisho befehligte die Geister. Alaric Wolf hatte sie eine Verbundwaffenkompanie zusammenstellen lassen und ihm nur eine sehr allgemein gehaltene Mission gegeben, ›den lyranischen Angriff zu behindern und sie beschäftigt zu halten‹.

Bis jetzt leistete der Wolf eine erstaunliche Arbeit. Jaseks Kontingent war über fünf Kilometer Frontlinie zerfasert und bemüht, sich neu zu gruppieren. Alaric selbst hatte schon fünf ›Abschüsse‹ erzielt.

Yori hatte bisher nur den *Brandstifter* und ein Fahrbares HQ anzubieten. Das war bescheiden.

Verzweifelt darum bemüht, für Toranaga ihre Abschussbilanz zu verbessern, riskierte sie eine Überlastung ihrer Waffen und lud sie heiß auf, um den Schaden auszunutzen, den die beiden *Kriegshämmer* bereits angerichtet hatten. Weiß glühende Energie peitschte über den brennenden Boden und tief in die Seite eines im Rückzug befindlichen *Centurion*. Ihre Raketen dezimierten einen unvollständigen Trupp *Chevalier*-Kröten.

Yori zog zwei *Shoden*-Sturmgeschütze als Flankendeckung

heran, während sie die Böschung des Kamms halb hinabging, halb rutschte. Kisho stieß an ihr vorbei weiter vor und drang tief, tief ins crucische Hinterland vor.

Die Geister erst so spät einzusetzen, war eine riskante Strategie, aber jetzt brachten die ausgeruhten Truppen nicht nur die Davion-Offensive zum Stehen, sie rollten auch beide Seiten der Frontlinie auf. Die *Kriegshämmer* zerschnitten mit ihren PPKs Fahrzeuge und Infanterieformationen. *Dämonen* brachten in Rudelangriffen stärkere und vielseitigere Panzer zur Strecke: *Condors* und sogar ein paar der tödlichen *SM1*-Zerstörer Callandres.

Raiden hängten sich an die Seiten von Panzerschwebern und schwärmten an BattleMech-Beinen hinauf. Zwei *Turniere* wichen zurück. VV1 *Ranger* und *Haseks* rückten weiter vor, wirkten aber führungslos. Ein paar setzten *Grenzgänger* ab, die Kishos *Katapult* nur so davonfegte. Der Rest kniff den Schwanz ein und floh.

Das war nicht das, was Yori erwartet hatte.

Ganz und gar nicht.

Die komplette Davion-Front war zum Stillstand gekommen und klaffte weit auf!

Sie hatte keinen konkreten Hinweis. Nichts, was ihr zeigte, dass dies keine Falle war, die sie in den Tod locken sollte. Es war nichts weiter als ein generelles Gefühl, das sich aus der Art speiste, wie sich die Hilfstruppen verhielten, und der Wahrscheinlichkeit, dass dies aus einem Zusammenbruch der crucischen Linien extrapoliert war. Ihr war klar, dass das Regelbuch für eine Kampfpause dieser Art vorschrieb, die eigenen Linien zu sammeln.

Aber eine sehr laute und drohende Stimme in ihrem Hinterkopf verlangte einen sofortigen Vergeltungsangriff.

»Häufig ist es besser, spektakulär zu scheitern, als sich weiter im Mittelmaß durchzuschlagen«, flüsterte sie, um das Mikro nicht zu aktivieren.

Es waren nicht ihre Worte. Es waren diejenigen Theodore Kuritas. Ein Zitat aus dem Krieg von 3039.

Yori ignorierte den Geschmack nach Blut und verschmorten Schaltkreisen und schaltete auf den allgemeinen Kanal, bevor sie es sich anders überlegen konnte.

»Hauptstreitmacht vorwärts!«

Sie beschleunigte. Der *Großdracon* rannte mit kräftigen, vier Meter langen Schritten auf den Feind zu.

»Geradewegs ins Maul des Feindes und tretet ihm die Zähne in den Schlund. Wakarimas-ka?«

Sie tauschte mit einem Davion-*Rudeljäger* PPK-Feuer aus. Aber sie hatte größere Rüstungsreserven. Es dauerte nicht lange, und der schnelle ÜberfallMech humpelte heimwärts. In einer Salve nach der anderen glitten ihre Raketen aus den Lafetten und schlugen zwischen Infanterie und leichten Panzereinheiten ohne Feuerschutz ein, die Julian zurückließ. Kishos *Kriegshämmer* stürmten in einer Offensive mit zwei Speerspitzen immer weiter vorwärts.

Sein *Katapult* und ihr *Großdracon* folgten ihnen.

Die Crucier flohen. Es funktionierte!

»Banzai-Kompanie, Nagasoku befreien. Alaric, falls du noch etwas zur Verfügung hast, jetzt ist der Zeitpunkt! Greif an. ZERMALME sie!«, brüllte sie und schmeckte bereits den Sieg.

»Vorwärts der Drache!«

24

Verwüstung! So weit das Auge reicht! Misery verdient sich heute wahrlich seinen Namen, während die aus der nahen Mark der Vereinigten Sonnen unterstützten Söldner ihren Vernichtungsfeldzug gegen die Ronin fortsetzen, die in den Draconis-Weiten für die Sache des Drachen kämpfen. Welch Elend!

– Sender Misery, unbekannter Berichterstatter, Misery, 16. April 3135

Terra
Präfektur X, Republik der Sphäre

13. Mai 3135

Erik Sandoval-Gröll durfte seinen Onkel in eine der Beobachtungsstationen begleiten. Der schmale, bunkerartige Raum hatte keine Fenster und litt unter mangelhafter Belüftung. Es war bedrückend stickig. Und die gegeneinander antretenden Parfums von Sandra Fenlon und Nikol Marik nahmen ihm zusätzlich den Atem.

Lars Magnusson machte das alles wohl nichts aus. Der Geisterbärenkrieger schien die Gesellschaft der beiden Frauen regelrecht zu genießen, als sie sich zu dritt an der linken Wand drängten und den Kampf auf einer Reihe von Wandbildschirmen verfolgten, auf denen ›Geschützkamera‹-Bilder neben taktischen und strategischen Übersichten abliefen. Lars hatte die Hände in einer Paradehaltung auf dem Rücken verschränkt, als mache er sich Sorgen, dass sie sonst auf Wanderschaft gehen könnten. Sein Blick zuckte von einem Schirm zum nächsten, und auf Fragen lieferte er einen Kommentar darüber, wie es sich entwickelte.

Nicht allzu gut, so machte es den Eindruck. Aber sicher konnte man sich da nicht sein.

Es gab keine Holotankanzeige. Kein Live-Computernetz, über das man Verlustprozentsätze oder taktische Punktwertungen abrufen konnte. Erik und Aaron waren beide überrascht, wie rudimentär die Anlagen waren, die man ihrer Gruppe zur Verfügung stellte. Erik fragte sich, ob die Dracs und die wenigen Wölfe, die ein Interesse an diesem Duell gezeigt hatten, eine bessere Beobachtungsstation bekommen hatten. Oder hatte sich ein Kader von Rittern – vielleicht sogar Paladinen? – die beste Ausrüstung des Erweiterten Ausbildungs-Zentrums reserviert?

Und Erik konnte nur Vermutungen darüber anstellen, welche technologischen Schätze Prinz Harrison und Kriegsherr Toranaga beim Geheimdienst der Sphäre nebenan zu Gesicht bekamen.

»Täuscht Julian Schwäche vor?«, fragte Erik, aber so leise, dass nur sein Onkel es hörte. Nicht, dass einer der beiden irgendwelche Zweifel daran hegte, dass selbst ihr leisestes Flüstern aufgezeichnet werden konnte und wurde.

Duke Aaron Sandoval hatte sich für paramilitärische Kleidung ähnlich der modifizierten Republik-Uniformen der meisten Schwertschwur-Offiziere entschieden. Ebenso wie Erik. Der Lordgouverneur der Präfektur IV stand in entspannt meditativer Haltung vor den Monitoren. Einen Fuß leicht vorgeschoben, den rechten Ellbogen so auf die linke Hand gestützt, dass er sich mit zwei Fingern ans Kinn trommeln konnte. Ein Lehrbeispiel an entspannter Konzentration.

Wo immer er auch war, er spielte immer eine Rolle. Heute war es die des gönnerhaften Adligen.

»Falls ja, spielt er es sehr gut. Und Yori Kurita nimmt es ihm ab.«

Erik schaute zu, wie sich das Schlachtglück gegen die Vereinigten Sonnen kehrte. Es störte ihn gewaltig, sehen zu müssen, wie draconische Einheiten eine crucische Frontlinie aufrollten. Das war der schlimmste Albtraum der Sandovals, eine Angst, in der sie schon seit Generationen lebten. Auch wenn Erik zu seiner Erziehung und Erbauung unter die Obhut seines ›Onkels‹ Aaron in die Republik der Sphäre geschickt worden war, blieb er ein Patriot der Mark Draconis, und zwar bis aufs Blut. Und ein Sandoval.

Er schluckte mühsam und wagte sich bis an den Rand ihrer letzten Gespräche. »Was ist mit der Mark«, fragte er. »Nehmen sie das ab?«

Aaron warf dem jungen Mann einen strengen Blick zu, wies ihn aber nicht zurecht. Was sie über draconische Truppenbewegungen wussten, war für den Augenblick vertraulich. Ebenso wie die Anstrengungen der Dynastie zu Hause in den Vereinigten Sonnen, sie auszunutzen.

»Was sich die Familie zu tun entscheidet, wird sie ohne deinen oder meinen Ratschlag beschließen, Erik. Unsere Sorge gilt den Systemen der Republik.«

Nur konnten die zu so viel mehr werden. Jetzt! In diesem Augenblick! Erik hatte seinen Onkel die letzten Jahre dabei beobachtet, wie er alles vorbereitet hatte. Wie er sich die Unterstützung gleichgesinnter Adliger und Militärs gesichert hatte, bei Gouverneuren und Legaten, und sogar, zumindest hegte Erik diesen Verdacht, bei dem ein oder anderen Ritter. Alles zu dem ausdrücklichen Zweck – zumindest Erik gegenüber offen zugegeben – in einem Schlag zahlreiche Systeme der Republik den Vereinigten Sonnen anzugliedern.

Insgeheim mochte Aaron sogar noch weiter reichende Hoffnungen gehegt haben, doch angesichts der Art und Weise, wie sich Harrison Davion beim Exarchen anbiederte, sprach manches dafür, hier und jetzt zu nehmen, was sie bekommen konnten und gleichzeitig den Plänen der Dynastie zu helfen.

»Geduld, Erik«, warnte ihn Aaron, als hätte er die Gedanken des jungen Adligen gelesen. »Die weisesten Fürsten haben die größte Geduld, und handeln am schnellsten, wenn die Zeit gekommen ist. Sieh dir doch nur an, was uns die letzten paar Monate gebracht haben.«

Eine zersplitterte Regierung. Einen entehrten Adel und einen hochmütigen Exarchen. Zusätzliche bedrohte Welten, einschließlich Tikonovs! Die Konföderation schlug in der ganzen Präfektur V zu, wo es ihr beliebte, und hatte Brückenköpfe in IV und VI erobert. Und trotzdem saß Aaron hier auf Terra und wartete.

»Es gibt sogar Gerüchte über einen Attentatsversuch auf den Exarchen. Dies ist nicht der Zeitpunkt für übereilte Entschlüsse.«

Geschickt formuliert, denn es ließ sich auf zweierlei Weise auslegen. Als Unterstützung des Exarchen, jedoch auch als Ermahnung, abzuwarten, bis er von selbst stürzte. Aber ... Gerüchte! Aaron hatte keine Ahnung, was es Erik gekostet hatte, diesen ›Versuch‹ mit vorzubereiten. Jetzt war absolut der Zeitpunkt! Er hatte ausstehende Verpflichtungen, die sehr bald fällig wurden.

Trotzdem verstand er Aarons Vorsicht. Würde Prinz Harrison einen Versuch des Schwertschwurs, sich Haus Davion zu verpflichten, unterstützen? Das war sehr die Frage. »Wenigstens haben wir Freunde«, stellte Erik fest. Mit Recht.

»Aber welches sind unsere besten und fähigsten?«, fragte Aaron zurück. »Die Republik ertrinkt in Schwierigkeiten. Man macht uns von allen Seiten Angebote.« Keine große Überraschung. Im Gegenteil, das war eine Information, von der die Kommandeure des Schwertschwurs *wollten*, dass die Hüter der Republik sie erhielten. »Und da bleibt immer noch die neue Frage Haus Davions.«

»Haus Davions?« Erik runzelte die Stirn.

Der Lordgouverneur wandte sich von den Monitoren und dem Ehrenduell ab, um seinen Neffen mit schneidender Stimme zurechtzustutzen. »Prinz Harrison verfolgt seine eigenen Ziele, Erik. Gestatte dir daran keinen Zweifel. Und er hat die Sandovals bei seinen Geschäften mit der Republik nicht vergessen. Aber seit seiner Ankunft auf dem Planeten hatte ich nur knapp vierzig Minuten allein mit ihm, und dich hat er völlig abblitzen lassen.«

»Und?« Der Prinz war ein beschäftigter Mann, dessen Aktivitäten man auf keinen Fall auf den ersten Blick deuten durfte. Was sollte überraschend daran sein, dass er mit den hiesigen Sandovals als nicht *zu* befreundet erscheinen wollte?

»Es erscheint mir auch seltsam, dass er die Unterhaltung mit dir auf den Terminplan Julians setzen ließ. Und jetzt habe ich, nach einem ausführlichen Gespräch auf dem Ball des Exarchen, ebenfalls einen Termin bei diesem jungen Mann. Nicht beim Prinzen, Erik. Bei seinem Champion.«

Gut, das war seltsam. Trotzdem: »Ich muss zugeben, ich sehe nicht, worauf du hinauswillst. Wie lautet die Frage?«

Aaron drehte sich wieder zu dem Duell um, das auf den Bildschirmen in die Schlussphase eintrat. Ein letztes gnadenloses Gemetzel, bei dem fast jeder Monitor zerschlagene und brennende Einheiten zeigte. »Ich frage mich nur«, stellte er fest und tippte sich ans Kinn, »wo ist Caleb Davion?«

Es hätte Caleb sein sollen, entschied Julian, der Yori Kuritas gnadenlosem Angriff standhalten musste. Schließlich war es Caleb gewesen, der die draconischen Krieger am Abend des Empfangs attackiert hatte, als hätte er etwas zu beweisen. Er – dessen beiläufige Beleidigungen und hochmütiges Auftreten dieses Ehrenduell erst erzwungen hatten. Keine Zugeständnisse. Keine andere Möglichkeit, das Gesicht zu wahren.

Und jetzt kein sauberer Sieg.

Yori Kurita griff unermüdlich an, warf immer mehr Einheiten gegen seine Linien, opferte in guter Samurai-Manier Menschen und Material, damit er keine Gelegenheit erhielt, seine Kräfte zu sammeln. Die *Kriegshämmer* zerfetzten, was er ihnen entgegenstellte, und auch das *Katapult* und Yoris *Großdracon* waren eine ernsthafte Gefahr. Schließlich zog Julian drei *JES-II*-Raketenwerfer in eine kurze Linie nahe seiner Position, um jeder sich nähernden Einheit mit einem Raketenhagel zu drohen.

Eine Drohung, die genau so lange hielt, bis Alaric Wolf sich hinter Julians *Atlas* schlich und in kürzester Zeit alle drei crucischen Munitionslager in die Luft jagte. RUMS!

Sie explodierten in gigantischen Feuersäulen, deren Druckwelle das gesamte Schlachtfeld erschütterte und die eine ganze Serie von Waldbränden hinter den Davion-Stellungen entzündeten. Ein simulierter Wind trug dunklen, rußigen Qualm über das Schlachtfeld, der als leichter Holzkohlengestank bis in sein Cockpit drang.

Was noch schlimmer war, der Verlust seiner Vorratslager bedeutete das Ende des unbegrenzten Munitionsnachschubs, den Tara Campbell seinen Einheiten für die Simulation gewährt hatte. Plötzlich meldeten alle seine *JES*sies Munitionsmangel und feuerten nur noch Minimalsalven. Und der Wegfall seiner Drohung mit einer Wand von Raketen machte den Draconiern neuen Mut.

Natürlich war sich Julian bewusst gewesen, dass die Munitionslager seine strategische Achillesferse waren, aber er hatte darauf gezählt, dass Jaseks zwei Kompanien mit Alaric Wolf fertigwurden. Sieben Abschüsse! Und jetzt auch noch seine Munitionslager!

Julians frustrierte Wut nagte an seinem Selbstvertrauen und beschäftigte ihn auf eine Weise, die er sich in einem echten Gefecht niemals erlaubt hätte. Ein Kommandeur im Feld konnte sich keine Selbstzweifel leisten. Er hatte, was er in die Schlacht geführt hatte, und damit tat er sein Bestes gegen den Feind.

So war es auf Neuhessen gewesen, mit Raul Ortega und Colonel Torris.

So bereitete er sich jeden Tag auf die bevorstehende Auseinandersetzung mit Haus Liaos Konföderation Capella vor. Er studierte ihre Taktik und Aufstellung und bereitete die Mark Capella auf einen aller Wahrscheinlichkeit nach vernichtenden Angriff vor.

Aber hier, in einer taktischen Simulation, so ›echt‹ die Ausrüstung das alles auch erscheinen ließ, war sich Julian ständig bewusst, dass es in dieser Schlacht einzig und allein um Stolz ging. Und Stolz war so ziemlich der lächerlichste mögliche Grund für einen Krieg. Es war Stolz gewesen, der Haus Davion veranlasst hatte, in der zweiten Hälfte des Vierten Nachfolgekriegs gegen die Konföderation Capella überzureagieren. Er war einer der Hauptfaktoren gewesen, die zur Vernichtung des Nebelparderclans geführt hatten, wenn man die Zerstörung Edo Citys als einen Akt verletzten Stolzes deutete.

Und solange keine Leben auf dem Spiel standen, sondern nur Stolz, konnte er wirklich nicht behaupten, dass er sein Bestes gab. Selbst wenn er dasselbe auch nicht von seinen draconischen Gegnern sagen konnte. Immerhin waren einigen – vielen – von ihnen Stolz und Ehre ebenso wichtig wie das eigene Leben.

»Calamity«, rief er seine Panzerkommandeurin. »Wir *müssen* einen von diesen *Hämmern* ausschalten. Sofort!«

»Das wird teuer.«

Julian zog das Fadenkreuz auf einen nahen *Shoden*, entschlossen, die taktische Raketenplattform aus dem Gefecht zu werfen. Eine seiner *JES*sies schleuderte zwanzig Raketen auf den Gegner und schaffte es irgendwie, nicht einen einzigen Treffer dabei zu landen.

»Wie viel auch immer«, befahl er.

Der Feuerleitcomputer des *Templer* zeichnete ein zweites Fadenkreuz etwas seitlich des ersten, das den ungewöhnlichen Schusswinkel und die Bewegung des *Shoden* berücksichtigte. Julian zog beide Primärauslöser durch und schickte zwei künstliche Blitzschläge auf den grauen, rußigen Dunstvorhang.

Beide krachten in das siebzig Tonnen schwere Sturmgeschütz. Plötzlich schlug eine gleißend silberne Feuerwalze aus dem Hauptgeschützturm heckwärts und riss ihn halb aus der Kupplung, dann wurde sie von einer Flammensäule verschluckt, während die Raketenmunition des Fahrzeugs detonierte.

Gleichzeitig donnerte Callandre Kell von der Seite in ihrem

SM1 heran, gefolgt von zwei *Condors* und zwei *Goblins.* Sie hatte es sogar geschafft, einen Pioniertrupp zu finden. *Das* garantierte ihr Aufmerksamkeit.

Falls er es zuließ.

»Konzentriert euer Feuer auf den östlichen *Kriegshammer*«, befahl er und verschaffte Calamity eine Gnadenfrist. Er schob den Fahrthebel vorwärts und drehte sich von dem *Katapult* weg, um sie zu unterstützen.

»Ich bin ein wenig außer Position«, warnte Jasek.

Das konnte man wohl sagen. Über viel zu viele Kilometer gestreckt, hin und her gerissen zwischen einer Vorhut- und einer Nachhutstrategie, die bereits gescheitert war. Julian hatte jedoch trotzdem eine Aufgabe für ihn. Er kniff die Augen zusammen, um die unscharfe Sichtprojektion zu lesen. »Hol dir Alaric Wolf. Er darf seine Leute *nicht* sammeln.«

»Mit Vergnügen.«

Irgendwie hatte Julian das beinahe sichere Gefühl, dass er Jasek soeben ... nun ja, den Wölfen zum Fraß vorgeworfen hatte.

Zwei andere Panzerzerstörer trieben Yori Kuritas *Großdracon* zurück, während Julian seine Einheiten gegen einen der *Kriegshämmer* in Stellung brachte. Calamity Kell ließ sich nicht von irgendeiner Taktik behindern, als sie durch eine dünne Kurita-Linie brach und die zweite Hälfte einer auf roher Gewalt basierenden Zangenbewegung formte. Ihr Zerstörer wurde von einer PPK-Salve zur Seite gestoßen, preschte aber trotzdem weiter und spie einen Orkan von glühendem Metall aus seiner Autokanone, der einen Arm des *Kriegshammer* brutal abriss und auf den verbrannten Boden schleuderte.

Dann schnitt Julians Partikelwerfer lang und tief durch die rechte Seite des Mechs. Schrapnell explodierte aus dem breiten Riss im Rumpf des Mechs, als dessen Kreiselstabilisator sich in einen Wirbelwind aus Metallsplittern zerlegte. Callandres *Condors* rasten mit bunt leuchtenden Lasern heran. Raketen hämmerten in einem tödlichen Stakkato auf Kopf und Torso der

Kampfmaschine. Das Kanzeldach stülpte sich einwärts und das Cockpit ging in Flammen auf.

Der *Kriegshammer* war ›tot‹, bevor er auf den Boden schlug.

Doch die Draconier waren damit keineswegs besiegt. Als könnte sie das Ende des Kampfes ahnen, trieb Yori ihren *Großdracon* vorwärts und schleuderte einen Blitzschlag um den anderen nach Julian, während sich Kisho auf Callandre konzentrierte. Die Raketen des Novakatzen-Kriegers zertrümmerten einen ihrer *Goblins* zu Altmetall.

Der verbliebene *Kriegshammer* feuerte auf einen *Condor*, der von einer Bodenwelle flog und auf dem Dach landete.

Und auf Julians Sichtprojektion sah er ein blaues Symbol nach dem anderen verschwinden, als das lyranische Kontingent Alaric Wolf mit neuen Opfern versorgte.

»Verdammt, Jasek.« Seine Stimme krächzte, ausgedörrt von der trockenen, heißen Luft, die aus speziellen Düsen im Kanzelboden strömte und den Temperaturanstieg nach einem derartigen Geschützfeuer simulierte. »Ich sagte, hol ihn dir, und nicht: bring ihn dazu, sich an deinen Leuten zu überfressen.«

»Leichter gesagt ... getan«, kam die leise, gestörte Antwort. »Wenigstens ... nicht bei dir drüben.«

Nein. Alaric schien damit zufrieden, sich auf seinen Lorbeeren auszuruhen und der draconischen Offensive das Feld zu überlassen, während er weiter die gesamte lyranische Front aufrollte.

Alles lief mit jener Stromschnellengeschwindigkeit ab, wie sie für verzweifelte Gefechte üblich war. Julians *JES*-Raketenwerfern ging gleichzeitig die Munition aus – und plötzlich waren sie nur noch als Hindernisse zu gebrauchen. Yoris Mech trat auf einen, als sie vorbeistampfte und sich auf Kernschussdistanz an Julians *Templer* heranarbeitete. Und Kishos *Katapult* lag plötzlich auf der Seite, als sich Callandres Panzerzerstörer an dem zerstörten *Kriegshammer* vorbeischob und ihre letzten paar hundert Granaten in seinen Kampfkoloss setzte.

Der übrig gebliebene *Kriegshammer* fand sich umzingelt, als der letzte *Goblin* eine Ladung *Hauberk*-Kröten ausspuckte und die Pioniere ihn aus seinem toten Winkel mit Kletterstangen und den schwarzen Kästen attackierten, die ihnen eine Chance gaben, den BattleMech zu übernehmen. Falls es ihnen gelang, den MechKrieger in dessen Kanzel auszuschalten.

Alles, was sonst noch auf dem Schlachtfeld war, befand sich in einem direkten Schlagabtausch, stand bereits in Flammen oder versuchte unbeholfen, sich aus dem Staub zu machen.

Eine zerschlagene Einheit nach der anderen. Auf beiden Seiten. Es würde ein verdammt guter Computer nötig sein, um die Gewinne und Verluste aufzurechnen und aus diesem Gemetzel einen Sieger zu bestimmen.

Yori holte sich noch einen Abschuss, als sie Callandres *SM1* seitlich erwischte und das Besatzungsabteil mit gleißender Energie füllte. Kisho blieb am Boden, als *Hauberke* vom *Kriegshammer* auf das *Katapult* sprangen und über Flanke und Schultern der Maschine schwärmten, sich mit Lasern und Greifkrallen über den gefallenen Koloss hermachten.

Julian feuerte die PPKs auf Yori ab, peitschte ihren Mech mit den bläulich-weißen Entladungen in einem letzten Versuch, sie mit in den Untergang zu reißen. Zu seiner eigenen Überraschung lachte er. Krächzte ein hartes, bellendes Lachen heraus, das so gar nicht zum ›Tod‹ seiner Freundin und der Vernichtung ringsum passen wollte. Es war einfach alles zu viel. Zu viel simuliertes Sterben. Zu viele ernsthafte Spieler.

»Nur wir beide, Yori Kurita«, forderte er sie über einen offenen Kanal heraus. Er schlug verzweifelt mit den PPKs um sich, ließ die Betriebstemperatur gefährlich steigen. »Das Schwert und der Drache.«

Sie hatte auch nicht mehr viel aufzubieten. Die Panzerung auf ihrem Sechzig-Tonnen-Mech war mehr Erinnerung als Realität, und aus mehreren tiefen Löchern in seinem Torso drang grauer Rauch. Aber sie nahm seine Herausforderung tapfer an und spie Verwünschungen auf Japanisch, während sie mit Raketen und Partikelkanonen zurückschlug.

Ihr letzter Höllenfeuerstoß wusch über das Kanzeldach seines *Templer*, als sich seine beiden letzten Partikelsalven zu einem Wirbel tödlich krachender Energie verbanden, der in den Rumpf des *Großdracon* einschlug und sich ganz durch ihn hindurch bohrte, um aus dem Rücken wieder auszutreten. Seine Kanzel schlug hart nach hinten und sämtliche Schirme wurden feuerrot, bevor sie sich abschalteten.

Dunkelheit stürzte über ihn herein, und der Simulator senkte sich mit langsamen, wiegenden Bewegungen in die Ausgangsstellung.

Nur die Lichter auf der Kommkonsole blieben angeschaltet.

»Damit ist unser Test beendet«, erklärte Julian und schnappte in der erstickend heißen Luft nach Atem. Ein Lächeln zog seine Mundwinkel hoch. »Wir kehren zu unserem angekündigten Leben zurück.«

25

Ich kann mir eine perfekte Welt vorstellen.
Eine Welt ohne Gewalt. Ohne Armeen. Ohne Krieg.
Und ich kann mir vorstellen, dass wir diese
Welt angreifen. Weil sie es niemals erwarten
würde.

– Anonyme Signatur, SphärenNetz, Terra, 15. Mai 3135

Terra
Präfektur X, Republik der Sphäre

19. Mai 3135

Conner Rhys-Monroe warf seine Kühlweste hinter sich in den *Cavalry*, zog einen Overall aus dem Staufach hinter dem Kopilotensitz des Hubschraubers und stieg hinein, knapp vor der Landung auf dem Landgut bei Darmstadt, das ihm Senatorin Derius überlassen hatte. Den größten Teil des Fluges hatte er sich ein Nickerchen gegönnt, aber unter dem Dröhnen der Rotoren, das seine ganze Welt durchschüttelte, war er nicht zur Ruhe gekommen. Seine Muskeln waren steif und schmerzten von einem zu langen Aufenthalt im Schleudersitz seines *Kampfschütze*. Der Geruch von verbranntem Schießpulver begleitete ihn auf jedem Schritt und Tritt.

Als der Pilot bemerkte, dass er wach war, schaltete er die Bordlautsprecher an. »Wir setzen Sie nur ab und fliegen dann zurück nach Mannheim, Herr Senator, okay? Wir haben einen Ziviltransporter für Sie angefordert.«

Unter diesen Umständen war an ein normales Gespräch nicht zu denken, also nickte Conner nur, als der Pilot über die Schulter blickte. Er ergriff eine Haltestange neben der offenen

Tür und beugte sich hinaus, während der *Cavalry* im Tiefflug über den Rosengarten zum Hubschrauberlandeplatz zog.

Die Kufen hatten den Beton kaum berührt, als er schon hinausgesprungen war und geduckt über den Platz lief. Hinter ihm stieg die Maschine sofort wieder auf und nahm Kurs zurück nach Süden.

Es war nur eine kurze Strecke durch den Rosengarten zum Hintereingang des Gebäudes. Die Verandatüren waren weit geöffnet, und knapp dahinter stand Infanterie Wache. Conner grüßte die Offiziere kurz, die um eine auf einem Frühstückstisch ausgerollte Karte aus dem achtundzwanzigsten Jahrhundert standen, und hastete die teppichbedeckten Stufen der Treppe hinauf, drei mit jedem Schritt, hoch in die Bibliothek im ersten Stock.

Genau genommen ließ kaum etwas das Landgut so erscheinen, als eigne es sich für einen Militärstützpunkt besonders. Aber es lag weit genug hinter den Linien, um das zumindest momentan irrelavant zu machen. Dafür bot es einen gewissen Komfort und ein Gefühl von vertrautem Luxus für die auf Terra verbliebenen Senatoren. Außerdem lag es günstig zur Front. Täglich günstiger sogar, denn die Republik drängte die Loyalisten stetig tiefer nach Deutschland hinein.

Als Sohn eines Viscounts war er in eine Umgebung wie diese geboren worden. Als Ritter hatte er reichlich Zeit in kahlen Kasernen und auf öden Schlachtfeldern verbracht.

Jetzt, als Loyalist, war er zwischen beiden Welten gefangen, und die Grenze wurde zunehmend dünner.

Besonders, als Cray Stansill ihn in einem eleganten, dunkelgrünen Seidenanzug am Eingang zur Bibliothek erwartete, ein eisgekühltes Cocktailglas in der Hand.

Conner holte aus und hämmerte ihm zweimal kurz hintereinander die Faust ans Kinn.

Hart.

Stansill flog zu Boden. Sein Drink zerschellte auf dem dicken Berberteppich und hinterließ einen dunklen Whiskeyfleck auf dem Material. Zwei der drei anderen Personen im

Raum sprangen auf, schockiert von dem abrupten Gewaltausbruch.

»Lord Monroe ...« Senator Richthofen schien nicht zu wissen, was er erwarten sollte und starrte ihn mit offenem Mund an.

Therese Ptolomeny schüttelte enttäuscht den Kopf. »Wirklich, Conner, es gibt bessere Methoden, dein Missfallen zu äußern. Besonders gegenüber einem Gast wie Sir Stansill.«

Conner stand im Türrahmen und atmete schwer. Der rasante Aufstieg hatte Kraft gekostet. Er sah zur dritten Person im Zimmer hin und wechselte lange, ernste Blicke mit Melanie Vladistock. Seit Lina Derius auf ihre Heimatwelt Liberty abgereist war, hatte er mit ihr die meiste Zeit verbracht. Sie hatten Pläne geschmiedet. Die Zukunft der Loyalistenbewegung debattiert.

»Ich habe euch gewarnt, dass ihm das nicht gefallen wird«, erklärte sie den anderen mit einem Schulterzucken.

Cray Stansill wälzte sich auf die Seite und rieb sich vorsichtig das Kinn. Dabei achtete er sorgfältig darauf, seine aufgeplatzte Lippe nicht zu berühren, aus der leuchtend rotes Blut auf sein Kinn, das blütenweiße Hemd und den Teppich tropfte. »Er wird sehr bald weniger Unmut verspüren«, behauptete der abtrünnige Ritter.

Richthofen half Stansill auf die Beine und zu einem nahen Sessel. »Denken Sie an Ihren Ruf, Cray.«

Conner dachte nicht daran, den ehemaligen Ritter und Waffenbruder so leicht davonkommen zu lassen. »Bist du noch bei Sinnen?«, herrschte er ihn an und stürmte in die Bibliothek, jeder stampfende Schritt ein Ausdruck seiner Wut. »Du schickst eine Luft/Raumstaffel nach Genf? Zum Regierungspalast? Willst du den Krieg eskalieren lassen?«

»Jedenfalls habe ich keine Angst davor«, erwiderte Stansill, schüttelte Richthofen ab und sprang wieder auf. »Und der Zeitpunkt war perfekt, weil die Nachricht von der draconischen Invasion alle abgelenkt hatte. Warum hast du den Ausfall organisiert – um Stuttgart und Karlsruhe zurückzuerobern? Wenn wir der Republik den Kopf abschlagen, können wir nach Genf zurückkehren und eine echte Verteidigung für die Republik organisieren.«

»Das ist keine Entscheidung, die dir zusteht. Diese Entscheidungen fallen hier, in diesem Raum. Du bist zu eigenmächtig, Cray.«

»Wenn du damit meinst, ich gebe mich nicht mit halben Sachen zufrieden, hast du recht. Seit drei Wochen drängt uns die Republik fast jeden Tag ein Stück weiter zurück. In dieser Abfolge von ›Begrenzungs-Scharmützeln‹, von denen sie in den Nachrichten ständig faseln. Wir führen hier Krieg, Conner. Und es wird Zeit, dass wir ihn führen, ohne dass uns ständig dein Vater über die Schulter blickt.«

Blind vor Wut schlug Conner erneut zu. Diesmal war Stansill darauf vorbereitet, er blockte die Gerade ab und landete einen Schwinger an Conners Schläfe. Dann wollte er einen Kinnhaken hinterdrein schicken. Conner duckte sich weg und schlug mit einem steifarmigen Hieb unters Kinn den Kopf des anderen Ritters nach hinten. Ein doppelter Handballenschlag in die Magengrube schleuderte seinen Gegner benommen in den Sessel zurück. Conner stand wutschnaubend über ihm.

Senator Richthofen schob sich körperlich zwischen die beiden. Diesmal zog er Conner fort. »Das löst doch nichts! Lord Monroe, nehmen Sie sich zusammen.«

Es fiel ihm schwer. Und es wurde mit jedem Tag schwerer. Conner war selbst zu seinen besten Zeiten aufbrausend gewesen. Er war sicher, einer der Gründe für Lina Derius, Terra zu verlassen, war die Auseinandersetzung mit ihm gewesen.

Jetzt schüttelte er Richthofen ab. »Sie haben mich geholt, um eine Aufgabe zu erledigen. Wir hatten einen Plan, und der war gut. Aber wenn Cray noch einmal quer schießt, bin ich weg. Ist das deutlich?«

Er wartete auf ein Nicken von Richthofen und Ptolomeny. Melanie Vladistock wirkte in ihrer Zustimmung zurückhaltender. »Du glaubst also, das lässt sich noch retten?«

Ihre gelassene Stimme beruhigte ihn, und er dachte kurz

über ihre Frage nach, während er sich neben sie auf den Lederdiwan fallen ließ. Seine Hände waren immer noch zu Fäusten geballt. Die andern formten einen Halbkreis und warteten. Selbst Cray Stansill, der allmählich wieder zu Atem kam, beugte sich schweigend vor und wartete auf eine Entscheidung.

Die Ereignisse überschlugen sich. Hier und anderenorts. Von überallher. Als hätte es nicht schon genügt, dass die Jadefalken Skye erobert hatten und Liao weiter die Präfekturen IV und V angriff. Jetzt hatte auch Haus Kurita seine Truppen in Marsch gesetzt und griff die Grenzwelten der Präfektur I an. All das schlug auf eine Republik ein, die mit sich selbst im Krieg lag und versuchte, ihre Identität zu etablieren.

»Ich weiß es nicht«, erklärte er schließlich. »Alles bricht zusammen, hier und draußen im All. Die Journalisten fallen über uns her. Sie geben nicht einmal mehr vor, unsere Botschaft zu vermitteln. Sie geht zwischen Zitatfetzen verloren. Es sieht ganz so aus, als hätte Countess Campbell – zum Teufel mit ihr! – die Medien auf Terra und in der halben Republik in der Tasche.«

Richthofen griff sich sein Glas von einem Marmoruntersetzer. Er trank einen Schluck und hob das Glas dann zur Decke. »Dass es so weit kommen konnte, wussten wir von Beginn an. Hier auf Terra ist der Exarch am stärksten. Aber wir haben ihn geschwächt. Möglicherweise genügt das schon. Besonders angesichts des neuesten Ärgers, mit dem er fertig werden muss.«

»Nicht nur er, Michael.« Melanie Vladistock stammte aus Präfektur II. Genau wie die Senatoren Onataki und Rwal. »Das hätte zu keinem schlechteren Zeitpunkt passieren können.«

»Oder zu einem besseren«, beteiligte sich Cray Stansill wieder am Gespräch.

Seine Lippe blutete noch, und er schmierte sich mit dem Handrücken einen Blutfleck übers Kinn. Aber sein Tonfall war wieder kräftig und selbstbewusst. »Was ich damit sagen will: Der Exarch hat den Koordinator des Kombinats *hier auf Terra*. Und wir auch.«

Durch die wenigen Kontakte, die Conner noch auf der anderen Seite hatte, wusste er, dass Vincent Kurita den Kriegsherrn des Distrikts Benjamin, Mitsura Sakamoto, lautstark beschuldigte, eigenmächtig zu handeln. Und einen großen Teil der Schuld für diese ›Buschgefechte‹ bei Katana Tormark suchte. Doch wie kam das bei den höchsten Kreisen an?

Konnten sie es für sich ausnutzen?

»So oder so müssen wir unsere Kräfte hier auf Terra sammeln und uns dem Gegner stellen. Möglicherweise müssen wir dazu die Initiative ergreifen.« Er winkte Cray Stansill zurück. »Aber zuerst und vor allem müssen wir unsere Grenzen hier in Europa befestigen. Das bedeutet, wir müssen riskieren, Menschen und Material aus Spanien durch die Luft hierher zu holen. Hoffentlich auch aus Asien. Was Amerika angeht ... ich befürchte, die müssen wir abschreiben. Wir können die ein, zwei Ritter retten, die wir in der Wüste bei Santa Fé haben, aber viel mehr wird nicht zu machen sein.«

Stansills Miene wurde düster, doch er schwieg. Noch. Richthofen und Ptolomeny nickten und sicherten ihm damit ihre Unterstützung zu, während Melanie Vladistock noch eine letzte Frage hatte.

»Und wenn der Exarch sich entschließt, das zu verhindern, Conner? Was tun wir dann?«

Der Ex-Ritter der Sphäre – und einzige Krieger-Senator – lehnte sich zurück. Die Antwort, die er auf diese Frage hatte, stand seit dem Tod seines Vaters und seiner Entscheidung fest, sich gegen den Exarchen zu stellen.

»Wir tun, was wir tun müssen.«

Genf hatte sich seinem Status als Hauptstadt der Republik schnell angepasst. Neben dem beeindruckenden Regierungspalast und dem Senatsgebäude, dem Grand Parc und mehr Botschaften, als einer relativ kleinen Stadt gut taten, standen zahlreiche Gebäude im sogenannten Bürokratenring. In ihnen war eine Unzahl von Gruppierungen und Funktionären tagein, tagaus damit beschäftigt, die Regierungsmaschinerie so gut wie möglich in Betrieb zu halten.

Und auf einer der vielen Etagen der Abteilung für Finanzplanung verfügte der Exarch über ein Privatbüro.

Als er spät in der Nacht durch die leeren Flure ging, verlassen von den auf andere Etagen beorderten Raumpflegern, und während seine Sicherheitsleute in den Schatten verschwanden, gestattete sich Jonah Levin, die Schultern hängen zu lassen. Die dunklen, leeren Büros passten hervorragend zu seiner Stimmung. Düster. Bitter.

Er war erst knapp sechs Monate im Amt und wollte schon alles hinschmeißen. Den sich auftürmenden Problemen den Rücken kehren und mit seiner Familie heim nach Kervil fliegen. Er hätte es auch getan, wäre er aus weniger hartem Holz geschnitzt gewesen. Hätte er nicht einen Eid geschworen, den er seit jeher höher hielt als das eigene Leben:

Auf die Republik.

Und die Republik lag im Sterben.

Die Tür, auf die er zuging, unterschied sich in nichts von den anderen. Ein einfaches Blatt aus poliertem Eichenholz, mit dem üblichen Schutzblech am unteren Rand, verziert mit schwarzen und braunen Flecken. Ein Bronzeschild auf Augenhöhe trug die Bezeichnung ›Stellvertretender Untersekretär für Wirtschaftlichen Wiederaufbau‹.

Das war er. Er legte die Hand um den Türgriff und wartete kurz, während die versteckten Sensoren seinen Handabdruck lasen, die in der Wand verborgene Maschinerie auslösten und die Tür entriegelten. Er war einer von nur zwei Menschen, die diese Tür öffnen konnten, ohne eine ganze Serie von Alarmen auszulösen und einen Zug bewaffneter Sicherheitsagenten herzurufen. Und natürlich war der andere bereits anwesend.

Der Phantompaladin erhob sich respektvoll, als der Exarch das Zimmer betrat, aber Jonah winkte ab. Also nahm er wieder auf seinem einfachen, geradlehnigen Stuhl vor einem Allerweltsschreibtisch Platz. Das ganze Büro war bescheiden eingerichtet, das Erscheinungsbild konservativ und das Mobiliar nüchtern. Nur eine einzelne Schreibtischlampe erzeugte in der Mitte des Raumes eine kleine Lichtinsel, eine Vorsichtsmaßnahme, die keineswegs notwendig war, wie der Exarch wusste. Die Fenster waren versiegelt, von außen war nicht zu erkennen, dass sich jemand in diesem Büro aufhielt.

»Sie haben versprochen, mir zusätzliche Informationen zu besorgen«, stellte Jonah ohne Vorrede fest und ließ sich in den Drehstuhl hinter dem Schreibtisch fallen. »Raus damit.«

Der Phantompaladin lehnte sich vor und zuckte die Achseln. »Mein Netzwerk kann auch nicht viel schneller arbeiten als die Sprungschiffe, mit denen die Ausgangsnachricht hier eingetroffen ist. Aber ja, ein paar zusätzliche Details habe ich für Sie. Bei den Vorauseinheiten handelt es sich hauptsächlich um Elemente der Benjamin-Regimenter, allerdings operiert auch mindestens ein Elite-Regiment des Schwerts des Lichts innerhalb unserer Grenzen. Ich erwarte, dass es einen möglichen Vorstoß in die Präfektur III anführen wird.«

»Werden sie Präfektur III angreifen?«, fragte Jonah.

»Sie werden es müssen. Egal, ob es der Vorwand für eine Invasion ist oder ob sie es wirklich auf Katana Tormark abgesehen haben. Sie hat III zu ihrer Machtbasis gemacht, und die Draconier werden versuchen, ihr die eine Welt um die andere zu nehmen.«

Liao ... die Jadefalken ... der Senat ... Kurita. Als Paladin hatte Jonah Levin geschworen, die Macht und Autorität des Exarchen gegen alle Feinde im Innern wie im Äußeren zu verteidigen. Doch er hatte nie erwartet, mit einer solchen Phalanx von Gegnern konfrontiert zu werden. Geschweige denn, dabei selbst auf dem Platz des Exarchen zu sitzen.

»Noch ein Monat. Selbst wenn es nur zwei Wochen sind. Wenn sie wenigstens lange genug hätten warten können, um uns die Beisetzungsfeierlichkeiten abschließen zu lassen. Vor unserer eigenen Haustür für Ordnung zu sorgen und vielleicht neue Verbündete zu finden. Dann hätten wir eine Chance gehabt, Emil. Eine Chance auf Frieden.«

Es war möglicherweise das erste Mal, seit er sein Amt angetreten hatte, dass er den Phantompaladin mit Namen anredete. Jedenfalls das erste Mal seit so langer Zeit, dass er sich nicht sicher war. Es war so viel einfacher, seinen Stab hinter Titeln und Positionen zu verstecken und sie nicht als Menschen zu betrachten. Besonders, wenn Jonah ihnen Befehle geben musste, auf die er nicht stolz war. Befehle, die er nie erteilt hätte, wenn es nur um sein Leben gegangen wäre und nicht um das von Milliarden Menschen. Billionen sogar.

»Und um heute auch nur einen Bruchteil von ihnen zu retten, kommen wir um harte Entscheidungen nicht herum. Wir dürfen nur hoffen, dass wir die Scherben später noch auflesen können. Aber es sind so viele. So viele.«

»Und wenn ich sage: ›Dieser hier soll nicht mit dir gehen‹, dann wird er es auch nicht tun.«

Jonah erkannte die Referenz auf das Unvollendete Buch, und er kannte auch die ursprüngliche Quelle. »›Durch diese Dreihundert werde ich dich erretten.‹ Das Buch der Richter. Ja, es scheint wirklich so, als müssten wir Gott spielen. Und tun wir es nicht, gehen wir alle unter.«

Emil nickte. »Die Phantomritter stehen bereit, jede nötige Unterstützung zu leisten.« Er stockte. Es entsprach nicht seiner Gewohnheit, seine Meinung zu äußern. Und doch: »Sie sind von guten Männern und Frauen umgeben, Exarch. Sie alle werden ihr Bestes geben. Selbst unter den schwierigsten Umständen.«

»Die Republik liegt im Sterben, Emil. Stones großer Traum zerbricht. Es kann keine schlimmeren Zeiten geben.«

»Wie lautet Ihr Befehl, Exarch?«

Jonah atmete lange und müde aus. Darauf lief es immer hinaus, nicht wahr? Und es half auch nicht, dass Devlin Stone selbst die Pläne vorbereitet hatte, um deren Ausführung es ging. Nein, das half nicht im Geringsten.

»Vorsichtig«, sagte er. »Still. Weil ich immer noch auf ein Wunder hoffe. Bereitet unsere letzte Verteidigungslinie vor. Die Festungsrepublik.«

Tausend Nadelstiche

»O weh dem Tag! Gewiss wird dies das Ende für die schöne Gestalt des Prinzen Siddartha sein! Was wird er tun, um sich zu retten?«

– Buddhistische Schriften, I. Der Buddha, Das Erlangen der Buddhaschaft.

Erleuchtung wäre etwas wundersam Prächtiges. Doch ich fürchte, allzu oft warten wir nicht einmal lange genug, um wenigstens der Vernunft Gelegenheit zu bieten, sich durchzusetzen. Und wer das Schwert des Aufruhrs zu oft zieht, wirft irgendwann die Scheide fort.

– JULIAN DAVION, Lord Markeson, *Krieg im Historischen Kontext,* Erstveröffentlichung auf Kathil, 2. Dezember 3134

26

Angesichts der Stimmen, die inzwischen auf Welten wie New Syrtis, Kathil und Chesterton nach capellanischem Blut verlangen, ist es an der Zeit zu fragen, ob eine strikte Isolationspolitik wirklich in unserem Interesse liegt oder ob die Zukunft nicht stärkeren Bündnissen gehört.

– Jacquie Blitzer, //battlecorps.org/blitzer, 12. Mai 3135

Terra
Präfektur X, Republik der Sphäre

23. Mai 3135

Die wiederaufbereitete Luft im Innern der Langstreckenfähre schmeckte fade metallisch. Trocken und leblos. Sehr passend, fand Julian, als er die stählerne Wendeltreppe zu den oberen Decks hinaufstieg. Er schlug alle paar Stufen auf das kalte Metallgeländer. Stampfte extra hart auf die Metallstufen, als könnte das Hallen die Bilder einer verwüsteten, zerstörten Einöde aus seinem Kopf vertreiben.

Eine vergebliche Hoffnung.

Die Bilder hatten sich unauslöschlich in seinen Geist eingebrannt.

Sie befanden sich wieder einmal auf einer der Rundreisen, die der Exarch neben anderen Aktivitäten organisiert hatte, um seine Besucher einander näher zu bringen, und der erste Vorbeiflug der Fähre über Hilton Head ›Island‹ beziehungsweise über das, was von dieser historischen Stätte noch existierte, hatte in hoher Geschwindigkeit und zwei Kilometern Flughöhe stattgefunden. Julian hatte zwischen der Felsenküste und den leblosen Bodenflecken mindestens drei Krater gezählt. Der über die Bordlautsprecher der Fähre ablaufende automatische ›Reiseführer‹ hatte erklärt, dass sich die Historiker bis heute nicht einig waren, ob diese Krater von abgeworfenen Nuklearsprengköpfen oder von Atombomben stammten, die durch Agenten eingeschmuggelt und später ferngezündeten worden waren.

Ein zweiter, tieferer Vorbeiflug im Helikoptermodus hatte zweiundzwanzig entsetzliche Minuten gedauert, und Julian hatte sich zusammen mit den anderen Diplomaten und Fremdweltdelegierten an den Panzerglasfenstern der Backbord-Aussichtsloge die Nase platt gedrückt. Hatte Ausschau nach dem ehemaligen Zentralkomplex ComStars gehalten und nur Stahlbetonflächen gefunden, die als einziger Überrest von einem Paradeplatz oder kleinen Raumhafen noch existierten. Das Stahlskelett eines einzelnen Gebäudes ragte noch aus der Gischt. Das wenige an Vegetation, das die hohe Strahlung überlebt hatte, war verkrüppelt, verwachsen und unansehnlich. Eine einzige Parodie einstiger Majestät.

»Hilton Head Island war die faktische Hauptstadt Terras während der ComStar- und der späteren Blakes-Wort-Jahre.«

Die sanfte, aber ernste Frauenstimme des automatischen Reiseführers drang auch in den Schacht der Wendeltreppe.

»Der Sitz mächtiger Organisationen, die ein faktisches Monopol auf die gesamte interstellare Kommunikation in der Inneren Sphäre besaßen. Den ersten Hinweis auf ComStars beachtliche militärische Stärke erhielt die Außenwelt 3025, als Außenstehende einen Blick auf die unterirdischen Gewölbe der Insel erhaschten, der bewies, dass die Organisation einige Regimenter fabrikneuer BattleMechs aus der Zeit des Ersten Sternenbundes bewahrt oder restauriert hatte.«

Immer weiter um die Mittelsäule die Rautengitterstufen hinauf.

»Man nimmt an, dass der größte Teil der ausgedehnten Hilton-Head-Katakomben stillgelegt wurde, nachdem ComStar 3052 seine Schatzkammern lehrte, um auf Tukayyid die Clans besiegen zu können. Bis 3058, als Blakes Wort Terra eroberte und den unterirdischen Komplex reaktivierte. Welche Möglichkeiten diese Anlagen den blakistischen Truppen boten, die sich auf den Heiligen Krieg vorbereiteten, beziehungsweise später in ihm kämpften, werden wir nie erfahren. Mindestens ein 50-Megatonnen-Nuklearsprengkopf detonierte tief unter der Oberfläche der Insel. Er brachte die Gänge und riesigen Kavernen zum Einsturz. Noch während sich das konventionelle und strategische Bombardement der Oberfläche fortsetzte, stürzte die Mitte der Insel ein. Das einstige Prunkstück seiner Bedeutung und Schönheit, einhundertzwanzig Quadratkilometer sorgfältig kultivierte Wälder und ein ausgedehnter, hochmoderner Gebäudekomplex, verwandelten sich in nur einer Stunde in eine Einöde aus verbranntem Fels und radioaktiven Trümmern.«

»Und das«, stellte Aaron Sandoval entschieden fest, als Julian endlich auf dem oberen Beobachtungsdeck ankam, »war nicht mehr, als diese ganze Insel verdiente.«

Aaron Sandoval trug heute einen zweireihigen Anzug an Stelle der Adelsroben oder der paramilitärischen Uniform, die er sich zugelegt hatte, als er an der Spitze seines Schwertschwurs Präfektur V zu Hilfe gekommen war. Momentan wirkte er eher wie ein Geschäftsmann oder ein normaler Politiker auf Besichtigungstour, und nicht wie eine der mächtigsten Persönlichkeiten der Republik.

Das geschlossene Deck war breit genug für Rauchglasfenster auf beiden Seiten der schmalen Fähre. Da die Aussicht von hier oben verglichen mit der in den Backbord- und Steuerbordlogen mit ihren Panzerglaswänden und hervorragenden Blickwinkeln bescheiden war, hatten es die beiden Männer für sich allein. Selbst die großen Bildschirme an Front und Heck des Decks boten eine bessere Sicht auf die Zerstörungen als die Seitenfenster, denen die Krümmung des Rumpfes im Weg war.

Aaron, der in der Nähe des vorderen Monitors stand, drehte die Lautstärke des Reiseführers herunter, bis sie nur noch ein leises Flüstern vom Heck her erreichte.

»Glauben Sie das wirklich?«, fragte Julian den Herzog und Lordgouverneur. Als er näher trat, kam Aaron auf ihn zu und die beiden Männer schüttelten sich die Hand. Sein Händedruck war kurz, aber fest.

»Was spricht dagegen?« Aaron zuckte die Achseln. »ComStar, und ganz besonders Blakes Wort, haben mehr als ihren gerechten Anteil Elend zur Geschichte der Inneren Sphäre beigetragen. Und wir ernten die Folgen heute noch. Der Kollaps. Warum wissen wir nicht schon seit Jahrzehnten von den Gefahren, die eine derartige Abhängigkeit von der HPG-Technik mit sich bringt?«

Auf einem nahen Tisch stand ein Tablett mit eisgekühlten Getränken. Sie waren frisch. Die Gläser beschlugen noch. Aaron hatte vorsorglich für Erfrischungen und die völlige Abwesenheit von Bordpersonal Sorge getragen. Julian nahm sich ein Glas Sprudelwasser. Ein schneller Schluck half, den trockenen Geschmack aus seinem Mund zu vertreiben, während er nachdachte.

Aarons Frage war wohl rhetorisch, deshalb verzichtete er auf eine Antwort. Stattdessen reagierte er auf die erste Aussage des Lordgouverneurs.

»Ihren gerechten Anteil Elend ... Es gibt kaum jemanden, der dieser Anklage unter den Blicken der Geschichte standhalten könnte. Auch die Davions und Sandovals nicht.«

Zuckte der Duke zusammen? Julian war sich nicht sicher.

»Und in jüngster Zeit Haus Kurita«, stellte Aaron fest.

»Ja.«

Viel mehr konnte Julian darauf nicht antworten. In den letzten Tagen gab es kaum noch ein anderes Gesprächsthema, weder privat noch öffentlich. Auch nicht für die jungen Adligen, die sich weiter trafen, oder bei den Gesprächen auf höchster Ebene, die Julian auf Prinz Harrisons Wunsch noch immer mitverfolgte. Die Nachricht von den ersten Kämpfen zwischen Einheiten des Draconis-Kombinats und der Republik hatten die fortgesetzten Angriffe Haus Liaos aus den Schlagzeilen verdrängt, ebenso wie die noch immer laufende Auseinandersetzung zwischen Senatsloyalisten und Republiknationalisten hier auf Terra.

»Vincent Kurita besteht darauf, dass sein Reich an diesem Konflikt nicht offiziell beteiligt ist.«

»Und das glauben Sie?« Da lugte ein Hauch der typischen Sandoval-Paranoia dem Drachen gegenüber hervor. Und es lag eine besondere Betonung auf dem ›Sie‹. Aaron nahm sich eine Schale mit dunkelrotem Wein.

Julian entschied sich für einen weiteren Schluck Sprudel. Er schüttelte den Kopf. War nicht bereit, sich oder seinen Prinz so oder so festzulegen. »Es könnte so sein, wie er es darstellt: zwei rebellische Feldherrn, die nur noch ihre Ehre sehen. Katana Tormark hat unzweifelhaft in Systemen auf beiden Seiten der Grenze für Unruhe gesorgt. Es wäre möglich, dass es ihr der Kriegsherr von Benjamin nur gleichtut.«

»Aber was glauben Sie, Julian? Sind die Soldaten des Drachen auf dem Marsch? Sie müssen sich doch eine Meinung dazu gebildet haben.«

Es war unmöglich festzustellen, ob Aaron Sandoval diese Frage im Namen der Republik stellte, im Namen der überaus mächtigen Dynastie der Sandovals oder in reinem Eigeninteresse. Genau das war Prinz Harrisons Problem im Umgang mit ihm. Der Mann ließ sich nicht in die Karten schauen und setzte sehr bedacht.

»Ich glaube, Haus Kurita war schon immer ein schwerer Gegner und gelegentlich ein starker Verbündeter. Ich würde es niemals auf einen Krieg mit ihm anlegen.« Erst recht nicht, solange sich die Vereinigten Sonnen noch auf sichere Feindseligkeiten mit der Konföderation Capella vorbereiteten. Aber es bestand keine Veranlassung, dies Aaron Sandoval gegenüber zu erwähnen.

Oder, der Entscheidung des Prinzen vorzugreifen.

»Würde das Kombinat allerdings zu weit gehen, würde ich auch nicht zögern, mich ihm entgegenzustellen.«

Aaron verzog spöttisch den Mund. »Das haben Sie mit Ihrer jüngsten Vorstellung im Simulator allerdings bewiesen. Übrigens eine sehr hübsche Leistung, obwohl ich sicher bin, der Prinz hätte einen eindeutigeren Sieg vorgezogen, besonders wenn man bedenkt, dass bereits raubkopierte ROMs des ganzen Gefechts auf dem Markt sind.«

Jetzt war es Julian, der zusammenzuckte. Das entwickelte sich zu seinem zweiten politischen Debakel, an dem Simulatoren beteiligt waren. Seinem und Callandres. Obwohl es ihm durchaus einiges an vorsichtiger Anerkennung eingetragen hatte. Die jungen Adligen und nicht wenige der erfahreneren Delegierten waren sich noch immer nicht sicher, was sie voneinander halten sollten, aber es half, ein Gesprächsthema wie die feineren Punkte des Simulationsgefechts zur Hand zu haben, oder Julians Meinung über seine Gegner oder Verbündeten in diesem Duell.

»Trotzdem weiß Prinz Harrison es gut zu nutzen«, antwortete er. »Ich habe seitdem kaum einen Moment Ruhe gehabt.«

»Und jetzt dränge ich mich Ihnen mit der Bitte um dieses Gespräch auf. Ich könnte jetzt sagen, es täte mir leid. Aber ich fürchte, das wäre eine sehr oberflächliche Geste.«

Julian schüttelte den Kopf und deutete auf zwei nahe Sitzplätze. Mit der offenen Hand lud er den Lordgouverneur ein, sich zu setzen. »Machen Sie sich deswegen keine Sorgen. Das ist meine dritte Besichtigungsreise zu den grausamen Spuren des Heiligen Kriegs. Und wohl die schlimmste, auch wenn ich die Ruinen von Manhattan und die Gorstebene noch vor mir habe.«

Ungeachtet der wachsenden Spannungen und Veränderungen in der politischen Landschaft bestand Harrison Davion weiter darauf, dass Julian die militärischen und politischen Sehenswürdigkeiten Terras besuchte, sei es in seiner Begleitung oder gemeinsam mit anderen wichtigen Persönlichkeiten aus der Republik und der restlichen Inneren Sphäre. Museen und Kulturveranstaltungen konnte sich der Champion bis auf Weiteres abschminken.

Aber irgendetwas hatte Harrison vor. Das wurde mit jedem Tag deutlicher. Julian atmete tief durch. »Obwohl ich nach diesem Ausflug möglicherweise ein Privatflugzeug miete.«

Aaron lachte ruhig und getragen. Das Lachen eines Politikers. Er nahm gleichzeitig mit Julian Platz und ließ sich in einen der Rohrgestellstühle mit Lederüberzug sinken, wie sie in Geschäftsfähren und auf zivilen Landungsschiffen häufig standen.

»Ein schwerer Tag, Lord Davion? Es kann auch nicht schlimmer sein als im Steuerbordsalon der Fähre, zu dem mich mein Ticket verurteilt hat.«

»Bitte, nennen Sie mich Julian. Leider fehlt mir der Vergleich, um das beurteilen zu können. Jedenfalls war es ... ein Erlebnis.«

Plötzlich lehnte sich Aaron Sandoval vor. »Also schön. Ich decke meine Karten auf, wenn Sie mir die Ihren zeigen. Was haben Sie?«

Hätte Julian geglaubt, dass Aaron das Angebot, seine wahren Absichten zu offenbaren, ernst meinte, so hätte ihm die Abwesenheit seines Onkels weit mehr Sorgen gemacht. Aber vorerst war das Spiel sicher genug. »Zwei Generalhauptmänner. Anson Marik und Cameron-Jones. Ganz gleich, ob Sie die beiden an einen Tisch setzen oder an entgegengesetzte Enden eines Salons, sie werden eine erbitterte Debatte darüber führen, wer von ihnen das Recht hat, die Liga Freier Welten wiederaufzubauen.«

»Ohne jemals zuzugeben, dass keiner von beiden über die Mittel dazu verfügt«, unterbrach Sandoval.

»Exakt. Und das Einzige, worauf sie sich einigen können, ist, dass sie sich bis zur letzten Münze und letzten Kugel jeder Aktion Jessica Mariks widersetzen werden.« Tatsächlich hatte nur der Tiefflug über die Ruinen von Hilton Head die beiden kurz zum Schweigen gebracht, bis Anson lautstark erwähnt hatte, dass Cameron-Jones' Vorfahren unter denen gewesen waren, die Blakes Wort in den alten Tagen der Liga willkommen geheißen hatten.

»Also?«, fragte Julian. »Was haben Sie anzubieten?«

»Drei Dracs«, erwiderte Aaron stoisch. »Tai-shu Toranaga, Yori Kurita und einen der Berater des Koordinators.«

Julian schnitt eine Grimasse. »Es muss sehr ... höflich dort unten zugehen.«

»So höflich, dass man schreien möchte. Lächeln und tiefe Verbeugungen. Aber wenn Blicke töten könnten ... Ihre Ankunft vor dem Start hat alle Gespräche zum Verstummen gebracht, und der Suborbitalhüpfer von Genf war äußerst unterkühlt. Ganz davon abgesehen, dass offenbar niemand im Außenministerium auf den Gedanken kam, es könnte problematisch sein, einen Sandoval, selbst einen aus der Republik, so nahe an hochrangigen Draconiern zu platzieren. Ich habe das Katana fast an meinem Hals gespürt, als ich vorhin etwas zu schnell zum Fenster ging.«

Julian fühlte sich zwar gestört, aber seine Beziehungen zu den ›Marik‹-Fürsten entsprachen nicht einmal entfernt einer persönlichen Feindschaft. »Sie gewinnen.« Dann, nach einer Pause: »Was haben Sie auf dem Herzen, Lordgouverneur?«

»Aaron, Julian. Nennen Sie mich Aaron.« Er nahm einen vorsichtigen Schluck von seinem Rotwein, dann nickte er zufrieden. »Wir sind uns verwandschaftlich und politisch nahe genug, um der Titel überhoben zu sein.«

»Wie das, wenn ich der Champion der Vereinigten Sonnen bin und Sie einer der gefeiertesten Verwalter der Republik?«

Aber als Antwort darauf lächelte der Lordgouverneur der Präfektur IV und Duke of Caselton nur und trank noch etwas Wein.

Ein Punkt für Sandoval. Das hatte Julian nun von seiner direkten Frage. In der peinlichen Stille danach hätte er Spekulationen über ihr Verhältnis und Aarons politische Neigungen anstellen können.

Stattdessen drehte er sich zum Monitor um und schaute zu, wie die Fähre in einem letzten Bogen umkehrte. An der Meerseite des verbogenen Skeletts aus Stahlträgern, das Julian schon zuvor gesehen hatte, waren in fünf Meter Tiefe die Umrisse von zwei umgestürzten BattleMechs zu erkennen.

Es erstaunte ihn, wie klar das Wasser war. Aber hier gab es ja weder Seetang noch Algen. Auch keine Korallen. Nur ein wenig Sand, aus tieferen Lagen aufgespült.

Erschreckend.

»Sie müssen verstehen«, bemerkte Aaron kurz darauf. »Bis auf die Begleitung des Prinzen zu Victor Davions Sarkophag hatte ich keineswegs die Zugangsmöglichkeiten zu Harrison Davion, die ich mir wünschen würde. Und es ist gerade meine Stellung hier in der Republik, die mich daran hindert, zu nachdrücklich auf einer Audienz zu bestehen. Ich bin überzeugt, mein Exarch würde es vorziehen, wenn ich Distanz zu Haus Davion wahre.«

Zugegeben. »Da haben wir beide ziemlich denselben Eindruck.«

»Zumindest ist Ihr Terminkalender etwas weniger überfüllt.«

Julian nickte. »Was der Grund dafür war, dass Sie Ihren Neffen Erik vorgeschickt haben. Um das Wasser zu testen.« Julian warf einen weiteren Blick auf den Monitor. Sah das erstaunlich klare Meer über geborstenen Fels waschen – und schluckte. »Sozusagen.«

Diesmal bestätigte der Lordgouverneur Julians Vermutung nicht ganz. »Eriks Bericht war nicht gerade ermutigend, auch wenn der Junge nur in den seltensten Fällen begreift, worum es mir geht.« Da ging es ihm wie Julian. »Aber angesichts Ihres Widerstands und der mangelnden Verfügbarkeit des Prinzen war ich es zufrieden, mich in Geduld zu üben.«

»Und jetzt?«

Aber Aaron wartete. Wartete darauf, dass er eine der beiden offensichtlichen Eröffnungen wählte. Entweder er sprach den Drachen wieder an, was auch die Sandovals mit ins Spiel gebracht hätte, oder die Lokalpolitik, bei der das Gleiche für den Exarchen galt. Dieser Mann war ein Meisterspieler. Julian entschied sich für ein konservatives Spiel.

»Tikonov«, riet er.

»Was haben Sie über Tikonov gehört?«, fragte Aaron sehr, sehr still. Er ließ sich weder Freude noch Enttäuschung über Julians Entscheidung anmerken.

Was sollte er darauf antworten? »Ich denke, alles, was Prinz Harrison weiß. Ich bin auf der Höhe der meisten Berichte über die Kämpfe hier auf Terra und im Rest der Republik.« Was sehr viel und doch auch sehr wenig aussagte.

»Tatsächlich? Das ist interessant. Trotzdem hatte Caleb Davion große Mühe, zu beantworten, welche Systeme derzeit von Haus Liao angegriffen werden.«

Harrison hatte ein Treffen Aarons mit Caleb organisiert. Oder hatte Erik sich auf den Terminplan des jungen Thronfolgers geschlichen? »Caleb hat seine eigenen Prioritäten. Harrison Davion hat meine.«

»Tatsächlich.« Diesmal war es keine Frage.

Julian zuckte nur die Achseln und ließ den Einsatz stehen. Er sah keine Veranlassung zu erwähnen, dass ihm sein Vater diesen Rat gegeben hatte, als Julian sich mit dem Gedanken einer Militärlaufbahn unter Harrisons Patronat trug. »Ein Mann des Prinzen zu sein, Jules, wird oft genug dein Bestes verlangen. Ich weiß, du hast das Zeug dazu. Aber du darfst dir weder Vorbehalte noch Zögern gestatten.«

Julian hatte sich nicht immer an diese Grundregel gehalten, und er bedauerte die Jahre, in denen er es nicht getan und die Gunst des Prinzen für selbstverständlich gehalten hatte. Wie so oft hatte sein Vater recht behalten. Er hatte Julian seinen Rat sehr früh gegeben, als hätte er geahnt, dass ihm nicht mehr lange blieb. Aber das schmälerte dessen Wert keinesfalls.

»Als ich den Schwertschwur in die Präfektur V geführt habe«, erklärte Aaron, »hat das einen großen Teil des Drucks von den planetaren Garnisonen der Republik genommen. Aber es hat *meine* Systeme verwundbar gemacht. Tikonov ist das Nervenzentrum der Präfektur IV *und* des Schwertschwurs. Die jüngsten Überfälle könnten nichts weiter als Flankenangriffe sein, die mich zurück in mein eigenes Gebiet treiben und New Aragon für einen Großangriff entblößen sollen.«

»Sie könnten aber auch mehr als das sein. Testangriffe, um Ihre Stärken und Schwächen zu erkunden. Und Tikonov war einmal eines der Kronjuwelen der Konföderation Capella.«

»Allerdings. Es dürfte kaum notwendig sein, darauf hinzuweisen, dass der Fall Tikonovs die Grenze zwischen der Republik und den Vereinigten Sonnen destabilisieren würde.«

Was bedeutete, dass es im besten Interesse Haus Davions war, Aaron Sandovals Herrschaft über den Planeten zu sichern. Oder möglicherweise wollte er auch darauf hinaus, dass es gut für die langfristigen Interessen der Sonnen in der Region war, wenn ein Sandoval entlang der Grenze an der Macht blieb. Es gab Berichte, denenzufolge die Fürsten der Mark Draconis bereits ›Friedenstruppen‹ in das Gebiet verlegt hatten, um Schwertschwur-Positionen zu befestigen. Es gab keine Beweise dafür, dass der Lordgouverneur diese Unterstützung angefordert hatte, aber er hatte sie sich auch nicht allzu lautstark verbeten.

Spielte Aaron Sandoval beide Seiten zu seinem Vorteil gegeneinander aus? Oder ging es hier um mehr als nur um eine sichere Grenze?

»Exarch Levin ließe sich doch sicher überreden, ein Regiment der Principes-Garde oder Hastati-Sentinels auf Tikonov zu stationieren?«

Der Lordgouverneur lächelte schmerzhaft. »Ganz bestimmt. Doch es wäre mir sehr unangenehm, die Republik darum zu bitten, solange ihre Kräfte gegen Liao, die Jadefalken und jetzt auch noch Haus Kurita benötigt werden ...« Er ließ die Worte vielsagend verklingen. Dann: »Gestatten Sie mir eine Frage, Julian. Würden Sie die Republik als starken Verbündeten bezeichnen?«

Sollte heißen: Gab Julian, und damit Prinz Harrison, der Republik eine Chance von mehr als fünfzig Prozent, die nächsten sechs bis zwölf Monate zu überleben? Das war die Frage, die Julian hinter Aarons sorgsam gewählten Worten mitschwingen hörte. Der Duke schien auf eine Bestätigung vorhandenen Interesses oder besser noch eine Unterstützungszusage aus zu sein, bevor er sich auf längerfristige Pläne festlegte. Wozu hätte Harrison Julian aufgefordert? Aaron Sandoval zu ermutigen, sich zu seinen Wurzeln in den Vereinigten

Sonnen zu bekennen und zu desertieren? Oder den Mann hier aufzubauen, um sich einen starken Verbündeten in einer stabilen Republik zu sichern?

Er hätte Julian geraten, sich seine Möglichkeiten offen zu halten. Immer.

»Gestatten Sie mir eine Gegenfrage, Lordgouverneur: Wie werden Sie auf den *Befehl* des Exarchen antworten, sich allen Senatoren zu widersetzen, die innerhalb Ihrer Präfektur Zuflucht suchen oder versuchen, zu ihrer Machtbasis zurückzukehren, und sie festzunehmen?«

Wie weit war Aaron bereit, die direkte Autorität des Exarchen zu untergraben? Das wäre ein sehr aussagekräftiges Indiz gewesen.

Aaron erhob sich in einer flüssigen Bewegung, das Weinglas hielt er vergessen in der rechten Hand. Er schien mit seiner Antwort zu ringen, was bereits Bände sprach. Und ganz bestimmt war sich der Duke und Lordgouverneur dessen auch bewusst. In einem Fall wie diesem konnte keine Antwort ebenso deutlich und ebenso fatal sein wie eine Antwort.

Doch bevor Aaron Sandoval zu einer Entscheidung fand, drehte die Orbitalfähre von den Ruinen auf Hilton Head Island ab. Julian spürte den Andruck der Beschleunigung, als die Fähre zu ihrem nächsten Suborbitalsprung ansetzte. Auf dem Schirm wurde die verwüstete Insel rasch kleiner. Die Maschine war landeinwärts unterwegs, zur nächsten Sehenswürdigkeit dieses Rundflugs, einer verlassenen Anlage bei Devil's Towers, Wyoming.

»Nächstes Ziel: ›Camerons letzte Stellung‹«, flüsterte der ›Reiseführer‹ vom anderen Ende des Beobachtungsdecks. »Flugzeit: Sechzig Minuten.«

Das Bordpersonal, das bisher Pause gehabt oder sich auf besondere Bitte des Lordgouverneurs zurückgezogen hatte, strömte plötzlich scharenweise zurück. Es harkte das Deck zielsicher durch, leerte die Müllbehälter und entfernte geleerte Gläser. Das vor Julians Ankunft aufgestellte Tablett mit Drinks verschwand ebenfalls, während die Crew das Oberdeck hastig für die zu erwartenden Gäste vorbereitete, die sich hier oben die Beine vertreten wollten.

Aaron Sandoval gab sein Glas mit kaum erkennbarer Verärgerung auf. Sie hatten ihre Chance auf ein Gespräch unter vier Augen vertan. Dessen war er sich bewusst.

Er war jedoch nicht bereit, die Unterhaltung zu beenden.

»Wie ich höre«, stellte er langsam fest, »haben sich die Kämpfe auf Neuhessen und Demeter wieder verschlimmert.«

»Das stimmt«, gab Julian zu und fluchte in Gedanken über das miserable Timing. Das offene Ende dieses Gesprächs würde Prinz Harrison nicht zufrieden stellen. Julian brauchte etwas, womit er sich bei ihm sehen lassen konnte. »Piratenüberfälle, offenbar von Liao unterstützt. Eine längerfristige Situation, um die wir uns bereits kümmern.«

»Sie sollten sich das genauer ansehen«, schlug Aaron vor. »Auch darauf hin, ob es nicht im Interesse der Vereinigten Sonnen wäre, eine deutlichere Position zu beziehen.«

Aaron- oder republikfreundlich? Jetzt erschienen Fluggäste aus den unteren Decks, auf der Flucht aus den engen Aussichtslogen und ihrer politisierten Atmosphäre. Mehr als nur ein paar von ihnen warfen besorgte Blicke in Julians und Aarons Richtung, sei es, um herauszufinden, worüber sie redeten, oder auf der Suche nach einer Möglichkeit, das Gespräch zu unterbrechen und sich selbst mit einem der beiden zu unterhalten. Julian erkannte, dass ihnen bestenfalls noch Sekunden blieben, und suchte verzweifelt nach dem letzten Informationsbrocken, der Aaron veranlassen könnte, sich zu erkennen zu geben.

Duke Sandoval zog sich zurück.

»Prinz Harrison wird sicher von mir erwarten, Ihnen seine allerbesten Wünsche mit auf den Weg zu geben«, hielt Julian den Adligen im Aufstehen zurück. »Soll ich ihm etwas von Ihnen ausrichten?« Letzte Chance, lockte er sein Gegenüber.

Aaron Sandoval zögerte, dann kam er zu einer Entscheidung und nickte kurz. »Richten Sie Prinz Harrison aus ... dass uns viel mehr verbindet als trennt. Ungeachtet der Grenzen.

Sagen Sie ihm, ich hoffe auf eine weitere Gelegenheit, ihn und Sie, Julian, zu sprechen.« Er machte eine kurze Pause. »Und dass ich der Ansicht bin, Sie sind bestens geeignet.«

Viel war es nicht, aber doch genug. Julians innerer ›Harrison‹ war zufrieden. Zumindest weitgehend. Doch plötzlich bedrängte ihn eine andere, persönliche Frage, ausgelöst durch die sorgfältig überlegten Worte des Lordgouverneurs.

»Warum ich?«, fragte er. Eine Frage, die er seinem Prinzen nicht stellen konnte. Der Champion diente ohne Nachfragen. »Weshalb dieses ... Vertrauensvotum?« Erst diese Frage brachte es für ihn auf den Punkt. Genau das war es gewesen: ein Vertrauensvotum.

»Soll das heißen, Sie haben es immer noch nicht begriffen, Julian?« Er fragte es mit einem geheimnisvoll wissenden Lächeln. »Dann muss Harrison Ihnen wirklich noch etwas beibringen. Aber keine Sorge. Es bleibt genügend Zeit.«

Und mit dieser rätselhaften Bemerkung verschwand Aaron. Um augenblicklich von einem Mann in Geisterkatzen-Uniform angesprochen zu werden.

Julian setzte sich wieder, trank sein Sprudelwasser und prägte sich Aaron Sandovals Worte ein. Zumindest für den Augenblick drängten sie die Bilder der Verwüstung von Hilton Head Island tief in die Schatten, während er sich fragte, was genau der Prinz vorhatte, das Aaron zu wissen glaubte und Julian nur versuchen konnte zu erraten.

Als gäbe es noch nicht genug Fragen.

27

Die Republik hat ihr Erbe der Ehre und Rechtmäßigkeit verschleudert. Ein falsches Erbe, gestützt auf das Blut von Unschuldigen, Devlin Stone unterworfen, die seine neue Terranische Hegemonie unter Zwang errichtet haben. Liao ist nur eine der ersten von vielen Welten, deren Bewohner ihren Fehler schon bald einsehen, die Fesseln abstreifen und ihre Stimme frei erheben werden. Yóng yuan Liào Sun Zi!

– Auszug aus einer Ansprache, nachgedruckt in *Dynasty Daily,* Liao, 16. Mai 3135

Terra
Präfektur X, Republik der Sphäre

31. Mai 3135

Erik Sandoval-Gröll wartete am Fuß der Behelfsrampe des *Patriot,* während ein anderer Hubschrauber von Annemasse herüberkam. Er wartete seit zwei Stunden im anbrechenden Zwielicht auf eine bestimmte Maschine, um sich zu vergewissern, ob seine neuen Verbündeten ihr Versprechen hielten oder ihn zum Narren gehalten hatten. Bisher hatten sie alles zustande gebracht, was sie zusagten, von der Rettung Aaron Sandovals vor dem Sturz St. Andres bis zur frühzeitigen Information über die draconischen Angriffe auf Präfektur II. Aber Erik hatte gelernt, misstrauisch zu sein. Und misstrauisch zu bleiben. Jedenfalls, wo es um Politik oder militärische Allianzen ging.

Und hier ging es um beides.

Die Luft schmeckte nach heißem Stahlbeton und Flugzeugbenzin. Ein erwartungsvolles Kribbeln lief ihm über die Haut. Der Hubschrauber zog in einem weiten Bogen um den Kontrollturm und nahm Kurs auf den *Patriot*. Erik brauchte eine Weile, um ihn in der hereinbrechenden Dunkelheit zu erkennen. Ein Brightstar-Geschäftshelikopter, mit elegant schlanker Form und schallgedämpften Motoren, der fast lautlos fliegen konnte.

Er hatte die Maschine kaum erkannt, als sie schnell und abrupt sank und mehrere hundert Meter weit gefährlich tief über den Platz glitt, bevor sie in der Nähe des Landungsschiffs der *Union*-Klasse aufsetzte. Neben dem zwanzig Stockwerke hohen Raumschiff wirkte der Brightstar winzig, und trotzdem war an dieser Zivilmaschine etwas, das ihr eine besondere Aura verlieh.

Etwas, das über den offensichtlichen Preis dieses Luxushubschraubers und das nicht minder unübersehbare Talent des Piloten hinausging.

Etwas Bedrohliches.

Die Rotoren peitschten einen heftigen Windstoß über den Platz, der ebenso abrupt abbrach, wie die Maschine eingetroffen war. Der Motor lief aus, die Positionslichter erloschen. Erik war nicht sonderlich überrascht, als kein Passagier ausstieg, sondern die einzige Person an Bord aus der Tür der Pilotenkanzel sprang, sich einen kleinen Rucksack über die Schulter warf und auf ihn zu schlenderte.

Der Neuankömmling war älter als Erik. Um zehn Jahre. Mindestens. Struppiges, kastanienbraunes Haar und ausdruckslose, haselnussbraune Augen. Eine Art, durch Erik hindurchzublicken, die diesen sehr störte.

»Sind wir so weit?«, fragte der Mann.

»Dasselbe könnte ich Sie fragen.« Im Grunde hatte er das gerade getan. Aber der Hubschrauberpilot wartete nun mit der Geduld eines Felsens. »Wir haben die vorläufige Startfreigabe. Der Kapitän der *Patriot* wartet nur auf mein Zeichen, um die endgültige anzufragen.«

»Gut. Sie lassen den Brightstar bitte von einem Kran an Bord hieven.«

Ein sehr höflich formulierter Befehl, aber nichtsdestotrotz ein Befehl. In Erik stieg Wut auf, doch er beherrschte sich. Er blickte nach Norden, wo die Lichter von Annemasse unter dem wolkenschweren Himmel leuchteten, und dachte an das nahe Genf. Er war dabei, Terra den Rücken zu kehren, und er hatte sehr große Zweifel, ob er jemals auf die Geburtswelt der Menschheit zurückkehren würde. Aaron hatte genug über sein Gespräch mit Julian Davion und über Pläne erzählt, die beim Schwertschwur anliefen, um ihm klarzumachen, dass sich die Republik mit schnellen Schritten auf einen Scheideweg zubewegte. Zum Guten oder zum Schlechten. Auf Erfolg oder Niederlage. Die Räder waren in Bewegung.

Und um den Plänen seines Onkels zuvorzukommen, ihn vielleicht völlig überrumpeln zu können, brach Erik jetzt auf. Am Vorabend der Beisetzung Victor Steiner-Davions. Eines Ereignisses, das zu versäumen er ein wenig bedauerte.

»Sie sind sicher, dass es morgen stattfindet? Kein Irrtum möglich?«

»Konnten Sie den Lordgouverneur von St. Andre holen, bevor die Mauern einstürzten?«, fragte sein Gegenüber zurück. »Wir geben uns nicht mit Falschinformationen ab.«

Sehr passend. Aaron hatte ihn einmal zurückgelassen, vor einem Angriff, den der Lordgouverneur selbst in Auftrag gegeben hatte. Fast hätte es Erik das Leben gekostet. Lern oder stirb, das schien eine von Aarons bevorzugten Unterrichtsmethoden zu sein. Nun würde sich zeigen, wie gut sein Onkel selbst damit zurechtkam.

Und im wahrscheinlichen Chaos des darauf folgenden Kriegsrechts würde Erik den Planeten bereits verlassen haben und die Möglichkeit besitzen zu handeln. Er dachte nicht daran, auf die Chancen, die sich daraus ergaben, zu verzichten.

»Nach Ihnen.« Er deutete die Rampe hinauf.

Leere Augen starrten ausdruckslos zurück. Der Mann dachte nicht daran, Erik den Rücken zu kehren. Für keinen Sekundenbruchteil. »Ich bestehe darauf«, erwiderte er und bedeutete Erik mit einer Kopfbewegung, vorauszugehen.

Erik zuckte die Achseln. Im Stillen lachte er. Alle bildeten sich ein, ihn zu durchschauen. Aber sie alle unterschätzten ihn. Erik wusste, wann er in Sicherheit war und wo er sich auf gefährlichem Terrain bewegte. Es waren harte Lektionen gewesen, die er niemals vergessen würde. Und wenn die Zeit gekommen war, würde er allen zeigen, wie viel er gelernt hatte. Er drehte sich um und stieg die Rampe hinauf. Sein neuer ›Freund‹ folgte in sicherem Abstand.

Er sah sich nicht nach Terra um.

Kein einziges Mal.

Conners Kolonne verließ Siegburg am Abend, bei Einbruch der Dunkelheit. Sein *Kampfschütze* gab die Geschwindigkeit von vierzig Stundenkilometern vor. Die langen Geschützarme schwenkten ständig erst nach rechts, dann nach links, und die Pilotenkanzel wiegte bei jedem Schritt vor und zurück. Von außen erweckte der Mech den Eindruck, unablässig nach einem Ziel zu suchen.

Aber noch täuschte das. Für mehrere Stunden Marschzeit, und hoffentlich noch sehr viel länger, bestand in dieser Hinsicht keine Gefahr.

Er reduzierte den Kühlmittelfluss durch die Kühlweste auf ein Minimum und verbrachte mehrere Kilometer damit, seine Nackenmuskulatur unter dem wuchtigen Neurohelm zu lockern. Seine Einheiten überquerten den Rhein bei Bonn und trafen sich mit Cray Stansills Veteranen der 10. Hastati. In der folgenden Stunde, zwischen Düren und Aachen, verstärkte Conner seine Streitmacht noch um die Mobile Infanterie Essen und eine Panzerkompanie aus der Ehrengarde Senatorin Vladistocks.

Kurz vor Mitternacht überquerte ein komplettes Bataillon die Regionsgrenze nach Belgien.

Die Kontrolle Belgiens war der Schlüssel zum Erfolg der Loyalisten. Dazu, und ausschließlich dazu, war Michael Richthofen unverzichtbar gewesen. Der Mann hatte die meisten Politiker und die Hälfte des Offizierscorps der regelmäßig in den Ardennen trainierenden Einheiten in der Tasche. Mit seiner Hilfe hatten die auf dem Planeten verbliebenen Senatoren Truppen und Material in das Gebiet verschoben, ohne dass die Spione des Exarchen etwas davon bemerkten.

Zumindest hofften sie das.

»Morgen versammeln sie sich, um Abschied von Victor zu nehmen.«

Im Innern des Neurohelms klang Conners Flüstern lauter, als es wirklich war. Er hatte das stimmaktivierte Mikro abgeschaltet, doch es gab Dinge, die konnte man nicht laut aussprechen.

»Alle werden sie in Paris versammelt sein. Vincent Kurita. Harrison Davion. Der Exarch!«

Der Plan war recht einfach. Sie würden die Stadt und die Kathedrale der Republik erobern. Die Umstände eines Geiselaustauschs vermeiden. Dort waren alle an einem Ort versammelt, um ihre Forderungen zu stellen und dauerhafte Entscheidungen zu fällen. Falls sie die Adligen des Senats anerkannten und sahen, dass Exarch Levin seine Macht dazu gebrauchte, eine über Jahrhunderte gewachsene Autorität zu zerschlagen ...

Handelten sie trotz allem unter Zwang und würden sich bei der ersten Gelegenheit, die sich bot, in alle Winde zerstreuen. Das wusste auch Conner.

Aber, verdammt, sie mussten es zumindest versuchen. Sie mussten deutlich machen, dass Exarch Levin zu weit ging und eine Spaltung der Republik riskierte. Hier ging es nicht mehr nur um Geoffrey Mallowes und die Senatorin von Skye, in welches dunkle Verlies Levin sie auch geworfen hatte. Auch nicht um die angebliche Ermordung Victor Davions oder die kleine Verschwörergruppe von Adligen, die versucht hatte, ihre eigenen Ziele zu fördern.

Es ging nicht einmal um Conners Vater. Nein, das tat es nicht!

Es ging um Menschenführung und den gerechten Einsatz von Macht. Und darum, wer am besten geeignet war, diese

Macht zu kontrollieren. Und das war seit jeher und auch in Zukunft der Adel.

Oder?

Er sah, wie sich die Uhr Mitternacht Ortszeit näherte, und wusste, dies war nicht der geeignete Zeitpunkt für Selbstzweifel. Dafür war es zu spät. In der nächsten Stunde würden in den Regionen Belgien, Frankreich und Schweiz kleinere Unruhen ausbrechen. Zivile Organisationen wie Stones Erben und selbst vereinzelte Überreste der Kittery-Renaissance würden für reichlich Aufsehen sorgen.

Währenddessen würden loyalistische Kräfte in der belgischen Miliz Depots in Besitz nehmen und den stärkeren Militäreinheiten, die Conner benötigte, Gelegenheit geben, sich unbemerkt zu sammeln und nach Frankreich durchzubrechen. Die Maginotlinie aus Feldlagern, die der Exarch aufgebaut hatte, würde ins Landesinnere zurückfallen, um sie zu stoppen, doch bis dahin würde es bereits zu spät sein. Sie waren viel zu weit entfernt. Außerdem hatte Conner schnelle Einsatztruppen aufgestellt, die seiner Hauptstreitmacht vorauseilten.

»Jetzt geht es drum, Vater. Was sonst kann man tun, wenn man den üblichen Methoden, seine Forderungen vorzubringen, nicht mehr trauen kann? Wenn die eigene Regierung einen im Stich lässt?«

Man nimmt die Sache selbst in die Hand.

Und lässt es darauf ankommen.

28

Victor Steiner-Davion hat oft genug ›das Recht freier Menschen‹ beschworen, ›selbst über ihr Schicksal zu entscheiden‹. Selbst Prinz Harrison hat seinen verstorbenen Onkel erst kürzlich in diesem Sinne zitiert, als er das hochmütige Vorgehen des Exarchen verurteilte.
Warum wird der Senat dann derart aggressiv dafür beschimpft, dass er sich mit den uns zur Verfügung stehenden Mitteln der Entmündigung so vieler Menschen entgegenstemmt?

– SENATORIN LINA DERIUS (Nationalpartei, Liberty), Liberty, 22. Mai 3135

Terra
Präfektur X, Republik der Sphäre

1. Juni 3135

Tara Campbell betrachtete es als eine der großen Ungerechtigkeiten dieses Tages – wenn auch bei Weitem nicht als die einzige –, dass auf Grund einer schwer nachvollziehbaren bürokratischen Regelung, die die an der Trauerfeier beteiligten Delegationen nach Nationalität auflistete, die Steiners und Davions – das Lyranische Commonwealth und die Vereinigten Sonnen – mehrere Dutzend Reihen vom Altar der Kathedrale entfernt saßen, weit hinter den Bänken für die unmittelbaren Verwandten.

Ebenso wie die Tatsache, dass sie selbst erheblich weiter vorn und auch noch neben den Delegierten aus der Konföderation Capella saß.

Das zweifelhafte Vergnügen, Daoshen Liaos Bekanntschaft zu machen, hatte sie schon auf dem Ball des Exarchen gehabt, und darüber hinaus hatte sie an diesem Morgen bei der letzten Besichtigung des Sarges vor der Feier Zeit in seiner Gegenwart zubringen dürfen. Als er jetzt in einer blutroten Robe mit schweren Goldbrokatstickereien und einem zum Sprung geduckten Tiger als Rückenmotiv vor ihr den Mittelgang hinaufschlurfte, verspürte sie das Verlangen, ihm etwas Großes und Schweres ins Kreuz zu werfen. Einen *Atlas* beispielsweise. Stattdessen schob sie sich weiter an den äußersten Rand der Sitzbank und konzentrierte sich auf die Pracht der Umgebung.

Zum Glück fiel es nicht schwer, sich von der Kathedrale faszinieren zu lassen. Die gewaltige Kuppeldecke erhob sich sechzig Meter über der Gemeinde und hatte eine Länge von fast einhundertfünfzig Metern. Nicht ganz hoch genug, um ein Landungsschiff darunter zu parken, aber fast hätte man einen *Overlord* dort seitwärts lagern können. Tara war sich ziemlich sicher, dass es ihr gelungen wäre, ein komplettes Bataillon BattleMechs hier aufzustellen, wäre sie bereit gewesen, mit deren Aufmarsch die großartige Vorhalle zu zertrümmern.

An beiden Enden der Halle ließen Oberlichter durch Ehrfurcht gebietende Buntglasmotive das Tageslicht ins Innere. Sie zeigten religiöse und mehr oder weniger mythologische Motive. Am besten gefiel ihr das Bild eines Priesters, eines Mönchs und einer Erdmutter-Druidin, die gemeinsam vor dem Himmelstor warteten.

Es klang zwar nach dem Anfang eines schlechten Witzes, aber das Bild war sehr geschmackvoll und elegant ausgeführt.

Die Luft war feucht vom schweren Regen des Abends, sie schmeckte nach altem Holz und neuem Teppich. Eine träge Kälte schlich sich durch die Halle, während sie auf die letzten Besucher warteten. Die Kathedrale der Republik bot Sitzplätze für über viertausend Seelen, und zu dieser Feier waren alle Plätze mit Verwandten, nationalen und ausländischen Würdenträgern, einem kompletten Regiment Offiziere und den

Freunden, Bekannten und Gönnern eines über hundert Jahre langen Lebens gefüllt.

Victors durchsichtiger Sarg war bereits in das Hauptschiff gebracht worden und stand zwischen einer Ehrengarde aus sechs Paladinen vor dem Altar. David McKinnon. Heather GioAvanti. Drummond, Mandela, Avellar und Marik. Alle in Ausgehuniform. Alle den verstorbenen Kameraden im Blick, als wollten sie ihn zurück zum Dienst rufen.

Tara verbrachte eine Weile mit geschlossenen Augen und nach vorne gebeugt, gedankenverloren. Sie stellte sich vor, was Victor zu dieser Zeremonie wohl gesagt hätte.

Und was sie wohl jetzt stattdessen erwartete.

»Sie sollten ihn schnell einbuddeln, bevor er es sich anders überlegt«, bemerkte Daoshen. Seine Stimme erhob sich klar über die geflüsterten Unterhaltungen ringsum.

Der Kanzler der Konföderation klang eher amüsiert als bitter. So, als verlange die erste Szene im zweiten Akt seines Lebensdramas einen ungehörigen Kommentar auf Kosten der wirklich um Victor Trauernden.

Tara öffnete die Augen, weigerte sich aber, sich zu ihm umzudrehen. Diese Genugtuung gönnte sie ihm nicht. Sie starrte geradeaus, die Bankreihen entlang, zu denen, die auf der Gästeliste vor ihnen standen. Überrascht stellte sie fest, dass vor den Paladinen und einem für Exarch Levin reservierten Platz eine fast leere Bank für die unmittelbare Familie stand. Victor hatte mindestens zwei noch lebende Kinder, einen Sohn und eine Tochter, sowie mehrere Enkel, von denen Tara wusste. Möglicherweise noch ein oder zwei Urenkel? Und sicher lebten auch noch einige Vettern und Cousinen ersten Grades.

Aber auf der langen Bank saßen nur zwei Erwachsene und ein einzelnes Kind. Tara erkannte Simone Davion, weil sie sich Jahre zuvor auf einer Wohltätigkeitsveranstaltung begegnet waren. Und natürlich Sir Kitsune. Ritter der Sphäre und Victors Sohn mit Omi Kurita, seiner Geliebten vor der Ehe mit Isis Marik. War es Simones Sohn, der da zwischen den beiden steif aufgerichteten Erwachsenen saß? Oder der Kitsunes?

Erwartungsvolles Schweigen senkte sich über das Kirchenschiff. Diesmal wandte sich Tara um. Exarch Jonah Levin schritt zusammen mit seiner Gemahlin und dem früheren Exarchen Damien Redburn den leeren Mittelgang herauf. Ein Teppichläufer verschluckte ihre Schritte, als sich die drei bis zur vordersten Bank bewegten, wo sie Simone kondolierten – und sich vermutlich auch ihren Segen holten –, bevor sie sich zu den Familienmitgliedern setzten.

Die Paladine füllten die Lücke in ihrer Bank, indem sie aufrutschten.

Ein volles Haus.

Tara schluckte einen Kloß in ihrer Kehle hinunter, als Bischof Wesley-Smith von der Neukatholischen Kirche aus der Sakristei trat. Der Freund und langjährige Ratgeber Victors würde die ökumenische Feier eröffnen. Sein Kinnbart wirkte sehr gepflegt. In seinen Augen leuchtete eine Gnade, wie sie nur wenige wahre Gläubige jemals erreichten.

Die Stille vertiefte sich, als er mit großen, knochigen Händen das Predigerpult umfasste. »Wir wollen uns an Victor Steiner-Davion erinnern.«

Die Erinnerungsansprache trat an den Platz des Eröffnungssegens. Sie war zwar lang, kam aber deutlich von Herzen. Der Bischof sprach über Victor als Mensch und als Freund.

»Niemals zu stark, um seine eigene Schwäche nicht zu sehen. Niemals zu schwach, sich Zeit zu nehmen, anderen zu helfen. Gegen Ende führte er ein einfaches Leben. Er bevorzugte eine tägliche Routine nicht allzu entfernt von der, die man in jedem Haus, in jeder Stadt, auf jeder Welt findet. Ein ganz normaler Mensch mit einem großen Herzen und einer gewaltigen Lebenslust. Gelegentlich in außerordentliche Ereignisse verwickelt. Doch am Ende ein Sohn und ein Vater. Ein Ehemann. Ein Bruder. Ein Freund. Nehmen wir uns alle einen Augenblick die Zeit, uns an den Victor zu erinnern, den wir persönlich kannten.«

Tara versuchte sich vorzustellen, was die Menschen ringsum jetzt dachten und flüsterten. Ein Anführer. Ein Prinz. Ein

Feind. Ein Patriot. Ein Tyrann. Für sie war Victor ein Ideal. Sie hatte ihn nie näher kennengelernt, aber sie hatte sein Leben studiert, von der Geburt über die Clan-Invasion und den Heiligen Krieg bis zum Lebensabend als vorbildlicher Paladin.

Ihr war bewusst, dass Victor vermutlich nicht allzu erfreut darüber gewesen wäre, dass seine Beisetzung politischen Erfordernissen dienen musste, aber er wäre stark genug gewesen, dieselben schweren Entscheidungen zu treffen wie die Exarchen Redburn und Levin.

»Danke«, beendete der Bischof seinen Teil der Zeremonie.

Von einigen Stellen der Kathedrale hörte Tara geflüsterte Amen von Menschen, die die Gelegenheit zu einem Gebet genutzt hatten. Als tief gläubige Katholikin bekreuzigte sich Tara.

Als Nächstes erschienen vierzig gregorianische Mönche hinter dem Altar und nahmen den Platz des normalen Chors ein. Ohne Instrumentalbegleitung stimmten sie einen spirituellen Gesang an. Ihre kräftigen Stimmen erhoben sich und hallten durch das prächtige Kirchenschiff. Sie sangen einen Teil der Großen Totenmesse von Hector Berlioz, eines der wenigen antiken Musikstücke, das die verschiedenen neoklassischen Bewegungen nahezu intakt überstanden hatte.

Tara verlor sich in der Musik, ließ sich von dem Meisterwerk und der kraftvollen Darbietung mitreißen. Erst später, als die vier letzten Takte allmählich verhallten, dachte sie über die Wahl des Stückes nach. Die Grande Messe des Morts.

Ein Requiem, das in den Tagen seiner Entstehung fast zum Opfer von politischen Intrigen und Rivalitäten geworden wäre.

Lag darin eine Botschaft? Mit Sicherheit. Bei dieser Zeremonie geschah nichts ohne tiefere Bedeutung. Kein Wort, keine Pause.

Ganz sicher auch nicht die Grabrede des früheren Exarchen Damien Redburn. Die erste von drei geplanten Reden war auch die wichtigste der morgendlichen Messe.

Redburn stand auf und trat mit langsamem, würdevollem Schritt ans Pult, um es von Bischof Wesley-Smith zu übernehmen. Obwohl er erst fünfzig Jahre alt war, hielt sich der ehemalige Exarch, als laste immer noch die volle Verantwortung des Amtes auf seinen Schultern. Tara saß nahe genug, um das Grau in seinem dunklen Haar zu erkennen, und in Redburns Gesicht hatten die Belastungen der letzten Jahre tiefe Linien gegraben. Die Gerüchte seines gnädigen Rückzugs ins ›einfache Leben‹ eines Pensionärs schienen stark übertrieben.

»Ich kannte Victor Steiner-Davion«, setzte Redburn an. »Als einen Krieger und Patrioten. Als einen Staatsmann und Paladin. Als einen Freund. Es gibt nur wenige, von denen man mit Recht sagen kann, dass sie sich selbstloser für diese großartige Republik oder die ganze Innere Sphäre eingesetzt haben. Er gab ihr sein Vermögen und seinen Glauben, und oft genug musste er für seine Überzeugungen bluten. Victor war mit dem Status Quo nie zufrieden. Er schloss die Ausbildung am Nagelring cum laude ab und kommandierte einige reguläre Regimenter. Er diente als Archon und Prinz, als Befehlshaber der neuen Sternenbund-Streitkräfte, als Präzentor Martialum und als Paladin der Sphäre. Und sein ganzes Leben lang arbeitete er unermüdlich an einem einzigen großen Ziel.«

Für mehrere kostbare Pulsschläge ließ er Schweigen über das riesige Kirchenschiff sinken.

»Frieden.«

Nicht Krieg, wie mit Sicherheit viele der hier Versammelten gedacht hatten. Tara ertappte sich dabei, dass sie betete. Darum, dass die Menschen Redburn zuhörten. Um des Glaubens willen.

»Mancher wird sagen, dass Victor hart arbeitete, hart kämpfte und immer siegte. Immer, wenn es darauf ankam. Aber Victor hat auf Trellwan seine allererste Einheit verloren. Er verlor seine Mutter und seine erste große Liebe durch Attentate. Er verlor Freunde und Kameraden in tausend Schlachten auf hundert Planeten. Natürlich hat er nicht immer gesiegt«, stellte Redburn fest und zwang sich selbst zur Ruhe. »Natürlich nicht. Aber das kann ich Ihnen versichern. Victor wurde niemals *besiegt*. Weil er niemals, nicht ein einziges Mal, aufgab.«

Jetzt hatte der frühere Exarch seine Zuhörer gepackt. Das spürte Tara. Zumindest die meisten von ihnen lauschten gefesselt seinen Worten, obwohl es hier natürlich auch einige gab, die Victor auf dem Schlachtfeld gegenübergestanden und sich gewünscht hatten, er würde aufgeben. Umdrehen. Es einfach sein lassen und endlich sterben.

Doch als Redburn die Liste der Ereignisse aufzählte, gegen die Victor ›gekämpft‹ hatte, einschließlich der Kontroverse über seine Entscheidung, als letzte Versöhnungsgeste einer Inneren Sphäre gegenüber – die lange unter harten Kampfhandlungen gelitten hatte –, auf seinen Thron zu verzichten, erinnerte er all jene, die mit Victors Geschichte halbwegs vertraut waren, daran, welch ein wahrhaft großer Mann er gewesen war. Und die Litanei der Mühen, der persönlichen Schicksalsschläge und großen Siege riss selbst Tara mit. Tara, die sie bis ins Detail kannte. Sie hörte das Hämmern nicht mehr, mit dem Redburn einen Nagel nach dem anderen in den Sarg der Senatsloyalisten trieb, die für Victors Tod verantwortlich waren. Sie schloss wieder die Augen und hüllte sich in eine wohlige Decke aus Erinnerungen und patriotischen Gefühlen.

Bis eine Hand ihren Ellbogen berührte und warmer Atem ihr Ohr kitzelte.

»Countess?«

Es war mehr als ein Flüstern. Kräftig und bestimmt.

»Countess. Es ist so weit.«

Tara öffnete langsam die Augen und schaute nach rechts, wo sich ein buddhistischer Mönch zu ihr herabbeugte. Sie wollte sich widersetzen, aber sie hatte die Aufforderung erwartet. Sie alle hatten sie erwartet. Gerade heute. Eine weitere schreiende Ungerechtigkeit.

Noch hielten sich die Störungen in Grenzen. Mönche und Akoluthen, und sogar ein paar junge Priester, die sich durch die Außengänge bewegten und kleine Notizen überbrachten oder einen vorgewarnten Offizier an Arm oder Schulter berührten.

Redburn sprach weiter, hielt die Menge ungeachtet der Störungen im Bann seiner Worte. Seiner Botschaft.

»Nicht, als an allen Grenzen Krieg drohte«, verkündete er, während Tara aufstand und leise die Bank verließ. »Nicht einmal, als selbst gute Männer die Ohren verschlossen. Victor blieb standhaft. Er kämpfte weiter. Sein ganzes Leben lang kämpfte er. Und am Ende kämpfte er sogar um sein Leben und zerschlug eine finstere Verschwörung, deren Anstrengungen den Frieden erneut bedrohten.«

Zerschlagen hatte er sie nicht. Nicht wirklich. Nur behindert.

»Auch die Verschwörer konnten ihn nicht besiegen.«

Ein Priester näherte sich den Paladinen, die in der ersten Reihe saßen. Ein anderer trat vor und stellte sicher, dass auch die sechs in Victors Ehrenwache ihn sahen. Dass sie verstanden.

»Er hat sie besiegt.«

Das hatte er. Tara gab Redburn recht. Sie blieb kurz am Ende der Bank stehen und blickte nach vorn zu Damien Redburn. Ihre Blicke trafen sich und sie gab ihm recht. Doch das war nur *eine* Schlacht in einem sehr viel größeren, längeren Krieg.

Und nun wurde es Zeit, auszuziehen und für Victors Erbe zu kämpfen.

»Jetzt?«, fragte Julian. »Ausgerechnet jetzt kommen sie?«

Seine geflüsterte Frage reichte kaum weiter als bis zu Prinz Harrison. Möglicherweise hörten Sandra und Amanda Hasek sie auch noch. Caleb beugte sich mit fragender Miene näher und suchte sichtlich nach einem Sinn. In der Rede. Und in den Störungen.

In Julians plötzlicher Unterhaltung mit Harrison Davion.

Aber alle anderen verstanden sofort, als sich die Nachrichten durch das Kirchenschiff verbreiteten. Offiziere entschuldigten sich nach einem kurzen Antippen, so leise sie konnten. Ein nervöses Tuscheln breitete sich aus, als die Paladine einer nach dem anderen ihre Plätze verließen und sich in einer Ecke des Saales sammelten.

Damien Redburn nutzte die Unterbrechungen, um seine Grabrede zu beleben. Um zu unterstreichen, dass seine Worte Relevanz für das hatten, was sich hier und jetzt auf Terra ereignete.

»Doch Victors Verlust bedeutet keineswegs ein Ende. Er ist vielmehr ein Beginn. Er kündet von einem neuem Anfang für die Republik und neuen Möglichkeiten für alle Reiche der Inneren Sphäre, gemeinsam für eine bessere Zukunft zu streiten. Für Frieden.«

Für diese bessere Zukunft reichte Harrison Julian einfach den Zettel, den ihm der Priester zugesteckt hatte. Julian faltete ihn auf. Er fühlte Sandra neben sich, die sich an ihn drängte, um einen Hinweis darauf zu erhalten, was da vor sich ging, während sie gleichzeitig vorgab, nicht mitzulesen.

Die erste Hälfte der kurzen Botschaft lautete nur: ›Es ist so weit.‹ Knapp und direkt. Vermutlich glich sie damit den übrigen Nachrichten, die in der ganzen Kathedrale ihre Empfänger fanden. Bis auf den zweiten Teil. Nur ein Wort. Ein Name.

Meaux. Ein Ort etwa zwanzig Kilometer außerhalb von Paris.

An den heimlich Elemente der 1. Davion Guards aus dem amerikanischen Südwesten verschifft worden waren! Julian verstand sofort. Erregung packte ihn, als er Harrisons nächsten Befehl erwartete.

»Geh, Julian. Draußen wartet ein Wagen auf dich. Du übernimmst den Befehl in Meaux. Auf Exarch Levins direkte Order.«

»Er hat es autorisiert?«

Julian schob sich auf seinem Platz vor. Jetzt raste das Geschehen an ihm vorbei. Die Beisetzung. Der drohende Kampf. Ein Offizierspatent der Republik? Das ging alles zu schnell.

»Unter dem Gesetz für Besucher fremder Mächte. Eine befristete Genehmigung.«

Kurz drückte Julian Sandras Hand, dann schob er sich an Harrison und Amanda, Caleb und Riccard Streng vorbei zum Seitengang. Harrison stand ebenfalls auf und folgte ihm ans

Ende der Bank, als hätte er geahnt, welche Frage sich Julian plötzlich aufdrängte.

»Dieses Gesetz gilt nur für den Fall eines Kriegsbündnisses zwischen den Vereinigten Sonnen und der Republik«, erinnerte er seinen Prinzen. Sie standen beide da im Seitengang der Kathedrale und trugen die Ausgehuniform der Armee der Vereinigten Sonnen. Als einzige Offiziere aller anwesenden Häuser und Fraktionen.

Eine Eigentümlichkeit, die den Prinzen nicht weiter zu berühren schien. »... das Exarch Levin uns angeboten hat«, erwiderte er. »Ich habe ihm geantwortet: wenn ich dich in den Einsatz schicke, darf er das Bündnis als so gut wie unterschrieben betrachten.«

Julian schaute zum Altar. Redburn hielt noch immer seine Grabrede für Victor Steiner-Davion und bannte die Versammlung mit schierer Willenskraft. Doch momentan achteten nur noch wenige Anwesende auf ihn. Erst recht nicht mehr, sobald die sechs Paladine der Ehrenwache ihren Platz verließen. Bis auf einen, der weiter über Victor wachte und ohne Zweifel im Voraus durchs Los bestimmt war. Es gab Verpflichtungen aller Art, und die Paladine waren nicht bereit, sie gegeneinander aufzuwiegen. Einer von ihnen blieb.

Sire David McKinnon. Der älteste der siebzehn, und selbst ein vorbildlicher Paladin.

Und noch jemand in der Nähe des Altars schaute sich um und hielt Julians Blick fest. Exarch Levin. Der ehemalige Paladin und jetzige Herrscher der Republik der Sphäre bewegte keine Miene. Zeigte weder Sorge noch Erleichterung. Aber er nickte Julian einmal kurz zu. Ein Vertrauensbeweis.

»Wann hat er dieses Angebot gemacht?« Nach all den Treffen und Besprechungen, die Julian hatte über sich ergehen lassen müssen, überraschte es ihn, dass er diese Zusammenkunft jetzt verpasst hatte.

»Heute Morgen, bei der letzten Besichtigung des Sargs. Jonah hat mir in der Vorhalle das Bündnis angeboten.«

Mit anderen Worten: ungefähr zwei Stunden zuvor.

»Wie machst du das?«, fragte er. Es lag keine Besorgnis in seiner Stimme. Nur Ehrfurcht vor dem Mann, dem zu folgen er sich entschlossen hatte. »Du hast mir in den letzten Wochen so viel gezeigt, und trotzdem habe ich es nicht kommen sehen.«

»Du sorgst dafür, Julian.« Harrisons Stimme wurde knapp, als müsse er seinem besten Schüler eine Antwort erklären, die er hätte wissen müssen. »Weil niemand sonst es dir abnimmt. Und jetzt wird es wirklich Zeit für dich.«

»Ja, Sire.« Julian nahm Haltung an. Offenbar war er noch nicht zu alt, um von seinem Prinzen zurechtgestutzt zu werden. »Und jetzt ist es an mir, diese Befehle auszuführen. Ich verstehe.«

Er wandte sich um und wollte gehen. Harrison aber hielt ihn fest. »Nein, mein Sohn, noch verstehst du es nicht. Aber das kommt noch. Gewöhne dich daran. Du musst lernen, dafür zu sorgen. Als ... Anführer.«

Etwas Kaltes, Schweres senkte sich über Julian und nistete sich tief in seinen Eingeweiden ein. Irgendetwas war gerade zwischen Harrison und ihm geschehen, das weit ernster war als das Versprechen einer bevorstehenden Schlacht. Sie beide wussten, dass der Prinz knapp vor einer epochalen Erklärung gestanden hatte. Harrison merkte es daran, wie er plötzlich zurückzuckte, als sei er zu früh einen Schritt zu weit gegangen. Julian daran, wie er fast stolperte, als sein Prinz ihn losließ.

Harrison setzte sich wieder. Julian schaute an seinem Onkel und Fürsten vorbei. Sah, wie Caleb ihn misstrauisch beäugte. Sandra Fenlon sah ihn verzweifelt an.

Als ... Anführer.

Aber zunächst noch als Krieger. Champion des Prinzen. Julian riss sich zusammen und machte sich auf den Weg zum Ausgang der Kathedrale. Hunderte von Augenpaaren folgten ihm, so wie sie anderen Offizieren, Rittern und Paladinen folgten, die die Feier verließen. Niemand stellte die Frage, die alle bewegte. Niemand rief eine Warnung oder löste eine Panik aus.

Aber Callandre Kell streckte das Bein in den Gang und hätte ihn beinahe lang hinschlagen lassen.

»Wo willst du denn hin?«

Sie hatte sich für die Gelegenheit dezent gekleidet, in einem schwarzen Hosenanzug, mit silbernem Schal, den sie vor dem Hals zugeknotet hatte. Ihr Haar war konservativ frisiert, ohne bunte Strähnen oder Gel. Aber an ihrer gezischten Frage war nichts Sanftes.

»Es hat sich so ergeben, dass ich eine ... ältere Verpflichtung habe«, erwiderte er. Und es gab niemanden, der ihm das glaubte. Und weil es Zeit wurde, sorgte er dafür. »Gibst du mir Rückendeckung?«

Sie grinste. Das war Calamity pur. »Wird gemacht.«

Er ging weiter und fühlte, wie sie hinter ihm aufstand.

Die Feierlichkeiten waren vorbei.

Draußen wurde es hektisch.

Luft/Raumjäger-Staffeln schossen am grauen Himmel vorbei, donnerten über Paris hinweg. Julian erkannte *Stingrays* mit den charakteristischen Widerhakentragflügeln, und dahinter eine Staffel fliegender Tragflächen. Das mussten entweder *Chippewas* oder *Schnitter* sein – schwere Jäger.

Im Vergleich wirkten die Hubschrauber, die sich entlang der Rue d'Égalité drängten, ausgesprochen zerbrechlich. Er entschied sich, sie den Paladinen zu überlassen.

Die meisten regulären Armeeoffiziere wurden von Infanteristen in *Chevalier*-Rüstungen in Truppentransporter gelotst. Julian und Callandre schlossen sich einer der Schlangen an, ohne den misstrauischen Blick vom Himmel zu nehmen. Und wurden fast sofort von Countess Tara Campbell wieder herausgeholt.

»Falsches Fahrzeug«, stellte sie fest und deutete stattdessen auf einen *Fuchs*-Panzerschweber. »Die Truppentransporter sind unterwegs in eine unterirdische Garage.«

»Wo eine Panzerkolonne wartet?«

»Wo diese Männer und Frauen in Sicherheit sind.« Sie lächelte grimmig. »Die Ritter und Paladine mussten persönlich anwesend sein. Aber glaubt ihr wirklich, Exarch Levin hätte für die Beisetzung unser Offizierscorps außer Dienst gestellt? Das sind Techs und Verwaltungspersonal, Julian. Und jetzt entschuldigt mich.« Sie hatte ein ungeduldiges Winken Paladin Sinclairs aufgeschnappt, der neben einem der Hubschrauber stand. »Viel Glück.«

Tara lief davon und Julian deutete mit einer Kopfbewegung auf den *Fuchs*. Callandre zuckte angewidert zurück. »In diese Blechbüchse? Soll das ein Witz sein?« Sie packte ihn beim Arm und zerrte ihn zu zwei abgestellten Schweberädern. Geleitschutzmaschinen.

Sie sprang auf den Sitz und rutschte nach vorn. Mit einem Griff unter die Schutzabdeckung zog sie ein kleines Nest aus Drähten hervor, wählte drei davon aus und biss die Isolation ab. Sie spuckte die Plastikfetzen zur Seite. »Wo geht es hin?«

Julian zögerte. »Ein *Fuchs* hat mehr Panzerung.«

»Und ist ein größeres Ziel. Ich bringe uns schneller hin, und wahrscheinlich lebend.« Sie verdrehte die drei Drähte miteinander und drückte den Zündknopf. Die Hubpropeller der Maschine heulten auf. Dann riss sie sich den silbernen Schal vom Hals und band ihn sich ums Haar. »Wohin?«

»Meaux«, antwortete er resigniert.

Er stieg hinter ihr auf und hatte kaum die Hände um ihre Taille gelegt, als sie sich schon vorbeugte und Vollgas gab. Das Schweberad tat einen Satz nach vorn und glitt auf die breite Allee. Es schrammte haarscharf an einem abgestellten *Anat*-Truppentransporter vorbei und kam mehreren startenden Hubschraubern gefährlich nahe. Sie jagten durch einen Wirbelsturm aus Lärm und Schmutz.

»Mach so was nicht noch mal«, brüllte ihr Julian über die Schulter.

Sie drehte sich um und sah ihn mehrere Sekunden an, ohne auf die Straße zu achten. »Kann ich nicht versprechen.«

In der letzten Woche haben die allzeit wachsamen Patrouillen des Clans Jadefalke auf Skye ein Widerstandsnest entdeckt und zerschlagen. Das Industriegebiet, in dem die Widerständler ihre militärische Ausrüstung versteckt hatten, wurde daraufhin auf Befehl der Ortskommandeurin Tabitha Wimmer niedergebrannt.
»Lasst euch das eine Lehre sein. Es gibt keinen Unterschlupf für die, die sich unserem Mandat widersetzen.«

– Bericht von Avanti Freie Presse, Nusakan, 15. Mai 3135

Terra
Präfektur X, Republik der Sphäre

1. Juni 3135

Sie waren weiter gekommen, als Conner Rhys-Monroe erwartet hatte. Wenn auch nicht so weit wie erhofft.

Die Republik hatte sich seinem dreigeteilten Vormarsch in den Weg gestellt, als die Loyalisten nahe Soissons die Aisne nach Süden überquerten. Eine Verbundwaffenkolonne aus Panzerfahrzeugen und zwei AgroMech-Umbauten hielt seine Truppen fast zwanzig Minuten auf, indem sie aus den Flanken angriffen und ihn nach Südosten abdrängten.

Die Angreifer hielten starke Defensivstellungen in dichtem Wald und bewegten sich fast so schnell wie seine Leute durch offenes Gelände, was ihn zunächst glauben ließ, er hätte es mit einer weit stärkeren Einheit zu tun. Erst ein Überflug von zwei *Missetäter*-Jägern offenbarte die versteckten Schleichwege durch den Wald, die seine Gegner offenbar in Erwartung dieses

Angriffs gerodet hatten. Da erst wurde ihm klar, wie schwach die Gegenseite tatsächlich war, und er schickte seine Einheiten los, sie zu stellen.

Jetzt griff er in seinem *Kampfschütze* selbst ins Gefecht ein, gemeinsam mit einem *Rudeljäger* und zwei schnellen *Scimitar*-Schwebepanzern. Ein AgroMech lag bereits am Boden und bemühte sich, wieder aufzustehen, während die überlappenden Raketensalven der Schwebepanzer auf ihn einschlugen. Der zweite war der Anker einer kurzen Kette von M1 *Tarus* und einem einzelnen *Kampfrichter.*

Das Gaussgeschütz des *Kampfrichter* machte Conner die meisten Sorgen - und er zielte mit beiden Multi-AKs auf die flache Silhouette des Luftkissenpanzers. Dann drückte er ab und schleuderte Hunderte glühend heiße Granaten ins Ziel, die sich durch die Panzerung in die Kabine fraßen.

Der Geschützturm schwang herum, doch es war zu spät. Conner nahm noch eine schemenhafte Bewegung wahr, dann durchzuckte ihn ein harter Schlag, als sich die Kugel in die linke Schulter seines BattleMechs bohrte. Er hörte das Bersten der Panzerung noch durch die Schalldämpfung der Pilotenkanzel. Aber mehr als diesen einen Schuss bekam der *Kampfrichter* nicht.

Conners Autokanonenfeuer hämmerte auf die Abschirmung des Fusionsreaktors ein. Abrupt verstummte eine der Waffen mit Ladehemmung, weil er den Auslöser zu lange festgehalten hatte. Doch seine zweite M-AK erledigte das Ziel. Goldenes Feuer barst durch mehrere tiefe Risse und schlug durch die Besatzungskabine ins Freie. Die Fusionsreaktion dehnte sich aus und verzehrte, was sie an Brennstoff fand, ob Mensch oder Maschine, das spielte keine Rolle.

Die Wucht der Explosion riss dem Panzer den Geschützturm ab und schleuderte ihn auf einen *Taru,* zertrümmerte dessen Raketenlafette und schlug tiefe Risse in die Panzerung. Ein Trupp *Grenzgänger* schwärmte über die Artillerielafette und stieß die Armlaser durch die Risse, um das Innere des *Taru* mit tödlicher Lichtenergie zu überfluten.

In der Zwischenzeit hatte die PPK des *Rudeljäger* dem verbliebenen AgroMech beide Arme und ein Bein abgetrennt. Die kleine, stotternde Autokanone des Umbaus war verstummt, der IndustrieMech lag hilflos am Boden.

Seine *Scimitars* schossen immer noch auf einen fliehenden *Taru* und erweckten nicht den Eindruck, als hätten sie dabei Hilfe nötig. »Vorwärts«, befahl er dem Rest.

Sie brachen an der Südseite des Waldes zurück in freies Gelände, und Conner sah zu, dass er seine Truppen wieder ordnete. Der Morgen wich dem Vormittag zu schnell, und sein Zeitplan geriet in Gefahr. Er schaltete auf Befehlsfrequenz. »Feld Eins und Drei, Bericht.«

Sir Cray Stansill befehligte Feld Eins und rückte von Chauny an der Oise entlang vor. Sein Bericht war knapp, aber vollständig. »Kein Widerstand, Senator. Passieren Creil.« Das bedeutete, von ihnen allen war Stansill am weitesten vorgedrungen. Er stand jetzt zwanzig, vielleicht dreißig Kilometer vor Paris.

Das war die gute Nachricht.

»Feld Drei, Feld Drei!« Das war die besorgte Stimme von Colonel Roger Thorne. Sein weiter Bogen um Reims, um danach durch die Champagne an der Marne entlang zu marschieren, war von mehreren republikanischen Angriffen gebremst worden.

»Es sind Paladine im Feld! Zwei von ihnen befehligen Truppen von Epernay aus. Sie sind leicht und schnell, aber wir vermeiden Kontakt und halten weiter Kurs auf Château-Thierry.«

Das wollte Conner auch schwer hoffen. Nach den Meldungen über den Aufbruch aus Paris hatte er sich genau darüber Sorgen gemacht. Keine Jäger von den örtlichen Flughäfen, gegen die er mit seiner Vorhut zuerst und besonders hart vorgegangen war, sondern Hubschrauber aus den Straßen. Hubschrauber bedeuteten kurze Hüpfer ins Feld.

Falls die Paladine so weit hinter der Grenze irgendeine nennenswerte Streitmacht stehen hatten, konnten sie ein Drittel von Conners Truppen zerlegen.

Bis jetzt hatten sie sich auf kurze, schnelle Angriffe beschränkt. Auf Störmanöver. Das konnte sich jederzeit ändern.

»Ich schicke Ihnen noch eine Staffel Luftunterstützung«, teilte er Thorne mit. Als ob das einen Unterschied machen würde. »Stellen Sie eine Nachhut zusammen und rücken Sie weiter auf die Stadt vor.« Falls es nötig wurde, konnte er zu Thorne stoßen und den Paladinen in der Nähe von Meaux eine Falle stellen. »Bewegung!«

Das war die schwächste Flanke des Angriffs, aber auch die vernachlässigbarste. Falls er bei Château-Thierry die Überlebenden sammelte und Stansill seinen Zeitplan einhielt ...

Ja. Es lief alles noch nach Plan. Die Hubschrauber aus Paris verrieten ein Maß unbegründeter Siegessicherheit. Typisch. Acht Maschinen hatten von der Rue d'Égalité abgehoben. Drei hatten seine Jäger abgeschossen oder zur Landung gezwungen.

Einer war in der Luft explodiert.

Offensichtlich hatten sie nicht damit gerechnet, dass er alle verfügbaren Luft/Raum-Kapazitäten einsetzen würde, um sich die Luftüberlegenheit zu sichern. Sollte Levin ruhig die deutsche Grenze bewachen. Sollte er sich doch Sorgen machen, wie er das Problem ›bändigen‹ konnte, das er selbst geschaffen hatte. Denn dafür war es längst zu spät.

Conner stand schon hinter den Linien des Exarchen und rückte gegen Paris vor.

Und viel stand ihm nicht mehr im Weg.

Fünf Kilometer dichter Stadtverkehr, dann achtunddreißig Kilometer kurvenreiche Landstraße nach Meaux. Callandre legte sie in zweiundzwanzig Minuten zurück.

Ein Hubschrauber hätte es kaum schneller geschafft, dachte Julian. Aber noch hielt er sich mit Lob zurück. Kurz vor dem Ziel wollte er nichts beschreien. Callandre brachte das Schweberad in einer gewaltigen Staubwolke auf dem Kirmesplatz von Meaux zum Stehen. Eine Lanze Mechs stand auf dem großen Platz. Nur zwei Panzerfahrzeuge waren schon aus den großen Schuppen ins Freie gefahren. Der Rest war noch versteckt.

Während er sich stolpernd und hustend einen Weg durch

den Staub und Dreck bahnte, der langsam zu Boden fiel, bedankte sich Julian bei seiner Selbstmordfahrerin.

»Das hätte ich besser gekonnt.« Sie klang keineswegs erfreut, diesen Höllenritt überlebt zu haben. »Das Getue in Lagny hat uns zwei Minuten gekostet.«

»Falls du mit dem ›Getue‹ meinst, wie wir von zwei *JES*-Raketenwerfern und der *Spinne* durch die Gassen und die Kanäle des Abwasserwerks gehetzt wurden, brauchst du Nachhilfe in Proportionen. Musstest du den Laser abfeuern!?«

»Du meinst: musste ich die *Spinne* anstupsen? Da ist der blöde Mechjockey selbst schuld, so wie der uns ignoriert hat. Den Fehler macht er nicht noch einmal.«

»Wir auch nicht«, erwiderte Julian, aber seine Miene hellte sich schon wieder auf. Es war verdammt schwierig, Calamity lange böse zu sein. Erst recht jetzt, wo es nur auf das Ergebnis ankam.

Natürlich verdüsterte sich seine Miene sehr schnell wieder, als Sergeant Montgomery und Lieutenant Todd Dawkins von den 1. Davion Guards herüberliefen und meldeten, dass sich zwei Mechs und eine kurze Panzerkolonne von Lagny aus näherten und nur noch fünf Minuten entfernt waren.

Montgomery entschuldigte sich schulterzuckend. »Sieht aus, als wäre unser Geheimnis gelüftet.«

»Ich frage mich, wie das passiert ist?«

Callandre löste den Schal um ihren Kopf. »Also Jules, wenn deine Jungs ihre Spielsachen nicht in der Kiste behalten können, bis wir hier sind, ist das nicht unsere Schuld. Was hast du für mich?«

»Was willst du haben?«, fragte er, obwohl er die Antwort schon kannte. Genau wie das Grinsen, das sich hinter Calamitys nüchterner Miene versteckte. »Haben wir Lanze Zwo hier?«, fragte er Montgomery. Der nickte. »Sie bekommt Einheit Gamma. Sagen Sie Major Hastings, sie darf zusammen mit Delta auf eigene Faust agieren.«

»Das wird dem Major nicht gefallen.«

»Er soll sich hinten anstellen. Mir gefällt sie schon weit länger nicht.« Aber das war die Art von Entscheidung, die man treffen musste. Als ... Anführer. Julian streckte die Faust aus, und Callandre stieß nach alter Nagelring-Tradition mit ihrer Faust dagegen, dann rannte sie zusammen mit dem Sergeant los.

Lieutenant Dawkins begleitete den Champion währenddessen zu seinem wartenden *Templer*. Der junge Offizier war Julians persönlicher Nachrichtenoffizier und vermutlich auch einer von Riccard Strengs Spionen. »Wie, zum Teufel, sind sie in unseren Rücken gelangt?«

»Soweit wir das feststellen können, haben die Loyalisten eine Verbundwaffenkompanie über Paris abgeworfen, sobald sie erfahren haben, dass wir reagieren. Sie soll uns wohl binden und stören, während die Hauptstreitmacht von Nordosten anrückt.«

»Wir sitzen also zwischen ihnen fest.« Julian griff die Kettenleiter, die vom Mechcockpit herabhing und kletterte mit geübten Bewegungen hoch. »Haben Sie auch gute Nachrichten?«

»Ja«, rief Dawkins zu ihm hoch. »Sieht so aus, als würde das Hauptkontingent der Loyalisten genau auf uns zu schwenken.«

Das war nicht gerade das, was Julian gemeint hatte, als er nach guten Nachrichten fragte.

Zum Glück hatten die Techs der Davion Guards den Mech schon hochgefahren, sodass er nur noch die Ausgehuniform gegen seine Kampfkleidung tauschen, sich einstöpseln und die Sicherheitsblockade auf Gyroskop und Waffen lösen musste. Das war locker in drei Minuten zu schaffen. Julian schüttelte sich, als das erste Kühlmittel durch die Schläuche der Weste strömte und ihm eine Gänsehaut bescherte. Alle Codes waren eingegeben und bestätigt. Der *Templer* machte den ersten vorsichtigen Schritt, gerade als aus einer der Scheunen ein *SM1*-Zerstörer glitt.

Hätte er irgendeinen Zweifel gehabt, dass Callandre am Steuer saß, so hätte das hastig neben das Sonnenschwert Haus Davions gesprühte Einheitsabzeichen sie verraten: ein keilförmiger, hastig schwarz eingefärbter Hundekopf mit roten Strichen für Augen und Maul. Die Kell Hounds.

»Ich dachte, du hättest dich scheiden lassen«, sagte er über eine Frequenz, von der sicher war, dass sie sie abhörte. Es war einer der auf den meisten Anlagen verfügbaren Söldnerkanäle.

»Habe ich auch. Aber ich bin bei der Einheit geblieben.« Er konnte ihr Grinsen förmlich hören. »Ist schließlich Familie.«

Jedes weitere Gespräch wurde von schrillen Alarmsignalen und einem halben Dutzend Feindsymbolen unterbunden, die plötzlich auf seiner Sichtprojektion auftauchten. Die *Spinne* brach auf der anderen Seite des Kirmesplatzes durch die Bäume, gefolgt von einem *Legionär*. Wo die Landstraße an dem Platz vorbeiführte, stürmten Panzerfahrzeuge auf Ketten, Rädern und Luftkissen heran.

Julian stellte sich den Schock seiner Gegner vor, als sie sich plötzlich einer BattleMech-Lanze der 1. Davion Guards mit unterstützender Panzerkompanie gegenübersahen.

Beziehungsweise zwei Panzerkompanien, denn jetzt hastete der Rest der Einheit aus den nahen Scheunen auf den Platz und formierte sich zu einer hastigen Gefechtslinie. Zu den neu auftauchenden Einheiten gehörten ein Mobiles HQ und ein M.A.S.H.-Fahrzeug sowie zwei schwere *Behemoth-II*-Panzer und genug Truppentransporter, um eine ganze Krötenkompanie über den Platz zu verteilen.

»Mir nach.« Julian setzte sich in Bewegung und holte den *Legionär* ins Fadenkreuz. »Dem Prinzen getreu!«

Er drückte ab, und zwei künstliche Blitzschläge krachten über den Kirmesplatz in die Schultern des *Legionär*, als die Vereinigten Sonnen den ersten Schuss zur Verteidigung der Republik abfeuerten.

Der Rauch einiger Waldbrände verdunkelte den Himmel nördlich, südlich und östlich von Tara Campbells Position. Überall, außer im Westen, wo Paris wartete, wie sich die Republik gegen die Senatsloyalisten schlug. Während zu viele Staatsoberhäupter durch diplomatische Zwänge in der Falle saßen und inzwischen – vermutlich für den Fall eines unerwünschten Ausgangs der Kämpfe – auf dem Weg in die tiefsten Bunkeranlagen der Stadt waren.

Es sah gar nicht gut aus.

Tara steuerte ihren *Tomahawk* eilig zurück in die Sicherheit der eigenen Linien und schob sich hinter Gareth Sinclairs *Schwarzfalke*. Er hatte seinen Clan-Mech aus der Deckung eines Hains blühender Pflaumenbäume gebracht, um ihren Rückzug zu decken. Seine Extremreichweiten-Laser peitschten mit der Treffsicherheit rubinroter Skalpelle. In den Mecharmen montierte Viererlafetten schleuderten wuchtige Kurzstreckenraketen.

Sie stürzten in sich überlappenden Salven rund um einen flüchtenden *Condor* herab und hämmerten auf die Frontpartie des Panzers ein. Die Treffer drückten seinen Bug in den Boden. Der Schwung seiner Bewegung riss das Heck des *Condor* hoch und sorgte dafür, dass er sich überschlug und zwischen brennende Tannen flog.

Er kam zwischen zwei großen, in hellen Flammen stehenden Bäumen zum Stehen, aus deren Höhe brennende Zweige und Asche fielen und sich wie ein Leichentuch über den Panzer legten.

»Danke für die Hilfe«, keuchte Tara.

Die Luft im Innern des Cockpits war trocken, beißend und extrem heiß. Lasertreffer in der Torsomitte hatten die Reaktorabschirmung des *Tomahawk* so beschädigt, dass dessen Gluthitze ins Innere des Mechs abstrahlte. Der Geschmack verschmorter Isolation brannte sich wie glühende Kohlen bis in ihre Kehle.

»Sie dürfen sich bei Gelegenheit ...«

Zwei Gausstreffer schnitten seine Antwort ab. Ein silbriger Schemen schlug in das rechte Bein des *Schwarzfalke* ein, die zweite auf Überschallgeschwindigkeit beschleunigte Kanonenkugel bohrte sich mittig in seinen Rumpf. Mehr als drei Tonnen Panzerung regneten in glitzernden Scherben zu Boden. Der Mech wankte rückwärts.

Selbst mit verlorener Balance schaffte Sinclair es noch, mit beiden Armlasern zurückzufeuern. Die Energiebahnen rasten die Flugbahn der Gausskugeln entlang und brannten sich in die dicke Kompositpanzerung eines schweren *Kelswa*-Panzers. Man konnte über Gareth Sinclair sagen, was man wollte. Er war sicher noch jung. Aber er hatte das Zeug zum Paladin.

Er schaltete den *Schwarzfalke* auf Rückwärtsgang um und zog sich außer Reichweite zurück.

»... gerne revanchieren.«

Gemeinsam kommandierten sie zwei verstärkte Kompanien der 10. Principes-Garde und ein paar Einheiten der unerfahrenen Triarii Protectores als Lückenfüller. Sie befehligten die zweitstärkste Einheit zwischen den Senatsloyalisten und Paris. Aber es reichte nicht.

Nicht gegen einen Sir Cray Stansill, der seine Einheiten um zwei schwere *Kelswa*- und vier *Kinnol*-Panzer verstärkt hatte – und genau wusste, wie er sie am effektivsten einsetzte.

Er benutzte sie als Anker für seine restlichen Einheiten, wo immer die Kämpfe am heftigsten tobten, und bewegte die schnelleren Fahrzeuge in Flankenangriffen um sie herum. Schwachstellen verstärkte er mit zwei 20-Tonnen-*Hornissen*, während er mit seinem *Greif* und dem *Katapult* seines Partners den Hauptangriff anführte.

Seit zwei Stunden schoben die Loyalisten Tara und Gareth nun schon vor sich her, und mit fast jedem Manöver rückten sie einen Schritt näher an Paris heran oder einen Schritt näher an die Einheiten Conner Rhys-Monroes.

So oder so stärkte es die Position der Loyalisten.

»Wir stecken in Schwierigkeiten«, stellte Gareth fest.

Er schwenkte den *Schwarzfalke* feldaufwärts und setzte seine Extremreichweiten-Laser ein. Ein Treffer zog zwar eine Schmelzspur über den linken Arm einer *Hornisse*, hatte aber herzlich wenig Effekt. Nur etwas zerschmolzene Metallkeramik tropfte auf das trockene Unterholz, das augenblicklich Feuer fing.

Tara tauschte auf weite Distanz Autokanonenfeuer mit der PPK-Salve eines *Kinnol* aus. Und befahl zwei *Cavalry*-Kampfhubschrauber herbei, um einen Ausfall von Schweberädern zu kontern.

»Das habe ich auch schon bemerkt.«

»Nein, ich meine, ich habe gerade Nachricht bekommen. Maya Avellar hat es nicht einmal aus der Stadt geschafft. Meraj Jorgensson ist tot. Sein Hubschrauber wurde über Louvres abgeschossen.«

Avellar und Jorgensson. Die beiden Paladine, die den Befehl in Senlis hatten übernehmen und die Lücke schließen sollen, die zwischen den Stellungen in Montataire und Julians 1. Davion Guards in Meaux klaffte. Kein Wunder, dass ihre Linien zusammenbrachen!

Die Schweberäder waren den Angriffen der *Cavalrys* ausgewichen und hatten sich an der östlichen Flanke neu formiert. Dort hetzten sie einen *Shandra*-Scoutwagen in der schwarzgoldenen Lackierung der 10. Hastati, bis der Wagen schließlich auf dem Dach liegend unter einer ölig schwarzen Rauchsäule zurückblieb.

»Wie lange dauert es noch, bis wir mit größeren Verstärkungen von der Grenze rechnen können?« Sie beschleunigte den *Tomahawk*, überholte einen *Taru* der Triarii und holte sich die Schweberäder selbst.

»Verzeihung?«

»Die Grenze, Gareth. Die Grenze. Levin hat eine lange Kette von Feldlagern errichtet.« Zwei Räder wagten sich zu nahe heran, und Tara schoss einem davon mit der Autokanone den Motor weg. Die Maschine flog in die Luft und schleuderte ihren Fahrer mit gebrochenem Genick davon. »Wo liegt das nächste Lager?«

»Inzwischen auf der anderen Seite der Grenze. Sobald Conner nach Belgien einrückte, wurden alle Lager in Alarmbereitschaft versetzt und haben sich für den Angriff auf Loyalistenstellungen in Mannheim, Stuttgart, Frankfurt und Köln vorbereitet. Wir erobern Deutschland zurück.«

»Auf Kosten von Paris?« Ein leeres Gefühl breitete sich in ihrer Magengrube aus. Levin hatte ihr gesagt ...

Nein. Levin hatte sie in dem Glauben gelassen, dass die Einheiten in den Feldlagern Richtung Paris zurückfallen würden.

Hatte alle in diesem Glauben gelassen. Und dadurch bestand die Chance, dass die Senatoren, die sicher hinter ihren Linien in Deutschland saßen, ihren Schutz vernachlässigten.

Gareths *Schwarzfalke* kam auf sie zu und zog den Großteil ihrer Truppen hinter sich her, als der Paladin die Linien erneut verlagerte. »Sie können Paris nicht lange halten. Die Politiker kommen vielleicht ein wenig ins Schwitzen, aber wir werden sie in Sicherheit haben, lange, bevor es gefährlich wird.«

Und falls sich die Fürsten der Inneren Sphäre von den Loyalisten bedroht fühlten, könnte dies Exarch Levins Position nicht gerade schaden, oder? Der Feind meines Feindes ...

Auf der anderen Seite des Schlachtfelds stampfte Cray Stansills *Greif* durch einen Acker mit Kohlköpfen und Stangenbohnen. Er marschierte an die Seite des *Katapult* und zog schlagkräftige Panzereinheiten wie die *Kinnols* vor. Der Gegner bereitete sich auf einen weiteren Angriff vor. Um durchzubrechen und den Weg nach Paris frei zu machen. Um die Truppen unter dem gemeinsamen Befehl Taras und Gareths beiseite zu fegen.

Sollte er das ruhig tun.

Sie pflanzte einen breiten Mechfuß vor dem fünfzig Tonnen schweren *Tomahawk* auf, verlagerte dessen Gewicht und brach abrupt zu einem schnurgeraden Sturmangriff auf die feindlichen Linien aus. Rief ihre *Cavalry*-Kampfhubschrauber und zwei schwere *Fulcrum*-Schwebepanzer zu sich, riss drei VV1 *Ranger* mit, die mit Höchstgeschwindigkeit heranrasten und ihre linke Flanke deckten, und stürzte sich dann geradewegs in die Höhle des Löwen.

»Tara? Was tun Sie da?«

Sie trieb Cray Stansill zur Weißglut. So hoffte sie zumindest.

Mehr durch Zufall als Planung erwischte sie die schweren *Kelswas* in der Bewegung, die Geschütze nicht ausgerichtet und auch nicht in der Lage, die *Hornissen* rechtzeitig aus dem Schussfeld zu scheuchen. Das machte das Herz der feindlichen Stellungen für ihren Blitzangriff verwundbar.

Sie hämmerte Schnellfeuersalven aus der schweren Autokanone und unterstützte die blutroten Energielanzen der *Fulcrums* mit einem Orkan aus glühendem Metall. Ihre Waffe fraß zusätzliche Panzerung vom Rumpf des *Katapult*, während sich zwei konzentrierte Lichtbahnen in der Nähe seines Ellbogens trafen und den Unterarm komplett abtrennten.

Die Raketen der *Fulcrums* stiegen auf und stürzten herab, stiegen wieder auf und stürzten erneut herab. Regneten auf Truppentransporter und abgesetzte *Läuterer*-Kröten wieder, schleuderten Panzerung und Soldaten zertrümmert beiseite.

»Zurück zu unseren Linien«, rief sie und riss den Mech aus einem gestreckten Sturmlauf in den Rückwärtsgang.

Der abrupte Halt hätte den *Tomahawk* fast zu Boden geschleudert, aber ein schnell nach vorne gerissenes Mechbein hielt die humanoide Kampfmaschine aufrecht. Die Panzer drehten nach links und rechts ab. Die Kampfhubschrauber stürzten sich auf einen ungedeckten *Kinnol* und zerfetzten eine der Antriebsketten, um ihn bewegungsunfähig zu machen.

Das Antwortfeuer kam unorganisiert und sporadisch. Laser und ein paar Salven Langstreckenraketen schlugen bei Taras kleiner Truppe ein. Nichts wirklich Bedrohliches. Zwei *Condors* setzten ihr nach, doch ihre drei *Ranger* schoben sich links und rechts neben einen der Schwebepanzer und bremsten ihn fast vollständig ab, während ein paar wagemutige *Grenzgänger* ins Niemandsland hüpften.

In diesem Scharmützel war für den Panzer keine Trophäe zu holen. Der *Condor* schaltete die Antriebspropeller auf Rückwärtsgang und bremste komplett ab, bevor er außer Reichweite der loyalistischen Geschütze war. Die *Ranger* verzichteten darauf, es ihm nachzumachen, und sausten zurück zur Linie der Republik.

Tara allerdings bot sich damit ein zu verlockendes Ziel. Sie zog das Fadenkreuz auf den langsam wieder Fahrt aufnehmenden *Condor* und feuerte. Einmal, zweimal, dreimal, bis sie die Schürze des Panzers endlich aufgerissen hatte. Er schleppte sich zurück in Deckung, bevor sie ihm endgültig den Garaus machen konnte.

»Hat es Spaß gemacht?«, fragte Gareth, als sie sich wieder neben ihm einreihte.

»Ich hasse es, nicht beachtet zu werden. Was glauben Sie, habe ich Stansills Aufmerksamkeit erregt?«

Ein tödlicher Raketenhagel hämmerte auf ihre Stellungen ein und schleuderte Kies und Erdbrocken auf Flammensäulen in den Himmel. Zwei Geschosse trafen den Arm des *Tomahawk*. Eine Gausskugel fegte an ihrem Cockpit vorbei und pflügte sechzig Meter hinter Tara den Boden auf. Steine und Erde flogen in hohem Bogen aus einem schräg angeschnittenen Einschlagskrater,

»Doch«, antwortete Gareth. »Ich denke schon.«

Beide MechKrieger zogen sich langsam zurück. Sie wechselten sich beim Antwortfeuer gegen die vorrückenden Loyalisten ab.

»Ihre Aufstellung ist schwach. Er hat sich nicht viel Mühe gegeben.« Gareth klang begeistert. »Aufhalten können wir sie zwar nicht, aber wir können es schmerzhafter für sie gestalten.«

Tara sah es genauso. Es war ein Fehler, dass Stansill die schweren *Kelswa*-Panzer nicht nach vorne geholt hatte. Der heftige Einsatz der *Tomahawk*-Laser heizte die Kanzel noch zusätzlich auf und sie schnappte nach Luft. »Dann also los. Konzentrierter Beschuss auf die schwächeren Einheiten. Wir werden ihn anständig wütend machen.« Sie zog den BattleMech noch ein paar Dutzend Meter zurück. »Sorgen wir dafür, dass es persönlich wird.«

Sie waren auf dem besten Weg. Die Loyalisten stürmten auf die Linie der Republik zu. Laser und Partikelkanonen erzeugten vor ihnen eine Todeszone. Das Wummern der Raketenexplosionen und Autokanonen klang wie endlos rollender Donner.

»Und dann?«, fragte Gareth, dessen *Schwarzfalke* vom Feindfeuer durchgeschüttelt wurde.

Tara fasste die Steuerknüppel des *Tomahawk* fester.

»Dann laufen wir.«

30

Wir haben sie mehrere Tage am Zenitsprungpunkt aufgehalten. Wir haben sie im Asteroidengürtel angegriffen und ihre Landung bei Jasmine City behindert. Wir kämpfen seit Wochen gegen den Drachen und rufen unermüdlich um Hilfe, während unsere Patrioten ihr Leben opfern. Wo bleiben die Paladine?

– Letzte Nachricht von ComStar-Station A7-0, Ashio, 21. Mai 3135

Terra
Präfektur X, Republik der Sphäre

1. Juni 3135

Partikelblitze krachten hin und zurück über das Niemandsland wie die Donnerkeile antiker Götter, wahllos und tödlich. Am Himmel sammelten sich düstere Wolken und versprachen einen Wolkenbruch, doch am Boden schien das Gewitter bereits losgebrochen zu sein.

Echter Donner hallte über Wald und Flusstal, kaum zu unterscheiden vom Echo der Raketensalven, Autokanonen und Artillerie.

Entlang der Marne loderten Waldbrände.

Das Cockpit des *Templer* stank nach Asche und Schießpulver. Nicht einmal die Filter des Lebenserhaltungssystems konnten den Geruch ganz eliminieren. Julian rang nach Atem. Er leckte sich den Schweiß von den verbrannten Lippen und riss den Steuerknüppel herum, um den Torso der Maschine zu schwenken.

Knapp ... nicht ... genug.

Mit ein paar Trippelschritten drehte er den *Templer* mit und löste einen schnellen PPK-Schuss auf einen anrückenden *Scimitar* aus. Ein Strom höllischer Energie krachte auf die Panzerglasscheibe und schlug hindurch. Für einen Moment erstrahlten alle Geschützöffnungen und Fenster in blauem Licht. Dann wurden sie dunkel, und der Schweber kam in einer unbeholfenen Rutschpartie zum Stehen und riss die Erde auf, bis sie zwischen Baumstümpfen und Felsen ein Ende fand.

Doch das war nur ein kurzer Sieg.

»Guards Eins, Guards Eins, Rückzug. Ein *Schmitt* bewegt sich in Ihren toten Winkel!«

Zu spät. Kristallklares Laserfeuer schnitt in sein linkes Mechbein und Raketen stürzten in einem Feuersturm rings um ihn herum vom Himmel. Als er sich hinter einer Gruppe Pappeln hervorschob, sah er den *Schmitt* auch am Außenrand des Sichtschirms und auf der Sichtprojektion. Die Antriebsketten des Panzers gruben sich in den weichen Boden und schleuderten hinter seinem Heck eine kleine Schlammfontäne auf. Er wurde von zwei *Kampfrichtern* begleitet, aus deren Geschütztürmen Gausskugeln schlugen.

Eines der Geschosse flog weit vorbei und riss einen tiefen Krater in einen nahen Turm, der vermutlich schon Jahrhunderte überdauert hatte. Das andere prallte vom Knie des *Templer* ab und rammte als Querschläger in seine rechte Flanke.

Diese Art eines koordinierten Angriffs war selbst für einen BattleMech eine Gefahr, aber Julians Guards reagierten sofort und gnadenlos. Ein *Fuchs*-Panzerschweber, an den sich einige *Grenzgänger*-Kröten klammerten, schwang um den Turm und brachte einen *Centurion* mit. Ein einzelner *SM1*-Zerstörer – nicht Callandre – raste von der anderen Seite heran.

Der *Schmitt* legte so abrupt den Rückwärtsgang ein, dass seine Ketten kurz den Halt verloren und durchdrehten. Die *Kampfrichter* schoben sich vor ihn und feuerten die Gaussgeschütze ab. Sie fügten dem Panzerzerstörer großen Schaden zu, er wurde zwar hart zur Seite geschleudert, blieb aber auf Kurs.

Das Antwortfeuer scheuchte die Loyalisten hinter die Bäume zurück, aber wieder war an eine Verfolgung nicht zu denken. Plötzlich brach zwischen Julians Einheiten und den sich zurückziehenden Panzern eine Linie der Vernichtung auf. Riesige Feuersäulen schleuderten Erde und Steine zum Himmel und fast ins Gesicht des *Centurion*. Das Artilleriebombardement brachte die Erde zum Beben, und der Fünfzig-Tonnen-Mech fiel auf ein Knie und riss einen Arm vors Cockpit.

»Wir müssen uns ein paar von denen beschaffen«, flüsterte Julian, aber zu laut.

»Sir?« Das war Lieutenant Dawkins im fahrbaren HQ der Guards. Der Mann koordinierte die Meldungen aus allen Ecken des weiten Schlachtfelds, und er überhörte nichts. Gar nichts.

Julian schwenkte den Torso wieder nach vorne, drehte den *Templer* ab und bewegte sich zurück in Richtung auf den Turm, die große Mauer, die von ihm abging, und auch auf einige hohe Weidenbäume zu.

»Diese mobilen Abwehrsysteme. *Paladin*-Artilleriefahrzeuge.« Seine Stimme brach, er schluckte mühsam. »Ihre Schlagkraft ist beeindruckend.«

Natürlich verfügten auch die 1. Guards über schweres Geschütz. Standardartilleriegeschütze vom Typ *Long Tom*. Julian konnte sie schneller verlegen, als das mit einem *Paladin*-Abwehr-System möglich war, aber durch den Einsatz eines Fusionsreaktors konnte ein PAS zwei schwere Geschütze pro Fahrzeug einsetzen.

»Ist notiert.«

Und das war es mit Sicherheit auch. In einer elektronischen Datei festgehalten, die der Champion des Prinzen nach Ablauf der Schlacht erhalten würde.

Vorausgesetzt, er überlebte.

Was Conner Rhys-Monroe nach Kräften zu verhindern trachtete.

»Ich möchte eure Zukunftsplanung keineswegs unterbrechen ...« Callandres kräftige Stimme hallte durch Julians Helm.

»Aber wir könnten bei Raster Vier-fünnef bis Vier-sieben Hilfe gebrauchen.«

»Was hast du denn anzubieten, Calamity?«

»Kaum der Rede wert. Nur ein *Kampfschütze* und zwei *Rudeljäger*, die zu einem Sturmangriff ansetzen. Ach ja, und Monroe jagt mal wieder – verdammt, zugenäht und wieder aufgerissen! – Schweber die Marne runter.«

Es war zehn Jahre her, dass Julian Deutsch gesprochen hatte, aber an Callandres Flüche erinnerte er sich noch. Und es war beileibe nicht einfach, sie aus der Ruhe zu bringen. Er stieß den Fahrthebel nach vorn und beschleunigte auf fünfundsechzig Stundenkilometer, um zurück zum Flussufer zu rennen. Den *Centurion* und den *SM1* ließ er als Flankendeckung zurück.

Hin und her und wieder hin. Vorwärts. Dann Rückzug, Rückzug, Rückzug. Nach einem ersten klaren Sieg bei Meaux hatten Julians Truppen eine angeschlagene *Spinne* geradewegs in die anrückenden Linien der Loyalisten verfolgt. Anfangs war es ihnen noch gelungen, ein Patt zu erzwingen, selbst gegen eine Übermacht. Aber mit dem allmählichen Eintreffen von Überlebenden eines anderen Vorstoßes im Südwesten hatte sich die Initiative allmählich zum Vorteil des Gegners gekehrt. Die Nachricht, dass zwei Paladine vorläufig außer Gefecht waren, half auch nicht gerade, selbst wenn es ihnen gelungen war, diesen Loyalistenvorstoß fast allein zu brechen.

Lange konnten Julians Leute das nicht mehr durchhalten. Obwohl sie bei jeder Gelegenheit Fahrzeuge hinter die Linien zu ihrem kleinen Kader von Wartungsfahrzeugen riefen, um die Panzerung zu reparieren, zehrte der pausenlose Kampfeinsatz massiv an den Kräften der Guards.

Langsam aber sicher ging ihnen die Puste aus.

Julians *Templer* brach durch einen Bestand Trauerweiden und schob die herabhängenden Äste mit wedelnden Armen beiseite. Auf der anderen Seite des Flusses drängten sich Château-Thierrys breite Häuser um enge Straßen, und die altertümliche Stadt lag geduckt am Marneufer, als habe sie Angst überzusetzen. Bis jetzt hatte sie keinen größeren Schaden genommen.

Im Gegensatz zum diesseitigen Ufer, das sich in einen Albtraum aus Grasbränden und aufgewühlter Erde verwandelt hatte. Ein Dutzend Fahrzeugwracks lagen verstreut herum, teils verkohlt und dampfend, teils noch in Flammen, während andere einfach nur tot waren.

Das Hauptgefecht tobte stromaufwärts, bewegte sich aber mit jedem Moment näher an Julians Position heran. Doch er hatte hier erst noch etwas zu erledigen.

Julian stampfte über das Ufer und watete mehrere Dutzend Meter in den Fluss hinein. Dies war innerhalb einer Stunde der dritte Versuch Conner Rhys-Monroes, die Marne als Schnellstraße zu benutzen und seine Schweber und amphibischen Truppentransporter über das weite, stille Wasser schneller in Stellung zu bringen als es sonst möglich gewesen wäre. Diesmal hatte Julian die Chance verpasst, den Weg zu blockieren. Zwei *JES*sies waren bereits vorbei und außer Reichweite. Also zog er das Fadenkreuz stattdessen auf einen näher kommenden amphibischen *MHI*-Truppentransporter, wartete die zusätzliche Sekunde, damit der Feuerleitcomputer Geschwindigkeit und Vektor des Ziels berücksichtigen konnte, und drückte ab.

Ein Zwillingsblitz aus gleißender Energie zuckte über den Fluss und versprühte kleine Lichtbögen, die wie Neoninsekten über das Wasser hüpften und zwitscherten. Beide Energiebahnen schnitten den Transporter vom Bug bis zum Heck auf.

Im selben Moment, da Calamitys Zerstörer auf das Wasser glitt, über den Fluss schwebte und mit seiner überschweren Autokanone die zerfetzte Panzerung unter Beschuss nahm.

Das Wenige an Schutz, das der Truppentransporter besaß, stürzte in den Fluss, und ein langer Strom tödlichen Metalls weidete sein Inneres aus. Er versank in den Fluten, und nur ein einzelner *Läuterer* versuchte, sich mit einem verzweifelten Satz ans ferne Ufer zu retten.

Die MGs des *SMiley* zerfetzten ihn in der Luft. Wie ein gut ausgebildeter Kampfhund drehte der *SM1* um und rauschte über den Fluss zurück an Julians Seite.

Aber es näherten sich noch zwei weitere Schweber, die einen zweiten Truppentransporter eskortierten. Julian konnte nicht glauben, dass sie ernsthaft versuchen wollten durchzubrechen. Und er hatte recht. Alle drei schwenkten um und nahmen Kurs auf das andere Ufer, wo Château-Thierry sie erwartete. In einer schweigenden Vereinbarung hatten beide Seiten die Stadt bis jetzt unbehelligt gelassen. Eine Zurückhaltung, die Julian gefallen hatte, doch jetzt schien sie vorüber zu sein.

Er sah die Schweber am Ufer entlangfahren und nach einer ausreichend flachen Stelle suchen, um an Land zu gehen. Dawkins bestätigte, dass die Loyalisten auch einen Teil ihrer Bodenfahrzeuge zur östlichen Brücke in Bewegung gesetzt hatten. Stromaufwärts. Julian konnte die niedrige Brücke an einer Flussbiegung gerade noch sehen, ohne auf Vergrößerung zu schalten. Bis jetzt war sie leer.

»Falls sie die Stadt benutzen, um in unseren Rücken zu gelangen, bekommen wir Probleme.«

Wie üblich hatte Dawkins die passenden Nachrichten: »Die haben wir sowieso schon. Eine zweite Loyalistenstreitmacht jagt Tara Campbell und Paladin Sinclair in unsere Richtung. Wenn wir nicht zurückfallen, rammen sie uns aus Nordnordwest. GAZ vierzig Minuten.«

Julians Kopfhaut und Nacken juckten. Er tat es ab. »Wenn es uns nicht gelingt, das Ufer freizuhalten, ist dieser Kampf in zwanzig Minuten vorbei.«

Über den Zusammenbruch der nördlichen Linien konnte er sich später immer noch Gedanken machen.

»Nur ein wenig Hilfe«, flüsterte er und watete weiter in den Strom hinein, bis das Wasser träge über die Hüfte des *Templer* zog. Er zielte auf den nächsten Schweber am anderen Ufer, einen *Scimitar*. »Nur ein kleines bisschen.«

Dann überlegte er, ob er den Panzerzerstörer hinter ihnen

herschicken sollte. Aber eine AK/20 konnte in einer dicht bebauten Stadt Entsetzliches anrichten, falls sie das Ziel verfehlte.

Aber an Unterstützungsfeuer aus der Stadt hatte Julian nicht gedacht. Und schon gar nicht damit gerechnet.

Aus einer engen Gasse, die Julian für ein Panzerfahrzeug als zu eng bezeichnet hätte, geschweige denn für einen BattleMech, schlug Laserfeuer. Es traf den *Scimitar* vorne links und fraß sich durch die Schürze des Schwebepanzers. Der neigte sich, als die Luft durch den Riss entwich, schlug aber nicht auf.

Jedenfalls nicht, bis achtzig Raketen in einem Vorhang aus Feuer, Rauch und Trümmern auf ihn herabfielen. Explosionen rissen Panzerung und Karosserie auf, ganz zu schweigen vom Rest der Antriebsschürze. Plötzlich lagen die Hochgeschwindigkeitspropeller unter dem Panzer frei. Und als die beiden letzten Sprengköpfe zwischen den wirbelnden Rotorblättern detonierten, hatte das eine katastrophale Wirkung.

Ein Orkan aus rasiermesserscharfen Metallsplittern zerfetzte, was an Schürze noch vorhanden war, und das Luftkissen des *Scimitar* brach von einer Sekunde zur nächsten völlig zusammen.

Der Panzer schlug auf, drehte sich durch den Rest an Schwung, der noch in den zertrümmerten Propellern steckte, und wurde dann unbeholfen wieder hochgeschleudert – in eine Wolke herabfallender Trümmer.

Die Gewalt brach so abrupt und unerwartet herein, dass den anderen Loyalisten kaum Zeit für eine Reaktion blieb. Und in einer solchen Situation zeigten sich selbst bei ausgebildeten Soldaten drei grundlegende Persönlichkeitsmuster.

Mancher erstarrte, wie der Fahrer des Truppentransporters, der geradeaus weiter auf die Uferstelle zuhielt, an der sein Geleitschutz gerade ins Jenseits befördert worden war.

Andere *handelten* – auch wenn es nicht unbedingt die klügste Strategie für den anderen *Scimitar* war, vom Flussufer wegzudrehen und geradewegs ins Schussfeld von Julians *Templer* zu fahren.

»Der *Scimitar* gehört Ihnen, Lord Davion.«

Und wieder andere riefen um Hilfe.

Es war eine entfernt vertraute Stimme. Sie gehörte offenbar der Pilotin des *Geier*, der sich jetzt seitlich aus der engen Gasse schob. Er war strahlend weiß mit goldenen und burgundroten Akzenten lackiert und konnte nur einer Paladinin gehören.

Und er wusste nur von einer, die diesem Gebiet zugeteilt war, auch wenn sie sich um Stunden verspätet hatte.

»Geht in Ordnung, Lady Avellar.«

Der Zerstörer schob sich vor und riss dem *Scimitar* mit der Autokanone den halben Bug weg. Dann entfernte Julian die andere Hälfte.

Der Schwebepanzer stürzte in einer Gischtfontäne in den Fluss und verschwand schnell in der Tiefe, genau wie am anderen Ufer der amphibische Truppentransporter unter dem Geschützfeuer des *Geier*.

Der BattleMech hielt sich nicht auf. Maya Avellar drehte ihn stromaufwärts und stampfte das Flussufer entlang. Der Mech humpelte leicht und zog den rechten Fuß nur so stark nach, dass er nicht auf Höchstgeschwindigkeit beschleunigen konnte.

»Ich halte die Brücke«, versprach sie – und hatte offenbar vor, das allein zu tun. »Niemand betritt die Stadt.«

Dawkins hatte das Feuergefecht und die Ankunft der Paladinin verfolgt. Sein *Prätorianer*-HQ kroch das Flussufer entlang, flankiert von einem minimalen Geleitschutz aus *Grenzgängern* und zwei *Fuchs*-Panzerschwebern. »Wenn sie das schafft, Sir, haben wir eine Chance zum Rückzug. Und können eine neue Front aufbauen, sobald Tara Campbell und Sinclair eintreffen.«

»Was immer du tust, Jules, entscheide dich schnell. Conner lässt nicht locker und wir können es uns nicht leisten, uns in aller Ruhe zu sammeln.«

Julian watete den *Templer* aus dem Fluss. Am Ufer hielt er an und drehte den Kampfkoloss um die Achse, um das gesamte Gelände vor sich vorbeiziehen zu lassen. Falls Maya Avellar das gegenüberliegende Ufer irgendwie halten konnte und falls es ihm gelang zu verhindern, dass ihn die beiden Loyalistenkolonnen in einer klassischen Zangenbewegung einschlossen – irgendwie ...

Die Lage erinnerte ihn an die Situation der Vereinigten Sonnen. Eine statische Position. Im Rücken offen – zur Peripherie hin. Zwei potentielle Feinde an verschiedenen Fronten. Und ohne die Mittel, um sie beide aufzuhalten. Er musste sich für einen Kampf entscheiden. Oder?

Und falls dem so war, konnte er dieser Schlacht dann dieselbe Wendung geben?

Es gab nur einen Weg, es herauszufinden.

Julian setzte seinen Mech in Bewegung, stromaufwärts, in dieselbe Richtung, in die Maya Avellar unterwegs war. »Calamity, schlag Conner die Nase blutig. Beiß sie ihm ab, wenn du kannst, aber er darf nicht durchbrechen.«

»Das wird teuer«, warnte sie ihn. Dieselben Worte wie in ihrem Simulatorgefecht gegen Yori Kurita.

Und er erinnerte sich an seine lockere Antwort. Nur ging es diesmal um echte Leben. Das durfte er nicht vergessen.

»Wie viel auch immer«, antwortete er. »No pasaran. Bis hierher. Und nicht weiter. Möge das Glück mit uns Narren sein.«

31

Auf New Aragon hielten heute die drei planetaren Politiker - mit Ausnahme des Gouverneurs - eine gemeinsame Pressekonferenz ab, in der sie die Situation als ›hoffnungslos‹ beschrieben und die capellanischen Invasoren um ihre Kapitulationsbedingungen baten. Neu ernannte Legatin Kelly Simone bezeichnete das Triumvirat als ›Feiglinge und Verräter und die schlimmste Art Anführer, die es für ein bedrängtes Volk gibt‹.

- DAMON DARMAN, New Aragon, 25. Mai 3135

Terra
Präfektur X, Republik der Sphäre

1. Juni 3135

Fast hätte Tara Campbell Château-Thierry nicht mehr lebend erreicht.

Es regnete, silbergraue Wasserflecken sprenkelten ihr Kanzeldach. Die Regentropfen vermischten sich mit Ruß und Dreck und zogen schmutzige Schlieren über das Glas. Auch das Bild der fernen weißen Häuser der Stadt und der alten grauen Steinmauern, die seit Jahrhunderten da standen und zahllose Kriege überdauert hatten, verschwamm auf ihrem Sichtschirm immer wieder, ganz gleich, wie oft sie die Kameraobjektive säuberte.

Die republikanischen Einheiten kamen von Nordwesten, stromaufwärts die Marne entlang. Zum ersten Mal seit einer Stunde lockten Gareth und sie Crays Stansill von Paris weg, indem sie dem tollwütigen Hund frisches Fleisch vor die Nase hielten. Auch wenn die Hetzjagd nicht lange dauern konnte, denn die beiden MechKrieger folgten einer weit auseinandergezogenen Marschkolonne und spielten für ein paar der langsameren Fahrzeuge Nachhut. Zwei *Turniere*. Einen beschädigten M1 *Taru*.

Die beiden *Cavalry*-Kampfhubschrauber, die ihnen noch blieben, hielten über ihnen Wacht und zogen auf der Suche nach vorgeschobenen Elementen der Senatsloyalisten, die sie verfolgten, am Himmel hin und her.

Unglücklicherweise entgingen sie ihnen.

Zwei *Hornissen* stürmten von Norden aus den Belleau-Wäldern. Eine flog in einem hohen Satz durch die Luft, während die andere unter den Hubschraubern durchrannte. Zwei *Dämon*-Radpanzer setzten ihnen nach. Und vom Fluss her brachen zwei *Condors* aus der Deckung und vollendeten eine schnelle Zangenbewegung.

Die springende *Hornisse* griff die *Cavalrys* mit ihren Raketenlafetten an. Zwei der Geschosse sausten ins Blaue davon, aber die beiden anderen krachten in die Flanke einer der verletzlichen Maschinen und detonierten in grellen, wütend roten Feuerblüten, die den Hubschrauber fast aus der Luft holten. Der getroffene Kampfhubschrauber drehte sich in einem engen Kreis, während der Pilot um die Herrschaft über die Maschine rang. Der zweite *Cavalry* schwenkte seitlich weg.

Die zweite *Hornisse* spurtete hinter die abziehende Kolonne und schoss Taras *Tomahawk* in den Rücken.

Die rubinrote Energielanze eines schweren Lasers spießte den BattleMech auf, bohrte sich durch die dünne Rückenpanzerung, peitschte über Stützstreben und Reaktorabschirmung. Noch mehr Hitze schlug in den Torso der Kampfmaschine durch und trieb die ohnehin schon dicht an der roten Gefahrenzone liegenden Temperaturen zusätzlich in die Höhe.

Schlimmer noch, geschwächte Streben gaben unter dem Gewicht des Gyroskops nach. Die fünfundvierzig Tonnen schwere Maschine wurde wie von einem spastischen Anfall geschüttelt, als der riesige Kreiselstabilisator aus der Balance rutschte.

Bevor sie noch mehr tun konnte, als ihren Laser auf den von vorne heransausenden *Condor* zu richten, kippte der *Tomahawk* nach vorn und landete in einer wilden Rutschpartie bäuchlings auf einer Wiese. Tara wurde bei dem Sturz so hart durchgeschüttelt, dass einer ihrer Backenzähne splitterte. Aber sie behielt die Steuerknüppel fest im Griff und wartete auf ein Ende des Albtraums.

»Terra Eins! Sie ist am Boden.«

»... haben die Countess verloren!«

Durch einen grauen Schleier drangen Stimmen in ihr Bewusstsein. Sie glaubte, Julian Davion zu hören, der fragte, ob sie Unterstützung brauchten, und sie dann zum Weitergehen drängte, weiter zu den Stellungen der 1. Davion Guards. Jedenfalls klang es nach ihm. Er könnte es gewesen sei. Oder vielleicht auch der Schauspieler, der ihn im Trivid verkörperte.

Das machte ihr klar, wie schmal der Grat war, der sie noch von der Dunkelheit trennte.

Tara schüttelte sich. »Weiter, weiter!« Sie hing in den Gurten, hing buchstäblich über der Steuerkonsole und drängte Gareth und die anderen vorwärts. »Wartet nicht auf mich!«

Zu mehr fehlte ihr die Zeit, dann stürzten sich die Loyalisten wie ein Rudel Wölfe auf sie, das Blut roch. Rings um sie herum schlugen Raketen ein, rissen Brocken aus dem Boden und aus der Panzerung ihres Mechs. Laser zuckten. Maschinengewehrsalven rissen an den Kanten der klaffenden Risse, hämmerten sich tiefer, suchten nach verletzbaren Stellen.

Das Cockpit war ein Chaos aus schrillen Alarmsignalen und roten Warnlichtern. Die Vektorgrafik der Schadensanzeige zeigte schwere Panzerungsverluste auf dem gesamten Rücken und an der linken Rumpfseite. Außerdem hatte sie beim Sturz eine recht breite, tiefe Schramme in den Mechkopf gescheuert. Geplatzte Wärmetauscher. Ein beschädigter Laser im rechten Torso.

Das Klingeln in ihren Ohren hatte nichts mit den Alarmsignalen zu tun.

Sie schmeckte Blut.

Tara zog die Mecharme unter den Rumpf und hievte die Maschine mit der Kraft ihrer Myomermuskeln aufrecht. Ein *Dämon* raste von rechts heran. Ein schwerer Fehler. Sie stützte den *Tomahawk* auf den linken Mecharm und schlug mit dem Titanbeil zu.

Der erste Hieb drückte die linke Frontseite des Panzers ein und riss das Rad von der Achse. Die Frontpartie des *Dämon* bohrte sich in den Grund, als ihn die Heckräder weiter nach vorne drückten und eine hohe Schlammfontäne aufschleuderten. Noch einmal hob Tara das Beil, und diesmal hieb sie es durch die Mannschaftskabine. Der *Dämon* starb einen plötzlichen Tod.

Ein *Condor* versuchte ernsthaft, ihren Mecharm zu rammen und den *Tomahawk* wieder umzuwerfen. Er prallte ab, als hätte er einen Betonpfeiler gerammt, was als Vergleich durchaus passte. Und zehn Sekunden später löste er sich in seine Einzelteile auf, als zwanzig Kurzstreckenraketen wie Thors leibhaftiger Hammer auf ihn herabstürzten.

Gareth Sinclair war zurück.

Ebenso wie die *Turniere* und der M1, und etwa die Hälfte ihrer Panzerkolonne. VV1 *Ranger* verjagten den zweiten *Dämon*, während die beiden *Cavalrys* den *Condor* beharkten. Beide *Turniere* feuerten eine Zehnersalve Langstreckenraketen um die andere auf eine der beiden *Hornissen* ab. Laser peitschten durch die Luft. Und in einer verzweifelten Breitseite stimmten auch die Geschütze des M1 *Taru* mit ein.

Das reichte. Die zerbeulte *Hornisse* schlug im Todeskampf noch einmal zu und bohrte ihren Laser tief in die Flanke des *Taru*. Der Schuss brannte sich durch Panzerung und Mannschaftskabine. Dann stolperte der Mech und fiel um. Er stand nicht wieder auf, dafür sorgte Gareths *Schwarzfalke*, indem er in einem schnellen Passiermanöver die schweren Laser einsetzte und beide Beine des Loyalisten-Mechs unterhalb der Kniegelenke abtrennte.

»Wollen Sie den ganzen Tag da rumliegen?«, fragte er und zog enge Kreise rund um den *Tomahawk*.

Es kostete sehr viel Mühe, den aus der Balance geworfenen BattleMech wieder auf die Beine zu heben. Als sie versuchte, ihn für die letzte Etappe der Strecke in Bewegung zu setzen, wurde es noch schlimmer. Der Mech wankte wie ein Quartalsäufer, und Tara war in der Bruthitze des Cockpits und dem beißenden Ozongestank verschmorter Schaltkreise wie benebelt. Schließlich gelang es ihr aber doch noch, die Maschine auf Schrittgeschwindigkeit zu beschleunigen und den *Tomahawk* durch ständige Arbeit an den Steuerknüppeln aufrecht zu halten.

Hinter ihnen preschte Cray Stansills Streitmacht heran und holte schnell auf. Noch drei Kilometer Abstand. Jetzt nur noch zwei.

»Bin zurück«, erklärte sie mühsam. »Zurück im Einsatz.«

»Freut mich zu hören.« Es war tatsächlich Julian Davion. »Wir können die Hilfe gebrauchen.«

Tara war sich nicht sicher, ob dieser Begriff zutraf. Ein nahezu kampfunfähiger *Tomahawk* und ein *Schwarzfalke* ohne nennenswerte Panzerung an der Spitze einer zerfledderten Kompanie Fahrzeuge – und eine Infanterie weit unter Sollstärke?

Dicht gefolgt von einer soliden Loyalistenstreitmacht, die Julians 1. Guards jeden Moment in den Rücken donnern konnte?

In etwa einem Kilometer Abstand von Château-Thierry bekamen die Republikaner gerade die östliche Brücke in Sicht. Sie waren noch zu weit entfernt, um die Kämpfe weiter stromaufwärts zu sehen, aber nach dem Donner des Geschützfeuers und den aufsteigenden Qualmwolken über den lodernden Wäldern und brennenden Fahrzeugen schätzte sie, dass das Hauptschlachtfeld knapp hinter der nächsten Flussbiegung lag. Etwas über einen Kilometer entfernt. Vielleicht zwei.

Zu weit.

»Wir brauchen jeden Einzelnen von Ihnen, damit das funktioniert«, erklärte Julian, als sie ihn informierte.

Tara schaute noch einmal auf die Sichtprojektion und auf

die strategische Karte, die sie auf dem Hilfsbildschirm aufgerufen hatte. Schätzte die Entfernung und die verbleibende Zeit. »Nichts zu machen. Wir schaffen es nicht bis zu Ihrer Linie.«

»Müssen Sie auch nicht.«

»Wieso nicht?«

Seine Antwort war ein kurzes Schweigen. Er hatte auf Privatkanal umgeschaltet. Unterhielt sich mit seinen Nachrichtenoffizieren oder zog Truppen zusammen, um sie ihr entgegenzuschicken. Als ob er noch Reserven hätte.

Achthundert Meter!

Tara wandte sich zu Stansills anrückender Streitmacht um. Gareth Sinclair versuchte nicht, sie zum Weitergehen zu bewegen. Er hielt die Kolonne einfach an und stellte sie in einer doppelten Gefechtsreihe hinter ihr auf. Dann humpelte der *Schwarzfalke* zurück an ihre Seite. Sie zogen sich im Rückwärtsgang noch weiter zurück. Jeder Meter war kostbar. Es regnete immer noch.

»Wir waren so nahe dran«, sagte sie über Kommlaser.

Noch fünfhundert Meter.

Dann brach der Himmel auf und es regnete Feuer. Über Cray Stansills gesamter Frontlinie riss der Boden auf. Bäume zersplitterten zu Zahnstochern und schwarz verbrannte Erde flog himmelwärts. Ein Schweberad am vorderen Rand des Angriffs verschwand einfach. Ein *JES*-Raketenwerfer landete auf dem Dach, als eine Feuersäule unter ihm aufbrach.

Was immer Julian Davion an Artillerie eingesetzt hatte, um die Guards zu unterstützen, er hatte sie gewendet, um ihnen Zeit zu verschaffen! Die fernen Geschützstellungen verbrauchten ihre Munition im Akkord, hämmerten in einem endlosen todbringenden Stakkato auf das Gelände ein. Kein Wirkungsfeuer, sondern ein Abschreckungsbeschuss.

Cray Stansill hielt abrupt an und zog seine Linie zurück, um einen organisierteren Angriff vorzubereiten.

»Wette niemals gegen einen Davion«, sagte eine spöttische Frauenstimme über einen offenen Kanal. »Sie führen schon Krieg seit langer Zeit, lange, bevor es modern wurde.«

»Beeindruckend.« Aber nicht genug. Tara sah, dass Gareth den *Schwarzfalke* bereits wieder gewendet hatte und die Panzertruppen weitere zweihundert Meter zurückbewegte. Dreihundert. Sie steuerte den *Tomahawk* einen vorsichtigen Schritt um den nächsten weiter, ohne je die Frontlinie des Gegners aus dem Auge zu lassen. Es hatte ihnen Sekunden Zeit verschafft. Nicht mehr.

»Haben Sie sonst noch was in Ihrem Trickkästchen?«

Offenbar war Julian in großzügiger Stimmung.

»Passen Sie auf«, sagte er. Und dann herrschte wieder Stille. Für etwa dreißig Sekunden.

Als die Artillerie ihr Sperrfeuer auf Cray Stansill eröffnete, schlug Conner Rhys-Monroe vor Wut mit der Faust auf eine nahe Wartungsklappe, sodass das Metall laut schepperte. Jedes Mal! Jeder Tastangriff wurde abgeblockt und zurückgeworfen. Jeder entschiedene Vorstoß gebremst. Jeder Flankenangriff lief auf einen Artilleriebeschuss oder die schnellen Eingreiftruppen der 1. Davion Guards hinaus.

Julian verkaufte eine Einheit Stück für Stück, aber zu einem unerträglich hohen Preis.

Conner war wütend, aber wenigstens war er inzwischen über die Überraschung hinweg, auf Terra einer crucischen Einheit zu begegnen, ebenso wie über die blinde Wut, die ihn verzehrt hatte, als er mit anhören musste, wie zwei Paladine und eine Handvoll grüner Milizionäre ein Drittel seiner Truppen verfrühstückten. Nicht einmal die panische Meldung des Angriffs auf Deutschland, der die übrigen Senatoren in die Flucht getrieben hatte, konnte ihm noch etwas ausmachen. So lief es nun mal im Krieg, und wenn sie schon zu sonst nichts gut gewesen war, hatte ihn seine Zeit in den Diensten der Republik zumindest gelehrt, Rückschläge zu verkraften. Oder?

Er hatte seine Planung umgestellt. Hatte Rückzugspositionen festgelegt, seine Ziele korrigiert. Ein Ritter kapitulierte nicht angesichts einer gescheiterten Strategie. Ein Ritter änderte die Taktik, fand sich mit den Bedingungen ab, die er vorfand, und blieb auf der Suche nach einer Möglichkeit zu siegen.

Nur schien Julian Davion dieselben Lehrstunden absolviert zu haben. Er mochte zu Conners Generation gehören, aber der Champion des Prinzen trug keinen hohlen Titel.

Wie Senator?

Noch ein wütender Hieb, dann kehrte die Hand an den Steuerknüppel des *Kampfschütze* zurück. Er konnte sich derartige Gedanken nicht leisten. Nicht, solange er im Feld stand.

Stattdessen konzentrierte er sich in einer kurzen Feuerpause darauf, drei *Dämonen* um die Flanke der Guards zu schwenken und seine *Paladin*-Abwehr-Systeme in Stellung zu bringen, damit sie die Davion-Linie zertrümmerten.

Und er zweigte einen *Kinnol*-Panzer für Avellars Vorstellung von Horatio auf der Brücke ab. Das zweite schwarze Loch in seiner Planung.

Eine Paladinin – eine einzige! – hatte seine Versuche einer Flankenbewegung durch Château-Thierry zunichte gemacht. Maya Avellars *Geier* war schon zweimal zu Boden gegangen, aber beide Male war er wieder aufgestanden und hatte alle Einheiten zertrümmert, die versuchten, über den Fluss zu springen oder ihr die Kontrolle der Westbrücke streitig zu machen. Es gab nicht viele Ritter, die einer derartigen Abstrafung hätten standhalten können.

Auch dieser Versuch scheiterte. Der *Kinnol* wälzte sich auf die Brücke, gedeckt von *JES*sies auf dem vom Regen aufgewühlten Wasser. Avellars *Geier* ignorierte die Schweber zunächst und konzentrierte Lichtwerfer und Raketensalven auf den Panzer. Selbst unterstützt von einer Delta-Dart-Zehnerlafette war eine einzelne PPK dieser Schlagkraft nicht annähernd ebenbürtig.

Es kostete den *Geier* zusätzliche Panzerung. Und wohl auch ein paar Wärmetauscher, denn aus frischen Löchern im Torso floss gräulich grüne Kühlflüssigkeit. Doch Conner blieb nichts anderes übrig, als den *Kinnol* zurückzuziehen, bevor Avellar ihn in eine Siebzig-Tonnen-Straßensperre verwandelte.

Was für eine prachtvolle Schlampe!

Auf seiner Sichtprojektion tat sich etwas. Mehrere Guards-Einheiten hatten sich an den Waldrand bewegt. Möglicherweise in Vorbereitung eines Umgehungsversuchs. Conner überprüfte seine Flanke und schob einen *Schmitt* vor, um zwei *Pegasus*-Scoutschweber aufzuhalten. Davon abgesehen war keine Gefahr zu erkennen.

Er nutzte den Rückzug der Crucier aus, stampfte vorwärts und brachte das Fadenkreuz auf einen abziehenden *SM1*. Der Panzerzerstörer schleuderte einen Vorhang aus Regentropfen auf. Das war die Einheit mit der keilförmigen Bemalung neben dem Wappen der Vereinigten Sonnen, die seiner Linie seit einer halben Stunde die Hölle heiß machte. Immer da, wo die Kämpfe am heftigsten tobten. Um ihre verdammte überschwere Autokanone einzusetzen.

Fast so schlimm wie die Treffsicherheit des *Templer*, wenn nicht schlimmer.

Der Winkel, die Geschwindigkeit des Zerstörers – das Beste, was Conner zustande brachte, war ein goldenes Blinken des Fadenkreuzes. Eine begrenzte Erfassung. Er peilte über den Daumen, dann feuerte er die Multi-Autokanonen ab. Die rotierenden Geschützläufe spien einen Hagel aus Metall über den Schweber. Die rechte M-AK blockierte mit Ladehemmung, aber die Waffe im linken Mecharm zog eine Schneise der Vernichtung. Er zog die Einschlagsspur vom Bug zum Heck am Rumpf des Panzerzerstörers entlang, auf die hinteren Schubpropeller zu.

Doch bevor er sie erreichte, schaltete der *SMiley* die Propeller aus und klappte die Ruder ein, sodass er sich blitzartig um hundertachtzig Grad drehte und den Schaden über eine so breite Oberfläche verteilte, dass kein Durchbruch mehr möglich war.

Schlimmer noch, jetzt zielte seine AK/20 auf mehrere Loyalisten-*Scimitars*, die ihn verfolgten. Das Geschützfeuer zertrümmerte die vordere Antriebsschürze eines der Panzer, sodass sich dessen Bug in den Boden bohrte und den Hochgeschwindigkeitsschweber in einen Todessalto schleuderte, der nach einer Serie knochenbrechender Aufschläge in den Fluten der Marne endete.

»Was würde ich für eine solche Panzercrew geben«, stellte er – an niemanden im Besonderen gerichtet fest, während er die Ladehemmung reparierte.

Und nur für den Fall, dass der Republik-Schweber nach dieser Kehrtwende zurück in Richtung seiner Leute zog, bewegte Conner den *Kampfschütze* weiter vor, über Granatkrater und Pfützen flüssiger Panzerung auf der glutheißen Erde. Der *SM1* zog sich weiter im Rückwärtsgang auf seinem Luftkissen zurück und blieb knapp außer Reichweite. Lockte ihn weiter.

Zog ihn in den Frontbereich einer lockeren Kampflinie, als plötzlich die gesamte Davion-Linie umdrehte und Kurs auf einen Bestand von Weiden, Pappeln und hohen, schlanken Erlen nahm.

Er sah einen *Vollstrecker* ein paar der jüngeren Bäume schultern und die schlanken Stämme wie dürre Zweige brechen, um einen Weg für das *Prätorianer*-HQ-Fahrzeug freizumachen. Mehrere *Fuchs*-Panzerschweber wählten ihren Kurs sorgfältiger, um die kostbaren Hubpropeller nicht zu beschädigen. Aber die meisten Panzerfahrzeuge krachten ebenso rücksichtslos durch den Wald.

Julian Davions *Templer* stampfte am Flussufer durch Schlamm und Wasser. Er zog sich ebenfalls zurück und hatte schon fünfzehn, zwanzig Sekunden Vorsprung. Der *SM1*, den Conner verfolgt hatte, schlug in einer erneuten Kehrtwende wieder herum und beschleunigte in einer langen, weiten Kurve, die ihn mit einem zweiten Panzerzerstörer und einem *JES*-Raketenwerfer auf den Fluss hinaustrug.

Die letzten Truppen auf dem Feld waren *Chevalier*-Kröten, die es nicht rechtzeitig zu einem Truppentransporter geschafft hatten und jetzt in Richtung Wald rannten.

Conner war dem Ganzen in langsamem Spaziertempo gefolgt, da er Angst vor einer Falle hatte. Es dauerte mehrere Sekunden, bis ihm klar wurde, dass Davion tatsächlich komplett abzog.

Und noch vier oder fünf, bis er auch erkannte, warum.

»Vorwärts! Alle Einheiten, Sturmangriff!«

Zu spät. Die Erkenntnis breitete sich mit Eiseskälte in seiner Magengrube aus. Zu spät.

Die 1. Davion Guards waren kaum schwächer als seine Streitmacht, aber was ihnen an purer Feuerkraft fehlte, machten sie an Beweglichkeit wett. Als seine Leute die Bäume erreichten, schrie Cray Stansill schon um Hilfe. Artillerieunterstützung. Luftangriffe.

Nur hatte Conner seine Luft/Raumjäger zwei Stunden zuvor zurück nach Deutschland und nach Spanien entlassen. Auch nach Asien und Amerika hatte er einen Teil der Maschinen geschickt. Natürlich befahl er der *Paladin*-Artillerie, auf neue Positionen zu ziehen. Schon wieder. Und gab den weit entfernten Geschützen neue Koordinaten durch. Doch es kostete einige Minuten, sie in Stellung zu bringen. Minuten, die Stansill nicht hatte.

Zwei verstärkte Kompanien stürmten in den Wald hinter den Davion-Linien. Ein paar leichte Panzer meldeten Infanterie-Hinterhalte und wurden von *Chevaliers* und *Grenzgängern* attackiert. Es waren allerdings nur wenige. Nicht annähernd genug, um Conner vorzutäuschen, alles sei nur eine Finte gewesen. Er ließ seine Leute weiterstürmen, rammte den *Kampfschütze* durch den sich lichtenden Baumbestand, trat erneut ins Freie, zurück ans Flussufer der Marne, die wieder südwärts bog, und sah ein Bild der Verwüstung.

Julian Davions gesamte 1. Guards hatten die Deckung und sicheren Stellungen aufgegeben, um mit Höchsttempo zu Campbell und Sinclair zu stoßen, und jetzt rollten sie unter dem Schutz ihrer Artillerie Stansills gesamte Streitmacht auf.

Schlugen mit voller Gewalt gegen die schwächere Hälfte des Loyalistenangriffs los!

Conners Gesicht brannte vor Scham und gleichzeitig zitterte er vor Wut. Es drängte ihn, seine Leute von der Leine zu lassen: Alles los und kein Pardon! Aber Krieg führte man nicht nach Gefühl. Kriege führte und gewann man, oder rettete, wenn es nicht anders ging, ein Unentschieden, um einen späteren Sieg zu ermöglichen, mit kalter, nüchterner Überlegung und Präzision.

Zu spät machte sich seine Ritterausbildung wieder bemerkbar. Zu spät erkannte er, dass der gesamte terranische Feldzug von Beginn an zum Scheitern verurteilt gewesen war. Ob die anderen Senatoren das erkannt und ihn benutzt hatten, oder ob sie darauf gehofft hatten, dass Conners rechtschaffener Zorn das Blatt wenden konnte, spielte jetzt keine Rolle mehr.

Nun ging es darum, etwas aus diesem Rückschlag zu retten. Irgendetwas.

Denn solange er Julian Davion den Sieg nicht schenkte, blieb es nur ein Rückschlag.

»Feld Zwo, um meine Position sammeln«, befahl er ruhig. »BattleMechs zwo bei zwo zu beiden Seiten. Schwere Fahrzeuge hinter einer leichten Gefechtslinie. Vorwärts – in meinem Tempo.«

Er setzte den *Kampfschütze* mit gleichmäßigem Schritt in Bewegung und schaltete auf einen Kanal, den er eigentlich nie hatte benutzen wollen.

Der kalte Regen war Julian in der Gluthitze des Mechcockpits keine Hilfe. Immer höher trieb jeder einzelne Schuss die Innentemperatur des *Templer*, weit über die Sicherheitsgrenzen hinaus, tief in den roten Bereich.

Er keuchte nach Luft. Schweiß brannte ihm in den Augen und in der Hitze verschwamm die Umgebung. Er kümmerte sich nicht um Stilllegungswarnungen, schlug einfach alle dreißig Sekunden auf den Vetoschalter, um die Schutzautomatik zu blockieren und den völlig überhitzten BattleMech so aktiv zu halten, dass er das Massaker weiter befehligen konnte.

Denn genau das war es: ein Massaker. Entsprechend der etablierten crucischen Militärdoktrin: Wenn du von zwei Feinden bedroht wirst, konzentriere deine gesamte Schlagkraft auf den schwächeren und sammle alle verfügbaren Einheiten für einen – hoffentlich – deutlichen Sieg.

Problemlos gelang das nicht. Durch eigenen Beschuss, als eine Artilleriesalve zu kurz einschlug, verloren die 1. Guards einen *Centurion* und einen *JES*-Raketenwerfer, der noch seine halbe Ladung abfeuern konnte, bevor beide Maschinen in einem wabernden Feuerball untergingen. Der Mechpilot stieg noch aus und lenkte seinen Gleitschirm in Richtung des fernen M.A.S.H.-Fahrzeugs. Die Besatzung des *JES*sie hatte weniger Glück.

Danach gehörten die nächsten zehn Minuten den 1. Davion Guards und einer verstärkten Kompanie der Republik. Conner Rhys-Monroe machte sie ihnen zum Geschenk, indem er langsam und stetig vorrückte. Zu diesem Zeitpunkt betrachtete es Julian als Vorspiel zu dem noch kommenden Vernichtungsschlag. Eine Gnadenfrist.

Und die verbündeten Einheiten nutzten sie.

Gareth Sinclair brachte gemeinsam mit Callandre Kell das *Katapult* zur Strecke, dann drehte Calamity von der Hauptgefechtslinie weg und setzte einer flüchtenden *Hornisse* nach, die sich in den Fluss stürzte. Der Pilot des Zwanzigtonners hatte nicht das geringste Interesse daran, sich mit einer überschweren Autokanone anzulegen. Er löste die Sprungdüsen seines Mechs aus, segelte hinaus übers tiefe Wasser und ließ sich mit voller Absicht in die Marne fallen, wohin ihm kein Schweber folgen konnte.

Laut fluchend kehrte Callandre zurück in den Kampf. Sie musste sich mit einer ›Unterstützung‹ zufrieden geben. Der Abschuss des *Katapult* ging auf das Konto von Paladin Sinclair.

Als Tara Campbell ihre Truppen gegen Stansills *Greif* führte, brach das Zentrum der Loyalistenstellung zusammen. Julian sprengte zusätzliche Panzerung vom Mech des Ex-Ritters, bevor er das Feuer einstellen musste. Die zu schnell zu hoch gestiegene Betriebstemperatur beeinträchtigte die Steuerung des *Templer*. Die Maschine reagierte zunehmend träge. Trotzdem blieb sie tödlich.

Seine PPKs bohrten sich in einen *Kinnol* und ließen den Panzer als qualmendes Wrack zurück.

Er lud heiß nach und breitete die Mecharme weit aus. Seine nächste Salve fetzte Panzerung von einem *Hasek*-Truppentransporter und machte einem bereits deutlich angeschlagenen *Taru* fast den endgültigen Garaus.

Dann schlugen zwei Gausskugeln in den Rücken und das linke Knie des *Templer*, als ein schwerer *Kelswa*-Panzer einen Trupp *Chevalier*-Kröten überrollte und die Geschütze auf den Fünfundachtzig-Tonnen-Kampfkoloss richtete.

Dieser Angriff versetzte Julians Mech einen harten Schlag und riss ihm gleichzeitig ein Bein weg. Der Kreiselstabilisator kreischte protestierend auf, und Julian machte sich auf eine harte Landung gefasst.

Es wurde der zweite Rückschlag für seinen improvisierten Schlachtplan. Sein *Templer* fiel in die falsche Richtung und krachte auf die rechte Seite. Die Schulter grub sich tief in den Boden und der Kopf kam genau vor den Magnetgeschützen des *Kelswa* auf.

Ihm blieb keine Zeit, den überschweren Koloss zurück auf die Beine zu kämpfen, Julian zog die Mecharme unter den Rumpf und schaffte es, den *Templer* in eine halb sitzende Haltung aufzurichten. Die PPK im linken Arm schälte Panzerung vom Rumpf des Panzers, sprengte sie weg und brannte eine Schmelzspur über seine Front. Aber das genügte nicht.

In diesem Moment griff Calamity Kell ein.

»O nein, das wirst du nicht!«, war alles, wozu ihr Zeit blieb, als sie den Zerstörer mit maximalen einhundertzwanzig Stundenkilometern und donnernden Autokanonen in die rechte Flanke des schweren Panzers rammte.

Julian hatte einen Logenplatz. Sah die AK-Granaten in die Seite des *Kelswa* hämmern und hoffte noch, obwohl er eigentlich genau wusste, dass sie unmöglich ins Innere durchschlagen konnten, bevor die Gaussgeschütze des Panzers sein Cockpit zermalmten.

Aber dann bohrte sich der Kanonenlauf des *SM1* in die Seite des schweren Panzers. Der Aufprall ruinierte das Geschütz, doch er versetzte dem *Kelswa* den entscheidenden ersten Ruck und hob die rechte Antriebskette vom Boden, gerade als nach dem Geschütz der Rest des Zerstörers aufschlug und die Seitenwand des Panzers eindrückte. Der Zusammenstoß warf den *Kelswa* um und schleuderte den *SM1* durch die Luft. Er flog erstaunlich elegant. Etwa drei Sekunden.

Dann krachte er in einem Bauchklatscher auf, der die vorhergegangene Darbietung der *Hornisse* weit in den Schatten stellte.

»Callandre!« Julian brachte den *Templer* wieder hoch und feuerte mit beiden PPKs nach allen Seiten, um Feinde vom zertrümmerten Panzerzerstörer seiner Freundin fernzuhalten. »Calamity Kell!«

»Au.«

Es war zwar nicht gerade eine eloquente Antwort, genügte aber.

Julian stürzte sich wild auf die nächsten Reihen Loyalisten-Mechs, erleichtert, dass seine Freundin noch lebte, und entschlossen, dem Marsch auf Paris hier und jetzt ein Ende zu setzen. In den nächsten Minuten verloren die Guards ihren *Vollstrecker*, richteten aber unglaubliches Chaos bei den Loyalisten an. Julian erledigte einen Hastati-*Kampfrichter* und einen so fabrikneuen *Condor*, dass er noch gar keine Einheitslackierung hatte, nur die Grundierung.

Dann endlich stolperte Tara Campbell dicht genug an Stansills *Greif* heran, um ihm mit der Autokanone das Herz herauszureißen. Der Ex-Ritter starb im Stehen, als der Fusionsreaktor aufbrach und ein goldener Feuerball den Mech verzehrte.

Die Wucht der Detonation, die Trümmerstücke in alle Richtungen schleuderte, warf Campbells *Tomahawk* auf den Rücken. Aber hartnäckig wedelte er kurz darauf mit Armen und Beinen und versuchte, sich wieder aufzurichten.

Die Loyalisten ergriffen die Flucht, rannten um ihr Leben – in die Deckung von Conner Rhys-Monroes Linien hinein. Schon tauschten Julians Truppen die ersten Schüsse mit der größeren Streitmacht aus. Überraschenderweise gelang es ihnen, Monroe zu bremsen, ihn sogar einen Schritt zurückzutreiben. Julian warf zwei *Turniere* nach vorne. Ein von Dawkins Pionieren erbeuteter und neu bemannter *Kinnol* rollte ebenfalls heran.

Das brachte ihnen ein paar Sekunden.

»Artillerie?« Julian schaltete das Kommgerät auf eine direkte Leitung. »Was haben Sie noch?«

»Noch ein paar hundert Pfund. Danach müssen wir mit Steinen schmeißen.«

»Raus damit! Alte Distanz minus zwohundert.«

Er versuchte nicht einmal, Rhys-Monroes Linien zu treffen. Das hätte die Loyalisten ermuntern können, schneller vorzurücken. Er überzog den Boden zwischen ihnen mit einer Wand aus Feuer und Schrapnell, die niemand freiwillig überquerte. Jetzt trennten die beiden Linien noch vierhundert, vielleicht fünfhundert Meter. Julian wollte sie so lange wie möglich aufhalten.

Es wurde länger, als er je für möglich gehalten hätte.

Als der Regen aus verbrannter Erde und Kies nachließ und sich der Rauch verzog, standen die Loyalisten reglos vor ihnen, um den *Kampfschütze* gruppiert.

Dann trat die gesamte Linie langsam, aber deutlich, den Rückzug an.

Die verbündeten Einheiten sammelten sich um Julian. Zwei verstärkte Kompanien. Drei. Er zählte durch, schätzte ab, was er gegen den Ritter-Senator noch aufzubieten hatte. Sie waren ungefähr gleich stark. Selbst mit Tara Campbells *Tomahawk*, der zusammen mit Gareth Sinclairs *Schwarzfalke* heranhumpelte, waren die Loyalisten im Vorteil. Sie besaßen weniger BattleMechs, aber schwerere Panzereinheiten und bessere technische Unterstützung.

»In der nächsten Stunde bekommst du keine bessere Schussgelegenheit mehr«, stellte Calamity über eine allgemeine Frequenz fest.

»Rhys-Monroe aber auch nicht«, erwiderte Tara Campbell. Sie klang etwa so, wie sich Julian fühlte: zerschlagen und restlos erschöpft. »Haben sie vor, Château-Thierry zu besetzen?«

Julian runzelte die Stirn und beobachtete weiter. Wartete ab. Die Loyalisten formierten sich in kompaniestarken Einheiten, und dann – offenbar wie von außen dirigiert – in Lanzen. Auf Conner Rhys-Monroes Befehl? Worauf bereitete er seine Leute vor?

»Werfen Sie einen Blick auf Ihre Fernortung«, unterbrach Maya Avellar das Geplapper. »Das ist keines von unseren.«

Julian machte sich gar nicht erst diese Mühe. Er hatte ohnehin schon erkannt, was los war. Er drehte sich zur fernen Stadt um und blickte durch das schlammverschmierte Kanzeldach nach oben. Erst war es nur ein Schatten am Himmel, über den dichte Gewitterwolken flogen. Dann senkte er sich durch den Regen, vom Fluss aus gesehen hinter Château-Thierry.

Schließlich wurde ein Landungsschiff erkennbar. *Excalibur*-Klasse.

Zwei Jägerschwärme jagten hinter ihm herab, donnerten über die Stadt und das sie umgebende Gelände. *Missetäter.* Julian hatte keinen Bedarf, sich mit ihnen anzulegen. Jedenfalls jetzt nicht.

Doch ihm war klar, dass der Tag kommen würde.

Sie waren hier noch nicht fertig.

»Das war's noch nicht, oder?«, fragte Callandre Kell, als hätte sie seine Gedanken gelesen. Sie war aus ihrem zertrümmerten Panzer geklettert und saß jetzt auf dem Dach, einen blutigen Verband an den Kopf gedrückt.

Julian lehnte sich auf der Pilotenliege zurück. Langsam gelang es der Lebenserhaltung, die Temperatur zu senken und ihm ein freieres Atmen zu ermöglichen. Schon war die Kanzel nur noch eine Sauna. Und er war fertig. Zumindest bis zum nächsten Mal.

»Doch«, antwortete er. »Vorerst ja.«

32

Terraner! Ihr könnt nicht länger den Kopf in den Sand stecken und so tun, als hätte euer Handeln keine Auswirkungen auf den Rest der Menschheit. Eure Unterstützung für das ungesetzliche Vorgehen des Exarchen findet auf den meisten Welten kein Verständnis. Damit ermöglicht ihr das Überleben eines verbrecherischen Regimes.
Wenn ihr das nächste Mal eine Uniform der Republikstreitkräfte seht, stellt euch eine einfache Frage: Verspürt ihr Stolz? Oder erste Anzeichen von Furcht?

– (Senator) CONNER RHYS-MONROE, Funkspruch beim Abflug von Terra, 1. Juni 3135

Terra
Präfektur X, Republik der Sphäre

1. Juni 3135

Trostlosigkeit lag über der Kammer der Paladine und zehrte alle Energie auf. Tara Campbell verstand den Ernst, aber trotzdem hätte sie eine etwas positivere Stimmung als gerechtfertigt empfunden.

Der Tag neigte sich und die Dämmerung brach über Genf herein. Bis auf sechs Paladine waren alle in die Kammer und an ihre Plätze zurückgekehrt. Jetzt waren sie unablässig in Bewegung, redeten mit einander oder den etwa zwanzig Rittern, die in der Kammer herumwanderten und auf Aufträge oder Fragen warteten. Gelegentlich wurde einer weggerufen, aber nie für lange Zeit. Das Ganze erinnerte stark an eine strategische Kommandozentrale, und die Strategie war erfolgreich.

Zumindest erfolgreicher, als man alles in allem hätte erwarten dürfen.

Andererseits: Meraj Jorgensson war tot. Ein weiterer Verlust in den Reihen der legendären Paladine der Sphäre.

Sie hatte den Hünen zwar nicht persönlich gekannt, seine Stellung und die Liste seiner Leistungen jedoch respektiert. Ja, sein Tod war ein Verlust. Aber hier schien noch irgendetwas unter der Oberfläche zu lauern. Eine grimmige Entschlossenheit, mit der die Paladine die letzten Kampfhandlungen überwachten, den Rückzug der Senatoren und ihrer Anhänger, und Namen aus den Dienstlisten des republikanischen Militärs strichen, die Anhänger der Senatsloyalisten dagegen jedoch aus den Reihen derer zogen, die standhaft geblieben waren.

Tara hielt Gareth Sinclair mit einer Hand auf, als er und Heather GioAvanti nach einem kurzen Gespräch zurück an ihre Computerstationen gingen. »Wie sieht es aus?«

Niemand hier hatte viel Zeit oder Energie darauf verwendet, sich nach der Schlacht frisch zu machen. Nachdem sie um Château-Thierry für Ordnung gesorgt hatten, hatten sich Tara und Gareth einfache Overalls über die Pilotenkluft gestreift. Heather GioAvanti hatte die Zeit gefunden, eine Uniform anzuziehen, aber ihre Haare klebten noch vom Gewicht des Neurohelms und Schweiß des Kampfes am Kopf.

Gareth saugte an einem isotonischen Sportgetränk mit Limonengeschmack. Nach einem langen Tag im Cockpit arbeitete er noch immer daran, seinen Flüssigkeitshaushalt wieder auszubalancieren. »Wir sind dabei, die letzten Widerstandsnester zu suchen. In Swerdlowsk und São Paulo gibt es kleinere Scharmützel.«

»Wir können auch nicht sicher sagen, wie viele Loyalistenanhänger mit den Landungsschiffen verschwunden sind«, stellte GioAvanti fest. »Es wird einige Zeit dauern, bis auf Terra wieder Ruhe einkehrt. Aber wir werden es schaffen. David McKinnon wird doch noch einen Teil der 7. Hastati hierher versetzen, um unsere Verluste auszugleichen. Wir bauen wieder auf.« Sie warf einen Blick hinüber zu einer der abgedunkelten Kabinen des Halbkreises. »Und morgen setzen wir Meraj in einer kleinen Zeremonie bei.«

»Das klingt ungerecht. Besonders nach dem Aufwand, den die Republik für Victor Steiner-Davion betrieben hat.« Auch wenn es nicht viele Menschen gab, deren Leben sich mit Victors Lebenslauf messen konnte. Verglichen mit ihm verblassten die meisten.

Gareth und Heather waren weitaus praktischer eingestellt. Sie setzten beide zu einer Erwiderung an und verstummten gemeinsam. Heather nickte dem jüngeren Paladin zu, und er antwortete für beide. »Beanstanden lässt sich nur, dass wir Victor überhaupt diesem Aufwand ausgesetzt haben. Kein Paladin legt Wert auf eine lange, aufwändige Beisetzung. Unser Leben ist das, worauf es ankommen sollte.«

»Außerdem«, erinnerte Heather sie, »war Meraj Clanner. Er hat seinen Kodax auf dem aktuellsten Stand gehalten. Wir werden ihn zusammen mit seinem DNS-Giftake ins Dominium zurückschicken. Sein Andenken werden zukünftige Generationen sein.« Sie stockte, sah ihren Kollegen an und setzte dann hinzu: »Natürlich sind Sie eingeladen, an Paladin Merajs Beisetzungszeremonie teilzunehmen.«

Tara nickte. »Es wäre mir eine Ehre. Aber kann ich hier und jetzt noch irgendetwas tun?«

Sie hatte kaum noch Kraft. Und auf ihren BattleMech wartete eine lange und ausführliche Generalüberholung. Doch das Angebot musste sie zumindest machen.

Sie war nicht ins Solsystem zurückgekommen, um untätig zuzuschauen.

Paladin Mandela kam vorbei und winkte GioAvanti. Heather warf einen Blick zur Tür und nickte. »Ich schätze, das kommt darauf an.«

Mit einem vielsagenden Blick veranlasste die Paladinin Tara, sich zum Eingang der Kammer umzudrehen. Dort stand die Amtsleiterin des Exarchen, Héloïse Montgolfier, und suchte den Saal mit ihren Blicken ab. Heather gab Taras Ellbogen einen leichten Stups. »Ich nehme an, sie sucht nach Ihnen.«

Jonah Levin spielte den Barmann, holte drei Gläser aus der Vitrine und goss aus einer klaren Flasche ein. Später würde sich sein Stab vermutlich aufregen, dass er keinen der Diener benachrichtigt hatte, die für derartige Tätigkeiten zur Verfügung standen, aber Levin hatte es satt, andere seine Arbeit erledigen zu lassen, während er nur herumsaß und wartete.

»Ich kann Ihnen gar nicht sagen, wie oft ich heute aus dem Büro stürmen und in meinen Mech steigen wollte, um mitzukämpfen.«

Er schloss alle drei Gläser in beide Hände und trug sie hinüber zu der kleinen Sitzgruppe. Die bodenlangen Fenster des Erkers waren mit Vorhängen verdeckt, das Licht auf acht Prozent Leistung heruntergeregelt. Die Atmosphäre des Büros wirkte so intim, wie die Möglichkeiten es zuließen. Ein Glas reichte er – *vorsichtig!* – Tara Campbell. Julian Davion schien ablehnen zu wollen, aber der Exarch nickte.

»Es ist Wasser. Mit Geschmack.«

In den letzten Monaten hatte er eine Menge über den Champion der Vereinigten Sonnen erfahren. Levin hatte es sich zur Aufgabe gemacht, ihn kennenzulernen, seit Harrison Davion bei ihrem ersten Gespräch darauf bestanden hatte, dass der junge Mann blieb und sich beteiligte. Dass Julian Alkohol abgelehnt hätte, war nicht mehr als eine nützliche Information.

Das Wissen darum, weshalb, war eine andere.

Tara und Julian nippten höflich an ihren Gläsern. Der Exarch leistete ihnen Gesellschaft und ließ sich in einen der Ledersessel sinken, dessen weiche Polster sich wie ein Handschuh um seinen Körper schmiegten. Erst jetzt setzten sich auch seine Gäste.

Julian stellte sein Glas als Erster ab. »Ich vermute, es wäre manchen als waghalsig erschienen, wenn sich der Exarch in den Kampf gestürzt hätte.«

»Den meisten, Julian.« Jonah trank und ließ den Hauch von Zitrone den trockenen Geschmack auf seiner Zunge vertreiben, der ihn den ganzen Tag über geplagt hatte, während er in seinen Büros auf und ab ging. »Die Menschen vergessen sehr schnell, dass ich eine Kriegerlaufbahn hinter mir habe. Dass ich ein Paladin war, bevor ich Exarch wurde. Als die Nachricht von Jorgenssons Tod eintraf, war das ein Schlag. Aber nicht der härteste an diesem Tag.«

»Was war das Schlimmste?«, fragte Tara.

Seit Héloïse sie heraufgebracht hatte, war sie zurückhaltend, beinahe unterkühlt gewesen. Selbst jetzt schien ihr etwas diese Frage aufzuzwingen. Jonah erkannte es sofort. Das Gefühl wurde ihm von Tag zu Tag vertrauter.

»Als ich bemerkte, dass jemand in meiner Abwesenheit das Siegel geändert hatte.«

Er deutete mit einer Kopfbewegung auf das Motiv des Teppichbodens. Im üblichen Wappen der Republik lag Terra auf einem Banner mit keltischem Knotenmuster, umgeben von einem Kreis aus zehn goldenen Sternen, die die Präfekturen repräsentierten. Und das Motto: Ad Securitas per Unitas.

Jetzt leuchteten die Sterne nicht mehr golden, sondern rot, und das Banner war durch ein Schwert ersetzt. Eine speziell für den Exarchen bestimmte, nicht sonderlich subtile Erinnerung daran, dass auf Terra selbst Krieg herrschte. »Damien Redburn hatte dieses Detail nicht erwähnt, obwohl es auch im vorigen Jahr beim Angriff der Stahlwölfe geschehen sein muss.«

Es gab eine Menge Details innerhalb dieses Amtes, die Redburn nicht erwähnt hatte.

»Wie dem auch sei. Terra ist sicher. Mehr oder weniger. Die Republik hat überlebt.« Noch. »Ich brauche Ihnen beiden wohl nicht zu erklären, wie verzweifelt die Lage im letzten halben Jahr geworden ist. Sie haben davon heute einen nachhaltigen Eindruck erhalten. Aber ich wollte Ihnen beiden für Ihre Anstrengungen danken.«

»Und die Senatoren?«, fragte Tara. »Was geschieht jetzt mit ihnen?«

»Das hängt ganz davon ab, was sie als Nächstes versuchen. Wir erwarten, dass Conner Rhys-Monroe nach Markab zurückkehrt. Ptolomeny, Richthofen und Vladistock werden ebenfalls zu ihren Heimatwelten unterwegs sein. Wir hoffen, dass ein Teil von ihnen zur Vernunft kommt und dies die Ränge der Loyalisten spaltet, besonders wenn sie es mit Bedrohungen von außen zu tun bekommen, denen sie sich ohne die volle militärische Unterstützung der Republik entgegenstellen müssen. Aber so oder so ist das ein Problem für die Zukunft. Eines, das ich hoffe, mit meinen Verbündeten lösen zu können.« Er nickte Julian zu. »Und meinen Paladinen.«

Tara war vorbereitet. Eine kluge Frau. Sie war ebenso sehr Politikerin wie Kriegerin und musste gewusst haben, dass dieses Angebot im Raum stand. Ihre Miene ließ keinen Rückschluss darauf zu, was in ihr vorging, als Jonah ihr die Position anbot, die sie schon einmal abgelehnt hatte.

»Die Republik braucht Sie, Countess. Jetzt mehr denn je. Es ist ein trauriger Umstand, dass ein Sitz in der Kammer freigeworden ist, aber ich bin nicht bereit, eine Gelegenheit verstreichen zu lassen, solange die beste Kandidatin hier im Raum sitzt.«

Tara trank einen Schluck Wasser. Dann stellte sie das Glas vorsichtig auf den Marmoruntersetzer.

Sie stand auf. Langsam. Entschieden. Nahm Haltung an.

Und schüttelte den Kopf.

»Es tut mir leid, Exarch. Und bitte glauben Sie nicht, ich würde mir die Entscheidung leicht machen. Ich hatte ein ganzes Jahr Zeit, darüber nachzudenken. Während der Kämpfe um Skye und Präfektur IX habe ich die Gefahren für die Republik überdeutlich zu spüren bekommen, und möglicherweise hätte ich zu diesem Zeitpunkt angenommen. Aber nach diesem zweiten Einsatz hier auf Terra und der Art, wie Sie mich hier einsetzen *mussten* ... Es gibt Dinge, die ich möglicherweise tun muss. Dinge, die Sie von mir verlangen könnten. Und das sind Dinge, die ich in der Uniform einer Paladinin nicht tun könnte. Sie brauchen auch Leute außerhalb.«

Gegen Ende ihrer Erklärung spürte Jonah, wie ihn seine Selbstbeherrschung verließ. Für einen kurzen Moment fiel die

Maske, und fast hätte er die beiden die Verzweiflung sehen lassen, die so knapp unter der Oberfläche lauerte. *Leute außerhalb.* Ja, die würde er tatsächlich brauchen. Falls es so weit kam.

Er konnte nur beten, dass nicht.

Er stand auf, und Julian folgte sofort. Viel blieb dem Exarchen nicht, außer Tara Campbell die Hand zu schütteln und ihr alles Gute zu wünschen. »Ich werde nicht zögern, nach Ihnen zu rufen«, warnte er sie. »Und ich weiß, Sie werden nicht zögern zu antworten. Die Republik ist Ihnen zu Dank verpflichtet, Countess Campbell.«

Er lenkte sie beide zur Tür und begleitete sie auf dem Weg, mit nicht mehr als einem kurzen Blick nach unten.

»Und Sie, Lord Davion. Falls ich es für möglich hielte, Sie Prinz Harrison abspenstig zu machen, wäre ich versucht, es darauf anzulegen.« Er winkte Julians höfliche Absage schon im Ansatz beiseite. »Nicht nötig, nicht nötig. Das habe ich schon bei unserer ersten Begegnung gesehen. Ihre Hingabe ist bewunderungswürdig. Harrison kann sich glücklich schätzen, einen so starken ... Champion zu haben. Und ich weiß, er wartet auf Sie. Es ist schon spät. Gehen Sie, Julian. Sie sind beide mit Dank entlassen.«

»Wir können nichts mehr weiter für Sie tun?«, fragte Julian. Tara wartete die Antwort ebenfalls ab.

»Nichts, was nicht Zeit bis morgen hätte. Wir sind noch nicht fertig. Ich hege große Hoffnungen, das Unglück dieser Tage in einen Segen zu verwandeln. Ein förmliches Bündnis mit den Vereinigten Sonnen ist nur der Anfang dessen, was wir erreichen können. Wir alle arbeiten für den Frieden. Von all dem, was Damien heute auf der Feier gesagt hat, ist mir das am stärksten im Gedächtnis verblieben. Und wir werden diese Arbeit weiterführen. Das Einzige, was wir dazu brauchen, ist, dass sich die richtigen Leute der Aufgabe stellen. Ich denke, wir stehen kurz davor.« So kurz davor, dass Jonah es fast mit den Händen greifen konnte.

Morgen.

Und als er in seinem Büro wieder allein war und ihm bis zu seinem nächsten Termin auf einer langen Liste von Besprechungen und Planungssitzungen, die bis in den Morgen reichte, noch ein paar Minuten Zeit blieben, trat Jonah Levin zurück an seinen Schreibtisch und erlaubte sich einen Augenblick im Fenstererker. Er zog die Vorhänge zurück und schaute hinaus in die Dämmerung, die über dem Grand Parc von Genf und der Republik anbrach. Über seiner Republik.

Er brauchte die Dinge nur noch eine kurze Weile im Griff zu behalten, um zu verhindern, dass die Republik an tausend winzigen Nadelstichen verblutete.

»Nein. Noch sind wir nicht fertig.«

Aber es sah mehr und mehr danach aus, als bliebe nur noch ein kurzer Endspurt.

Epilog

Es war mir ein Privileg, für meinen Prinzen Truppen ins Feld zu führen. Ein Privileg und eine Verantwortung, die ich gerne ablegen würde, sollte die Zeit kommen, die es uns gestattet, unsere Schwerter zu Pflugscharen umzuschmieden. Wenn Sie mich jetzt entschuldigen, mein Prinz wartet.

– Julian Davion, Lord Markeson, vor dem Regierungspalast, Genf, Terra, 1. Juni 3135

Terra
Präfektur X, Republik der Sphäre

2. Juni 3135

Mitternacht war vorbei.

Und immer noch rannte Caleb Hasek-Sandoval-Davion auf dem breiten Balkon im zweiten Stock des Chateaus bei Thonon-les-Bains hin und her und rang rastlos mit seinem Verdacht. Seiner Wut. Er war immer noch wach und wartete auf die Rückkehr des ›Helden‹. Schlug die Zeit tot. In einer Hand hielt er ein halbvolles Glas mit wild schwappendem, rauchfarbenem Bourbon. Zwischen den Fingern der anderen hielt er eine Zigarette eingeklemmt.

»Julian ist schon vor Stunden in Genf losgefahren. Wo zum Teufel steckt er denn?«

Die Tür seiner Privatsuite stand offen. Gelbes Licht fiel hinaus auf die Terrasse. Es war die einzige Beleuchtung, auf die er Wert legte. Die beiden anderen Zimmer am Balkon, in denen seine persönlichen Diener, alle *beide*, und seine Leibwächter einquartiert waren, wirkten dunkel und verschlossen.

Um diese Nachtzeit hatte ohnehin nur ein Agent Dienst, und der stand auf dem Flur vor Calebs Zimmer Wache.

»Wo steckt er?«, fragte er noch einmal.

Er rauchte die Zigarette in einem langen, gierigen Zug zu Ende und suchte nach etwas, nach irgendetwas, um sich zu beruhigen. Nikotin reichte jedenfalls nicht, und er schnippte die Kippe über die Balustrade. Der rot glühende Zigarettenrest flog in hohem Bogen hinaus in die Nacht, fiel – sich langsam überschlagend – am Balkon des ersten Stocks vorbei und hinab in die Bäume.

Der Sommer hatte den Boden ausgetrocknet und die Schneegrenze höher den Berg hinauf geschoben. Wahrscheinlich bestand Brandgefahr, dachte er kurz. Aber darum konnten sich andere kümmern.

»Abgelehnt!« Sein Vater hatte ihm allen Ernstes verboten, zu seinem Vetter ins Feld aufzubrechen. »Verboten!«

An dem Tag, als Julian Yori Kurita im Simulatorgefecht ein Unentschieden abgerungen hatte, hatte Caleb seinen Fehler erkannt. Bis dahin hatte er seine Rolle perfekt gespielt. Den Sohn seines Vaters. Den Thronerben und die Zukunft Haus Davions. Er hatte gesehen und sich sehen lassen. War mit allen wichtigen politischen Persönlichkeiten außer den verfluchten Kuritas auf Tuchfühlung gegangen.

Er hatte es sogar geschafft, eine weitere Begegnung mit Danaï Liao zu vermeiden. Ganz gleich, wie sehr sie ihn faszinierte. Für das Wohl der Vereinigten Sonnen. Für seinen Ruf.

Aber nichts davon hatte eine Rolle gespielt, denn es war Julian gewesen, zu dem alle aufgeschaut un den sie umschwänzelt hatten. Ausgefragt.

»Sie haben es vergessen«, stieß er aus. Er nahm einen kräftigen Schluck, behielt den Bourbon eine Weile im Mund, um den Geschmack auszukosten, bevor er schluckte. »Vergessen, dass ich den Kampf eingefädelt habe. Alaric Wolf und Magnusson, die sind doch erst aufgesprungen, nachdem ich ihn schon ins Rollen gebracht hatte.«

Und dann hatte er den Fehler begangen, Julian den Ruhm zu überlassen, dem Champion des Prinzen, obwohl eigentlich er den Befehl über das Panzerkorps hätte übernehmen können – übernehmen *müssen!* Nicht Calamity Kell, die mit ihrer Effekthascherei beinahe die ganze Schlacht verloren hätte. Sie war fast so schlimm wie Jasek Kelswa-Steiner, der Alaric Wolf einen Riesensieg zugeschanzt hatte.

Hätte er den Kampf geführt, hätten die Vereinigten Sonnen unter Garantie einen klaren Sieg errungen. Dann hätten sich alle an ihn erinnert.

Noch eine verpasste Gelegenheit. Genau wie die verspätete Ankunft auf Terra.

Wer hatte hier seinen Platz eingenommen? Julian!

Wer nutzte jede Gelegenheit, persönlich mit den Sandovals und dem Exarchen zu reden? Julian!

»Auf wen fiel die Wahl, diese knospende Allianz mit der Republik der Sphäre zu realisieren? Sich als Held der Vereinigten Sonnen aufzuspielen? Den Platz an sich zu reißen, der in Wahrheit mir zusteht?«

Caleb drehte sich herum und schleuderte das Glas mit ganzer Kraft gegen die Chateaumauer. Es zerschellte neben der Balkontür. Das Glas barst in winzige Splitter, die sich über der Zimmerschwelle verteilten. Dunkle Nässe zeichnete die Wand, den Balkonboden und den Rand des Teppichs im Zimmer.

Der Geruch von Bourbon stieg in die Nachtluft.

»Caleb? Ist alles in Ordnung?«

Harrisons Stimme. Sein Vater. Aus Calebs Zimmer!

Ein breiter, dunkler Schatten füllte den Türrahmen als ›der Bär‹ auf die Schwelle trat. Vor der einzigen Lichtquelle aufgebaut, wirkte das Gesicht des Prinzen dunkel und unkenntlich. Nichts als Bart und dunkle Höhlen als Augen. Seine Stimme klang misstrauisch.

»Alles in Ordnung?«

»Was sollte nicht in Ordnung sein?« Caleb blieb stehen, als sein Vater auf den Balkon trat. Er verschränkte die Arme vor der Brust und starrte hinaus ins Tal. Die schlanken Wipfel hoher Tannen reichten fast bis über die Balustrade. »Alles ist bestens, solange Julian da ist.«

Der breitschultrige Prinz zuckte nur die Achseln. Zuckte die Achseln!

»Es wäre unpassend gewesen, dich zu schicken. Diese Art Kampf ist eine Aufgabe für den Champion des Prinzen.« Es klang nicht sehr überzeugend. Diesmal nicht.

»Und der Erbe des Prinzen? Was ist mit dem, Vater? Mit mir?« Caleb hielt seine Wut im Zaum, aber sie spannte jeden Muskel seines Körpers. Brummte wie ein wütender Hornissenschwarm in seinen Ohren. »Ist das meine Strafe? Dass du mich versteckst, wegen einer kleinen ...« Er suchte nach einem Wort, das seinen Fehler so harmlos wie möglich zusammenfasste. »... Indiskretion?«

»Das hat nichts damit zu tun, was zwischen dir und Danaï Liao vorgefallen ist.«

Caleb hörte nicht zu. »Irgendjemand muss gewusst haben, wer sie war. Jemand hätte es mir sagen müssen.« Er erinnerte sich an den Großen Ball. »Julian hat es gewusst. Er hat sie auf den ersten Blick erkannt. Und er steckt seine Nase dauernd in Sachen, die ihn nichts angehen. Er hätte es herausfinden und mich warnen müssen.«

»Julian ist nicht dein Aufpasser, Caleb. Er hat wichtigere Aufgaben, als die Arbeit deiner Sicherheitsleute zu kontrollieren, die offensichtlich viel zu nachlässig geworden sind.«

Wichtigere ...?

»Ich habe dich *gehört*. In der Kirche. In der Kathedrale. Mason und ich haben uns hinterher darüber unterhalten. Und Mason stimmt mir zu. Was du da gesagt hast, könnte Julian auf Ideen bringen, Vater.«

»Wer?«, fragte Harrison.

Versuchte sein Vater Caleb abzulenken? Er wirkte sichtlich besorgt. Selbst einen Hauch ängstlich. Und der Prinz wirkte *nie* ängstlich.

Hatte Mason recht gehabt?

»War das Absicht?«, fragte Caleb und gestattete seinem Verdacht zum ersten Mal, sich offen zu zeigen. »Das kannst du nicht gemeint haben.« Er trat einen Schritt zurück und schaute zur Seite. »Das kann er nicht gemeint haben.«

Harrison folgte ihm. »Caleb. Sohn.« Er wirkte einen Moment lang verloren. Hin und her gerissen zwischen der Rolle als Prinz und der als Vater. Dann: »Ich verstehe, dass du wütend bist. Aber ich erwarte auch, dass du verstehst, was das Beste für die Vereinigten Sonnen ist. Du wirst meinen Standpunkt akzeptieren müssen.«

Sohn. Caleb hatte seinen Vater dieses Wort erst kürzlich aussprechen hören. Und nicht ihm gegenüber.

»Welchen Standpunkt?« Seine Stimme klang hart. Kalt. »Vater?«

»Es ist nicht leicht zu erklären ...« Dann unterbrach er sich, als etwas in der Nacht seine Aufmerksamkeit erregte. »Lichter auf der Straße. Das wird Julian sein.« Er atmete hörbar aus. Eine Entscheidung? »Wir wollen jetzt nicht weiter darüber reden. Alles findet sich, und jetzt, wo die Sache klar ist, können wir abreisen. Sobald wir Terra verlassen haben, Caleb, werden wir ...«

»Welchen Standpunkt?«, fragte Caleb noch einmal, nun nachdrücklicher.

»Julian wird mein Nachfolger.«

Einfach so. Die Worte peitschten auf Caleb ein wie ein Orkan aus Rasierklingen, schnitten ihn, bohrten sich ihm in Mund und Nase. Er schluckte trocken, schmerzhaft und spürte sie seine Eingeweide zerfetzen. Julian ... würde ...

»Nein.«

Das würde nicht geschehen. Es konnte nicht geschehen. Nicht nach so langen Jahren des Glaubens. Der Mühe. Nachdem er die Schwierigkeiten an der Akademie überwunden und sich als Kommandeur des Panzerkorps qualifiziert hatte. Nach seiner jahrelangen Arbeit, gute Beziehungen zum Pöbel aufzubauen. Zum niederen Adel. Die Unterstützung der Massen zu fördern.

Nach dieser Zeit des Ignoriertwerdens.

»Nein«, stieß er noch einmal aus. Aber diesmal klang es fast wie eine Frage.

»Es tut mir leid, Caleb. Ich hatte nicht vor, diese Diskussion jetzt zu führen. Das ist etwas, das wir zu Hause hätten besprechen sollen. Aber die Umstände haben uns die Gelegenheit dazu gestohlen und uns stattdessen neue Möglichkeiten, neue Chancen präsentiert. Ich musste zugreifen, als sie sich boten.«

Harrisons Worte hallten hohl in Calebs Ohren. Wie Rufe von der Küste in den Ohren eines Ertrinkenden. Den Kopf über Wasser halten. Nicht aufgeben. Wichtige Worte möglicherweise, aber ebenso nutzlos.

Was immer du tust, ertrinke nicht!

»Das kannst du nicht.« Caleb wich zurück, in Richtung der Balustrade. Zeigte mit bebendem Finger auf seinen Vater. »Das kann er nicht tun.« Er sah zur Seite. Vorbei an seinem Prinzen und Vater. »Sag mir, dass er das nicht so einfach machen kann. So etwas verlangt ... eine Anhörung. Eine Diskussion unter den Adligen. Ich bin der Thronfolger. Ich bin sein Sohn!«

Harrison schaute sich um, suchte den Balkon mit Blicken ab und folgte Caleb, der immer weiter zurückwich. »Caleb, mit wem redest du?«

»Sein Sohn«, flüsterte Caleb mit versiegender Kraft. »Das muss doch etwas bedeuten. Sag ihm, dass das etwas bedeuten muss. Sag es ihm!«

Sein Vater packte ihn bei den Schultern und schüttelte ihn, bis Caleb nachgab und ihm in die Augen schaute. »Caleb. Sprich mit *mir*. Hier ist niemand sonst!« Harrison lockerte seinen Griff, hielt die Hände nur noch leicht auf Calebs Schultern gelegt. Er versuchte es mit einem beruhigenden Tonfall. »Dreh jetzt nicht durch, Sohn. Wir helfen dir, es zu verstehen. Du wirst sehen.« Er versuchte, Caleb an sich zu ziehen.

Wir.

Im Tal bewegten sich zwei Lichter um die Kurven, verschwanden hinter Bäumen, kamen dem Tor immer näher.

Julian.

»Nein!«

Caleb schoss wie von einer plötzlich gelösten Stahlfeder getrieben hoch, schlug die tröstenden Arme weg und trieb seinen Vater zurück. Seine Hände krallten sich in den Bart des Prinzen und in sein Hemd. Er drehte und schob und *stieß* ...

Und Harrison fiel.

Der Prinz war gegen die niedrige Balustrade gestoßen und zu weit nach hinten gebeugt, über einen Abgrund, zwei Stockwerke und einen steilen Berghang hoch. Caleb hätte seinen Vater nicht festhalten können, so schnell ging jetzt alles. Selbst wenn er es versucht hätte.

Es geschah so überraschend, dass Harrison Davion kaum noch aufschreien konnte.

Der Schrei brach abrupt ab, als Calebs Vater seitlich gegen den Balkon im ersten Stock traf. Der Prinz schlug hart auf, dann stürzte er sich überschlagend hinab ins Tal. Während Caleb ihm nachblickte. Sein Körper schlug auf den Boden auf und rollte in den Wald.

Und Mason Lambert legte Harrison die Hand auf die Schulter.

Das war typisch für seinen Vater gewesen. Nicht in der Lage, irgendjemanden wahrzunehmen, der keinen Nutzen für den Thron hatte. Marlon war die ganze Zeit da gewesen. Marlon war immer und überall für ihn da.

»Du hast getan, was getan werden musste«, war das Einzige, was sein Freund sagte. Und das war ein Trost.

Ein echter Trost.

Glossar

ARTEMIS-IV-FEUERLEITSYSTEM (FLS)

Das Artemis-IV-Feuerleitsystem erhöht die Zielgenauigkeit von normalen Raketenlafetten. Das in einer Kuppel seitlich der Lafette montierte System erfasst ein Ziel, markiert es mit einem Infrarotstrahl und feuert eine Raketensalve ab. Entsprechend den durch die Infrarotmarkierung errechneten Daten wird der Flug der Raketen konstant über eine Mikrowellenrichtstrahlverbindung korrigiert, sodass eine größere Anzahl Raketen das Ziel trifft. Wenn das einer Lafette zugewiesene Artemis-System zerstört ist, kann jene immer noch als normale Raketenlafette abgefeuert werden. Artemis-IV-Einheiten können an alle normalen Langstreckenraketen- oder Kurzstreckenraketen-Lafetten angeschlossen werden.

Das System muss in unmittelbarer Nähe der Lafette montiert werden, die es steuert. Nur Raketenlafetten, die in der Torsomitte montiert sind, können von einem im Kopf montierten Artemis-IV-System kontrolliert werden. Jede Lafette benötigt ein eigenes Artemis-System.

AUTOKANONE

Autokanonen sind Schnellfeuergeschütze, die ganze Salven von panzerbrechenden Granaten abfeuern. Das Kaliber leichter Autokanonen reicht von 30 bis 90 mm, schwere Autokanonen können ein Kaliber von 80 bis 120 mm oder noch größer besitzen. Die vier Gewichtsklassen (leicht, mittelschwer, schwer und überschwer) werden auch als AK/2, AK/5, AK/10 und AK/20 gekennzeichnet. Jeder ›Schuss‹ einer Autokanone besteht aus einer Granatensalve, die ein komplettes Magazin leert.

BATTLEMECH

BattleMechs sind die gewaltigsten Kriegsmaschinen, die je von Menschen erbaut wurden. Diese riesigen humanoiden Panzerfahrzeuge wurden ursprünglich vor über 500 Jahren von terranischen Wissenschaftlern und Technikern entwickelt. Sie sind in jedem Gelände schneller und manövrierfähiger, besser gepanzert und schwerer bewaffnet als jeder Panzer des 20. Jahrhunderts. Sie ragen zehn bis zwölf Meter hoch auf und sind mit Partikelprojektorkanonen, Lasergeschützen, Schnellfeuer-Autokanonen und Raketenlafetten bestückt. Ihre Feuerkraft reicht aus, jeden Gegner mit Ausnahme eines anderen BattleMechs niederzumachen. Ein kleiner Fusionsreaktor liefert ihnen nahezu unbegrenzt Energie. BattleMechs können auf Umweltbedingungen so verschieden wie glühende Wüstenei und arktische Eiswüsten eingestellt werden.

BLAKES WORT

Der mystizistische Geheimbund Blakes Wort spaltete sich nach der Reformation Sharilar Moris und Anastasius Fochts 3052 von ComStar ab und führte die vorherige Struktur und die Ziele des Ordens zunächst aus ihrer neuen Heimat in der Liga Freier Welten weiter, ab 3058 von Terra aus, das er in einem Handstreich besetzte. Im Jahre 3067 überzog Blakes Wort nach jahrzehntelanger geheimer Vorbereitung die Innere Sphäre mit einem blutigen Bürgerkrieg. Diese unter dem Namen Heiliger Krieg bekannt gewordene Auseinandersetzung hatte die Errichtung einer Theokratie zum Ziel, die den gesamten von Menschen besiedelten Weltraum unter der Führung von Blakes Wort vereinigen sollte.

Vier Jahre später wendete sich mit der Flucht Devlin Stones aus einem Umerziehungslager des Ordens das Schicksal gegen den Heiligen Krieg und im Laufe eines zehnjährigen Kampfes gelang es Stone und seinen im Laufe der Zeit immer zahlreicher gewordenen Mitstreitern, unter ihnen Victor Steiner-Davion, die Innere Sphäre zu befreien und Blakes Wort zu zerschlagen.

CLANS

Beim Zerfall des Sternenbundes führte General Aleksandr Kerensky, der Oberkommandierende der Regulären Armee des Sternenbundes, seine Truppen beim sogenannten Exodus aus der Inneren Sphäre in die Tiefen des Alls. Weit jenseits der Peripherie, mehr als 1300 Lichtjahre von Terra entfernt, ließen sich Kerensky und seine Leute auf fünf wenig lebensfreundlichen Welten nahe eines Kugelsternhaufens nieder, der sie vor einer Entdeckung durch die Innere Sphäre schützte. Innerhalb von fünfzehn Jahren brach jedoch ein Bürgerkrieg unter ihnen aus, der drohte, alles zu vernichten, für dessen Aufbau sie so hart gearbeitet hatten.

In einem zweiten Exodus führte Nicholas Kerensky, der Sohn Aleksandrs, seine Gefolgsleute auf eine der Welten im Innern des Kugelsternhaufens, um dem Krieg zu entfliehen. Dort, auf Strana Metschty, entwarf und organisierte Nicholas Kerensky die faschistoide Kastengesellschaft der Clans, die 3050 als Eroberer in die Innere Sphäre einfielen und auf ihrem Weg nach Terra einen großen Teil der auf ihrem Weg liegenden Nachfolgerstaaten besetzten, bevor es Präzentor Martialum Anastasius Focht in der Entscheidungsschlacht von Tukayyid 3052 gelang, ihnen einen fünfzehnjährigen Waffenstillstand abzuringen. Kurz vor dessen Ablauf 3067 konnte der 2. Sternenbund in einer gemeinsamen militärischen Anstrengung unter der Führung von Victor Steiner-Davion einen der Invasorenclans, die Nebelparder, auslöschen und die Invasion in einem Widerspruchstest auf Strana Metschty endgültig beenden.

COMSTAR

Das interstellare Kommunikationsnetz ComStar wurde von Jerome Blake entwickelt, der in den letzten Jahren des Sternenbunds das Amt des Kommunikationsministers innehatte. Nach dem Zusammenbruch des Bundes eroberte Blake Terra und organisierte die Überreste des Sternenbund-Kommunikationsnetzes in eine Privatorganisation um, die ihre Dienste mit Profit an die fünf Häuser weiterverkaufte. In den Jahrhunderten danach entwickelte sich ComStar zu einem mächtigen Geheimbund, der sich in Mystizismus und Rituale hüllte, bis es nach der Entscheidungsschlacht gegen die Clans auf Tukayyid unter Prima Sharilar Mori und Präzentor Martialum Anastasius Focht zur Reformation des Ordens und zur Abspaltung der erzkonservativen Organisation Blakes Wort kam.

DÄMON

Der ursprüngliche *Dämon* war ein Modell von beträchtlichem Alter, das schon 2716 für die Sternenbund-Verteidigungsstreitkräfte in Dienst gestellt wurde. Das moderne Fahrzeug dieses Namens wurde von der Republik der Sphäre in Auftrag gegeben und erhielt denselben Namen, um seinen Besatzungen ein Gefühl von Historie und Verpflichtung der Tradition gegenüber einzuhauchen. Dabei hat der moderne *Dämon* kaum etwas mit seinem Vorgänger gemein. Mit nur 45 Tonnen Masse wiegt er fünfzehn Tonnen weniger, hat mit 120 km/h fast die doppelte Höchstgeschwindigkeit und muss mit zwei Lasern an Stelle eines schlagkräftigen Gaussgeschützes auskommen. Im Gegensatz zu seinem Vorläufer ist der moderne *Dämon* besser für den Einsatz in Stadtbedingungen beim Kampf gegen gepanzerte und ungepanzerte Infanterie geeignet als für den Einsatz gegen BattleMechs auf offenem Schlachtfeld.

DEVLIN STONE

Besten Schätzungen und Blakes-Wort-Akten zufolge, die nach dem Ende des Heiligen Krieges erbeutet worden waren, wurde Devlin Stone Ende 3042/Anfang 3043 geboren. Das genaue Datum ist ebenso unbekannt wie der Name, unter dem er geboren wurde. Sein Leben unter diesem Namen begann im Umerziehungslager RBMU 105 der Blakisten auf Kittery im Jahre 3070. Dies war eines der düstersten Jahre des Heiligen Krieges, in dem die Liga Freier Welten unterging und der draconische Koordinator Theodore Kurita starb. 3071 brach Stone gemeinsam mit Prof. David Lear, dem Sohn des berühmten MechKriegers Kai Allard-Liao, aus dem Lager aus und organisierte den örtlichen Widerstand, dem es innerhalb einiger Monate gelang, die Blakisten von Kittery zu vertreiben. Ein Jahr später verfügte Stone über eine Organisation, die mehrere nahe gelegene Systeme aus dem Zugriff der Blakisten befreit hatte. Diese Systeme vereinigten sich schließlich zur Präfektur Kittery und wurden zum Vorbild der Reformen, die Stone später bei der Gründung der Republik durchführte.

Ende 3073 machte David Lear Stone mit verschiedenen Staatsmännern und Heerführern der Inneren Sphäre bekannt, die sich Blakes Wort widersetzten. Unter ihnen war auch ComStars Präzentor Martialum Victor Steiner-Davion, der Bruder der Fürsten der Lyranischen Allianz und Vereinigten Sonnen. Von Stones Reformgedanken beeindruckt, stellte Steiner-Davion ihn weiteren Personen vor und unterstützte seine Vorschläge als eine vernünftige Methode, den ständigen Kriegswirren, unter denen die Innere Sphäre seit Jahrhunderten litt, ein Ende zu machen. Mit zunehmender Unterstützung durch wichtige Fürsten und Militärs wurde Blakes Wort zurückgedrängt, bis man 3081 schließlich auch das Solsystem befreite.

Nach dem Ende des Heiligen Krieges verlangte Devlin Stone sofort die Gründung der Republik der Sphäre, eines neuen interstellaren Reiches, das alle Systeme in einhundertzwanzig Lichtjahren Umkreis um Terra umfassen sollte. Mit der Unterstützung von Persönlichkeiten wie Victor Steiner-Davion, Hohiro Kurita und Anastasius Focht sowie der überwältigenden Mehrheit der Öffentlichkeit in nahezu der gesamten Inneren Sphäre, wurde im Dezember 3081 die Gründung der Republik ausgerufen. Die meisten von ihr beanspruchten Systeme schlossen sich freiwillig an. Andere wurden von ihren Hausfürsten an Stone abgetreten, nur einige wenige mussten der Herrschaft kleinerer Kriegsfürsten gewaltsam entrissen werden, die Stones Reformen als persönlichen Angriff auf ihre Machtbasis betrachteten. Die größten Schwierigkeiten machte die Konföderation Capella, in der sich einzelne Gruppierungen der Republik mit militärischer Gewalt widersetzten, bis Kanzler Sun-Tzu Liao 3085 dazu gebracht werden konnte, den Tikonov-Vertrag zu unterschreiben.

Zu diesem Zeitpunkt hatte Devlin Stone bereits zwei Sozialprogramme installiert, die historisch mit seinem Namen in Verbindung gebracht werden. Das erste war das Umsiedlungsgesetz von 3082, sein erster Erlass als Exarch der Republik. Mit der Hilfe dieses Programms wurden Angehörige aller innerhalb der Republiksgrenzen siedelnden Kulturen auf sämtliche Systeme des neuen Staates verteilt, um durch die dadurch ermöglichte direkte Erfahrung alte Vorurteile und Feindschaften zu bekämpfen. Das Programm dauerte Jahrzehnte, erreichte aber das gesteckte Ziel. Das zweite Programm war das Rückkaufprogramm von Militärmaterial, ein Ergebnis des Bürgerrechts-Prioritätserlasses von 3083. Im Rahmen dieses Planes wurden BattleMechs und anderes Kriegswerkzeug außer Dienst gestellt, Armeen verkleinert und Militärwaffen dem Besitz von Privatpersonen entzogen. Zum Ausgleich für diese Maßnahmen gewährte die Republik den Betroffenen das Bürgerrecht sowie weitere sozioökonomische Vergünstigungen. Der Aufschwung, durch die so für die Privatwirtschaft freigestellten Mittel und Kapazitäten erzielt, war so deutlich, dass auch die Großen Häuser ähnliche Programme einführten und sich sogar bis in die von den Clans besetzten Gebiete ausbreiteten.

Der Aufbau der Republik nahm Jahre in Anspruch und ging nicht restlos friedlich vonstatten. Exarch Devlin Stone eröffnete 3085 die erste Sitzung des Senats auf Terra und gründete 3088 die Ritter der Sphäre. 3091 war die Verwaltungsstruktur etabliert, die Grenzen der Präfekturen lagen fest und die meisten planetaren Regierungen halfen mit, die Republik zu einem Vorbild für den Rest der Inneren Sphäre zu machen. Die Ruhe währte bis 3104, als ein Machtkampf in der Konföderation Capella über die Grenze schwappte und den Exarchen schließlich zur Entsendung von Truppen in die capellanischen Sektoren zwang. Diese sporadischen Konflikte plagten die Republik fast ein Jahrzehnt, bis die Friedensbemühungen von 3113 die Region schließlich stabilisierten.

Damit begann das Goldene Zeitalter oder die ›Friedensgeneration‹, wie Devlin Stone sie nannte, eine ganze Generation von Bürgern und Einwohnern der Republik, die Krieg nur aus dem Geschichtsunterricht kannte. Exarch Stone betrachtete dies als die Krönung seiner Anstrengungen und gab 3130 seinen Rücktritt bekannt. Nach zahlreichen Ansprachen und Paraden und einer persönlichen Empfehlung, die zur Wahl Damien Redburns zum ersten Exarchen mit limitierter Amtszeit führte, gab Devlin Stone sein letztes Versprechen: zurückzukehren, falls er wirklich gebraucht wird.

Und dann verschwand er.

ELEMENTARE

Die mit Kampfanzügen ausgerüstete Eliteinfanterie der Clans. Diese Männer und Frauen sind wahre Riesen, die speziell für den Einsatz der von den Clans entwickelten Rüstungen gezüchtet werden.

EXTREMREICHWEITENLASER (ER-LASER)

Bei diesen Waffen handelt es sich um verbesserte Versionen des normalen Lasers, mit überlegenen Fokussier- und Zielerfassungsmechanismen. Diese Waffen haben eine deutlich größere Reichweite als normale Laser und erzielen einen etwas höheren Schaden. Allerdings verursachen sie dabei auch eine höhere Abwärme.

FEUERLEITCOMPUTER

Zusätzlich zu den verschieden spezialisierten Zielsuchsystemen, die für Raketenlafetten zur Verfügung stehen, existieren auch hochmoderne

Feuerleitsysteme für Direktfeuerwaffen: Laser, Partikelprojektorkanonen, Gaussgeschütze und Autokanonen. Diese Systeme werden unter dem Begriff Feuerleitcomputer zusammengefasst.

FERROFIBRIT-PANZERUNG

Ferrofibrit-Panzerung ist eine verbesserte Version der gewöhnlichen BattleMech- und Fahrzeugpanzerung, bei der gewebte Fasern aus Stahl und Titanstahl benutzt werden, um die spätere gesamte Verwindungssteifheit des Materials drastisch zu erhöhen.

FLAMMER

Wenn sie auch an BattleMechs kaum physikalischen Schaden anrichten können, gehören Flammer trotzdem zu den gefürchtetsten Waffen des BattleTech-Universums. Sie können die ohnehin ständig problematische Innentemperatur eines BattleMechs oder Fahrzeuges drastisch erhöhen, und so die Effektivität des Zieles deutlich herabsetzen oder es gar zum Ausfall bringen. Allein schon durch den psychologischen Effekt auf den gegnerischen Mechpiloten gehören Flammer außerdem zu der Art von taktischen Waffen, deren Effekt über die reine Destruktivwirkung normaler Waffen hinausgeht.

FUCHS

Der 20 Tonnen schwere *Fuchs*-Scoutschweber ist ein Kundschafterfahrzeug mit ausreichend Panzerung, um mehrere feindliche Angriffe zu überstehen, und ist mit einer Höchstgeschwindigkeit von 227 km/h flink genug, um schnell die Position zu wechseln oder einen taktischen Rückzug anzutreten. Seine beiden Maschinengewehre und der mittelschwere Extremreichweiten-Laser sind vor allem dazu gedacht, den Gegner auf Abstand zu halten, während er sich zurückzieht.

GAUSSGESCHÜTZ

Ein Gaussgeschütz benutzt eine Reihe von Elektromagneten, um ein Projektil durch den Geschützlauf in Richtung des Ziels bis auf Überschallgeschwindigkeit zu beschleunigen. Obwohl sein Einsatz mit enormem Energieaufwand verbunden ist, erzeugt das Gaussgeschütz nur sehr wenig Abwärme, und die erreichbare Mündungsgeschwindigkeit liegt doppelt so hoch wie bei einer konventionellen Kanone.

Gaussgeschütz-Munition besteht aus massiven Kanonenkugeln aus Nickeleisen. Daher kann es nicht zu einer Munitionsexplosion kommen, wenn feindliche Schüsse in ein Gaussmunitionslager durchschlagen. Der Treffer zerstört jedoch in der Regel den Lademechanismus. Ein Treffer an einem Gaussgeschütz selbst kann die Kondensatoren zerstören, mit deren Hilfe die Nickeleisenkugel beschleunigt wird, und die dabei abrupt freiwerdende gespeicherte Energie hat Folgen, die der einer Munitionsexplosion vergleichbar sind, denn sie schlägt durch die Steuerleitungen in den Neurohelm des Piloten durch.

Es existiert auch eine leichte Variante des Gaussgeschützes, die kleinere Geschosse mit noch höherer Mündungsgeschwindigkeit abfeuert. Dadurch ist die Reichweite der Waffe deutlich erhöht, was allerdings um den Preis einer halbierten Schadenswirkung erkauft wird.

IMPULSLASER

Ein Impulslaser verwendet einen Hochfrequenz-Hochenergiepuls zur Erzeugung gepulster Laserstrahlen. Der Effekt ist mit MG-Feuer vergleichbar. Diese Konstruktion erhöht die Trefferwahrscheinlichkeit des Laserangriffs und erzeugt einen größeren Schaden pro Treffer, allerdings unter Inkaufnahme erhöhter Hitzeentwicklung und verringerter Reichweite.

INNERE SPHÄRE

Mit dem Begriff ›Innere Sphäre‹ wurden ursprünglich die Sternenreiche bezeichnet, die sich im 26. Jahrhundert zum Sternenbund zusammenschlossen. Derzeit bezeichnet er den von Menschen besiedelten Weltraum innerhalb der Peripherie.

JES-RAKETENWERFER

Der JES-Raketenwerfer entstand bei dem Versuch des Rüstungskonzerns Joint Equipment Systems, sich in diesem Spezialbereich wieder zu etablieren. Der Hersteller der ursprünglichen KSR- und LSR-Werfer verlor 3053 die Bewerbung um die Modernisierung dieser betagten Unterstützungsfahrzeuge. Kurz vor Ende des Heiligen Krieges stellte JES eine neue Generation Raketenwerfer vor, doch die geringe Geschwindigkeit und relativ schwache Panzerung dieser Fahrzeuge, verbunden mit dem Ende des Krieges, führten fast zum Untergang dieser Konstruktion. Nur Aufträge aus Peripherienationen wie dem Tauruskonkordat, dem Magistrat Canopus und der Marianischen Hegemonie hielten die Produktion aufrecht.

Es existieren zwei Hauptversionen des im Militärjargon auch *JES*sie genannten Raketenwerfers, der taktische und der strategische *JES*sie. Der Taktik-*JES* mit Luftkissenantrieb hat 50 Tonnen Masse und eine Höchstgeschwindigkeit von 86 km/h. Er ist mit drei schweren und vier mittelschweren KSR-Lafetten (insgesamt 34 Abschussrohre) bestückt, sowie einem leichten Laser und einem Kal.-22-mm-Maschinengewehr. Der Strategie-*JES* mit Kettenantrieb hat 95 Tonnen Masse und eine Höchstgeschwindigkeit von 32 km/h. Er ist mit vier überschweren und zwei mittelschweren LSR-Lafetten (insgesamt 100 Abschussrohre) bestückt.

KAMPFRICHTER

Ein 50 Tonnen schwerer Schwebepanzer mit Ferrofibritpanzerung und einer Höchstgeschwindigkeit von 130 km/h. Er ist bestückt mit einem leichten Gaussgeschütz im Geschützturm.

KONFLIKTTEST

Wenn einzelne Krieger in Streitigkeiten verwickelt werden, die weder sie selbst noch ihre unmittelbaren Vorgesetzten lösen können, müssen beide eine Entscheidung durch das Konklave des Clans beantragen, oder durch das Große Konklave, falls die Parteien Blutnamensträger oder von hohem Rang sind. Die Streitparteien sind gehalten, bis zur Entscheidung des Konklaves jeden unnötigen Kontakt zu vermeiden, selbst wenn das die Versetzung zu einer anderen Einheit nötig macht. Sie können aber auch einen Konflikttest beantragen, der den Streit durch einen Zweikampf entscheidet. Handelt es sich bei den Beteiligten um Mech- oder Jagdpiloten von Fahrzeugen unterschiedlicher Gewichtsklasse, so wird versucht, eine ausgeglichene Ausgangsposition zu erreichen, zum Beispiel durch Festlegung gleicher Fahrzeugtypen von einer Tonnage, die zwischen diesen Maschinen liegt. Bei Beteiligten aus verschiedenen Waffengattungen wird eine andere Austragungsmethode gewählt.

KRÖTEN

Die übliche Bezeichnung für alle ursprünglich für andere Träger als Clan-Elementare entwickelten Kampfrüstungen. Im Gegensatz zu der relativ geringen Variation bei Elementarrüstungen existieren zahlreiche Kröten-Varianten.

KSR

Abkürzung für ›Kurzstreckenrakete‹. KSR sind ungelenkte Raketen mit hochexplosiven oder panzerbrechenden Sprengköpfen. Sie sind nur auf kurze Reichweiten wirklich treffsicher, haben durch den größeren Gefechtskopf aber eine stärkere Sprengkraft als Langstreckenraketen. KSR-Lafetten sind in Ausführungen mit zwei (leicht), vier (mittelschwer) und sechs (schwer) Abschussrohren verfügbar und feuern beim Einsatz eine Salve aus allen Rohren ab. Durch ihre – gegenüber LSR – größere Streuwirkung sind sie vor allem bei Angriffen gegen Ziele wirkungsvoll, die ihren Panzerschutz bereits an mehreren Stellen eingebüßt haben. Fahrzeuge sind für Angriffe durch KSR besonders empfindlich, da die Chance, dass eine einzige Rakete ausreicht, um das Fahrzeug auszuschalten, vergleichsweise groß ist.

LANDUNGSSCHIFFE

Da Sprungschiffe die inneren Bereiche eines Sonnensystems generell meiden müssen und sich dadurch in erheblicher Entfernung von den bewohnten Planeten einer Sonne aufhalten, werden für interplanetare Flüge Landungsschiffe eingesetzt. Diese werden während des Sprungs an die Antriebsspindel des Sprungschiffes angekoppelt. Landungsschiffe besitzen selbst keinen Überlichtantrieb, sind jedoch sehr beweglich, gut bewaffnet und aerodynamisch genug, um auf Planeten mit einer Atmosphäre aufzusetzen bzw. von dort aus zu starten. Die Reise vom Sprungpunkt zu den bewohnten Planeten eines Systems erfordert je nach Spektralklasse der Sonne eine Reise von mehreren Tagen oder Wochen.

LANZE

Eine Lanze ist eine militärische Organisationseinheit der Inneren Sphäre, die in der Regel aus vier BattleMechs besteht.

LÄUTERER

Die Stärke des ursprünglich von Blakes Wort entwickelten *Läuterer*-Krötenpanzers liegt in seiner Geschwindigkeit und Schlagkraft, während seine Panzerung zu wünschen übrig lässt. Zu seinem Schutz verlässt sich der *Läuterer* hauptsächlich auf die ECM-Störsender- und Tarnkapazitäten des Modells. Allerdings kann sich insbesondere die chamäleonartige Fähigkeit der Rüstung, schnell die Farbe zu wechseln, um sich der Umgebung anzupassen, bei schneller Bewegung des Trägers von einem Vorteil zu einem Nachteil verändern, da die schnell wechselnde Färbung unter diesen Umständen eher den Blick des Gegners anzieht, als dass sie ihn täuschen wird. Der sprungfähige *Läuterer* ist mit einem leichten Extremreichweiten-Laser bewaffnet.

LASER

Ein Akronym für ›Light Amplification through Stimulated Emission of Radiation‹ oder Lichtverstärkung durch stimulierte Strahlungsemission. Als Waffe funktioniert ein Laser, indem er extreme Hitze auf einen minimalen Bereich konzentriert. BattleMechlaser gibt es in drei Größenklassen: leicht, mittelschwer und schwer. Laser sind auch als tragbare Infanteriewaffen verfügbar, die über einen als Tornister getragenen Energiespeicher betrieben werden. Manche Entfernungsmessgeräte und Zielerfassungssensoren bedienen sich ebenfalls schwacher Laserstrahlen.

LEGIONÄR

Ein humanoider, nicht sprungfähiger BattleMech von 50 Tonnen Masse und einer Höchstgeschwindigkeit von 98 km/h. Er ist mit einer mittelschweren Multi-Autokanone im Kopf bestückt.

Der *Legionär* war eines der letzten von Achernar BattleMechs in den Vereinigten Sonnen in großer Stückzahl hergestellten Modelle, bevor das Werk nach Ende des Krieges gegen Blakes Wort und der Gründung der Republik der Sphäre verkleinert wurde. Trotzdem ist der Mech eine beachtliche Konstruktion, die in einer schlagkräftigen Packung außergewöhnliche Geschwindigkeit und Feuerkraft vereint.

Mit einer Höchstgeschwindigkeit von rund hundert Stundenkilometern ist der fünfzig Tonnen schwere *Legionär* einer der schnellsten existierenden mittelschweren BattleMechs und kann mit den meisten leichten Mechs mithalten. Diese Geschwindigkeit gestattet es dem Piloten, seine einzige Waffe, eine mittelschwere Multi-Autokanone vom Typ Mydron Model RC effektiv zum Einsatz zu bringen. Mit ihrer Furcht erregenden Feuergeschwindigkeit und dem hochmodernen Feuerleitcomputer besitzt die Autokanone dieses Mechs die Fähigkeit, eine gewaltige Durchschlagskraft zielsicher zu platzieren. Falls nötig kann sich der *Legionär* anschließend schnell absetzen, bevor das Ziel zu einem effektiven Antwortfeuer in der Lage ist.

Auch Kritiker des Modells gestehen die tödliche Effektivität der Multi-Autokanone zu, weisen jedoch darauf hin, dass sie das einzige Waffensystem dieses Mechs darstellt. Trotzdem hat sich der *Legionär* in zahlreichen Gefechten bewiesen, vor allem in der 3. Schlacht um New Avalon während des Heiligen Krieges.

LSR

Abkürzung für ›Langstreckenrakete‹: eine zum indirekten Beschuss entwickelte Rakete mit hochexplosiven Gefechtsköpfen. LSR-Lafetten sind in Ausführungen mit fünf (leicht), zehn (mittelschwer), fünfzehn (schwer) und zwanzig (überschwer) Abschussrohren verfügbar und feuern beim Einsatz eine Salve aus allen Rohren ab.

PANZERUNG

Zwei verschiedene Lagen Panzerung ergänzen einander, um einen modernen BattleMech – und vor allem seine ungepanzerten, aber lebenswichtigen internen Bauteile – vor Energie- und Projektilwaffen zu schützen. Normalerweise wird für die äußere Panzerungsschicht ein Kristallstahl-Verbundstoff verwendet. Dieses Material verfügt über ausgezeichnete Hitzeableitungsfähigkeiten und verschafft dem BattleMech so einen wirksamen Schutz gegen Angriffe mit Lasern und Partikelstrahlwaffen. Eine innere Schicht aus Boron-Nitrit, imprägniert mit Diamant-Monofilament, stoppt panzerbrechende Geschosse und die durch Partikelstrahlbeschuss erzeugten hochbeschleunigten Neutronen. Diese zweite Schicht sorgt zugleich dafür, dass glühendes Schrapnell nicht bis zu den internen Komponenten – wie Fusionsreaktor oder Gyroskop – durchschlagen kann.

PPK

Abkürzung für ›Partikelprojektorkanone‹, einen magnetischen Teilchenbeschleuniger in Waffenform, der hochenergiegeladene Protonen- oder

Ionenblitze verschießt, die durch Aufschlagskraft und hohe Temperatur Schaden anrichten. PPKs gehören zu den effektivsten Waffen eines BattleMechs.

RAKETENABWEHRSYSTEM (RAKABWEHR)

Ein Raketenabwehrsystem ist ein Schnellfeuerflak-MG, das anfliegende Raketen selbsttätig verfolgt, unter Beschuss nimmt und vernichtet. Der Hauptnachteil dieses sehr effektiven Defensivsystems ist sein hoher Munitionsverbrauch.

REPUBLIK DER SPHÄRE

Die Republik der Sphäre unter der Regierung Exarch Damien Redburns umfasst 250 besiedelte Welten in einem kugelförmigen Raumabschnitt von ungefähr 120 Lichtjahren Radius um das Solsystem und ihre Zentralwelt Terra. Die 3081 von Devlin Stone gegründete und aus zehn mit lateinischen Ziffern bezeichneten Präfekturen bestehende Republik wurde aus Systemen gebildet, die nach dem Sieg über Blakes Wort von den Großen Häusern und den Clans an sie abgetreten wurden. Das Motto der Republik lautet ›Ad Securitas per Unitas‹, übersetzt: ›Durch Sicherheit zur Einheit‹.

SCHWARZFALKE (NOVA)

Ein mittelschwerer avoider BattleMech der Clans von 50 Tonnen Masse mit einer Höchstgeschwindigkeit von 86 km/h und einer Sprungreichweite von 150 Metern. Er ist mit je einem schweren und vier mittelschweren Extremreichweiten-Lasern in beiden Armen bestückt. Der *Schwarzfalke*, bei den Clans wegen seiner Laserbewaffnung *Nova* genannt, ist das Arbeitspferd des Clan-Militärs, mit ausgezeichneter Mobilität und schlagkräftiger Bewaffnung. Zur Zeit ist er der verbreitetste mittelschwere Clan-Mech.

SHANDRA

Der *Shandra*-Scoutwagen ist ein leichtes, offenes Radfahrzeug mit Überrollkäfig und einer aus zwei Maschinengewehren bestehenden Bewaffnung. Er ist billig in der Produktion und dank seiner hohen Geschwindigkeit und erstklassigen Manövrierfähigkeiten für einen Gegner nur schwer zu treffen.

SM1-PANZERZERSTÖRER

Der 50 Tonnen schwere *SM1*-Panzerzerstörer ist ein kampfstarkes, aber hoch spezialisiertes Luftkissenfahrzeug, das sich durch seine schlagkräftige schwere Ultra-Autokanone ausgezeichnet für Offensivaufgaben eignet, aber trotz der vier leichten MGs zur Nahverteidigung relativ verletzlich und zu seinem Schutz auf Begleitfahrzeuge und seine hohe Geschwindigkeit von bis zu 130 km/h angewiesen ist.

Der unter Militärs umgangssprachlich auch *SM*iley genannte *SM1* ist eine Entwicklung der Clans, die zwar über Jahrhunderte konventionelle Fahrzeuge generell als eines Kriegers unwürdig verachteten, aber im Verlauf der Invasion der Inneren Sphäre feststellen mussten, dass Verbundwaffentaktiken, bei denen Fahrzeuge und Infanterie neben BattleMechs zum Einsatz kamen, ihren Taktiken überlegen waren. Dies führte zur Entwicklung verschiedener neuer Clanfahrzeuge, und der besondere Erfolg des *Shoden*-Angriffspanzers veranlasste Clan Novakatze, ein Fahrzeug zu entwickeln, das speziell für den Angriff auf und die Zerstörung anderer Kampffahrzeuge ausgelegt war. Der *SM1* ist mit einer der mächtigsten Schusswaffen auf dem modernen Schlachtfeld bewaffnet und kann sie dank seines Luftkissenantriebs schnell und effektiv einsetzen.

SPRUNGSCHIFFE

Interstellare Reisen erfolgen mittels sogenannter Sprungschiffe, deren Antrieb im 22. Jahrhundert entwickelt wurde. Der Name dieser Schiffe rührt von ihrer Fähigkeit her, ohne Zeitverlust in ein weit entferntes Sonnensystem zu ›springen‹. Es handelt sich um ziemlich unbewegliche Raumfahrzeuge, bestehend aus einer langen, schlanken Antriebsspindel und einem enormen Solarsegel, das an einen gigantischen Sonnenschirm erinnert. Das gewaltige Segel besteht aus einem Spezialmaterial, das gewaltige Mengen elektromagnetischer Energie aus dem Sonnenwind des jeweiligen Zentralgestirns zieht und langsam an den Antriebskern abgibt, der daraus ein Kraftfeld aufbaut, durch das ein Riss im Raum-Zeit-Gefüge entsteht. Nach einem Sprung kann das Schiff erst weiterreisen, wenn es durch Aufnahme von Sonnenenergie seinen Antrieb wieder aufgeladen hat.

Sprungschiffe reisen mithilfe ihres Kearny-Fuchida-Antriebs in Nullzeit über riesige interstellare Entfernungen. Das K-F-Triebwerk baut ein Raum-Zeit-Feld um das Sprungschiff auf und öffnet ein Loch in den Hyperraum. Einen Sekundenbruchteil später materialisiert das Schiff am Zielsprungpunkt, der bis zu 30 Lichtjahre weit entfernt sein kann.

Sprungschiffe landen niemals auf einem Planeten und reisen nur sehr selten in die inneren Bereiche eines Systems. Interplanetarische Flüge werden von Landungsschiffen ausgeführt, Raumschiffen, die bis zum Erreichen des Zielpunktes an das Sprungschiff gekoppelt bleiben.

STERNENBUND

Im Jahre 2571 wurde der Sternenbund gegründet, um die wichtigsten nach dem Aufbruch ins All von Menschen besiedelten Systeme zu vereinen. Der Sternenbund existierte annähernd 200 Jahre, bis 2751 ein Bürgerkrieg ausbrach. Als sich das Regierungsgremium des Sternenbunds, der Hohe Rat, in einem Machtkampf auflöste, bedeutete dies das Ende des Bundes. Die Hausfürsten riefen sich zum neuen Ersten Lord des Sternenbunds aus, und innerhalb weniger Monate befand sich die gesamte Innere Sphäre im Kriegszustand. Dieser Konflikt währte drei Jahrhunderte, bis zum Überfall durch die Clans. Die Jahrhunderte nahtlos ineinander übergehender Kriege werden in toto als die ›Nachfolgekriege‹ bezeichnet. Erst die Gefahr durch die Clan-Invasion führte 3058 bei der ersten Whitting-Konferenz auf Tharkad zur Neugründung des Sternenbunds, dessen Erster Lord alle vier Jahre neu gewählt wurde. Dieser zweite Sternenbund wurde 3067, nach dem Sieg über die Clans, von seinen Mitgliedsstaaten einvernehmlich aufgelöst, kurz bevor Blakes Wort den Heiligen Krieg ausrief.

TEMPLER

Ein nicht sprungfähiger, humanoider BattleMech von 85 Tonnen Masse mit einer Höchstgeschwindigkeit von 65 km/h. Die überschwere Maschine ist mit je einer Extremreichweiten-PPK und einem mittelschweren Extremreichweiten-Laser in beiden Armen bestückt sowie mit zwei leichten Extremreichweiten-Lasern und einer mittelschweren KSR-Lafette im Torso. Der überschwere *Templer* wurde noch im Vereinigten Commonwealth von der Familie Hasek in Auftrag gegeben, in der Hoffnung, das als äußerst schwerfällig empfundene Rüstungsprogramm der Davion-Streitkräfte anzukurbeln. Der bei guter Geschwindigkeit schwer bewaffnete und gepanzerte Kampfkoloss wurde schnell populär, und schon bald waren zahlreiche Varianten in allen Davion-Einheiten im Einsatz.

TOMAHAWK

Ein mittelschwerer humanoider BattleMech von 45 Tonnen Masse, davon 8,5 Tonnen Ferrofibritpanzerung, mit einer Höchstgeschwindigkeit von 65 km/h und einer Sprungreichweite von 120 Metern. Er ist mit einem Beil im rechten Arm und je einem mittelschweren Impulslaser in beiden Armen sowie einer schweren LB-X-Autokanone im rechten und einem weiteren mittelschweren Impulslaser im linken Torso bestückt. Die AK-Munitionsvorräte sind durch zellulare CASE-Munitionslager gesichert. Der *Tomahawk* war der erste moderne Mech mit spezieller Nahkampfwaffe und der erste Mech, dessen Rettungsautomatik statt eines Schleudersitzes den gesamten Kopf absprengt.

WAHRGEBOREN/WAHRGEBURT

Ein wahrgeborener Krieger ist aus dem Eugenikprogramm der Clan-Kriegerkaste hervorgegangen.

Danksagung

Die Arbeit an *Das Schwert des Aufruhrs* war beides zugleich: Genuss und Folter. Wir haben so viele Jahre darauf verwendet, die Republik zu erschaffen und einen Bestand fester Figuren vorzustellen, und dann bittet mich Jordan Weisman, einen Stall voll Nebenfiguren und zusätzlicher, weit reichender Handlungsstränge einzuführen, eigentlich also eine Stange Dynamit zu zünden und alles durcheinanderzuwerfen. Nur keine Langweile aufkommen lassen. Und mit der Unterstützung einer Vielzahl guter Leute werden wir Ihnen auch weiter eine Überraschung nach der anderen präsentieren.

Dank an Jordan und Dawne Weisman und alle bei WizKids, die weiter sehr hart an diesem Universum arbeiten. Ein besonderes Dankeschön an Sharon Turner Mulvihill, die unermüdlich mit den Autoren daran arbeitet, unsere Produkte an die Öffentlichkeit zu bringen. Ohne sie wäre ich verloren. Und ein lautes Willkommen an Liz Scheier, unsere neueste Redakteurin bei Roc.

Eine besondere Danksagung an Kris Rusch und Dean Smith, erstaunliche Lehrer und noch bessere Freunde. Dank an Allen und Amy Mattila, für ihre Freundschaft. An Randall und Tara Bills, Bryn und Ryanna und jetzt auch noch Kenyon Aleksandr, die einen großen Teil unseres Lebens ausmachen. Ebenso an Phil DeLuca, Kelle Vozka, Erik und Alex. Peter und Kathy Orullian und Cheyenne. Russell und Bobbie Loveday, Dwayne und Raven.

Ein weiterer Dank an Mike Stackpole, Herb ›Snuggles‹ Beas, Chris Hartford, Christoffer ›Bones‹ Trossen, und an unseren neuer ›Kartographen‹ Øystein Tvedten. An die ›Team-BattleTech‹-Mitglieder Pete Smith, Chas Borner, Warner Doles und jetzt auch David Stansel-Garner, ohne die BattleCorps.com nie in die Gänge gekommen wäre. Sowie an Alexander ›Wild Knight‹ Strong, über den ich sehr gelacht habe und der bei den ›Nachrichten‹ mitgeholfen hat. Und an die neue Generation von Autoren, mit denen auf Battlecorps.com zusammenzuarbeiten mir ein Privileg ist: Ilsa Bick, Kevin Killiany, Phaedra Weldon, Louisa Swann, Steve Mohan und Dan Duval. Willkommen im Viertel.

Immer – immer! – gilt jedoch der tiefstempfundene Dank meiner Frau Heather Joy, für ihre Liebe und großzügige Unterstützung. Meinen Kindern Talon, Conner und Alexia, die viel zu schnell groß werden. Und, ja, auch den Katzen, Chaos, Rumor und Ranger. Unseren örtlichen ›Adligen‹. Und Loki, unserem neurotischen Border-Collie und Hofnarren.

BATTLETECH®

Vom Battletech®-Zyklus erschienen in der Reihe
HEYNE SCIENCE FICTION

DIE GRAY-DEATH-TRILOGIE:

William H. Keith jr.: Entscheidung am Thunder Rift · 06/4628
William H. Keith jr.: Der Söldnerstern · 06/4629
William H. Keith jr.: Der Preis des Ruhms · 06/4630

Ardath Mayhar: Das Schwert und der Dolch · 06/4686

DIE WARRIOR-TRILOGIE:

Michael A. Stackpole: En Garde · 06/4687
Michael A. Stackpole: Riposte · 06/4688
Michael A. Stackpole: Coupé · 06/4689

Robert N. Charrette: Wölfe an der Grenze · 06/4794
Robert N. Charrette: Ein Erbe für den Drachen · 06/4829

DAS BLUT DER KERENSKY-TRILOGIE:

Michael A. Stackpole: Tödliches Erbe · 06/4870
Michael A. Stackpole: Blutiges Vermächtnis · 06/4871
Michael A. Stackpole: Dunkles Schicksal · 06/4872

DIE LEGENDE VOM JADEPHÖNIX-TRILOGIE:

Robert Thurston: Clankrieger · 06/4931
Robert Thurston: Blutrecht · 06/4932
Robert Thurston: Falkenwacht · 06/4933

Robert N. Charrette: Wolfsrudel · 06/5058
Michael A. Stackpole: Natürliche Auslese · 06/5078
Chris Kubasik: Das Antlitz des Krieges · 06/5097
James D. Long: Stahlgladiatoren · 06/5116
J. Andrew Keith: Die Stunde der Helden · 06/5128
Michael A. Stackpole: Kalkuliertes Risiko · 06/5148
Peter Rice: Fernes Land · 06/5168
James D. Long: Black Thorn Blues · 06/5290
Victor Milan: Auge um Auge · 06/5272
Michael A. Stackpole: Die Kriegerkaste · 06/5195
Robert Thurston: Ich bin Jadefalke · 06/5314
Blaine Pardoe: Highlander Gambit · 06/5335
Don Philips: Ritter ohne Furcht und Tadel · 06/5358
William H. Keith jr.: Pflichtübung · 06/5374

BATTLETECH®

Michael A. Stackpole: Abgefeimte Pläne · 06/5391
Victor Milan: Im Herzen des Chaos · 06/5392
William H. Keith jr.: Operation Excalibur · 06/5492
Victor Milan: Der schwarze Drache · 06/5493
Blaine Pardoe: Der Vater der Dinge · 06/5636
Nigel Findley: Höhenflug · 06/5655
Loren Coleman: Blindpartie · 06/5886
Loren Coleman: Loyal zu Liao · 06/5893
Blaine Pardoe: Exodus · 06/6238
Michael Stackpole: Heimatwelten · 06/6239
Thomas Gressman: Die Jäger · 06/6240
Robert Thurston: Freigeburt · 06/6241
Thomas Gressman: Feuer und Schwert · 06/6242
Thomas Gressman: Schatten der Vernichtung · 06/6299
Michael Stackpole: Der Kriegerprinz · 06/6243
Robert Thurston: Falke im Aufwind · 06/6244

DIE CAPELLANISCHE LÖSUNG:
Loren Coleman: Gefährlicher Ehrgeiz · 06/6245
Loren Coleman: Die Natur des Kriegers · 06/6246

Thomas Gressman: Die Spitze des Dolches · 06/6247
Loren Coleman: Trügerische Siege · 06/6248
Loren Coleman: Gezeiten der Macht · 06/6249
Stephen Kenson/Blaine Lee Pardoe/Mel Odom:
Die MECHWARRIOR-Trilogie · 06/6250
Blaine Lee Pardoe: Die erste Bürgerpflicht · 06/6251
Peter Heid: Phoenix · 06/6252
Randall Bills: Der Weg des Ruhms · 06/6253
Loren Coleman: Flammen der Revolte · 06/6254
Bryan Nystul: Mein ist die Rache · 06/6255
Blaine Lee Pardoe: In die Pflicht genommen · 06/6256
Thomas Gressman: Ein guter Tag zum Sterben · 06/6257
Randall Bills: Drohendes Verhängnis · 06/6258
Loren Coleman: Stürme des Schicksals · 06/6259
Blaine Lee Pardoe: Operation Risiko · 06/6260
Loren Coleman: Finale · 06/6261
Reinhold Mai/Christoph Nick:
BATTLETECH – Die Welt des 31. Jahrhunderts · 06/6298